DAI

Das S

CW01508463

Buch

Dr. Darwin Minor ist führender Unfallspezialist im Bundesstaat
Kalifornien und rekonstruiert Autounfälle für seine Freunde Lawrence und Trudy Stewart, die sich auf die Aufdeckung lukrativer,
aber bisher nicht aufgefallener Fälle von Versicherungsbetrug spezialisiert haben – bis eines Tages zwei russische Killer in einem aufge-
möbelten Mercedes E 340 versuchen, Dar bei 160 Meilen pro Stunde
umzubringen. Das Ergebnis sind ein fliegender Mercedes und zwei
tote Russen. Da tritt die bezaubernde Sydney Olson auf den Plan. Sie
ist Chefermittlerin des Generalstaatsanwalts und untersucht einen
Betrügerring, in dem einige Mitwisser ermordet worden sind. Sie
plant die Veröffentlichung einer Geschichte, in der die Beteiligung
der Russenmafia sowie Dars Name genannt werden sollen. Schon
bald verbringt sie eine Menge Zeit als Leibwächterin von Dar. Doch
damit nehmen auch die Mordversuche und schaurigen Leichenfunde
zu …

Autor

Dan Simmons, geboren 1948 in Peoria im US-Bundesstaat Illinois,
wurde bereits für seinen ersten Roman »Göttin des Todes« mit dem
World Fantasy Award ausgezeichnet. Seither gelingt es ihm, Leser
und Kritiker mit jedem neuen Roman zu überraschen und zu begeis-
tern. Er wurde mit Preisen überhäuft, und sein Hyperion-Zyklus gilt
als moderner Klassiker der fantastischen Literatur. Dan Simmons
lebt mit seiner Familie in Colorado, USA.

Von Dan Simmons bereits erschienen:

Die Feuer von Eden. Roman (41597)
Endymion – Pforten der Zeit. Roman (35392)
Endymion – Die Auferstehung. Roman (43352)
Fiesta in Havanna. Roman (54126)

Weitere Bücher sind in Vorbereitung.

Dan Simmons

Das Schlangenhaupt

Roman

Ins Deutsche übertragen
von Jörn Ingwersen

GOLDMANN

Die Originalausgabe erschien unter dem Titel
»Darwin's Blade«
2000 bei William Morrow/HarperCollins Publishers Inc., New York

Umwelthinweis:
Alle bedruckten Materialien dieses Taschenbuches
sind chlorfrei und umweltschonend.

Deutsche Erstausgabe März 2002
Copyright © 2000 by Dan Simmons
Copyright © der deutschsprachigen Ausgabe 2002
by Wilhelm Goldmann Verlag, München,
in der Verlagsgruppe Random House GmbH
Published in agreement with the author,
c/o Baror International, Inc., Armonk, New York, USA
Umschlaggestaltung: Design Team München
Umschlagfoto: TIB/Koren
Satz: Uhl+Massopust, Aalen
Druck: Elsnerdruck, Berlin
Titelnummer: 45105
Redaktion: Jochen Stremmel
V. B. · Herstellung: Katharina Storz/Str
Made in Germany
ISBN 3-442-45105-1
www.goldmann-verlag.de

1 3 5 7 9 10 8 6 4 2

Dieses Buch ist Wayne Simmons und Stephen King gewidmet. Meinem Bruder Wayne, der täglich mit Unfallermittlungen beschäftigt ist, in stiller Bewunderung, dass dein Sinn für Humor überlebt hat; für Steve, der die scharfe Klinge Darwins durch die tödliche Dummheit eines anderen zu spüren bekam, in Dankbarkeit, dass es dich noch gibt und du uns nach wie vor Geschichten am Lagerfeuer erzählen kannst.

Der Autor möchte sich bei Wayne A. Simmons und Trudy Simmons für ihren Rat und ihre Hilfe bei der Recherche zu diesem Roman bedanken. Sein Dank gilt außerdem den Segelfliegern von Warner Springs, die mich meine Theorien zum Luftkampf in einem ihrer Hochleistungssegelflugzeuge überprüfen ließen, dem *Accident Reconstruction Journal*, der United States Marine's Scout Sniper School in Quantico, Virginia, und dem Camp Pendleton in Kalifornien. Würdigen möchte ich weiterhin die Schriften von Stephen Pressfield hinsichtlich der griechischen Theorien zur *Phobologie* – des Studiums der Furcht und ihrer Bekämpfung – und Jim Land, dessen Anleitung für Scharfschützen wohl das definitive Werk zum Thema sein dürfte. Dem Künstler in der Acura Division der Honda Motor Company, der den Motor meines Acura NSX per Hand zusammengesetzt hat, kann ich nur sagen: *»Domo arigato gazaimasu – Shuri o onegai dekimasu ka?«* Sämtliche Unfälle, die in diesem Buch behandelt werden, basieren auf den Rekonstruktionsakten wirklicher Unfälle, sind jedoch Montagen – die Kombination mehrerer Ermittlungen zu einer Rekonstruktion, und zwar aus rein erzählerischen Gründen. Mein Dank gilt den Unfallermittlern und Rekonstruktionsexperten, von deren Professionalismus und bizarrem Sinn für Humor dieser Roman erhellt ist. Was dieses Buch an Exaktheit und Plausibilität besitzt, beruht auf ihrer Hilfe. Die Fehler sind leider allesamt dem Autor anzulasten.

Ockhams Messer:

Unter gleichwertigen Voraussetzungen ist die richtige meist die einfachste Lösung.

Wilhelm von Ockham, 14. Jh.

Darwins Klinge:

Unter gleichwertigen Voraussetzungen ist Dummheit meist die einfachste Lösung.

Darwin Minor, 21. Jh.

1

Das Telefon ging ein paar Minuten nach vier am frühen Morgen. »Sie mögen Unfälle, Dar. Den hier sollten Sie sich auf keinen Fall entgehen lassen.«

»Ich mag keine Unfälle«, sagte Dar. Er fragte nicht, wer anrief. Er erkannte Paul Camerons Stimme, obwohl er seit einem Jahr nichts mehr mit ihm zu tun gehabt hatte. Cameron war bei der California Highway Patrol und arbeitete von Palm Springs aus.

»Na schön«, sagte Cameron, »dann mögen Sie eben *Puzzles*.«

Dar rollte herum und sah zur Uhr. »Nicht um vier Uhr acht am frühen Morgen«, sagte er.

»Der hier ist es wert.« Die Verbindung klang hohl, als spräche Cameron in ein Funkgerät oder Handy.

»Wo?«

»Montezuma Valley Road«, sagte Cameron. »Nicht ganz zwei Kilometer in den Canyon, wo die S22 aus den Bergen in die Wüste führt.«

»Du meine Güte«, murmelte Dar. »Sie meinen Borrego Springs. Bis dahin würde ich mehr als anderthalb Stunden brauchen.«

»Nicht mit Ihrem schwarzen Wagen«, sagte Cameron, und sein unterdrücktes Lachen mischte sich mit dem Knistern und Rauschen der schlechten Verbindung.

»Was für ein Unfall könnte mich vor dem Frühstück bis fast nach Borrego Springs locken?«, sagte Dar und setzte sich auf. »Mehrere Fahrzeuge?«

»Wir wissen es nicht«, sagte Officer Cameron. Noch immer klang seine Stimme amüsiert.

»Was soll das heißen: Sie wissen es nicht? Haben Sie denn noch niemanden an der Unfallstelle?«

»Ich bin hier direkt vor Ort«, sagte Cameron durch das Rauschen.

»Und Sie können nicht sagen, wie viele Fahrzeuge beteiligt sind?« Dar merkte, wie sehr er sich wünschte, er hätte eine Zigarette in der Schublade seines Nachtschränkchens. Er hatte das Rauchen vor zehn Jahren aufgegeben, kurz nach dem Tod seiner Frau, sehnte sich aber in den seltsamsten Momenten danach.

»Wir können nicht mal zweifelsfrei sicherstellen, welche *Art* von Fahrzeug oder Fahrzeugen beteiligt war oder waren«, sagte Cameron, wobei seine Stimme diesen offiziellen, hölzernen Tonfall annahm, den Polizisten benutzen, wenn sie sich auf ihre Funktion besannen.

»Sie meinen, welche Marke?«, sagte Dar. Er rieb sein Kinn, hörte das Sandpapierkratzen und schüttelte den Kopf. Er hatte schon reichlich Hochgeschwindigkeitsautounfälle gesehen, bei denen Marke und Modell des Wagens auf den ersten Blick nicht auszumachen waren. Besonders bei Nacht.

»Ich meine, wir wissen nicht, ob es ein Auto ist, mehr als *ein* Auto, ein Flugzeug oder ein verdammtes abgestürztes UFO«, sagte Cameron. »Wenn Sie sich das hier nicht ansehen, Darwin, werden Sie es den Rest Ihres Lebens bereuen.«

»Was wollen Sie damit…«, setzte Dar an und brach ab. Cameron hatte die Verbindung unterbrochen. Dar schwang seine Beine über die Bettkante, blickte in die Finsternis jenseits der hohen Fenster seiner Wohnung, knurrte: »Mist«, und stand auf, um kurz zu duschen.

Er blieb zwei Minuten unter einer Stunde Fahrzeit von San Diego bis dorthin, zwang den Acura NSX hart durch die Serpentinen, rammte auf den langen Geraden den höchsten Gang rein und ließ den Radardetektor im winzigen Handschuhfach, da er davon ausging, dass sämtliche Fahrzeuge der Highway

Patrol, die auf der S22 ihren Dienst taten, am Unfallort wären. Schon dämmerte das fahle Licht des Sonnenaufgangs, als er das anderthalb Kilometer lange sechsprozentige Gefälle jenseits von Ranchita nach Borrega Springs bis in die Wüste von Anza-Borrega noch vor sich hatte.

Eines der Probleme als Unfallrekonstruktionsexperte, dachte Dar eben, als er in den Dritten schaltete und mühelos eine schnelle Kurve nahm, wobei nur am kehligen Schnurren vom Auspuff zu merken war, dass er langsamer wurde und dann wieder Geschwindigkeit aufnahm, *besteht darin, dass fast jeder Kilometer Highway mit Erinnerungen an die tödliche Dummheit irgendeines Menschen verbunden ist.* Der NSX röhrte im leuchtenden Morgengrauen eine leichte Anhöhe hinauf, dann blubberte er das lange, verschlungene Gefälle in den Canyon einige Kilometer unter sich hinab.

Dort, dachte Dar und warf einen kurzen Blick auf ein wenig bemerkenswertes Stück alter Leitplanke auf Holzpfählen, das auf der Außenseite einer Rechtskurve vorüberblitzte. *Genau dort.*

Etwas über fünf Jahre war es her, dass Dar dort eintraf, nur fünfunddreißig Minuten, nachdem ein Schulbus dieses Stück Leitplanke gerammt hatte, mehr als zwanzig Meter daran entlanggeschrammt, dann die Böschung hinuntergestürzt war, sich drei Mal am felsigen Hang überschlagen hatte und auf der Seite zu liegen kam, mit dem zerdrückten Dach im schmalen Bachbett. Der Bus hatte der Schulbehörde von Desert Springs gehört und kam von einem Campingausflug im Rahmen der »Ökowoche« aus den Bergen zurück, mit einundvierzig Sechstklässlern und zwei Lehrern an Bord. Als Dar eintraf, waren Krankenwagen und Rettungshubschrauber nach wie vor damit beschäftigt, schwer verletzte Kinder abzutransportieren, während eine ganze Menge von Helfern Tragbahren den felsigen Hang hinaufreichte und unten auf den Steinen mindestens drei kleine Leichen unter gelben Plastikplanen lagen. Als schließlich zusammengerechnet wurde, waren sechs

Kinder und ein Lehrer tot, vierundzwanzig Schüler schwer verletzt – darunter ein Junge, der den Rest seines Lebens gelähmt sein würde – und die Busfahrerin trug Schnitte, Prellungen und einen gebrochenen linken Arm davon.

Dar arbeitete damals für das »National Transportation Safety Board«, kurz NTSB – die Nationale Verkehrssicherheitsbehörde. Ein Jahr später hatte er dort gekündigt und arbeitete seither als unabhängiger Unfallrekonstruktionsspezialist. Damals hatte er den Anruf in seiner Wohnung in Palm Springs bekommen.

Vier Tage nach dem Unfall sah sich Dar die Medienberichterstattung der »schrecklichen Tragödie« an. Die Fernsehsender und Tageszeitungen in L.A. waren schon früh zu dem Schluss gekommen, dass die Busfahrerin eine Heldin sein musste – und diese Ansicht wurde in der allgemeinen Berichterstattung deutlich. Die Befragung der Fahrerin und Aussagen von Augenzeugen, einschließlich der Lehrerin, die direkt hinter einem der verstorbenen Kinder gesessen hatte, stützten diese Meinung zweifelsfrei. Alle waren sich darin einig, dass die Bremsen versagt hatten, kaum zwei Kilometer, nachdem der Bus die lange, steile Abfahrt begonnen hatte. Die Fahrerin, eine einundvierzigjährige Mutter zweier Kinder, hatte allen zugerufen, sie sollten sich festhalten. Dann hatte eine zehn Kilometer lange, fürchterliche Achterbahnfahrt begonnen, wobei die Fahrerin alles tat, damit der Bus nicht von der Straße kippte, mit qualmenden Bremsen, die das Fahrzeug jedoch offenbar nicht ausreichend verlangsamten, und Kinder, die in scharfen Kurven von den Sitzen flogen. Dann schließlich das Krachen, das Knirschen und der Sturz die Böschung hinab. Alle waren sich darin einig, dass die Fahrerin nicht mehr hätte tun können. Es sei, nachdem die Bremsen versagt hatten, im Gegenteil ein Wunder gewesen, dass sie den Bus so lange auf der Straße hatte halten können.

Dar las die Leitartikel, die verkündeten, die Fahrerin sei eine Art Heldin und man könne ihr gar nicht mit genügend Hochachtung begegnen. Zwei Fernsehsender aus L.A. brachten eine Live-Übertragung, als Eltern der überlebenden Kinder vor der Schulbehörde Aussagen zu den heroischen Versuchen der Fahrerin unter »unmöglichen Umständen« machten. Die *NBC Nightly News* brachten einen vierminütigen Beitrag über diese Fahrerin und andere Busfahrer, die »in Ausübung ihres Dienstes« verletzt oder getötet worden waren. Tom Brokaw nannte diese Fahrerin und andere wie sie »Amerikas unbekannte Helden«.

Inzwischen sammelte Dar Informationen. Der Schulbus war ein 1989er TC-2000, hergestellt von der Blue Bird Body Company und von der Schulbehörde in Desert Springs fabrikneu erworben. Er hatte Servolenkung, einen Dieselmotor und ein Vier-Gang-Automatikgetriebe vom Typ AT 545 der Allison Transmission Division bei General Motors. Darüber hinaus war er mit einer von den entsprechenden Bundesbehörden empfohlenen Zweikreis-Druckluft-Trommelbremse ausgestattet, Typ 20 an der Vorderachse, Typ 24/30 an der Hinterachse, dazu ein Not/Feststellbremssystem. Alle Bremsen besaßen manuelle Gestängesteller, die sich maximal 5,5 Zoll weit ausfahren ließen.

Der Fahrersitz war mit einem Beckengurt ausgerüstet, die Passagiersitze nicht. Dar wusste, dass es sich dabei um die übliche Praxis bei Schulbussen handelte. Eltern, die nie zulassen würden, dass ihre Kinder unangeschnallt im Familienauto saßen, winkten jeden Morgen den Bussen nach, wenn sich diese mit fünfzig Kindern ganz ohne Gurte auf die Reise machten. Das geschätzte Gesamtgewicht des Busses samt Passagieren und Campinggepäck betrug 10 364 Kilogramm.

Die Fahrerin hatte – wie Zeitungen und Fernsehberichte es nannten – »eine makellose Akte bei der Behörde«. Bluttests, die gleich nach dem Unfall genommen wurden, erbrachten keinerlei Hinweise auf Drogen oder Alkohol. Dar befragte sie zwei Tage nach dem Unfall, und ihre Aussage glich beinah wortwörtlich dem, was sie am Abend des Unfalls bei der

Highway Patrol gesagt hatte. Sie berichtete, dass ihr der Bus etwa anderthalb Kilometer, nachdem sie losgefahren waren, auf einem leichten Bergabstück, »komisch und schwammig« vorgekommen sei. Mehrfach habe sie das Bremspedal durchgetreten. Eine Warnlampe habe aufgeleuchtet und auf zu niedrigen Bremsdruck hingewiesen. In diesem Moment, so hatte die Fahrerin ihm erzählt, sei das Gefälle zu Ende gewesen, es ging drei Kilometer bergan und der Bus sei langsamer geworden. Das Automatikgetriebe habe in einen niedrigeren Gang gewechselt und das Bremswarnlicht sei ausgegangen. Dann habe es ein paarmal geblinkt. Die Fahrerin sagte, sie sei davon ausgegangen, dass sich das Problem von allein erledigt habe und es keinen Grund gäbe, nicht weiterzufahren.

Kurz darauf, so berichtete sie, seien sie zu einem langen Bergabstück gekommen und die Bremsen hätten »einfach komplett versagt«. Der Bus war immer schneller geworden. Die Fahrerin sagte, sie habe ihn mit Hilfe der Handbremse nicht verlangsamen können. Der Bremsgeruch war stark. Die Hinterräder fingen an zu qualmen. Sie sagte, sie habe das Automatikgetriebe in den zweiten Gang geschaltet, doch das habe nichts geholfen. Sie sagte, da habe sie dann das Funkgerät genommen, um sich bei ihrer Zentrale zu melden, doch musste sie das Mikro fallen lassen, damit ihr das Lenkrad nicht entglitt und der Bus auf der Straße blieb. Neun Kilometer weit gelang es ihr, rief sie den Schülern und Lehrern zu, sich »nach links!« und »nach rechts!« zu lehnen. Schließlich hatte der Bus die äußere Leitschiene berührt, war daran entlanggeschrammt und über die Böschung gegangen. »Ich weiß nicht, was ich sonst noch hätte tun sollen!«, sagte die Fahrerin bei ihrer Aussage. Inzwischen weinte sie. Ihre Aussage stimmte mit den Angaben überein, die Dar von den überlebenden Lehrern und Schülern bekommen hatte.

Die Fahrerin – übergewichtig, mit blasser Miene und schmalen Lippen – kam Dar dumm und irgendwie kuhartig vor, aber er misstraute seiner eigenen Wahrnehmung in diesem

Punkt. Je älter er wurde und je länger er an Unfallrekonstruktionen arbeitete, desto dümmer kamen ihm die meisten Leute vor. Und immer mehr Frauen schienen ihm in den Jahren seit dem Tod seiner Frau zur Kuhartigkeit zu neigen.

Seine Leute prüften die Akten der Fahrerin. Die Fernsehsender und Zeitungen hatten gemeldet, sie besäße »eine makellose Akte bei der Behörde«, was zutreffend war, nur traf außerdem zu, dass die Behörde sie erst sechs Monate vor dem Unfall eingestellt hatte. Nach den Akten des Verkehrsamtes von Tennessee zu urteilen, waren in fünf Jahren eine Vorladung wegen Fahrens unter Alkoholeinfluss und zwei weiterer Verkehrsvergehen gegen sie ausgestellt worden. In Kalifornien besaß sie einen Schulbusführerschein (Erlaubnis zum Transport von Passagieren), ausgestellt zwei Tage vor ihrer Einstellung bei der Schulbehörde, dazu einen gültigen kalifornischen B-Führerschein (kommerzielle Nutzung), beschränkt auf konventionelle Busse mit automatischem Getriebe. Die Akten der kalifornischen Verkehrsbehörde wiesen außerdem auf zwei Verstöße hin, die der Fahrerin zehn Tage vor dem Unfall vorgeworfen worden waren: Sie hatte weder eine Haftpflichtversicherung noch gültige Kennzeichen vorweisen können. Die Akten der Highway Patrol zeigten, dass man ihren regulären Führerschein aus diesen Gründen zeitweilig eingezogen hatte. Am Tag vor dem Unfall war ihr dieser wieder ausgehändigt worden, nachdem sie ihren Versicherungsnachweis bei der Verkehrsbehörde hatte vorlegen können. Zum Zeitpunkt des Unfalls waren keine ausstehenden Strafmandate gegen sie registriert. Sie hatte vierundfünfzig Stunden Unterricht in der Fahrschule erhalten, darunter einundzwanzig Fahrstunden in einem Bus vom gleichen Typ wie das Unfallfahrzeug, nur war auf dem Lehrplan keine Fahrt in den Bergen vorgesehen gewesen.

Dars Bericht hinsichtlich des Schadens am Bus belief sich auf vier einzeilig beschriebene Seiten. Im Wesentlichen war die Karosserie vom Fahrgestell abgetrennt worden. Das Dach war eingebrochen und direkt hinter dem Fahrersitz bis zur dritten Reihe komplett zusammengedrückt, wobei sämtliche Fensterrahmen nachgegeben hatten, sodass auf der gesamten linken Seite alles Glas geborsten war. Die Stoßstangen fehlten. Der Treibstofftank war an mehreren Stellen beschädigt, ein Gummischlauch gerissen, doch war der Tank nicht geborsten und seine Halterung fest am Chassis verankert geblieben.

Dar sah sich die Inspektions- und Reparaturaufträge für den Bus an und stellte fest, dass die Bremsen alle 2000 Kilometer eingestellt worden waren und man das Fahrzeug einmal monatlich einer Inspektion unterzogen hatte. Zwar hatte die letzte Inspektion erst zwei Tage vor dem Unfall stattgefunden und der Mechaniker erklärt, die Bremsen seien nicht ganz richtig eingestellt und müssten nachgezogen werden, doch fand sich kein Nachweis darüber, dass die Mechaniker die Bremsen nachgestellt hatten. Tests der Bremsen am Unfallfahrzeug ergaben, dass sie am Tag des Unfalls falsch eingestellt waren. Weitere Untersuchungen ergaben, dass die Schulbehörde erst kürzlich vom Inspektionsformular der California Highway Patrol zu einem vom Hersteller selbst entwickelten Vordruck (1040-008 Rev.5/91) übergegangen war. Der Chefmechaniker hatte sowohl die »O.K.«-Felder als auch die »Reparatur«-Felder auf dem Formular ausgefüllt und deutlich »Reparatur« angekreuzt. Im Gegensatz zu den älteren Inspektionsformularen jedoch, auf denen der Auftrag für weitere Arbeiten in einem Bereich unterhalb des »Reparatur«-Feldes eingetragen wurde, hatte der Chefmechaniker seinen Reparaturauftrag auf der Rückseite des neuen Formulars vermerkt. Die fünf Mechaniker, die unter seiner Aufsicht arbeiteten – es gab je einen Mechaniker für achtzehn Busse, genau wie in den Richtlinien von Schulbehörde und Hersteller vorgeschrieben –, hatten den handschriftlichen Auftrag übersehen.

»Na, das war es dann wohl«, sagte der Leiter der Schulbehörde von Desert Springs.

»Nicht ganz«, sagte Dar.

Drei Wochen nach dem Unfall bestellte Dar einen Lokaltermin. Man brachte einen identischen 1989er Schulbus vom Typ TC-2000, beladen mit 2250 kg schweren Sandsäcken, die das Gewicht der Schüler, der Lehrer und ihres Gepäcks simulieren sollten, zum Gipfel der Montezuma Valley Road, wohin die Klassen ihren Waldausflug im Rahmen der »Ökowoche« unternommen hatten. Die Bremsen dieses TC-2000 waren genau so verstellt wie am Unfallfahrzeug. Dar meldete sich als Fahrer des Testwagens und ließ einen Freiwilligen von der Verkehrssicherheitsbehörde NTSB mitfahren, der den Test mit einer Videokamera festhalten sollte. Die California Highway Patrol schloss die Straße für die Dauer des Lokaltermins. Mitglieder der Schulbehörde waren anwesend. Keiner wollte mitfahren.

Dar steuerte das Fahrzeug das erste Gefälle hinunter, die drei Kilometer lange Steigung hinauf, dann die lange Canyonstraße hinab – das größte Gefälle lag bei 10,5 Prozent – und brachte das Fahrzeug an einer Ausweichbucht zehn Meter hinter der Stelle zum Stehen, an der das Unfallfahrzeug von der Straße ausgeschert war. Er wendete den Wagen und fuhr ihn wieder auf den Gipfel.

»Die Bremsen haben funktioniert«, sagte Dar zu den versammelten Mitgliedern der Schulbehörde und den Beamten der Highway Patrol. »Kein Bremswarnlicht hat aufgeleuchtet. Weder Qualm noch Gestank von brennenden Belägen.«

Er erklärte, was am Tag des Unfalls geschehen war.

Beide Feststellbremsen waren angezogen gewesen, als die Fahrerin am Lagerplatz im Wald losfuhr. Nach dem ersten Stück bergab, auf dem man die brennenden Beläge hatte riechen können, waren die folgenden drei Kilometer bergauf gegangen. »Bremsen fangen an zu stinken«, erklärte Dar, »wenn Bremstrommel und -backen Temperaturen von mehr als 300 Grad Celsius erreichen.« Lehrer, Schüler und Busfahrerin hatten den Geruch während der ersten Bergab- und Berganfahrt wahrgenommen. Die Fahrerin hatte ihn ignoriert.

Das Bremswarnlicht war kurze Zeit erloschen und fing dann wieder an zu blinken, als der Bus zur letzten Anhöhe vor dem langen Gefälle nach Borrega Springs kam. Die überlebende Lehrerin, die in der ersten Reihe rechts saß, hatte es blinken sehen.

»Es gibt nur eine einzige technische Erklärung dafür, wieso die Bremswarnlampe auf diesem Teil des Weges eine Überhitzung angezeigt hat«, sagte Dar. »Die Feststellbremse war angezogen, und zwar die ganze Zeit, seit der Bus auf dem Parkplatz im Wald losgefahren war.« Außerdem, erklärte er, hatten die Überlebenden erzählt, der Bus habe sich auf den ersten drei Kilometern bergan »seltsam angefühlt« und »leicht geschlingert«. Die Fahrerin hatte alle Anzeichen ignoriert und sich auf den langen Weg in den Canyon hinab gemacht.

Dar erklärte, am Tag des Unfalls sei ihm aufgefallen, dass sich die Vorderräder des Busses frei drehten, die Hinterräder jedoch blockiert waren. Weiterhin erklärte er, dieser Bustyp besitze automatische Bremsen, die ohne jedes Zutun des Fahrers einsetzen, sobald der Luftdruck im System unter zwei Bar fiele. Die blockierten Hinterräder zeigten ihm, dass zu niedriger Luftdruck im Bremssystem die automatischen Bremsen ausgelöst hatte. Die Tests hätten gezeigt, dass es kein Leck im System gegeben habe und der Kompressor intakt sei. Die automatischen Bremsen hatten den Bus jedoch nicht anhalten können, da sie bereits überhitzt waren, bevor sie ihre Arbeit aufnahmen.

An dieser Stelle stieg Dar wieder in den Bus, zog die Feststellbremsen und fuhr erneut vom Parkplatz. Ein Konvoi aus Polizeifahrzeugen und Privatwagen folgte ihm.

Der Bus schlingerte leicht auf dem Weg bergan. Sowohl Dar als auch sein Assistent mit der Videokamera hielten auf Band fest, dass sie die stinkenden Bremsen riechen konnten. Die Streifenwagen hinter dem Bus meldeten über Funk, man könne deutlich sehen, dass Qualm von den Hinterrädern aufstiege. Das Bremswarnlicht leuchtete auf. Dar hielt kurz dort an, wo die Busfahrerin gehalten hatte, trat die Bremse mehrmals durch, genau wie sie am Tag des Unfalls, dann machte er sich auf den langen Weg bergab.

Die Bremsen versagten nach zwei Kilometern. Das automatische Bremssystem setzte ein, versagte jedoch ebenfalls auf Grund von Überhitzung. Der Bus nahm Geschwindigkeit auf.

Als der Bus vierundsiebzig Kilometer in der Stunde fuhr, schaltete Dar von D-3 nach D-2, was ihn bremste, dann nach D-1, was den Bus ins Schlingern brachte, ihn aber auch gleich langsamer machte. Da er noch immer achtzehn Stundenkilometer fuhr, wählte er eine sandige Stelle am Hang, auf der Innenseite der nächsten Kurve, und lenkte den Bus mit denkbar leichtem Ruck dagegen, brachte ihn zum Stehen. Eine Sekunde später traf die Armada aus Streifenwagen und den Autos von Mitgliedern der Schulbehörde beim Bus ein. Dar stieg in einen der Streifenwagen und sie fuhren zur Unfallstelle.

»Die Fahrerin ist am Campingplatz mit angezogener Handbremse losgefahren, was bedeutet, dass auch beide Notbremsen blockierten und so das gesamte System auf den ersten beiden Kilometern überhitzte, was den Luftdruck unter zwei Bar fallen ließ«, sagte er der Menge, die dort um die Stelle versammelt stand, wo der Bus von der Straße abgekommen war. »Die automatischen Bremsen haben funktioniert, wegen der Überhitzung aber nur mit geringer Wirkung. Dennoch hätte es reichen müssen, den Bus unter fünfundvierzig Stundenkilometer zu bekommen. Bei meinem Versuch eben ist es gelungen.«

»Aber Sie sind doch gerade immer schneller gefahren«, sagte der Aufsichtsbeirat der Schulbehörde.

Dar nickte. »Ich habe manuell vom zweiten Gang in den dritten und dann in den vierten geschaltet«, sagte Dar.

»Aber die Busfahrerin hat gesagt, sie hätte *herunter*geschaltet«, sagte der Leiter der Schulbehörde.

Dar nickte. »Ich weiß, aber das hat sie nicht getan. Als wir das Getriebe nach dem Unfall untersucht haben, saß es im vierten Gang fest. Die Automatik von Allison ist so programmiert, dass sie im Falle einer derart plötzlichen Beschleunigung *herunter*schaltet. Die Fahrerin hat sich über das Automatikgetriebe hinweggesetzt und in den vierten Gang geschaltet.«

Die Menge starrte ihn an.

»Hier fanden sich am Tag des Unfalls zweihundert Meter streifige, schlingernde Reifenspuren auf der Straße«, sagte er und deutete darauf. Sie waren noch zu sehen. Alle Blicke folgten seinem Finger. »Trotz des mangelnden Luftdrucks auf Grund der Überhitzung versuchte das automatische Bremssystem doch immer noch, den Bus anzuhalten, als dieser da oben an der Leitplanke entlangschrammte.« Alle wandten sich um und sahen sich die verbeulte, verbogene Leitplanke an. »Der Bus fuhr hundertdrei Kilometer in der Stunde, als er sie traf«, sagte Dar. »Er fuhr ungefähr siebenundsiebzig Stundenkilometer schnell, als er von der Straße abkam und *hier* etwa abhob.«

Alle Köpfe drehten sich herum.

»Der Bus fuhr im vierten Gang, als er die Begrenzung rammte, weil die Fahrerin diesen Gang eingelegt hatte«, sagte Dar, »nicht weil das Getriebe versagt oder automatisch hochgeschaltet hatte. Sie war in Panik. Nachdem sie die Bremsen ausgebrannt, den Gestank und das ungewöhnliche Fahrverhalten des Busses bergauf ignoriert hatte, ignorierte sie auch die Warnlampe für den Bremsdruck und beschloss, die steile Straße hinunterzufahren, und das, obwohl sich die Bremsen oben auf dem Pass ›komisch und schwammig‹ angefühlt hatten. Dann schaltete sie die Automatik bei etwa fünfundvierzig Stundenkilometern versehentlich in den vierten Gang.«

Zwei Monate nach dem Unfall hatte Dar in einer Lokalzeitung gelesen, dass man die Busfahrerin der fahrlässigen Körperverletzung mit Todesfolge in sieben Fällen für schuldig befunden hatte. Ein Jahr auf Bewährung hatte sie bekommen und ihr Busführerschein wurde für alle Zeiten eingezogen. Weder die Fernsehsender noch die Zeitungen in L.A., die sie zur unbekannten Heldin stilisiert hatten, widmeten diesem Aspekt der Geschichte mehr als eine beiläufige Bemerkung, vielleicht aus Verlegenheit über ihre anfängliche Begeisterung.

Es war hell genug, ohne Scheinwerfer zu fahren, als Dar am Unfallort ankam. Cameron hatte in seiner Ortsangabe etwas daneben gelegen: Der Unfall befand sich keine anderthalb Kilometer von der Stelle, wo der Canyon in die Wüste führte. Alles an dieser verschlungenen Straße wies auf einen schweren Unfall hin: Streifenwagen der Highway Patrol parkten am Rand, mit blinkenden Lichtern, aufgestellten Pylonen, und die Polizisten lenkten den Verkehr in beiden Richtungen über die linke Spur. Zwei Krankenwagen standen da, sogar ein Hubschrauber brummte über ihnen. Alles, nur kein Wrack.

Dar ignorierte den Polizisten, der dort seine Kelle schwang und scherte auf den breiten rechten Seitenstreifen aus, wo die offiziellen Fahrzeuge parkten. Rote und blaue Lichter färbten die Wände des Canyons mit pulsierendem Licht.

Der Polizist kam zum NSX marschiert. »Hey! Sie können hier nicht parken. Das ist eine Unfallstelle.«

»Sergeant Cameron hat mich bestellt.«

»Cameron?« Noch immer war der Polizist verärgert, weil Dar seinen Befehl missachtet hatte. »Wieso? Sind Sie von der Unfallermittlung? Können Sie sich ausweisen?«

Dar schüttelte den Kopf. »Sagen Sie Sergeant Cameron einfach, dass Dar Minor hier ist.«

Der Streifenpolizist machte ein finsteres Gesicht, zog aber sein Funkgerät aus dem Gürtel, trat ein Stück beiseite, um ungestört zu sein, und sprach hinein.

Dar wartete. Er merkte, dass die Cops der Highway Patrol dort auf dem Seitenstreifen allesamt an der Canyonwand hinaufstarrten. Dar stieg aus dem NSX und sah am roten Fels hinauf. Mehrere hundert Fuß weiter oben, auf einem breiten Sims, war grelles Licht zu sehen, und Menschen und Maschinen bewegten sich. Weder Straße noch Weg führten zu diesem

Sims, nicht mal ein kleiner Pfad kam vom hohen Kliff herab. Ein grünweißer Hubschrauber schwebte vom Rand auf und flog vorsichtig hinunter in den Canyon.

Dar merkte, wie ihm flau im Magen wurde, als er sah, wie der Helikopter auf einem abgesperrten Stück entlang des Seitenstreifens landete. *LOH*, dachte er. »Light Observation Helicopters« hatten sie die Dinger in Vietnam genannt, vor vielen Jahren. Dar erinnerte sich daran, wie gern die Offiziere damit herumgeflogen waren. Heute benutzte man sie zur Verkehrsbeobachtung und für die Polizeiarbeit. Wahrscheinlich ein Hughes 55.

»Darwin!« Sergeant Cameron und ein weiterer Polizist sprangen aus dem Hubschrauber und liefen gebückt unter den wirbelnden Rotorblättern durch.

Paul Cameron war etwa in Dars Alter, Ende vierzig. Der Sergeant war groß und ziemlich schwarz, mit breiter Brust und sauber gestutztem Oberlippenbärtchen. Dar wusste, dass Cameron längst im Ruhestand wäre, wenn er nicht spät mit dem Polizeidienst begonnen hätte. Er war zu den Marines gekommen, als Dar das Corps verließ.

Cameron hatte einen jüngeren Streifenpolizisten bei sich: weiß, Anfang zwanzig, ein Babyface mit einem Mund, der Dar an Elvis erinnerte.

»Dr. Darwin Minor, das ist Patrolman Mickey Elroy. Wir haben eben über Sie gesprochen, Dar.«

Der jüngere Polizist blinzelte Dar an. »Sind Sie wirklich Doktor?«

»Kein Mediziner. Doktor der Physik.«

Während Patrolman Elroy darüber nachdachte, sagte Cameron: »Sind Sie bereit, da raufzufliegen und sich das Puzzle anzusehen, Dar?«

»Fliegen.« Dar machte sich nicht die Mühe, seine mangelnde Begeisterung zu verbergen.

»Stimmt, Sie fliegen nicht gern.« Camerons Stimme kannte nur zwei Tonfälle – amüsiert und aufgebracht. Momentan war er eher amüsiert. »Aber, Hey, Sie haben doch einen Pilotenschein, oder, Dar? Segelflugzeuge und so?«

»Ich *lasse* mich nicht gern fliegen«, sagte Dar, aber er nahm seine große Kameratasche aus dem NSX und folgte den beiden anderen zum Hubschrauber. Cameron saß auf dem Copilotensitz und auf der Rückbank war gerade genug Platz für Dar und den jungen Polizisten. Sie schnallten sich an.

Zuletzt bin ich mit einem dieser gottverdammten Dinger geflogen, dachte Dar, *als ich in einem Sea Stallion saß und der Reaktor von Dalat unter mir immer kleiner wurde.*

Der Pilot überprüfte, dass sie alle angeschnallt waren, dann drehte er den einen Knüppel und zog den anderen zu sich heran. Der kleine Helikopter hob ab, schwankte kurz, dann neigte er sich vor, stieg am Eingang des Canyons auf, machte kehrt, schwebte einen Moment über dem breiten Sims aus Stein und Gestrüpp, dann setzte er vorsichtig auf, wobei die Rotorblätter nie mehr als sechs, sieben Meter von der senkrechten Felswand entfernt waren.

Mit zitternden Beinen stieg Dar aus. Er fragte sich, ob Cameron zulassen würde, dass er sich an der Canyonwand hinunter zum Highway abseilte, wenn es Zeit für den Rückweg wurde.

»Dann stimmt es also, was der Sergeant über Sie und das Space-Shuttle sagt?«, fragte Patrolman Elroy und verzog seine Elvislippen leicht.

»Was?«, sagte Dar, der in die Hocke ging und sich die Ohren zuhielt, als der Helikopter wieder abhob.

»Dass Sie rausgefunden haben, weshalb das Ding explodiert ist. Die *Challenger* meine ich. Ich war damals zwölf.«

Dar schüttelte den Kopf. »Nein, ich war nur ein kleines Licht vom NTSB bei der Untersuchungskommission.«

»Ein kleines Licht, das von der NASA vor die Tür gesetzt wurde«, sagte Cameron, zog an seinem Uniformhut, hielt ihn fest.

Elroy schien verdutzt. »Warum hat man Sie gefeuert?«

»Weil ich ihnen gesagt habe, was sie nicht hören wollten«, sagte Dar. Inzwischen konnte er dort auf dem Felsvorsprung den Krater sehen. Dieser war etwa zehn Meter breit und an der tiefsten Stelle gut einen Meter tief. Was immer dort eingeschlagen war, hatte gebrannt, war an der inneren Felswand aufgeflammt und hatte ein kleines Feuer im Gras und dem Gestrüpp entfacht, das dort am Sims entlang wuchs. Ein Dutzend Leute von Highway Police und Gerichtsmedizin standen dort und kauerten beim oder im Krater.

»*Was* wollten sie nicht hören?«, fragte Elroy, der sich beeilte, Schritt zu halten.

Dar trat an den Rand des Kraters. »Dass die Astronauten der *Challenger* nicht bei der Explosion ums Leben gekommen sind«, sagte er, ohne dem Gespräch ernstlich seine Aufmerksamkeit zu widmen. »Ich habe ihnen erklärt, dass der menschliche Körper ein erstaunlich widerstandsfähiger Organismus ist. Ich habe ihnen erklärt, dass die sieben Astronauten gelebt haben, bis ihre Kabine im Meer aufschlug. Zwei Minuten und fünfundvierzig Sekunden freier Fall.«

Der Junge blieb stehen. »Großer Gott«, sagte er. »Das stimmt doch nicht, oder? Das habe ich noch nie gehört. Ich meine…«

»Was soll das, Paul?«, sagte Dar. »Du weißt, dass ich keine Flugzeugabstürze mehr bearbeite.«

»Ja«, sagte Cameron und zeigte seine kräftigen, weißen Zähne, als er grinste. Er hockte sich hin, suchte im verbrannten Gras herum und warf Dar ein angeschwärztes Metallstück zu. »Kannst du das identifizieren?«

»Türgriff«, sagte Dar. »Chevy.«

»Die Jungs meinen, es war ein '82er El Camino«, sagte Cameron und deutete dabei auf die Gerichtsmediziner in der schwelenden Grube.

Dar warf einen Blick auf die senkrechte Felswand rechts von sich und die Straße weit unten. »Nett«, sagte er. »Ich gehe davon aus, dass oben auf dem Kliff keine Reifenspuren zu finden sind.«

»Nein, nur Stein«, sagte der Sergeant. »Es gibt auch von der Rückseite keinen Weg hier rauf.«

»Wann ist es passiert?«

»Irgendwann letzte Nacht. Ein Zivilist hat gegen zwei Uhr früh ein Feuer gemeldet.«

»Ihr Jungs habt euch gleich darauf gestürzt.«

»Mussten wir. Die ersten Leute von der Highway Patrol dachten, da wäre ein Militärflugzeug abgestürzt.«

Dar nickte und trat ans gelbe Band der Unfallortabsperrung. »Reichlich Scherben da drinnen. Irgendwas, das nicht zu einem El Camino gehört?«

»Knochen und kleine Einzelteile«, sagte Cameron noch immer lächelnd. »Ein Opfer, da sind wir ziemlich sicher. Männlich, sagen sie. Vom Aufschlag und der Explosion zerfetzt. Oh, und Bruchstücke von Aluminium und einem Gehäuse, die mit dem El Camino nichts zu tun haben.«

»Ein zweites Fahrzeug?«

»Das glauben sie nicht. Vielleicht war irgendwas im Wagen.«

»Komisch«, sagte Dar.

Patrolman Elroy musterte ihn noch immer misstrauisch, als wäre Dar ein Streich, den der Sergeant ihm spielte. »Und sind Sie wirklich der Typ, nach dem der ›Darwin Award‹ benannt wurde?«

»Nein«, sagte Dar. Er ging um den Krater herum, wobei er darauf achtete, dass er dem Rand des Kliffs nicht zu nah kam. Höhe war nicht sein Fall. Einige Männer von der Unfallermittlung nickten, sagten hallo. Dar nahm seine Kamera aus der Tasche und fing an, aus verschiedenen Perspektiven Fotos zu machen. Die aufgehende Sonne schimmerte auf tausenden Stücken von zerstreutem, geschmolzenem Metall.

»Was ist das?«, sagte Elroy. »So eine Kamera habe ich noch nie gesehen.«

»Digital«, sagte Dar. Er hörte auf, Fotos und Videos aufzunehmen, und sah wieder zur Straße hinunter. Von dort oben war der Eingang zum Canyon zu erkennen, in direkter Linie mit dem Highway, der sich ostwärts nach Borrego Springs erstreckte. Er sah auf den winzigen Monitor der Kamera und nahm ein paar Bilder vom Highway und der Wüste jenseits des Kraters auf.

»Aber wenn der Darwin Award nicht nach Ihnen benannt ist«, beharrte der junge Polizist, »nach wem *ist* er dann benannt?«

»Charles Darwin«, sagte Dar. »Sie wissen schon: Nur der Stärkste überlebt.«

Der Junge sah ihn mit leerer Miene an. Dar seufzte. »Der Verband der Schadensermittler verleiht den Preis jedes Jahr der Person, die unserer Menschheit den Gefallen tut, ihre DNS aus dem Genpool zu löschen.«

Der Junge nickte langsam, begriff aber offensichtlich nicht.

Cameron schnaubte. »Wer sich auf die dümmste Art und Weise umbringt«, übersetzte er und sah Dar an. »Letztes Jahr war es dieser Typ in Sacramento, der einen Pepsiautomaten so gerüttelt hat, bis das Ding umgekippt ist und ihn zerquetscht hat, hab ich Recht?«

»Das war vor zwei Jahren«, sagte Dar. »Letztes Jahr war es der Farmer oben in Oregon, der beim Dachdecken seiner Scheune Angst bekam und ein Seil über den Giebel geworfen hat, damit sein erwachsener Sohn es an irgendetwas Festem vertäut. Stellt sich raus, das Feste war die hintere Stoßstange an ihrem Pick-up.«

Cameron lachte laut auf. »Ja, genau. Und dann kam seine Frau aus dem Haus und fuhr in die Stadt. Haben die Leute von der Autoversicherung die Witwe eigentlich ausbezahlt?«

»Sie mussten«, sagte Dar. »Er war zu dem Zeitpunkt fest mit dem Fahrzeug verbunden. Nach den Bedingungen der Police war er versichert.«

Patrolman Elroy lächelte sein Elvislächeln, verstand aber offensichtlich nicht, worauf die Geschichte hinauslief.

»Und lösen Sie diesen Fall jetzt für uns, oder was?«, sagte Cameron.

Dar kratzte sich am Kopf. »Habt ihr Jungs irgendwelche Theorien?«

»Die Abteilung Unfallermittlungen meint, da könnte ein Drogendeal schief gegangen sein.«

»Ja«, sagte Elroy eifrig. »Klar. Der El Camino war im Laderaum von so einem großen, militärmäßigen Frachtflugzeug…«

»C-130?«, sagte Dar.

»Ja, genau.« Patrolman Elroy grinste. »Und die Typen haben sich in die Haare gekriegt, haben den El Camino hinten rausgeschoben… bingo.« Er deutete auf den Krater wie ein Oberkellner, der Gäste an einen Tisch führt.

Dar nickte. »Gute Theorie. Aber woher sollen Drogenhändler eine C-130 haben? Und wozu einen El Camino reinrollen? Und weshalb den ganzen Wagen hinten wieder rausschieben? Und wieso ist er explodiert und ausgebrannt?«

»Tun Autos das nicht immer, wenn sie irgendwo runterfallen und so?«, sagte Elroy, und sein Lächeln verblasste.

»Nur im Kino, Mickey, mein Junge«, sagte Cameron. Er wandte sich Dar zu. »Also? Wollen Sie anfangen, bevor es hier oben richtig heiß wird?«

Dar nickte. »Unter zwei Bedingungen.«

Cameron hob seine schweren Augenbrauen.

»Bringen Sie mich zu meinem Wagen und leihen Sie mir Ihr Funkgerät.«

Dar fuhr den NSX aus dem Canyon und in die Wüste, hielt an, sah sich eine Weile um, fuhr weiter, sah sich noch etwas länger um, fuhr dorthin zurück, wo er zuerst gehalten hatte, und lief in die Wüste, sammelte Steine und andere kleine Gegenstände und steckte sie in seine Tasche. Er machte ein paar Bilder von den Agaven und dem Sand, dann lief er zum Wagen zurück und machte noch ein paar Bilder von der asphaltierten Straße.

Es war noch früh und gab kaum Verkehr, der sich hätte stauen können, nur ein paar Lieferwagen und Trucks, und das obwohl eine Spur im Canyon gesperrt blieb. Aber es herrschten schon siebenundzwanzig Grad in der Wüste. Dar zog seine Jacke aus und stellte die Klimaanlage an, als er im schwarzen Acura auf dem Kies einer Haltebucht zwei Meilen vor der Einfahrt zum Canyon stand und den Motor laufen ließ.

Dar stellte sein IBM ThinkPad an, überspielte die gespeicherten Bilder von der Hitachi Digitalkamera per Flashcard, dann scrollte er ein paar Minuten darin herum. Er sah sich die kurzen Videosegmente an, die er aufgenommen hatte. Dann aktivierte er seine numerische Tastatur und tippte einige Minuten lang Gleichungen ein, lud Landkarten-Software und GPS-Einheit, die er im Handschuhfach aufbewahrte. Mehrmals checkte er Entfernungen, Winkel und Höhenangaben, dann schloss er seine Berechnungen ab, stellte den Computer aus, verstaute ihn und rief Cameron über das Funkgerät, das er sich von ihm geliehen hatte. Vor fünfunddreißig Minuten hatte er den Felsvorsprung verlassen.

Der grün-weiße Hubschrauber summte vorbei und landete kaum fünf Minuten später. Der Pilot blieb in seiner gläsernen Kanzel sitzen, während Cameron ausstieg, seinen Hut richtete und zum NSX gelaufen kam.

»Wo ist Klein-Elvis?«, sagte Dar.

»Elroy«, sagte der Sergeant.

»Wie auch immer.«

»Ich hab ihn dagelassen. Er hatte heute Morgen schon genug Aufregung. Außerdem hat er seinen Vorgesetzten gegenüber nicht den nötigen Respekt gezeigt.«

»Oh?«

»Er hat Sie ein arrogantes A-Loch genannt, als Sie weg waren«, sagte Cameron.

Dar hob eine Augenbraue in die Höhe. »A-Loch?«

Der schwarze Ex-Marine zuckte mit den Schultern. »Tut mir Leid, Darwin. Der Junge hat nicht mehr drauf. Er war nie beim Militär. Generation X und so. Und er ist weiß. Linguistisch benachteiligt. Ich entschuldige mich für ihn.«

»*A-Loch?*«, sagte Dar.

»Was haben Sie gefunden?« Cameron war offensichtlich müde und wechselte langsam von seiner amüsierten Laune in seine üblichere Scheißstimmung.

»Was hab ich davon, wenn ich was für Sie habe?«, sagte Dar.

»Die ewige Dankbarkeit der California Highway Patrol«, knurrte Cameron.

»Das wird wohl reichen müssen.« Dar blinzelte zu dem kleinen Hubschrauber hinüber, der zu schimmern schien, da die Hitze vom Asphalt zwischen ihm und dem NSX aufstieg. »So ungern ich wieder in dieses verdammte Ding steige, glaube ich doch, dass es einfacher wäre, wenn wir für ein paar Minuten noch mal abheben.«

Cameron zuckte mit den Schultern. »Zur Unfallstelle?«

»Mh-mh. Ich flieg nicht wieder in diesen Canyon. Sagen Sie dem Piloten einfach, er soll meinen Anweisungen folgen und unter hundertfünfzig Metern bleiben.«

Sie schwebten über dem Highway, achthundert Meter von dort, wo der NSX parkte. »Haben Sie das geschwärzte Wellenmuster auf dem Asphalt gesehen, drüben bei der Haltebucht?«, sagte Dar in sein Mikrofon.

»Ja, klar, jetzt seh ich's. Als ich heute Morgen im Dunkeln hergekommen bin, hab ich es nicht gesehen. Und? So sieht es an tausend Stellen aus. Beschissener Straßenzustand hier draußen.«

»Ja«, sagte Dar, »aber ganze Strecken dieser Straße sehen aus, als seien sie geschmolzen und dann wieder hart geworden.«

Cameron zuckte mit den Schultern. »Wüste, Mann. Heute wird es … wie heiß?« Er wandte sich zu dem Piloten um.

»Hundertzwölf Grad«, sagte der Pilot, ohne seine Sonnenbrille in ihre Richtung zu wenden, konzentrierte sich auf die Instrumente und den Horizont. »Fahrenheit.«

»Okay«, sagte Dar. »Zurück zum NSX.«

»Das *war's*?«, sagte Cameron.

»Geduld.«

Sie schwebten hundert Meter über dem Highway. Unten fegte ein Kombi in Richtung Westen, und Kinderköpfe ragten aus den hinteren Fenstern, staunten zum Hubschrauber auf. Der Acura sah wie eine schwarze Wachskerze aus, die in der Hitze geschmolzen war.

»Haben Sie die Bremsspuren gesehen?«, fragte Dar.

»Als wir hergeflogen sind, klar«, sagte Cameron. »Aber sie sind fast zweieinhalb Kilometer vom Canyon entfernt. Über drei Kilometer vom Unfallort. Wollen Sie mir sagen, jemand hätte die Kontrolle über sein Fahrzeug verloren, hier Schleuderspuren hinterlassen und wäre dann fast fünf Kilometer weiter verunglückt, siebzig Meter hoch an einer Felswand? Echt rasant.« Der Sergeant lächelte, wenn auch nicht amüsiert.

»Lange Bremsspuren«, sagte Dar und deutete auf die parallelen Streifen, die nach Westen führten.

»Kids, die ihre Reifen qualmen lassen. Solche Spuren findet man hier alle paar hundert Meter. Das wissen Sie, Dar. Wir können schon froh sein, wenn wir die Kids nicht am nächsten Morgen im Graben wiederfinden.«

»Ich habe sie ausgemessen«, sagte Dar. »Sechshundert Meter Reifenspuren. Falls es ein Teenie beim Burnout war, hat er einen höllischen Wheelie hingelegt und seine Reifen fast vollständig auf dem Asphalt gelassen. Falls es denn Reifenspuren sind ...«

»Was wollen Sie damit sagen?«

»Eine simple Frage des Reibungskoeffizienten. Unser El Camino hat versucht, hier zu halten, konnte aber nicht. Seine Bremsen sind geschmolzen.« Dar fischte in seiner Tasche herum und reichte Cameron ein paar winzige Kügelchen von etwas, das wie verbrannter Gummi aussah.

»Bremsklötze?«, sagte Cameron.

»Was davon übrig ist«, sagte Dar und gab dem Sergeant

noch ein paar andere Kügelchen. Sie waren aus Metall. »Die hier sind von der Oberfläche der schmelzenden Bremstrommeln«, sagte er. »Die Agaven entlang der Straße sind mit pulverisiertem Gummi und geschmolzenem Stahl überzogen.«

»Die Bremsen am El Camino waren schon immer Scheiße«, sagte Cameron und spielte mit den Kügelchen in seiner dunklen Hand herum.

»Stimmt«, sagte Dar. »Besonders wenn man versucht, seine Geschwindigkeit von etwa vierhundertachtzig Stundenkilometern abzubremsen.«

»*Vierhundertachtzig Stundenkilometer!*«, sagte der Sergeant von der Highway Patrol und sein Kinn sank leicht herab.

»Bringt dieses Ding runter«, sagte Dar. »Ich erklär's Ihnen unten.«

»Ich glaube, er hat es nach Einbruch der Dunkelheit gemacht, weil er nicht wollte, dass jemand sieht, wie er die JATO-Triebwerke anbringt.«

»JATO-Triebwerke!«, sagte Cameron, nahm seinen Hut ab und knetete das Schweißband mit den Fingern.

»›Jet Assist Take Off‹-Triebwerke«, sagte Dar. »Im Grunde sind es einfach nur große Feststoffraketen, mit denen die Air Force früher schwere Frachtflugzeuge ausgerüstet hat, um sie in die Luft zu bringen, wenn die Startbahn zu kurz oder die Ladung zu –«

»Ich weiß, was JATO bedeutet, zum Teufel«, fuhr Cameron ihn an. »Ich war bei den Marines, Mann. Aber woher sollte irgendein Schwachkopf mit einem '82er El Camino zwei von den Dingern haben?«

Dar zuckte mit den Achseln. »Die Andrews Airforce Base liegt nördlich von hier. Twelve Palms liegt nur ein Stück die Straße runter. Militärstützpunkte gibt es in dieser Gegend mehr als in jedem anderen vergleichbaren Landstrich der Vereinigten Staaten. Wer weiß schon, welche Armeebestände sie als Alteisen oder sonst was verkaufen.«

»JATO-Triebwerke!«, sagte Cameron und sah sich die Reifenspuren noch mal an. An mehreren Stellen schwenkten sie aus, fingen sich wieder, dann zielten sie geradewegs wie ein schwarzer Doppelpfeil auf den fernen Canyon. »Warum hat er zwei genommen?«

»Eine hätte ihm nichts genützt. Es sei denn, er wollte darauf sitzen«, sagte Dar. »Hätte er nur eine gezündet und sie nicht hundertprozentig genau in der Mitte vom El Camino angebracht, hätte sich das Fahrzeug wie ein Feuerrad gedreht, bis die Rakete ein Loch in die Wüste gegraben oder gebrannt hätte.«

»Also gut«, sagte Cameron. »Er hat *zwei* von diesen Dingern aus Air Force-Beständen angeschnallt, angeschraubt oder vernietet. Was dann?«

Dar rieb sein Kinn. Er hatte es in der Eile versäumt, sich zu rasieren. »Dann hat er gewartet, bis kein Verkehr war, und sie gezündet. Wahrscheinlich eine simple Schaltung. Sind sie erst gezündet, kann man sie nicht mehr abstellen. Im Grunde sind es überdimensionierte Feuerwerksraketen, wie Miniaturversionen von den beiden Boostern, die man zum Start des Space-Shuttles einsetzt. Zünden und los. Kein Weg zurück.«

»Also hat er sich selbst zum Space-Shuttle gemacht«, sagte Cameron mit merkwürdiger Miene. Er sah zu den Bergen hinüber, drei Kilometer entfernt. »Ist abgehoben und bis an die Felswand geflogen.«

»Nicht den ganzen Weg«, sagte Dar, stellte sein ThinkPad an und zeigte ein paar Geschwindigkeitsschätzwerte. »Den Schub, den diese Dinger geben, kann ich nur vermuten, aber ihre Flammen haben diese Straße dahinten zum Schmelzen gebracht und ihn wahrscheinlich auf eine Geschwindigkeit von vierhundertsechzig Stundenkilometer gebracht, an dieser Stelle, wo die Reifenspuren beginnen, etwa zwölf Sekunden nach der Zündung.«

»Ein echter Höllenritt«, sagte Cameron.

»Vielleicht hat es der Junge auf den Geschwindigkeitsrekord zu Lande abgesehen«, sagte Dar. »Etwa an dieser Stelle, als die Telefonmasten wie ein Lattenzaun in der Dunkelheit vorüberblitzten – die Flammen dürften sie beleuchtet haben –, hat es sich unser Freund anders überlegt. Er ist auf die Bremse gestiegen.«

»Hat ihm ordentlich was genützt«, sagte Cameron. Fast flüsterte der Sergeant nun.

»Bremsbeläge geschmolzen«, stimmte Dar ihm zu. »Bremstrommeln geschmolzen. Reifen lösen sich auf. Man sieht, dass etwa auf den letzten hundert Metern die Bremsspuren mehrfach unterbrochen sind.«

»Bremsen greifen erst, dann wieder nicht?«, fragte Cameron, und aus seiner Stimme sprach die Vorfreude darauf, seine Geschichte zum Besten zu geben. Cops liebten Unfallgeschichten.

Dar schüttelte den Kopf. »Da sind an dieser Stelle nur Flecken von geschmolzenen Reifen. Der El Camino hat vierunddreißig Hüpfer gemacht, bis er endgültig abgehoben ist.«

»Himmelarsch«, sagte Cameron und klang dabei fast fröhlich.

»Ja«, sagte Dar. »Es gibt eine letzte Stelle, an der die Reifenspuren enden. Da haben die JATO-Triebwerke ihn in einem sauberen Winkel von sechsunddreißig Grad abheben lassen. Der El Camino muss einen beeindruckenden Steigflug hingelegt haben.«

»Ach, du dickes Ei.« Der Sergeant grinste. »Diese Dinger haben bis zur Felswand gebrannt?«

Dar schüttelte den Kopf. »Vermutlich sind sie etwa fünfzehn Sekunden nach dem Abheben ausgebrannt. Der Rest des Fluges war die reine Ballistik.« Er deutete auf die GPS-Landkarte auf dem Schirm des ThinkPads mit den einfachen Gleichungen rechts von der gebogenen Flugbahn aus der Wüste hin zur Canyonwand.

»Die Straße macht eine Biegung und steigt an, wo er aufgeprallt ist«, sagte Cameron.

»Ja«, sagte Dar. »Er hat die Kurve nicht gekriegt. Der El Camino hat sich an dieser Stelle wahrscheinlich um seine horizontale Achse gedreht, wodurch er während des Abstiegs einiges an Flugstabilität gewonnen hat.«

»Wie eine Gewehrkugel.«

»Ganz genau.«

»Was meinen Sie, was sein… mir fällt das Wort nicht ein… Höhepunkt war?«

»Apogäum?«, sagte Dar. Er sah auf den Computerbildschirm. »Vermutlich nicht unter sechshundert und nicht über achthundertfünfzig Meter über dem Wüstenboden.«

»Himmelarsch«, flüsterte Cameron erneut. »Es war ein kurzer Trip, muss aber ein Superflug gewesen sein.«

Dar rieb an seinem Ohr herum. »Ich denke, dass unser Freund nach den ersten fünfzehn Sekunden nur noch passiver und kein aktiver Teilnehmer mehr war.«

»Was meinen Sie damit?«

Wieder tippte Dar an den Bildschirm. »Ich meine, selbst bei der niedrigsten Schubrate haben etwa achtzehn g auf ihn gewirkt, als er vom Asphalt abgehoben ist. Ein Mann von hundert Kilogramm hätte…«

»Hätte einen Druck von eintausendsiebenhundert Kilo auf Gesicht und Brust«, sagte Cameron. »Oha.«

Das Funkgerät des Sergeants quäkte. »Entschuldigen Sie«, sagte er. »Ich muss ran.« Er trat vor, um dem Krächzen und Quäken zu lauschen, während Dar seinen Computer abstellte und ihn im NSX verstaute. Wieder lief der Wagen im Leerlauf, wegen der Klimaanlage.

Cameron kam heran. Seine Miene war eine seltsame Mischung aus Grinsen und Grimasse. »Die Jungs von der Gerichtsmedizin haben eben das Lenkrad vom El Camino aus dem Krater geborgen«, sagte er leise.

Dar wartete.

»Die Fingerknochen waren ins Plastik eingegraben«, fuhr Cameron fort. »Richtig eingegraben.«

Dar zuckte mit den Schultern. Sein Telefon zirpte. Er klappte es auf und sagte zum Sergeant der Highway Patrol gewandt: »Das liebe ich so an Kalifornien, Paul. Keine ruhige Minute, immer auf dem Sprung.« Er lauschte einen Augenblick, sagte: »Ich bin in zwanzig Minuten da«, und klappte das Telefon zu.

»Zeit für echte Arbeit?«, sagte Cameron, der inzwischen grinste und offenbar schon daran feilte, wie er diese Geschichte zum Besten geben wollte.

Dar nickte. »Das war Lawrence Stewart, mein Boss. Er hat was für mich und es hört sich noch merkwürdiger an als das hier.«

»*Semper Fi*«, sagte Cameron, ohne jemand Bestimmtes anzusprechen.

»*O seclum insipiens et inficetum*«, sagte Dar an dasselbe Publikum gewandt.

2

Dar brauchte keine fünfzehn Minuten bis zu der Mischung aus Raststätte und indianischem Casino, zu der ihn Lawrence Stewart, sein Chef, schnellstmöglich bestellt hatte. Im NSX bedeutete »schnellstmöglich« – mit vorwärts, rückwärts und seitwärts piependem Radardetektor – zweihundertsechzig Stundenkilometer.

Der Laden lag westlich von Palm Springs, war aber nicht eines dieser großen indianischen Casinos, die wie riesige Staubsauger im Stil nachgemachter Lehmziegel-Pueblos aus der Wüste wuchsen, um auch noch dem letzten armen weißen Schlucker die Kröten aus der Tasche zu ziehen. Es war ein schmieriger, kleiner Truckstop, der aussah, als hätte er seine besten Zeiten gesehen, als die Route 66 boomte (wenn er auch weitab der Route 66 lag), und das »Casino« war kaum mehr als ein schwarzer Raum mit sechs Glücksspielautomaten und einer einäugigen amerikanischen Ureinwohnerin, die scheinbar Vierundzwanzigstunden-Schichten am Blackjack-Tisch schob.

Dar sah Lawrence sofort. Sein Chef war kaum zu übersehen – einsachtundachtzig, gut hundertzehn Kilo, mit freundlichem Schnauzbartgesicht, das im Augenblick reichlich rot aussah. Lawrences '86er Isuzu Trooper parkte vor den Tanksäulen und der offenen Werkstatt, auf einem von der Hitze geriffelten Betonstreifen nur einen Katzensprung vom Diner entfernt.

Dar suchte etwas Schatten, um den NSX zu parken, fand keinen und hielt im Schatten von Lawrences Geländewagen. Auf den ersten Blick sah er, dass etwas nicht stimmte. Lawrence hatte die linke Scheinwerfereinheit ausgebaut und die Birne und andere Teile auf der Haube des Isuzu ordentlich über ein sauberes Putztuch ausgebreitet. Momentan steckte Lawrences rechter Arm tief in der leeren Scheinwerferfassung, während er mit der linken Hand am rechten Arm herumriss, als hielte ihn der Truck fest, und er sprach in sein Handy, drückte seine Schulter fest ans Ohr, damit ihm das Telefon nicht herunterfiel. Er trug Jeans und eine kurzärmlige Safarijacke, die in der Brustgegend, unter den Armen und am Rücken durchgeschwitzt war. Dar sah noch einmal hin und merkte, dass Lawrences Gesicht nicht nur gerötet, sondern puterrot war, wie kurz vor einem Herzinfarkt.

»Hey, Larry«, sagte Dar und warf die Tür des NSX zu.

»Verdammte Scheiße, nenn mich nicht Larry«, knurrte der große Mann.

Alle Welt nannte Lawrence Larry. Einmal hatte Dar Lawrences älteren Bruder kennen gelernt, einen Schriftsteller namens Dale Stewart, und Dale hatte erzählt, dass Lawrence »Nenn-mich-nicht-Larry« diesen aussichtslosen Kampf um seinen Namen schon seit seinem siebten Lebensjahr zu kämpfen hatte.

»Okay, Larry«, erwiderte Dar freundlich, lehnte sich an den rechten Kotflügel des Isuzu, wobei er darauf achtete, dass er seinen Ellbogen aufs Putztuch und nicht auf das heiße Blech stützte. »Was gibt's?«

Lawrence richtete sich auf und sah sich um. Schweiß lief ihm über Wangen und Brauen und tropfte auf sein Safarihemd. Er nickte zur Scheibe des Diners hinüber. »Siehst du den Kerl auf dem dritten Hocker? Nein, nicht umdrehen, verdammt!«

Dar blieb Lawrence zugewandt, während er einen Blick durch die breite Scheibe in den Diner warf. »Der Kleine im Hawaiihemd? Hat gleich aufgegessen … und zwar … Rührei?«

»Genau der«, sagte Lawrence. »Bromley.«

»Aah«, sagte Dar. Seit vier Monaten bearbeiteten Lawrence und Trudy einen Fall, bei dem es um einen Ring von Autodieben ging. Irgendjemand hatte nagelneue Mietwagen von einem ihrer Klienten gestohlen – in diesem Fall Avis – und diese umgespritzt, über mehrere Staatsgrenzen gebracht und dann weiterverkauft. Charles »Chuckie« Bromley stand als führender Autodieb des Rings seit Wochen unter Beobachtung. Bisher hatte Dar mit diesem Fall noch nichts zu tun gehabt.

»Der dunkelrote Ford Expedition da drüben mit den Mietwagenschildern ist seiner«, sagte Lawrence, während er das Telefon noch immer mit dem Kinn an seine Schulter drückte. Dar hörte ein Quäken aus dem Handy, und Lawrence sagte: »Moment mal, Süße. Dar ist da.«

»Trudy?«, sagte Dar.

Lawrence rollte mit den Augen. »Wen würde ich sonst wohl *Süße* nennen?«

Dar hob beide Hände. »Hey, dein Privatleben ist deine Sache, Larry.« Er lächelte, als er es sagte, weil er kein anderes Pärchen kannte, das derart füreinander da und voneinander abhängig war wie Lawrence und Trudy. Offiziell gehörte Trudy die Firma, und die beiden arbeiteten sechzig bis achtzig Stunden in der Woche, lebten, atmeten, redeten und dachten offensichtlich an kaum etwas anderes als Schadensregulierung und die stetig wachsende Zahl von Fällen, die sie zu bewältigen hatten.

»Nimm das Telefon«, sagte Lawrence.

Dar rettete das Handy, zog es zwischen Lawrences verschwitzter Wange und Schulter heraus. »Hey, Trudy«, sagte er ins Telefon. Zu Lawrence sagte er: »Ich wusste gar nicht, dass Avis dunkelrote Expeditions vermietet.«

Normalerweise klang Trudy Stewart auf angenehme Weise geschäftsmäßig und sehr beschäftigt. Jetzt klang sie sehr beschäftigt und sehr ärgerlich, als sie sagte: »Kannst du diesen Vollidioten befreien?«

»Ich kann es versuchen«, sagte Dar und begriff langsam.

»Ruf mich an, wenn du amputieren musst«, sagte Trudy und legte auf.

»Verdammt«, brummte Lawrence, sah zum Diner hinüber, wo die Kellnerin eben Bromleys Teller abräumte. Der kleine Mann nahm seinen letzten Schluck Kaffee. »Gleich haut er ab.«

»Wie hast du das geschafft?«, fragte Dar und nickte dorthin, wo Lawrences Hand in der Fassung des Scheinwerfers verschwand.

»Seit Sonnenaufgang bin ich Bromley auf den Fersen und hab gemerkt, dass bei mir nur ein Scheinwerfer funktioniert«, sagte Lawrence.

»Nicht so gut«, gab Dar ihm Recht. Einäugige Autos waren im Rückspiegel eher auffällig.

»Nein«, knurrte Lawrence und riss an seinem Handgelenk. Es saß fest. »Ich weiß, was das Problem ist. Diese Scheinwerfereinheiten haben einen billigen, kleinen Sicherungsstecker, der sich löst. Er sitzt hinter der Scheinwerfereinheit, nicht unter dem Armaturenbrett. Trudy konnte ihn befestigen, als sich das Ding zuletzt losgerüttelt hatte.«

Dar nickte. »Trudy hat kleinere Hände.«

Finster sah Lawrence seinen Unfallspezialisten an. »Ja«, sagte er, als verkniff er sich ein Dutzend sachdienlichere und bösere Antworten. »Die Öffnung ist wie ein Trichter. Ich hab meine Hand gut reingekriegt, hab sogar die blöde Sicherung befestigt. Ich kann nur nicht… es will mich einfach nicht…«

»Loslassen?«, sagte Dar mit einem Blick zum Diner. »Bromley winkt nach der Rechnung.«

»Verdammt, verdammt, verdammt«, murmelte Lawrence. »Der Diner war zu klein, als dass ich hätte reingehen können, ohne gesehen zu werden. Ich hab so langsam getankt, wie es ging. Ich dachte, wenn ich eine Weile hier arbeite, sieht es ganz normal aus…«

»Du siehst aus wie jemand, der mit seiner Hand in einer Scheinwerferfassung feststeckt.«

Lawrence zeigte seine Zähne in einem definitiv nicht freundlichen Lächeln. »Die Innenseite von diesem runden Flansch ist messerscharf«, zischte er durch die Zähne. »Und ich glaube, meine Hand ist in der halben Stunde, die ich sie schon rausziehen will, ziemlich angeschwollen.«

»Könnte man nicht unter der Haube rankommen?«, fragte Dar und wollte schon das Putztuch einrollen und die Motorhaube öffnen.

Lawrences Grimasse blieb starr. »Es ist hohlraumversiegelt. Wenn ich unter der Haube rangekommen wäre, *hätte ich nicht durch den Scheinwerfer greifen müssen.*«

Dar wusste, dass sein Chef ein freundlicher Charakter war, herzlich und immer zu Scherzen aufgelegt, aber er wusste auch, dass Lawrence einen ziemlich hohen Blutdruck hatte und selten, dann aber gewaltig aufbrauste. Angesichts der puterroten Miene, des Schweißes, der ihm von Knollennase und Schnauzbart rann, und schließlich angesichts des mörderisch schneidenden Tons in seiner Stimme, beschloss Dar, dass jetzt wohl nicht der richtige Zeitpunkt für weiteres Geplänkel sei.

»Was soll ich tun? Seife oder Fett von den Mechanikern in der Werkstatt holen?«

»Ich wollte kein Publikum anlocken…«, begann Lawrence, dann sagte er: »Oh, Scheiße.«

Vier Mechaniker und ein junges Mädchen kamen von der Werkstatt zu ihnen herüber. Bromley hatte seine Rechnung beglichen und war nicht mehr zu sehen, entweder auf dem Weg zur Herrentoilette oder zur Tür.

Lawrence beugte sich zu Dar herüber und flüsterte: »Chuckie trifft sich heute Morgen mit seinem Boss und einigen anderen Autoknackern draußen in der Wüste. Wenn ich das fotografieren kann, hab ich sie.« Er riss an seiner rechten Hand. Der Isuzu Trooper hielt ihn fest.

Dar nickte. »Du willst, dass ich ihnen folge?«

Lawrence verzog sein Gesicht. »Sei nicht blöd. Auf Wüstenstraßen. *Damit?*« Er deutete mit dem Kopf auf den schwarzen NSX. »Du hast eine Bodenfreiheit von sechs Millimetern.«

Dar zuckte mit den Schultern. »Ich hatte heute nicht vor, im Gelände rumzufahren. Soll ich deinen Truck nehmen?«

Lawrence richtete sich auf, aber seine Hand saß fest. Die Schrauber und das Mädchen waren angekommen und bildeten einen Halbkreis.

»Wie willst du *meinen* Wagen fahren, wenn ich hier festhänge?«, zischte Lawrence.

Dar rieb sein Kinn. »Ich könnte dich wie einen Hirsch auf die Haube schnallen«, sagte er.

Chuckie Bromley kam aus dem Diner, sah zu der kleinen Versammlung um Lawrence herüber und kletterte umständlich in seinen dunkelroten Ford Expedition.

»Hey«, sagte einer der jungen Mechaniker, während er die schwarzen Hände an einem noch schwärzeren Lappen abwischte. »Eingeklemmt?«

Lawrences stechender Blick ließ den Jungen einen Schritt zurücktreten.

»Wir haben Schmierfett«, sagte der zweite Mechaniker.

»Da braucht man kein Fett«, sagte ein älterer Mechaniker, dem die Vorderzähne fehlten. »Sprüh einfach ein bisschen WD-40 rein… allerdings verliert man etwas Haut. Vielleicht einen Daumen.«

»Ich glaube, wir sollten den Grill abnehmen«, sagte der dritte Mechaniker. »Die ganze Scheinwerfereinheit ausbauen. Anders kriegen wir Ihre Hand nicht raus, Mister, ohne Ihnen die Bänder zu zerreißen. Ein Vetter von mir hat sich mal in seinem Isuzu eingeklemmt…«

Lawrence seufzte schwer. Chuckie Bromley fuhr an ihnen vorbei und scherte westwärts auf den Highway ein. »Dar«, sagte er, »würdest du die Akte vom Beifahrersitz nehmen? Das ist der Fall, den du heute für mich bearbeiten sollst.«

Darwin ging um den Wagen, nahm die Akte, warf einen Blick darauf und sagte: »Oh, nein, Larry, du weißt, dass ich so was hasse…«

Lawrence nickte. »Ich wollte es auf dem Rückweg machen, sobald ich dieses Treffen in der Wüste fotografiert habe, aber du wirst für mich einspringen müssen. Könnte sein, dass ich genäht werden muss.« Lawrence sah, wie der riesige dunkelrote Expedition auf dem Highway verschwand. »Eins noch, Dar. Würdest du mir mein Taschentuch hinten aus der rechten Hosentasche ziehen?«

Dar tat ihm den Gefallen.

»Zurücktreten«, sagte Lawrence in die Runde. Er zog an seiner Hand. Der scharfe Metallring hielt ihn fest. Beim dritten Versuch riss er so fest, dass ein Ruck durch den Isuzu ging.

»Aaahhh!«, schrie Lawrence und klang wie ein Karatekämpfer, der sich bereitmachte, Mauersteine zu zertrümmern. Er packte seinen rechten Unterarm mit der linken Hand und warf seine ganzen hundertzehn Kilo nach hinten. Blut spritzte über den Asphalt und traf beinah die weißen Sneakers des Mädchens. Sie sprang zurück und stellte sich pikiert auf ihre Zehenspitzen.

»Aaahhhh!«, machte die Versammlung wie aus einem Mund, ein Chor von Ekel und Bewunderung.

»Danke«, sagte Lawrence und nahm mit seiner linken Hand das Taschentuch von Dar, wickelte es um das blutige Fleisch

41

seiner Rechten, wo Daumen und Handgelenk zusammentrafen.

Dar schob das Handy in die obere, linke Tasche von Lawrences Safarihemd, als sich sein Chef hinters Lenkrad des Trooper klemmte und den Motor anließ.

»Soll ich mitkommen?«, fragte Dar. Er stellte sich vor, wie der Blutverlust Lawrence schwächte und die Verbrecher das Licht bemerkten, das im langen Objektiv aufblitzte, wenn sein Chef die Szenerie fotografierte. Die Jagd durch die Wüste. Die Schießerei. Lawrence ohnmächtig. Das grausame Ende.

»Nein, nein«, sagte Lawrence, »führ einfach das Gespräch in diesem Wohnpark für mich und wir sehen uns morgen bei mir.«

»Okay«, sagte Dar mit matter Stimme. Lieber wäre ihm die Wüstenjagd und eine Schießerei mit den Autodieben gewesen, als diese verdammte Befragung auf sich zu nehmen. So was ersparten ihm Lawrence und Trudy normalerweise.

Lawrence röhrte im Trooper davon. Der Ford Expedition war nur noch ein pflaumenfarbener Fleck am Horizont.

Die vier Männer in Werkstattoveralls und das junge Mädchen starrten das Blut auf dem hellen Beton an.

»Herr im Himmel«, sagte der Jüngste. »Das war vielleicht hirnverbrannt.«

Dar ließ sich in das schwarze Leder seines aufgeheizten NSX sinken. »Und dabei nicht mal eine von Larrys Top Twenty«, sagte er, ließ Motor und Klimaanlage aufheulen und fuhr an, auch er westwärts.

Der Wohnpark lag in Riverside neben dem Highway 91, unweit der Kreuzung mit dem Highway 10, den Dar von Banning her in westlicher Richtung gefahren war. Er fand die richtige Straße, bog in die Einfahrt und parkte im Schatten einer Pappel, um die Akte zu Ende zu lesen.

»Scheiße«, flüsterte er vor sich hin. Aus Lawrences vorläufigem Bericht und den Daten des Versicherers ging hervor, dass es den Park schon eine Weile gegeben hatte, bevor er in eine Seniorenwohnanlage umgewandelt worden war. Jetzt musste man mindestens fünfundfünfzig sein, um dort wohnen zu dürfen, wobei Enkel und andere allerdings zu Besuch auch über Nacht bleiben konnten. Das Durchschnittsalter der Bewohner lag vermutlich eher bei achtzig. Den Versicherungsunterlagen nach sah es aus, als hätten viele der älteren Bewohner schon dort gelebt, bevor der Park vor etwa fünfzehn Jahren zur Seniorenanlage geworden war.

Der Besitzer des Wohnparks hatte eine Police mit hoher Selbstbeteiligung abgeschlossen, was relativ selten war, und er trug das Risiko bis 100 000 Dollar, bevor die Versicherung einsprang. Dar fiel auf, dass dieser Besitzer, ein gewisser Mr. Gilley, mehrere solcher Wohnparks besaß und bei allen eine derart hohe Selbstbeteiligung vereinbart hatte. Es deutete darauf hin, dass diese Wohnparks anscheinend ein hohes Risiko darstellten, dass es in Mr. Gilleys Seniorenwohnanlagen im Laufe der Jahre eine ganze Menge Unfälle gegeben hatte und die Versicherungsgesellschaften auf Grund dieser Unfälle nicht bereit gewesen waren, die übliche, volle Deckung zu übernehmen. Dar wusste, dass es möglicherweise auf eine gewisse Sorglosigkeit von Seiten des Besitzers hindeutete... oder auch nur auf Pech.

In diesem Fall war Gilley vor vier Tagen darauf hingewiesen worden, dass es in seinem Wohnpark einen schweren Unfall gegeben hatte und einer der Bewohner dabei zu Tode gekommen war. Der Park hieß »Shady Rest«, aber Dar sah, dass die meisten ausgewachsenen Bäume tot waren und es kaum noch Schatten gab. Der Besitzer hatte sofort Kontakt zu seinem Anwalt aufgenommen, und dieser wiederum hatte Stewart Investigations angerufen, damit sie den Unfall rekonstruierten und der Anwalt die Zahlungsverpflichtungen seines Mandanten einschätzen konnte. Ein ganz gewöhnlicher Fall für Lawrences und Trudys Firma. Dar hasste diese Fälle – Stürze, Fahrlässigkeit, Pflegeheimprozesse. Es war einer der

Gründe, wieso er für die Stewarts mit einem Sondervertrag arbeitete, der besagte, dass er vor allem die komplizierteren Unfälle rekonstruierte.

Niemand in der Kommunikationskette der Akte schien detaillierte Fakten zu diesem Unfall zu besitzen, aber der Anwalt des Besitzers hatte Trudy erzählt, es gäbe einen Zeugen, einen Bewohner namens Henry, und dieser Henry würde gegen elf Uhr morgens am Clubhaus jemanden erwarten, der ihm Fragen stellte. Dar sah auf seine Uhr. Zehn vor elf.

Dar las die wenigen Zeilen des transkribierten Telefonanrufs. Anscheinend hatte einer der älteren Bewohner, ein gewisser Mr. William J. Treehorn, achtundsiebzig, seinen elektrisch angetriebenen Rollstuhl draußen vor dem Clubhaus über einen Bordstein gefahren, war aus dem Rollstuhl gefallen, mit dem Kopf angeschlagen und auf der Stelle tot gewesen. Der Unfall war gegen elf Uhr abends passiert, also fuhr Dar zuerst zum Clubhaus, einem renovierungsbedürftigen Bungalow, um sich die Beleuchtung anzusehen. Er konnte die Laternen sehen, die den Bürgersteig vor dem Clubhaus erhellten, und drei Natriumdampf-Straßenlaternen auf Zehn-Meter-Masten waren um die Straßenbiegung zu erkennen. Die Natriumdampf-Laternen überraschten Dar ein wenig. Dort, wo er wohnte, weiter südlich, bei San Diego, waren sie verbreitet, weil sie die Lichtstreuung für das Palomar Observatorium minimieren sollten. Dennoch, wenn alle Lichter brannten, wäre dieser Unfallbereich mehr als adäquat beleuchtet gewesen. Ein Punkt zu Gunsten des abwesenden Eigners.

Langsam fuhr Dar am Clubhaus vorbei. Er machte eine Notiz auf seinem gelben Block, dass vor dem Gemeinschaftshaus gebaut wurde. Die Straße war teilweise neu asphaltiert. Fahrbahnmarkierungen und Pylonen standen noch da, gelbes Band versperrte den Zugang an etlichen Stellen des Gehwegs, und einige Asphaltiermaschinen parkten nach wie vor auf dem abgeriegelten Teil der Straße. Er fuhr auf einen kleinen Parkplatz an der Rückseite des Clubhauses und ging hinein. Es schien in dem Gebäude keine Klimaanlage zu geben und die Luft war drückend.

Eine Gruppe älterer Männer spielte an einem Tisch beim hinteren Fenster Karten. Das Fenster bot freie Sicht auf einen Pool und einen Whirlpool, die aussahen, als würden sie kaum benutzt. Die Abdeckung des Whirlpools war verzurrt und schimmlig, der Pool musste gereinigt werden. Zaghaft näherte sich Dar dem Spiel, obwohl die vier eher ihn als ihre Karten im Auge hatten.

»Entschuldigen Sie, ich möchte nur ungern stören«, sagte Dar, »aber heißt einer der Herren vielleicht Henry?«

Ein Mann, der wie Ende siebzig aussah, sprang auf. Er war klein, vielleicht einsdreiundsechzig, und konnte nicht mehr als fünfzig Kilo wiegen. Seine dürren, weißen Altmännerbeine ragten aus übergroßen Shorts, aber er trug ein teures Polohemd, nagelneue Laufschuhe und eine Baseballmütze mit einem Emblem, das Werbung für irgendein Casino in Las Vegas machte. Die goldene Armbanduhr war eine Rolex.

»Ich bin Henry«, sagte der rüstige Rentner und streckte seine fleckige Hand aus. »Henry Goldsmith. Sie sind der Mann von der Versicherungsgesellschaft, dem ich von Buds Unfall erzählen soll?«

Dar stellte sich vor und sagte: »Bud war Mr. William J. Treehorn?«

Einer der alten Männer sprach, ohne von seinen Karten aufzublicken. »Bud. Alle haben ihn Bud genannt. Niemand hat William oder Bill gesagt. Bud.«

»Das stimmt«, sagte Henry Goldsmith. Seine Stimme war sanft und traurig. »Ich kannte Bud seit – meine Güte – fast dreißig Jahren und er war immer Bud.«

»Haben Sie den Unfall gesehen, Mr. Goldsmith?«

»Henry«, sagte der Alte. »Nennen Sie mich Henry. Und, ja… ich war als Einziger dabei. Himmel, wahrscheinlich habe ich das alles *verursacht*.« Henrys Stimme wurde immer belegter, sodass die letzten Worte kaum zu hören waren. »Suchen wir uns einen freien Tisch«, fügte er hinzu. »Ich erzähle Ihnen alles.«

Sie setzten sich an den Tisch, der am weitesten von den anderen entfernt war. Dar zeigte seinen Ausweis vor, erklärte, für wen er arbeitete und an wen die Informationen gingen, dann fragte er Henry, ob es ihm recht sei, wenn seine Aussage auf Band festgehalten würde. »Sie müssen nicht mit mir sprechen, wenn Sie nicht wollen«, sagte Dar. »Ich sammle nur Informationen für den Schadenssachverständigen, der wiederum für den Anwalt des Besitzers arbeitet.«

»Natürlich rede ich mit Ihnen«, sagte Henry, winkte ab und verzichtete auf seine Rechte. »Ich sag Ihnen genau, was passiert ist.«

Dar nickte und stellte den Rekorder an. Daran befand sich ein hoch empfindliches Richtmikrofon.

Die ersten zehn Minuten etwa waren unnötiger Hintergrund. Henry und seine Frau wohnten gegenüber von Bud und seiner Frau und hatten schon dort gewohnt, bevor das Gelände als Rentnerwohnpark neu eröffnet wurde. Die Familien hatten sich schon in Chicago gekannt, und als die Kinder aus dem Haus waren, zog man gemeinsam nach Kalifornien.

»Bud hatte vor zwei Jahren etwa einen Schlaganfall«, sagte Henry. »Nein, es war vor drei Jahren. Kurz nachdem die verdammten Atlanta Braves die World Series gewonnen haben.«

»David Justice mit seinem Homerun«, sagte Dar unwillkürlich. Er interessierte sich nicht für Sport, nur für Baseball. Es sei denn, man betrachtete Schach als Sport. Was Dar nicht tat.

»Wie dem auch sei«, sagte Henry. »Da hatte Bud seinen Schlaganfall. Kurz danach.«

»Deshalb brauchte Mr. Treehorn den elektrischen Rollstuhl, um sich zu bewegen?«

»Pard«, sagte Henry.

»Bitte?«

46

»Diese Rollstühle, die werden von einer Firma gebaut, die Pard heißt, und so hat Bud das Ding genannt... sein Pard. Als wäre er sein Partner, sein Kamerad.«

Dar kannte die Marke. Sie waren klein und dreirädrig, wie überdimensionierte Elektrokarren. Eine ganz normale Batterie trieb über einen Elektromotor die Hinterräder an. Man konnte die kleinen Rollstühle mit gewöhnlichem Gas- und Bremspedal wie bei einem Golfcart bekommen, oder mit Handbremse und Handgas für Leute, die ihre Beine nicht bewegen konnten.

»Nach dem Schlaganfall konnte Bud seine ganze linke Seite nicht mehr benutzen«, sagte Henry gerade. »Hat das linke Bein nachgezogen. Der linke Arm... na ja, Bud hat ihn immer auf seinen Schoß gelegt. Die linke Gesichtshälfte hing herunter und er hatte Probleme mit dem Sprechen.«

»Konnte er kommunizieren?«, fragte Dar leise. »Seine Wünsche äußern?«

»Das kann man wohl sagen«, sagte Henry und grinste, als gäbe er mit einem Enkel an. »Der Schlaganfall hat ihn nicht verblödet. Seine Sprache war... na, er war schwer zu verstehen... aber Rose und Verna und ich konnten immer rauskriegen, was er meinte.«

»Rose ist Mr. Treehorns... Buds... Frau?«, sagte Dar.

»Erst seit zweiundfünfzig Jahren«, sagte Henry. »Verna ist meine dritte Frau. Nächsten Januar sind wir zweiundzwanzig Jahre verheiratet.«

»Der Abend des Unfalls...«, soufflierte Dar.

Henry runzelte die Stirn, weil er merkte, dass man ihn wieder aufs Thema brachte. »Sie haben gefragt, ob er seine Wünsche äußern konnte, junger Mann. Ich sage Ihnen, er konnte... aber meistens waren es Rose und Verna und ich, die ihn verstanden und irgendwie... na ja... für die anderen gedolmetscht haben.«

»Ja, Sir«, sagte Dar, nahm den Tadel hin.

»Also, der Abend des Unfalls... vor vier Tagen... Bud und

47

ich sind wie üblich zum Clubhaus rüber, um Binokel zu spielen.«

»Karten spielen konnte er«, sagte Dar. Schlaganfälle waren ihm unheimlich.

»Teufel, ja, er konnte Karten spielen«, sagte Henry, und wieder wurde seine Stimme lauter, nur lächelte er diesmal. »Hat meistens gewonnen. Ich sag doch, der Schlaganfall hat seine linke Seite getroffen und es ihm schwer gemacht... Sie wissen schon... Worte zu formen. Seinem Verstand hat es nicht geschadet. Nein, nein, Bud war schlau wie ein Fuchs.«

»War am Abend dieses Unfalls irgendetwas anders als sonst?«, fragte Dar.

»Nicht, was Bud anging«, sagte Henry und seine Kiefermuskeln traten hervor. »Hab ihn um Viertel vor neun abgeholt, wie jeden Freitagabend. Bud hat irgendwas gegrunzt, aber Rose und ich wussten, dass er sagen wollte, er würde uns an diesem Abend alle abzocken. Hosen runter. Rein gar nichts war an ihm anders als sonst.«

»Nein«, sagte Dar. »Ich meinte, war am Clubhaus oder an der Straße irgendwas anders...?«

»Allerdings«, sagte Henry. »Deshalb ist ja alles nur passiert. Diese Schlafmützen, die unsere Straße asphaltieren sollten, hatten ihre große Maschine direkt vor der Behindertenrampe geparkt.«

»Die Behindertenrampe vorn«, sagte Dar. »Die vor dem Haupteingang?«

»Ja«, sagte Henry. »Der einzige Eingang, der nach acht Uhr abends noch geöffnet ist. Wir fangen meist um neun Uhr an zu spielen... geht normalerweise bis Mitternacht oder später. Nur Bud will immer gern so um elf zu Hause sein, bevor Rose ins Bett geht. Sie schläft nicht gut, wenn Bud nicht neben ihr liegt und...« Henry machte eine Pause, und eine Wolke schob sich vor seine blauen Augen, als wäre es ihm eben erst eingefallen.

»Aber Freitagabend hatte jemand die Asphaltiermaschine vor der Rollstuhlrampe abgestellt«, sagte Dar.

Henrys Blick schien von einem fernen Ort zurückzukehren. »Was? Ja. Das hatte ich gesagt. Kommen Sie, ich zeige es Ihnen.«

Die beiden Männer traten in die Hitze hinaus. Die Rampe war jetzt frei, der Asphalt auf der Straße dahinter neu. Henry deutete darauf. »Das verdammte Asphaltierding hat die ganze Rampe versperrt, und Buds Pard kam den Bordstein nicht hoch.« Gemeinsam gingen sie die sieben Meter bis dorthin.

Dar registrierte, dass es ein gewöhnlicher Bordstein war, um rund achtundsiebzig Grad angeschrägt, was besser für die Autoreifen war. Nur war es für Buds kleinen Elektrokarren noch zu steil.

»Kein Problem«, sagte Henry. »Ich bin rein und hab Herb, Wally, Don und noch ein paar von den Jungs geholt, und wir haben Bud und seinen Pard sanft wie ein Baby auf den Bürgersteig gestellt. Dann hat er sich selbst zum Kartenspiel gefahren.«

»Und Sie haben bis etwa elf Uhr gespielt«, sagte Dar. Er hielt den winzigen Rekorder auf Hüfthöhe, das Mikro auf Henry gerichtet.

»Ja, das stimmt«, sagte Henry, und seine Stimme wurde langsamer, als er sich das Ende des Abends im Detail vor Augen führte. »Bud hat geknurrt und irgendwelche Geräusche von sich gegeben. Die anderen Jungs haben ihn nicht verstanden, aber ich wusste, dass er sagte, er müsse jetzt nach Hause, weil Rose ohne ihn so ungern schlafen geht. Also hat er seinen Gewinn genommen, und er und ich, wir haben aufgehört zu spielen und sind rausgegangen.«

»Nur Sie beide?«

»Na ja… ja. Wally und Herb und Don haben weitergespielt… die bleiben Freitagabends meist noch bis nach Mitternacht dabei… und ein paar von den anderen Jungs, die Älteren, die gehen schon früh nach Hause. Also sind Bud und ich als Einzige um elf los.«

»Aber da war nach wie vor die Asphaltiermaschine im Weg«, sagte Dar.

»Natürlich war sie das«, sagte Henry und klang ungeduldig, weil Dar so langsam war. »Glauben Sie, einer von diesen dickfelligen Bauarbeitern wäre um zehn vorbeigekommen und hätte sie für uns weggefahren? Also hat Bud seinen Pard an den Bordstein gefahren, wo wir ihn hochgehoben hatten, aber der schien… na ja… zu hoch.«

»Und was haben Sie dann also getan?« Dar konnte sich vorstellen, was jetzt kam.

Henry rieb an Wangen und Mund herum. »Na, ich habe gesagt: ›Lass uns da runter zur Ecke laufen… es sind nur zehn Meter…‹, weil ich dachte, da wäre der Bordstein nicht so hoch. Und Bud hat eingewilligt. Also hat er seinen Pard an der nutzlosen Rampe vorbei zur Ecke gerollert… kommen Sie, ich zeig es Ihnen.«

Dar begleitete Henry zur Ecke hinter der Rollstuhlrampe. Dar merkte, dass eine der Natriumdampf-Laternen dort gleich neben dem Gehweg stand. Es gab keine Absenkung im Bordstein. Dar stand auf dem Bürgersteig, während Henry auf die Straße trat und seine Stimme aufgeregter wurde, er beim Sprechen mit den knotigen Händen gestikulierte.

»Na ja, da kommen wir also hierher, und der Kantstein sieht nicht viel flacher aus. Ich meine, ist er nicht. Aber es war dunkel, und wir dachten, hier wäre es wohl etwas flacher. Also habe ich Bud vorgeschlagen, mit dem Vorderrad vom Pard runterzufahren, weil es da nicht so hoch aussah wie sonst überall. Zumindest im Dunkeln.«

Henry stockte. Leise sagte Dar: »Und hat Bud das Vorderrad vom Bordstein gefahren?«

Henry konzentrierte sich, sah auf den Bordstein herab, als hätte er ihn nie vorher gesehen. »Oh, ja. Überhaupt kein Problem. Ich habe den Wagen am rechten Griff festgehalten, und Bud ist mit dem Vorderrad runtergefahren. Alles war bestens. Das Rad kam auf die Straße, und ich hab es etwas abgebremst, damit es nicht so ruckelt. Da hatten wir also das Vorderrad von Buds kleinem Pard auf der Straße, und Bud sieht zu mir auf, und ich weiß noch, ich habe gesagt: ›Geht schon, Bud. Ich hab die rechte Lenkstange. Ich halt dich fest.‹«

Wie ein Pantomime hielt Henry den unsichtbaren Griff mit beiden Händen. »Bud legt mit der rechten Hand den Schalter um, um den Motor anzulassen, gibt aber kein Gas, und ich sage noch mal: ›Geht schon, Bud. Wir bringen das linke Hinterrad vom Bürgersteig und auf die Straße, und ich halt dich hier fest – mit beiden Händen an der Lenkstange. Dann kannst du einfach losfahren, und das rechte Hinterrad, das fährt dann von selbst vom Bordstein, und dann sind wir beide auf der Straße und es geht schnurstracks nach Hause.‹«

Dar stand da und wartete, sah, wie sich Henrys Blick verfinsterte, als er den Augenblick noch einmal durchlebte.

»Und dann hat sich der Wagen vorwärts bewegt, und ich habe mich am rechten Ende der Lenkstange festgehalten... früher war ich kräftig. Mr. Minor, hab sechsundzwanzig Jahre Kisten auf dem Großmarkt von Chicago verladen, bis wir hierher gezogen sind, aber diese verdammte Leukämie in den letzten beiden Jahren... jedenfalls ist das linke Rad vom Bordstein runter, und der verdammte Karren fing an, nach links zu kippen. Bud sieht mich an, und er kann weder seinen linken Arm noch das linke Bein bewegen, und ich sage: ›Ist schon okay, Bud, ich hab dich mit beiden Händen‹, aber der Wagen kippte immer weiter. Er war schwer. Richtig schwer. Ich hab daran gedacht, Bud festzuhalten, aber er war... wissen Sie... vorschriftsmäßig angeschnallt. Ich hab alles getan, um den Karren festzuhalten. Mit beiden Händen hab ich die Lenkstange gehalten, hab aber gemerkt, wie er immer weiter kippt... es ist ein schwerer Wagen, mit dieser Batterie und dem Motor und so... und meine Hände wurden feucht, und später hab ich gedacht, ich hätte die anderen rufen sollen, die noch beim Binokelspielen waren, aber in dem Moment... na ja, ich hab einfach nicht daran gedacht. Sie wissen, wie das ist.«

Dar nickte und hielt den Rekorder fest.

Henry traten Tränen in die Augen, als würde ihm das ganze

Ausmaß dessen, was geschehen war, zum ersten Mal bewusst. »Ich habe gemerkt, wie der Wagen kippt und meine Finger abrutschen, und ich konnte ihn nicht mehr halten. Ich meine, er war einfach zu schwer für mich, und dann hat mich Bud mit seinem heilen Auge angesehen, und ich glaube, er wusste, was passieren würde, aber ich habe gesagt: ›Bud, Bud, es wird schon gehen, ich halt dich fest. Ich halt mich hier fest. Das geht schon.‹«

Eine volle Minute lang starrte Henry schweigend den Bordstein an. Seine Wangen waren feucht. Als er wieder sprach, war von der Aufregung in seiner Stimme nichts mehr geblieben. »Und dann ist der Wagen immer weiter gekippt und nach links umgefallen, und Bud konnte nichts machen, weil, wie gesagt, seine linke Seite gelähmt war. Dann hat es gekracht, und da war dieses… Geräusch… dieses ekelhafte Geräusch.«

Henry fuhr herum und sah Dar in die Augen. »Und dann ist Bud gestorben.« Henry schwieg, stand nur da, mit ausgestreckten Armen, als wäre ihm der Lenker eben aus der Hand gerutscht. »Ich wollte ihm nur helfen, nach Hause zu kommen, damit er Rose ›Gute Nacht‹ sagen konnte«, flüsterte Henry.

Später, als Henry gegangen war, nahm Dar mit seinem Maßband die Fallhöhe von dort, wo Buds Kopf gewesen war, als er in einem Pard-Karren gesessen hatte, bis zum Gehweg. Einsfünfunddreißig. Aber in diesem Augenblick sagte er nichts, tat nichts, stand einfach nur neben dem alten Mann, der nach wie vor die Arme ausgestreckt hielt, seine Fäuste löste und die Finger spreizte. Die Finger zitterten.

Henry sah wieder auf den Bürgersteig. »Und dann ist Bud gestorben.«

Dar machte Feierabend und fuhr über den Highway 91 zum Highway 15 und dann nach Süden zu seiner Wohnung außerhalb von San Diego. *Scheiße*, dachte er. Er hatte seinen Tag um vier Uhr früh begonnen. *Alles Scheiße*, dachte er.

Er würde die Bandaufnahme in die Maschine tippen und an Lawrence und Trudy weiterreichen, aber nie im Leben wollte er diesen Fall bearbeiten. Er wusste, wie der Laden lief. Der Hersteller des Elektrokarrens würde verklagt werden, zweifellos. Der Besitzer des Wohnparks würde verklagt werden. Daran konnte kein Zweifel bestehen. Die Baufirma, die diese Rampe blockiert hatte, würde von allen gleichzeitig eine Klage bekommen. Auch daran bestand kein Zweifel.

Und würde Rose den alten Henry verklagen? Wahrscheinlich. Auch das bezweifelte Dar im Grunde nicht. Dreißig Jahre Freundschaft. Er wollte seinen Freund Bud nach Hause bringen. Aber in ein paar Monaten... vielleicht mit einem anderen Anwalt...

Scheiße, dachte Dar. Er wollte sich gar nicht erst danach erkundigen. Nie wieder würde er einen Blick in diese Akte werfen.

Auf dem Highway 15 herrschte kaum Verkehr, was einer der Gründe dafür war, weshalb Dar den Mercedes E 340 überhaupt bemerkte, der links hinter ihm Schritt hielt. Außerdem hatte der Mercedes dunkle Scheiben, vorn und seitlich, was in Kalifornien verboten war. Die Cops hatten geholfen, dieses Gesetz durchzusetzen. Keiner von ihnen wollte sich einem Fahrzeug mit undurchsichtigen Scheiben nähern. Außerdem war der Mercedes neu und offenbar getunt, mit 18-Zoll-Rädern und hinten hochgesetzt mit einem winzigen Spoiler. Dar hatte eine spezielle Vorliebe für Leute, die Luxuswagen kauften – selbst Reiseschlitten wie den Mercedes E 340 – und sie dann zu Rennwagen umbauten. Seiner Meinung nach waren diese Leute Idioten der schlimmsten Sorte... prätentiöse Idioten.

Deshalb sah er in seinen linken Außenspiegel, als der Mercedes beschleunigte, um zu überholen. Auf diesem Stück Highway gab es fünf Spuren, drei davon leer, aber der Mercedes peitsche so nah um den NSX, als wären sie in der letzten Runde des Daytona 500. Dar seufzte. Das war einer der Nachteile, wenn man einen echten Sportwagen wie einen Acura NSX fuhr.

Der Mercedes kam auf gleiche Höhe und bremste ab, bis sie gleich schnell fuhren. Dar warf einen Blick nach links, sah sein eigenes Gesicht mit Sonnenbrille und allem, was sich in der dunklen Scheibe des großen Wagens spiegelte.

Instinkte von vor zwanzig Jahren kamen hoch, und Dar duckte sich, als die schwarze Scheibe herunterfuhr. Aus dem Augenwinkel sah er den Lauf von etwas, das hässlich und vollautomatisch war, eine Uzi oder Mac-10, und dann fielen die ersten Schüsse. Seine linke Scheibe explodierte, dass ihm Glas ins Haar und in die Ohren flog, und Kugeln schlugen ins Aluminium des NSX.

3

Endlos schienen die Schüsse auf ihn einzuprasseln, wenn das Ganze auch sicher kaum fünf Sekunden dauerte. Eine Ewigkeit.

Dar hatte sich über die flache Mittelkonsole geworfen, seinen Kopf ans schwarze Leder des Beifahrersitzes gedrückt, da die Scherben wie Konfetti durch den Wagen flogen, mit der linken Hand noch unten am Lenkrad, die rechte Ferse suchte die Bremse und trat zu. Außer dem Mercedes war hinter ihm niemand zu sehen gewesen. Sein linker Fuß trat die Kupplung, während er mit der linken Hand, die er über seinem Kopf hielt, den kleinen Schaltknüppel vom fünften in den dritten Gang rammte. Der Lärm der Kugeln, die im Aluminium von Tür und Front des bremsenden NSX einschlugen, klangen, als schlüge jemand Nieten in ein Riesenfass.

Schleudernd kam der NSX zum Stehen, wo Dar den Seitenstreifen vermutete. Er hatte den Kopf nicht angehoben, um nachzusehen, und hielt ihn noch immer unten, als keine

Schüsse mehr fielen. Er schob sich über die von Glas übersäte Konsole und den Beifahrersitz, hörte und fühlte, wie ihm noch mehr Scherben von Kopf und Rücken rieselten, schob den Schaltknüppel in den Leerlauf und zog die Handbremse, als er darüber hinwegkroch. Und dann war er zur Beifahrertür hinaus, lag bäuchlings auf dem Asphalt und spähte unter dem tief liegenden Sportwagen durch, versuchte zu erkennen, ob der Mercedes neben ihm gehalten hatte. Das wären schlechte Neuigkeiten. Es waren dreißig Meter zum Zaun am Interstate Highway, und ansonsten waren weder Bäume noch sonst was in Sicht, hinter dem man sich hätte verstecken können.

Räder waren nicht zu sehen. Er hörte, wie der Mercedes brüllend beschleunigte, und kroch auf seinen Ellbogen zum rechten Vorderrad des NSX, sah eben noch, wie das graue Fahrzeug mit einem Affenzahn verschwand.

Zitternd stand Dar auf, spürte das Adrenalin, erstickte den Drang, sich zu übergeben, und fragte sich erst jetzt, ob er angeschossen war. Er fasste sich ans linke Ohr, und seine Finger wurden blutig, aber er merkte gleich, dass es nur ein kleiner Schnitt war. Abgesehen von ein paar Kratzern vom geborstenen Sicherheitsglas war er unversehrt. Ein Honda Civic fuhr im Schritttempo vorbei, und der rundgesichtige Mann am Steuer glotzte Dar und seinen Wagen mit großen Augen an.

Dar untersuchte seinen NSX. Sie hatten hoch geschossen und eine Menge Munition verfeuert. Die Scheiben links und rechts fehlten, in der A-Säule fand sich ein Einschussloch, das Aluminium war heller um die ausgefranste Öffnung. Drei Löcher waren in der Fahrertür. Eine Kugel hätte Dar voll in den Hintern getroffen, wenn die stählerne Seitenaufprallstrebe sie nicht abgelenkt hätte, und zwei weitere hatten den Teil der B-Säule getroffen, der zur Tür gehörte, wo der Griff war.

Auch die Front des Wagens hatte ein halbes Dutzend Treffer abbekommen, als der NSX langsamer geworden war, aber ein kurzer Blick bestätigte, dass die Kugeln allesamt die Reifen verfehlt hatten. Sie hatten Narben über die flache, geneigte

Haube gezogen, waren zwischen Radkasten und Innenraum eingeschlagen oder zwischen Rad und vorderer Stoßstange. Hätte der Acura NSX einen Frontmotor gehabt, wäre der Schaden wohl erheblich gewesen, aber in diesem Sportwagen saß der Motor in der Mitte, gleich hinter dem Fahrer, und schnurrte nach wie vor im Leerlauf. Das (und die Tatsache, dass die Reifen unbeschädigt waren, ebenso wie Federn und Aufhängung) war entscheidend.

Dar riss sich das Hemd vom Leib, wischte damit das Glas vom Fahrersitz, stieg ein, rammte den ersten Gang ein und beschleunigte auf dem Seitenstreifen. Der graue Mercedes war eben erst etwa drei Kilometer weiter in einer Senke im Highway verschwunden. Er fuhr sehr schnell, viel schneller als erlaubt.

Dar fuhr hundertsechzig im dritten Gang, als er vom Seitenstreifen auf die rechte Spur des Highways wechselte und an dem Civic vorüberfegte, dessen rundgesichtiger Fahrer noch immer herüberglotzte.

Das ist verrückt, dachte er und schaltete in den vierten Gang, hörte das Gebrüll des sonst surrenden Sechszylinders hinter seinem Sitz, als er das Raubtier aus dem Käfig ließ und den Wagen nahe an den roten Bereich bei 7800 U/min brachte.

Aber er war sauer. Er war stinksauer. Lange, lange war Dar nicht so sauer gewesen. Er schaltete in den fünften und trat das Gaspedal durch.

Er überholte zwei Autos und einen Sattelschlepper links, wobei deren Motorgeräusche aufgrund seiner Geschwindigkeit dopplereffektmäßig die Tonhöhe veränderten. Als er über die Kuppe kam, sah er den grauen Mercedes gut fünf Kilometer voraus, auf dem Weg den nächsten Hügel hinauf. Er fuhr in der äußerst linken Spur mit rund hundertsechzig. Dar tastete nach seiner Hemdtasche, in der sein Handy steckte, merkte, dass er das Hemd ausgezogen und auf dem Beifahrersitz zusammengeknüllt hatte, nachdem das Glas abgewischt war. Er klopfte des Hemd ab, aber da war nichts in der Tasche.

Er hatte das Telefon irgendwo beim Ducken, Kriechen, Klettern, Kauern verloren, irgendwo im Glasregen. *Scheiße.* Er sagte sich: egal. Der Wind, der durch die geborstenen Seitenscheiben heulte, hätte ohnehin jeden Anruf bei der Polizei übertönt. Wenigstens war die Windschutzscheibe unversehrt, abgesehen von einem daumenbreiten Sprung oben links, wo eine Kugel die A-Säule getroffen hatte. Er hielt die Augen auf der Straße, auf das Heck des Mercedes gerichtet, schielte aber doch kurz auf seinen Tacho: 235 km/h. Er gab Gas, beugte sich hinüber, um die Kameratasche vom Boden vor dem Beifahrersitz aufzuheben. *Bitte, lieber Gott – oder wer immer das alles angezettelt hat – mach, dass keine dieser Kugeln meine Kameras getroffen hat.* Mit ein paar kurzen Handgriffen und noch kürzeren Blicken stellte Dar sicher, dass die Tasche unversehrt war, klappte sie auf und schüttete den Inhalt rüde auf den Beifahrersitz. Er wollte nicht die Digitalkamera. Er wollte die Nikon mit dem langen Objektiv.

Dar hielt die Nikon zwischen seinen Beinen, fummelte nach dem Tele und begann, die Objektive zu wechseln, während er den Hügel hinauf und darüber hinweg bis auf 264km/h beschleunigte. Zum Wechseln des Objektivs waren normalerweise zwei Hände nötig – man musste einen Knopf drücken, um das Objektiv zu lösen, bevor man ein neues aufschrauben konnte –, aber er hatte es auch schon mit einer Hand geschafft. Nur noch nie bei solcher Geschwindigkeit.

Im Augenwinkel sah er einen Wagen der Highway Patrol, der ihm auf der westlichsten Spur in Richtung Norden entgegenkam, warf eben noch rechtzeitig einen Blick in den Spiegel, dass er erkennen konnte, wie der schwarz-weiße Wagen auf dem Mittelstreifen wendete. Seine Lichter gingen an und blitzten auf, als er umkehrte und die Jagd aufnahm. Falls die Sirene heulte, konnte Dar bei dem Fahrtwind in seinem winzigen Cockpit davon nichts hören.

Es war sein Glück, dass es sich bei diesem Streifenwagen um einen Mustang handelte – ein '94er Modell, wie es schien –, ausgerüstet mit einem der üblichen 302-V-8-Motoren. Dars kurzer Blick auf den Fahrer und dessen Partner hatte ihm gezeigt, dass beide jung waren, und die Geschwindigkeit, mit der sie ihn verfolgten, zeigte ihm, dass beide Draufgänger waren. *Glück gehabt*, dachte Dar und konzentrierte sich auf den Mercedes vor ihm.

Irgendwie hatte er seine Sonnenbrille während der ganzen Eskapaden aufbehalten, und hätte diese seine Augen nicht vor dem schlimmsten Fahrtwind geschützt, hätte er sicher nicht gut genug gesehen, um mithalten zu können. Aber er konnte. Der Mercedes lag jetzt kaum zwanzig Wagenlängen voraus. Er fuhr nur noch etwa hundertdreißig, aber der Fahrer schien einen Blick in den Rückspiegel geworfen und entweder den NSX, die Blinklichter des Streifenwagens oder beides gesehen zu haben, denn plötzlich wechselte der Mercedes die Spur und beschleunigte die nächste Steigung hinauf, überholte andere Wagen links und rechts, nutzte alle fünf Spuren, stieß in die Lücken und stürmte voran.

Dar folgte ihm von einer Spur zur anderen. Er wusste, dass ein normaler Mercedes E 340 die Höchstgeschwindigkeit elektronisch bei 210 km/h abriegelte, aber diese getunte Kiste mit getönten Scheiben, Spoilern und breiten Reifen machte mindestens 250 km/h, als er sich durch den dichter werdenden Verkehr schlängelte.

Himmelarsch, dachte Dar. Jetzt hatte er das lange Zweihundert-Millimeter-Objektiv drauf und hielt die Nikon in der linken Hand, während er durch den Verkehr links und rechts von sich jagte. Noch immer war der Mercedes einen halben Kilometer voraus, zu weit für ein scharfes Foto vom Kennzeichen. Und Dar hatte keine Ahnung, wie er die Kamera so ruhig halten sollte, dass er die Nummer lesen konnte, selbst wenn er näher heran käme.

Es war ihm egal. Er ließ die Nikon auf seinen Schoß fallen, packte das Lenkrad mit beiden Händen und schwenkte von der äußerst rechten Spur auf die äußerst linke, um hinter dem

Mercedes zu bleiben. Sein Tachometer zeigte 270 km/h und der Drehzahlmesser war im roten Bereich. Auf keinen Fall wollte Dar den Motor seines Acura überhitzen. Er war ein Kunstwerk, handgefertigt, von einem einzigen Mann im japanischen Werk zusammengefügt. Irgendwo auf dem Motorblock, der größtenteils aus Aluminium bestand, war der Name dieses Mannes in japanischen Schriftzeichen eingraviert. In einer Zeit der Kompressoren, Turbolader und aller möglichen Belüftungsprothesen war dieser Motor ein normaler Sechszylinder, der seine Geschwindigkeit aus reiner Perfektion schöpfte. Es wäre ein Sakrileg, eine solche Maschine zu überdrehen. Dennoch hielt Dar das perforierte Pedal unten auf dem Bodenblech – oder in diesem Fall auf der luxuriösen Gummimatte, die an der Spritzwand über dem dicken, schwarzen Teppich entlanglief – und trieb ihn weiter in den roten Bereich. Der kleine Sechszylinder kreischte und er holte auf.

Was ist, wenn sie gleich bremsen und wieder auf mich schießen?, fragte der Teil von Darwin, der noch bei sich war. Er hatte keine Waffen im Wagen. Er hasste Schusswaffen. *Was ist, wenn ich bremse und die Cops schießen auf mich?*, erwiderte der adrenalingesteuerte Teil von Darwins Hirn. *Da kann ich diese Wichser genauso gut selbst stellen.*

Der Mercedes wechselte von der äußerst linken auf die äußerst rechte Spur, schnitt dabei zwei Wagen den Weg ab. Einer davon – ein Ford Windstar Van – bremste zu abrupt und drehte sich viermal um sich selbst, bevor er zum Stehen kam, mit der Nase dorthin, woher er gekommen war. Dar sah die bleichen Mienen des Mannes und der Frau auf den Vordersitzen, als er mit 268 km/h an ihnen vorüberfegte.

So wirst du enden, du Arschloch, schrie der Teil von Dar, der noch bei Verstand war, den adrenalingesättigten Dickschädel an. *Im Film sind solche Verfolgungsjagden immer spannend und gehen ganz knapp aus. Im wahren Leben gibt es tote Familien, Unschuldige kommen ums Leben, und du bist nicht mal ein Cop. Du hast gar kein Recht dazu.*

Der fahrende Dar gab dem vernünftigen Dar theoretisch Recht. Er warf einen Blick in den Spiegel und sah die blinkenden Lichter am Mustang, der fast abhob, als er kaum einen Kilometer hinter Dar über die Kuppe kam. Aber der Teil von ihm, der fuhr, war wütender, als er seit vielen, vielen Jahren gewesen war. Und der Mercedes war nur noch hundert Meter voraus, wieder auf der Spur ganz links, kaum von Verkehr umgeben. Dar hielt seinen Fuß am Boden und setzte die Nikon auf den Fensterrahmen der NSX-Tür, hielt das lange Objektiv drinnen, damit der Wind es ihm nicht aus der Hand riss. *Das wird schwierig*, dachte er und beschloss, durch die Windschutzscheibe zu fotografieren, mit beiden Händen auf dem Lenkrad, um die Nikon abzustützen und ruhig zu halten, mit einem Knie zum Lenken, vollautomatisch den Film durchzurattern und zu hoffen, dass auf einem der Bilder etwas zu erkennen wäre.

Der Mercedes bremste und wechselte die Spuren so schnell, dass er lange und kontrolliert schleuderte, fast einen Lieferwagen rammte und sich eben noch rechtzeitig fing, dass er durch die Ausfahrt schoss … wie eine Kugel durch den Lauf.

Mist!, schrie Dark und bremste, ließ sich hinter einen Greyhound-Bus fallen, bremste wieder und schleuderte über die letzten drei Spuren zur Ausfahrt. Er schaffte es … mit durchdrehenden Hinterrädern auf dem Kies vom Seitenstreifen, zwei Korrekturen, und schon beschleunigte er die Rampe hinunter, sah eben noch das Schild der Ausfahrt – *Lake Street*.

Okay. Er wusste, wo er war. Diese Straße, auf die er gleich kommen würde, während er dem schlingernden Mercedes folgte, führte nirgendwohin, nur durch die kleine Schlafstadt Lake Elsinore am Lakeshore Drive. Früher war es die alte Ausfahrt Alberhill, aber diese Unstadt lag schon hinter ihnen. Dar sah nach vorn, nach links, sah zwei Wagen vom County Sheriff, beide schwarz-weiß, beides Chevys, ein Monte Carlo, der andere ein Impala – und beide auf dem Weg, sie abzufangen. Sowohl der Mercedes als auch der NSX schossen über die Kreuzung, bevor die Wagen des Sheriffs den Lakeshore Drive erreichten, aber Dar konnte tatsächlich die Sirenen hören, als die beiden Chevys auf die Straße schleuderten und nur hundert Meter hinter ihm beschleunigten. Der Mustang von der Highway Patrol war gleich dahinter, wollte überholen.

Wenn ich mit dem E 340 gleichziehe, dachte Dar ganz kühl, arbeitete es aus, als wäre es ein kleineres Schachproblem, *werden mich die Typen in ihm erschießen.* Er sah in seinen Spiegel. *Wenn ich langsamer werde, erschießen mich die Cops wahrscheinlich nicht, aber möglicherweise sind sie so sehr damit beschäftigt, mich zu verhaften, dass sie den Mercedes entkommen lassen.*

Die Bremslichter am Mercedes leuchteten auf. Dar blieb nichts anderes übrig, als selbst zu bremsen, wobei die großen Siebzehn-Zoll-Bremsscheiben den Sportwagen derart abrupt verlangsamten, dass er mit drei g in den Gurt geworfen wurde.

Wild brach der Mercedes nach links aus, dann nach rechts, sprang über ein leeres Eckgrundstück – Dar sah einen Meter Tageslicht unter dem E 340 – und landete auf dem Asphalt, fing sich wieder, dann beschleunigte er eine Straße hinauf, die westwärts führte. Dar konnte den Straßennamen nicht erkennen, als er den NSX mit kontrolliertem Schleudern auf dieselbe schmale Straße brachte, wusste ihn aber von früheren Jobs, die ihn in diese Gegend geführt hatten – *Riverside Drive*. Eigentlich war hier der Anfang vom Highway 74, eine schmale, zweispurige Straße, die durch die Berge des Cleveland National Forest führte und bei San Juan Capistrano, etwa einundfünfzig Kilometer weiter, in die I-5 einmündete. Dar hatte diese Abkürzung schon oft genommen.

Der Impala kriegte die Kurve nicht, und Dar sah ihn kurz im linken Spiegel, als der Wagen durch eine Tankstelle schoss, knapp einen tankenden Jaguar an der Säule verfehlte und dann in einer Staubwolke im Gebrauchtwagenbereich verschwand. Der Mustang und der andere Streifenwagen nahmen die Kurve und röhrten den Riverside Drive hinauf, keine Viertelmeile mehr zurück, als die kurvige Straße die Jagd verlangsamte.

Hier sollte ich anhalten und es ihnen überlassen, dachte Dar, da er wusste, dass die Behauptung, er habe jemanden vorläufig festnehmen wollen, ihn nicht vor dem Gefängnis bewahren würde. Plötzlich schnarrte gleich über ihm ein Helikopter, überholte den Mercedes, kehrte dann vor dem Hügel um und machte sich für den nächsten Versuch bereit.

Polizeihubschrauber, dachte Dar, denn er wusste, dass das L.A. County sechzehn von den Dingern besaß, während ganz New York City nur sechs im Einsatz hatte. Aber dann sah er die Kennzeichen. *Na toll.* Vielleicht schaffte er es noch in die Sechs-Uhr-Nachrichten von Channel 5 KTLA. Dann wurde ihm klar, dass er vermutlich schon auf Sendung war. In Südkalifornien liefen so viele Polizei-Verfolgungsjagden live im Fernsehen, dass schon von einem Sender die Rede war, der nichts anderes zeigte.

Dar röhrte die immer steilere, kurvige Straße hinauf, versuchte, das Dach des Mercedes im Auge zu behalten. Jahre war es her, dass er Rennen gefahren war, aber es fühlte sich sehr, sehr vertraut an, als er den Scheitelpunkt der einzelnen Serpentinen punktgenau traf, brüllend aus jeder Kurve beschleunigte, auf die Bremse tippte, die nächste Kurve anpeilte, herunterschaltete, das Heck leicht ausbrechen ließ und mit Vollgas wieder aus der Kurve kam. Nur sehr wenige Sportwagen auf der Welt waren dem Acura NSX in solchen Situationen überlegen. Als sie sich dem Ende der Steigung näherten, konnte er die Polizei im Spiegel nicht mehr sehen und lag mit drei Wagenlängen Abstand hinter dem Mercedes.

Dreieinhalb Kilometer war es die verschlungene Straße über dem Lake Elsinore hinaufgegangen, und die Männer in dem E 340 hatten offenbar beschlossen, dass es an der Zeit wäre, ihn loszuwerden. In einer scharfen Rechtskurve wurden sie langsamer, das Beifahrerfenster ging herunter, und ein Mann mit dunklem Haar, dunklem Anzug und einer dunklen Mac-10 lehnte sich heraus.

Dar schoss fünf oder sechs Fotos mit seiner Nikon, hielt sie mit einer Hand, während die automatische Waffe auf ihn feuerte. Irgendetwas knallte metallisch am rechten Ende seines Wagens, aber das Handling blieb gut, und Dar ließ die Kamera auf seinen Schoß fallen, schaltete herunter, fuhr kreischend um die nächste Rechtskurve bergauf und gab Gas, bis er fast an der Stoßstange des Mercedes hing. Er sah, dass das Kennzeichen aus Nevada war, und merkte sich die Nummer.

Wieder beugte sich der Schütze aus dem Wagen, aber Dar war bereits zu nah. Er scherte auf die linke Spur aus und beschleunigte, bis er fast auf einer Höhe mit dem Mercedes war. Der Mann schoss durch die getönte Scheibe hinten links, dass bronzefarbene Splitter flogen, aber Dar war schon vorausgefahren und ließ sich dann wieder neben den Mercedes zurückfallen. Das Fahrerfenster summte herunter, und Dar sah ihnen direkt in die Gesichter, merkte sie sich, als beide Fahrzeuge die letzte Haarnadelkurve mit hundertvierzig ansteuerten.

Dar wusste, dass er dahinter Schwierigkeiten haben würde. Über den Berg führte eine lange Gerade, bis es wieder kurvig wurde. An der letzten Linkskurve vor dem Gipfel – direkt vor ihnen – stand ein altes Restaurant, inzwischen eine Biker Bar namens »The Lookout«. Dar hatte dort mittags mal Rast gemacht und was gegessen, aber das Ambiente – gewöhnlich standen zwanzig bis dreißig »Böcke« vor der Tür und drinnen noch mal so viele Schlägertypen an der Bar – war nicht nach seinem Geschmack.

Das Lookout lag auf der rechten Straßenseite und hatte an seiner Südseite eine Art Veranda, auf der man draußen sitzen konnte. Diese Veranda bestand aus kaum mehr als ein paar morschen Latten und wurde von Holzbalken gehalten, die sich direkt an der blanken Bergwand über dem Lake Elsinore abstützten. Dar konnte sehen, dass ein gutes Dutzend Biker um ein paar alte Tische gemütlich in der Sonne saß. Ihre Böcke parkten direkt vor der Veranda.

Dar sah eben noch rechtzeitig, dass sich der Beifahrer herüberlehnte und die Mündung der Mac-10 hinter dem Kopf des Fahrers aus dessen Fenster hielt. Er zielte direkt auf Dars Gesicht.

Dar stieg auf die Bremse, die Kugel ging über seine Haube, dann scherte er hart nach rechts aus und gab Gas, traf den schweren Mercedes mittschiffs. Der Airbag in dessen linker Tür ging auf, schlug die Hand des Schützen nach oben in den Fensterrahmen, sodass dem Mann die Mac-10 aus der Hand fiel und auf Dars Motorhaube prallte. Dars NSX war ein '92er Baujahr und hatte nur einen Fahrerairbag, aber nach jahrelangen Ermittlungen und Rekonstruktionen von Airbag-Unfällen hatte er seinen längst abgeklemmt.

Jetzt stand er auf der Bremse, zwang den anderen Wagen erst nach rechts und fiel dann hinter den rasenden Mercedes zurück, wobei die Reifen am NSX quietschten und qualmten, aber das ABS gab sein Bestes, das Bremspedal ruckte unter Dars Fuß, während er schleuderte, den Schaltknüppel in den zweiten Gang rammte und die enge Linkskurve nahm, zwar auf den Seitenstreifen geriet, das Restaurant aber knapp verfehlte, dann Felsen und flache Büsche streifte, bis er endlich knirschend und rutschend gut dreißig Meter weiter zum Stehen kam.

Als der Seitenairbag sich entfaltete, war der Schütze auf den Fahrer gefallen, dessen Gurt zwar verhinderte, dass er ans Lenkrad prallte, der aber beim Lenken nur wenig Glück hatte. Der neue Mercedes E 340 schoss geradewegs über die Linkskurve hinaus, traf die erste Reihe der dort abgestellten Harleys. Beide Airbags gingen vorn im E 340 los, woraufhin dessen Fahrer, der nach wie vor von seinem Partner niedergedrückt wurde und dem nun sein Airbag auch noch die Sicht nahm, nicht mehr ans Lenkrad kam, und sich der Schütze wegen des Airbags, der vor seiner Nase losgegangen war, nicht rühren konnte. Der Fahrer tat, was er konnte, stemmte sich auf die Bremse, während er geradeaus fuhr und links und rechts die Harleys umwarf, während sich ein Dutzend Biker hechtend in Sicherheit bringen musste, als der schwere Wagen die baufällige Veranda ansteuerte, Tische splittern ließ, über die morschen Bohlen rutschte, das klapprige Geländer durchbrach und die Veranda als Rampe nutzte, um sich vom Berg zu stürzen.

Einmal noch sah Dar den grauen Mercedes mit den heruntergekurbelten Scheiben, die Gesichter beider Männer gut zu erkennen, die Münder weit aufgerissen, Airbags schon wieder ohne Luft, als der zwei Tonnen schwere Wagen wie Karl der Kojote mitten in der Luft stehen zu bleiben schien, wobei er nur knapp die Glaskuppel des Hubschraubers von Channel 5 KTLA verfehlte, der seine Kameras auf die schreienden Gesichter und den fliegenden Wagen gerichtet hatte. Dann stürzte der Wagen kopfüber ab und war auf seinem Weg ins Tal zweihundert Meter tiefer bald nicht mehr zu sehen.

Der Rahmen des NSX war verzogen, die Fahrertür ließ sich nicht öffnen, und die andere war an einem Felsbrocken verklemmt, sodass er gerade aus dem Fenster kletterte, als der schleudernde Mustang der Highway Patrol und der Monte Carlo vom Sheriff ihn ins Visier bekamen. Türen flogen auf. Waffen wurden gezogen und angelegt. Befehle wurden gebrüllt.

Dar stand an seinen NSX gelehnt, spreizte wie befohlen die Beine, faltete die Hände hinter dem Kopf, wie es die Schreie der Polizisten nahe legten, und versuchte, langsam zu atmen, damit ihm nicht übel wurde. Die Woge von Adrenalin, die sein Zorn aufgewühlt hatte, wich wie eine Springflut, ließ nur Strandgut von Gefühlen hinter sich zurück.

Mit den Polizisten der Highway Patrol – jung, mit hohen Seriennummern auf ihren Plaketten, wie Dar bei seinem einzigen Blick über die Schulter sehen konnte – hatte er noch nicht zusammengearbeitet. Ihren Rufen entnahm er, dass sie ihm ohne weiteres das Hirn wegblasen würden, sollte er auch nur eine einzige Bewegung machen. Dar rührte sich nicht von der Stelle. Der Sheriff und einer von der Highway Patrol hielten ihre Waffen auf ihn gerichtet, und der Dritte – der ältere der beiden von der Highway Patrol, ein ergrauter Veteran, der wie dreiundzwanzig aussah – trat heran, filzte ihn kurz, riss Dars Arme herunter und hinter den Rücken, dann legte er ihm Handschellen an.

Zwei Biker schlenderten mit einem Bier in der Hand herüber. Der mit dem längeren Bart zeigte breit grinsend seine gelben Zähne. »Hey, Mann, das war die coolste Nummer, die ich je gesehen hab. Fast hat er den verdammten Channel Five ausgeschaltet. Definitiv spitzenmäßig.«

Der Hilfssheriff sagte den Bikern, sie sollten wieder zurück ins Lookout gehen. Mehrere andere Biker kamen herüberspaziert und erklärten, sie seien überhaupt nie in dem beschissenen Restaurant gewesen – sie hätten draußen auf der Veranda gesessen – und das hier sei ein freies Land, Mann. Wo außer in Amerika konnte man sehen, wie ein nagelneuer Mercedes in einen zweihundert Meter tiefen Abgrund stürzte und dabei fast einen Scheißhubschrauber mitnahm, Mann?

»Snotty Eddie wird seine blöde Bar wohl umtaufen müssen, Mann«, sagte ein Biker mit rasiertem Schädel und tätowiertem Totenkopf auf seiner nackten Brust. »Am besten in Cape Canaveral.«

Dar war froh, dass die beiden Männer von der Highway Patrol ihn zum Mustang stießen und zerrten.

»Der kommt nach Riverside, okay?«, sagte der Sheriff eben. Nach wie vor hielt er einen langläufigen Colt in der Hand.

»Wissen wir, wissen wir«, sagte der ältere der beiden Highwaypolizisten. »Am besten schicken Sie Ihren Deputy ans Funkgerät, damit er Verstärkung ruft und Bescheid sagt, dass wir ein Laborteam brauchen, bevor es hier einen Aufstand gibt. Okay?«

Der Sheriff warf einen Blick auf die umherlaufenden Biker,

da diese langsam den Schaden an ihren Maschinen begutachteten und ihre Flüche immer fantasievoller wurden, nickte, steckte seine Waffe weg und ging zu seinem Monte Carlo.

Der Hilfssheriff hatte sich allein auf die wackelige, trümmerübersäte Terrasse gewagt und stand nun unruhig am Rand, spähte durch die breite Lücke im Geländer zum Lake Elsinore hinab, in dem der Mercedes verschwunden war. Von irgendwo weit unten hörte man das Surren des Nachrichtenhubschraubers. Irgendwo in seinem Kopf berechnete Dar die Zeit, die der Mercedes für seinen freien Fall gebraucht hatte, während die Polizisten ihn auf den Rücksitz des Mustangs stießen. Das würde ein verschärfter Beitrag in den Sechs-Uhr-Nachrichten werden.

Kurz bevor sie abfuhren, hörte Dar noch, wie der Deputy auf der Veranda leise immer wieder sagte: »Scheiße, Scheiße, Scheiße«, als wäre es sein ganz privates Mantra.

4

Die Verfolgungsjagd und Dars Verhaftung – das alles hatte an einem Dienstagnachmittag stattgefunden. Nachdem er noch am selben Abend auf Kaution freigelassen wurde, nahm er am Mittwochmorgen an einer Besprechung im Büro des Stellvertretenden Bezirksstaatsanwalts von San Diego teil.

Als er am Dienstag in Haft gekommen war, hatte Dar nicht mal ein Hemd getragen, nur seine Sneakers und die mittlerweile verdreckten, blutverschmierten Jeans, die er um vier Uhr morgens angezogen hatte. Mit den Schnitten vom herumfliegenden Glas, ohne Hemd, mit wild zerzausten Haaren, einem Zweitagebart und dem, was seine Kameraden in Vietnam vor vielen Jahren nach einer Schlacht als »Tausend-Meter-Blick« bezeichnet hatten, sah er auf dem anlässlich der Inhaftierung gemachten Foto wie ein klassischer Schwerverbrecher aus. Er sah es schon in seinem Arbeitszimmer hängen, gleich neben einem älteren Farbfoto, auf dem zu sehen war, wie ihm Robe und Schriftrolle ausgehändigt wurden, als Zeichen für seinen Doktor der Physik.

Am Mittwochmorgen um neun Uhr saß Dar an einem langen Tisch mit mehr als einem Dutzend anderer Leute, die ihm noch vorgestellt werden mussten, war rasiert, geduscht und trug ein frisches, weißes Hemd mit gestreifter Krawatte, ein blaues Leinensakko, leichte, graue Hosen und an den Füßen polierte schwarze Ballys, weich wie Ballettschuhe. Er war nicht ganz sicher, ob er bei dieser Besprechung Gast oder Beschuldigter war, wollte aber in jedem Fall einen gepflegten Eindruck hinterlassen.

Der Assistent vom Assistenten des Stellvertretenden Bezirksstaatsanwaltes, ein aufgeregter, kleiner Mann, der sämtliche Schwulenklischees zu verkörpern schien (vom Händeringen und nervösen Kichern bis hin zu seinen schmalen Handgelenken), war eifrig damit beschäftigt, allen Anwesenden Donuts und Kaffee anzubieten. Gegenüber von Dar lag eine ganze Reihe von Hüten und Uniformmützen auf dem Tisch, hinter denen mindestens acht Polizeioffiziere und Sheriffs saßen. Auf derselben Seite des Tisches – allerdings am anderen Ende und statt der Mützen Aktenkoffer vor sich auf dem Tisch – saßen zwei Zivilbeamte, einer davon mit FBI-Haarschnitt. Alle außer dem FBI-Agenten nahmen dem Assistenten vom Assistenten des Stellvertretenden Bezirksstaatsanwaltes mindestens einen Donut ab.

Auf Dars Seite des Tisches befand sich – neben Lawrence und Trudy und ihrem Anwalt W.D.D. Du Bois – eine bunte Mischung aus Bürohengsten und Anwälten, die meisten faltig, zerknittert, mit hängenden Wangen und schlechter Haltung, allesamt im traurigen Gegensatz zur frisch gebügelten, schweigenden, gespannten Aufmerksamkeit der Cops. Die meisten Anwälte und Bürohengste wollten nur Kaffee.

Dankend nahm Dar seinen Styroporbecher, bekam als Antwort ein »Oh, gern geschehen, gern geschehen« und ein Schulterklopfen des Assistenten vom Assistenten des Stellvertretenden Bezirksstaatsanwalts. Dar lehnte sich zurück, wartete, was nun kommen sollte.

Ein schwarzer Mann in der Uniform eines Gerichtsdieners trat ein und verkündete: »Wir sind fast startbereit. Dickweed ist auf dem Weg, und Sid kommt eben von der Damentoilette.«

Am Tag zuvor war Dar nachmittags in Handschellen zum Bezirksgefängnis in der Innenstadt von Riverside gebracht worden. Im Wagen hatte ihm der ältere der beiden Polizisten seine Rechte von einer ausgefransten Karteikarte vorgelesen. Dar hatte das Recht zu schweigen, alles, was er sagte, konnte vor Gericht gegen ihn verwendet werden, er hatte das Recht auf einen Anwalt, und falls er sich keinen Anwalt leisten konnte, würde ihm einer zugewiesen. Hatte er das verstanden?

»Sie müssen es *ablesen*?«, fragte Dar. »Sie sagen es doch mindestens zehntausend Mal im Jahr.«

»Halt einfach die Klappe«, sagte der Polizist.

Dar nickte und schwieg.

Im Riverside County Jail, einem flachen hässlichen Gebäude gleich neben dem hohen, hässlichen Komplex des Rathauses von Riverside, nahmen die jungen Beamten der Highway Patrol ihre Handschellen wieder an sich und händigten ihn offiziell dem Sheriff von Riverside aus, der ihn zur Einweisung wiederum an einen jungen Deputy weiterreichte. Dar war noch nie vorher verhaftet worden. Allerdings war ihm die Prozedur – das Leeren der Taschen von persönlichen Gegenständen, die Feststellung der Fingerabdrücke, das Foto für die Kartei – natürlich aus Film und Fernsehen bekannt, sodass er ein geradezu gespenstisches Déjà vu hatte, das die Unwirklichkeit der letzten Stunde nur noch verstärkte.

Man brachte ihn in eine Verwahrzelle, allein – von ein paar trägen Kakerlaken abgesehen. Etwa eine Viertelstunde später kam der Deputy zurück. »Sie können telefonieren. Wollen Sie Ihren Anwalt anrufen?«

»Ich habe keinen Anwalt«, sagte Dar wahrheitsgemäß. »Kann ich meinen Therapeuten anrufen?«

Das fand der Hilfssheriff nicht witzig.

Dar rief Trudy an, die schon mit so vielen Rechtssachen zu tun gehabt hatte, dass sie das Juraexamen auch dann bestehen würde, wenn man ihr das halbe Hirn auf den Rücken gebunden hätte. Statt Rechtsfragen selbst zu klären, ließen sie einen der besten Anwälte Kaliforniens für sich arbeiten. Das war notwendig, wenn man bedachte, dass sich Steward Investigations immer wieder in einem der breiten Netze von Gerichtsverfahren wiederfand, die hoffnungsfrohe Prozessbeteiligte auswarfen, wenn sie die Gewässer des Versicherungsbetruges befuhren – eifrig, täglich und beharrlich wie die Fischer von Neuengland.

»Trudy, ich –«, begann Dar, als sie den Hörer abnahm.

»Ja, ich weiß«, unterbrach sie ihn. »Ich habe es nicht live gesehen, aber Linda hat es für mich aufgezeichnet. Die Kommentatoren plappern munter von einem Amokfahrer.«

»Amokfahrer!«, rief Dar. »Die Schweine haben versucht, mich umzubringen, da habe ich –«

»Du sitzt in Riverside, stimmt's?«, unterbrach Trudy wiederum.

»Stimmt.«

»Ich habe einen von W. D. D.'s Mitarbeitern losgeschickt. Du wirst da in Riverside im Beisein dieses Mitarbeiters deine Aussage machen, und dann hat er dich in einer Stunde draußen.«

Dar stand auf und blinzelte das Telefon an. »Trudy, die Kaution dürfte eine Milliarde Dollar betragen. Zwei Tote. Live auf Channel Five. Das Riverside County wird mich hier kaum rauslassen, ohne –«

»Es steckt mehr dahinter, als die Kamera erfassen kann«, sagte Trudy. »Ich hab rumtelefoniert. Ich weiß, wer die beiden Typen waren und wieso weder Highway Patrol noch County Police deinen Namen an die Medien weitergeben. Und wieso W. D. D. in der Lage sein dürfte, dich –«

»Wer waren die beiden?«, sagte Dar und merkte, dass er wieder schrie. »Haben sie es im Fernsehen gesagt?«

»Nein, es kam nicht im Fernsehen. Man wird uns morgen früh im Büro des Stellvertretenden Bezirksstaatsanwalts von San Diego darüber aufklären«, sagte Trudy. »Neun Uhr. Du kommst auf Kaution frei… der Bezirksstaatsanwalt von San Diego County hat bereits eine Verfügung durch einen seiner Richter erwirkt, in der das Gericht in Riverside County ersucht wird, Milde walten zu lassen. Keine Sorge, wenn dir die Medien nach Hause folgen… dein Name wird frühestens morgen preisgegeben.«

»Aber…«, sagte Dar und merkte, dass er nicht wusste, was er sonst sagen sollte.

»Warte auf W. D. D.'s Mitarbeiter«, sagte Trudy. »Fahr nach Hause und stell dich unter die heiße Dusche. Lawrence hat sich eben gemeldet, und ich habe ihm gesagt, was los ist. Wir rufen dich heute Abend an, und dann schläfst du dich erst mal ordentlich aus. Wie es aussieht, müssen wir morgen fit sein.«

W. D. D. Du Bois, was man genau so aussprach, wie es geschrieben wurde, war klein, schwarz und genial, mit Martin-Luther-King-Schnäuzer und Danny-De-Vito-Persönlichkeit. Lawrence hatte einmal gesagt, W. D. D. könnte im Gerichtssaal mit seinem Schnauzer mehr andeuten als die meisten mit den Augenbrauen.

Du Bois war nicht sein echter Name. Oder besser: Damit war er nicht zur Welt gekommen. W. D. D. war auf den Namen Willard Darren Dirks getauft worden, als er Anfang der Vierziger in Greenville, Alabama, zur Welt kam. Alles hatte gegen ihn gesprochen – seine Rasse, die ländliche Armut seiner Familie, der Staat, in dem er geboren war, der IQ und die Einstellung der meisten weißen Einwohner des Staates, die lausigen, nach Rassen getrennten Schulen, die er besuchte – alles, nur nicht sein eigener IQ, der höher als die Trefferquote der meisten Profibowler lag. Mit neun Jahren entdeckte der kleine

Willie Dirks die Schriften von W.E.B. Du Bois und ließ seinen Namen offiziell ändern, als er zwanzig war. Inzwischen hatte er Alabama hinter sich gelassen, die University of Southern California besucht und studierte an der Juristischen Fakultät der UCLA. Er war erst der dritte Schwarze gewesen, der seinen Abschluss an dieser angesehenen Institution gemacht hatte, und er war der erste, der in Los Angeles eine große Sozietät leitete, die nur aus schwarzen Anwälten und schwarzen Mitarbeitern bestand.

Der Umstand, dass die Gründung seiner Kanzlei mit dem Bürgerrechtsgesetz von 1964 zusammenfiel (einem Wirbelsturm von neuen Bürgerrechten, dazu Lyndon Johnsons gesetzgeberische Schritte zu einer »Great Society«, für die juristische Schlachten an allen Fronten nötig waren), stützte W.D.D.'s Haltung, bestimmte sie aber nicht. Seine Kanzlei übernahm größtenteils Zivilrechtsfälle, aber W.D.D.'s große Liebe galt dem Strafrecht, sodass die wenigen Fälle, die er noch persönlich vor Gericht austrug, aus diesem Bereich stammten... je seltsamer der Fall, desto interessanter war er für Du Bois. Es war – zumindest in Rechtskreisen – weithin bekannt, dass der Anwalt Robert Shapiro versucht hatte, Du Bois in den O.J.-Simpson-Fall zu holen, bevor Johnny Cochran damit betraut wurde, aber W.D.D. hatte auf Shapiros Frage nur geantwortet: »Soll das ein Witz sein? Der Bruder ist so schuldig wie Abels Bruder Kain. Ich vertrete nur unschuldige Mörder.« Stewart Investigations hatte ihm im Laufe der Jahre einige wunderbar schräge Fälle angeboten, und Du Bois zeigte seine Dankbarkeit dadurch, dass er Trudys Firma vertrat, wenn es kompliziert wurde. Ein solcher Moment schien jetzt gekommen.

Der Stellvertretende Bezirksstaatsanwalt trat ein und nahm den Stuhl am Kopfende des Tisches. Richard Allen Weid war politisch ambitioniert und sehr empfindlich, was seinen Nachnamen betraf, den man »weed« (wie »Gras«) aussprach. Sein Vater war ein berühmter Richter gewesen, weshalb Richard seinen Namen nicht einfach ändern konnte, aber er sagte den Leuten oft, sie sollten ihn nicht »dick« (wie »Schwanz«) nennen, öfter noch als Lawrence sich gegen »Larry« wehrte. Was garantierte, dass ihn – zumindest außer Hörweite – jedermann im Staatsanwaltsbüro, beim Gericht in San Diego und in ganz Südkalifornien »Dick« nannte, oder öfter noch »Dickweed«, was so viel wie »Schamhaar« hieß.

»Sid« war für Dar eine noch größere Überraschung. Die Frau war attraktiv, Ende dreißig, auf hübsche Weise etwas übergewichtig, professionell frisiert, aber mit einem Gesichtsausdruck, der auf hohe Intelligenz schließen ließ, vom Leben leicht belustigt. Sie erinnerte Dar an eine Schauspielerin, die er wirklich mochte, aber um nichts in der Welt wollte ihm deren Name einfallen. Dar vermutete, dass diese Frau ihren Namen »Sydney« buchstabierte, mit zwei y's, und da sie den Stuhl am anderen Ende des Tischs nahm, direkt gegenüber von Dick Weid, hatte sie offenbar einigen Einfluss.

Der Stellvertretende Bezirksstaatsanwalt Weid rief die Anwesenden zur Ordnung. »Sie wissen alle, weshalb wir heute hier sind. Für diejenigen unter Ihnen, die vielleicht Dienst hatten und die Nachrichten gestern oder heute Morgen versäumt haben ... vor Ihnen sollte eine Kopie der Aussage von Mr. Darwin Minor liegen ... und wir haben diese Bandaufnahme.«

Scheiße, dachte Dar, als der Assistent vom Assistenten den Rollwagen mit VHS-Videorecorder und einem alten Monitor aus der Ecke zog und gleich neben den Stuhl des Stellvertretenden Bezirksstaatsanwalts schob. Der Assistent schob das Band ein, und Dick Weid schwenkte die Fernbedienung.

Dar hatte die Nachrichten am Abend vorher nicht gesehen. Jetzt sah er sich auf Channel Five die Live-Berichterstattung der Verfolgungsjagd an, von der Highway-Ausfahrt, die kurvige Straße über dem Lake Elsinore hinauf, bis hin zu ganz erstaunlichen Bildern, als der Hubschrauber – während er dreißig Meter vor der Veranda vom Lookout Restaurant schwebte – fast von dem Mercedes E 340 gerammt wurde, als dieser durch die Luft flog, als wollte er sich auf den Kufen des Hubschraubers in Sicherheit bringen. Dankenswerterweise hatte Weid die Kommentare der Reporter abgestellt. Gnadenloserweise aber zoomte die Steadicam auf die Gesichter der beiden Männer, deren Köpfe und Schultern aus dem Fahrerfenster ragten, als wollten sie herausklettern. Deutlich sah Dar, dass der Mund des Schützen etwas rief, nur konnte er die Worte nicht erkennen.

Als der Mercedes aus dem Blickfeld der Kamera verschwand, ging der Channel-Five-Pilot direkt in einen Sturzflug, sodass die Kamera unbeirrbar auf das abstürzende Fahrzeug gerichtet blieb, bis ganz unten, wo der E 340 gegen die Bergwand prallte, kopfüber, mindestens hundertachtzig Meter unter der Veranda des Lookout. Das Wrack taumelte noch dreißig Meter durch Bäume und Büsche, wobei die Karosserie erstaunlich intakt blieb, während Räder, Stoßstange, Spiegel, Achsen, Auspuff, Radkappen, Windschutzscheibe, Aufhängung, Katalysator und die Menschen darin auf haarsträubende Weise in alle Himmelsrichtungen flogen, bis das Wrack schließlich unter seiner eigenen Wolke Staub, Geröll und geborstenen Bäumen in einer tiefen Schlucht im Hang verschwand.

Staatsanwalt Weid spulte den Unfall mit der Fernbedienung zurück. Die Einzelteile des Wagens sprangen wieder zusammen, und das Auto schwebte in die Lüfte auf, und dann hielt Weid das Band bei einem Standbild der Gesichter dieser beiden Männer an, von denen der eine flehentlich zum Hubschrauber herüberzuschreien schien. Dar sah, dass sich sämtliche Köpfe im Raum zu ihm umdrehten, selbst Lawrence und Trudy, und er spürte das Gewicht jedes einzelnen Blickes. Er wollte schon sagen: *Haben ihre Airbags sie denn nicht gerettet?*, entschied sich aber dafür, lieber den Mund zu halten. Außerdem waren drei der vier vorderen Airbags schon aufgegangen und wieder in sich zusammengefallen, als das Fahrzeug abhob, was den vorderen Fahrgastraum im Video nur umso jämmerlicher wirken ließ, als wären drinnen riesige, schlappe Kondome drapiert.

Zwei Menschen waren tot, und zwar seinetwegen. Dar fühlte, dass sein Schwindelgefühl vom Video nachließ und sich wieder eine Schwere auf sein Gemüt legte, aber es war keine Reue. Sehr deutlich erinnerte er sich an das Geräusch, als die Kugeln der Mac-10 die Scheibe in der Fahrertür platzen ließen und ihm um die Ohren flogen. Sein gestriger Zorn schien ihm weit zurückzuliegen, aber er erinnerte sich deutlich genug daran, dass er eines genau wusste: Hätten die beiden Scheiß-kerle den Sturz überlebt, wäre er liebend gern den Berg hinun-tergestiegen und hätte sie mit einem Stock totgeschlagen. Er hielt den Mund, sein Gesicht unbewegt, und schließlich wand-ten sich die anderen wieder von ihm ab.

»Bevor wir weitermachen«, sagte Staatsanwalt Weid in die drückende Stille, »sollte ich sagen, dass wir den letzten Auf-schrei dieses Herrn durch Experten der Gehörlosenschule in San Diego haben analysieren lassen«, er deutete mit der Fern-bedienung auf das Standbild, auf dem der schnauzbärtige Schütze nach wie vor in Zeit und Raum eingefroren war, den Mund weit aufgerissen, um seine letzten Worte herauszu-schreien, »aber unsere Experten erkennen nur, dass der Mann gesagt hat… äh… ›gaff nucki‹.«

Alle starrten ihn an, nur Sydney nicht, die laut auflachte. »*Gawnuki*«, sagte sie und sprach es ganz anders aus als Dick Weid. »Es ist Russisch für ›Wichser‹. Ich glaube, der Mann hat seine Meinung zu Channel Five kundgetan.«

»Also gut«, sagte der Stellvertretende Bezirksstaatsanwalt und stellte den Fernseher aus.

»Das würde die Identifikation der beiden durch das Bureau bestätigen«, sagte der gut aussehende Mann mit dem FBI-Haarschnitt. »Der Mercedes wurde vor zwei Tagen in Las Vegas gestohlen. Wir haben die beiden verstorbenen Insassen des entwendeten Fahrzeugs als russische Staatsangehörige identifiziert. Der Fahrer – Wassily Plawinski – befindet sich seit drei Monaten mit einem Touristenvisum im Land. Der andere Mann…«

»Der Mann, der versucht hat, meinen Mandanten mit einer automatischen Waffe zu töten«, warf Rechtsanwalt Du Bois leise ein.

Der FBI-Mann runzelte die Stirn. »Der andere, ebenfalls Russe, ist erst vor fünf Tagen über New York ins Land gekommen. Sein Name ist Kliment Ritko.«

»Das könnte ein Deckname sein«, sagte Dar.

»Warum sagen Sie das?«, fragte der Special Agent und seine Stimme hatte etwas Herablassendes an sich. »In Ihrer Aussage haben Sie behauptet, Sie hätten die beiden Männer nie vorher gesehen. Wollen Sie jetzt sagen, Sie wüssten etwas über die Identität dieser beiden… äh… Opfer?«

»Attentäter«, sagte W. D. D. Du Bois sofort. »Gekaufte Killer.«

Dar sagte: »Ich nehme nur an, dass es ein Deckname sein könnte, weil es einen berüchtigten russischen Maler namens Kliment Ritko gab. Sein 1924 entstandenes Bild *Aufstand* sagte Stalins Schreckensherrschaft voraus. Er hat sogar Lenin, Stalin, Trotzki, Bucharin und den Rest der Bolschewikenführer vor blutrotem Hintergrund gemalt, umgeben von Soldaten, die wehrlose Menschen auf der Straße niederschießen.«

Was folgte, waren volle dreißig Sekunden des Schweigens, verlegenen Schweigens, als wäre Dar gerade aufgesprungen und hätte auf den Tisch gepinkelt. Dar beschloss, von nun an den Mund zu halten, bis man ihm eine direkte Frage stellte. Er wandte seinen Kopf etwas herum und sah, dass Sydney, wer immer sie auch sein mochte, ihn mit unverhohlen prüfendem Blick betrachtete.

»Lassen Sie mich die Anwesenden hier am Tisch kurz vorstellen«, sagte der Stellvertretende Bezirksstaatsanwalt eilig, gab sich alle Mühe, die Besprechung wieder in die Hand zu nehmen.

»Die meisten von Ihnen kennen Special Agent James Warren, den Leiter des FBI-Büros San Diego. Captain Bill Rein-hardt ist vom LAPD, Verbindungsmann zur ›Operation Sau-beres Südkalifornien‹. Captain Frank Hernandez ist von unse-rem eigenen San Diego Police Department. Neben Captain Hernandez… und danke, dass Sie heute kommen konnten, Tom, so kurzfristig, ich weiß, Sie hätten heute an einer Konfe-renz in Vegas teilnehmen sollen… sitzt Captain Tom Sutton von der California Highway Patrol. Der Mann neben Tom ist Sheriff Paul Fields vom Riverside County, deren Kooperation in dieser Angelegenheit einfach großartig war. Die meisten von uns kennen Sheriff Buzz McCall hier aus dem San Diego County. Und am Ende da hinten… hi, Marlena… sitzt Sheriff Marlena Schultz vom Orange County.«

Der Stellvertretende Bezirksstaatsanwalt Weid holte tief Luft und wandte sich nach links.

»Einige von Ihnen sind Robert… Bob, richtig? …Bob Gauss von der Landesbehörde für Versicherungsbetrug schon begegnet. Willkommen, Bob. Neben Bob sitzt die von Wa-shington aus agierende Anwältin Jeanette Poulsen vom Staat-lichen Büro für Versicherungsdelikte. Links von Miss Poulsen ist Bill Whitney vom Kalifornischen Amt für Versicherungs-angelegenheiten. Und hinter Bill ist… äh…« Staatsanwalt Weid musste seine Notizen bemühen. Bis dahin war es eine makellose Vorstellung gewesen.

»Lester Greenspan«, sagte der zerzauste Mann, der wie ein echter Bürohengst aussah. »Leitender Anwalt der Bürgerin-itiative gegen den Versicherungsbetrug. Ebenfalls aus Wa-shington, offiziell verbunden mit Ihrer Operation Sauberes Südkalifornien.«

»Neben Mr. Greenspan sitzt jemand, den wir alle kennen und schätzen«, sagte Staatsanwalt Weid und wollte der langat-migen Prozedur offenbar etwas Kraft und Jovialität verleihen. »Unser verdientermaßen wohl bekannter und sehr erfolgrei-cher Rechtsanwalt W. D. D. Du Bois aus Los Angeles.«

»Danke, Dickweed«, sagte Du Bois mit breitem Grinsen.

Weid zwinkerte, als hätte er nicht recht gehört, und lächelte zurück. »Ähm... neben W.D.D. ...die meisten Mitarbeiter der Strafverfolgungsbehörden kennen diese beiden... Trudy und Larry Stewart von Stewart Investigations aus Escondido.«

»Lawrence«, sagte Lawrence.

»Und hinter Larry da hinten«, fuhr der Stellvertretende Bezirksstaatsanwalt fort, »ist jemand, dem viele von uns aus der Branche schon begegnet sind: Mr. Darwin Minor, einer der bundesweit besten Spezialisten für Unfallrekonstruktionen und der Fahrer des schwarzen NSX, den wir auf dem Video gesehen haben. Und ganz am Ende des Tisches –«

»Einen Moment, bitte, Dick«, sagte Sheriff Fields vom Riverside County. Er war ein älterer Mann mit den Augen eines Revolverhelden, und als er seinen Blick Dar zuwandte, sollte dieser ihn offenbar erstarren lassen. »Das war das verwerflichste und kaltblütigste Beispiel für Mord im Straßenverkehr, das ich je gesehen habe.«

»Danke«, sagte Dar und erwiderte den eisigen Blick mit gleicher Kälte. »Nur haben *die* beiden versucht, mich kaltblütig zu ermorden. Mein Blut war sehr, sehr warm, als ich sie von der Straße gedrängt habe –«

»Einen Moment!«, befahl Staatsanwalt Weid. »Lassen Sie mich erst fertig werden. Am Tischende möchte ich gern Miss Sydney Olson vorstellen, Chefermittlerin im Büro des Staatsanwalts und momentan Leiterin der Task Force für Organisiertes Verbrechen und Bandenunwesen im Rahmen der Operation Sauberes Südkalifornien. Syd... Sie haben das Wort.«

»Danke, Richard«, sagte die Chefermittlerin und lächelte wieder.

Stockard Channing heißt die Schauspielerin, dachte Dar.

»Wie die meisten von Ihnen wissen«, sagte die Chefermittlerin, »hat der Staat in den vergangenen drei Monaten umfassende Ermittlungen vorgenommen – Operation Sauberes Südkalifornien – mit dem Bemühen, dem erschreckenden Anstieg im Bereich des Versicherungsbetrugs in diesem Teil des Landes Herr zu werden. Wir schätzen, dass Versicherungsbetrug allein in diesem Jahr die Kalifornier etwa sieben Komma acht Milliarden Dollar kostet…«

Mehrere Sheriffs stießen leise Pfiffe aus.

»…und die Versicherungsraten um mindestens fünfund-zwanzig Prozent in die Höhe treibt.«

»Eher vierzig Prozent«, unterbrach Lester Greenspan von der Bürgerinitiative gegen den Versicherungsbetrug.

Sydney Olson nickte. »Da stimme ich Ihnen zu. Ich denke, dass die staatlichen Einschätzungen bei weitem zu konserva-tiv sind. Besonders nach den vergangenen sechs Monaten etwa.«

Special Agent James Warren räusperte sich. »Es sollte ange-merkt werden, dass die Operation Sauberes Südkalifornien der sehr erfolgreichen Operation nachempfunden wurde, die das FBI 1995 durchgeführt hat und bei der wir es auf mehr als tausend Verhaftungen gebracht haben.«

Und wahrscheinlich vier Verurteilungen, dachte Dar.

»Danke, Jim«, sagte Chefermittlerin Olson. »Damit haben Sie natürlich Recht. Außerdem fußt unsere Operation auf den Nachforschungen in Florida, bei denen staatliche Stellen ein-hundertvierundsiebzig Verdächtige in Gewahrsam genommen haben, von denen viele zu einem Ring gehörten, der sich auf provozierte Unfälle spezialisiert hatte.«

»Vor allem selbst inszenierte Ausrutscher?«, fragte Trudy Stewart. »Oder größere Dinger?«

»Eine ganze Menge Verdächtiger waren Wiederholungstä-ter, was ›Ausrutscher‹ anging«, sagte Sydney. »Aber der dickste Fisch war ein Anwalt aus Miami mit seinem Sohn, die einen ganzen Ring organisiert hatten. Mehr als hundertfünfzig Autounfälle vorgetäuscht, irgendwelche armen Schlucker da-für bezahlt, dass sie auf dem Highway zusammenstießen, um dann unberechtigte Forderungen gegen die Versicherer vorzu-bringen, und zwar mit Hilfe eingeweihter Chiropraktiker oder ihrer eigenen Kanzleien.«

»Nichts Neues hier im Süden Kaliforniens«, knurrte Sheriff Fields vom Riverside County. »Damit habe ich fast jeden Tag zu tun. Von acht bis zehn Unfällen auf dem I-15, der durch unser County führt, ist einer inszeniert. Das ist ganz und gar nicht neu.«

Chefermittlerin Sydney Olson nickte zustimmend. »Abgesehen von der Tatsache, dass es in den letzten Monaten zu einer Art Revierkampf um die Kontrolle des organisierten Versicherungsbetrugs gekommen ist.«

»Banden?«, sagte Sheriff Fields und blinzelte misstrauisch.

Der Stellvertretende Bezirksstaatsanwalt ergriff das Wort. »Im Dade County, Florida, hat man festgestellt, dass vor allem die Kolumbianer – die ehemaligen Drogenschmuggler – den Versicherungsbetrug organisieren. Wir stoßen auf die gleiche Situation mit einigen der organisierten mexikanischen oder mexikanisch-amerikanischen Gangs in East L.A. und anderswo.«

»Macht Sinn«, knurrte Sheriff Fields.

Captain Sutton von der Highway Patrol schüttelte den Kopf. »Der größte Teil inszenierter Unfälle geht nicht auf das Konto unserer Latino-Gangs«, sagte er leise. »Die haben versucht, da reinzukommen, und einen Tritt in den Arsch kassiert. Ein paar wilde Burschen sind bereits in Leichensäcken gelandet.«

Sheriff Schultz vom Orange County räusperte sich. »Wir hatten das Gleiche mit dem organisierten Verbrechen der Vietnamesen. Sie wollen alles dominieren, aber irgendjemand drängt sie raus.«

Special Agent Warren sagte: »Und wer auch immer in diesem Revierkampf so erfolgreich sein mag, bringt russische und tschetschenische Mafiakiller ins Spiel… überall entlang der Westküste, besonders aber hier unten.«

Sämtliche Blicke wandten sich Dar und seinen Nachbarn zu.

Lawrence gab ein krächzendes Husten von sich, das gewöhnlich einer längeren Erklärung seinerseits vorausging. »Unsere Firma hat Dar… Mr. Minor… Dr. Minor… engagiert, damit er verschiedene Unfälle rekonstruiert, die offensichtlich inszeniert waren. Er war sachverständiger Zeuge in einem halben Dutzend Fällen, genau wie ich.«

Trudy schüttelte den Kopf. »Aber wir haben bei diesen Fällen von Versicherungsbetrug nie irgendwelche Anzeichen für einen organisierten Ring gefunden«, sagte sie. »Es ist nur die übliche Riege von Verlierern und Versicherungsparasiten der zweiten und dritten Generation. Die sind davon genauso abhängig wie Sozialhilfeempfänger von ihren Schecks.«

Staatsanwalt Weid sah Dar an. »Es besteht kein Zweifel daran, dass diese beiden Männer im Mercedes nicht nur für den Revierkampf von der russischen Mafia importiert wurden, sondern dass sie beauftragt waren, Sie zu töten, Mr. Minor.«

Dar sagte: »Warum sollten sie mich töten wollen?«

Sydney Olson wandte sich auf ihrem Stuhl herum und sah Dar in die Augen. »Wir hatten gehofft, genau das von Ihnen zu erfahren. Was gestern vorgefallen ist, stellt die beste Spur dar, die wir in unseren monatelangen Ermittlungen bisher hatten.«

Dar konnte nur den Kopf schütteln. »Ich weiß nicht mal, wie sie mich *finden* konnten. Der ganze Tag war verrückt.« Kurz und präzise erzählte er von seinem JATO-Weckruf um vier Uhr morgens, dem Treffen mit Larry und dem Gespräch mit Henry im Seniorenwohnpark »Shady Rest«. »Ich meine… *nichts* an diesem Tag war geplant. Niemand konnte wissen, dass ich um diese Uhrzeit auf der I-15 in Richtung Süden fahren würde.«

Captain Sutton von der Highway Patrol sagte: »Wir haben einen Handyscanner im Wrack von diesem Mercedes gefunden. Anscheinend haben sie Ihre Anrufe abgehört.«

Noch einmal schüttelte Dar den Kopf. »Nach meinem Treffen mit Larry habe ich weder angerufen, noch bin ich angerufen worden.«

Trudy sagte: »Lawrence hat sich gemeldet, nachdem er die Fotos von den Autodieben gemacht hatte, um Bescheid zu sagen, dass du das Gespräch in diesem Seniorenwohnpark übernommen hattest.«

Wieder schüttelte Dar den Kopf. »Willst du etwa andeuten, dieses dämliche JATO-Ding oder der achtundsiebzig Jahre alte Mann, der aus seinem Rollstuhl fällt, gehören zu einer massiven Verschwörung zum Versicherungsbetrug? Und dass jemand Russen importieren würde, um mich deshalb zu ermorden?«

Erneut meldete sich Captain Sutton von der Highway Patrol zu Wort. Für einen derart großen Mann – er war mindestens einssechsundneunzig – war seine Stimme ausgesprochen sanft. »Die JATO-Sache haben wir geklärt. Die sterblichen Überreste im Wrack – Zähne – wurden als die eines Neunzehnjährigen namens Purvis Nelson aus Borrego Springs identifiziert, der bei seinem Onkel Leroy lebt. Leroy kauft Alteisen von der Air Force. Offensichtlich ist irgendwem bei der Air Force nicht aufgefallen, dass diese beiden JATO-Raketen noch unbenutzt waren. Purvis dagegen hatte es gemerkt. Er hat seinem Onkel einen Brief hinterlassen...«

»Einen Abschiedsbrief?«, fragte jemand.

Der Captain der Highway Patrol schüttelte den Kopf. »Nur einen Brief von elf Uhr am selben Abend, in dem stand, er würde den Geschwindigkeitsrekord zu Lande brechen und wäre dann zum Frühstück zurück.«

»Mit anderen Worten, ein Abschiedsbrief«, murmelte Sheriff McCall vom San Diego County. Der Sheriff sah Lawrence an. »In der Aussage wird erwähnt, dass Sie, als Sie sich kurz vor der Schießerei mit Mr. Minor getroffen haben, auf dem Weg waren, eine Transaktion im Zusammenhang mit gestohlenen Fahrzeugen zu dokumentieren. Ein Ring von Autodieben, der sich auf Avis spezialisiert hat. Könnte das der Grund für den Angriff auf Mr. Minor sein?«

Lawrence lachte leise. »Tut mir Leid, Sheriff, aber diese

Sache mit den Avis-Diebstählen war eine reine Hillbilly-Familien-Operation. Sie wissen schon, eine von diesen schlicht gestrickten Südstaatenfamilien, bei denen der Stammbaum keine Äste hat?«

Kein Sheriff lächelte, kein Polizist, auch nicht der FBI-Mann.

Lawrence räusperte sich. »Jedenfalls, nein, diese Bande, der ich auf der Spur war, hat mit der Russenmafia nichts zu tun. Die wissen wahrscheinlich nicht mal, dass die Russen eine Mafia *haben*. Es war ein Insider-Job. Bruder Billy Joe hat bei Avis gearbeitet, und im Zuge der üblichen Checkout-Prozedur die Adresse bekommen, wo der Mieter abgestiegen war. Dann hat Bruder Chuckie einen Ersatzschlüssel aus dem Büro mitgenommen und das Fahrzeug gestohlen, noch am selben Abend. Sie mochten vor allem sportliche Geländewagen. Dann haben sie sich in der Wüste mit Vetter Floyd getroffen, den Wagen da draußen in einer Werkstatt umgespritzt, und Floyd hat ihn rauf nach Oregon gefahren, sobald er trocken war, und dann in einem Laden verkauft, der ihnen legal gehört. Sie haben die Kennzeichen getauscht, aber nicht die Registriernummern am Fahrzeug. Sie waren einfach komplette Vollidioten. Ich habe die Fotos und Notizen gestern an Avis weitergereicht, und die haben die Info an die Polizei vor Ort und oben in Oregon weitergegeben.«

Chefermittlerin Olson sprach mit etwas lauterer Stimme, um das Gespräch wieder auf die richtige Bahn zu lenken. »Was bedeutet, dass keiner der gestrigen Vorfälle im Zusammenhang mit dem Anschlag auf Ihr Leben steht, Dr. Minor.«

»Nennen Sie mich Dar«, brummte Dar.

»Dar«, sagte Sydney Olson und sah ihm wieder in die Augen.

Wieder staunte Dar, wie sie diesen Hauch von Belustigung unter ihre professionelle Ernsthaftigkeit mischte. *Liegt es am Funkeln in ihren Augen oder an der Art, wie sie ihren Mund bewegt?*, überlegte er, dann schüttelte er den Kopf, um klar denken zu können. Er hatte in der Nacht nicht gut geschlafen.

»Sie haben *irgendwas* getan, Dar«, fuhr sie fort, »was dem Kartell das Gefühl vermittelt, Sie wären denen auf der Spur.«

»Kartell?«, sagte Dar.

Chefermittlerin Olson nickte. »So nennen wir diesen Betrugsring. Er scheint sehr umfangreich und eng verknüpft zu sein.«

Sheriff Fields schob sich vom Tisch zurück und spannte Wangen- und Kiefermuskeln, als suchte er nach einem Spucknapf. »Umfangreicher Betrugsring. Operation Sauberes Südkalifornien. Fräulein, Sie haben es hier mit den üblichen Verlierern zu tun, die da draußen auf dem Highway absichtlich anderer Leute Autos rammen und dann jammern, sie hätten ein Schleudertrauma. Nichts Neues. Diese ganze Task-Force-Geschichte ist doch die reine Verschwendung von Steuergeldern.«

Das Gesicht der Chefermittlerin Olson errötete leicht. Sie warf dem alten Revolverhelden einen Blick zu, der auch von Bat Masterson hätte kommen können. »Die Existenz des Kartells ist Realität, Sheriff. Diese beiden toten Russen im Mercedes – gewissenlose Mafiakiller, die Interpol zufolge mindestens ein Dutzend russische Bankiers und Geschäftsleute in Moskau und vermutlich einen übermäßig selbstsicheren amerikanischen Unternehmer da drüben ermordet haben – diese beiden toten Russen sind real. Die Einschüsse der Mac-10 in Dr. Minors Wagen sind real. Die zehn Milliarden Dollar, die der Betrug die kalifornischen Versicherungen kostet… das alles ist *real*, Sheriff.«

Der alte Mann wandte seinen Blick von Sydney Olson ab, und sein Adamsapfel arbeitete, als schluckte er, statt seinen Kautabak auszuspucken. »Ja, keine Frage. Aber wir haben hier alle dringende Sachen, mit denen wir weiterkommen müssen. Wohin soll dieses… Projekt Sauberes Kalifornien… von hier aus weitergehen?«

Der Stellvertretende Bezirksstaatsanwalt Weid lächelte. Es war ein warmes Lächeln, ein beruhigendes Lächeln. Das Lächeln eines kommenden Politikers. »Die Task Force wird aufgrund dieses Vorfalls vorübergehend ins Hauptquartier nach San Diego umziehen«, sagte er gut gelaunt. »Die Medien drängen, wollen dringend wissen, wer den schwarzen NSX gefahren hat. Bisher haben wir die Geschichte zurückgehalten, aber morgen…«

»Morgen«, sagte Sydney Olson und sah Dar noch einmal an, »werden wir die offizielle Geschichte veröffentlichen. Einiges davon wird zutreffen, wie etwa der Umstand, dass die beiden Toten russische Mafiakiller waren. Wir werden sagen, dass es sich bei ihrem potenziellen Mordopfer um einen Privatdetektiv handelt. Dars wahre Identität und Tätigkeit werden der Presse aus nahe liegenden Gründen verheimlicht. Wir werden erklären, dass wir glauben, die Killer seien ihm auf den Fersen, weil er kurz davor steht, ihre Verschwörung aufzudecken. Und nach dieser Erklärung werde ich einige Zeit mit Dr. Minor und Stewart Investigations verbringen.«

Dar erwiderte ihren herausfordernden Blick. Plötzlich fand er sie nicht mehr so süß wie Stockard Channing. »Sie wollen mich als Köder benutzen… wie der Ziegenbock in diesem Dinosaurierfilm… *Jurassic Park*.«

»Ganz genau«, sagte Sydney Olson und lächelte Dar jetzt offen an.

Lawrence hob die Hand wie ein Schuljunge.

»Ich möchte nur nicht eines Tages das blutige Bein meines Freundes Dar auf dem Dach wiederfinden, okay?«

»Okay«, sagte Sydney Olson. »Ich werde dafür sorgen, dass es nicht soweit kommt.« Sie stand auf. »Wie Sheriff Fields schon sagte, haben wir alle wichtigen Pflichten nachzukommen. Ladys, Gentlemen, wir werden Sie auf dem Laufenden halten. Danke, dass Sie heute Morgen gekommen sind.«

Das Meeting war beendet, und Dick Weid machte einen verdutzten Eindruck, weil er nicht selbst das letzte Wort gehabt hatte. Sydney Olson wandte sich Dar zu. »Fahren Sie jetzt nach Hause, nach Mission Hills?«

Es überraschte ihn nicht, dass sie wusste, wo er wohnte. Im Gegenteil, er war sicher, dass Chefermittlerin Olson jede einzelne Seite aller Dossiers gelesen hatte, die je über ihn verfasst worden waren. »Ja«, sagte er. »Ich zieh mich um und sehe mir meine Lieblingsserien im Fernsehen an. Larry und Trudy haben mir den Tag freigegeben, und ich hab sonst nichts weiter vor.«

»Kann ich mitkommen?«, fragte die Chefermittlerin Olson. »Nehmen Sie mich mit in Ihre Wohnung?«

Dar fielen zehntausend nahe liegende sexistische Erwiderungen ein, und er verwarf sie alle. »Es geschieht zu meinem eigenen Schutz, stimmt's?«

»Stimmt genau«, sagte Sydney. Sie öffnete ihren Blazer ein Stück, gerade so weit, dass die Neun-Millimeter-Halbautomatik im Schnellzieh-Holster an ihrer Hüfte zu erkennen war. »Und wenn wir uns beeilen«, sagte sie, »können wir uns auf dem Weg was zu essen schnappen und sind pünktlich zu Hause, wenn das Hausfrauenprogramm anfängt.«

Dar seufzte.

5

»Wir kennen uns erst seit zwei Stunden«, sagte Syd, »und schon haben Sie mich belogen.«

Dar sah vom Küchentresen auf, wo er Kaffee mahlte. Sie hatten sich beim Kansas City BBQ etwas mitgenommen, was Syds Vorschlag war, denn sie sagte, seit zwei Tagen hätte sie den Laden vom Hyatt aus gesehen, und das Schild allein mache sie schon hungrig. Dann hatte er sie zu einem alten Lagerhaus in Mission Hills gefahren. Er hatte seinen Land Cruiser auf dem Parkplatz im offenen Erdgeschoss abgestellt, einem riesigen, dunklen Raum mit einem Säulenlabyrinth, und sie waren mit dem großen Lastenaufzug – dem einzigen Fahrstuhl im Gebäude – zu seinem Apartment im fünften Stock hinaufgefahren.

Jetzt sah er sie nur an, wie sie zwischen den hohen Bücherregalen herumlief, mit denen die einzelnen Bereiche des Lofts abgeteilt waren.

»Bis jetzt habe ich... wie viel?... etwa siebentausend Bücher gezählt«, fuhr Syd fort, »nicht weniger als fünf Computer, eine beeindruckende HiFi-Anlage mit acht Lautsprechern und elf Schachbretter, aber keinen Fernseher. Wie sehen Sie sich Ihre Lieblingsserien an?«

Dar lächelte und löffelte gemahlenen Kaffee in den Filter. »Seifenopern hab ich jeden Tag. Man nennt sie ›Zeugenaussagen‹.«

Sydney Olson nickte. »Aber Sie *haben* doch irgendwo einen Fernseher? Im Schlafzimmer vielleicht? Bitte sagen Sie ja, Dar. Andernfalls wüsste ich, dass ich mich in Gegenwart des einzigen echten Intellektuellen befinde, der mir je in freier Wildbahn begegnet ist.«

Dar goss Wasser in die Kaffeemaschine und stellte sie an. »Dahinten ist ein Fernseher. Drüben in einem der Wandschränke bei der Tür.«

Syd schob eine Augenbraue hoch. »Ah... lassen Sie mich raten... Super Bowl?«

»Nein, Baseball. Manchmal nachts, wenn ich zu Hause bin. Alle Play-off-Spiele und die World Series.« Er legte Untersetzer auf den kleinen, runden Küchentisch. Grelles Licht fiel durch die drei Meter hohen Fenster.

»Ein Eames-Stuhl«, sagte Syd, klopfte an das geschwungene Holz und das schwarze Leder. Er stand in einer Ecke des Wohnbereiches, wo zwei Regalwände aneinander stießen. Sie setzte sich darauf und legte ihre Füße hoch. »Ist so bequem, dass er fast echt sein könnte... ein Original.«

»Ist er auch«, sagte Dar. Er stellte zwei weiße Becher auf die

Untersetzer, dann schenkte er beiden Kaffee ein. »Nehmen Sie Milch und Zucker?«

Syd schüttelte den Kopf. »Ich mag James-Brown-Kaffee. Schwarz. Kräftig. Stark.«

»Hoffe, der tut's«, sagte Dar, während sie sich widerwillig aus dem Eames-Stuhl erhob, sich streckte und herüberkam, um sich zu ihm an den Küchentisch zu setzen.

Sie nahm einen Schluck und verzog das Gesicht. »Genau so. Mr. Brown wäre begeistert.«

»Ich könnte eine neue Kanne kochen. Schwächer. Gesünder.«

»Nein, der ist gut.« Sie drehte sich um und ließ ihren Blick durch den Raum und in die anderen Bereiche schweifen, die für sie einzusehen waren. »Darf ich einen Moment die Chefermittlerin spielen?«

Dar nickte.

»Ein echter persischer Teppich markiert Ihren Wohnbereich. Ein echter Eames-Stuhl. Der Esstisch von Stickley und die Stühle sehen echt aus, ebenso die alten, spanischen Lampen. Echte Kunst in allen Räumen. Ist das große Gemälde in dem offenen Bereich dahinten, gegenüber von den Fenstern, ein Russell Chatham?«

»Ja«, sagte Dar.

»Und eher Öl als Druck. Für Chathams Originale muss man heutzutage eine ordentliche Stange Geld hinlegen.«

»Ich hab es vor zwei Jahren in Montana gekauft«, sagte Dar und stellte seinen Becher ab. »Bevor der große Run auf Chatham eingesetzt hat.«

»Immerhin«, sagte Syd und beendete ihre mentale Inventur. »Eine Chefermittlerin würde daraus schließen müssen, dass der Mann, der hier wohnt, Geld zu haben scheint. Fährt an einem Tag einen Acura NSX zu Schrott, aber zu Hause hat er noch einen Land Cruiser stehen.«

»Verschiedene Fahrzeuge für verschiedene Zwecke«, sagte Dar und wurde langsam ärgerlich.

Syd schien es zu merken und wandte sich wieder ihrem Kaffee zu. Sie lächelte. »Ist schon in Ordnung«, sagte sie. »Ich denke, Sie sind wahrscheinlich ebenso wie ich daran interessiert, Geld zu verdienen.«

»Wer die Bedeutung von Geld negiert, ist entweder ein Idiot oder ein Heiliger«, sagte Dar. »Nur finde ich die Jagd danach genauso tödlich langweilig wie das Gespräch darüber.«

»Okay«, sagte Syd. »Ich bin neugierig, was die elf Schachbretter angeht. Auf allen wird gespielt. Ich bin eine Pfeife, was Schach angeht. Ich kann das Pferdchen von dem Turmding unterscheiden – aber diese Spiele scheinen mir auf einem Großmeister-Niveau abzulaufen. Kommen zu Ihnen so viele Schachmeister zu Besuch, dass Sie mehrere Bretter brauchen?«

»E-Mail«, sagte Dar.

Syd nickte und sah sich um. »Na gut, diese Wand mit Romanen. Wie sind die Bücher geordnet? Nicht alphabetisch, so viel ist sicher. Nicht nach dem Erscheinungsdatum. Sie haben alte Ausgaben mit neuen Taschenbüchern vermischt.«

Dar lächelte. Früher oder später landeten Leser unweigerlich vor den Regalen anderer Leser und versuchten, die Ordnung darin zu verstehen. »Es könnte Zufall sein«, sagte er. »Kauf ein Buch, lies es, stell es ins Regal.«

»Könnte sein«, räumte Syd ein, »aber Sie sind kein Zufalls-Typ.«

Dar saß schweigend da, dachte an die Chaosmathematik, die Thema seiner Dissertation gewesen war. Syd saß schweigend da und betrachtete die Wand aus Romanen. Schließlich murmelte sie vor sich hin: »Stephen King ganz rechts oben. Truman Capotes *Kaltblütig* zwei Regale darunter, noch immer rechts. *Wer die Nachtigall stört* auf dem zweiten Regal von unten. *Jenseits von Eden* ganz weit drüben links beim Fenster. Der ganze Hemingway-Scheiß…«

»Hey, vorsichtig«, sagte Dar. »Ich liebe Hemingway.«

»Der ganze Hemingway-Scheiß auf dem Regal rechts unten«, sagte Syd. »Ich hab's!«

89

»Das möchte ich bezweifeln«, sagte Dar und merkte, dass sie ihm zu nahe kam.

»Das Bücherbord ist mehr oder weniger eine Landkarte der Vereinigten Staaten«, sagte Syd. »Sie ordnen die Bücher nach Regionen. King friert sich da oben an der Decke bei Maine den Arsch ab. Hemingway liegt fast auf der Fußbodenheizung, gemütlich in Key West ...«

»Eigentlich Kuba«, sagte Dar. »Ich bin beeindruckt. Wie ordnen Sie Ihre Romane?«

»Früher nach den Beziehungen der Autoren zueinander«, gab sie zu. »Sie wissen schon, Truman Capote gleich neben Harper Lee ...«

»Freunde von Kindesbeinen an«, fügte Dar hinzu. »Der kleine, schwächliche Truman war das Vorbild für Dill, der in der *Nachtigall* jeden Sommer zu Besuch kommt.«

Syd nickte. »Bei den toten Autoren hat das gut geklappt«, sagte sie. »Ich meine, ich konnte Faulkner und Hemingway gut voneinander fern halten, aber die Lebenden musste ich ständig umsortieren. Ich meine, einen Monat steht Amy Tan gleich neben Tabitha King, und dann muss ich lesen, dass die beiden nicht mehr miteinander reden. Ich habe mehr Zeit mit dem Umräumen als mit dem Lesen der Bücher verbracht, und dann fing meine Arbeit an, darunter zu leiden, weil ich meine Tage damit verplempert habe, mir darum Gedanken zu machen, ob John Grisham und Michael Crichton noch dicke Freunde sind oder nicht ...«

»Sie haben nur Unsinn im Kopf«, sagte Dar sehr freundlich.

»Stimmt«, gab Syd zurück und hob ihren Kaffeebecher an.

Dar holte tief Luft. Er amüsierte sich, und er musste sich in Erinnerung rufen, dass diese Frau hier saß, weil sie ein Cop war, nicht wegen seines unwiderstehlichen Charmes. »Ich bin dran«, sagte er.

Syd nickte und trank.

»Sie sind etwa sechsunddreißig, siebenunddreißig«, sagte er, begann mit dem riskantesten Territorium und zog eilig weiter.

»Abgeschlossenes Jurastudium. Ihr Akzent ist eher neutral, aber definitiv nicht Ostküste. Ein bisschen Mittlerer Westen in den Winkeln Ihrer Vokale. Northwestern University?«

»University of Chicago«, sagte sie und fügte hinzu. »Und Sie sollten wissen, dass ich erst sechsunddreißig bin. Geburtstag gerade letzten Monat.«

Dar fuhr fort. »Chefermittler, selbst bei lokalen Bezirksstaatsanwälten gehören zu den besten Leuten in der Strafverfolgung überhaupt«, sagte er leise, wie zu sich selbst. »Ehemalige U.S. Marshals. Ehemalige Militärs. Ehemalige FBI-Leute.« Er sah Syd an. »Wie lange waren Sie beim FBI? Sieben Jahre?«

»Fast neun«, sagte Syd. Sie stand auf, ging zur Kaffeemaschine und schenkte beiden mehr von dem starken, schwarzen Zeug ein.

»Okay, gegangen sind Sie, weil…«, sagte Dar und hörte auf. Er wollte nicht zu persönlich werden.

»Nein, machen Sie nur. Sie machen das gut.«

Dar trank Kaffee und sagte: »Die gläserne Decke, das Sexismus-Ding. Aber ich dachte, es wäre beim FBI inzwischen besser geworden.«

Syd nickte. »Sie arbeiten dran. In zehn Jahren könnte ich so weit sein, wie ein echter FBI-Mensch nur kommen kann… bis knapp unter dem Sesselfurzer mit dem richtigen Parteibuch, den irgendein Präsident zum Direktor ernennt.«

»Wieso sind Sie dann gegangen…«, begann Dar und brach ab. Er dachte an die Neun-Millimeter-Halbautomatik an ihrer Hüfte und das Schnellzieh-Holster. »Ahhh, Ihnen ist *Strafverfolgung* lieber als…«

»Ermittlung«, endete Syd. »Korrekt. Und schließlich geht es beim FBI zu achtundneunzig Prozent um Ermittlungen.«

Dar rieb seine Wange. »Klar. Und als Chefermittlerin beim Staatsanwalt können Sie so lange ermitteln, wie Sie lustig sind, und dann, wenn es an der Zeit ist, selbst die Türen eintreten.«

Sie warf ihm ein strahlendes Lächeln zu. »Und dann kriegen die Bösen, die sich hinter der Tür versteckt haben, selbst einen Tritt.«

»Machen Sie das oft?«

Sydney Olsons Lächeln verblasste, verschwand aber nicht. »Oft genug, dass ich in Form bleibe.«

»Und außerdem leiten Sie behördenübergreifende Einsatz-kommandos wie die Operation Sauberes Südkalifornien«, sagte Dar.

Sofort verging ihr das Lächeln. »Ja«, sagte sie. »Und ich möchte wetten, dass Sie und ich dieselbe Meinung zu Aus-schüssen und Task Forces haben.«

»Darwins Fünftes Gesetz«, sagte er.

Sie schob eine Augenbraue in die Höhe.

»Die Intelligenz der Organismen sinkt proportional zur Anzahl ihrer Köpfe«, sagte Dar.

Syd trank ihren Kaffee, stellte den Becher vorsichtig auf den Untersetzer, nickte und sagte: »Ist das Charles Darwins Ge-setz oder Dr. Darwin Minors Gesetz?«

»Ich glaube kaum, dass Charles jemals in einem Ausschuss sitzen oder vor einer Task Force Bericht erstatten musste«, sagte Dar. »Er ist nur auf der *Beagle* herumgesegelt und hat sich beim Beobachten von Finken und Schildkröten von der Sonne bräunen lassen.«

»Wie lauten Ihre anderen Gesetze?«

»Wahrscheinlich werden wir früher oder später drüber stol-pern, wenn wir so weitermachen«, sagte Dar.

»Machen wir so weiter?«

Dar spreizte die Hände. »Ich versuche nur, in diesem Film den Plot zu finden. Bis jetzt ist er ziemlich abgedroschen. Sie machen mich zum Köder, in der Hoffnung, dass mir das Kar-tell noch mehr Mafiakiller auf den Hals hetzt. Aber Sie müssen mich beschützen. Das bedeutet, dass Sie vierundzwanzig Stun-den täglich in Sichtweite bleiben. Guter Plot.« Er sah sich in seinem Wohnzimmer um, dann im Essbereich. »Ich weiß nicht genau, wo Sie schlafen sollen, aber uns fällt schon was ein.«

Syd rieb ihre Stirn. »Nur im Traum, Darwin. Das San Diego Police Department schickt abends extra eine Patrouille. Ich sollte mir nur Ihre Wohnsituation ansehen und... Zitat... *Lagebericht zur Sicherheitssituation*... Zitatende... bei Dickweed abgeben.«

»Und?«, sagte Dar.

Wieder lächelte Syd. »Ich kann fröhlich vermelden, dass Sie in einem fast leer stehenden Lagerhaus leben, in dem nur wenige Räume zu Wohnungen oder Lofts umgebaut wurden. Es gibt keine Sicherheitsleute auf den Treppen... es sei denn, man wollte schlafende Penner als Wachleute betrachten. Es gibt kaum Licht und null Sicherheit im Erdgeschoss, wo Sie Ihren Sherman-Panzer von einem Geländewagen parken. Ihre Tür ist in Ordnung – verstärkt, mit drei guten Schlössern und einem Riegel – aber diese Fenster sind ein Albtraum. Ein blinder Scharfschütze könnte Sie mit einer verrosteten Springfield ohne Zielfernrohr abschießen. Keine Gardinen. Keine Vorhänge. Keine Jalousien. Sind Sie ein heimlicher Exhibitionist, Dar?«

»Ich mag eine schöne Aussicht.« Er stand auf und blickte aus dem Küchenfenster. »Von hier oben kann man die Bay sehen, den Flughafen, Point Loma, Sea World...« Seine Stimme erstarb, als er merkte, wie wenig überzeugend er klang.

Sydney gesellte sich zu ihm ans Fenster. Er fing einen Hauch von irgendeinem Duft auf. Es roch angenehm... nicht wie schweres Parfüm, eher wie der Wald bei seiner Hütte nach einem Regen.

»Das ist eine wirklich hübsche Aussicht«, sagte sie. »Ich muss mir ein Taxi rufen und wieder zum Hyatt, um ein paar Anrufe zu erledigen.«

»Ich fahr Sie hin...«

»Den Teufel werden Sie tun«, sagte Syd. »Wenn das ein Kumpel-Film werden soll, sollten Sie sich Ihre Ritterlichkeit von vornherein sparen.« Vom Küchentelefon aus rief sie sich ein Taxi.

»Ich dachte, Sie wollten mich nicht vierundzwanzig Stunden am Tag bewachen«, sagte Dar. »Wie kann es dann ein Kumpel-Film werden?«

Tröstend klopfte Syd ihm auf die Schulter. »Wenn die Scharfschützen Sie nicht erwischen und die Russenmafia Ihnen in dieser Mördergrube, die Sie Parkplatz nennen, nicht die Kehle aufschlitzt und Crackheads Sie nicht aus purem Spaß umbringen, rufen Sie mich an, sobald Stewart Investigations wieder einen interessanten Fall für Sie hat. Offiziell suchen wir nach Mustern, die auf Versicherungsbetrug im Zusammenhang mit Unfällen und Kollisionen hinweisen.«

»Und inoffiziell?«, sagte Dar.

»Ich glaube, es gibt kein ›inoffiziell‹«, sagte Syd, nahm ihre schwere Handtasche und ging zur Tür. »Dickweed hat mir ein kleines Büro im Gerichtsgebäude zugewiesen. Ich wäre Ihnen offiziell dankbar, wenn Sie morgen früh dort reinschauen würden, damit wir beschließen können, in welcher Form wir die Akten Ihrer Fälle durchsehen.« Sie notierte ihre Nummer auf einer Karte. »Und vielleicht finde ich etwas, das erklären könnte, was unsere verblichenen Freunde im ehemaligen Mercedes für wert genug erachtet haben, Sie dafür umzubringen.«

»Wahrscheinlich haben sie mich mit jemandem verwechselt, der einen NSX fährt und seine Spielschulden in Las Vegas nicht beglichen hat«, sagte Dar.

»Wahrscheinlich«, sagte Syd und wandte sich zu ihm um, als sie zur Tür kamen. Er schob den Riegel zurück. »Wie viele Bücher *haben* Sie hier, Dr. Minor?«

Dar zuckte mit den Schultern. »Bei sechstausend habe ich aufgehört zu zählen.«

»So viele habe ich wohl auch mal gehabt«, sagte Syd. »Aber ich habe sie alle weggegeben, als ich Chefermittlerin wurde. Leichtes Gepäck, das ist mein Motto.« Sie trat auf den Flur und zeigte mit dem Finger auf ihn. »Es ist mein Ernst, dass Sie morgen zu mir ins Büro kommen und mich jederzeit anrufen sollen, sobald Sie einen guten Fall bekommen.« Sie reichte ihm eine Karte mit ihrer Büronummer in Sacramento und der Nummer ihres Piepers. Ihre Durchwahl im Gericht von San Diego stand mit Bleistift darauf geschrieben.

»Klar«, sagte Dar mit Blick auf ihre Karte. Sie war teuer, gab aber keine Privatnummer preis. »Aber vergessen Sie nicht, Sie haben es nicht anders gewollt.« Er sah auf. Sie war schon gegangen und um die Biegung im Flur verschwunden, auf dem Weg zum Lastenfahrstuhl. Die weichen Sohlen ihrer Schuhe machten so gut wie kein Geräusch auf dem Zementfußboden.

»Sie haben es nicht anders gewollt«, sagte Dar noch einmal und kehrte in sein Loft zurück.

»Olson hier«, antwortete ihre verschlafene, fast drogenbenebelte Stimme nach dem fünften Klingeln.

»Raus aus den Federn, Chefermittlerin«, sagte Dar.

»Wer ist da?« Sydneys schläfrige Stimme mischte die letzten beiden Silben zusammen.

»Wie schnell man doch vergisst«, sagte Dar. »Es ist ein Uhr neunundvierzig. Sie haben gesagt, Sie wollten mitkommen, wenn ich wieder rausgerufen werde. Ich gebe Ihnen volle fünf Minuten, bis ich Sie draußen vor dem Hyatt abhole.«

Es folgte eine Pause. Dar hörte sie leise atmen. »Dar... Sie wissen doch, dass ich gesagt habe... wenn es ein *interessanter* Fall ist. Falls es hier um einen eingeknickten Neunachser draußen auf der I-5 geht...«

»Ach, wissen Sie, Chefermittlerin Olson«, sagte Dar, »ob etwas *interessant* ist, weiß man immer erst, wenn man hinfährt und es sich ansieht. Aber Larry fährt auch hin, und er bittet mich nur selten, ihn zu einem Unfall zu begleiten.«

»Okay, okay«, nuschelte Syd. »Ich bin in fünf Minuten unten.«

»Jetzt noch vier Minuten«, sagte Dar und legte auf.

Die Highways waren relativ leer, als Dar zur I-5 hinüberfuhr und dann nördlich an La Jolla vorbei.

»Haben Sie vom La Jolla Joya gehört?«, sagte Dar, als das Licht von den Natriumdampf-Laternen über die Windschutzscheibe und ihre Gesichter glitt.

»Klingt wie der Künstlername einer Stripperin«, sagte Syd, die noch immer ihre Wangen rieb, um aufzuwachen.

»Ja«, sagte Dar, »aber tatsächlich ist es die neueste Open-Air-Arena für Rockkonzerte im Raum San Diego. Sie liegt in den Bergen westlich vom Highway da oben… eigentlich liegt sie näher an Del Mar, aber vermutlich klang Del Mar Joya einfach nicht so gut.«

»Es klingt auch so nicht gerade besonders«, sagte Syd. Ihre Stimme hörte sich so müde an, als hätte sie achtzehn Stunden am Stück gearbeitet.

»Stimmt. Aber da fahren wir hin. Das Konzert ist wohl inzwischen zu Ende, aber es hat mindestens einen Toten gegeben.«

»Messerstecherei?«, sagte Syd. »So eine Hells-Angels-Sache wie in Altamont? Oder ist nur wieder jemand zerquetscht worden, als die Herde durchgegangen ist?«

Unwillkürlich musste Dar grinsen. »Für keins von beidem würde man uns rufen. Die Stadtväter haben hart gegen Rockkonzerte in ihren üblichen Stadien und Hallen durchgegriffen, besonders gegen Heavy Metal, und –«

»Wer ist heute der Hauptact?«, unterbrach sie ihn.

»*Metallica*«, sagte Dar.

»Na, toll«, sagte Syd mit genau derselben Begeisterung wie jemand, dem man eben gesagt hat, dass er einen Barium-Einlauf bekommen soll.

»Jedenfalls«, fuhr Dar fort, »hat ein Möchtegern-Promoter diese hundertzweiundsechzig Morgen große Schlucht voller Gestrüpp gekauft und eingezäunt. Es ist eine Art Arroyo, vorn reichlich Parkplätze, Bühne auf ebener Erde, ein Hügel, der sanft ansteigt, bis oben Bäume und Klippen anfangen. Er baut Licht auf, Bühne, Lautsprechertürme und dreitausend Stühle, und dann ist da noch ein hübscher, grasbewachsener

Hang für einige Tausend, die auf Decken oder sonst was sitzen wollen. Nach dem ersten Konzert haben sie noch einen flachen Zaun aufgestellt, um die Leute vom hinteren Bereich, dem Wald zum Beispiel, fern zu halten. Einige ältere Besucher hatten sich über Unzucht beklagt, die dort im Dunkeln getrieben wurde.«

»Welche die Klageführer mit einem Nachtsichtgerät suchen müssten, wenn sie irgendwas davon sehen wollten«, sagte Syd.

»Ja. Aber der Promoter fand es immer noch sicherer, den Publikumsbereich vom Wald und den Felsen zu trennen. Deshalb hat sich der Klient an Larry und Trudy gewandt.«

»Sie arbeiten für den Promoter?«

»Nein.«

»Für die Versicherungsgesellschaft, die Schadenersatz leisten soll?«

»Nein.«

»Für *Metallica*?«

»Nein.«

»Ich geb's auf«, sagte Syd. »Wessen Arsch sollen wir retten?«

»Den des Zaunherstellers«, sagte Dar.

Die meisten Konzertbesucher befanden sich auf dem Heimweg, als Dar seinen Land Cruiser gegen den Strom durch einen staubigen Graben dorthin fuhr, wo das Konzert stattgefunden hatte. *Metallica* hatte sich längst dorthin kutschieren lassen, wo sich *Metallica* vergnügen mag, wenn sie nicht auf der Bühne stehen, aber einige Dutzend umnebelte, verschlafene und bekiffte Fans trieben sich noch immer vor der Bühne herum. Dar sah die Blinklichter am anderen Ende des Arroyo und steuerte sie an. Ein Beamter der California Highway Patrol stoppte sie an einem Tor im niedrigen Zaun, der den grasbewachsenen Sitzbereich vom Wald der Unzucht trennte, sah sich ihre Papiere im Schein seiner riesigen Taschenlampe an und winkte sie durch.

Die Rettungsfahrzeuge – mehrere Streifenwagen der Highway Patrol mit blinkenden Lichtern, zwei Krankenwagen, einer vom Sheriff, zwei Abschleppwagen und ein großer Feuerwehrzug – hatten sich am schmalen Ende des Arroyos versammelt. Douglasien ragten zehn, fünfzehn Meter auf, verbargen die Sterne und den Rand des Kliffs. Im Schein der Blinklichter und Suchscheinwerfer sah Dar die kläglichen Reste eines auf dem Dach liegenden Pick-ups, eines älteren Ford 250, wie es schien. Er parkte den Land Cruiser, nahm eine starke Taschenlampe vom Rücksitz, und dann liefen er und Syd zu den Lichtern, wobei sie sich noch zweimal auswiesen, um an Trupps geschäftiger Cops und den gelben Bändern der Unfallabsperrung vorbeizukommen.

Lawrence kam ihnen entgegen. »Verdammt«, sagte Dar. »Wieso warst du schneller als ich hier?«

Lawrence grinste unter seinem Schnauzbart. »Nicht mehr ganz so heiß ohne deinen NSX, was?«

»Syd, Sie erinnern sich an Larry Stewart aus dem Meeting heute Morgen?«, sagte Dar.

»Lawrence«, sagte Lawrence. »Guten Abend, Miss Olson.«

»Hi, Lawrence«, sagte Syd. »Was haben wir hier?«

Lawrence zwinkerte angenehm überrascht und sagte dann: »Wie man unschwer erkennen kann, einen fürchterlich zerschmetterten Ford F250. Fahrer tot. Ist durch die Windschutzscheibe gegangen und dann etwa fünfundzwanzig Meter weit geflogen. Ich bin sie abgeschritten, also ist die Angabe nicht exakt.« Er richtete seine Taschenlampe auf einen Pulk von Leuten, die um einen männlichen Leichnam am Fuße eines Baumes hockten und standen.

»Ist er im Dunkeln gegen die Felswand gefahren?«, fragte Syd.

Lawrence schüttelte den Kopf. Aus dem Dunkel gesellte sich ein Beamter der Highway Patrol zu ihnen.

»Sergeant Cameron«, sagte Dar überrascht. »Fern der Heimat heute Abend.«

»Na, wenn das nicht der Highway-Killer ist«, sagte Cameron zu Dar. Er tippte an seine Mütze, sah Syd an. »Howdy, Miss Olson. Hab Sie seit dem Task-Force-Meeting letzten Monat nicht gesehen.« Cameron hakte seine Daumen in den Gürtel, dass das Leder knarrte. »Ja, die reine Schwarzarbeit... Sicherheitsdienst... und als das Konzert eben vorbei war, hat man das hier gefunden.«

»Hat jemand gehört, wie es passiert ist?«, fragte Dar.

Cameron schüttelte den Kopf. »Aber das hat nicht viel zu bedeuten. Bei einem *Metallica*-Konzert, wenn diese Lautsprecher und Verstärker aufgedreht sind, könnte man hier hinten eine Atombombe zünden, und keiner würde es hören.«

»Alkohol?«, sagte Lawrence.

»Da liegen etwa zehn leere Bierdosen in der zerquetschten Fahrgastzelle«, sagte Cameron. »Weitere acht bis neun sind durch die Gegend geflogen... genau wie der Fahrer.«

»Könnte es sein, dass er an die Felswand gefahren ist?«, fragte Syd.

Lawrence und Sergeant Cameron schüttelten beide gleichzeitig den Kopf. »Sehen Sie, wie zerquetscht der Truck ist?«, sagte Lawrence. »Das Ding ist von da oben runtergefallen.«

»Er ist *über* die Klippen gefahren?«, sagte Syd. »Von oben?«

»Er müsste rückwärts gefahren sein, um so liegen zu bleiben«, sagte Dar. »Deshalb wurde der Fahrer nach Westen geworfen... zur Bühne hin. Der Truck ist mit dem Heck voran gelandet – man sieht, wie gestaucht es ist – und hat den Fahrer wie den Korken einer Sektflasche abgeschossen, bevor die Fahrgastzelle eingedrückt wurde.«

Sydney Olson trat an den demolierten Pick-up und beobachtete, wie ein paar Helfer zwei Seile von den beiden Abschleppwagen am Fahrgestell befestigten. »Zurücktreten«, rief einer der Männer von der Highway Patrol, »wir heben ihn an.«

»Hast du Fotos?«, fragte Dar Lawrence.

Lawrence nickte und klopfte an seine Nikon. »Jetzt wird es gleich interessant«, sagte er ganz leise.

»Was wird gleich…«, begann Syd und sagte dann: »Oh, mein Gott.«

Unter dem Wrack des Pick-ups lag eine zweite Leiche. Ihr Kopf, der rechte Arm und die rechte Schulter waren fast platt gedrückt. Der linke Arm war mehrfach gebrochen, was aussah, als wäre es schon vorher passiert. Der Mann trug ein T-Shirt, war aber von der Hüfte abwärts nackt – oder besser gesagt: Seine Hosen lagen um die Knöchel auf den Arbeitsstiefeln. Ein Dutzend Suchscheinwerfer und Taschenlampen waren auf den Toten gerichtet, und Sydney Olson sagte noch einmal: »Oh, mein Gott.«

Die Beine des Mannes und der nackte Torso waren an hundert Stellen zerkratzt. Ein Klappmesser ragte aus seinem Oberschenkel. Die Wunde hatte schwer geblutet. Ein Stück Wäscheleine war ungeschickt um seinen Bauch gebunden, und weitere dreißig Meter Leine lagen auf der Leiche und um sie herum. Am schlimmsten aber war, dass ein meterlanger, dicker Ast – der Ast einer Stechpalme – aus dem Rektum des Opfers ragte.

»Ja«, sagte Dar. »Interessant.«

Fotos wurden gemacht, Maße wurden genommen. Die Polizeibeamten und Helfer liefen herum und diskutierten, diskutierten und liefen herum. Der Leichenbeschauer und ein Gerichtsmediziner vom County erklärten den Mann beide für tot. Das war für einige Zuschauer eine Erleichterung. Debatten wurden laut, wie dieser Unfall vonstatten gegangen sein mochte.

»Keiner hat einen blassen Schimmer«, flüsterte Sergeant Cameron.

»Das ist verrückt«, sagte Syd. »Wie ein Satanskult.«

»Nein, das glaube ich nicht«, sagte Dar. Er ging hinüber und sprach mit einem der Feuerwehrleute. Fünf Minuten später hatten sie die lange Leiter bewegt und auf den oberen Rand der Klippe gerichtet, für die Zuschauer unten durch die Äste nicht zu sehen. Darwin, Lawrence und zwei Beamte der Highway

Patrol kletterten mit starken Taschenlampen die Leiter hinauf. Fünf Minuten später kletterten sie die Leiter wieder herunter – alle bis auf Dar, der zehn Meter weiter oben stehen blieb und dem Feuerwehrmann an den Hebeln winkte. Die Leiter schwenkte ins dicke Geäst, nahm Dar mit sich, und er zog unter den schwereren Ästen seinen Kopf ein, leuchtete hin und her.

»Hier!«, rief er schließlich.

Syd spähte hinauf, konnte aber nicht erkennen, was Dar fotografierte. Lawrence sah durch ein kleines Fernglas, das er aus der Brusttasche seines Safarihemds gezogen hatte.

»Was ist es?«, fragte Syd.

»Es ist die Unterhose von dem Mann, die sich in den Zweigen verfangen hat«, sagte Lawrence. »Tut mir Leid«, fügte er hinzu. »Wollen Sie sehen?«

»Nein, danke.«

Eine Viertelstunde später waren die Diskussionen beendet, die Toten in Leichensäcke gesteckt und per Bahre zu verschiedenen Krankenwagen getragen. Alle schienen zufrieden. Lawrence kehrte mit Dar und Syd zum Land Cruiser zurück. Sein Isuzu Trooper parkte gleich hinter Dars Wagen.

»Also gut«, sagte Sydney Olson und klang leicht verärgert. »Ich verstehe es nicht. Ich konnte nicht hören, was Sie mit den Beamten besprochen haben. Was zum Teufel ist da passiert?«

Beide Männer blieben stehen und fingen gleichzeitig an zu reden. »Mach nur«, sagte Dar. »Erzähl du den ersten Teil.«

Lawrence nickte. Seine großen Hände spreizten sich zu einer Geste, als er seine Erklärung begann. »Okay, im Grunde haben die beiden Typen ihre achtzehn, zwanzig Dosen Bier getrunken und versucht, sich das Konzert anzusehen. Ohne Tickets, aber sie wussten von der alten Feuerwehrzufahrt und wollten nach Einbruch der Dunkelheit von hinten ranfahren. Aber diese Zufahrt war von unserem Klienten abgesperrt worden. Da oben steht ein drei Meter hoher Holzzaun.«

Syd starrte an der Felswand hinauf ins Dunkel. Eben wurde der zermalmte Pick-up auf einen Tieflader gehoben.

»Sie sind versehentlich durch den Zaun gefahren?«, sagte sie mit dünner Stimme.

»Mh-mh«, sagte Lawrence und schüttelte den Kopf. »Sie haben den Pick-up bis an den Zaun gefahren, und der Fahrer – der Dünnere der beiden – hat seinen Kumpel rübergeschubst. Aber da oben war es sehr dunkel, und als der Dickere drüben ankam, hat er gemerkt, dass es da zehn Meter in die Tiefe ging. Also ist er gestürzt und durch diese Äste gebrochen …«

»Und das hat ihn umgebracht?«, fragte Syd.

Wieder schüttelte Lawrence den Kopf. »Nein, in etwa zwölf Metern Höhe ist er auf einen dicken Ast geknallt. Da hat er sich wahrscheinlich den Arm gebrochen. Der Ast hat sich in seiner Unterhose und dem Gürtel verhakt.«

»Er hat noch immer nicht gemerkt, wie hoch er war«, fügte Dar hinzu. »Als er unten ins Dunkel gesehen hat, konnte er die Wipfel der kürzeren Bäume erkennen und dachte wahrscheinlich, es seien Büsche, die seinen Sturz auffangen würden.«

»Also hat er sich mit dem Messer von seinen Hosen befreit«, sagte Lawrence.

»Und ist noch mal sieben Meter gestürzt«, sagte Syd.

»Ja«, sagte Lawrence.

»Aber das hat ihn nicht umgebracht«, sagte Sydney mit einem Tonfall, der wohl sagen sollte, dass sie Bescheid wusste.

»Nein«, sagte Lawrence. »Es hat ihn nur fürchterlich zerkratzt, als er durch die Äste gefallen ist. Außerdem hat er sich dabei sein eigenes Messer acht Zentimeter tief in den Oberschenkel gestoßen und dieser spitze Ast hat sich ihm in den Arsch gerammt. Entschuldigen Sie meine Ausdrucksweise.«

»Und was dann?«, sagte Syd.

»Dar, du bist zuerst darauf gekommen«, sagte Lawrence. »Erzähl du ihr das Finale.«

Dar zuckte mit den Schultern. »Da kommt nicht viel mehr.

Der Fahrer hört, wie sein Freund vor Schmerzen schreit. Er hat gemerkt, wie tief es da runterging. Die Schreie von dem großen Kerl müssen wohl irgendwie im *Metallica*-Konzert untergegangen sein, aber der Fahrer wusste, dass er irgendwas unternehmen musste.«

»Also hat er …«, sagte Syd.

»Also hat er das Stück Wäscheleine genommen, das hinten auf der Ladefläche lag, hat es seinem Freund zugeworfen und ihm gesagt, er soll es sich ordentlich um den Bauch wickeln«, sagte Dar. »Das wäre meine Vermutung. In Wahrheit war es bestimmt nicht so einfach. Die haben sicher reichlich besoffen rumgeschrien und geflucht und gebrüllt, aber der Größere hat die Leine zweimal um seinen Bauch gebunden und mit einem Omaknoten verschnürt, während der Dünne das andere Ende an der hinteren Stoßstange vom F250 befestigt hat.«

»Und dann …«, sagte Syd.

Dar neigte seinen Kopf, als sei der Rest offensichtlich. War er auch. »Also, unser dünner Fahrer war sehr betrunken und sehr durcheinander. Versehentlich hat er den Rückwärtsgang eingelegt, Gas gegeben, ist drei Meter weit durch den Zaun unseres Klienten gefahren – die Reifenspuren da oben sprechen für sich – und dann rückwärts zwölf Meter weiter unten auf seinen Kumpel gefallen, hat sich dabei selbst fast dreißig Meter weit durch die Windschutzscheibe katapultiert.«

»E-Mail mir deinen Bericht morgen früh und ich schreibe die offizielle Version und schicke sie unserem Klienten«, sagte Lawrence.

»Bis zehn Uhr hast du meine Analyse«, sagte Dar.

Sydney schüttelte den Kopf. »Das ist Ihr *Beruf*?«

6

Der erste Anruf kam um kurz nach fünf.

»Verdammt«, sagte Dar. Für ihn fing der Morgen nicht vor halb zehn, zehn an, bei einer Tasse Kaffee und einem zweiten Bagel hinter seiner Morgenzeitung.

Wieder klingelte das Telefon.

»Hallo?«

»Mr. Minor, hier ist Steve Capelli von *Newsweek*. Wir würden gern mit Ihnen über –«

Dar knallte den Hörer auf und rollte herum, weil er noch schlafen wollte.

Der zweite Anruf kam zwei Minuten später.

»Mr. Minor, mein Name ist Evelyn Summers… vielleicht haben Sie mich auf Channel Seven gesehen… und ich hatte gehofft, Sie könnten –«

Dar würde wohl nie erfahren, was Evelyn sich erhoffte, da er längst aufgelegt und das Telefon abgestellt hatte. Dann stand er am Fenster. Neben dem Streifenwagen der San Diego Police, der schon die ganze Nacht unauffällig auf der anderen Straßenseite parkte, standen dort nun drei auffällige Lastwagen von Fernsehsendern. Ein vierter mit einer Satellitenantenne auf dem Dach hielt eben an, als Dar hinaussah.

Er ging wieder zum Telefon und sprach eine neue Ansage auf den Anrufbeantworter: »Yo, iste Vito hier. Keine Schwein da, nur isch und meine Doberman. Haste was ssu sagen… sag es! Andere Fall du kannst misch mal in Mondeschein.«

Dar ging ins Badezimmer, um zu duschen und sich zu rasieren. Zehn Minuten später sah er – angezogen und mit dampfendem Kaffeebecher in Händen – wieder vorn aus dem Fenster. Fünf Lastwagen von Fernsehsendern standen dort, außerdem vier Lieferwagen. Achtundvierzig Stunden hatten sie gebraucht, mit Hilfe des Kennzeichens an seinem armen NSX über die Verkehrsbehörde herauszufinden, wie er hieß.

Irgendjemand bei einem der Nachrichtensender musste wohl den entsprechenden Draht haben. Dar zweifelte daran, dass der Reporter außerdem eine Kopie seines Führerscheinfotos bekommen hatte, aber er wollte auch nicht vor die Tür spazieren, um es herauszufinden. Das Licht am Telefon blinkte und blinkte. Dar fing an, seine Reisetasche zu packen, legte T-Shirts und Hosen zusammen und summte dabei die Titelmelodie von *Der Pate* vor sich hin.

Bei seinem Eintreffen im Gerichtsgebäude sah Dar, dass der Stellvertretende Bezirksstaatsanwalt Weid seine übliche Großzügigkeit bewiesen hatte, indem er der Chefermittlerin des Staatsanwalts ein provisorisches Büro einrichten ließ. Sydney Olsons »Büro« befand sich im Keller des alten Gebäudeteils, nicht weit von den Zellen, ein ehemaliger Verhörraum mit kotzgrünen und ehemals weißen, jetzt gelben Wänden, wahllos dekoriert mit Kratzern und moderner Kunst aus Mückenleichen, die bis in die Vierzigerjahre zurückreichte, dazu ein paar Klapptische und Metallstühle. Fenster gab es keine, nur einen Spiegel, der vom Nebenraum her durchsichtig war. Aber auf den Klapptischen standen moderne Maschinen – ein teures Notebook von Gateway, wie Dar bemerkte, verkabelt mit Druckern, Scannern und anderen Geräten. Außerdem gab es zwei neue Telefone mit je mindestens vier Anschlüssen. Eine Karte von Südkalifornien war an die schmutzige Rückwand gepinnt und eine ganze Reihe roter, blauer, grüner und gelber Heftzwecken steckte darin. Ein Sekretär, der mit einem zweiten Computer beschäftigt war, erklärte Dar, Chefermittlerin Olson sei ins Büro des Staatsanwalts bestellt worden, habe aber die Nachricht hinterlassen, dass sie in einer Stunde wieder da sei und gern mit Dr. Minor sprechen wolle, bevor er wieder ging.

Der Sekretär bot Dar etwas Kaffee aus der unvermeidlichen Kanne an, die auf dem Tisch unter dem Einwegspiegel vor sich hin dampfte. Cop-Kaffee war zu 180 Prozent Koffein und hatte die Konsistenz von Asphalt an einem heißen Sommertag. Schon lange war er zu dem Schluss gekommen, dass dieser Kaffee die Geheimwaffe war, die Amerikas Strafverfolgungs- behörden trotz der langen Arbeitszeiten, miserabler Bedin- gungen, erbärmlicher Klienten und schlechter Bezahlung in Bewegung hielt. Dar nahm einen kräftigen Schluck, fühlte sich müde und mürrisch.

»Ich komm später wieder«, sagte Dar.

Er suchte sich eine leere Bank auf dem Kellerflur, stellte das ThinkPad an und tippte seinen Bericht über den Unfall beim *Metallica*-Konzert zu Ende. Er steckte das Modemkabel in sein digitales Handy, wählte die entsprechende Nummer bei Stewart Investigations und schickte den Bericht direkt an de- ren Fax/Drucker, damit sie ihn gleich in schriftlicher Form vorliegen hatten.

Während Dar sein Notebook wieder in die Hülle schob, überlegte er, wie er die nächste halbe Stunde totschlagen sollte. Er fasste einen Entschluss, schlenderte ans Ende des Flurs, vorbei an den Zellen, in denen die Gefangenen wie Hunde im Zwinger heulten, dann lief er die gebohnerten Stufen zum prunkvollen alten Gerichtsgebäude hinauf. Im Gegensatz zum neuen und abgrundtief hässlichen Anbau, in dem Dickweed und andere ihre Büros hatten, hatte der Bau keine Klima- anlage, was er allerdings mit ehrwürdigem Ambiente wett- machte.

Dar hatte Syd Olson am Tag vorher gesagt, er sähe sich gern Seifenopern an. Zwar sah er fast nie fern, besuchte sehr wohl aber die Straf- und Zivilrechtsfälle, die zwischen seinen Auf- tritten als Sachverständiger im alten Gerichtsgebäude ausge- tragen wurden. Als er in den Saal 7A schlich und sich ganz hinten einen Platz suchte, nickte er mehreren älteren Herr- schaften zu, die er kannte, weil sie – wie er – oft zuhörten.

Er brauchte nur ein paar Minuten, um den Anschluss zu ge- winnen. Verhandelt wurde ein Fall von sexueller Belästi- gung... eine Angestellte behauptete, der Besitzer des kleinen

Betriebes, für den sie arbeitete, habe ihr sexuelle Avancen gemacht. Etwa die Hälfte der Geschworenen hatte schwere Lider und hätte in der lähmenden Hitze am liebsten ein Nickerchen gemacht, während eine Zeugin nach der anderen mit monotoner Stimme von den sexistischen Gewohnheiten ihres Arbeitgebers berichtete. Eine Rezeptionistin von Mitte zwanzig sagte aus, ihr Chef habe in ihrer Gegenwart mehr als einmal erklärt, er hätte die Klägerin – eine Sekretärin in den Vierzigern – »gern mal nachts angerufen«.

Zehn Minuten später war die Klägerin an der Reihe, auszusagen. Sie sah wie Dars Lateinlehrerin auf der Highschool aus, mit altmodischer Brille an einer Perlenkette, konservativ geschnittenem Kostüm, einer riesigen Schleife vorn am Kragen ihrer weißen Bluse, festen Schuhen und mattem blonden Haar, das zu einem Dutt gebunden war. Sie schien eine ausgesprochen zurückgezogene, bescheidene Frau zu sein, und ihre Miene deutete an, dass sie bereute, diese ganze Sache überhaupt losgetreten zu haben.

Ihr Anwalt stellte ihr eine Reihe von Fragen, während der Beklagte, ein öliges, kleines Frettchen im feinen Anzug, höhnisch grinsend an seinem Tisch lümmelte. Die Antworten der Klägerin kamen so leise, dass der Richter sie zweimal bitten musste, lauter zu sprechen, damit sie beim Knarren der alten Ventilatoren an der Decke zu verstehen wäre. Mehrere Geschworene standen kurz davor, sich ihrem Mittagsschläfchen zu ergeben. Dar kannte den Richter, den ehrenwerten William Riley Williams, achtundsechzig Jahre alt und mit so vielen Falten und Hängebacken im Gesicht, dass er wie eine Wachsfigur von Walter Matthau aussah, die zu nah an einer offenen Flamme gestanden hatte. Dar wusste aber außerdem, dass Richter Williams hinter der schläfrigen und gelangweilten Miene einen ausgesprochen wachen Geist hatte.

Der Anwalt der Klägerin setzte zum Todesstoß an. »Und was genau, Ms. Maxwell, war der letzte, entscheidende Zwischenfall im gewohnten Muster unangemessenen Verhaltens

Ihres Arbeitgebers? Was diente Ihnen als Katalysator, rechtliche Genugtuung für diese längst überfälligen Vorwürfe zu suchen?«

Es entstand eine Pause, während derer die Klägerin, die Geschworenen und die schweigenden Zuschauer das Juristenkauderwelsch ins Englische übersetzten.

»Sie meinen: Was hat Mr. Strubbins getan, dass ich schließlich vor Gericht gegangen bin?«, fragte Ms. Maxwell mit derart leiser Stimme, dass jeder, der im Gerichtssaal noch wach war, darunter Dar, sich leicht vorbeugte.

»Ja«, sagte ihr Anwalt unerwartet schlicht.

Ms. Maxwell errötete. Es begann an ihrem Hals über der weißen Schleife ihrer Bluse und stieg in ihre Wangen, bis sie hellrot angelaufen war.

»Mr. Strubbins sagte… er hat mir ein unzüchtiges Angebot gemacht.«

Richter Williams stützte Kinn und Hängebacken auf eine fleckige Hand, als er sie bat, die Antwort etwas lauter zu wiederholen. Das tat sie.

»Würden Sie dieses unzüchtige Angebot als obszön bezeichnen?«, fragte der Anwalt der Klägerin.

»Oh, ja«, sagte Ms. Maxwell und ihre Röte vertiefte sich. Sie sah auf ihre Hände, die zu Fäusten geballt auf ihrem Schoß lagen.

»Würden Sie dem Gericht bitte präzise erklären, worin dieser obszöne Vorschlag bestand?«, fragte der Anwalt und wandte sich in Vorfreude auf seinen Triumph den Geschworenen zu.

Ms. Maxwell blickte lange auf ihre Hände und sagte dann etwas Unverständliches. Dar und die wenigen Zuschauer beugten sich noch weiter vor. Mehrere Stammgäste drehten die Lautstärke an ihren Höfhilfen lauter.

»Könnten Sie das etwas lauter wiederholen, Ms. Maxwell?«, bat der Richter. Selbst seine Stimme klang nach Walter Matthau.

»Es ist mir zu peinlich, es laut zu sagen«, flüsterte die Sekretärin und zwinkerte mehrmals hinter ihrer altmodischen Brille.

Mit verdutzter Miene fuhr ihr Anwalt herum. Das war offensichtlich so nicht geplant gewesen. Am Tisch der Verteidigung grinste Mr. Strubbins höhnisch und flüsterte seinem Anwalt mit dem Pokerface etwas zu.

»Darf ich vortreten, Euer Ehren?«, fragte Ms. Maxwells Anwalt, gab sich alle Mühe, sein Gleichgewicht wiederzufinden und nicht die Kontrolle über den Augenblick zu verlieren. Man traf sich kurz am Richterpult, wobei der Anwalt der Verteidigung prustete, der Anwalt der Klägerin gestikulierte und eindringlich flüsterte, während Richter Williams mit schweren Lidern finster schweigend lauschte.

Einen Moment später wurden die Anwälte wieder auf ihre Plätze geschickt und der Richter wandte sich der erröteten Klägerin zu. »Ms. Maxwell, das Gericht versteht Ihre Zurückhaltung, etwas zu wiederholen, was Sie als obszönes Angebot begreifen. Da es aber in Ihrem Fall notwendig ist, dass Gericht und Geschworene wissen, was genau Mr. Strubbins zu Ihnen gesagt haben soll, möchte ich Sie bitten, es auf einem Blatt Papier niederzuschreiben.«

Ms. Maxwell stutzte, dann nickte sie, noch immer rot im Gesicht.

Die Zuschauer stöhnten auf und lehnten sich auf ihren harten Bänken zurück. Dar sah, wie der Gerichtsdiener einen Stift und das Notizbuch einer Stenografin brachte. Es schien, als schriebe Ms. Maxwell minutenlang. Der Gerichtsdiener riss das Blatt aus dem Buch und reichte es dem Richter. Mit ungerührter Miene sah sich der Richter das Blatt an, dann winkte er die Anwälte nach vorn. Beide lasen das Geschriebene, ohne es zu kommentieren. Der Gerichtsdiener nahm das Blatt Papier und trug es zur Geschworenenbank hinüber.

Auf dem ersten Platz saß eine Frau, ebenfalls mit Brille, sehr groß und dünn, mit erstaunlicher Oberweite, im schwarzen

Kostüm mit weißer Bluse. Auch ihr Haar war zu einem Dutt gebunden.

»Sie dürfen das Blatt dem Obmann der Geschworenen aushändigen«, sagte Richter Williams.

»Obmensch«, sagte die Frau auf dem ersten Platz und setzte sich noch starrer aufrecht als vorher.

»Entschuldigung… wie bitte?«, sagte der Richter, hob Kinn und Hängebacken von seiner hohlen Hand.

»Obmensch, Euer Ehren«, wiederholte die erste Geschworene, wobei ihre Lippen immer schmaler wurden.

»Oh«, sagte Richter Williams. »Selbstverständlich. Gerichtsdiener, händigen Sie das Blatt bitte dem Obmenschen der Geschworenen aus. Madam Obmensch, bitte reichen Sie es an die anderen Geschworenen weiter, einschließlich der Vertreter, sobald sie die Nachricht darauf gelesen haben.«

Sämtliche Blicke im Saal waren auf Ms. Obmensch gerichtet, während sie las, was dort geschrieben stand. Die Muskeln um ihre gespitzten Lippen zuckten, als hätte sie eben etwas sehr, sehr Saures gekostet. Sie schüttelte den Kopf, als sie das Blatt an den Geschworenen zu ihrer Linken weitergab.

Schon vorher war Dar aufgefallen, dass der Geschworene Nummer zwei – ein übergewichtiger Mann in einem Sportsakko – kurz vor dem Einschlafen war. Inzwischen hielt der Mann seine Arme vor dem dicken Bauch verschränkt, mit gesenktem Blick. Fast schnarchte er. Dar wusste, dass dämmernde Geschworene bei solchen Verhandlungen keine Seltenheit waren, besonders an heißen Sommertagen. Oft genug schon hatte er es mit eigenen Augen gesehen, selbst wenn er in einer Verhandlung aussagte, die sich mit der Zeit zu einem Mordprozess entwickelte.

Madam Obmensch stieß den Geschworenen Nummer zwei mit dem Ellbogen an, dass er hochschreckte und die Augen aufschlug. Ohne sich darüber im Klaren zu sein, dass sämtliche Blicke im Gerichtssaal auf ihn gerichtet waren, wandte er sich der Frau mit der enormen Oberweite zu, nahm das Blatt

Papier und las. Seine Augen wurden groß, er las noch einmal. Dann sah er Madam Obmensch an, zwinkerte ihr zu und nickte, faltete das Blatt und schob es in seine Jackentasche.

Im Gerichtssaal herrschte eine Stille, die man in Würfel hätte schneiden und pfundweise an Schullehrer hätte verkaufen können. Sämtliche Blicke wandten sich dem Richter und seinem Gerichtsdiener zu.

Der Gerichtsdiener kehrte zur Geschworenenbank zurück, blieb stehen und sah Richter Williams an; er wartete auf eine Anweisung. Der Richter wollte etwas sagen, hielt inne und rieb an seinen Hängebacken herum. Die Klägerin sah aus, als würde sie gleich aus purer Verlegenheit im Zeugenstand zu Boden rutschen, damit sie nicht mehr zu sehen wäre.

Richter Williams sagte: »Das Gericht zieht sich zehn Minuten zur Beratung zurück.« Er schlug mit seinem Hammer und verschwand mit wehenden Roben, während die Zuschauer sich erhoben, die alten Männer einander mit den Ellbogen anstießen und leise keuchend lachten.

Ein Geschworener nach dem anderen verließ die Bank. Geschworener Nummer zwei grinste noch immer schief und zwinkerte Madam Obmensch zu, die über die Schulter hinweg einen Blick auf Nummer zwei warf, mit den Augen rollte und dann, Kälte verströmend, aus dem Blickfeld verschwand.

In Syds Kellerbüro im Verhörraum fand Dar die Chefermittlerin Olson bei der Arbeit vor. Der Sekretär war wohl kurz draußen. Ein tragbarer Ventilator und die offene Tür vertrieben die stickige Luft ein wenig, aber fünfzig Jahre zweifelhafte Begegnungen der dritten Art zwischen schwitzenden Schwerverbrechern und ebenso verschwitzten Polizisten beim Verhör hatten einen Gifthauch im Raum zurückgelassen.

»Danke, dass Sie auf mich gewartet haben«, sagte sie. »Der Staatsanwalt und Dickweed haben mir die Morgenzeitungen gezeigt. Wie ich sehe, nennt man Sie nicht mehr den Highway-Killer.«

Dar schenkte sich noch etwas Kaffee ein und sagte: »Stimmt. Jetzt bin ich der geheimnisvolle Detektiv.«

»Mal sehen, ob Sie ein guter Detektiv sind«, sagte Syd und deutete auf ihre Karte mit den roten, blauen, grünen und gelben Heftzwecken. »Können Sie mir sagen, was meine kleine taktische Überblickskarte hier zu sagen hat?«

Dar setzte seine Lesebrille auf. »Rot und blau sind auf Straßen, größtenteils Freeways, keine Nebenstrecken. Also würde ich sagen… provozierte Unfälle?«

Syd nickte beeindruckt. »Größtenteils provozierte Unfälle. Können Sie mir den Unterschied zwischen den roten und blauen erklären?«

»Nein«, sagte er. »Es gibt viel mehr rote als blaue… Moment, ich erinnere mich an diesen hier auf der I-5. Es war ein Unfall mit Todesfolge. Uralter Volvo. Arbeitsloser Einwanderer mit Green Card. Alle Anzeichen für einen provozierten Unfall, aber der Verursacher ist dabei umgekommen.«

»Alle roten Heftzwecken sind vorsätzliche Unfälle mit Todesfolge«, sagte Syd.

Dar stieß einen leisen Pfiff aus. »So viele? Das macht doch keinen Sinn. Solche Unfälle finden normalerweise auf Nebenstraßen statt, nicht auf Freeways. Ist auf Freeways zu gefährlich… irgendjemand muss doch überleben, um das Geld zu kassieren.«

Syd nickte. »Was ist mit den grünen?«, sagte sie.

Dar sah sich die zahlreichen Stellen mit grünen Heftzwecken an. Zwei schienen draußen im Hafen vor San Diego zu stecken. Drei weitere drängten sich an einer merkwürdigen Stelle in den kahlen Bergen östlich von Del Mar. Andere verteilten sich über die Stadtgebiete von L. A. und San Diego, viele im Bereich dazwischen. Keine davon auf Straßen.

»Baustellenunfälle«, sagte Dar. »Die beiden in der Bay sahen erst wie professionelle Betrugsfälle aus, wegen der hohen Versicherungssummen, aber in beiden Fällen handelte es sich um tiefe Stürze von Gerüsten – beide tödlich. Unschön.«

»Dennoch betrügerisch«, sagte Syd.

Dar warf ihr einen zweifelnden Blick zu. »Den einen auf dem Flugzeugträger habe ich untersucht«, sagte er. »Der Anstreicher kam von einer beauftragten Zivilfirma und hatte eine Vergangenheit als Versicherungsbetrüger, aber in diesem Fall ist er zweiundzwanzig Meter tief auf einen Stapel von Stahlrohren gestürzt. Die Leute brauchten das Geld nicht so dringend. Die ganze Familie hat gut von kleinen Versicherungsbetrügereien gelebt.«

Syd lächelte und verschränkte die Arme. »Wie steht es mit den gelben Punkten?«

»Davon ist nur ein Einziger auf der Karte«, sagte Dar. »Die anderen stecken alle hier am Rand und warten, bis sie dran sind.«

»Und?«

»Und der eine auf der Karte ist oberhalb vom Lake Elsinore, ungefähr da, wo das Lookout Restaurant liegt, also vermute ich mal, dass Gelb irgendwas mit mir zu tun hat.«

»Ganz genau. Die gelben Heftzwecken werden die Stellen markieren, an denen jemand versucht hat, Sie umzubringen.«

Dar schob eine Augenbraue hoch und betrachtete den Rand der Karte. Ein Dutzend gelber Heftzwecken wartete dort.

»Ich muss zu Lawrence und Trudy«, sagte Syd kurz und bündig, hob ihre riesige Schultertasche auf und schob ihr Notebook in die Hülle. »Ich weiß so ungefähr, wo sie wohnen, draußen in Escondido, aber lieber würde ich mit Ihnen fahren.«

Dar schüttelte den Kopf. »Ich könnte Sie raus nach Escondido bringen, aber ich komme heute Abend nicht wieder in meine Wohnung zurück. Die Medien...«

»Ach, ja«, sagte Syd lächelnd. »In den Lokalnachrichten um sieben habe ich gesehen, wie sie auf der Lauer liegen. Die haben noch immer kein Foto von Ihnen. Es macht sie ganz kirre.«

»Kirre?«, wiederholte Dar und rieb sich das Kinn.

»Wie sind Sie heute Morgen hergekommen, ohne überfallen zu werden?«

»Die Polizisten, die draußen vor dem Lagerhaus Dienst geschoben haben, konnten sie unten auf der Hauptstraße halten«, sagte Dar. »Ich bin mit dem Land Cruiser hinten rausgefahren und dann über ein paar Seitenstraßen den Hügel runter.«

»Das Kennzeichen von Ihrem Toyota dürften die wohl auch schon haben«, sagte Syd.

Jetzt war Dar mit dem Nicken an der Reihe. »Aber ich stehe ganz weit hinten auf dem gesicherten Gerichtsparkplatz«, sagte er. »Direkt unter den Fenstern der Ausnüchterungszellen.«

Syd verzog ihr Gesicht.

»Ja, ich weiß«, sagte Dar. »Ich wasch den Wagen morgen. Ich glaube kaum, dass die Medienleute ihn da hinten sehen können.«

»Also gut«, sagte die Chefermittlerin, »aber wieso können Sie mich nicht raus zu den Stewarts fahren?«

Dar seufzte. »Kann ich«, sagte er, »aber Sie müssen allein wieder zurück. Ich fahre nach der Arbeit rauf in meine Hütte in den Bergen.«

»Wunderbar«, sagte Syd. »Wir halten am Hyatt, um meine Sachen zu holen.«

Dar runzelte die Stirn.

Sie blieb an der Tür stehen, um es ihm zu erklären. »Nach wie vor hat die Polizei von San Diego die Aufgabe, Sie rund um die Uhr zu bewachen, aber wenn Sie zu Ihrer Hütte in den Bergen wollen, befinden wir uns nicht mehr in deren Zuständigkeitsbereich. Wir können nicht ernstlich irgendeinen County Sheriff bitten, dass er seine Leute dafür einsetzt, Sie zu be–«

»Hören Sie, ich habe nie gesagt, dass ich –«, begann Dar.

Syd hob ihre Hand. »Wobei ich andererseits nicht nur als perfekter Bodyguard an diesem langen Wochenende dienen werde, sondern außerdem Ihre Computerdateien und Akten-kästen nach dem fehlenden Bindeglied durchforsten kann.«

Dar sah sie lange an, sah sie beide im Spiegel in der Wand. Er fragte sich, wer wohl dahinter stehen und sie beobachten mochte.

»Habe ich die Wahl?«, sagte er schließlich.

»Natürlich haben Sie die«, sagte die Chefermittlerin und sah ihn mit dem wärmsten Lächeln an, das er bisher bei ihr gese-hen hatte. »Sie sind ein freier Bürger.«

»Gut –«, begann Dar.

»Natürlich sind Sie ein freier Bürger, der sich möglicher-weise einer Anklage wegen Totschlags stellen muss, und das Gericht hat eine Observation zu Ihrem Schutz angeordnet, rund um die Uhr. Also denke ich, steht Ihnen wohl die Ent-scheidung frei, ob Sie selbst fahren oder mich fahren lassen«, sagte Syd.

Lawrence und Trudy hatten ihre Büros in ihrem Haus in einer Siedlung nicht weit von Escondido. Stewart Investigations Inc. war ein großes, zweigeschossiges Haus auf einem steilen Hügel oberhalb der Landstraße, die zum Golfplatz der Sied-lung führte. Weder Lawrence noch Trudy spielten Golf. Tat-sächlich taten Lawrence und Trudy nur sehr wenig, was nicht in irgendeinem Zusammenhang mit ihrer Versicherungsarbeit oder dem Einzigen stand, was ihnen Entspannung bot – Auto-rennen. Das Haus selbst hatte über 400 Quadratmeter Wohn-fläche, aber die brauchbaren Räume waren größtenteils oben und unten Büros für das Mann-und-Frau-Team. Das Wohn-zimmer der Stewarts mit seiner kathedralenartigen Zimmer-decke hatte in den ersten drei Jahren, die Dar sie kannte, völ-lig leer gestanden.

Er stellte den Land Cruiser vor einer Auffahrt voller Autos ab… Lawrences alter Isuzu Trooper, Trudys geleaster Ford Contour, Lawrences Ford Econoline Überwachungs-Van mit getönten Scheiben, zwei Rennwagen – einer auf einem Hänger und der andere in der breiten Garage, gleich neben einem '67er Mustang unter der Plane – und zwei Gold-Wing-Motorräder.

»Gehören die alle den beiden?«, fragte Syd, als sie die Auffahrt hinauf den Pantheon von Fahrzeugen durchschritten.

»Klar«, sagte Dar. »Früher hatten sie noch ein paar Mustangs aus späteren Baureihen, aber die haben sie verkauft, als sie die Rennwagen bekamen.«

»Was für Rennen?«

»Eine Art Markenpokal mit alten Mazda RX-7«, sagte Dar. »Larry fährt Rennen in Kalifornien, Arizona, Mexiko… soweit wie er es am Wochenende schaffen kann.«

»Trudy ist immer dabei?«

»Lawrence und Trudy machen *alles* zusammen«, sagte Dar. Dar drückte auf den Summer unter einer Gegensprechanlage. Während sie warteten, betrachtete Syd die umliegenden Häuser auf dem Hügel.

»Keine Bürgersteige«, sagte sie ausdruckslos.

Dar sah sie von der Seite an. »Sie sind wohl neu in Kalifornien.«

»Drei Jahre«, sagte Syd. »Aber die Vorstellung, keine Bürgersteige zu haben, gefällt mir immer noch nicht.«

Dar deutete auf die sieben Fahrzeuge in der Auffahrt und der offenen Garage. »Wozu um alles in der Welt braucht irgendwer in Kalifornien einen Bürgersteig?«

»Kommt rein«, sagte Trudys Stimme aus dem kleinen Lautsprecher. »Wir sind in der Küche.«

Während Syd und Dar durch die endlosen Weiten des ungenutzten Wohnzimmers, des kaum benutzten Esszimmers und der übermäßig genutzten Arbeitsbereiche zur Küche wanderten, machte Stewart Investigations eben eine Kaffeepause. Lawrence saß krumm auf einem Hocker am Tresen, mit den Ellbogen auf dem Resopal, das Gesicht vor Konzentration gerötet. Trudy stand hinter dem Tresen, beugte sich aber zu ihrem massigen Ehemann hinüber, als wären sie in einen wilden, aber freundschaftlichen Willenskampf verstrickt.

»Olds Rocket 88«, sagte Trudy mit bassigem Knurren.

»Toyota Rav Four«, antwortete Lawrence mit geziertem Falsett. Er winkte Dar und Syd zu den beiden leeren Hockern am Tresen und deutete auf die Kaffeekanne und die sauberen Becher. Während sich die beiden Gäste Kaffee einschenkten, knurrte Lawrence: »Pontiac Grand Prix.«

»Mitsubishi Galant«, sagte Trudy jetzt mit Falsettstimme. »Mercury Cougar«, knurrte sie zurück, als schlüge sie einen Ball übers Netz.

Lawrence zögerte.

»Ford Contour«, sagte Syd mit einer Stimme, die einige Oktaven über ihrer sonst angenehmen Sprechstimme lag.

»Ach, du meine Güte«, sagte Dar.

»Schscht!«, machte Trudy. »Du störst den Rhythmus. Machen Sie nur, Miss Olson. Sie sind dran.«

»Mh, gleicher Buchstabe«, überlegte Syd. Knurrend wie ein Holzfäller sagte sie: »Dodge Charger!«

»Honda Civic«, erwiderte Lawrence mit übertrieben prüder Stimme. Dann brüllte er: »Chevy Impala!«

»Infinity!«, sagte Trudy.

»Isuzu Impulse«, piepste Syd.

Trudy zeigte auf sie: »Ihr Punkt, ›Impulse‹ ist jämmerlicher und dümmlicher als ›Infinity‹. Sie können sich einen Buchstaben aussuchen.«

»Ford Thunderbird!«, rief Syd.

»Ford Taurus«, heulte Lawrence.

»Toyota Tercel«, sagte Trudy triumphierend. Sie knallte ihren Kaffeebecher auf den Tresen und sah ihren Mann stirnrunzelnd an. »Taurus heißt Stier, Larry. Ein Stier hat Eier. Was soll überhaupt ein Tercel sein? Irgendein Vogel? Es bedeutet nichts.«

»Lawrence«, sagte Lawrence.

»Seid ihr fertig mit eurem Testosteron-Östrogen-Spiel?«, fragte Dar.

»Nix da«, sagte Trudy. »Es steht vierzig-null. Mein Aufschlag.« Sie überlegte nur eine Sekunde. »American Motors Eagle!«

»Wird nicht mehr gebaut«, sagte Dar.

Keiner achtete auf ihn. Offenbar begriff er die Regeln nicht.

»Escort«, lispelte Lawrence.

»Hyundai Elantra!«, sagte Trudy, als knalle sie eine Trumpfkarte auf den Tisch.

»Suzuki Esteem«, sagte Syd.

Sowohl Lawrence als auch Trudy nickten, gaben Syd den Punkt.

»Was ist jämmerlicher, als ein Auto ›Esteem‹ zu nennen. ›Wertschätzung‹, ich bitte dich«, sagte Trudy. »Besonders bei Suzuki-Schrott. Als würde man ein Auto ›Mein ganzer Stolz‹ nennen.«

»Als Teenager«, sagte Dar, »bin ich einen 1960er Chrysler New Yorker mit Heckflossen gefahren, den meine Freundin auf den Namen ›Beatrice‹ getauft hatte.«

Die drei anderen sahen ihn an, als hätte er einen fliegen lassen.

»Wo waren wir?«, sagte Lawrence.

»Zwei Punkte vor dem Matchpoint«, sagte Trudy. »Syd oder ich. Ich hab Aufschlag.« Sie überlegte nur ganz kurz. »Pontiac Firebird …«

»Ford Fiasco«, schnauzte Lawrence. »Nichts ist jämmerlicher als ein Fiasco.«

»Ford Fiestas werden nicht mehr gebaut«, sagte Syd. »Jetzt heißen sie Festivas.«

»Ihr Punkt, Ihr Aufschlag«, sagte Trudy.

»Buick Roadmaster«, knurrte Syd und zog die Silben in die Länge.

»Rav Four«, sagte Lawrence.

»Foul«, sagte Trudy. »Den hattest du schon.« Sie überlegte. »R's sind schwer … Plymouth Reliant?«

»Zu schwer«, sagte Lawrence.

»Da fällt mir nur der Buick Reatta ein«, sagte Syd. »Aber

das ist nicht zimperlich genug, auch wenn es nichts bedeutet.«

»RX-7 ist irgendwie jämmerlich«, sagte Trudy.

»Hey!«, sagte Lawrence und klang ernstlich verletzt. Er fuhr Rennen mit einem umgebauten RX-7.

»Soll ich nicht aufschlagen?«, schlug Dar vor. »Wer den gewinnt, hat gewonnen.«

»Abgemacht«, sagten die anderen drei.

»Q45«, sagte Dar.

»Das ist ein neuer Wagen«, protestierte Trudy. »Und der hat nichts an sich, was besonders sexy wäre ...«

»Q45«, wiederholte Dar. »Der Ball ist im Spiel. *Los!*«

Mehrere Sekunden herrschte Stille.

»VW Quantum«, sagte Syd.

»Wow«, sagte Trudy. »Sieger.«

»Nicht so schnell«, sagte Dar. »Alfa Romeo Quadrofoglio.«

Misstrauisch blinzelten ihn die anderen an.

»Gibt es«, sagte Lawrence schließlich. »Ich hab mal an einem Unfall auf der 410 gearbeitet, vor drei Jahren ...«

»Wir *wissen*, dass es stimmt«, sagte Trudy. »Wir versuchen uns nur zu entscheiden, ob es ...«

»Ich hab gewonnen«, sagte Dar.

»Wer hat gesagt, dass du gleichzeitig Richter und Geschworener bist?«, sagte Lawrence ganz freundlich.

Dar lächelte etwas angestrengt. »Ich bin nicht Richter und Geschworener«, sagte er. »Ich bin nur der Obmensch.« Bedeutungsvoll sah er zu den Aktenkisten hinüber, die sich nebenan stapelten. »Könnten wir uns jetzt an die Arbeit machen und rausfinden, weshalb die russische Mafia mich umbringen will?«

7

Drei Stunden und achtzig Akten später lehnte sich Lawrence auf seinem Stuhl zurück und sagte: »Ich geb's auf. Wonach suchen wir eigentlich?«

»Betrügerische Versicherungsansprüche«, sagte Syd mit einer Geste auf den Aktenstapel, den sie unter diesem Vorzeichen aussortiert hatten.

»Das betrifft über sechzig Prozent dessen, womit wir uns beschäftigen«, sagte Trudy. »Keiner dieser Fälle, bei denen Dar an der Unfallrekonstruktion gesessen hat, war bedeutsam genug, dass man ihn dafür umbringen würde.«

Die Chefermittlerin nickte. Ihre Augen sahen müde aus. Dar bemerkte, dass sie zum Lesen eine randlose Brille trug.

»Na«, sagte Dar. »Man kann kaum behaupten, dass es langweilige Lektüre wäre.«

Syd nickte. »Diese Aussagen von Unfallopfern sind Meisterstücke, keine Frage. Hört euch das an... ›Der Telefonmast kam schnell näher. Ich habe versucht, ihm auszuweichen, als er mich vorn getroffen hat.‹«

Trudy schlug eine Akte auf. »Hier ist einer meiner liebsten... ›Ich hatte meinen Wagen vierzig Jahre lang gefahren, als ich am Lenkrad einschlief und einen Unfall hatte.‹«

Dar zog eine alte Akte hervor. »Der hier hat noch nie was vom Fünften Verfassungszusatz gehört... ›Der Mann war überall gleichzeitig. Ich musste mehrmals ausweichen, bis ich ihn traf.‹«

Lawrence knurrte und blätterte die Akte durch, die er vor sich liegen hatte. »Mein Anspruchsteller hat zu viel *Akte X* gesehen. ›Ein unsichtbares Auto kam aus dem Nichts, traf mein Fahrzeug und verschwand.‹«

»Ich hatte noch eine *Akte X*«, sagte Syd und blätterte in den Ordnern herum. »Hier... ›Der Unfall passierte, als die rechte Vordertür eines Autos ohne zu blinken um die Ecke kam.‹«

»Ich mag es gar nicht, wenn das passiert«, sagte Dar.

»Ist euch aufgefallen, dass Unfallopfer sich bei ihren Aussagen mit Vorliebe als Objekt darstellen?«, sagte Trudy. »Der hier ist typisch… ›Ein Fußgänger, den ich nicht sah, traf mich und rutschte dann unter mein Auto.‹«

»Aber sie sind ehrlich, auf eine dämliche Weise. Ich erinnere mich an die Aussage von diesem einen Burschen… ›Als ich nach Hause kam, bin ich vors falsche Haus gefahren und mit einem Baum zusammengestoßen, der sonst nicht da war.‹«

Trudy kicherte beim Lesen. »›Ich bin am Straßenrand losgefahren, hab meine Schwiegermutter auf dem Beifahrersitz angesehen und bin über die Böschung gefahren.‹«

»Das kann ich gut verstehen«, knurrte Lawrence.

Trudy hörte auf zu kichern und sah ihn böse an.

Plötzlich lachte Syd laut auf. »Hier ist ein möglicher Fall von Overkill«, sagte sie, blätterte in der Niederschrift einer Aussage herum. »›Bei dem Versuch, eine Fliege zu töten, bin ich gegen einen Telefonmast gefahren.‹«

»Wir werden albern, Leute«, sagte Dar mit einem Blick auf seine Uhr.

»Wir haben schon albern angefangen«, sagte Trudy. Sie sah zu dem Stapel betrügerischer Versicherungsansprüche hinüber. »Haben wir überhaupt irgendwas, womit wir anfangen können?«

»Zwei, glaube ich«, sagte Dar und zog Dossiers aus dem schwankenden Stapel. »Erinnert ihr euch an den Stahlstreben-Fall auf der I-5 im Mai?«

»Was ist das?«, sagte Syd.

»Stahlstreben sind Stäbe, die man zur Verstärkung von Beton verwendet«, erklärte Lawrence.

»Ich weiß, was Stahlstreben sind«, sagte die Ermittlerin. »Was ist das für ein Fall?«

»Dreiundzwanzigster Mai«, sagte Dar und blätterte in der Akte. »I-5, sechsundvierzig Kilometer nördlich von San Diego.«

»Oh, Gott«, sagte Lawrence. »Du hast die Videografik angefertigt, aber ich war als Erster am Unfallort. Oh, Mann!«

Syd wartete.

»Asiate, Vietnamese, war gerade erst mit seiner Familie – acht Kinder – drei Monate vorher in die Staaten gekommen, hat als Auslieferungsfahrer für einen Floristen gearbeitet, mit einem von diesen Isuzu Lieferwagen, bei denen man ganz vorn hinter der Scheibe sitzt, mit dem Motor unter dem Sitz und nur Plexiglas und dünnem Blech vor sich«, sagte Lawrence und verzog das Gesicht, als es ihm wieder einfiel. »Er fuhr hinter einem offenen Truck, der einer kleinen Baufirma draußen in La Jolla gehörte. Burnette Construction – reines Familienunternehmen. Bill Burnette, der Besitzer, fuhr eine Ladung Stahlstreben.«

»Die hinten über die Pritsche hinausragte?«, fragte Syd.

»Drei Meter weit«, sagte Lawrence. »Sie waren mit einem roten Wimpel gesichert, aber …« Er holte tief Luft. »Der arme Vietnamese fuhr zu dicht auf, mit etwa neunzig Sachen, als jemand vor Burnettes Lastwagen einscherte und Burnette auf die Bremse stieg … und zwar fest.«

»Der Vietnamese aber nicht«, sagte Syd.

Dar schüttelte den Kopf. »Doch, hat er, aber die Bremsen gingen nicht. Keine Bremsflüssigkeit.«

Syd tauschte Blicke mit den anderen. Solche Unfälle waren selten.

»Bündel von Stahlstreben kamen durch Front und Windschutzscheibe des Lieferwagens und haben den Mann an vier oder fünf Stellen aufgespießt«, sagte Lawrence. »Er wurde direkt durch die zerschmetterte Scheibe gezerrt. Burnettes Truck hatte nicht angehalten, fuhr noch immer etwa fünfzig, als der Unfall passierte, und er hat mir erzählt, dass er sehen konnte, wie der arme Kerl da hinten von den Streben hing … aufgespießt im Gesicht, im Hals, in der Brust, dem linken Arm …«

»Aber noch am Leben«, sagte Dar.

Lawrence nickte. »Noch. Burnette wusste nicht, was er machen sollte, aber er war geistesgegenwärtig genug, nicht noch mal auf die Bremse zu treten. Das hätte den armen Mann, Mr. Phong, nur noch weiter aufgespießt. Also ist er an den Straßenrand gefahren und vorsichtig langsamer geworden, während der arme Teufel noch immer hinten hing.«

»Das kann unmöglich ein provozierter Unfall gewesen sein«, sagte Syd. »Nicht wenn der Verursacher *hinter* dem Laster mit den Stahlstreben fährt. Außerdem kann sich der Verursacher da nirgends verstecken…«

»Das haben wir auch gedacht«, sagte Trudy. »Aber als Dar den Unfall rekonstruiert hat, sah es doch sehr nach einem absichtlichen Manöver aus. Sehr leichter Verkehr. Ein weißer Pick-up kreuzt zwei Spuren, schneidet Burnettes Fahrzeug den Weg ab, bremst hart und nimmt dann mit Vollgas eine Ausfahrt.«

»Hat er versucht, die Ausfahrt noch zu kriegen?«, sagte Syd.

Trudy schüttelte den Kopf. »Die Ausfahrt war rechts. Der Unfall passierte auf einer fünfspurigen Strecke ganz links außen. Und es war so wenig Verkehr, dass es für das Opfer, Mr. Phong, keinen Grund gab, so dicht aufzufahren. Mehrere Spuren waren frei. Es *sieht aus* wie ein provozierter Unfall…«

»Aber es ist nicht Sinn der Sache, das ›Opfer‹ zu töten oder ihm bleibende Verletzungen zuzufügen«, sagte Syd. »Sie sollten sich in einem präparierten Fahrzeug von hinten rammen lassen und dann ein Schleudertrauma oder so was vortäuschen, aber nicht von Stahlstreben aufgespießt werden. Ist Mr. Phong gestorben?«

»Ja«, sagte Lawrence. »Drei Tage später, ohne dass er wieder zu Bewusstsein gekommen wäre.«

»Worauf hat man sich verglichen?«, fragte die Chefermittlerin.

»Zwei Komma sechs Millionen«, sagte Trudy. Lawrence seufzte. »Burnette führte seine Baufirma mit nur ganz wenig

Kapital und konnte sich nur die niedrigste Deckungssumme leisten. Der Vergleich hat ihn in den Bankrott getrieben.«

Syd sah sich die andere Akte an.

»Das hier ist wieder einer von den roten Punkten«, sagte Dar. »Der eine auf der I-5, den ich erwähnt hatte. Das ist definitiv ein provozierter Unfall. Der Fahrer des hinteren Wagens, Mr. Hernandez, hatte drei Verfahren wegen Arbeitsunfähigkeit laufen und acht wegen seiner Schmerzensgeldforderungen.«

»Aber ebenfalls mit Todesfolge«, sagte Syd.

»Ja«, sagte Dar. »Bis zum Aufprall lief alles nach Plan. Auch hier schwenkte ein Pick-up vor das angebliche Opfer, einen großen, alten Buick, und stieg auf die Bremse. Der Wagen, auf den er es abgesehen hatte, ein neuer Cadillac, knallte wie geplant hinten in Hernandez' Buick. Aber dann ist der Buick explodiert…«

»Ich dachte, das passiert nur im Film«, sagte Syd.

»Scheint so«, sagte Dar. »Aber bei meinen Ermittlungen habe ich Reste eines primitiven, batteriebetriebenen Zünders im Benzintank von Mr. Hernandez' Buick gefunden. Er war so eingestellt, dass er bei einem harten Aufprall an der hinteren Stoßstange losgehen sollte.«

»Mord«, sagte Syd.

Dar nickte. »Auf jeden Fall hatte der Anwalt – übrigens derselbe Anwalt – Klagen sowohl gegen den Fahrer als auch gegen den Autohersteller erwirkt, und so wurden die Beweise für die Manipulation der Bremsen und auch für die Sabotage an Hernandez' Wagen fallen gelassen, damit man im Gegenzug die Klage gegen den Hersteller aufgab.«

»Ich frage mich«, sagte Syd, »wie sie das Zielfahrzeug für diese provozierten Unfälle auswählen.«

Trudy meldete sich zu Wort. »Verschiedene Kriterien. Teurer Wagen, natürlich…«

»Besonders einer mit einem Aufkleber irgendeiner großen Versicherung an der Stoßstange«, sagte Lawrence.

»Gewöhnlich ältere Fahrer«, sagte Trudy. »Jemand, der nicht allzu schnell reagiert und bremst, wenn er nicht bremsen soll.«

»Sie wollen natürlich niemanden im Zielfahrzeug verletzen«, sagte Dar. »Sinn der Sache ist, dass der Komplize, das angebliche Opfer, behauptet, arbeitsunfähig zu sein – normalerweise auf Grund nicht sichtbarer Verletzungen wie einem Schleudertrauma oder einer Stauchung im unteren Rückenbereich, obwohl Versicherungen da inzwischen nicht mehr so entgegenkommend sind.«

»Aber der klassische Fall hier – Hernandez – endete mit dem Tod des Fahrers«, sagte Syd. »Und der Phong-Unfall passt nicht ins Profil...«

»Das stimmt«, sagte Dar und schüttelte den Kopf. »Es ist wohl unwahrscheinlich, dass er freiwillig mit einer Ladung überhängender Stahlstreben zusammenstoßen wollte.«

»Es sei denn, es wäre sein erstes Mal gewesen«, sagte Syd. »Es sei denn, man hätte ihn in eine Falle gelockt. Und Mr. Hernandez...«

»Wurde in der typischen Körperhaltung gefunden«, sagte Trudy. »Unter dem Lenkrad zusammengekauert. Der Kofferraum des alten Buick lag voller Sandsäcke und Reifen, typisch für so ein Opferauto, um den Aufprall abzufangen. Aber dann ist alles verbrannt, einschließlich Mr. Hernandez, als der Benzintank explodierte.«

»Versicherungssumme?«

»Sechshunderttausend«, sagte Lawrence.

»Damit kommen wir nun also zu dem Anwalt in beiden Fällen. Mr. Jorgé Murphy Esposito«, sagte Syd. »Wir wissen schon lange, dass er der reinste Unfallgeier ist...«

Trudy lachte. »Esposito könnte in der Funkzentrale für Krankenwagen sitzen«, sagte sie. »Er weiß, wo die Unfälle passieren, bevor sie überhaupt passiert sind.«

Syd nickte. »Dar, glauben Sie, dass Esposito der Mann ist, der Ihnen die Russen auf den Hals hetzt?«

Dar seufzte. »Mein Instinkt sagt nein. Esposito ist ein kleiner Fisch. Er arbeitet mit dem üblichen Bodensatz von Versicherungsbetrügern. Ich glaube kaum, dass er die Branche wechselt und das Spiel auf einem derart hohen Level spielt, dass russische Mafiakiller gerechtfertigt wären.«

»Aber es ist eine Spur«, sagte Sydney. »Wer sind die anderen Anwälte und Ärzte ganz oben auf Ihrer Liste?«

»Auf unserer Liste von Versicherungsbetrügern?«, fragte Trudy.

»Ja.«

»Neben Esposito sind da Roget Velliers, Bobby James Tucker, Nicholas van Dervan, Abraham Willis…«, begann Trudy.

»Mh-mh«, unterbrach Lawrence. »Willis ist tot.«

Dar schob eine Augenbraue in die Höhe. »Seit wann? Vor einem Monat habe ich noch in einem Fall gegen seine Klägerin ausgesagt.«

»Seit letztem Donnerstag«, sagte Lawrence. »Der ehrenwerte Anwalt ist bei einem Autounfall in der Nähe von Carmel verunglückt.«

»Tja, wer durch das Schwert lebt…«, sagte Syd.

»Esposito hat die Verhandlungen im Namen der Familie übernommen«, sagte Lawrence.

Trudy knurrte leise. »Berufsehre.«

Syd stand vom Tisch auf und streckte sich. »Gut, wir vergleichen Dars Akten mit diesen hier und versuchen rauszufinden, wer von diesen Leuten am tiefsten drinsteckt.«

Trudy sah die beiden an. »Wollt ihr wieder nach San Diego zurück?«

Dar schüttelte nur den Kopf.

Syd sagte: »Wir verstecken uns übers Wochenende oben in Dars Hütte vor der Presse.«

Lawrence wackelte zwar nicht gerade mit den Augenbrauen, aber bei dem Blick, den er Dar zuwarf, hätte er ebenso anzüglich zwinkern können. »Ist schon lange her, dass jemand bei dir da oben war, was, Darwin? Von uns abgesehen, meine ich.«

»Außer euch beiden war noch nie jemand mit mir da oben«, sagte Dar mit warnendem Blick. »Es scheint, als hätte man mich in Schutzhaft genommen.«

Es herrschte Schweigen. Dann sagte Trudy fröhlich: »Oh… bevor Sie gehen… Miss Olson…«

»Syd«, sagte Syd.

»Syd« fuhr Trudy fort. »Könnten Sie uns Ihre professionelle Meinung zu ein paar Überwachungsaufnahmen sagen?«

»Sicher«, sagte Syd.

»Oh, Trudy, nicht«, sagte Lawrence. Sein Gesicht errötete unter dem Schnauzbart. »Meine Güte…«

»Wir brauchen eine Meinung«, sagte Trudy.

»Oh, nein«, sagte Lawrence. Er nahm seine Brille ab und wischte sie mit einem Taschentuch, während sein Gesicht immer röter wurde.

»Es ist eine Stunde lang«, sagte Trudy zu Syd, »aber wir spulen es vor. Dar, du hast oft bei solchen Fällen ausgesagt. Ich würde auch deine Meinung gern hören.«

Dar und Syd folgten Trudy in das eigentliche Wohnzimmer, wo der 60-Zoll-Fernseher und die entsprechenden Sessel standen.

Die Halbzoll-VHS-Cassette begann mit der Aufnahme einer Frau, nicht mehr ganz jung, in Lycra-Leggings, Sporthosen und Tennisschuhen, die aus einem Mittelklassehaus kam und in einen verbeulten alten Honda Accord stieg. Die Kamera zoomte auf das Gesicht der Frau, aber sie trug eine dunkle Sonnenbrille und einen Schal ums Haar, sodass es schwer fiel, sich ein klares Bild von ihr zu machen. Das Video war in Farbe, mit einer Digitalanzeige in der unteren, rechten Ecke des Bildschirms, die Datum, Stunde, Minute und Sekunde anzeigte.

»Von Ihrem Überwachungswagen aus gemacht?«, fragte Syd Lawrence.

»Mmmh«, machte Lawrence, der sich noch nicht zu den anderen gesellt hatte, sondern in der Tür zum Esszimmer stehen geblieben war, als wäre er zur Flucht bereit.

Trudy räusperte sich. »Die Frau heißt Pamela Dibbs. Sie hat drei Klagen laufen, zwei davon bei Klienten von uns: Jack-in-the-Box und WonderMart.«

»Arbeitsunfähigkeit?«, sagte Syd.

»Ja«, sagte Trudy, während das Video zeigte, wie der Accord anfuhr. Dann folgte ein harter Schnitt auf denselben Accord, der auf einen Parkplatz vor einem großen Gebäude einscherte. Offenbar hatte Lawrence gewusst, wohin sie wollte, und war in seinem Astrovan-Beschattungsmobil schneller da gewesen. Die Kamera zoomte, als Ms. Pamela Dibbs eilig zum Gebäude lief.

»Drei vorgetäuschte Stürze«, sagte Trudy. »Sie behauptet, sie habe ein massives Trauma im unteren Rückenbereich erlitten, sodass sie das Haus nicht mehr verlassen könne… im Grunde schwer behindert. Sie hat eidesstattliche Erklärungen von zwei Ärzten, die das bestätigen… beide Ärzte arbeiten mit dem Anwalt Esposito zusammen.«

Syd nickte.

Plötzlich wandelte sich das Bild: Nicht mehr farbig, das grobe Schwarzweißbild wackelte, da jemand die Kamera einen Korridor entlangtrug. Das Bild war relativ klar, aber verzerrt – wie durch eine anamorphotische Linse.

Der Blick der Kamera schwenkte nach rechts und links, und ganz plötzlich war da eine Reflektion in einer Spiegelwand: Lawrence – seine ganzen hundertdreißig Kilo – mit ausgeleiertem Sweatshirt, Sporthosen, nackten Beinen, Knubbelknien und abgelatschten Turnschuhen. Er trug eine Bauchtasche, hatte sich rambomäßig ein Tuch um die Stirn geknotet und eine übergroße Sonnenbrille mit schwerem Rahmen im Gesicht. Das Spiegelbild wirkte erschrocken. Lawrence musterte sich lange von oben bis unten im Spiegel, dann ging er weiter in den Trainingsraum.

»Scheiße«, sagte Lawrence leise hinter dem Sofa.

»Wo ist die Kamera?«, fragte Syd. »In der Brille?«

»Ein Teil vom Brillenrahmen«, sagte Trudy. »Winzig kleine Linse, kaum größer als ein grobes Sandkorn. Das Fiberglaskabel führt zum Recorder in seiner Bauchtasche.«

»Wo ist das Kabel…«, setzte Syd an und sagte dann: »Oh.« Lawrences Spiegelbild wandte sich ab, und nun konnte sie die »Sonnenbrillenbänder« sehen, die hinter seinem Nacken herunterhingen und unter dem Kragen des Sweatshirts verschwanden.

In normaler Geschwindigkeit sahen sie, wie sich Lawrence unter die Trainingsgruppe mischte und auf der Matte direkt hinter Ms. Dibbs stand. Es war nichts zu hören, aber man konnte sich die plärrende Musik vorstellen, als die Gruppe ihre Aufwärmübungen begann. Ms. Dibbs ging in die Hocke, machte Stöße, Tritte, machte Hampelmänner und lief – für einen derart invaliden Menschen – ohne jegliche Probleme. Sie hatte Sonnenbrille und Schal abgenommen, und ihr Gesicht war im Spiegel gegenüber der Gruppe sehr gut auszumachen. Leiterin war eine Frau in Leggins, und auch der String, der sich zwischen ihren muskulösen Hinterbacken hindurchzog, war gut im Spiegel zu erkennen. Zu sehen – inmitten all der Frauen in schwarzem Lycra – war auch Lawrence, der hüpfte und in die Hocke ging, schnaufte und mit den Armen ruderte, stets einen oder zwei Beats hinter Ms. Dibbs und dem Rest der Truppe. Natürlich trug er noch immer seine Sonnenbrille.

»Bitten Sie mich aus rechtlichen Gründen hier um Rat?«, sagte Syd.

»Ja«, sagte Trudy, hielt die Fernbedienung für den Videorecorder in der rechten Hand, als wäre sie bereit, diese wegzureißen, falls Lawrence danach greifen sollte.

»Na, offenbar haben Sie die Beweise in der Hand«, sagte Syd, »aber Sie dürfen sie nicht nutzen, sofern es sich dabei um eine private Sportanlage handelt. Das wäre genauso illegal, als würde man sie auf einem Trampolin in ihrem Garten filmen.«

Trudy nickte. »Es ist ein Sportverein. Öffentlich.«

»Und das haben Sie mit dem Manager geklärt?«

»Jep.«

»Und dieses Training ist für jedermann zugänglich?«

Trudy blickte zum Video auf, wo Ms. Dibbs und die gesamte Gruppe erhitzter, junger Frauen in die Hocke gegangen waren und die Arme vor sich ausstreckten. Im Spiegel gab sich Lawrence alle Mühe, mitzuhalten, verlor beinah das Gleichgewicht, rotierte mit den Armen und ging in die Knie, als der Rest der Gruppe eben aufsprang und die Beine warf. Das Video war schwarz-weiß, aber Lawrences Gesicht im Spiegel wurde dunkler, Schweißflecken breiteten sich auf dem dicken Stoff des Sweatshirts aus.

»Dann sehe ich das Problem nicht«, sagte Syd. »Das können Sie Richter und Geschworenen ruhig zeigen, sofern es nicht geschnitten ist.«

»*Das* ist mein Problem«, sagte Trudy und fing an, vorzuspulen.

Hinter ihnen gab Lawrence ein Knurren von sich.

Nachdem die Übungen vorüber waren, schleppte sich der Kamerablick schwerfällig in den verspiegelten Flur und schwenkte auf einen Trinkwasserbrunnen hinab. Die Kamera fing sein Spiegelbild ein, als er seinen Mund wischte, die Brille kurz abnahm, dass seine Füße zu sehen waren. Dann setzte er sie wieder auf, wischte Wangen und Stirn mit einem Taschentuch. Er war schweißüberströmt.

»Da hätte er gehen sollen«, sagte Trudy mit monotoner Stimme.

Lawrence knurrte: »Es wäre unhöflich gewesen. Und ich hatte für die ganze Stunde bezahlt. Und ich wollte zeigen, dass Ms. Dibbs die ganze Zeit trainiert hat.«

»Tja«, sagte Trudy, »das hast du getan.« Sie spulte schneller. Das Training wurde zu einem wilden Rudern lycragewandeter Arme und Beine, wackelnder Hintern, strammer Schenkel … und mehrere Beats hinter diesen fast erotischen, verschwitzten, weiblichen Bewegungen das Spiegelbild eines überge-wichtigen, bärtigen Mannes mit Sonnenbrille, der ernstlich versuchte, Schritt zu halten, wobei er inzwischen nur noch durch den Mund atmete und sein Gesicht so dunkel war, dass die Kamera die zunehmende Rötung eher farblos dokumen-tierte. Noch immer im Schnellgang… drei weitere Pausen, dreimal noch zum Trinkwasserbrunnen. Dann die vierte und letzte Pause vor dem Ende der Aufnahme. Die Digitalanzeige wies darauf hin, dass die Gruppe achtundvierzig Minuten trai-niert hatte.

Die Frauen verteilten sich. Manche liefen während der Pause auf der Stelle. Andere plauderten in Grüppchen. Ms. Dibbs gehörte zu den Läufern. Lawrence trabte mit seiner subjektiven Kamera wieder auf den Flur, und am Trinkwasser-brunnen war er kurz zu sehen. Das Sweatshirt machte seinem Namen alle Ehre, völlig durchgeschwitzt, und sein Gesicht war derart dunkel, dass es aussah, als sollten seine Adern plat-zen, und dann wandte sich die Kamera vom sprudelnden Was-ser und dem Trainingsraum ab, bewegte sich den verspiegelten Korridor hinab, durch eine Tür mit der Aufschrift HERREN…

Syd fing an zu lachen.

»Okay«, rief Lawrence vom Esszimmer her. »Du kannst es abstellen, Trudy. Sie haben es begriffen.«

Trudy spulte weiter vor. Die Kamera schien zu einem der Pinkelbecken zu hetzen, sah hinab, während Sporthosen bei-seite gezogen wurden, dann wandte sich das Bild den Kacheln oberhalb des Pinkelbeckens zu, wanderte abwärts, wieder auf-wärts, dann wieder abwärts, abschütteln und wegstecken, rü-ber zum Waschbecken, Lawrences Spiegelbild, noch immer mit der Jack-Nicholson-Brille, während nach wie vor ge-spenstische Digitalziffern die Zeit anzeigten, dann wieder in den Trainingsraum zurück, für die letzten paar Minuten. Er folgte Ms. Dibbs auf den Parkplatz hinaus. Es schien, als hätte das Training die Anspruchstellerin belebt, und fast hüpfte sie zu ihrem Honda. Die Kamera schien gefährlich zu torkeln, blieb nur einmal an einem Pfosten stehen, wo Lawrences Hand ins Bild kam, weil er sich festhalten musste.

Syd lachte. »Nichts Persönliches… ist nicht persönlich gemeint«, brachte sie hervor, sprach mit lauter Stimme, damit Lawrence sie in der Küche hören konnte, wohin er sich verkrochen hatte.

»Sie sehen das Problem«, sagte Trudy.

Syd rieb ihre Wangen. »Videos, die vor Gericht gezeigt werden, dürfen nicht bearbeitet sein«, sagte sie mit zitternder Stimme, weil sie versuchte, ruhig zu bleiben. »Es gibt nur alles oder nichts.«

»Ich hab es *verdammt noch mal vergessen*!«, schrie Lawrence aus der Küche.

»Du kannst es noch mal machen«, sagte Dar.

»Wir glauben, Ms. Dibbs hat Larry entdeckt«, sagte Trudy.

»Lawrence«, hörte man die Stimme aus der Küche. »Und *du* könntest es noch mal machen, Trudy.«

Trudy schüttelte den Kopf. »Ich habe Ms. Dibbs' Aussagen aufgenommen. Es sieht so aus, als wär's das gewesen.«

»Tja…«, begann Syd.

»Ich würde es benutzen«, sagte Dar. »Wenn man das Video aus dem Überwachungswagen mitzählt, haben wir fast eine Stunde, bis wir zu dem… pornografischen Teil kommen. Ich glaube kaum, dass die Geschworenen oder der Anwalt der Anspruchstellerin euch so viel zeigen lassen.«

»Ja«, stimmte Syd zu. »Sie sollten einfach in der Akte vermerken, dass noch weitere vierzig Minuten auf dem Band sind. Ich glaube, das müsste gehen.«

»Ihr habt leicht reden«, hörte man Lawrence aus der Küche.

Syd fing Dars Blick auf. »Wenn wir noch vor Einbruch der Dunkelheit ganz bis nach Julian und rauf zu Ihrer Hütte wollen, sollten wir los.«

Dar nickte. Auf seinem Weg hinaus kam er durch die Küche und klopfte Lawrence auf den Rücken. »Kein Grund zur Scham, Amigo.«

»Wie meinst du das?«, knurrte der große Mann.

»Du hast dir hinterher die Hände gewaschen«, sagte Dar. »Genau wie unsere Mütter es uns beigebracht haben. Die Geschworenen werden stolz auf dich sein.«

Lawrence sagte nichts, warf Trudy nur finstere Blicke zu.

Dar und Syd kletterten in den Land Cruiser und machten sich auf den Weg in die Berge.

8

Dar und Syd nahmen den Highway 78 von Escondido in die bewaldeten Berge, hielten in dem kleinen Ort Julian zum Abendessen, bevor sie hinauf zur Hütte fuhren. Früher war Julian ein kleiner Bergarbeiterort gewesen, und inzwischen war es ein noch kleinerer Touristenort, aber in dem Restaurant, das Dar ausgesucht hatte, gab es sehr anständiges Essen in üppigen Portionen zu einem fairen Preis, und es gab keine große Bar, sodass sich dort selbst an einem Freitagabend keine trinkfesten Einheimischen drängten. Der Besitzer kannte Dar und führte sie an einen Tisch am Fenster im Salon des alten viktorianischen Hauses. Es gab dort guten Wein. Syd kannte sich mit den Jahrgängen aus, wählte eine Flasche, und gemeinsam tranken sie einen ausgezeichneten Merlot, während sie sich unterhielten.

Die Unterhaltung selbst überraschte Dar. Im Laufe der Jahre war er ein Meister darin geworden, das Gespräch vorsichtig auf den anderen zu lenken. Es war wirklich erstaunlich, wie leicht man Menschen bewegen konnte, Stunde um Stunde von sich selbst zu reden. Chefermittler Sydney Olson dagegen war anders. Sie reagierte auf seine Fragen mit einer kurzen Zusammenfassung ihrer Jahre beim FBI und einer noch kürzeren Beschreibung ihrer gescheiterten Ehe. »Kevin war auch Special Agent, aber er hat den Außendienst gehasst, und ich wollte nur das.« Dann schlug sie den Ball wieder in sein Feld zurück.

»Warum hat die NASA-Prüfungskommission Sie gefeuert, als Sie denen gesagt haben, dass ein paar der *Challenger*-Astronauten die eigentliche Explosion überlebt hätten?«, fragte sie und hielt dabei das Weinglas mit beiden Händen. Dar fiel auf, dass ihre Fingernägel kurz und unlackiert waren.

Er sah sie an und schenkte ihr etwas, das Trudy sein »Clint-Eastwood-Lächeln« nannte. »Sie haben mich nicht gefeuert«, sagte er. »Sie haben mich nur schnell ersetzt, bevor ich etwas schriftlich festhalten konnte. Außerdem war ich nur ein kleines Licht im Beirat der NASA-Prüfungskommission.«

»Also gut«, sagte Syd, »dann sagen Sie mir, woher Sie *wussten*, dass ein paar von denen die Explosion überlebt hatten und dann beim Absturz gestorben sind.«

Dar seufzte. Er würde es ihr erklären müssen. »Sind Sie sicher, dass Sie beim Essen darüber reden wollen?«

»Na ja«, sagte Syd, »ich denke, wir könnten uns auch darüber unterhalten, wie der arme Mr. Phong in seinem Isuzu Van aufgespießt wurde, aber lieber würde ich etwas über die Ermittlungen in der *Challenger*-Sache erfahren.«

Dar nickte. Dann erklärte er ihr kurz das Thema seiner Doktorarbeit in Physik.

»Gelenkte Plasma-Energie?«, sagte Syd. »Wie bei Explosionen?«

»Genau wie bei Explosionen«, gab Dar zu. »Damals wusste man noch nicht sehr viel von der Dynamik einer Plasma-Wellenfront, weil die analytische Verwendung der Chaosmathematik – was man heute als ›Komplexitätstheorie‹ bezeichnet – noch in den Kinderschuhen steckte.«

»Also wurden Sie Experte für das Chaos am Wellenende von Explosionen?«

»Und andere Ergebnisse bei extremer Hitze, ja«, sagte Dar.

»Gibt es für diese Art Sachkenntnis Bedarf auf dem Arbeitsmarkt?«

Dar seufzte und stellte sein Weinglas ab. »Mehr als Sie glauben. Geformte Sprengladungen waren damals bei Waffensystemen ausgesprochen ›in‹. Fragen Sie die Irakis in ihren russischen Panzern, nachdem die amerikanische Sabotgranate die zwanzig Zentimeter dicke Panzerung durchschlagen hat und mit einer Plasmaexplosion detoniert ist.«

»Ich glaube kaum, dass man sie noch fragen könnte«, sagte Syd.

»Nein.«

»Also sind Sie zur Nationalen Verkehrssicherheitsbehörde gegangen«, sagte sie. »Klingt, als wären Sie da mit Ihrem Doktortitel überqualifiziert gewesen.«

»Leider«, sagte Dar, »kommt es in der kommerziellen Luftfahrt zu weit mehr Plasma-Vorfällen, als wir wahrhaben wollen. Und man braucht einiges an Übung, um in deduktiven Schritten rückwärts zu gehen, weil man die Dynamik der Explosion selbst in allen Schritten verstanden haben muss.«

»Lockerbie«, sagte Syd. »Oder der TWA-Flug 800.«

»Ganz genau«, sagte Dar.

Der Kellner kam und räumte ihre Teller ab. Als der Kaffee kam, sagte Syd: »Das hat Ihnen also in die höheren Ränge beim NTSB verholfen und Sie in die *Challenger*-Kommission gebracht. Aber woher wussten Sie, dass sie die Explosion überlebt hatten?«

»Ich *wusste* es nicht«, sagte Dar. »Zuerst. Ich war mir nur eher darüber im Klaren, wie widerstandsfähig der menschliche Körper bei Explosionen ist. Die meisten Explosionen sind wie der Sprung von einem hohen Gebäude… nicht der Sturz bringt einen um…«

»Sondern das abrupte Ende«, sagte Syd.

Dar nickte. »Der eigentliche Sprengvorgang ist für einen menschlichen Körper, der so festgeschnallt ist wie die Astronauten auf ihren Liegen, nicht notwendigerweise schädlich. Sie sind fester verzurrt als ein NASCAR-Pilot, und man sieht die fürchterlichen Unfälle, die diese Leute überleben.«

Syd nickte. »Sie meinen also, die arme Lehrerin und ein paar der anderen hätten diese ungeheure Explosion des Haupt-treibstofftanks überlebt?«

»Nein, die Lehrerin nicht«, sagte Dar, und selbst nach all den Jahren stimmte es ihn noch immer traurig. »Sie und ein weiterer Astronaut waren auf dem unteren Deck der Wucht der Explosion voll ausgesetzt. Wahrscheinlich sind sie sehr bald gestorben, wenn nicht sofort.«

»Die NASA hat ausdrücklich darauf hingewiesen, dass alle umgekommen sein müssen, ohne überhaupt gemerkt zu ha-ben, was passiert war«, sagte Syd.

»Ja. Das ganze Land stand unter Schock. Es war das, was wir alle hören wollten. Aber selbst in den ersten Stunden nach der Explosion war es nach dem Video und den Radaraufnah-men abstürzender Trümmerteile klar, dass die Hauptkabine – das Oberdeck, sozusagen – während des gesamten Absturzes – zwei Minuten und fünfundvierzig Sekunden – intakt ge-wesen war.«

»Eine Ewigkeit«, murmelte Syd, und ihr Blick wurde trübe. »Und Sie haben gesagt, Sie *wüssten*…«

»PEAPs«, sagte Dar.

»Pieps?«

»›Personal Egress Air Packs‹. Im Grunde sind es winzig kleine Sauerstoffflläschchen, die Astronauten im Falle eines plötzlichen Druckabfalls verwenden. Man darf nicht verges-sen… sie trugen keine Raumanzüge. Die *Challenger*-Kom-mission hat diese Empfehlung erst ausgesprochen, nachdem die Tragödie verursacht worden war. Deshalb trugen John Glenn und alle anderen, die seither ins All sind, Raumanzüge, genau wie die ersten Astronauten…«

»Aber diese PEAPs…?« Syds Stimme klang sehr leise und hatte nichts von der voyeuristischen Begeisterung, die Dar im Tonfall so vieler Menschen hörte, sobald das Gespräch auf tödliche Unfälle kam.

»Man hat sie in den Resten der Hauptkabine gefunden«,

sagte Dar. »Tatsächlich hat man fast das gesamte Shuttle geborgen. Sie haben es auf Rahmen aus Holz und Draht stückweise rekonstruiert, wie wir es auch mit Flugzeugen machen, nachdem... aber egal, ja. Fünf der PEAPs waren benutzt... zwei Minuten und fünfundvierzig Sekunden. Die exakte Zeit von der Explosion bis zum Aufschlag im Meer.«

Sydney schloss eine Sekunde lang die Augen. Sie schlug sie wieder auf und sagte: »Könnte das nicht auch so eine automatische...«

Dar schüttelte den Kopf. »Die PEAPs mussten manuell aktiviert werden. Der Chefpilot konnte seines nicht mal ohne Hilfe einschalten. Die Astronautin hinter ihm – die andere Frau an Bord – hätte ihren Gurt lösen und sich vorbeugen müssen, um seines von hinten zu aktivieren. Und es war benutzt.«

»Oh, mein Gott«, sagte Sydney.

Schweigend tranken sie einen Moment Kaffee.

»Dar«, begann sie.

Dar konnte sich nicht erinnern, dass sie ihn schon früher bei seinem Vornamen genannt hatte, aber jetzt fiel es ihm plötzlich auf. Ihre Stimme klang anders.

»Dar«, sagte die Chefermittlerin, »diese ganze Sache, dass ich mit zur Hütte komme. Die ganze Augenzwinkerei bei Lawrence und Trudy. Sie sollten wissen, dass ich nicht –«

»Ich weiß schon«, begann Dar etwas irritiert.

Syd hob eine Hand. »Bitte, ich bin noch nicht fertig. Ich möchte Ihnen lieber gleich vorweg sagen, dass ich keine Affäre suche und ganz sicher keine schnelle Nummer im Heu. Ich mag gern mit Ihnen lachen, weil Ihr Humor trockener als die Borrego Desert ist, aber ich werde keine Spielchen spielen.«

»Ich weiß –«, begann Dar noch einmal, aber wieder brachte sie ihn mit erhobener Hand zum Schweigen.

»Ich bin fast fertig«, sagte sie ganz leise. An den Nachbartischen saß niemand und der Kellner war weit weg. »Dickweed wollte Sie allen Ernstes wegen Körperverletzung mit Todesfolge vor Gericht bringen...«

»Wollen Sie mich verarschen?«, sagte Dar. »Selbst nachdem er das Video gesehen hat?«

»*Wegen* des Videos«, sagte die Chefermittlerin. »Es wäre ein Fall gewesen, den selbst ein Arschloch wie Dickweed gewinnen könnte. Ein offensichtlicher Amokfahrer…«

»Amokfahrer!«, sagte Dar jetzt wütend. »Das waren russische Auftragskiller. Man hat Maschinenpistolen in dem verdammten Wrack gefunden. Und außerdem ist diese ganze Sache mit dem ›Amokfahrer‹-Phänomen großer Blödsinn, und das wissen Sie genau, Olson. Es gibt heutzutage keinen höheren Prozentsatz von Übergriffen im Verkehr als noch vor zwanzig Jahren –«

Syd hob beide Hände, um ihn zu beruhigen. »Ja, ja… das *weiß* ich. Amokfahrer haben eher damit zu tun, dass den Nachrichtenleuten das Bild gefällt, und fast nichts mit den Fakten. Aber Dickweed hätte vielleicht trotzdem Anklage erhoben, weil Amokfahrer heutzutage ein beliebtes Thema sind und er damit ins Fernsehen gekommen wäre…«

»Amokfahrer«, murmelte Dar und trank Kaffee, um nicht sagen zu müssen, was er über den Stellvertretenden Bezirksstaatsanwalt und seine politischen Ambitionen dachte.

»Jedenfalls«, fuhr Syd fort, »ich konnte es ihm ausreden, indem ich Sie als… na ja… als Köder für diesen größeren Betrugsring eingesetzt habe, dem der Staat im Nacken sitzt. Dickweed und sein Chef haben sich davon noch größere Medienreaktionen als von einem Amokfahrer-Prozess erhofft. Nur bedeutete es, dass Sie entweder unter ständiger Beobachtung stehen mussten oder man Sie in Schutzhaft nehmen würde…«

»Oder dass Sie auf mich aufpassen müssten«, sagte Dar.

»Ja«, sagte Syd. Lange saß sie schweigend da. Dann sagte sie: »Und ich weiß von dem Absturz in Fort Collins.«

Dar sah sie nur an. Irgendwie überraschte es ihn nicht. Sie hatte Zugang zu so vielen Dossiers, und es war wichtig, dass sie für ihre Ermittlungen seine Vorgeschichte kannte, aber etwas in ihm krümmte sich vor Schmerz, weil sie etwas erwähnte, worüber er mit niemandem mehr sprach.

»Ich weiß, dass es mich nichts angeht«, sagte Syd und ihre Stimme klang noch weicher als vorher, »aber in dem Bericht steht, dass man Sie damals allen Ernstes zur Absturzstelle gerufen hat. Wie war das möglich? Wie konnte das passieren?«

Die Muskeln um Darwins Mund zuckten, imitierten ein Lächeln. »Die wussten nicht, dass ... dass meine Frau und mein Kind in der Maschine saßen, als sie abstürzte. Bar ..., meine Frau hätte am nächsten Tag von Washington zurückkommen wollen, aber ihre Mutter hatte sich schneller erholt als erwartet. Sie wollte einfach einen Tag früher zu Hause sein.«

Es folgte Schweigen, unterbrochen nur von lautem Gelächter aus der Bar. Ein junges Pärchen kam auf dem Weg nach draußen an ihrem Tisch vorbei. Die beiden hielten sich bei der Hand.

»Sie müssen nicht darüber sprechen«, sagte Syd.

»Ich weiß«, sagte Dar. »Und das habe ich auch nicht getan. Nicht einmal mit Larry und Trudy, obwohl sie ungefähr wissen, was passiert ist. Aber ich will Ihre Fragen beantworten ...«

Syd nickte.

»Also, das war's ... meine Frau und mein Kind sollten am nächsten Tag eintreffen ... nur haben sie diesen früheren Flug genommen, eine 737, die kopfüber in einen Park im Umland von Fort Collins gestürzt ist.«

»Und Sie wurden gerufen«, sagte Syd.

»Ich gehörte zum NTS-Einsatzteam, das in Denver stationiert war«, sagte Dar mit emotionsloser Stimme. »Wir haben uns alle Abstürze in einem Gebiet angesehen, das sechs Staaten umschloss. Fort Collins liegt nur etwa siebzig Meilen von Denver.«

»Aber ...«, begann Syd und hielt inne. Sie sah in ihre Kaffeetasse.

Dar schüttelte den Kopf. »Das war mein Job ... mir Flugzeugabstürze anzusehen. Glücklicherweise hat sich jemand vom Büro in Denver die Passagierliste angesehen, bevor ich sie zu Gesicht bekam, und hat den Namen meiner Frau bemerkt. Sie haben den Supervisor meines Teams informiert, etwa eine halbe Stunde, nachdem ich zur Unfallstelle gekommen war. Aber es gab sowieso nicht viel zu sehen. Die 737 ist mit der Nase voran aufgeschlagen. Der Krater war fast sieben Meter tief und hatte einen Durchmesser von zwanzig Metern. Der übliche Absturzmüll lag überall herum – Schuhe, immer viele Schuhe, hier und da ein verbrannter Teddybär, eine grüne Handtasche –, aber die meisten menschlichen Überreste mussten von Spezialisten geborgen werden.«

Syd blickte auf. »Und es ist einer der wenigen Unfälle, die das NTSB nicht aufklären konnte … für den kein klarer Grund ersichtlich war.«

»Einer von vieren, TWA 800 mitgerechnet«, sagte Dar leise. »Windscherung wurde vermutet … und die Bundesluftfahrt-behörde empfahl daraufhin, gewisse Kontrollverbindungen zum Ruder der Boeing 737 zu ändern … aber nichts schien einen derart plötzlichen und vollständigen Kontrollverlust zu erklären. Als sie mich holten, war ich gerade dabei, ein Mädchen zu befragen, das in dem Apartmentgebäude gleich neben dem Park wohnte. Dreißig Meter kürzer und die Liste der Opfer wäre doppelt so lang ausgefallen. Dieses Mädchen sagte, als sie aus dem Fenster im dritten Stock gesehen hätte, konnte sie die Gesichter der Leute im Flugzeug sehen … mit dem Kopf nach unten, als sich die 737 herunterbohrte. Die Gesichter waren ziemlich deutlich zu erkennen, weil die Sonne eben untergegangen war und die Leute ihre Leselampen anhatten …«

»Nicht, bitte«, sagte Syd. »Es tut mir so Leid. Es tut mir so Leid, dass ich davon angefangen habe …«

Dar schwieg einen Augenblick. Er fühlte sich, als kehrte er von irgendwo weit fort zurück. Er sah die Chefermittlerin an und merkte erschrocken, dass sie weinte. »Ist schon gut«, sagte er und unterdrückte den Impuls, ihre Hand zu nehmen, die dort auf dem Tischtuch lag. »Schon gut. Es ist lange her.«

»Zehn Jahre ist nicht lang«, flüsterte Syd. »Nicht für so etwas.« Sie drehte sich zum Fenster und wischte wütend ihre Tränen weg.

»Nein«, gab Dar ihr Recht.

Syd sah ihn an und ihre blauen Augen schienen ihm unendlich tief. »Darf ich was fragen?«

Dar nickte.

»Sie haben beim NTSB gekündigt und sind nach Kalifornien gezogen, aber erst zwei Jahre nach dem Absturz«, sagte sie. »Wie konnten Sie… bleiben? Diese Arbeit fortsetzen?«

»Es war mein Job«, sagte Dar. »Ich war gut darin.«

Sydney Olson lächelte matt. »Ich habe Ihre ganze Akte gelesen, Dr. Minor. Sie sind nach wie vor der beste Unfallrekonstruktionsexperte in der Branche. Wieso arbeiten Sie vorwiegend für Stewart Investigations? Ich weiß, dass Sie ganz gut betucht sind und kein großes Gehalt brauchen… aber wieso Lawrence und Trudy?«

»Ich mag die beiden«, sagte Dar. »Larry bringt mich zum Lachen.«

Kurz nach Sonnenuntergang kamen sie zu Dars Hütte. Wie ein dicker Teppich hing die Dämmerung in der weichen Luft des Sommerabends. Die Hütte stand allein, knapp einen Kilometer einen Kiesweg hinauf, südöstlich des Örtchens Julian ganz am Rand des Cleveland National Forest. Der Blick von dort ging über weite Wiesen und Täler nach Süden hin. Oberhalb und hinter der Hütte wurden die Gelbkiefern und Douglasien dichter, endeten an einem felsigen Grat.

Syd war voll der Bewunderung. »Wow«, sagte sie. »›Hütte‹ haben Sie gesagt und ich hab mir grobe Holzstämme und huschende Mäuse vorgestellt.«

Dar betrachtete sein gepflegtes Haus aus Stein und Redwood mit der breiten Veranda nach Süden. »Nein«, sagte er.

»Es ist erst sechs Jahre alt. Ich habe das Grundstück gekauft, als ich hierher gekommen bin. Hab vorher im Schäferkarren geschlafen.«

»Schäferkarren?«, sagte Syd.

Dar nickte. »Sie werden schon sehen.«

»Und ich wette, Sie haben das alles selbst gebaut.«

»Wohl kaum«, sagte Dar und lächelte. »Mit Hammer und Säge bin ich ungeschickt. Ein Handwerker aus der Gegend hat die meiste Arbeit gemacht. Burt McNamara… er ist siebzig Jahre alt.«

»Du meine Güte«, sagte Syd, als sie über die offene Veranda zur Vorderseite des Hauses kam, »eine Holzwanne.«

»Hübsche Aussicht. An kalten Winterabenden kann man in der Wanne sitzen und die Lichter vom Captain-Grande-Reservat drüben auf der anderen Seite vom Tal sehen.« Dar schloss die Haustür auf und ließ Syd den Vortritt.

»Ich verstehe, wieso Sie… mh… nicht oft Gäste haben«, sagte Syd leise.

Das letzte Abendlicht erleuchtete den großen Raum. Dar hatte die Hütte nicht aufgeteilt, vom Badezimmer abgesehen, und nur die Anordnung von Möbeln und Teppichen trennte einen Bereich vom anderen. An den Wänden reihten sich meist Bücherregale aneinander, aber dort hingen auch riesige, französische Originalplakate – eines davon eine 20er-Jahre-Werbung für eine Angelleine, mit einer Frau darauf, die vom Kanu aus eine Forelle fing, hübsch stilisiert, schwarz, mit grobem Strich. In der Südostecke stand ein großer L-förmiger Schreibtisch unter großen Scheiben. Der Blick von dort war atemberaubend. Ein mächtiger Kamin nahm fast die ganze Westwand ein, die Fenster links und rechts davon ganz weich vom Abendlicht, bequeme Ledersessel und Sofas standen dort herum, und gleich hinter dem langen Sofa – unter einer Indianerdecke – stand ein schmales Bett.

»Ich sehe gern vom Bett aus ins Feuer«, sagte Dar.

»Mh-hm«, sagte Syd.

Dar ließ seine Taschen fallen. Er nahm zwei Öllampen vom Haken an der Wand. »Kommen Sie, Sie können es sich im Schäferkarren gemütlich machen.«

Dar führte sie in der fahlen Dämmerung wieder auf die Veranda hinaus und etwa dreißig Meter einen gepflegten Pfad entlang, der alle paar Meter von japanischen Laternen gesäumt war. Nachdem sie durch einen kleinen Birkenhain gekommen waren, lag vor ihnen eine Wiese auf einer Lichtung, und der Karren kam in Sicht.

Der alte baskische Schäferkarren war komplett renoviert, mit altem Holz und Glas. Inzwischen hatte er eine kleine Veranda bekommen, ein Fliegengitter an der Tür und auf der Südseite eine Stoffmarkise. In der Nähe standen mehrere Liegestühle mit einem noch unglaublicheren Ausblick als dem von der Hütte aus.

Dar winkte, und Syd stieg die vier Stufen hinauf, öffnete die unverschlossene Tür und trat in den kleinen Raum.

»Das ist wohl das gemütlichste Zimmer, das ich je gesehen habe«, sagte Syd leise.

Der Schäferkarren war nur sechs Meter lang und zwei Meter breit, aber der Raum war optimal genutzt. Wenn man eintrat, lag gleich rechts ein winziges Badezimmer, ein kleines Waschbecken unter einem Fenster an der Nordseite, eine winzige Essecke auf der Südseite, und die gesamte Westseite bestand aus einem eingebauten Bett unter einem Himmel aus alten Fensterscheiben. Die gewölbte Decke war niedrig, schimmerte aber von den honigfarbenen Holzleisten. An den Wänden gab es mehrere Stifte und Haken und Dar hängte die Öllampen an zweien auf. Das hohe Bett sah ungeheuer komfortabel aus, mit einer selbst gemachten Patchwork-Decke und mehreren riesigen Kissen an beiden Enden. In die Täfelung unter der Matratze waren Schubladen eingelassen.

»Es gibt keinen Strom«, sagte Dar, »aber Wasser… Wir haben eine Leitung von der Zisterne hierher gelegt, die auch die Hütte versorgt. Leider weder Dusche noch Wanne… dafür war einfach kein Platz, aber die Benutzung der großen Dusche in der Hütte wird nicht extra berechnet.«

»Hat Ihr Mr. McNamara das hier auch gebaut?«, fragte Syd, als sie sich in die hölzerne Sitzecke schob und das letzte Sonnenlicht durch die kleinen Scheiben betrachtete. Die winzige Ecke gab einem das Gefühl, als wäre man unter Deck auf einem sehr kleinen, aber gemütlichen Boot.

Der schüttelte den Kopf. »Wir ... meine Frau und ich haben den Karren im Sommer vor dem Absturz bauen lassen. In einer Zeitschrift – *Architectural Digest* – hatten wir von einem Innenarchitekten und einem alten Rancher und Handwerker oben in Montana gehört, die alte, baskische Schäferkarren aufkauften und sie zu ... na ja, so was umbauten. Sie haben das Ding nach unseren Plänen hergerichtet und dann zerlegt, es nach Colorado transportiert und wieder zusammengesetzt. Das habe ich dann auch gemacht, als ich hierher gezogen bin.«

Syd sah zu ihm auf. »Haben Sie ihn je zu dritt genutzt?«

Wieder schüttelte Dar den Kopf. »Wir hatten etwas Land in den Rockies gekauft, nicht weit von Denver, aber das war im Winter, als David geboren wurde, und dann ... na ja, wir sind nie dazu gekommen, dort Zeit zu verbringen.«

»Aber *Sie*«, sagte Syd. »Hier draußen. Allein.«

Dar nickte. »Aber ich musste immer häufiger an den Wochenenden arbeiten«, sagte er. »Meistens am Computer. Deshalb habe ich lieber die Hütte bauen lassen, als den Schäferkarren mit Strom zu versorgen.«

»Gute Entscheidung«, sagte die Chefermittlerin.

»Frische Laken und Kopfkissenbezüge sind in den Schubladen unter dem Bett«, sagte Dar. »Saubere Handtücher auch. Und keine Mäuse. Ich war am letzten Wochenende hier und hab nachgesehen.«

»Es würde mir nichts ausmachen, wenn hier Mäuse wären«, sagte Syd.

Dar zog eine Schublade auf, nahm eine Schachtel mit Streichhölzern heraus und zündete die Lampen an. Augenblicklich leuchtete das alte Holz warm und honiggelb, besonders an der Decke.

»Der kleine Herd mit den zwei Kochstellen wird mit Propangas betrieben«, sagte er. »Wie ein Campingkocher. Es gibt keinen Kühlschrank, deshalb bewahre ich verderbliche Sachen oben in der Hütte auf. Sie können die Laternen brennen lassen, wenn Sie wollen. Die sind sicher, aber nehmen Sie das hier, damit Sie den Weg zurück finden.« Er zog die nächste Schublade auf und holte eine Taschenlampe hervor.

Dar ging zur Tür. »Richten Sie sich ruhig häuslich ein oder kommen Sie auf einen heißen Tee oder irgendwas rüber, wenn Sie wollen.«

»Wir müssen noch einen ganzen Haufen Akten durchgehen«, sagte Syd.

Dar verzog das Gesicht.

»Gehen Sie ruhig«, sagte Syd. »Ich werde mich häuslich einrichten, wie Sie sagen, und das alles hier ein wenig genießen, bevor ich rüberkomme.«

Dar nahm ein paar Streichhölzer. »Ich zünde Ihnen die Außenlaternen an, damit der Weg beleuchtet ist.«

Syd lächelte nur.

Etwa eine Stunde später kam sie den Pfad zur Hütte hinunter. Sie hatte ihren Hosenanzug gegen Jeans, ein Flanellhemd und Sneakers getauscht. Ihre Neun-Millimeter-Pistole steckte im Holster am Gürtel.

Inzwischen war es dunkel und es war kühl auf dem Berg. Dar hatte ein kleines Feuer in dem riesigen Kamin gemacht und von seinem Tonband kam klassische Musik. Er hatte nicht groß überlegt, was er hören wollte, sondern das Gerät einfach nur angestellt, wie er es immer tat, wenn er allein in der Hütte war, und es kamen ein paar hübsche Stücke: der mit Adagietto bezeichnete vierte Satz aus Mahlers Fünfter Symphonie, der zweite Satz aus Brahms' zweitem Klavierkonzert, der zweite Satz aus Beethovens Siebenter, der dritte und vierte Satz aus Mendelssohns *Italienischer Symphonie*, Kyoko Takezawa spielte Mendelssohns Andante aus dem *Konzert für Violine und Orchester, op. 64, Kyrie Eleisons* sowohl aus Beethovens *Missa Solemnis* als auch aus Mozarts *Requiem*, eine gewisse Mitsuko Uchida und Horowitz solo am Piano (darunter Dars Lieblingsstück, die Skrjabin-Etüde in cis-Moll, Op. 2, No. 1 von dem außergewöhnlichen Album *Horowitz in Moskau*), Ying Huang sang Opernarien mit dem London Symphony Orchestra und leichtere Stücke mit Heinz Holliger an der Oboe mit Orchester.

In letzter Sekunde fürchtete Dar noch, die Chefermittlerin könnte glauben, er wollte eine romantische Stimmung schaffen, aber an ihrer Miene sah er sofort, dass ihr die Musik einfach gefiel.

»Mozart«, sagte sie und lauschte den erstaunlichen Stimmen im *Requiem*. Sie nickte und gesellte sich zu ihm ans Feuer, setzte sich ihm gegenüber in den anderen Ledersessel.

»Möchten Sie vielleicht einen Tee?«, hatte Dar gesagt. »Grün, Minze, Earl Grey, normaler Lipton's…«

Syds Blick war zum Küchentresen gewandert. »Ist das da etwa eine Flasche Macallan?«, sagte sie.

»Allerdings«, sagte Dar. »Reiner Single Malt.«

»Die ist fast voll«, sagte sie.

»Ich trink nicht gern allein.«

»Ich hätte liebend gern einen Whisky«, sagte sie.

Dar trat an den Tresen, nahm zwei kristallene Whiskygläser aus dem Schrank und schenkte ein.

»Eis?«, sagte er.

»In einem guten Single Malt?«, sagte die Chefermittlerin. »Wenn ich Sie in der Nähe eines Eiswürfels sehe, muss ich leider meine Waffe ziehen.«

Dar nickte. Die Gläser mit der bernsteinfarbenen Flüssigkeit schienen zu glühen, als er wieder zum Feuer kam. Schweigend genossen sie den Scotch mehrere angenehme Minuten lang.

Erschrocken merkte Dar, dass er an der Gesellschaft dieser Frau großen Gefallen fand und zwischen beiden eine leise, wenn auch wachsende physische Spannung – Aufmerksamkeit war vielleicht das bessere Wort – zu spüren war. Es erschreckte Dar, der immer gewusst hatte, dass er anders als die meisten Männer war. Der Anblick einer nackten Frau konnte ihn erregen, *erregte* ihn nach wie vor in seinen Träumen. Aber über bloße körperliche Erregung hinaus war tiefes Begehren für Dar eng mit einem ganz bestimmten Menschen verknüpft. Schon bevor er Barbara, seine Frau, kennen lernte, hatte er nie verstanden, wie es möglich sein sollte, einen Menschen zu begehren, den man nicht *kannte*, nicht *verstand*, der einem nichts … *bedeutete*.

Und dann hatte er *Barbara* geliebt. Er hatte *Barbara* begehrt. Barbaras Gesicht und Stimme, ihr rotes Haar, die kleinen Brüste mit den rosigen Brustwarzen, das rote Schamhaar und die blasse, weiße Haut wurden und blieben der Mittelpunkt seiner Liebe, seiner Aufmerksamkeit und Leidenschaft. In dem Jahrzehnt seit ihrem Tod schien es, als entfernte er sich immer weiter davon, derart spezifische Leidenschaft für einen anderen Menschen aufzubringen. Jetzt aber merkte Dar, dass er Scotch trank und die Chefermittlerin Sydney Olson betrachtete, die es sich dort im Ledersessel bequem gemacht hatte, die rote Indianerdecke hinter ihrem Kopf. Der Feuerschein erhellte sie ganz sanft. Die schweren Brüste fielen ihm auf, die ihren Hemdstoff spannten, das Funkeln ihrer Augen über dem glitzernden Kristall des Whiskyglases, und …

»… das alles hier erinnert?«, sagte Syd gerade.

Dar schüttelte den Kopf, buchstäblich, um einen klaren Gedanken zu fassen. »Entschuldigung«, sagte er. »Was haben Sie gesagt?«

Syd sah sich in der Hütte um. Kleine Halogenspots beleuchteten Bücherregale und Kunstgegenstände. Der Feuerschein spiegelte sich in den zahlreichen Fensterscheiben. Eine Wandlampe warf ihren Lichtkreis auf Dars Schreibtisch am anderen Ende des langen Raumes.

»Ich habe gesagt: Wissen Sie, woran mich das alles hier erinnert?«

»Nein«, sagte Dar leise. Nach wie vor empfand er diese sexuelle und emotionale Spannung zwischen ihnen und hatte das überwältigende Gefühl, dass Syd gleich eine persönliche Bemerkung machte, die sie einander näher bringen, ihrer beider Leben für immer verändern würde, ob er nun wollte oder nicht. »Woran erinnert es Sie?«

»Es erinnert mich an einen dieser dämlichen Actionfilme, in denen ein Cop das Leben einer Zeugin schützen soll und sie irgendwo in den Wald fahren, weitab von jeder Hilfe. Sie schlagen ihr Lager in einem Haus mit riesigen Panoramascheiben auf, um es den Heckenschützen leicht zu machen«, sagte Syd. »Und dann ist der Cop völlig verblüfft, als jemand auf sie schießt. Haben Sie je Kevin Kostner und Whitney Houston in *Bodyguard* gesehen?«

»Nein«, sagte Dar.

Syd schüttelte den Kopf. »Es war albern. Das Drehbuch war ursprünglich für Steve McQueen und Diana Ross geschrieben… das wäre vielleicht besser gewesen. McQueen hat auf der Leinwand wenigstens den *Anschein* erweckt, als würde er denken.«

Dar nahm einen Schluck Whisky und sagte kein Wort.

Sie schwieg einen Augenblick. Es schien, als wäre sie ganz woanders. Dann zuckte sie mit den Achseln. »Haben Sie irgendwelche Waffen in der Hütte?«

»Sie meinen Schusswaffen?«

»Ja.«

»Nein«, sagte Dar, was dem Buchstaben nach die Wahrheit war und dennoch eine Lüge.

»Ihren früheren Bemerkungen entnehme ich, dass Sie für Faustfeuerwaffen nicht viel übrig haben.«

»Ich denke, dass sie die Schande und der Fluch Amerikas sind«, sagte Dar. »Unsere schlimmste Sünde seit der Sklaverei.«

148

Syd nickte. »Aber es stört Sie nicht, dass ich meine Waffe zur Hand habe?«

»Sie sind Gesetzeshüterin«, sagte Dar. »Es wird von Ihnen erwartet.«

Wieder nickte Syd. »Aber Sie haben keine Schrotflinten, keine Jagdgewehre?«

Dar schüttelte den Kopf. »Nicht in der Hütte. Ich habe ein paar alte Waffen verstaut.«

»Wissen Sie, mit welcher Waffe man Haus und Hof am besten verteidigen kann?«, fragte Syd. Sie nahm einen Schluck Whisky und hielt das Glas mit beiden Händen.

»Mit einem Pitbull?«, schlug Dar vor.

»Nein. Mit einer Pumpgun. Egal, welches Kaliber.«

»Wahrscheinlich muss man nicht viel üben, um jemanden mit einer Schrotflinte zu treffen«, stimmte Dar ihr zu.

»Mehr noch«, sagte Syd. »Das Geräusch, den das bloße Spannen einer Pumpgun in einem dunklen Haus macht, ist absolut unverkennbar. Sie würden staunen, wie groß die abschreckende Wirkung auf den gewöhnlichen Einbrecher und Taugenichts ist.«

»Taugenichts«, wiederholte Dar, ließ sich das Wort auf der Zunge zergehen. »Also, wenn das eigentlich Wichtige das *Geräusch* beim Spannen ist, dann braucht man doch keine Munition, oder?«

Syd sagte nichts, aber ihre Miene verriet, was sie von Waffen ohne Munition hielt.

»Eigentlich«, sagte Dar, »bräuchte ich nur eine *Bandaufnahme* von einer Schrotflinte, die gespannt wird, stimmt's?«

Syd stellte ihr Glas ab und schlenderte zu Dars Schreibtisch hinüber. Es lagen nur wenig lose Blätter herum, dafür aber mehrere Briefbeschwerer – ein kleiner Kolben, ein kleiner Raubtierschädel, ein Briefbeschwerer aus Disneyland, der Goofy im Schneesturm darstellte, und eine einzelne grüne Schrotpatrone.

Syd nahm die Patrone in die Hand. »Kaliber .410. Was hat es damit auf sich?«

Dar zuckte mit den Schultern. »Früher hatte ich eine Savage .410, eine Bockdoppelflinte«, sagte er leise. »Ein Geschenk meines Vaters, kurz bevor er starb. Ein Liebhaberstück. Ich habe sie in Colorado eingelagert.«

Syd drehte die Patrone um und betrachtete das metallene Ende. »Diese hier ist nicht abgefeuert worden. Der Hahn wurde ausgelöst. Nur hat der Schlagbolzen die Mitte verfehlt.«

»Das ist passiert, als ich zum letzten Mal versucht habe, mit dem Gewehr zu schießen«, sagte Dar noch leiser. »Das einzige Mal, dass diese Waffe je versagt hat.«

Syd stand da, hielt die Patrone fest und sah Dar lange an, setzte sich ans Fenster. »Diese Patrone ist nach wie vor gefährlich. Das wissen Sie.«

Dar zog seine Augenbrauen in die Höhe.

»Ich weiß aus Ihrer Akte, dass Sie bei den Marines waren … in Vietnam. Sie müssen sehr jung gewesen sein.«

»Nicht sehr jung«, sagte Dar. »Ich hatte schon das College hinter mir, als ich mich gemeldet habe, und wurde 1974 rübergeschickt. Außerdem hatten wir nicht viel anderes zu tun als den Watergate-Anhörungen im Militärradio zu lauschen, in der Landschaft herumzuspazieren und M-16 und andere Waffen einzusammeln, die die südvietnamesischen Soldaten, also unser Team, weggeworfen hatte, als sie vor den Nordvietnamesen geflohen sind.«

»Sie haben Ihren Collegeabschluss gemacht, als Sie eben achtzehn waren«, sagte Syd. »Was waren Sie … ein Wunderkind?«

»Ein Streber«, sagte Dar.

»Wieso die Marines?«, fragte Syd.

»Würden Sie mir glauben, dass ich aus sentimentalen Gründen gegangen bin?«, fragte Dar. »Weil mein Vater im richtigen Krieg bei den Marines gewesen war … im Zweiten Weltkrieg?«

»Ich glaube, dass er bei den Marines war«, sagte Syd, »aber ich glaube kaum, dass Sie sich deshalb gemeldet haben.«

Stimmt, dachte Dar. Laut sagte er: »Im Grunde wollte ich zum Teil meine Wehrpflicht hinter mich bringen und schnell wieder in die Staaten zurück, um zu studieren. Zum Teil war es die reine Perversion.«

»Wieso das?«, sagte Syd. Sie hatte ihren Scotch ausgetrunken. Dar schenkte ihr noch zwei Fingerbreit ein.

Dar zögerte, dann merkte er, dass er ihr die Wahrheit sagen würde … mehr oder weniger. »Als Kind war ich besessen von den Griechen«, sagte Dar. »Die Besessenheit blieb mir auch am College erhalten, selbst noch, als ich meinen Abschluss in Physik gemacht habe. Alle Geisteswissenschaftler haben das alte Athen studiert. Sie wissen schon: Bildhauerei, Demokratie, Sokrates … ich dagegen war schon immer von Sparta besessen.«

Syd sah ihn fragend an. »Krieg?«

Dar schüttelte den Kopf. »Nicht Krieg, obwohl vor allem das an die Spartaner erinnert. Die Spartaner waren meines Wissens nach die einzige Gesellschaft, die das Studium der Ängste zur Wissenschaft erhoben hat. Sie nannten es *phobologia*. Ihre Ausbildung, die schon in jungen Jahren begann, war ganz darauf ausgerichtet, Ängste – *phoboi* – zu erkennen und zu bekämpfen. In der Lehre war sogar von Körperteilen die Rede, die *phobosynakteres* waren, Orte, an denen sich die Ängste häuften. Sie haben ihre jungen Männer darin trainiert, Geist und Körper in einen Zustand der *aphobia* zu versetzen.«

»Furchtlosigkeit«, übersetzte Syd.

Dar runzelte die Stirn. »Ja und nein«, sagte er. »Es gibt verschiedene Formen der Furchtlosigkeit. Ein Krieger der Berserker oder ein japanischer Samurai mitten im Schlachtgetümmel oder meinetwegen ein palästinensischer Terrorist in einem Bus mit einer Bombe, sie alle sind *furchtlos* in dem Sinn, dass sie ihren eigenen Tod nicht fürchten. Aber die Spartaner wollten mehr.«

»Was könnte für einen Krieger besser als Furchtlosigkeit sein?«, fragte Syd.

»Die Griechen, die Spartaner, nannten solche Furchtlosigkeit, die aus Wut oder Tobsucht entstand, *katalepsis*«, sagte Dar. »Buchstäblich: Bewusstsein von einem Dämon besessen – ein Kontrollverlust des Geistes. Das verschmähten sie völlig. Ihre erhoffte *aphobia* war eine durch und durch… na ja, kontrollierte, *bewusste* Angelegenheit… eine Weigerung, sich zu verlieren, besessen zu sein, selbst mitten in der Schlacht.«

»Und haben Sie bei den Marines *aphobia* gelernt… in Vietnam?«, fragte Syd.

»Nein. Ich habe mir in jeder Sekunde, die ich in Vietnam war, vor Angst fast in die Hosen gemacht.«

»Sind Sie oft im Einsatz gewesen?«, fragte Syd mit eindringlichem Blick. »Ihre Akten beim Marine Corps stehen nach wie vor unter Verschluss. Das muss etwas bedeuten.«

»Es bedeutet nichts«, log er. »Wäre ich zum Beispiel Schreibkraft gewesen und hätte viel geheimes Material getippt, könnten Sie meine Akten auch nicht einsehen.«

»Waren Sie Schreibkraft?«

Dar hielt seinen Scotch mit beiden Händen. »Nicht die ganze Zeit.«

»Also haben Sie gekämpft?«

»Genug, um sicher zu sein, dass ich es nie wieder erleben will«, sagte Dar wahrheitsgemäß.

»Aber es macht Ihnen nichts aus, Waffen um sich zu haben«, sagte Syd und kam auf den Punkt.

Dar verzog sein Gesicht und nippte am Whisky.

»Was für eine Waffe hat man Ihnen bei den Marines gegeben?«, fragte Syd.

»Irgendein Gewehr«, sagte Dar. Er unterhielt sich nicht gern über Schusswaffen.

»Dann also eine M-16«, sagte Syd.

»Die zum Blockieren neigt, wenn man sie nicht gut genug putzt«, sagte Dar ein wenig unredlich. Man hatte ihm keine M-16 gegeben. Sein Späher hatte eine verbesserte M-14 gehabt, eine ältere Waffe, die aber die gleiche 7,62-Millimeter-Munition verschoss wie die Repetierbüchse Remington 700 M40, an der Dar ausgebildet worden war. Und ausgebildet worden war er ... 120 Schuss pro Tag, sechs Tage die Woche, bis er in der Lage war, ein mannsgroßes bewegliches Ziel auf fünfhundert Meter und eine feste Zielscheibe auf tausend Meter zu treffen.

Er trank seinen Scotch aus. »Falls Sie mir eine Pistole zustecken wollen: Vergessen Sie es, Chefermittlerin. Ich kann die Scheißdinger nicht leiden.«

»Selbst wenn die russische Mafia versucht, Sie zu ermorden?«

»Einmal *haben* sie versucht, mich zu ermorden«, korrigierte Dar. »Und ich glaube immer noch, dass es eine Verwechslung gewesen sein könnte.«

Syd nickte. »Aber Sie sind mit Schusswaffen vertraut«, beharrte sie. »Man hat Ihnen beigebracht, was zu tun ist, wenn eine Patrone versagt ...«

Dar sah zu ihr auf. »Waffe auf ein sicheres, neutrales Ziel richten und warten. Sie könnte noch immer ohne Vorwarnung losgehen.«

Syd deutete auf die .410er Patrone. »Sollten wir sie wegwerfen?«

»Nein«, sagte Dar.

Beide nahmen noch ein letztes Glas Whisky und beobachteten die Flammen. Was vom Rauch im Raum hing, duftete, mischte sich mit dem rauchigen Torfgeschmack des Whiskys.

Die Spannung des vorangegangenen Gesprächs war beinah verflogen. Sie sprachen über ihren Job.

»Haben Sie von dieser Direktive gehört, die der letzte Leiter vom Bundesamt für Verkehrssicherheit ausgegeben hat?«, fragte Syd.

Dar lachte vor sich hin. »Allerdings. Das Wort *Unfall* ist in offiziellen Berichten, Korrespondenzen und/oder Memos nicht mehr zu verwenden.«

»Kommt einem das nicht etwas seltsam vor?«

»Überhaupt nicht«, sagte Dar. Ein Holzscheit brach in glühende Brocken, und die sah er sich einen Moment lang an, bevor er sich wieder seinem Gast zuwandte. Syds Gesicht erschien ihm jünger und weicher im Feuerschein, die Augen klug und lebendig wie immer. »Man muss ihrer Logik folgen«, sagte er. »Alle Unfälle sind vermeidbar. Daher sollten sie nicht passieren. Deshalb kann die Behörde das Wort nicht benutzen. Unfälle existieren nicht. Man muss drumherum reden und Zusammenstoß oder Zwischenfall oder sonst was sagen.«

»Sind Sie auch der Meinung, dass Unfälle grundsätzlich vermeidbar sind?«, fragte Syd.

Dar lachte aus vollem Herzen. »Jeder, der schon mal einen Unfall untersucht hat… ob es nun ums Space-Shuttle oder um irgendeinen armen Kerl geht, der über eine gelbe Ampel fährt und vom Querverkehr abgeschossen wird… jeder weiß, dass sie nicht nur *nicht* vermeidbar, sondern unausweichlich sind.«

»Wie das?«, sagte Syd.

Dar sah sie an. »Sie sind *passiert*. Die Wahrscheinlichkeit der Reihe von Ereignissen, die zu dem Unfall geführt haben, mag bei tausend zu eins liegen, oder eine Million zu eins, aber sobald diese Ereignisse in der richtigen Reihenfolge passieren, ist der Unfall zu hundert Prozent unausweichlich.«

Syd nickte, machte aber nicht den Eindruck, als wäre sie überzeugt.

»Na schön«, sagte Dar, »nehmen wir den *Challenger*-Absturz. Die NASA war wie ein unvorsichtiger Fahrer, der gelbe Ampeln überfuhr. Man kommt damit durch, einmal, fünfmal, zwanzigmal, und schon geht man davon aus, dass solches Verhalten sicher und nur natürlich ist. Fährt man aber so weiter, steigen die Chancen, von einem anderen Hasardeur mit der gleichen Kreuzungsphilosophie getroffen zu werden, auf fast hundert Prozent.«

»Inwiefern ist die NASA zusätzlich Risiken eingegangen?«

Dar zuckte mit den Schultern. »Die Kommission hat es

ziemlich gut dokumentiert. Sie kannten das Dichtungsproblem, wussten sogar um die extreme Dringlichkeit, haben aber nichts dagegen unternommen. Sie wussten, dass übles Wetter das Dichtungsproblem verschlimmern würde, sind aber trotzdem gestartet. Sie haben mindestens zwanzig ihrer eigenen Richtlinien übertreten, weil diese Lehrerin an Bord war und sie den politischen Druck gespürt haben, sie ins All zu schießen, damit Präsident Reagan es am Abend in seiner Ansprache an die Nation erwähnen konnte. Das Gesetz der Wahrscheinlichkeit hat zugeschlagen.«

»Dann glauben Sie also an das Gesetz der Wahrscheinlichkeit?«, sagte Syd. »Glauben Sie an noch irgendetwas?«

Verwundert sah Dar sie an. »Stellen Sie mir da eine philosophische Frage, Chefermittlerin?«

»Ich bin nur neugierig«, sagte Syd und leerte ihr Glas. »Sie sehen so viele Unfälle, so viel Blut. Ich frage mich, in welchen philosophischen Rahmen Sie das alles stellen.«

Dar überlegte einen Augenblick. »Die Stoiker, vermute ich mal«, sagte er. »Epiktet. Mark Aurel und solche Leute.« Er lachte leise. »Ein einziges Mal in meinem Leben war mir so politisch zu Mute, dass ich nach Washington fahren und einen Stein aufs Weiße Haus werfen wollte. Bill Clinton wurde gefragt, was das wichtigste Buch sei, das er in letzter Zeit gelesen habe… und er sagte Mark Aurels *Selbstbetrachtungen*.« Wieder lachte er. »Der Schmeckefein mit seinen Rettungsringen um die Hüften… zitiert Mark Aurel.«

»Aber was glauben Sie?«, drängte Syd. »Vom Standpunkt der Stoiker mal abgesehen.« Sie überlegte kurz, dann rezitierte sie ganz leise: »›Für den rational denkenden Menschen ist allein das Irrationale unerträglich. Das Rationale kann er immer ertragen. Ein schwerer Schlag ist nicht von Natur aus unerträglich‹.«

Dar starrte sie an. »Sie können Epiktet zitieren.«

»Sie würden also sagen, das ist Ihre Philosophie?«, wiederholte Syd.

Dar stellte sein leeres Glas ab und legte die Fingerspitzen aneinander, tippte an seine Unterlippe. Wieder fiel das Feuer ein Stück in sich zusammen und die Glut leuchtete hell. »Larrys älterer Bruder ist Schriftsteller. Er hat in Montana gelebt, bis seine Ehe gescheitert ist, und vor ein paar Jahren hat er mich besucht. Da habe ich ihn etwas besser kennen gelernt. Später habe ich ihn im Fernsehen bei einem Interview gesehen, und er wurde nach *seiner* Philosophie gefragt. Sein Roman handelte von der katholischen Kirche und der Interviewer drängte ihn, wollte wissen, woran er denn glaubt.«

Syd wartete.

»Larrys Bruder – er heißt Dale – hat damals eine schwere Zeit durchgemacht. Als Antwort auf die Frage zitierte er John Updike. Das Zitat ging ungefähr so. ›Ich bin weder musikalisch noch religiös. Wenn ich meine Finger auf die Tasten drücke, dann ohne die Gewissheit, einen Akkord zu hören.‹«

»Das ist traurig«, sagte Syd schließlich.

Dar lächelte. »Das war Larrys Bruder, der einen anderen Schriftsteller zitiert … ich habe nicht gesagt, dass *ich* so denke. Ich halte mich an Ockhams Rasiermesser.«

»William von Ockham«, sagte Syd. »Wann … Fünfzehntes Jahrhundert?«

»Vierzehntes«, sagte Dar.

»Maxime«, fuhr Syd fort. »Die Menge der Annahmen, die zur Erklärung eines Umstands dienen sollen, dürfen das notwendige Maß nicht überschreiten.«

»Oder«, sagte Dar, »unter gleichen Voraussetzungen ist die richtige Antwort normalerweise die einfachste.«

»Das schließt Entführungen durch Aliens aus«, lachte Syd.

»Area Fifty-one … kaputt«, sagte Dar.

»Kennedy-Verschwörungsquatsch … adios«, sagte Syd breit grinsend.

»Oliver Stone … bye-bye«, stimmte Dar mit ein.

Syd machte eine Pause. »Wussten Sie, dass Sie für Darwins Klinge berühmt sind?«

»Wofür?«, sagte Dar und blinzelte überrascht.

»Irgendeine Erklärung, die Sie vor Jahren abgegeben haben. Ich glaube, es war auf dem Kongress der Bundesvereinigung der Schadenssachverständigen.«

»Oje«, sagte Dar und hielt eine Hand vor seine Augen.

»Sie hatten einen Folgesatz von Ockhams Messer«, beharrte Syd. »Ich glaube, es hieß … ›Unter gleichen Voraussetzungen ist die richtige Lösung normalerweise Dummheit.‹«

»Was völlig sonnenklar ist«, murmelte Dar.

Syd nickte langsam. »Nein, ich weiß, was Sie sagen wollten. Es ist wie mit diesen Typen und ihrem Pick-up, die sich das Rockkonzert umsonst ansehen wollten …«

Plötzlich sah Dar hinüber zu der Aktenkiste und den Stapeln von Zip-Laufwerken und Floppy Disks, die noch auf sie warteten. »Vielleicht haben wir in unseren Akten nach dem Falschen gesucht«, sagte er.

Syd neigte ihren Kopf.

»Vielleicht waren es gar nicht meine Ermittlungen dummer Unfälle, selbst wenn sie tödlich ausgegangen sind, durch die irgendjemand auf mich aufmerksam geworden ist«, sagte er. »Vielleicht geht es um Mord.«

»Haben Sie in letzter Zeit einen Mord aufgeklärt?«, sagte Syd. »Abgesehen von Mr. Phongs Unfall, meine ich.«

Dar nickte.

»Wollen Sie mir davon erzählen?«, sagte Syd.

Dar warf einen Blick auf seine Uhr. »Ja. Morgen.«

»Sie Mistkerl«, sagte Chefermittlerin Olson, aber sie sagte es mit einem Lächeln. »Danke für den Scotch.«

Dar brachte sie zur Tür.

Syd blieb stehen. Urplötzlich durchschoss Dar das wilde Gefühl, dass sie ihn gleich küssen würde.

»Wenn ich da oben in meinem kleinen Schäferkarren schlafe«, sagte sie, »woher soll ich dann wissen, ob die bösen Buben da sind und Sie in Schwierigkeiten stecken?«

Dar langte unter einen schweren Mantel am Haken an der

Wand und nahm eine grell orangefarbene Trillerpfeife am Band in die Hand. »Die ist zum Wandern, falls man sich im Wald verläuft. Diese verdammte Pfeife hört man meilenweit.«

»Ideal bei einer Vergewaltigung«, sagte Syd.

»Genau.«

»Also, falls die Mörder heute Nacht auftauchen, brauchen Sie nur zu pfeifen.« Sie schwieg und Dar sah den Schalk in ihren blauen Augen blitzen. »Sie wissen doch, wie man pfeift, oder, Steve?«

Dar grinste. Die neunzehnjährige Laureen Bacall hatte diesen Satz zu Humphrey Bogart in *Haben und Nichthaben* gesagt. Er liebte diesen Film.

»Ja«, sagte er. »Man spitzt die Lippen und bläst.«

Syd nickte und stapfte den Pfad mit ihrer Taschenlampe hinauf, wobei sie auf dem Weg eine Laterne nach der anderen ausblies.

Dar sah ihr nach, bis sie nicht mehr zu sehen war.

9

Syd klopfte am frühen Samstagmorgen, aber Dar war schon aufgestanden, geduscht und rasiert und hatte Kaffee und Frühstück fertig. Lächelnd aß Syd Eier mit Speck und schenkte sich zweimal Kaffee nach.

Bevor sie sich an die Arbeit machten, nahm Dar sie mit auf einen langen Rundgang über seinen Grund und Boden: die Schlucht im Osten mit ihrer verlassenen Goldmine, der Bach, der in den Canyon floss, oben auf dem Berg der kleine Wasserfall, den ein umgestürzter Baum kreuzte, der zu rutschig und moosbewachsen aussah, als dass man hätte darüber gehen können, die Brocken und Felsplatten auf dem Bergkamm ganz im Norden, die Birkenhaine und die dicken Kiefern am Hang gleich oberhalb der Hütte, und die endlosen

Wiesen im Tal darunter. Während des ganzen Weges empfand Dar dieselbe Freude, die ihn am Abend vorher so erschreckt hatte. Er *spürte* Syds körperliche Nähe, ihr warmes Lächeln, dieses Glühen, das der Klang ihrer Stimme und ihres Lachens in ihm auslöste.

Hör auf damit, Darwin, warnte er sich selbst.

»Ich weiß, dass diese Frage zwischen Männern und Frauen verboten ist«, sagte Syd, blieb stehen und sah ihn offen an, »aber was denken Sie gerade, Dar? Ich kann bis hierher hören, wie es knirscht.«

Sie stand nur einen halben Meter entfernt. Als Dar stehen blieb, gab er fast dem Drang nach, sie zu umarmen, sie an sich zu ziehen, sein Gesicht in die Mulde unter ihrem Ohr zu drücken, wo sich ihr Haar am Hals lockte, allein um zu riechen, wie sie duftete.

»Billy Jim Langley«, sagte er schließlich und trat einen halben Schritt zurück.

Syd neigte ihren Kopf.

Dar deutete nach Süden. »Ein Unfall, an dem ich vor einem Jahr etwa drüben im National Forest gearbeitet habe. Wollen Sie es hören? Wollen Sie den Fall lösen?«

»Klar.«

Dar räusperte sich. »Okay … ich wurde zum Tatort eines möglichen Mordes gerufen, etwa fünf Meilen weiter da drüben im Wald –«

»Das ist nicht der Mord, den Sie mir gestern Abend versprochen haben, oder?«

Dar schüttelte den Kopf. »Jedenfalls wurde ein gewisser Mr. Billy James Langley, einer von Larrys und Trudys Cal-State-Versicherungsnehmern, als vermisst gemeldet, einen Tag, nachdem er von einem Angelausflug hätte zurück sein sollen. Der Sheriff fuhr zu Billys Lieblingsangelstelle und fand seinen Pick-up, einen '78er Ford 250, kopfüber in einem Bach liegen. Billy Jim war noch drinnen. Ertrunken. Es sah aus, als sei er in der Nacht zuvor von einer kleinen Brücke gestürzt und nicht mehr rechtzeitig aus dem Wagen gekommen. Der Leichenbeschauer hat den Zeitpunkt bestätigt.«

»Wo ist der mögliche Mord?«, fragte Syd.

»Na ja, als der Gerichtsmediziner Billy Jims Leiche aus dem Wagen holte«, sagte Dar, »erklärte er, der Tod sei durch Ertrinken eingetreten. Aber anscheinend hatte sich Billy Jim außerdem eine Kugel vom Kaliber .22 eingefangen…«

»Wo?«, sagte Syd.

»Beim Autofahren«, sagte Dar.

»Nein, ich meine, *wo* in seinem Körper?«

Dar zögerte. »In der… äh… Unterleibsgegend.«

»Hoden?«, sagte Syd.

»Einer davon.«

»Linker oder rechter Hoden?«, sagte Syd.

»Meinen Sie, es macht einen Unterschied?«, sagte Dar.

»Macht es nicht?«

»Na, schon, aber…«

»Links oder rechts?«, sagte Syd.

»Rechts«, sagte Dar. »Kann ich jetzt weitererzählen?«

Gemeinsam stapften sie den Berg hinunter.

»Okay«, sagte Syd, »wir haben einen Mr. Billy James Langley, der von einem Angelausflug kommt. Plötzlich schießt ihm jemand ins rechte Ei, und – was nicht überraschen kann – er ist darüber so erschrocken, dass er seinen Pick-up in den Bach fährt und ertrinkt. Lassen Sie mich raten: keine .22er Büchse oder Pistole im Wagen?«

»Stimmt«, sagte Dar.

»Ein- oder Austrittslöcher im Wagen?«, sagte Syd. »Es müsste ein ziemlich dünnwandiger Pick-up sein, wenn er eine .22er Kugel durchlässt, und ein Ford 250 hat kein dünnes Blech.«

»Weder Ein- noch Austrittslöcher«, sagte Dar. »Nur in Billy Jim.«

»Fenster hochgekurbelt?«

»Jep. Es hat an dem Abend schwer geregnet, als Billy Jim von seiner Lieblingsangelstelle kam.«

»Nach Einbruch der Dunkelheit, richtig?«, sagte Syd.

»Richtig. Etwa elf Uhr abends.«

»Ich hab's«, sagte Syd.

Dar blieb stehen. »Wirklich?« Er hatte zwei Stunden vor Ort gebraucht, bis er darauf gekommen war.

»Wirklich«, sagte Syd. »Billy Jim hatte keine .22er-Büchse oder Pistole bei sich, aber ich wette, er hatte eine Schachtel mit Munition im Wagen, stimmt's?«

»Im Handschuhfach«, sagte Dar.

»Und ich wette, Billy Jims Scheinwerfer sind auf dem Weg ausgegangen.«

Dar seufzte. »Ja… vermutlich etwa anderthalb Meilen vor der Brücke.«

Syd nickte. »So lange etwa würde eine .22er Patrone brauchen, bis sie genügend aufgeheizt ist, dass sie losgeht«, sagte Syd. »Ich kenne diese Ford Pick-ups. Der Sicherungskasten fürs Licht ist direkt unter dem Armaturenbrett, vor dem Lenkrad. Billy Jim fährt so vor sich hin, die Lichter gehen aus, er kann nicht durch den Regen fahren, aber er will nach Hause, also stochert er herum, denkt sich, die Sicherung ist durch… sucht im ganzen Wagen irgendwas, das die Sicherung ersetzen könnte… eine .22er Patrone passt perfekt… Er fährt weiter, denkt nicht daran, dass die Patrone warm wird. Und dann geht sie los…«

»Na, war wohl doch kein so großes Rätsel«, sagte Dar.

Syd zuckte mit den Schultern. »Hey, ich hab einen Bärenhunger. Können wir nicht was zu Mittag essen, bevor wir das echte Rätsel in Angriff nehmen?«

Sie machten Roastbeef-Sandwiches, schnappten sich jeder ein Bier und nahmen alles mit auf die Veranda. Der Tag wurde heiß und sie hatten ihre Jeansjacken schon lange ausgezogen. Syd trug ein übergroßes T-Shirt über der Hose, um das Holster an ihrer Hüfte zu verbergen. Dar trug ein ausgebliches schwarzes T-Shirt mit ebenso ausgeblichener Blue Jeans und Turnschuhen. Die Hütte selbst lag im Schatten hoher Kiefern und kleiner Birken, aber im Tal, das sich vor ihnen erstreckte, leuchteten sommerliches Gras und Weiden, und alles schien im Wind und in der dunstigen Hitze zu wogen. Sie saßen am Rand der hohen Veranda und ließen die Beine baumeln.

Syd fragte: »Ist es denn nicht so, dass Ihnen der Tod, der Schmerz, den Sie ständig um sich haben… den Sie untersuchen müssen… nach einer Weile auf der Seele liegt?«

Hätte sie Dar diese Frage vierundzwanzig Stunden früher gestellt, hätte er wahrscheinlich geantwortet *Ich denke, es ist wohl wie bei einem Arzt. Nach einer Weile bekommt man… kein dickes Fell, das ist nicht das Wort… aber man hat eine Perspektive für das alles. Es ist ein Job, oder?* Und er hätte es geglaubt. Jetzt aber war er nicht mehr so sicher. Vielleicht *hatte* ihn in den letzten zehn Jahren etwas verändert. In diesem Moment wusste er – entgegen aller Absichten und Erwartungen – einzig und allein, dass er die Chefermittlerin Sydney Olson gern auf ihre vollen Lippen geküsst, sie gegen das Holz der Veranda gedrückt hätte, um zu spüren, wie sich ihre weichen Brüste an ihn drückten…

»Ich weiß nicht«, brachte er hervor, an seinem Sandwich kauend. Er hatte ihre Frage vergessen.

Die Akte steckte in einem normalen, braunen Umschlag, auf den jemand *Erledigt* gestempelt hatte, war mindestens acht Zentimeter dick und voller Dokumente. Dar schob zwei Stühle mit Rollen vor seinen Schreibtisch mit den großen CAD-Computern. Syd setzte sich rechts von ihm, während er die Dokumente vor ihr ausbreitete.

»Sie sehen das Datum des Unfalls«, sagte er.

»Vor sieben Wochen.« Syd warf einen Blick auf den Unfallbericht des LAPD. »East L.A. … da waren Sie etwas weit vom Schuss, oder?«

»Eigentlich nicht«, sagte Dar. »Für einige dieser Fälle fahre ich bis weit rauf in den Norden… Sacramento und San Francisco… selbst über die Staatsgrenze.«

»Hat die Abteilung Unfallermittlungen beim LAPD Sie als Gutachter dazugeholt? Ich kenne sowohl Sergeant Rose als auch Detective Bob Ventura, dessen Name hier auf dem Untersuchungsbericht steht.«

Dar schüttelte den Kopf. »Lawrence war in Arizona mit einem Fall beschäftigt, deshalb hatte Trudy mich gebeten, dieser Sache nachzugehen. Klient war die Mietwagenfirma.«

Syd sah sich den ursprünglichen Bericht an. »Ein GMC Vandura… rot. Kleiner Möbelwagen?«

»Ja. Lesen Sie die Aussagen des ermittelnden Beamten.«

Syd las laut:

»ORT DER KOLLISION, 1200 MARLBORO AVE. (N. FRONTAGE ROAD).

EINSATZ: GEGEN ETWA 0245 UHR AM 19. MAI BEFÖRDERTE ICH EINEN HÄFTLING ZUR FRAUENHAFTANSTALT IN EAST LOS ANGELES, ALS ICH MELDUNG ÜBER EINEN UNFALL MIT TODESFOLGE IN DER GEGEND UM MARLBORO AVE. UND FOUNTAIN BLVD. BEKAM. ICH FRAGTE DIE ZENTRALE, OB SIE EINEN WAGEN HÄTTE, DER SICH MIT MIR AN DER KREUZUNG E. 109TH ST. UND I-5 TREFFEN KÖNNTE, DAMIT ER MEINEN HÄFTLING ZUR STRAFANSTALT BEFÖRDERN UND ICH MICH DAFÜR UM DEN UNFALL KÜMMERN KONNTE. OFFICER JONES 2485 REAGIERTE UMGEHEND UND ÜBERNAHM DEN TRANSPORT. ETWA GEGEN 0300 UHR KAM ICH ZUR UNFALLSTELLE. ALS ICH EINTRAF, WAR DER UNFALLORT BEREITS VON MEHREREN STREIFENWAGENEINHEITEN GESICHERT. SGT. MCKAY, 2662 (VERKEHRSAUFSICHT), OFFICER BERRY 3501 UND OFFICER CLANCEY 4423 BEFANDEN SICH BEREITS AM UNFALLORT. DER 1200ER-BLOCK DER MARLBORO WAR FÜR DEN DURCHGANGSVER-

KEHR VON FOUNTAIN BLVD. BIS GRAMERCY ST. GE-
SPERRT.

STRASSENBESCHREIBUNG: 1200 MARLBORO AVE. (N.
FRONTAGE ROAD) IST EINE EINBAHNSTRASSE IN
WESTLICHER RICHTUNG. FOUNTAIN BLVD. ÖSTLICH
DAVON IST EINE STRASSE MIT GEGENVERKEHR IN
NORD-SÜDLICHER RICHTUNG. GRAMERCY STR.
WESTLICH DAVON IST EBENFALLS EINE STRASSE MIT
GEGENVERKEHR IN NORD-SÜDLICHER RICHTUNG.
1200 MARLBORO AVE. (N. FRONTAGE ROAD) HAT
EINE LEICHTE STEIGUNG. DIE NÄCHSTLIEGENDE BE-
LEUCHTUNG STAMMT VON STRASSENLATERNEN UND
AMPELN. DIE GESCHWINDIGKEITSBEGRENZUNG BE-
TRÄGT AUF DIESEM STRASSENSTÜCK 40 KM/H.

WETTERBEDINGUNGEN: ZUM ZEITPUNKT DES UN-
FALLS WAR ES BEDECKT. ES REGNETE, WAR KÜHL UND
ETWAS WINDIG. ES WAR NACHT UND DER MOND
DURCH DIE WOLKENDECKE NICHT ZU SEHEN.

FAHRZEUGIDENTIFIZIERUNG: DER GMC VANDURA
(V-2) WAR AUF ALLEN VIER SEITEN MIT GROSSEN U-
RENTAL-SCHILDERN VERSEHEN. EINE PRÜFUNG DES
KENNZEICHENS ERGAB, DASS KEIN EINTRAG VORLAG.

FAHRERIDENTIFIKATION: MISS *GENNIE SMILEY*
WURDE MIT HILFE IHRES KALIFORNISCHEN FÜHRER-
SCHEINS, IHRER EIGENEN AUSSAGE UND DER AUS-
SAGE *DONALD BORDENS* ALS FAHRERIN DES FAHR-
ZEUGS ERMITTELT.

SCHADEN AM FAHRZEUG: DER KÜHLERGRILL DES
GMC VANDURA WIES EINEN LEICHTEN SCHADEN AUF.
DER GRILL WAR AN DER TIEFSTEN STELLE ETWA SIE-
BEN ZENTIMETER NACH INNEN GEDRÜCKT UND ES
FANDEN SICH FASERN VOM SWEATSHIRT DES OPFERS
DARAN.

VERLETZUNGEN: *RICHARD KODIAK* ERLITT EIN MAS-
SIVES, TÖDLICHES HIRNTRAUMA. PETERSON 333 UND

ROYLES 979 (SAMSONS NOTAMBULANZ 272) TRAFEN
AM UNFALLORT EIN. KODIAK WURDE NOCH VOR
ORT VON DR. CAVANAUGH VOM EASTERN MERCY
HOSPITAL FÜR TOT ERKLÄRT…«

Syd hörte auf zu lesen und blätterte die folgenden paar Seiten
durch. »Also«, sagte sie schließlich. »Da haben wir diesen ein-
unddreißigjährigen Mann, Richard Kodiak, der seinen Kopf-
verletzungen erlegen ist. Er und sein Mitbewohner, Donald
Borden, wollten gerade von East L.A. nach San Francisco ziehen, als eine Freundin, Gennie Smiley, Mr. Kodiak offenbar
mit dem Van angefahren und es dann irgendwie fertig gebracht
hat, ihn auch noch mit dem rechten Vorderrad des Wagens zu
überrollen.« Sie blätterte noch ein paar Seiten weiter. »Mr.
Borden und Miss Smiley haben die Mietwagenfirma verklagt
und behauptet, Bremsen und Scheinwerfer seien nicht in Ordnung gewesen –«

»Daher mein Auftrag«, sagte Dar.

»– und außerdem haben sie die Besitzer des Apartmenthauses verklagt, weil nicht genügend Licht vorhanden gewesen
sei.« Sie blätterte zwanzig, dreißig Seiten zurück. »Ah… hier
steht es in ihrer Aussage… Miss Smiley sagte, die Außenbe-
leuchtung und die schlechten Scheinwerfer am Möbelwagen
hätten verhindert, dass sie Kodiak sehen konnte, als er vor den
Wagen trat. Sie wollten sechshunderttausend Dollar von der
Mietwagenfirma.«

»Und weitere vierhunderttausend vom Besitzer des Apartmenthauses«, sagte Dar.

»Eine runde Million«, überlegte Syd. »Wenigstens wussten
sie, was ihr Freund ihnen wert war.«

Dar rieb sein Kinn. »Mr. Borden und Mr. Kodiak hatten seit
zwei Jahren unter dieser Adresse gewohnt und waren allgemein als Dickie und Donnie bekannt, bei Nachbarn, Ladenbe-
sitzern, Gastronomen in der Gegend…«

»Schwul?«, sagte Syd.

Dar nickte.

»Wer war dann Gennie?«

»Es scheint, als würde Mr. Borden… Donnie… zu beiden Seiten neigen. Gennie Smiley war seine heimliche Geliebte. Dickie hat sie zusammen erwischt… der Streit dauerte drei Tage, den Nachbarn nach zu urteilen… dann haben Dickie und Donnie die Sache geklärt, indem sie übereingekommen sind, nach San Francisco zu ziehen.«

»*Ohne* Gennie«, sagte Syd.

»*Ohne* Gennie, allerdings«, sagte Dar. »Aber als Geste ihres guten Willens hat sie ihnen geholfen, den Möbelwagen zu beladen.«

»An einem regnerischen Morgen um Viertel vor drei?«, sagte Syd.

Dar zuckte mit den Schultern. »Dickie und Donnie waren zwei Monate mit ihrer Miete im Rückstand. Anscheinend wollten sie sich aus dem Staub machen.« Er wandte sich einem der 21-Zoll-CAD-Monitore zu und tippte einen Code ein. »Okay, hier sind ein paar Fotos von der Unfallstelle, aufgenommen von Sergeant McKay von der Abteilung Unfallermittlungen.« Eine elektronische Version des Schwarzweißbildes erschien auf dem großen Bildschirm. Und noch eins. Und noch eins.

»Oh-oh«, sagte Syd.

»Oh-oh«, stimmte Dar zu.

Ein Foto zeigte Mr. Kodiaks Leiche, die mitten auf der Straße lag, etwa zehn Meter westlich der Eingangstür zu dem Apartmenthaus. Der Leichnam lag auf dem Bauch nach Osten ausgerichtet, der Kopf dem Möbelwagen zugewandt, und Lachen von Blut und Hirnmasse waren deutlich in beide Richtungen verspritzt. Ein weiteres Foto zeigte zerbrochenes Glas, einen einzelnen Schuh, Schleifspuren direkt vor dem Haupteingang zum Wohnhaus. Das nächste Foto zeigte durchgehende Reifenspuren, die fast bis zur Kreuzung am Fountain Boulevard reichten, etwa fünfundvierzig Meter im Osten der eigentlichen Unfallstelle. Auf sämtlichen Fotos stand der Wagen östlich der Unfallstelle, mit mindestens zehn Metern seiner eigenen Bremsspuren davor.

»Gennie hat zurückgesetzt, als sie ein Geräusch hörte und dachte, sie hätte etwas umgefahren«, sagte Dar.

»Mh-hm«, machte Syd.

»Donnie hat als Einziger gesehen, wie Dickie zu Tode kam«, sagte Dar und deutete auf einen dicken Stapel von Dokumenten. »Er hat gesagt, sie beide hätten sich gestritten. Als Gennie kam, hätten sie sie gebeten, einmal um den Block zu fahren und wiederzukommen…«

»Wieso?«, sagte Syd.

»Donnie sagte, sie wollten in ihrer Gegenwart nicht streiten«, sagte Dar. »Also ist sie um den Block gefahren, mit etwa fünfzig Kilometern in der Stunde, ihrer eigenen Schätzung nach. Sie hat Dickie, der inzwischen auf der Straße stand, erst gesehen, als sie nicht mehr anhalten konnte.« Dar ließ die Fotos wieder über den Bildschirm laufen, dann hielt er bei der breitesten Aufnahme. Er stellte den zweiten Monitor an und rief ein Programm auf. Eine dreidimensionale Ansicht der gleichen Szene erschien, aber diese war computeranimiert.

»Sie machen zur Unfallrekonstruktion Videos in 3-D«, sagte Syd. »Ich habe gar keine CAD-Monitore in ihrem Loft gesehen.«

»Sie sind da«, sagte Dar. »In einer Ecke hinter ein paar Bücherregalen. Mit der Erstellung dieser Videos bestreite ich einen Großteil meines Einkommens.«

Syd nickte.

»Also, Chefermittlerin«, sagte Dar. »Erkennen Sie Unregelmäßigkeiten an diesem Unfall?«

Syd sah sich das Dossier an, das Foto auf dem Bildschirm, dann das 3-D-Bild, das im Grunde die gleiche Abbildung wie das Foto zeigte. »Irgendwas stimmt hier nicht.«

»Richtig«, sagte Dar. »Erstens habe ich die Beleuchtung untersucht, unter ähnlichen Bedingungen, mit einem speziellen Lichtmessgerät.«

»Um Viertel vor drei in einer bewölkten, regnerischen Nacht«, sagte Syd.

Dar schob seine Augenbrauen in die Höhe. »Selbstverständlich.« Er tippte ein paar Tasten.

Plötzlich erschienen Ziffern auf dem 3-D-Bild der Straße. Dar bewegte die Maus und drehte den Blickpunkt, bis sie direkt auf die Straße hinuntersahen, von Ost nach West, mit dem Möbelwagen am unteren Ende des Bildschirms, der Leiche in der Mitte und dem Rest des Blocks gut einzusehen. In den Bereichen links und rechts sah man Rechtecke mit Angaben zur Beleuchtungsstärke.

»In Lux«, sagte Syd.

Dar nickte. »Entgegen Donnies und Gennies Behauptungen war die Straße für ein so ärmliches Viertel gut beleuchtet. Man sieht an beiden Kreuzungen Lichtkegel, die den Großteil der Straße mit drei Lux beleuchten. Die Lampe an der Vordertreppe des Hauses gibt in etwa anderthalb Lux ab, und selbst in der Straßenmitte, hinter der Stelle, wo Dickie angefahren wurde, zeigte das Gerät mindestens ein Lux an.«

»Sie hätte das Opfer sehen müssen, selbst ohne Scheinwerfer am Wagen.«

Dar tippte mit einem Griffel an den Bildschirm, und ein roter Strich erschien, verlief fast den ganzen Weg bis hin zur Kreuzung mit dem Fountain Boulevard, von wo der Möbelwagen gekommen war. »Gennie kam aus ziemlich heller Beleuchtung – drei Lux – und fuhr dieses lange Stück durch Licht von zwei Lux Helligkeit, bis direkt zum Aufprall. Die Scheinwerfer am Wagen waren beide intakt. Tatsächlich fuhr sie mit Fernlicht.«

Dar tippte auf die Tasten ein, und das Bild auf dem Schirm verschwand, wich einer Echtzeit-Animation. Zwei Männer, dreidimensional, wenn auch gesichtslos, traten aus der Tür des Wohnhauses. Plötzlich wechselte das Bild zu einer Luftaufnahme. Der Wagen kam zügig um die Ecke am Fountain Boulevard und beschleunigte weiter. Einer der beiden Männer trat auf die Straße hinaus und sah dem Möbelwagen entgegen. Der Wagen bremste und rutschte den größten Teil des Weges von der Kreuzung bis zum Aufprall, traf den Mann schließlich voll und rutschte noch etwa zehn Meter weiter. Das gesichtslose Opfer – Dickie – flog durch die Luft und landete mitten auf der Straße auf dem Rücken, den Kopf vom Wagen abgewandt.

Dar tippte etwas ein, und die frühere Luftaufnahme legte sich über diese. »Das ist die tatsächliche Position von Wagen und Leiche am Unfallort.« Plötzlich stand der Möbelwagen mindestens dreizehn Meter ostwärts die Straße hinauf, und auch die Leiche hatte sich ostwärts bewegt, mindestens sieben Meter von dort, wo sie tatsächlich gelegen hatte, mit dem Kopf nun zum Wagen hin.

»Ein ziemlicher Unterschied«, sagte Syd.

»Es wird noch besser«, sagte Dar. Er zog eine sechsseitige, maschinengeschriebene Erklärung aus dem Dossier und ließ Syd einen Blick darauf werfen. »Officer Berry, Nummer 3501, hat diese Aussage vom ersten Zeugen aufgenommen, der die Straße entlangkam … ein gewisser Mr. James William Riback.«

Syds Blick zuckte zwischen den Blättern hin und her. »Riback sagt, er habe gesehen, wie ein Transporter vom Unfallort zurücksetzte, ihm fast den Weg abschnitt, und dann sah er Dickie – Mr. Kodiak – auf dem Rücken auf der Straße liegen. Riback hielt seinen Taurus an, stieg aus und fragte Richard Kodiak, ob er noch lebe. Er sagte aus, Kodiak habe gesagt: ›Ja, rufen Sie einen Krankenwagen.‹ Riback ließ seinen Wagen auf der Straße stehen und lief zur Wohnung einer Freundin um die Ecke, 3535 Gramercy Street, weckte seine Freundin, sagte ihr, sie solle 911 anrufen, schnappte sich eine Decke und rannte wieder zum Unfallort zurück … wo er Mr. Kodiak, wie Riback glaubt, an anderer Stelle liegen sah, auf jeden Fall umgedreht, in erheblich schlechterem Zustand und bewusstlos. Der Notarztwagen traf sieben Minuten später ein und Kodiak wurde für tot erklärt. Der Möbelwagen parkte dort, wo er auf den Polizeifotos zu sehen ist.« Syd blickte zu Dar auf. »Das Biest ist um den Block gefahren und hat Dickie Kodiak noch einmal überfahren. Aber wie soll man das beweisen?«

»Die Details sind eher langweilig«, sagte Dar.

»Details langweilen mich nicht, Dr. Minor«, sagte die Chefermittlerin kühl. »Vergessen Sie nicht, dass sie auch den Kern meines Jobs bilden.«

Dar nickte. »Okay, zuerst gehe ich die Daten und Gleichungen durch, dann zeige ich Ihnen die daraus resultierende forensische Animation«, sagte er. »Ich bevorzuge dabei metrische Einheiten, übersetze diese aber normalerweise für Demonstrationen in amerikanische Maße.«

Dar tippte, und wieder erschien die Straßenszene ohne Möbelwagen, mit den beiden Männern, die aus dem Wohnhaus traten, einer davon bis auf die Straße. Der Blick schwenkte wieder hinunter, als säße der Betrachter in einem Wagen, der vom Fountain Boulevard westwärts auf die Marlboro Avenue einbog. Die Gestalt ein Stück die Straße hinunter war deutlich zu erkennen.

»Nachtsichtstudien zeigen, dass selbst auf einer dunklen Landstraße, selbst mit den matten Scheinwerfern dieses Möbelwagens, der Fußgänger – in dunkler Kleidung – etwa sechzig Meter weit zu sehen wäre, selbst wenn der Fahrer nur mittelmäßig gute Augen hätte. Es sind sechsundfünfzig Meter von der Kreuzung Fountain Boulevard zu der Stelle, an der Mr. Kodiak angefahren wurde.«

»Sie hat ihn gesehen, sobald sie um die Ecke kam«, murmelte Syd.

»Es muss so gewesen sein«, sagte Dar. »Ob er nun noch auf dem Gehweg stand oder schon auf der Straße. Ihr Fernlicht hätte ihn auf mehr als hundertfünfzehn Meter beleuchtet. Selbst ganz ohne Scheinwerfer hätte sie ihn aus fünfzig Metern Entfernung sehen müssen, wegen der Straßenlaternen und dem Licht aus der Lobby des Apartmenthauses.«

»Aber sie hat Gas gegeben«, sagte Syd.

»Allerdings«, sagte Dar. »Die Vorderreifen des Möbelwagens haben Bremsspuren auf einer Distanz von vierundvierzig Metern hinterlassen. Das bedeutet, dass sie fast zehn Meter über die Aufprallstelle hinaus gerutscht ist, an der Mr. Kodiak seinen rechten Schuh verloren und Schleifspuren seines linken Schuhs zurückgelassen hat.«

»Sie sagt, sie hat ihn an dieser Stelle überrollt«, sagte Syd.

»Unmöglich«, sagte Dar. »Haben wir erst die Bremsspuren, ist alles andere eine simple Frage der Ballistik. Geschwindigkeiten und zurückgelegte Entfernungen – für den Wagen, den Mann und die Leiche – lassen sich leicht ermitteln. Sollen wir die Gleichungen überspringen?«

»Nein«, sagte Syd. »Es war mein Ernst, als ich sagte, ich mag Details.«

Dar seufzte. »Also gut. Die Abteilung Unfallermittlungen beim LAPD und ich haben auf dieser Straße separate Bremstests mit Fahrzeugen ausgeführt, die mit Bumper Guns ausgestattet waren...«

»Um den Bremspunkt zu markieren«, sagte Syd.

»Genau. Die Geschwindigkeiten der Testfahrzeuge wurden durch Radar bestimmt. Die Testbremsungen ergaben einen gleich bleibenden Widerstandsbeiwert f von 0,79. Davon ausgehend können wir die anfängliche Geschwindigkeit des Fußgängers am Berührungspunkt ermitteln... Sämtliche Aussagen halten fest, dass Mr. Kodiak angefahren wurde, als er stillstand, dem Möbelwagen zugewandt. Seine Geschwindigkeit kann niemals größer sein als die des Wagens. Daher benutzen wir folgende Gleichung...

$$v_a = \sqrt{v_e^2 - 2\,bd}$$

Die Werte sind einfach. Der Wagen ist bis zum Stillstand gerutscht, also können wir seine Geschwindigkeit als $v_e = 0$ angeben. Der Wert für die Beschleunigung b ist gegeben durch $b = fg$. Wie ich eben erklärt habe, wurde ein Widerstandsbeiwert von $f = 0,79$ ermittelt. Der Wert für g, die Erdanziehungskraft, beträgt 32,2 Fuß pro Sekunde in amerikanischer Maßeinheit.«

»Oder 9,81 Meter pro Sekunde«, sagte Syd leise.

Dar blinzelte sie an. »*Sie* denken in metrischen Maßen«, sagte er. »Soll ich den Rest dieser Gleichungen überspringen und zur Animation übergehen? Wahrscheinlich sind Sie mir voraus.«

Syd schüttelte den Kopf. »Details. Zeigen Sie sie mir.«

»Okay«, sagte Dar. »Weil der Möbelwagen langsamer wurde, muss *b* im Minusbereich liegen. Gennies Wagen ist insgesamt einhundertzweiunddreißig Fuß weit gerutscht. Daher setzen wir also Folgendes in die Gleichung für die Anfangsgeschwindigkeit ein…

$$v_a = \sqrt{0^2 - 2(-0{,}79)(32{,}2)(132)}$$
$$v_a = 82 \text{ fps} = 55{,}7 \text{ mph}$$

Die Geschwindigkeit des Möbelwagens lässt sich, wenn noch neunundzwanzig Fuß zu rutschen sind, auf dieselbe Art und Weise bestimmen. Der einzige Wert, der sich ändert, ist der Wert für die Distanz *d*. Somit würde die Gleichung lauten…

$$v_a = \sqrt{v_e^2 - 2\,bd}$$
$$v_a = \sqrt{0^2 - 2(-0{,}79)(32{,}2)(29)}$$
$$v_a = 38{,}4 \text{ fps} = 26 \text{ mph}$$

Das war die Geschwindigkeit des Möbelwagens beim Zusammenstoß. Und genau das sollte Mr. Kodiaks Geschwindigkeit werden, als er durch den Aufprall durch die Luft flog. Diese Gleichung funktioniert übrigens bei allen Lieferwagen mit steiler Front, nur bei den meisten kleineren Autos nicht.«

Syd nickte. »Der senkrechte Kühlergrill eines Lastwagens oder eines großen Lieferwagens produziert einen frontalen Aufprall mehr oder weniger mitten im Masseschwerpunkt des Fußgängers«, sagte sie. »Eine normale Limousine oder ein kleineres Auto würde ihn unterhalb dieses Masseschwerpunkts treffen und das Opfer auf die Haube oder über das Dach des Wagens werfen.«

»Ja«, sagte Dar. »Oder ihn in der Mitte durchtrennen.« Wieder betrachtete er die Gleichung auf dem Schirm. »Da also Ms. Gennie diesen Möbelwagen fuhr und Dickie frontal mit dem Kühlergrill traf, ist die Rechnung simpel. Wir müssen nur die typischen Widerstandsbeiwerte für Fußgänger auf unterschiedlichen Oberflächen wissen.«

Er tippte eine Taste. Auf dem Bildschirm stand…

OBERFLÄCHE	ENTFERNUNG
Gras	0,45 – 0,70
Asphalt	0,45 – 0,60
Beton	0,40 – 0,65

»Und Marlboro Avenue?«, sagte Syd.

»Asphalt.« Dar tippte den Widerstandsbeiwert f für Fußgänger mit 0,45 ein.

»Der Wert für die Höhe des Masseschwerpunkts h beträgt in diesem speziellen Fall… 2,2 Fuß«, sagte Dar. »Und die gemessene Distanz zwischen der eigentlichen Aufprallstelle – markiert vom verlorenen Schuh und den Schleifspuren des anderen Schuhs – bis zu seiner schließlichen Lage, die am Blut und den Schleifspuren der Leiche auszumachen war, betrug zweiundsiebzig Fuß. Also setzen wir diese Werte in die obere Gleichung ein…

$$d_f = 2fh - 2h \sqrt{f^2 - fd/h}$$
$$d_f = 2(0{,}45)(-2{,}2) - 2\,(-2{,}2) \sqrt{(0{,}45)^2 - (0{,}45)(72)/(-2{,}2)}$$
$$d_f = 15 \text{ Fuß}$$

Damit lässt sich die Geschwindigkeit am Beginn von Mr. Kodiaks Sturz – das heißt, als er vom bremsenden Möbelwagen abprallte – folgendermaßen errechnen…

$$v = d_f \sqrt{-g/2h}$$
$$v = 15 \sqrt{-32{,}2/2(-2{,}2)}$$
$$v = 40{,}6 \text{ ft/sec} = 27{,}6 \text{ mph}$$

Was mit der früheren Bremsweganalyse übereinstimmt«, sagte Dar.

»Also hat sie ihn mit etwa siebenundzwanzig Meilen in der Stunde gerammt, als sie aus einer Höchstgeschwindigkeit von fast sechsundfünfzig Meilen in der Stunde abbremste«, sagte Syd.

»Fünfundfünfzig Komma sieben«, stimmte Dar zu. »Das sind fast neunzig Stundenkilometer.«

»Und er flog zweiundsiebzig Fuß weit von der Aufprallstelle, gut zweiundzwanzig Meter. Dann kam er auf dem Rücken zu liegen, mit dem Kopf vom Möbelwagen abgewandt«, fuhr die Chefermittlerin fort.

»Wie es über neunundneunzig Prozent aller Fußgänger tun würden, die frontal von so einem Wagen angefahren werden«, sagte Dar. Deshalb wussten Larry und ich, dass etwas faul an der Sache war, sobald wir die Polizeifotos gesehen hatten.« Er tippte etwas ein, bis die Gleichungen vom Bildschirm verschwanden und die animierte Straßenszene wieder zu sehen war. Ein weiterer Tastendruck ließ die numerischen Werte von Licht, Bordsteinhöhe, Bremsweg und so weiter verschwinden. Zwei männliche Gestalten traten aus dem Gebäude. Der Wagen bog quietschend um die Ecke zum Fountain Boulevard und begann wie wild auf der Marlboro Avenue zu beschleunigen. Einer der Männer stieß den anderen, der auf die Straße stolperte, beinahe stürzte und sich dann aufrichtete, als der schlingernde Wagen ihn anfuhr. Der Mann flog ein ganzes Stück, landete auf dem Rücken und rutschte weiter, blieb schließlich liegen. Der Wagen fuhr an und verschwand an der nächsten Kreuzung um die Kurve, schnitt einem Ford Taurus den Weg ab, der anhielt. Ein Mann stieg aus, kniete neben dem Opfer und rannte dann in westlicher Richtung, verschwand um die Ecke, um zur Wohnung seiner Freundin zu laufen und 911 anzurufen.

»Wir haben Blut, Haar und Hirnmasse am rechten Reifen gefunden, an der rechten Radnabe, der Vorderachsaufhängung, den Stoßdämpfern und sogar am Katalysator des Möbelwagens«, sagte Dar tonlos.

In der Animation kommt der Wagen wieder um die Ecke zum Fountain Boulevard, bremst, als er sich der rücklings auf der Straße liegenden Gestalt nähert, dann rumpelt er darüber hinweg und setzt zurück, zieht den Leichnam fast den halben Weg, den er ihn ursprünglich vor sich hergestoßen hat. Schließlich löst sich die Leiche, deren Kopf nun nach Osten zeigt, zum Möbelwagen hin, während der Wagen immer weiter auf seinen eigenen Bremsspuren zurücksetzt und schließlich zum Stehen kommt.

»Sie musste es zu Ende bringen«, sagte Syd.

Dar nickte.

»Was haben die Geschworenen zu dieser Animation gesagt?«, fragte die Chefermittlerin.

Dar lächelte. »Keine Geschworenen. Kein Prozess. Ich habe das hier sowohl Detective Ventura als auch den Leuten der Abteilung Unfallermittlungen gezeigt, aber niemand hat sich dafür interessiert. Inzwischen hatten Donald und Gennie ihre Klage gegen den Besitzer des Apartmenthauses fallen lassen. Ich denke, es lag daran, dass ich sie mit den Helligkeitsmessungen konfrontiert hatte. Mit der Mietwagenfirma haben sie sich auf fünfzehntausend Dollar geeinigt.«

Syd rutschte auf ihrem Stuhl herum und starrte Dar an. »Sie besitzen konkrete Beweise, dass diese beiden Richard Kodiak ermordet haben, und das LAPD hat die Sache fallen lassen.«

»Sie haben gesagt, es sei nur eine tote Schwuchtel mehr, ›ein Feld-Wald-und-Wiesen-Mord unter vielen‹, um den ehrwürdigen Detective Ventura zu zitieren«, sagte Dar.

»Ich dachte immer schon, dass Ventura ein Idiot ist«, sagte Syd. »Jetzt weiß ich es.«

Dar nickte, kaute auf seiner Lippe und betrachtete die Animation, die sich auf dem Bildschirm wiederholte. Die menschliche Gestalt wurde angefahren, durch die Luft geschleudert, der Wagen fuhr weg, kam wieder, fuhr noch einmal darüber, zog die Gestalt rückwärts vor das Foyer des Hauses, zerquetschte ihr den Schädel. Wieder fing die Animation mit zwei männlichen, gesichtslosen Gestalten an, die aus der hell erleuchteten Lobby traten…

»Lawrences Klienten… die Mietwagenleute… waren froh, dass man sich auf fünfzehn Riesen einigen konnte«, begann er.

»Moment mal«, sagte Syd. »Einen Moment.« Sie ging zu ihrer großen Ledertasche und zog ein teures Apple Power-Book heraus.

Als sie den Computer neben Dars PC auf den Tisch stellte, sah er sie skeptisch an, wie ein Lutheraner einen Katholiken im siebzehnten Jahrhundert angesehen hätte. Apple-Leute und PC-Leute kommen nur selten miteinander aus.

Syd erweckte ihren Computer zum Leben. »Gennie Smiley«, wiederholte sie. »Donald Borden. Richard Kodiak. Bei diesen Namen klingelt es irgendwie…«

Daten liefen spaltenweise über ihren Bildschirm. Eilig tippte sie einen Suchbefehl ein. »Aah«, sagte sie, tippte noch mal, beobachtete, wie die Daten vorüberwirbelten und stehen blieben. »Aha!«, sagte sie.

»›Aha!‹ gefällt mir«, sagte Dar. »Was ist?«

»Haben Sie das Vorleben dieser drei… Liebhaber gecheckt?«, fragte Syd.

»Sicher haben wir das«, sagte Dar. »So gut es ging, ohne Detective Ventura auf die Füße zu treten. Es war sein Fall. Wir haben festgestellt, dass das Opfer – Mr. Richard Kodiak – drei Adressen hatte, neben Rancho la Bonita, was auf seinem Führerschein angegeben ist. Alle liegen in Kalifornien – eine in East L.A., eine in Encinitas, eine in Poway. Als wir seine Sozialversicherungsnummer gecheckt haben, stellten wir fest, dass für seine angebliche Arbeitsstelle CALSURMED keine Adresse festzustellen war. In alten Telefonlisten fand Trudy eine ›California Sure-Med‹ in Poway, aber dieses Unternehmen existiert nicht mehr, und alle entsprechenden Informationen waren aus den städtischen Akten gelöscht. Dann haben wir beim Postamt in Poway nachgefragt und festgestellt, dass die Adresse in Poway dieselbe war, die er für das Unternehmen CALSURMED angegeben hatte – Postfach 616840. Wir haben die Abteilung Unfallermittlungen und Detective Ventura darauf hingewiesen, dass sie sowohl beim County von Los Angeles als auch dem von San Diego die Kartei für Briefkastenfirmen prüfen sollten, sowohl auf den Namen des Unfallopfers als auch auf die Eintragungen CALSURMED und California Sure-Med hin. Das ist nie geschehen.«

Syd grinste ihren Bildschirm an. »Sie erinnern sich an diese roten Heftzwecken auf meiner Karte?«

»Die provozierten Unfälle mit Todesfolge?«, sagte Dar. »Ja?«

»California Sure-Med kümmerte sich um die medizinische Versorgung von sechs der Opfer. Ein gewisser Dr. Richard Karnak war mit seinen Aussagen an den Schadensersatzprozessen beteiligt.«

»Glauben Sie, Richard Karnak ist Dickie Kodiak?«

»Ich muss nicht raten«, sagte Syd. »Haben Sie ein Foto des Opfers? Im lebenden Zustand, meine ich?«

Dar wühlte in der Akte herum und brachte ein kleines Passfoto hervor, auf dem KODIAK, RICHARD R. geschrieben stand. Syd hatte etwas eingetippt und ein hochaufgelöstes Schwarzweißfoto füllte ein Drittel des Bildschirms an ihrem Power-Book aus. Es war dasselbe Foto.

»Und Donald Borden?«, sagte Dar.

»Alias Daryl Borges, alias Don Blake«, sagte Syd, rief ein Foto und eine Datenspalte des anderen Mannes auf. »Acht Vorstrafen: fünf wegen Betrugs, drei wegen Körperverletzung.« Sie sah Dar an und ihre Augen leuchteten. »Mr. Borges gehörte einer Gang in East L.A. an, bis er achtundzwanzig war, aber jetzt arbeitet er für einen Anwalt… einen gewissen Jorgé Murphy Esposito.«

»Scheiße«, sagte Dar freudig. »Und Gennie Smiley. Das muss ein falscher Name sein.«

»Nein«, sagte Syd mit Blick auf eine weitere Doppelspalte. »Aber es war auch nicht ihr derzeitiger gesetzlicher Name. Sie hat vor sieben Jahren geheiratet.«

»Gennie Borges?«, riet Dar.

»*Si*«, sagte Syd und ihr Grinsen wurde breiter. »Aber Smiley war ein früherer Ehename… sie war kurz mit einem gewissen Mr. Ken Smiley verheiratet, der bei einem Autounfall vor sieben Jahren ums Leben kam. Können Sie ihren Mädchennamen raten?«

Schweigend sah Dar Syd eine Minute lang an.

»Gennie Esposito«, sagte Syd schließlich. »Schwester des allgegenwärtigen Anwalts.«

Dar sah auf den Bildschirm, wo der Möbelwagen immer wieder den Fußgänger überfuhr, ins Dunkel der Nacht beschleunigte und dann um die Ecke kam, um den armen Mann noch einmal zu überrollen… und noch einmal.

»Sie wissen, dass ich es weiß«, murmelte Dar. »Aber aus irgendeinem Grund fühlten sie sich plötzlich durch mich bedroht.«

»Es *ist* Mord«, sagte Syd.

Dar schüttelte den Kopf. »Das LAPD hatte die ganze Sache schon abgehakt… die Mietwagenfirma war zufrieden… Donnie und Gennie sind nach San Francisco gezogen. Niemand hat sich dafür interessiert. Es muss was anderes sein.«

»Was es auch sein mag«, sagte Syd, »deutet es doch direkt auf unseren Anwalt Esposito. Aber hier gibt es etwas, das sogar noch interessanter ist.« Sie tippte auf ihren Computer ein.

Dar warf einen Blick auf den PowerBook-Bildschirm, während das FBI-Symbol erschien, ein Sternchenpasswort eingegeben wurde und Inhaltsverzeichnisse, Daten und Fotografien vorüberblitzten.

»Sie haben Zugang zu den Datenbanken beim FBI?«, sagte Dar überrascht. Normalerweise genossen nicht einmal Ex-Special Agents dieses Privileg.

»Ich arbeite offiziell für das Staatliche Büro für Versicherungsdelikte«, sagte Syd. »Sie wissen: Jeanette aus Dickweeds Meeting… ihre Gruppe. Die ist 1992 mit dem Institut zur Vermeidung von Versicherungsdelikten verschmolzen, und um seine Unterstützung zu dokumentieren, hat das FBI uns den uneingeschränkten Zugang zu seinen Dateien ermöglicht.«

»Das muss praktisch sein«, sagte Dar.

»Im Moment ja«, sagte Syd, deutete auf das Foto und den Fingerabdruck des verblichenen Dickie Kodiak, alias Dr. Richard Karnak, eigentlicher Name Richard Trace.

»Richard Trace?«, sagte Dar.

»Der Sohn von Dallas Trace«, sagte Syd, tippte Tasten und sah sich noch mehr Daten an.

Dar zwinkerte zweimal. »Dallas Trace? Dieser Schmierenkomödiant von einem Anwalt? Der Südstaatentyp mit Wildlederweste, Cowboy-Schlips und langen Haaren, der diese schwachsinnige Gerichtssendung auf CNN macht?«

»Genau der«, sagte Syd. »Neben Johnny Cochran Amerikas bekanntester und beliebtester Verteidiger.«

»Blödsinn«, sagte Dar. »Dallas Trace ist ein arroganter Wichser. Er gewinnt Prozesse mit den gleichen Tricks, die Cochran beim Prozess gegen O. J. Simpson benutzt hat. Und er hat ein Buch veröffentlicht, *Wie man Jeden von fast Allem überzeugt*, aber er könnte mich in tausend Jahren nicht davon überzeugen, es zu lesen.«

»Nichtsdestotrotz«, sagte Syd, »war es sein Sohn Richard, der überfahren – ermordet – wurde, bei diesem Kodiak-Borden-Smiley-Möbelwagenunfall.«

»Damit sollten wir anfangen«, sagte Dar.

»Wir *haben* schon angefangen«, sagte Syd. »Der Mordversuch gegen Sie und meine Ermittlungen zu den rivalisierenden Banden, die sich auf Versicherungsbetrug spezialisiert haben, sind jetzt auf demselben Gleis. Montag legen wir gleich los.«

»Montag?«, sagte Dar erschrocken. »Aber jetzt ist erst *Samstagnachmittag.*«

»Und ich habe seit sieben Monaten kein freies Wochenende mehr gehabt«, fuhr Syd ihn mit wildem Blick an. *»Ich will noch einen freien Tag und eine Nacht im Schäferkarren, bevor es weitergeht.«*

Dar hob beide Hände. »Mein letzter freier Sonntag ist lange her.«

»Also abgemacht?«, sagte sie.

»Abgemacht«, sagte Dar und hielt ihr seine Hand hin.

Sie griff danach, zog sein Gesicht ganz nah an ihres und küsste ihn fest, langsam, entschlossen auf die Lippen. Dann ging sie zur Tür.

»Ich werde ein Nickerchen machen, aber wenn ich heute Abend wiederkomme, erwarte ich, dass die Steaks schon auf dem Grill liegen.«

Dar sah ihr nach, überlegte, ob er ihr folgen sollte, überlegte, ob er sich in den Arsch treten sollte, und dann fuhr er in den Ort, um Steaks und mehr Bier zu kaufen.

10

Dar zog erst den Beckengurt fest, dann die Schultergurte, als er sich in der L-33 Solo niederließ und die Pedale trat, um sicherzugehen, dass er bequem saß. Ken rollte das Schleppflugzeug ein Stück vor, während sein Bruder Steve dabeistand und zusah, wie sich das sechzig Meter lange Seil spannte. Ken blieb einen Moment stehen. Steve sah zu Dar im Cockpit der L-33 und beschrieb eine kreisende Bewegung mit der Faust und erhobenem Daumen, was bedeutete: »Check die Ruder.« Dar hatte alles geprüft und zeigte mit erhobenem Daumen, dass er bereit war.

Steve fing den Blick seines Bruders im Schleppflugzeug auf und fuhr mit der rechten Hand auf Bauchhöhe von links nach rechts. Daraufhin zog Ken das Seil stramm und sah sich in der einsitzigen Cessna um. Steve warf noch einen Blick zu Dar hinüber, der die rechte Hand locker am Knüppel hatte, die linke auf dem Knie, bereit, beim ersten Anzeichen von Problemen nach dem Ausklinkknopf zu greifen. Die Schleppmaschine beschleunigte und das Segelflugzeug ruckte leicht und rumpelte vom Gras, dann auf die asphaltierte Runway.

Dar ging seine H-G-I-H-S-A-Checkliste noch mal durch, während er auf Startgeschwindigkeit kam: Höhenmesser, Gurte, Instrumente, Haube, Schleppseil, Ausrichtung. Alles in Ordnung. Er rutschte herum, bis er es bequemer hatte. Neben Beckengurt und Schultergurt war er in einen »Model 305 Strong Para-Cushion«-Fallschirm verschnürt. Das integrierte Sitzkissen brachte etwas zwischen seinen Hintern und den Metallsitz, und die aufblasbaren Kissen am Rücken des Fallschirms boten ihm eine weit bessere Rückenstütze als der senkrechte Metallstreifen, den der Sitz zu bieten hatte. Die meisten Segelflieger unter Dars Bekannten verschmähten Fallschirme, aber zwei waren schon umgekommen, weil sie keinen bei sich hatten ... einer bei einer dummen Kollision in der Luft über dem Mount Palomar, ein paar Meilen nördlich, der andere bei einem ausgesprochen ungewöhnlichen Unfall, als er in einem »Hochleistungs-Segelflugzeug« Loopings flog und sich plötzlich der linke Flügel löste.

Dar saß gern bequem auf seinem Fallschirm, brauchte aber auch das beruhigende Gefühl, überhaupt einen an Bord zu haben.

Das Segelflugzeug hob wie üblich vor der Schleppmaschine ab und Dar hielt es zwei Meter über der Runway, bis Ken die Cessna nach ein paar hundert Metern in der Luft hatte. Dann brachte Dar die L-33 in eine normale »Horizont«-Position, blieb mehr oder weniger auf gleicher Höhe mit Kens kleiner Cessna, ein Stück weit oberhalb des Luftstroms, den das

Schleppflugzeug erzeugte. Offiziell flog Dar, wie es in den Bergen üblich war, indem er sein Flugzeug präzise nach der Schleppmaschine ausrichtete, es an einer fixen Position knapp über seinem Instrumentenbrett hielt. Tatsächlich aber wendete er den Trick erfahrener Piloten an, sich einfach dort zu platzieren, wo er sich im Verhältnis zur Schleppmaschine gerne sehen wollte, um dann dort zu bleiben. Dafür war ein gewisses Maß an Vorwissen und telepathischen Fähigkeiten nötig, aber nachdem Ken ihn schon ein paar hundert Mal in die Luft geschleppt hatte, war für diese beiden Voraussetzungen gesorgt.

Es war ein schöner Morgen mit endlos weiter Sicht, sanftem Westwind von drei Knoten und wunderbarer Thermik, die sich an den Bergen um das Flugfeld unten im Tal bildete. Als sie jedoch auf eine Höhe von dreihundert Metern kamen, machte Dar weit im Westen eine Sturmfront aus. In wenigen Stunden würde diese über die Küste hereinziehen und den Spaß am Fliegen für heute verderben.

Gleichmäßig stiegen sie auf, während die Cessna erst nach Norden, dann nach Westen ausschwenkte, immer weiter stieg, sie wiederum auf nordöstlichen Kurs brachte, zum Mount Palomar hin, in den Aufwind. Bei der im Voraus vereinbarten Höhe von sechshundert Metern erhöhte Dar die Spannung in der Schleppleine, damit Ken merkte, dass er sich gleich ausklinken wollte. Dann zog Dar zweimal den Ausklinkknopf, sah und spürte, wie sich das Schleppseil löste und schwenkte zu einer leichten Steigkurve nach rechts aus, während Ken die Cessna steil nach links abfallen ließ.

Dann war die L-33 auf sich allein gestellt, blieb der aufsteigenden Thermik des Vorgebirges und der steilen Berge nördlich vom Flugfeld überlassen, und Dar lehnte sich zurück, genoss die Stille, in der es nur das stete Rauschen der Luft an Rumpf und Flügeln gab.

Dar war an diesem Sonntagmorgen früh aufgewacht, hatte Kaffee gekocht, Bagels und Corn-Flakes bereitgestellt, daneben eine Nachricht für Syd gelegt, und wollte sich eben auf den Weg zum Segelflugplatz bei Warner Springs machen, als Syd in der Tür stand, in Jeans mit rotem Leinenhemd und leichter Khakiweste mit vielen Taschen. Das Holster mit ihrer Pistole hing am Gürtel unter ihrer Weste.

»Ich war spazieren«, sagte sie. »Wollen Sie mir etwa entwischen?«

»Könnte sein«, sagte Dar und erklärte es ihr.

»Ich würde gern mitkommen.«

Dar zögerte. »Es ist langweilig, da auf dem Feld zu stehen und zu warten«, sagte er. »Wahrscheinlich haben Sie es netter, wenn Sie hier bleiben und die Sonntagszeitung lesen… Ich könnte runter zur Kreuzung fahren und Ihnen eine holen. Unten bei den Briefkästen gibt es außerdem einen Zeitungskasten.«

»Wollen Sie mich nicht mitfliegen lassen?«, fragte sie.

»Nein«, sagte Dar, und es klang schärfer als beabsichtigt. »Ich meine… mein Flieger ist ein Einsitzer.«

»Ich würde trotzdem gern zusehen«, sagte Syd. »Und vergessen Sie nicht, dass ich an diesem Wochenende eigentlich nicht Ihr Gast, sondern Ihr Bodyguard bin.«

Also spülten sie eine Thermosflasche mit heißem Wasser aus und füllten sie mit Kaffee, steckten ein paar Bagels in eine Tüte, fuhren durch den kleinen Ort Julian am Highway 78, dann nordwestlich durch Canyons zum Highway 79, bis sie ins breite Tal bei Warner Springs gelangten.

Es überraschte Syd, wie klein sein Segelflugzeug war. »Es ist nicht viel mehr als Rumpf, Flügel und Leitwerk«, sagte sie, während sie die Seile löste, mit denen es am Boden gesichert war.

»Viel mehr braucht man für ein Segelflugzeug auch nicht«, sagte er.

»Ich dachte, man nennt sie Gleiter«, sagte Syd.

»Auch.«

Sie hielt einen Flügel fest, als er das Rumpfheck anhob, und gemeinsam schoben sie das rot-weiße Flugzeug vom Vorfeld auf die Start- und Landebahn. Ken flog seine Cessna, landete immer wieder kurz, vertäute andere Segelflieger und zog sie himmelwärts.

»Es ist ganz leicht«, sagte Syd und bewegte den Flügel mühelos auf und ab. »Obwohl es aus Metall ist. Ich dachte, solche Flugzeuge wären aus Stoff und Holz… wie die alten Doppeldecker.«

»Das ist eine L-33 Solo«, sagte Dar, »entworfen von Marian Meciar, gebaut bei LET in der Tschechischen Republik. Sie ist fast ganz aus Aluminium, bis auf das Material am Höhenruder. Sie wiegt leer keine 240 Kilo.«

»Bauen die Tschechen gute Gleiter… Segelflugzeuge?«, fragte Syd, als Dar die Haube aufklappte und seinen Fallschirm hineinlegte.

»In diesem Fall ganz sicher«, sagte Dar. »Ich musste ein paar Farbkanten abschleifen, die ab hundertzehn Stundenkilometern den Widerstand stark ansteigen ließen und damit die Polare zu sehr verschlechterten. Dieses Modell neigt dazu, ohne Vorwarnung zu überziehen, aber für jemanden mit ausreichender Erfahrung ist es ganz wunderbar.«

»Wie lange fliegen Sie schon?«

»Elf Jahre ungefähr«, sagte Dar. »An der Front Range von Colorado habe ich angefangen und dann dieses Flugzeug gebraucht gekauft, als ich hierher gezogen bin.«

Syd machte den Mund auf, um etwas zu sagen, zögerte eine Sekunde und sagte: »Wie viel kostet so ein Flugzeug… wenn ich mal fragen darf?«

Dar lächelte sie an. »Es war mit $ 25 000 ein guter Kauf. Aber das wollten Sie eigentlich gar nicht fragen. Sondern was?«

Syd sah ihn eine Sekunde an. »Ich weiß, dass Sie keine Linienmaschinen benutzen. Ich dachte, Sie können das Fliegen nicht leiden.«

Dar begann seinen Rundgang zur Inspektion vor dem Flug.

»Mh-mh«, sagte er, ohne die Chefermittlerin anzusehen. »Ich liebe es zu fliegen. Sagen wir, ich bin in der Luft nur nicht gern Passagier.«

Dar wendete in den Aufwind zurück und stieg über die Vorberge unterhalb des Mount Palomar auf. Im Osten hatte er den Beauty Peak gesehen, der dort so einsam stand – sein Gipfel etwa auf Dars Höhe bei tausendachthundert Meter –, und den Toro Peak weiter südöstlich, dessen Kegel noch weit höher aufragte. Aber es war die Thermik dieser hübschen Hügelketten und Vorgebirge, die Dar suchte.

Die L-33 besaß, wie die meisten Segelflugzeuge, nur sehr wenige Instrumente und Kontrollanzeigen. Dar hatte den Knüppel, die röhrenförmigen Ruderpedale zur Verfügung, einen kurzen Griff für die Landeklappen, einen weiteren Griff zum Ausfahren und Einrasten des Fahrwerks, den großen, gelben Knopf zum Lösen des Schleppseils, und ein kleines Instrumentenbrett mit Höhenmesser, Variometer und Fahrtmesser. Das kleine Segelflugzeug besaß weder ein Funkgerät noch elektronische Navigationsgeräte. Im Grunde benutzte Dar vor allem den »Faden«, ein Stück farbiges Band, das direkt vor dem Cockpit am Rumpf befestigt war. Dieser Faden und das Wissen um die Windgeräusche an Flügel und Rumpf zeigten ihm die Geschwindigkeit besser an als alle Instrumente. Aus Erfahrung wusste Dar, dass das Staurohr an der Rumpfnase seine Fluggeschwindigkeitsdaten einigermaßen verlässlich an die Instrumente weitergab, die beiden statischen Druckentnahmen an den hinteren Rumpfseiten etwas hervorstanden, sodass sie Luftgeschwindigkeiten registrierten, die etwa sechs Prozent über dem lagen, was tatsächlich der Fall war. Solange er um diese Neigung wusste, war er auf der sicheren Seite. Kopfrechnen war für Dar nie ein Problem gewesen. Außerdem log der Faden nie.

Unablässig drehte er den Kopf, um die anderen Segler und Motorflugzeuge im Auge zu behalten – nur wenige waren weiter östlich auszumachen. Dar suchte die Aufwinde an den Ost-hängen der Berge, an den kahlen Felsen und selbst über den Ziegeldächern der Dörfer unter ihm. Sechshundert Meter über ihm und weiter zum Mount Palomar hin, kreiste träge ein Falke. Ein paar Wolken trieben östlich der Berge, und Dar konnte eine Föhnwand aus dicken Wolken sehen, die an den Westhängen des Palomar aufragte und zum Teil den Gipfel umfing. Weiter westlich sah er, wie sich hohe, schwarze Ku-mulonimbus- und Stratokumuluswolken auftürmten, wäh-rend sich der Sturm der Küste näherte. Es bereitete ihm keine Sorgen. Er wollte weiter aufsteigen, bis er mindestens zwei-tausendfünfhundert Meter Luft unter sich hatte, um den Auf-und Abwinden auf den Leeseiten der großen Gipfel zu trot-zen. Man nannte es »Wellenfliegen«, und es waren etwas mehr Geschick und Erfahrung als beim schlichten Thermik-Fliegen nötig.

Dar suchte die Höhenzüge ab, fand die bessere Thermik an sonnenbeschienenen Felsen, stieg auf und schwenkte dann nach Osten aus, um zur windabgewandten Seite des Hanges zu gelangen, den Venturi-Effekt zu nutzen und durch die Schluchten zwischen niedrigeren Gipfeln zu segeln, bis er dann umkehrte und mit der Thermik wieder aufstieg. Die Su-che nach diesen Auslösepunkten und der Osthangthermik be-deutete, dass man sich in etwa dreißig bis fünfzig Metern Ent-fernung von den steilen Hängen bewegte... manchmal noch näher. Die hohen Fichten und Gelbkiefern an diesen Hängen schienen jedes Mal sehr nah, wenn Dar die L-33 langsam rechts herum und aufwärts lenkte, wobei das Variometer den Aufstieg in Meter pro Sekunde anzeigte. Dar blickte über seine linke Schulter, als er über einen dieser Höhenzüge kam und sah, wie drei Rehe lautlos am Kamm entlangliefen. Das einzige Geräusch in seinem Universum war das sanfte Rauschen des Windes an der Kanzel und am Rumpf aus Aluminium. Die Morgensonne brannte heiß, und er schob die kleinen Fenster links und rechts im Plexiglas auf, *fühlte* die warmen Winde, die ihn anhoben, spürte aber auch das leicht veränderte Flugverhalten, wenn der Luftstrom über der Haube unterbrochen wurde.

Nun kam Dar über die letzten steilen Kämme vor den eigentlichen Bergen, kam naturgemäß von der Windseite darauf zu, mit reichlich Geschwindigkeit in großer Höhe, ständig bereit, hart abzudrehen und umzukehren, falls die Abwinde allzu heikel würden. Aber jedes Mal überflog er den Kamm – manchmal nur zehn, zwölf Meter über dem Felsgrat oder den Wipfeln der Kiefern – und sammelte dann Höhe für das nächste Mal. Schließlich war er westlich der Höhenzüge und gut zweitausend Meter über dem Talgrund, näherte sich den Hängen des Palomar, ließ die L-33 seitwärts in den kräftigeren Aufwind ausschwenken und plante seinen Einstieg in die Welle. Das Vorhandensein einiger »Lentis«, Lentikulariswolken in Form fliegender Untertassen, die sich über der Rotorwolke bildeten, zeigte ihm den Kamm der wellenförmigen Aufwinde an, indem sie Lentikularis wie Teller im Regal aufstapelten.

Dar sah über seine Schulter, bevor er eine 270-Grad-Wende einleitete, um etwas an Höhe zu gewinnen, und erschrak, als er ein anderes Hochleistungssegelflugzeug sah, das sich ihm von rechts oben näherte. Segelflugzeuge flogen nicht gern in Formation, denn Zusammenstöße in der Luft waren das Schlimmste, was einem Segelflieger passieren konnte. Er sah, dass der andere sehr nah herankam, obwohl der Himmel heute doch so blau und leer war, und das schien ihm ungewöhnlich. Wenn nicht sogar unverschämt.

Das blau-weiße Flugzeug kam heran, und Dar erkannte Steves Twin Astir, einen hübschen, zweisitzigen Segler, den der Flugplatzeigner für Rundflüge und Flugstunden benutzte. Dann erkannte Dar Syd auf dem Vordersitz.

Eine Sekunde reagierte er verärgert, beruhigte sich dann aber, entspannte seine Hand am Knüppel. Es war ein schöner Tag. Wenn Syd fliegen wollte, wieso nicht?

Aber Steves Twin Astir kam immer näher und wackelte da

bei mit den Flügeln. Flügelwackeln war beim Schleppen das Zeichen *Jetzt ausklinken!*, aber Dar hatte keine Ahnung, was Steve ihm sagen wollte, als die beiden Segler Seite an Seite lagen, die Flügelspitzen etwa zehn Meter weit auseinander, beide im Steigflug auf der nächsten Welle vom Palomar.

Syd gestikulierte. Sie hob ihr Handy an, tat, als spräche sie hinein und deutete ins Tal hinunter.

Dar nickte. Steve schwenkte zuerst aus, gewann über dem Vorgebirge an Höhe, flog dann aber geradewegs zum Flugfeld. Dar folgte in einigen hundert Metern Abstand. Er kam aus den Bergen übers weite Tal, folgte dem Twin Astir zum üblichen Anflugpunkt südlich vom Flugplatz Warner Springs, ließ sich weiter zurückfallen, als die beiden Flugzeuge bei etwa zweihundertzwanzig Metern über dem Boden in den Gegenanflug eindrehten, machte die Queranflugkurve nordwärts bei etwa hundertzwanzig Metern Höhe, sah, wie der Twin Astir sanft im Gras rechts der Asphaltbahn aufsetzte und peilte seinen Aufsetzpunkt etwa fünfzig Meter dahinter an.

Inzwischen ging der Wind in Böen, aber Dar kam sanft herunter, hielt beim Landeanflug eine gleichmäßige Fluggeschwindigkeit, behielt den Faden im Blick und schätzte seine Mindestgeschwindigkeit plus 50 Prozent, plus die Hälfte der geschätzten Windgeschwindigkeit, die jetzt bei etwa zwölf Knoten lag.

Steve war in reichlich steilem Winkel abgestiegen, was auch Dar nun tat, benutzte seine Bremsklappen, um sich auf dem richtigen Gleitwinkel zu halten, segelte schließlich parallel zum Boden in einer Höhe von genau einem halben Meter, spürte den leichten Seitenwind in letzter Sekunde und steuerte dagegen, um die Nase der L-33 auf Kurs zu halten, dann setzte er so weich mit seinem Bugrad auf, sodass er den Kontakt kaum merkte. Dar konzentrierte sich aufs Ruder, ließ das tschechische Flugzeug sanft über den gemähten Rasen rollen und brachte es schließlich keine zwei Meter vor dem linken Flügel von Steves Twin Astir zum Stehen.

Dar warf die Haube auf und hatte Sekunden später Fallschirm und Schultergurte abgestreift. Syd lief ihm schon entgegen.

»Dickweed hat angerufen!«, rief sie, bevor Dar noch etwas sagen konnte. »Jorgé Murphy Esposito ist tot. Wenn wir uns beeilen, können wir da sein, bevor die anderen es vermasseln.«

Es regnete heftig, als sie zur Baustelle im Süden von San Diego kamen. Sie hatten beschlossen, ihr Gepäck, die Dokumente und Videobänder abzuholen, und so hatte es etwas gedauert, bis sie wieder bei der Hütte waren, eingeladen und abgeschlossen hatten, um dann zurück in die Stadt zu fahren. Als sie eintrafen, war Espositos Leiche nicht mehr da und die Unfallstelle von einem gelben Tatortband gesichert, aber nach wie vor liefen überall Uniformierte und andere Leute herum.

Captain Frank Hernandez, der vor vier Tagen an dem Meeting in Dickweeds Büro teilgenommen hatte, war der ranghöchste Polizist in Zivil am Tatort. Hernandez war klein, aber stämmig, ein Halbschwergewicht ohne die entsprechende Größe, aber mit Haltung und einem Gesicht aus Ecken und Kanten. Er vergeudete weder Worte noch Zeit mit Dummköpfen. Von Lawrence und anderen hatte Dar gehört, Hernandez sei ein ehrlicher Cop und ausgezeichneter Detective.

»Was machen Sie beide hier?«, fragte der Captain, als Dar Syd durch strömenden Regen zu dem kollabierten Hebelift folgte, der von gelbem Band umgeben war.

»Das Büro des Stellvertretenden Bezirksstaatsanwalts hat angerufen«, sagte Syd. »Esposito war potenzieller Zeuge in unseren Ermittlungen.«

Hernandez knurrte und lächelte bei dem Wort *Zeuge*. »Ich verstehe, wieso Sie Interesse an Mr. Esposito haben, Chefermittlerin«, sagte er. »Er war sicher einer der führenden Schlepper aus der Gegend.«

Syd nickte und sah sich den Hebelift an. Wenn die schwere Plattform von ihrem höchsten Punkt abgestürzt war, wäre das ein Sturz von etwa zwölf Metern gewesen. Jetzt wurde die Plattform auf beiden Seiten von Wagenhebern gehalten. Während die Erde drumherum im Schlamm ertrank, war sie unter der Plattform trocken, abgesehen von Spritzern von Blut, Hirn und einer dunkleren Flüssigkeit. Flecken und Brocken der Hirnmasse waren auch am Schlackenstein auf der anderen Seite des Lifts zu erkennen.

»Sind Sie hier, weil es nach Mord aussieht?«, fragte Syd Hernandez.

Der Detective zuckte mit den Schultern. »Wir haben einen Augenzeugen, der etwas anderes behauptet.« Er nickte zu einem Arbeiter mit Klemmbrett hinüber, der sich mit einem uniformierten Officer unterhielt. »Heute waren nur wenige Arbeiter auf der Baustelle«, fuhr Hernandez fort. »Vargas – er ist hier der Vorarbeiter – hat den Anwalt Esposito nicht kommen sehen. Ihm ist aber aufgefallen, dass er mit jemandem am Hebelift gesprochen hat.«

»Hat er den anderen Mann erkannt?«, sagte Syd.

Wieder nickte Hernandez. »Paulie Satchel. Hat früher auf dieser Baustelle gearbeitet, ist aber seit einem Sturz krankgeschrieben. Paulie hat die Firma verklagt…«

»Lassen Sie mich raten«, sagte Syd. »Esposito war sein Anwalt.«

In Hernandez' dunklen Augen lag keine Freude, als er lächelte.

»Dieser Satchel ist also verdächtig?«, fragte Syd.

»Nein.« Hernandez klang ganz sicher. »Wir suchen ihn, aber nur als Zeugen. Vargas, der Vorarbeiter, hat gesehen, wie Satchel ging, als es zu regnen anfing. Esposito hat sich unter den Hebelift gestellt, um nicht nass zu werden. Da hing der Lift noch oben im zweiten Stock. Esposito war ganz allein, als Vargas ihn da stehen sah. Dann hat der Lift plötzlich nachgegeben, und anscheinend ist Esposito in die falsche Richtung gesprungen – zur Wand hin – und ist dann mit dem Kopf zwischen die Scheren gekommen.«

Syd sah sich die graue Masse auf dem trockenen Schlacken-stein an und sagte: »Hat Vargas den Unfall selbst gesehen?«

»Nein«, sagte Hernandez, »aber er hat sich umgedreht, als er das Geräusch hörte. Er hat niemanden sonst gesehen.«

»Wie kann ein Hebelift so einfach zusammenklappen?«, fragte Dar. Er machte Fotos mit seiner digitalen Kamera.

Einen Moment lang sah sich Hernandez den Versicherungs-detektiv von oben bis unten an, als musterte er ihn, und sagte: »Vargas glaubt, Esposito hätte sich an dem großen Bolzen da an der vorderen Säule zu schaffen gemacht. Da wird das Hy-drauliksystem gefüllt oder entleert. Als die Schraube draußen war, hat die Hydraulik fast augenblicklich Druck verloren und der Lift kam runter.«

»Warum sollte Esposito das tun?«, sagte Syd.

Hernandez wischte sein feuchtes, schwarzes Haar aus der Stirn. »Esposito war ein Vollidiot«, sagte er nur.

Dar trat näher an den Lift, stieg nicht darunter, bückte sich aber, um den trockenen Boden zu betrachten. »Hier sind nicht nur Mr. Espositos Spuren.«

»Ja«, sagte Hernandez. »Die Sanitäter, die ihn befreit haben. Und der Gerichtsmediziner, der ihn für tot erklärt hat. Als ich mit den Uniformierten ankam, waren nur Espositos Spuren darunter.«

»Woran haben Sie das gesehen?«, sagte Dar.

Hernandez seufzte. »Sehen Sie hier irgendwelche Bauarbei-ter, die Florsheim-Herrenschuhe mit verstärktem Absatz tra-gen?«

Syd ging neben Dar in die Hocke und griff in den abgesperr-ten Bereich, tippte zwei Finger in die dunkle Flüssigkeit am Boden und hob die Finger ans Gesicht. »Dieser längere, schmale Spritzer ist also Hydraulikflüssigkeit...«

»Ja«, sagte Captain Hernandez. »Und der Rest ist Espo-sito.«

»Aber Sie halten diesen Fall offen«, sagte Syd. »Sie halten eine Manipulation für möglich.«

»Wir werden mit Paulie Satchel sprechen«, sagte Hernandez, »ein paar von den anderen Burschen verhören, die zu dem Zeitpunkt auf dem Bau waren. Jemand wie Jorgé Esposito macht sich viele Feinde und hat viele Rivalen. Im Moment aber sieht es so aus, als würde die Sache als Unfall verbucht.«

»Was ist mit Vargas?«, sagte Dar.

Hernandez runzelte die Stirn. »Der Vorarbeiter? Er ist schon achtzehn Jahre bei der Firma. Ist nicht mal als Falschparker aufgefallen.«

»Mr. Esposito hat die Firma verklagt«, sagte Syd leise.

Der Detective schüttelte den Kopf. »Vargas war da drüben in der Bauhütte am Telefon, als der Lift runterkam. Er hat mit einem der Architekten gesprochen. Wir können die Telefonliste checken und den Architekten verhören. Aber Vargas ist sauber. Das spüre ich.«

»Instinkt?«, fragte Dar, wie immer neugierig, woher Cops ihre Schlussfolgerungen nahmen. Fast glaubte er, sie hätten einen sechsten Sinn.

Hernandez musterte Dar mit zusammengekniffenen Augen, als verstünde er die Bemerkung sarkastisch. Er sagte nichts.

Syd brach das Schweigen. »Wohin hat der Gerichtsmediziner die Leiche geschickt?«

»Ins städtische Leichenschauhaus«, sagte Hernandez, während er Dar noch immer mit kalten, dunklen Augen ansah. Schließlich wandte er sich Syd zu. »Überlegen Sie, ob Sie hinfahren sollen?«

»Könnte sein.«

Hernandez zuckte mit den Schultern. »Esposito war kein schöner Anblick, als wir kamen … ich möchte bezweifeln, dass er im Leichenschauhaus hübscher geworden ist. Aber, Hey … es ist Sonntag.«

In den letzten Jahren war Dar aufgefallen, dass Leichenschauhäuser im Kino voll nackter, schöner Frauenleichen waren und dass Gerichtsmediziner oft genug als fette, unsensible Schweine dargestellt wurden. Im Gegensatz dazu war der Leichenbeschauer im San Diego County, Dr. Abraham Epstein, ein kleiner, makellos gekleideter Mann von Anfang sechzig, der so sanft und ernst sprach, dass man sich an einen Beerdigungsunternehmer erinnert fühlte, nur glaubwürdiger. Auch mussten Dar und Syd nicht an anderen Leichen vorbei, um sich Esposito anzusehen. Die Prozedur bestand darin, in einem kleinen, gepflegten Zimmer zu sitzen, während ein Video des Verblichenen auf einem hochauflösenden Zweiunddreißig-Zoll-Fernseher lief.

Als Espositos Gesicht erschien, lief Dar ein Schauer über den Rücken. Er merkte, wie auch Syd neben ihm zurückschreckte.

»In der medizinischen Terminologie«, sagte Epstein leise, »nennt man es die ›Maske starren Entsetzens‹. Ein antiquierter Ausdruck, aber nach wie vor recht zutreffend.«

»Großer Gott«, sagte Syd. »Ich habe schon einige Leichen gesehen, und viele davon nach gewaltsamem Tod, aber noch nie…«

»Einen solchen Gesichtsausdruck«, beendete der Leichenbeschauer ihren Satz. »Ja, sehr selten. Normalerweise eliminiert das Phänomen des Todes, selbst des gewaltsamen Todes, allen Ausdruck im Gesicht… zumindest bis die Leichenstarre einsetzt. Aber das hier kommt in seltenen Fällen bei einem massiven und fast unmittelbaren Hirntrauma vor, wie man es auf dem Schlachtfeld findet…«

»Oder zwischen den einknickenden Scheren eines Hebelifts«, sagte Dar.

»Ja«, sagte Dr. Epstein. »Und wie Sie sehen können, wurde der obere Teil der Hirnschale nicht nur aufgeschnitten und zurückgeklappt – aufgesägt wie bei einer Autopsie – sondern der Schädel selbst wurde mit Gewalt zusammengedrückt. Eine ganze Menge Hirnmasse ist ausgetreten, und was davon drinnen geblieben ist, hat den Kontakt zum zentralen Nervensystem des Verstorbenen schneller verloren als der Nervenimpuls zum Durchqueren des Körpers braucht.«

Schweigend saßen sie einen Moment lang da. Dar tippte leise ein paar Zahlen in seinen Taschenrechner und Jorgé Murphy Espositos Miene starrte sie vom Monitor her an. Seine Augen waren nach oben gerollt, als blickte er zu einer Guillotine auf, der Mund unfassbar weit zu einem endlosen Schrei aufgerissen, die Muskeln im Gesicht und am Hals auf geradezu absurde Weise verzerrt, fast wie ein Cartoon … alles unter dem aufgeschnittenen Schädel, wobei der Rest von Knochen und Haar wie ein billiges Toupet aussah, das halb verweht war.

»Dr. Epstein«, sagte Dar, »meine Berechnungen haben ergeben: Falls die Plattform in maximaler Höhe stand, was der Vorarbeiter und einige auf der Baustelle heute bei den Befragungen bestätigt haben, würde ein Verlust an Hydraulikflüssigkeit bedeuten, dass die Plattform ihre höchstmögliche Geschwindigkeit beinah umgehend erreicht hätte. Die Plattform hätte Mr. Esposito in weniger als zwei Sekunden getroffen.«

Dr. Epstein nickte langsam. »Das stimmt mit den Studien überein, die bislang zu der so genannten Maske starren Entsetzens gemacht wurden. Das Hirn muss vom Nervensystem getrennt sein … in eins Komma acht Sekunden oder weniger, wenn der Gesichtsausdruck auf diese Art und Weise erstarren soll.«

Dar sah Syd an. »Was glauben Sie: Wie weit war Espositos Leiche von dieser Säule entfernt, an der die Schraube gelockert wurde, damit die Hydraulikflüssigkeit auslaufen konnte?«

»Die Plattform ist vier Meter zwanzig breit«, sagte Syd. »Esposito befand sich auf der gegenüberliegenden Seite der Säule mit der lockeren Schraube, und sein Kopf ragte um einige Zentimeter zwischen den Streben heraus, als hätte er versucht, dem zusammenklappenden Eisen-X zu entkommen.«

»Glauben Sie, er hätte in weniger als zwei Sekunden diesen

Bolzen drehen, die lange Schraube herausziehen und dann diese Entfernung zurücklegen können?«, fragte Dar.

»Nein«, sagte Dr. Epstein. »Und falls doch, wie es sein Gesichtsausdruck andeutet, und Esposito *gesehen* hat, wie die Plattform herunterkam, hätte er instinktiv – hätte jeder instinktiv – einen Satz nach vorn getan, um zu entkommen. Nicht noch weiter darunter, zur Mauer hin.«

Dar steckte seinen Taschenrechner weg.

»Es gibt da noch etwas«, sagte Dr. Epstein. Er führte sie in einen Bereich, der medizinischen Arbeiten und der Lagerung vorbehalten war, zwischen Wartezimmer und eigentlichem Leichenschauhaus. Verschiedene Beutel lagen auf Regalen, die meisten mit dem internationalen Symbol für toxischen Biomüll beschriftet. Epstein zog einen Karton aus einer Schublade, zog Einweghandschuhe über, wie Sanitäter sie seit Beginn der AIDS-Epidemie trugen, und reichte Dar und Syd jeweils ein Paar. Er beugte sich zu einem der durchsichtigen Beutel herab. Auf dem Zettel daran stand Esposito, M. Jorgé, darunter Datum und Fallnummer.

»Natürlich wurde alles von der Polizei fotografiert und auf Video festgehalten«, sagte Dr. Epstein, »aber Sie sollten es sich trotzdem ansehen.« Er öffnete den Beutel und breitete Espositos Kleidung auf einem rostfreien Stahltisch mit Blutrinnen aus.

Der Nadelstreifenanzug war billig gewesen, wie Dar unschwer erkennen konnte, und Blut und Hirnmasse machten ihn nicht ansehnlicher. Das weiße Hemd war fast ganz rot. Esposito hatte eine verwegene gelbe Krawatte getragen, die nun mehr oder weniger dunkelrot war.

Der Leichenbeschauer hob die Ärmel des Jacketts, dann die Ärmel am Hemd. »Sehen Sie«, sagte er.

Syd nickte sofort. »Blut… menschliches Gewebe… aber keine Hydraulikflüssigkeit.«

»Exakt«, sagte Dr. Epstein mit seiner getragenen Stimme. »Ebenso wenig gab es an den Händen der Leiche, am Gesicht oder am Oberkörper Hydraulikflüssigkeit. Aber hier…«

Er hob die Hosenbeine. Dar berührte sie mit seiner Handschuhhand, um im Deckenlicht besser sehen zu können. Das rechte Hosenbein war schwarz und ölig. Epstein nahm abgetragene, schwarze Florsheim-Schuhe mit verstärktem Absatz ganz unten aus dem Beutel. Beide Schuhe waren voller Blut, aber nur einer, der rechte, war von Hydraulikflüssigkeit getränkt. Und selbst die Sohle dieses Schuhs stank danach.

»Wie wir an den Spuren gesehen haben, muss das Öl etwa drei Meter weit aus dem Rohr gespritzt sein«, sagte Syd. »Aus irgendeinem Grund war Esposito unter dem Lift – vermutlich mehr oder weniger in der Mitte oder näher an der Mauer – und konnte nicht ins Freie gelangen. Er hat sich umgedreht und ist durch die Lücke zwischen den Querstreben gesprungen, als sich die Schere eben schloss. Die Hydraulikflüssigkeit hat nur seine Hosenbeine und den rechten Schuh getroffen, als er sprang.«

»Was könnte jemanden daran hindern, den kürzesten Weg in Sicherheit zu nehmen, wenn eine zwei Tonnen schwere Plattform auf ihn herunterstürzt?«, fragte Dar.

»Oder *wer*?«, fügte Syd hinzu.

Dr. Epstein legte die Kleidungsstücke wieder in den Klarsichtbeutel zurück. Er zog seine blutigen Handschuhe aus, warf sie in die Tonne für toxischen Biomüll und wusch sich an der Spüle die Hände. Syd und Dar taten es ihm nach.

Im Wartezimmer mit dem nun erfreulicherweise leeren Monitor bedankten sich beide bei dem Leichenbeschauer.

Dr. Epstein lächelte, aber seine Augen blieben traurig. »Ich habe von diesem Anwalt Esposito gehört«, sagte er so leise, dass sie sich zu ihm herüberbeugen mussten, um ihn verstehen zu können. »Korrupter Anwalt. Höchstwahrscheinlich gewissenloser Schlepper. Aber es war ein schrecklicher Tod. Und … selbst wenn sich Detective Hernandez und andere nicht dafür interessieren … muss er doch als gewaltsamer Tod gemeldet werden.«

»Ein gewaltsamer Tod«, stimmte Syd zu.

»Mord«, sagte Dar.

Die beiden traten in den dichten Regen hinaus.

11

Es war fast Mittag, als Sydney Olsons Ford Taurus von der Avenue of the Stars in Century City abbog und die steile Abfahrt zur Tiefgarage nahm.

»Wollen Sie mir jetzt also erzählen, was es mit der ganzen Sache auf sich hat?«, fragte Dar, trank seinen 7-Eleven-Kaffee und gab sich alle Mühe, nichts zu verschütten, während Syd das Ticket nahm und mit Schwung die kurvige Betonrampe nahm, die direkt ins Parkhaus der Hölle zu führen schien.

»Noch nicht«, sagte Syd, fand einen leeren Parkplatz neben einem zerkratzten Pfeiler und lenkte den Taurus geschickt hinein.

Dar knurrte.

Er hasste es, früh aufzustehen, und er hasste es sogar noch mehr, montagmorgens in der Rush-hour nach L.A. zu fahren. An diesem Morgen hatte er beides getan. Syd hatte ihn um sieben Uhr dreißig abgeholt, zu diesem Mittagessen mit… Dar wusste nicht, mit wem. Der Verkehr war schlimmer als je zuvor, aber Syd war ruhig geblieben, hatte ihr schmales Handgelenk aufs Lenkrad gelegt und gedankenverloren dagesessen, als die kilometerlange Schlange von Fahrzeugen zum Stehen kam. Während der ganzen, langen Fahrt hatten sie kaum miteinander gesprochen.

Wenigstens war die Presse nicht mehr da. Vor Dars Loft im Lagerhaus hatten keine Fernsehgeier mehr gelauert, als er am Sonntagabend nach Hause kam, und auch heute Morgen nicht. Der »Highway-Killer« der letzten Woche war offenbar kein Thema mehr, und sämtliche Insta-Cams und Satellitenwagen kümmerten sich um die heißeste Story der neuen Woche –

einen Sexskandal um eine bekannte Lobbyistin und jemanden weit oben im Büro des Bürgermeisters. Der Umstand, dass beide Hauptfiguren attraktive Frauen waren, verringerte die Gier der Presse sicher nicht.

Im Fahrstuhl von der Tiefgarage nach oben sagte Syd: »Haben Sie das Video auch bestimmt dabei?« Dar hielt seine alte Aktentasche hoch.

Sie kamen an dem Stockwerk vorbei, in dem Robert Shapiro sein Büro während des Prozesses gegen O.J. Simpson gehabt hatte. Dallas Traces Bürosuite befand sich im Penthouse.

Dar war überrascht, wie geräumig es dort war und wie geschäftig es zuging. Als sie das Foyer, die Rezeptionistin und einen Wachmann in Zivil hinter sich hatten, kamen sie durch einen großen Bereich, der von mindestens zwölf Sekretärinnen bevölkert war. Dar sah fünf kleinere Büros, zweifellos die der jungen Anwälte, bis sie zum Eckbüro des großen Meisters kamen. Die Tür stand offen, und Dallas Trace sah auf, lächelte, sprang aus seinem ledernen Chefsessel hoch, winkte sie herein und grinste, als wären sie alte Freunde.

Auch hier verblüffte es Dar, wie luxuriös dieses Büro war. Er sah die Hügel im Norden, und nachdem der gestrige Sturm den Smog vorerst verweht hatte, war aus dem Westfenster sogar der Bundy Drive in Brentwood auszumachen, etwa fünf Kilometer im Westen, wo vor Jahren Nicole Brown Simpson und Ronald Goldham ermordet worden waren, von jemandem, der sich klug mit O.J. Simpsons DNS tarnte.

Dar staunte, was die Menge an Personal anging, die Eleganz dieses Büros. Die meisten Anwälte, die er kannte – selbst die sehr erfolgreichen und irgendwie berühmten – führten eher bescheidene Kanzleien und beglichen die laufenden Kosten, einschließlich der einsamen Sekretärin und des einen oder anderen Anwaltsgehilfen, wöchentlich aus ihrer eigenen Tasche. Es war, wie der Autor Jeffrey Toobin einmal sagte, das Dilemma berühmter Strafverteidiger: Man mag noch so erfolgreich sein… die Kunden kommen selten wieder.

Dallas Trace machte nicht den Eindruck, als hätte er finanzielle Sorgen. Der Mann war größer und schmaler, als er im Fernsehen wirkte (mindestens einsneunzig, schätzte Dar), mit der gemeißelten Miene eines Marlboro-Mannes. Sein Lächeln war entspannt und hob die Fältchen um seine Augen und die Muskeln um seinen schmalen Mund hervor. Er hatte sein langes graues Haar mit einem Lederriemen zusammengebunden. Die Augenbrauen waren tiefschwarz, was das helle Grau der Augen noch hervorhob und sie in diesem braun gebrannten, faltigen Gesicht nur noch umso überraschender und fotogener wirken ließ. Trace trug ein Marken-Jeanshemd mit Cowboy-Krawatte, das Hemd eher aus blauer Seide als aus echtem Jeansstoff, dazu eine Lederweste im Westernstil. Sie sah aus, als wäre sie aus dem Panzer eines Stegosaurus gegerbt – eines alten Stegosaurus –, und hatte wahrscheinlich einige tausend Dollar gekostet. Das angesagte Schmuckstück aus Jade und Silber hielt die Schnürsenkel-Krawatte zusammen, und im linken Ohr des Cowboy-Anwalts steckte ein kleiner Diamant. Dar merkte immer, wie alt er war, wenn er auf Schmuck bei Männern negativ reagierte. Manchmal, wenn er in einer Sommernacht allein war, schrie er seinen Fernseher an, wenn ein Baseballspieler schon am ersten Mal rausflog: »Du hättest es geschafft, du Penner, wenn du nicht fünf Kilo Goldketten mit dir rumschleppen würdest!« Dar wusste, er benahm sich wie ein alter, intoleranter Sack mit ersten Alzheimer-Symptomen, aber das änderte nichts an seiner Meinung. Dallas Trace trug sechs Ringe. Seine Cowboyboots von Lucchese sahen butterweich aus.

Trace reichte erst Sydney die Hand, dann Dar. Wie zu erwarten, war der Mann zwar schlank, aber ein Knochenbrecher.

»Ms. Olson, Dr. Minor, setzen Sie sich, setzen Sie sich.« Zielstrebig kehrte Traces zu seinem riesigen Ledersessel zurück. Dar schätzte, dass der Mann wohl Anfang sechzig sein musste, aber er war fit wie ein fünfundzwanzigjähriger Athlet.

Dar hatte Dallas Traces fünfundzwanzigjährige Frau im Fernsehen gesehen und vermutet, dass er allen Grund hatte, in Form zu bleiben.

Dar sah sich in dem Büro um. Dallas Traces Schreibtisch stand im Winkel zweier hoher Fensterwände, denen der Anwalt den Rücken zuwandte, als hätte er für solche Dinge keine Zeit. Andere Wände, Regale und Bücherborde waren von Fotos übersät, die Trace mit Prominenten und mächtigen Männern zeigten, einschließlich der letzten vier Präsidenten.

Trace lehnte sich in seinem luxuriösen Sessel zurück, hielt die Fingerspitzen aneinander, legte seine butterweichen Lucheses auf die Tischecke und fragte mit rauer Stimme: »Was verschafft mir die Ehre Ihres Besuches, Chefermittlerin? Doktor?«

»Vielleicht haben Sie letzte Woche von dem Anschlag auf Dr. Minors Leben gehört«, sagte Syd.

Trace lächelte, nahm einen Bleistift und tippte an seine blendend weißen Zähne. »Ah, ja, der berüchtigte Highway-Killer. Brauchen Sie meinen Beistand, Dr. Minor?«

»Nein«, sagte Dar.

»Es wurde keine Anklage erhoben«, sagte Syd. »Und das wird wohl auch nicht geschehen. Die beiden Männer, die auf Dr. Minor geschossen haben, waren russische Mafiakiller.«

Obwohl es bis zum Erbrechen durch die Nachrichten gegangen war, brachte es Dallas Trace doch fertig, überrascht zu wirken, und zog eine dunkle Augenbraue fragend in die Höhe. »Wenn Sie also nicht hier sind, weil Sie von mir vertreten werden wollen …« Er ließ die Frage im Raum hängen.

»Als ich anrief, um einen Termin zu vereinbaren, schienen Sie zu wissen, wer wir sind«, sagte Syd.

Dallas Traces Lächeln wurde immer breiter, und geschickt warf er seinen Bleistift in einen Lederbecher. »Aber selbstverständlich. Ich interessiere mich sehr für die Bemühungen der Staatsanwaltschaft, dem Versicherungsbetrug Einhalt zu gebieten, ebenso für das Teamwork mit dem FBI und NICB.

Ihre Ermittlungsarbeit in den letzten Jahren in Kalifornien war ausgezeichnet, Miss Olson.«

»Danke«, sagte Syd.

»Und jeder, der sich für die Rekonstruktion von Unfällen interessiert, kennt Dr. Darwin Minor«, fuhr der Anwalt fort.

Dar sagte nichts. Hinter Traces Silhouette im Chefsessel schob sich der Verkehr durch Hollywood, Beverly Hills und Brentwood. Jenseits davon konnte Dar den dunklen Fleck des Meeres sehen.

»Dr. Minor hat ein Video dabei, das Sie sich ansehen sollten, Mr. Trace«, sagte Syd. »Haben Sie hier irgendwo einen Recorder?«

Trace drückte auf einen Knopf an der Konsole der Gegensprechanlage. Kurz darauf rollte ein junger Mann einen Wagen mit Sechsunddreißig-Zoll-Monitor und einem Stapel Videorecordern und DVD-Playern sämtlicher Konfessionen herein. »Sollte ich irgendetwas wissen, Miss Olson, Dr. Minor, bevor ich dieses Band abspiele? Irgendetwas Belastendes oder etwas, das zu einem Anwalt-Klienten-Verhältnis zwischen uns führen würde?«, sagte Trace, und von Vergnügen war in seiner rauen, heiseren Stimme nun nichts mehr zu hören.

»Nein«, sagte Syd.

Dallas Trace schob die Kassette hinein, schloss die Bürotür, kehrte zu seinem Sessel zurück und aktivierte den Recorder mit einer Fernbedienung von der Größe einer Kreditkarte. Schweigend sahen sie sich das Video an. Tatsächlich sahen sich – wie Dar merkte – nur er und Dallas Trace das Video an. Syd sah sich Dallas Trace an.

Der Film zeigte die dreidimensionale Computeranimation des Unfalls: Zwei Männer kamen aus dem Gebäude, einer stieß den anderen vor einen schlingernden Möbelwagen, der Wagen fuhr um den Block, um den Mann noch einmal zu überfahren. Trace blieb während der Vorführung absolut gelassen.

»Erkennen Sie den Unfall, der in dieser Rekonstruktion dargestellt wird?«, sagte Syd.

»Natürlich«, sagte Dallas Trace. »Das ist eine etwas konfuse Computeranimation des Unfalls, der meinen Sohn das Leben gekostet hat.«

»Ihren Sohn Richard Kodiak«, sagte Syd.

Traces kühler, grauer Blick blieb einen Moment auf die Chefermittlerin gerichtet, bis er antwortete. »Ja.«

»Können Sie mir erklären, wieso Ihr Sohn einen anderen Nachnamen hatte als Sie?« Syds Stimme war sanft, als plauderte sie.

»Ist das hier ein Verhör, Ms. Olson?«

»Natürlich nicht, Sir.«

»Gut«, sagte Trace, lehnte sich wieder in seinen Sessel zurück und legte die Stiefel auf die Schreibtischecke. »Einen Moment lang hatte ich das Gefühl, ich sollte besser meinen Anwalt dabeihaben.«

Syd wartete.

»Mein Sohn Richard hat es vorgezogen, den Namen seines Stiefvaters anzunehmen… Kodiak«, sagte Trace schließlich. »Richard ist… war… mein Kind mit meiner ersten Frau, Elaine. Wir sind seit 1981 geschieden und sie hat später wieder geheiratet.«

Syd nickte und wartete weiter.

Dallas Trace verzog seine Lippen, was zu gleichen Teilen Trauer und Lächeln sein mochte. »Es ist kein Geheimnis, Ms. Olson, dass ich mich mit meinem Sohn vor ein paar Jahren ernstlich zerstritten habe. Er hat offiziell den Namen seines Stiefvaters angenommen, zum Teil, wie ich nur vermuten kann, um mich zu verletzen.«

»Stand dieser Streit im Zusammenhang mit dem… Lebensstil Ihres Sohnes?«, sagte Syd.

Traces Lächeln wurde immer schmaler. »Das ist nun wirklich nicht Ihre Sache, Ms. Olson. Aber um meinen guten Willen zu zeigen, werde ich die Frage beantworten, so aufdringlich und anmaßend sie auch sein mag. Die Antwort lautet: Nein. Der Umstand, dass Richard seine sexuelle Orientierung gefunden hat, hatte mit unserer Meinungsverschiedenheit nichts zu tun. Wenn Sie überhaupt irgendetwas über mich wissen, Ms. Olson, dann doch sicher, wie sehr ich für die Rechte Homosexueller eintrete. Richard ist... war... ein halsstarriger Junge. Vielleicht könnte man sagen, es war nur Platz für einen Stier in der Familienherde.«

Wieder nickte Syd. »Was sagen Sie zu diesem Video, Mr. Trace?«

»Ich sollte außer mir sein«, sagte Trace leichthin, »aber ich habe es natürlich schon gesehen. Mehrmals.«

Dar kniff die Augen zusammen, als er das hörte.

»Tatsächlich?«, sagte Syd. »Darf ich fragen wo?«

»Detective Ventura hat es mir im Zusammenhang mit seinen Ermittlungen zu dem Unfall gezeigt«, sagte Trace.

»Lieutenant Robert Ventura«, sagte Syd, »von der Mordkommission beim Los Angeles Police Department.«

»Korrekt«, sagte Trace. »Aber sowohl Lieutenant Ventura als auch Captain Fairchild haben mir versichert... *versichert*, Ms. Olson... dass dieser... ›Video-Lokaltermin‹ auf falschen Daten basiert und absolut unzuverlässig ist.«

Dar räusperte sich. »Mr. Trace, Sie scheinen sicher zu sein, dass dieses Video Ihnen nicht den Mord an Ihrem Sohn zeigt. Darf ich fragen, weshalb Sie so sicher sind?«

Dallas Trace fixierte Dar mit seinem kalten Blick. »Selbstverständlich, Dr. Minor. Erstens respektiere ich die professionelle Arbeit der in Frage stehenden Detectives –«

»Ventura und Fairchild von der Mordkommission beim LAPD«, unterbrach Syd.

Trace ließ Dar nicht aus den Augen. »Ja, die Detectives Ventura und Fairchild. Sie haben Hunderte von Stunden mit diesem Fall verbracht und halten einen Mord für ausgeschlossen.«

»Haben Sie mit jemandem bei der Abteilung Unfallermittlungen beim LAPD gesprochen?«, fragte Dar. »Sergeant Rote vielleicht? Oder Captain Kapshaw?«

Der Anwalt zuckte mit den Schultern. »Ich habe mit vielen Beteiligten gesprochen. Vermutlich auch mit diesen Leuten. Ganz sicher habe ich mit Officer Lentile gesprochen, der den Unfallbericht geschrieben hat, außerdem mit Officer Clancey, Officer Berry, Sergeant McKay und den anderen, die in jener Nacht dort waren.« Die kräftigen Muskeln um Traces schmale Lippen zuckten wieder aufwärts, aber das daraus resultierende Lächeln gelangte nicht bis zu den Augen. »Ich besitze selbst einige Fähigkeiten, was Verhör und Kreuzverhör angeht.«

»Zweifellos«, sagte Syd und zog den Blick des Anwalts auf sich, »aber haben Sie mit den Anspruchstellern gesprochen, den anderen beiden, die direkt in den Unfall verwickelt waren, Mr. Borden und Ms. Smiley?«

Trace schüttelte den Kopf. »Ich habe ihre Aussagen gelesen. Ich hatte kein Interesse daran, mit ihnen zu sprechen.«

»Es heißt, sie wären nach San Francisco gezogen«, sagte Syd, »aber die Polizei in San Francisco kann sie momentan nicht auffinden.«

Trace sagte nichts. Ohne tatsächlich auf seine Uhr zu sehen, machte er doch deutlich, dass sie seine kostbare Zeit vergeudeten. Dar konnte Syd nur anstarren. Woher hatte sie diese Information?

»Wussten Sie, dass Ihr Sohn einen Decknamen hatte, Mr. Trace? Dass er Papiere auf den Namen Dr. Richard Karnak besaß und in einer Klinik namens California Sure-Med arbeitete?«

»Ja«, sagte Trace. »Davon habe ich gehört.«

»War Ihr Sohn Arzt, Mr. Trace?«

»Nein«, sagte der Anwalt. Er wirkte weder angespannt noch defensiv. »Mein Sohn war ein ewiger Student… Er war schon über dreißig und besuchte noch immer Seminare, ohne jemals eines abzuschließen. Er war ein Jahr auf der Medizinischen Hochschule.«

»Wie sind Sie auf den Decknamen Ihres Sohnes und seine Verbindung zur Sure-Med-Klinik aufmerksam geworden, Mr. Trace?«, sagte Syd. »Durch die Detectives Ventura und Fairchild?«

Langsam schüttelte Trace den Kopf. »Nein, ich habe selbst einen Privatdetektiv engagiert.«

»Und Sie sind sich der Tatsache bewusst, dass die ›California Sure-Med Clinic‹ eine Scheinklinik war, bei der es vor allem um Versicherungsbetrug ging, wo gegen Staats- und Bundesgesetze verstoßen wurde, da sich Ihr Sohn als Arzt ausgegeben und gefälschte Untersuchungsberichte eingereicht hat«, sagte Syd.

»Darüber bin ich mir inzwischen im Klaren, Miss Olson«, sagte Trace tonlos. »Wollen Sie meinen Sohn verklagen?«

Syd hielt dem Adlerblick des Anwalts stand.

Trace seufzte und stellte die Füße auf den Boden. Mit den Händen fuhr er durch sein glatt gekämmtes, schwarzes Haar und richtete das lange Lederband, das seinen Pferdeschwanz zusammenhielt. »Ich fürchte, da bin ich Ihnen voraus. Was die Polizei nicht finden konnte, hat mein Detektiv gefunden. Ich musste feststellen, dass mein Sohn Teil einer – wie haben Sie es genannt? – Scheinklinik war. Ein Netz von Versicherungsbetrügern unter Leitung eines – wie es unter Betrügern heißt – ›Schleppers‹.«

»Ja.«

»Ein Schlepper namens Jorgé Murphy Esposito.« Dallas Trace sagte die letzten drei Worte, als schmeckten sie nach reiner Galle.

»Der an diesem Wochenende ums Leben gekommen ist«, sagte Syd.

»Ja«, sagte Dallas Trace. Er lächelte. »Möchten Sie gern mein Alibi für den Zeitpunkt des Unfalls hören, Miss Olson?«

»Nein, danke, Mr. Trace«, sagte Syd. »Ich weiß, dass Sie am Sonntagnachmittag auf einer Wohltätigkeitsauktion in Beverly Hills waren. Sie haben eine Zeichnung von Picasso erworben... für vierundsechzigtausendzweihundertachtzig Dollar.«

Traces Lächeln erstarb. »Großer Gott«, sagte er, »Sie verdächtigen mich *allen Ernstes* wegen diesem Kleinscheiß?«

Syd schüttelte den Kopf. »Ich versuche, Informationen über eine der gewinnträchtigsten Scheinkliniken in Südkalifornien zusammenzutragen«, sagte sie. »Ihr Sohn, der damit zu tun hatte, ist unter mysteriösen Umständen zu Tode gekommen –«

»Da bin ich nicht Ihrer Ansicht«, sagte Trace mit scharfem Ton. »Mein Sohn ist bei einem Unfall ums Leben gekommen, als er mit Freunden, zwei kleinen Dieben, vor seinen Mietschulden fliehen wollte, und einer der beiden war einfach unfähig, einen Möbelwagen zu fahren. Ein sinnloses Ende eines größtenteils nutzlosen Lebens.«

»Dr. Minors Videorekonstruktion des Vorfalls –«, begann Syd.

Der Anwalt wandte seinen Blick Dar zu, ohne den Anflug eines Lächelns. »Dr. Minor, vor ein paar Jahren habe ich mir diesen beliebten Film über ein riesengroßes Schiff angesehen, das vor fast neunzig Jahren gesunken ist...«

»*Titanic*«, sagte Dar.

»Ganz genau«, fuhr der Anwalt fort, und sein texanischer Akzent trat immer deutlicher hervor. »Und in diesem Film habe ich mit eigenen Augen gesehen, wie das große Schiff gesunken ist, wie es sich aufbäumt, in der Mitte durchbricht, wie die Leute wie Frösche aus einem Eimer fallen. Aber wissen Sie was, Dr. Minor?«

Dar wartete.

»Nichts davon entsprach der Wahrheit. Es waren *Special Effects*. Es war *digital*.« Dallas Trace spuckte die Worte aus.

Dar sagte nichts.

»Wenn ich Sie im Zeugenstand hätte, *Doktor* Minor, Sie im Zeugenstand und Ihr kostbares Video in der Maschine vor den Augen der Geschworenen, bräuchte ich nicht mehr als dreißig

Sekunden… Scheiße, nein, zwanzig Sekunden… um zu zeigen, dass man in unserem digitalen Computer-Special-Effects-Zeitalter *nichts* mehr glauben kann, was in einem Film zu sehen ist.«

»Esposito ist tot«, unterbrach Syd. »Donald Borden und Gennie Smiley – die ehemalige Gennie Esposito, wie Ihr Privatdetektiv Ihnen sicher mitgeteilt hat – sind nicht aufzufinden. Und Sie finden das alles noch immer nicht verdächtig?«

Er drehte seinen Raubtierblick zu ihr herum. »Ich finde daran *alles* verdächtig, Miss Olson. Ich war von jeher allem gegenüber, was Richard getan hat, misstrauisch… jedem Freund, den er hatte… jedem Ärger, aus dem ich ihm heraushelfen musste. Nun, am Ende steckte er in Schwierigkeiten, aus denen ihn niemand mehr herausholen konnte. Ich bin überzeugt davon, dass es ein Unfall war, Miss Olson… aber ich bin außerdem überzeugt davon, dass es im Grunde ziemlich egal ist. Wäre er nicht in dieser Nacht auf der Marlboro Avenue umgekommen, säße er jetzt wahrscheinlich im Gefängnis. Mein Sohn war ein armer, verwirrter Schwächling, der andere manipuliert hat, Miss Olson, und es überrascht mich nicht die Bohne, dass er am Ende mit dem Bodensatz unserer Gesellschaft, mit Verlierern wie Jorgé Esposito und Donald Borden und Gennie Smiley, der früheren Mrs. Esposito, zu tun hatte.«

»Und deren Verschwinden?«, sagte Syd.

Dallas Trace lachte und zum ersten Mal klang es ehrlich. »Diese Leute tun nichts anderes, als ihr Leben lang immer wieder zu verschwinden, Ms. Olson. Das wissen Sie. So machen sie es. So hat es mein Sohn gemacht. Und jetzt ist er endgültig nicht mehr da, und nichts, was ich tun oder was Sie rausfinden könnten, würde ihn wieder lebendig machen.«

Dallas Trace sprang auf – für einen Mann von über sechzig war er sehr schnell – und zog die Kassette aus dem Recorder, reichte sie Syd und machte die Tür auf.

»Und jetzt, sofern ich Ihnen beiden heute nicht noch irgendwie weiterhelfen kann…«

Dar und Syd standen auf und gingen zur Tür.

»Über eine Sache würde ich gern noch mehr erfahren«, sagte Syd. »Ihre Beteiligung an den Helfern der Hilflosen.«

Fast wurden seine Augenbrauen zu Ausrufezeichen. »Was? Verzeihen Sie meine Unverblümtheit, Ms. Olson, aber was beim Arsch der Jungfrau Maria hat das mit irgendwas zu tun?«

»Sie haben dieser Wohltätigkeitsvereinigung im letzten Jahr eine große Geldsumme gespendet«, sagte Syd. »Wie viel war es?«

»Ich habe keine Ahnung«, sagte Trace. »Da müssten Sie meine Buchhaltung fragen.«

»Eine Viertelmillion Dollar, soweit ich weiß«, sagte Syd.

»Dann haben Sie damit sicher Recht«, sagte Trace und zog die Tür noch weiter auf. »Sie sind eine gute Ermittlerin, Ms. Olson. Aber wenn Sie diese Zahlen kennen, werden Sie auch wissen, dass Mrs. Trace und ich in mehr als zwei Dutzend wohltätigen Verbänden tätig sind und dort auch spenden. Die… wie nennen sie sich gleich?«

»Die Helfer der Hilflosen«, sagte Syd.

»Die Helfer der Hilflosen dienen der hispanischen Gemeinde«, sagte Trace. »Es mag Sie überraschen, dass ich eine Menge ehrenamtliche Arbeit für die hispanische Gemeinde in diesem Staat leiste… besonders für die armen Einwanderer, denen ständig das Leben schwer gemacht wird… nicht zuletzt vom Büro des Staatsanwalts.«

»Ich bin mir der großen Bandbreite an Wohltätigkeitsverbänden, die Sie und Mrs. Trace unterstützen, sehr wohl bewusst«, sagte Syd. »Sie sind ein großzügiger Mann, Mr. Trace. Und Sie waren mehr als großzügig, was Ihre Zeit angeht. Vielen Dank.« Sie hielt ihm die Hand hin.

Trace zögerte überrascht, dann schüttelte er sowohl Dar als auch ihr die Hand.

Unten in der Tiefgarage sagte Dar: »Interessant. Wohin jetzt?«

»Eine Sache noch«, sagte Syd.

Es war lange her, seit Dar zuletzt im County Medical Center von L. A. gewesen war. Es war das größte Krankenhaus in ganz Los Angeles und wuchs immer weiter. Mit einigem Lärm wurde an mindestens zwei Anbauten gearbeitet. Syd fand eine Lücke im fünften Obergeschoss des Parkhauses.

Das Krankenhaus roch wie alle Krankenhäuser, hatte die gleiche schreckliche Beleuchtung – dieses fluoreszierende Glühen wie verwesende Vegetation, die alles Blut unter der Haut zu illuminieren scheint – und die gleichen Hintergrundgeräusche: Husten, schwache Stimmen, lachende Schwestern, läutende Telefone, Gummisohlen auf Linoleum. Dar hasste Krankenhäuser.

Syd ging durch die Korridore voraus, als wären sie auf einer Besichtigungstour, verschaffte sich mit Hilfe ihres Dienstausweises Zugang zur Notaufnahme, zur Intensivstation, zum Kreißsaal, zu den Patientenzimmern und selbst zum Waschraum draußen vor dem Operationssaal.

Dar begriff sehr bald. Neben den Oberärzten, Krankenschwestern, Assistenzärzten, Pflegern, Wächtern, Verwaltungsangestellten, Patienten und Besuchern fiel noch eine Gruppe von Personen ins Auge – Männer und Frauen in weißen Jacken mit bunten Aufnähern. Diese Aufnäher zeigten ein rotes Kreuz, den Äskulapstab in Gold auf königsblauem Untergrund, ein rundes Schulterzeichen, auf dem ein Adler samt Olivenzweig abgebildet war (ein Abzeichen, wie es Apollo-Astronauten der NASA hätten tragen können), und eine amerikanische Flagge. Am deutlichsten aber – auf der linken Brust einer jeden Jacke – war ein blaues Quadrat mit einem großen, roten H in der Mitte. Im oberen Teil des Hs befand sich ein kleineres, goldenes Kreuz. In Dars Augen sah es aus, als hätte jemand ein Kruzifix durch ein Football-Tor geschossen.

Sie befanden sich in einer der Wartezonen der Notaufnahme, als Dar den Zusammenhang begriff. Sie hatten Personal mit diesen H-Jacken gesehen, das Karren mit Zeitschriften, Fruchtsäften und Teddybären herumschob. Sie hatten zwei

Frauen mit H-Jacken gesehen, die in einer der Krankenhaus-kapellen eine hysterisch weinende Latina umarmten und beru-higten. Auf der Intensivstation waren H-Leute gewesen und hatten geflüstert… auf Spanisch, wie Dar sich erinnerte. Ganz leise hatten sie mit einigen der schwersten Fälle gesprochen, und hier im Wartebereich der Notaufnahme beschwichtigte eine junge Latina in einer H-Jacke eine ganze Familie. Dar hörte heraus, dass die Familie mexikanisch war, Einwanderer ohne Green Card. Ihre Tochter schien etwa acht Jahre alt zu sein und hatte sich den Arm gebrochen. Der Arm war ge-schient, aber die Mutter war außer sich, der Vater rang buch-stäblich seine Hände, das Baby weinte, und der jüngere Bru-der des Mädchens war den Tränen nah. Dar hörte, dass sie fürchteten, ausgewiesen zu werden, nachdem sie nun gezwun-gen waren, ein Krankenhaus aufzusuchen, aber die Frau mit der H-Jacke versicherte ihnen in makellosem Maschinenge-wehr-Spanisch, nichts dergleichen würde geschehen. Es sei ge-gen das Gesetz, es würde keinen Bericht geben, sie könnten beruhigt nach Hause gehen, und am Morgen sollten sie die Hotline der Helfer anrufen und sich weitere Anweisungen und Hilfe holen, um weiterhin gesund und glücklich und in diesem Land zu bleiben.

»Helfer der Hilflosen«, sagte Dar leise, als sie zur Parkga-rage gingen.

»Ja«, sagte Syd. »Sechsunddreißig habe ich auf unserem kleinen Rundgang gezählt.«

»Und?«

»Und es gibt Tausende… *Tausende*… Freiwillige, die im L. A. County für die Helfer der Hilflosen arbeiten. Sie sind in allen Krankenhäusern. Es gilt unter Filmstars und am Rodeo Drive einkaufenden Matronen sogar als schick, dort ehren-amtlich Dienst zu tun, vorausgesetzt ihr Spanisch ist gut ge-nug. Sie sind schon dabei, ihre Arbeit auf die Vietnamesen, Kambodschaner, Chinesen und sonst wen auszudehnen.«

»Und?«

»Und es fing als kleiner katholischer Wohltätigkeitsverband an«, sagte Syd, »und ist zu einer riesigen, gemeinnützigen Maschinerie geworden. Die Kirche hat einen kleinen hispanischen Anwalt aufgetrieben, der das alles leitet, und inzwischen hat die ganze Sache mit der katholischen Kirche gar nichts mehr zu tun. Man findet Helfer in sämtlichen Krankenhäusern von San Diego, in Sacramento, in der gesamten Bay Area, und seit dem letzten Jahr etwa auch in Phoenix, Flagstaff, Las Vegas, Portland, Eugene, Seattle, selbst oben in Billings, Montana. Ein Jahr noch, und sie arbeiten bundesweit.«

»Und?«

»Diese Helfer sind ein Teil davon, Dar. Sie gehören zu dem riesigen Schleppersyndikat, das Scheinkliniken aufbaut. Sie rekrutieren Einwanderer aus aller Herren Länder, zeigen ihnen, wie sie mit Arbeitsunfällen und kleinen Blechschäden Geld machen können.«

»Und?«, sagte Dar wiederum, als sie in den aufgeheizten Wagen stiegen, die Klimaanlage anstellten und sich auf den Weg machten. »Das ist doch nichts Neues. Seit es große Versicherungsgesellschaften gibt und der Rechtsstreit zum Geschäft wurde, ist es für Einwanderer in Amerika die schnellste Möglichkeit, reich zu werden. Vor den Mexikanern und Asiaten waren es die Iren und die Deutschen und alle anderen. Nichts Neues.«

»Der Maßstab ist neu«, sagte Syd. »Wir sprechen hier nicht von schlampigen Notfallpraxen und ein paar Dutzend Schäfchen, die der eine oder andere Schlepper laufen hat, Dar. Wir sprechen von organisiertem Verbrechen. Wir sprechen von einem Maßstab, der mit den kolumbianischen Drogendealern und ihren amerikanischen Verbindungen vergleichbar ist.« Sie nickte zum Krankenhaus hinüber, als sie sich in den Verkehr einfädelten. »Ärzte und Chirurgen, *zugelassene* Ärzte und Chirurgen, leiten Patienten an die Helfer weiter zur… na ja, zur Hilfe. Sogar das mexikanische *Konsulat* macht es so.«

»Und damit fällt es ihnen leichter, Leute für ihre provozierten Unfälle zu rekrutieren«, sagte Dar, während er das Durcheinander dicht gedrängter, übergroßer Häuser am Freeway betrachtete. »Tolle Geschichte.«

»Diese tolle Geschichte wirft einige hundert Milliarden Dollar jährlich ab«, sagte Syd. »Und ich werde rausfinden, wer dahinter steckt. Wer diese Monstrosität organisiert.«

Dar sah Syd an, und da erst merkte er, wie wütend er war. Bis jetzt war es ein Spaß gewesen, sie seinen »Bodyguard« spielen zu lassen, sich von ihr zum Köder machen zu lassen, wie die Ziege in *Jurassic Park*, ihr seine kleinen, amüsanten Unfälle vorzuführen und ihr dann im Gegenzug hinterherzudackeln und den Watson zu geben, während sie Sherlock Holmes spielte.

»Sie meinen, Dallas Trace steckt dahinter?«, sagte er. »Der zweitberühmteste Anwalt Amerikas? Mr. CNN persönlich? Dieser eitle texanische Modelaffe mit seinen seidenen Arbeitshemden? Glauben Sie wirklich, dass jemand derart Berühmtes der Don Corleone des organisierten Versicherungsbetruges in Südkalifornien ist?«

Syd kaute auf ihrer Lippe. »Ich weiß es nicht. Ich *weiß* es nicht, Dar. Es passt nicht. Aber alle Fäden scheinen irgendwie in seine Richtung zu deuten.«

»Sie meinen, Dallas Trace hätte den Auftrag gegeben, seinen Sohn zu ermorden?«

»Nein, aber –«

»Glauben Sie, er hat Esposito, Donald Borden und das Mädchen, Gennie Smiley, ermordet?«

»Ich weiß es nicht. Wenn –«

»Glauben Sie, er ist der Kopf der Fünf Familien, Ms. Olson? Er schiebt das zwischen Anwaltskanzlei, Schriftstellerei, seine wöchentliche Sendung bei CNN, die öffentliche Präsenz, seine Auftritte bei *Nightline* und *Good Morning America*, seine Wohltätigkeit und die Nächte mit seiner hübschen, neuen Kindsbraut ein?«

»Werden Sie nicht gleich sauer«, sagte Syd.

»Wieso eigentlich nicht? Sie *wussten*, dass er mein Unfallvideo schon mal gesehen hatte.«

»Ja.«

»Also haben Sie mich nur da hingeschleppt, damit Sie *ihn* beobachten konnten und er *mich* sehen konnte. Für den Fall, dass er der Große Mann ist, haben Sie ihn genau hinsehen lassen, damit er beim nächsten Mal genau weiß, wem er seine Killer auf den Hals hetzt.«

»So ist es nicht, Dar…«

»Blödsinn«, sagte Dar.

Eine Weile fuhren sie schweigend.

»Falls diese Verschwörung so groß ist, wie ich glaube –«, begann Syd.

Dar schnitt ihr das Wort ab. »Ich *glaube* nicht an Verschwörungen.«

Syd sah zu ihm herüber.

»Ich glaube an schlechte Institutionen«, sagte Dar und versuchte, seinen Zorn in den Griff zu bekommen, fand aber keine heiteren Worte. »Ich glaube an die Cosa Nostra und beschissene Autohersteller und böse Menschen wie Tabakhändler und diese Schweine, die Müttern in der Dritten Welt Fertignahrung schenken, damit sie das Zeug immer weiter kaufen, obwohl die Babys an Durchfall vom schmutzigen Wasser sterben…« Dar holte tief Luft. »Aber Verschwörungen… nein. Solche Pläne sind wie Kirchen oder andere vielzellige Organisationen. Je größer sie werden, desto dümmer sind sie. Das Gesetz vom umgekehrten IQ.«

»Wenn es denn keine Verschwörungen gibt… woran glauben Sie, Dar?«

»Ist das nicht egal?«

»Ich bin nur neugierig.« Auch Syds Stimme klang nun eher emotionslos.

»Na ja, mal sehen«, sagte Dar und betrachtete den dichten Verkehr vor ihnen, den festen Keil von Autos und Trucks im Schritttempo. »Ich glaube an Entropie. Ich glaube an die

Grenzenlosigkeit menschlicher Perversion und Dummheit. Ich glaube daran, dass die gelegentliche Kombination dieser drei Elemente einen Freitag in Dallas, Texas, erschaffen kann, mit einem Arschloch namens Lee Harvey Oswald, der das Schießen bei den Marines gelernt hat und für sechs Sekunden ein freies Schussfeld hatte...«

Dar hörte auf zu sprechen. *Was zum Teufel rede ich da?* Was trieb ihn? Dallas Traces Arroganz oder der Gestank des Todes in diesem Krankenhaus? Vielleicht verlor er einfach nur den Verstand.

Nach einigen Minuten des Schweigens sagte Syd: »Und Sie glauben auch nicht an Kreuzzüge.«

Er sah sie an. In diesem Augenblick war sie eine völlig Fremde, ganz sicher nicht die Frau, an deren Gesellschaft und Schlagfertigkeit er sich in den letzten Tagen so erfreut hatte...

»Kreuzzüge enden immer mit der Opferung Unschuldiger. Wie schon die eigentlichen Kreuzzüge, mit denen das Heilige Land befreit werden sollte«, sagte Dar harsch. »Früher oder später ist es ein beschissener Kinderkreuzzug und die Kids stehen an der Front.«

Syd runzelte die Stirn. »Worüber sind Sie so wütend, Dar? Vietnam? Oder Ihre Arbeit beim NTSB? Die *Challenger*? Was sollen wir –«

»Ach, egal«, sagte Dar. Plötzlich war er hundemüde. »Die Infanteristen in Vietnam hatten einen Spruch für alles.«

Syd achtete auf den Verkehr.

»Egal, was passiert ist«, sagte Dar, »sie pflegten zu sagen: ›Scheiß drauf. Spielt keine Rolle. Zieh weiter.‹«

Der Verkehr blieb stehen. Der Taurus hielt an. Syd sah herüber und in ihren Augen lag mehr als Zorn.

»Darauf kann man seine Philosophie nicht bauen. So kann man nicht leben.«

Dar erwiderte ihren Blick, und erst, als sie sich abwandte, merkte er, wie böse sein Blick gewesen sein musste. »Falsch«, sagte er. »Es ist die einzige Philosophie, die einen weiterleben lässt.«

In tiefem Schweigen erreichten sie San Diego. In der Nähe von Syds Hotel sagte sie: »Ich fahr Sie den Berg rauf zu Ihrer Wohnung.«

Dar schüttelte den Kopf. »Ich laufe von hier zum Justice Center. Heute Nachmittag geben sie mir den NSX wieder, und ich bin mit meinem Werkstattmenschen verabredet.«

Syd hielt den Wagen an und nickte. Sie sah ihm nach, als er ausstieg und am Bordstein stand. »Sie werden mir bei diesen Ermittlungen nicht weiterhelfen, oder?«, sagte sie schließlich.

»Nein«, sagte Dar.

Syd nickte.

»Danke für …«, begann Dar. »Danke für alles.«

Er ging und sah sich nicht mehr um.

12

Der Dienstag war ein großer Tag der Waffen, was in einem Hochgeschwindigkeits-Geschoss kulminierte, mit dem direkt auf Darwin Minors Herz gezielt wurde.

Der Tag begann trostlos, mit noch mehr Hitze und noch mehr drohenden Regenwolken, was für Südkalifornien zu dieser Jahreszeit im Grunde ungewöhnlich war, aber fast *alles* am südkalifornischen Wetter war fast zu jeder Jahreszeit ungewöhnlich. Dars Tag begann in übler Stimmung. Sein Zorn vom Tag zuvor ärgerte ihn. Der Umstand, dass er Sydney Olson nicht wiedersehen würde, ärgerte ihn. Der Umstand, dass es ihn ärgerte, ärgerte ihn am meisten.

Die Reparaturen am NSX würden ein Vermögen kosten. Als er sich am Montagmorgen mit Harry Meadows, seinem Werkstattfreund – einem der wenigen Menschen im ganzen Staat, der in der Lage war, die Aluminiumkarosserie des Acura vernünftig zu bearbeiten – im Gerichtsgebäude traf, konnte er nur den Kopf schütteln. Der Kostenvoranschlag für die anfallenden Reparaturen ließ Dar einen ganzen Schritt zurücktreten.

»Meine Güte«, sagte Dar. »Dafür könnte ich einen neuen Subaru kaufen.«

Harry nickte langsam und traurig. »Wohl wahr«, sagte er. »Aber dann hättest du einen Scheißsubaru und keinen NSX.«

Gegen diese Logik konnte Dar nichts ausrichten. Harry hatte den von Kugeln durchsiebten NSX auf einem Hänger mitgenommen und geschworen, er würde für den Wagen sorgen wie für seine eigene Mutter. Zufällig wusste Dar, dass Harrys betagte Mutter verarmt in einem Wohnwagen ohne Klimaanlage weit draußen in der Wüste wohnte, wo er sie genau zweimal im Jahr besuchte.

Am Dienstagmorgen rief Lawrence an. Es gab mehrere neue Fälle, die fotografiert werden mussten. Lawrence wusste nicht, welche rekonstruiert werden sollten, denn es hing davon ab, welcher vor Gericht kam, aber er war der Ansicht, Dar und er sollten sich die Unfallorte ansehen.

»Klar«, sagte Dar. »Warum auch nicht? Ich lieg im Moment nur etwa einen Monat mit meinem Papierkram zurück.«

Während Lawrence fuhr, musste er geahnt haben, dass irgendwas mit Dar nicht stimmte. Es gibt eine Verbindung zwischen Männern, die über rein verbale Kommunikation hinausgeht. Männer, die einander seit Jahren kennen und zusammenarbeiten – gelegentlich an gefährlichen Projekten –, bekommen einen sechsten Sinn dafür, was die Gedanken und Gefühle ihrer Freunde angeht. Es ermöglicht ihnen, auf einer tiefer gehenden Ebene zu kommunizieren, die Frauen nie verstehen könnten. Lawrence und Dar hatten eben Kaffee und Donuts aus einem Dunkin' Donuts im Norden von San Diego geholt, als Lawrence sagte: »Irgendwas los, Dar?«

»Nein«, sagte Dar.

Mehr wurde nicht gesprochen.

Der erste Unfallort befand sich auf halbem Weg nach San Jose. Lawrence stellte den Trooper auf den vollen Parkplatz einer Mietskaserne und sie liefen zu dem unvermeidlichen Rechteck aus gelbem Tatortband um einen roten 1994er Honda Prelude hinüber. Der Unfall war mitten in der Nacht geschehen, aber noch immer waren dort sowohl zwei uniformierte Beamte als auch ein paar Gaffer – größtenteils Kids im Bandenalter mit hängenden Hosen und Dreihundert-Dollar-Sneakern. Lawrence wies sich und Dar bei einem der Polizisten aus, bat höflich um Erlaubnis, damit Dar fotografieren durfte, und fragte den Beamten, was vorgefallen war.

Während Dar Fotos machte, versuchte der junge Streifenpolizist zu erklären, wies gut gelaunt auf die verschiedensten Beweisstücke – die zerbrochenen Seitenfenster am Wagen, die geborstene Windschutzscheibe, Beulen in der Haube des Prelude, schleimig graue Materie an und um die Front des Wagens, sowie das Blut an der kaputten Windschutzscheibe, der Haube, den Kotflügeln, der vorderen Stoßstange, dann auf die Blutlache, den großen, dunklen Fleck auf dem Asphalt. Offensichtlich hatte es hier weder in der Nacht noch am Morgen geregnet.

»Also, dieser Typ, Barry, der ist sauer auf seine Freundin, Sheila irgendwas, die wohnt oben in der 2306. Sie ist jetzt unten auf dem Revier und macht ihre Aussage«, sagte der Cop. »Jedenfalls, Barry ist Biker, ein Bär von einem Kerl mit Bart, und Sheila hat genug von ihm und fängt an, mit anderen Männern auszugehen. Na ja, also, mit einem anderen Mann. Barry, dem passt das nicht. Also kommt er her, wir schätzen so gegen halb drei Uhr nachts, die Anzeigen wegen ruhestörenden Lärms gehen gegen etwa zwei Uhr achtundvierzig ein, die erste Meldung über Schüsse um drei Uhr zwei bei 911. Erst schreit Barry nur unter Sheilas Fenster. Sie wissen schon, er brüllt Obszönitäten, sie brüllt Obszönitäten zurück. Der Haupteingang hat ein automatisches Schloss, sodass man auf einen Knopf drücken muss, um jemand reinzulassen. Aber Sheila lässt ihn nicht rein.

Barry wird stinksauer. Also geht er rüber zu seinem Wagen – das ist der da, der Ford Van, der da drüben parkt – und kommt mit einer geladenen Schrotflinte wieder, doppelläufig. Er fängt an, mit dem Gewehrkolben die Seitenscheiben von Sheilas Prelude einzuschlagen. Sheila rastet aus und schreit immer lauter. Die Nachbarn rufen die Polizei, aber bevor ein Streifenwagen reagieren kann, kommt Barry auf den Trichter, auf die Haube zu klettern. Er muss gut seine hundertzwanzig Kilo gewogen haben, wenn man sieht, wie das Ding verbeult ist, obwohl er nur darauf gestanden hat. Dann hat er angefangen, die Windschutzscheibe mit dem Kolben einzuschlagen. Wir vermuten, dass er, um sie besser in den Griff zu bekommen oder irgendwas, irgendwie den Finger hinter den Abzugsbügel bekommen...«

»Und sich in den Bauch geschossen hat?«, sagte Lawrence.

»Beide Läufe. Hat seine Eingeweide über die ganze Haube, die Scheinwerfer, die vordere Stoßstange gespritzt –«

»Er lag noch auf der Intensivstation, als ich heute Morgen den Anruf bekam«, unterbrach Lawrence. »Wissen Sie was Neues?«

Der Cop zuckte mit den Schultern. »Als die Detectives kamen, um das Mädchen mitzunehmen, hieß es, die Ärzte hätten Barry den Stecker rausgezogen. Sheila meinte nur: ›Endlich bin ich den los.‹«

»Ja, ja, die Liebe«, sagte Lawrence.

»Ist ein seltsames Spiel«, stimmte der Uniformierte zu.

Sie sahen sich drei offensichtlich fingierte Stürze an – zwei in Supermärkten und einen in einem Holiday Inn, in dem der Anspruchsteller schon dafür bekannt war, dass er in der Nähe von lecken Eismaschinen ausglitt – und einen Zeitlupen-Parkplatz-Unfall, bei dem fünf Familienmitglieder allesamt auf Schleudertrauma plädierten. Der letzte Unfallort lag in San

Jose. Auf dem Weg machten Lawrence und Dar zum Mittagessen Halt. Eigentlich fuhren sie nur durch einen Burger-Biggy-Drive-In und aßen ihre Biggys und schlürften ihre Biggy-Milkshakes, während Lawrence fuhr.

»Aber was hatte Barrys Schrotflinten-Harakiri mit einer deiner Versicherungen zu tun?«, fragte Dar in einer Schlürfpause.

»Als Erstes hat Sheila heute Morgen Anspruch auf einen neuen Prelude angemeldet«, sagte der große Mann am Steuer. »Sie sagt, es sei ein Totalschaden, und ihre Versicherung schulde ihr ein nagelneues Auto.«

»Ich habe keinen so großen Schaden gesehen«, sagte Dar. »Kaputte Scheiben. Die Beulen in der Haube. Ansonsten nichts, was sich nicht in einer Waschanlage entfernen ließe.«

Lawrence schüttelte den Kopf. »Sie behauptet, sie sei zu traumatisiert, um den Prelude je wieder fahren zu können. Sie will voll ausgezahlt werden … damit sie sich eine schicke, neue Off-Road-Limousine kaufen kann. Sie hat ein Auge auf den Navigator geworfen.«

»Das hat sie alles heute Morgen den Versicherungsleuten erzählt, bevor sie bei den Cops war, um ihre Aussage zu machen?«

»So ungefähr«, sagte Lawrence. »Ihren Versicherungsagenten hat sie um vier Uhr morgens angerufen.«

Die letzte Unfallstelle befand sich ebenfalls in einem heruntergekommenen Wohnkomplex, diesmal mitten in San Jose. Im Treppenhaus standen Uniformierte und im zweiten Stock befand sich ein deutlich gelangweilter Beamter in Zivil. Außerdem roch es nach Tod.

»Du meine Güte«, sagte Lawrence und zog ein sauberes rotes Tuch hinten aus seiner Hosentasche und hielt es sich vor Mund und Nase. »Wie lange ist der Typ schon tot?«

»Erst seit gestern Nacht«, sagte Lieutenant Rich vom San Jose Police Department. »Alle haben den Schuss so gegen zwölf gehört, aber keiner hat ihn gemeldet. In der Wohnung gibt es keine Klimaanlage und so ist hier seit zehn Uhr morgens einiges gereift.«

»Sie meinen, die Leiche ist noch *da drinnen*?«, fragte Lawrence ungläubig.

Lieutenant Rich zuckte mit den Schultern. »Der Leichenbeschauer war heute Morgen da, als man den Mann entdeckt hat. Die Todesursache wurde festgestellt. Wir warten schon den ganzen Tag auf den Leichenwagen, aber das hier fällt in den Zuständigkeitsbereich des Gerichtsmediziners vom County, und dessen Fahrzeug war den ganzen Tag belegt. Auf den Freeways war heute Morgen die Hölle los.«

»Scheiße«, sagte Lawrence. Er warf Dar einen Blick zu, dann wandte er sich zu dem Lieutenant um. »Gut, wir müssen rein und Fotos machen. Ich muss eine Tatortskizze anfertigen.«

»Wozu?«, sagte der Detective. »Was soll die Versicherung damit zu tun haben?«

»Die Schwester des Verstorbenen droht mit einer Klage«, sagte Lawrence.

»Gegen wen?«, sagte Officer Rich. »Wissen Sie, woran dieser Typ gestorben ist?«

»Selbstmord, oder nicht?«, sagte Lawrence. »Die Klage richtet sich gegen die Psychiaterin des verstorbenen Mr. Hatton. Seine Schwester sagt, Mr. Hatton sei depressiv und paranoid gewesen und seine Therapeutin habe nicht genug unternommen, um diese Tragödie zu verhindern.«

Der Detective musste lachen. »Das wird wohl kaum klappen. Ich würde vor Gericht aussagen müssen, dass die Psychiaterin alles getan hat, was in ihrer Macht stand, damit der arme Kerl glücklich war. Kommen Sie rein, ich zeige es Ihnen. Sie können Ihre Fotos machen, aber ich glaube kaum, dass Sie länger bleiben und eine genauere Skizze anfertigen wollen.«

Dar folgte dem Zivilbeamten und Lawrence in die kleine, überheizte Wohnung. Jemand hatte das einzige Fenster geöffnet, das sich öffnen ließ, aber es befand sich in der Küche, und die Leiche lag im Schlafzimmer.

»Meine Güte«, sagte Lawrence, als er neben dem Bett mit den blutdurchtränkten Kissen stand und die dunkelroten Spritzer an Kopfteil und Wand betrachtete. »Der arme Kerl hält die .38er ja noch in der Hand. Und der Leichenbeschauer sagt, es war kein Selbstmord?«

Lieutenant Rich, der versuchte, sich die Nase zuzuhalten und gleichzeitig einen würdevollen Eindruck zu machen, nickte. »Wir haben eine Aussage der Therapeutin, die besagt, dass Mr. Hatton depressiv und paranoid war, außerdem schizophren. Die Psychiaterin war sich der Tatsache bewusst, dass der verblichene Mr. H. immer mit der .38er auf dem Nachttisch neben seinem Bett schlief. Er fürchtete, die UN würde eine Invasion der Vereinigten Staaten planen… Sie wissen schon, schwarze Hubschrauber, Bar-Codes auf Verkehrsschildern, damit die afrikanischen Truppen wissen, wo sie Waffenbesitzer finden… der übliche Scheiß. Jedenfalls, diese Psychotante – übrigens ein echter Feger – hat ausgesagt, das kurzfristige Ziel ihrer Therapie sei es gewesen, Mr. Hatton dazu zu bringen, dass er die Pistole bei ihr hinterlegt.«

»Schätze, das Ziel wird nicht erreicht werden«, sagte Lawrence durch sein Tuch.

»Sie sagt, Hatton sei extrem paranoid gewesen, allerdings in keiner Weise selbstmordgefährdet«, sagte der Detective. »Sie ist bereit, eine entsprechende Aussage zu machen. Der arme Kerl stand unter etwa fünf verschiedenen Medikamenten, darunter Doxepin und Flurezeapam, um schlafen zu können. Haut einen glatt um. Nach Aussage der Ärztin versuchte Hatton, abends immer so gegen halb elf schlafen zu gehen.«

»Und was ist passiert?«, sagte Lawrence, während Dar ein paar Fünfunddreißig-Millimeter-Standfotos mit einem High-Speed-Film schoss.

»Hattons Schwester hat ihn um drei Minuten vor Mittei-nacht angerufen«, sagte Lieutenant Rich. »Sie sagt, dass sie ihn normalerweise so spät nicht anruft, aber sie hätte einen fürchterlichen Traum gehabt… sie hätte seinen Tod vorausgeahnt.«

»Und?«, sagte Lawrence.

»Hatton ging nicht ans Telefon. Seine Schwester wusste, dass er Schlaftabletten nahm, also hat sie bis heute Morgen um neun gewartet und dann wieder begonnen anzurufen. Schließlich hat sie die Polizei gerufen.«

»Versteh ich nicht«, sagte Lawrence.

Dar hockte neben der Leiche, sah sich an, wie der Arm abgewinkelt war, die Drehung des Handgelenks, das durch die Leichenstarre nicht mehr zu bewegen war, betrachtete die Wunde weit oben an der Schläfe des Toten, dann ging er ums Bett, um am Kissen auf der leeren Seite zu schnüffeln. »Ich schon«, sagte Dar.

Lawrence sah Dar an, die Leiche, dann Lieutenant Rich, dann wieder die Leiche. »Ach, nein, ihr wollt mich verarschen.«

»Das ist die Analyse des Leichenbeschauers«, sagte der Detective.

Lawrence schüttelte den Kopf. »Sie meinen, er war voll mit Schlaftabletten, seine Schwester ruft an, weil sie geträumt hat, dass er gestorben ist, und der Typ meint, er nimmt den Hörer ab, nimmt aber aus Versehen die .38er vom Nachtschrank und bläst sich das Hirn raus? So was ist nicht zu beweisen.«

»Es gibt einen Zeugen«, sagte Lieutenant Rich.

Lawrence warf einen Blick auf die leere, aber verwühlte Seite des Bettes. »Oh«, sagte er und begriff… zumindest zum Teil.

»Georgio, Beverly Hills«, sagte Dar.

Langsam wandte sich Lawrence seinem Freund zu. »Willst du mir erzählen, du könntest dir den Abdruck auf der anderen Bettseite ansehen und daran schnüffeln – in dem ganzen Gestank hier – und mir dann sagen, wie der Typ aus Beverly Hills heißt, mit dem Mr. Hatton im Bett war?«

Der Detective lachte, dann hielt er sich wieder Mund und Nase zu.

Dar schüttelte den Kopf. »Das Parfüm. Georgio of Beverly

Hills.« Dar drehte sich zu dem Zivilbeamten um. »Lassen Sie mich mal raten. Die Frau, die zum Zeitpunkt des Unfalls mit Mr. Hatton im Bett lag, hat sich gestern Nacht nicht gemeldet, entweder weil sie verheiratet ist oder weil die Situation sie irgendwie in Verlegenheit bringt. Aber inzwischen hat sie bei Ihnen eine Aussage hinterlegt. Wer sie auch sein mag ... Sie haben sie heute Morgen gefunden ... und wahrscheinlich mussten Sie dafür nicht sämtliche Frauen in Südkalifornien checken, die nach Georgio riechen.«

Detective Rich nickte. »Zwei Minuten, nachdem der Streifenwagen heute Morgen vor der Tür stand, ist sie zusammengebrochen und hat nur noch geheult. Dann hat sie uns alles erzählt.«

»Wovon ist hier die Rede?«, sagte Lawrence.

»Die Psychiaterin«, sagte Dar.

Lawrence warf einen Blick auf die Leiche. »Mr. Hatton hat seine Therapeutin gevögelt?«

»Nicht zum Zeitpunkt des Unfalls«, sagte Lieutenant Rich. »Dieser Punkt des Abendprogramms war abgehakt, Mr. Hatton hatte seine Flurezeapam und Doxepin genommen, und beide schliefen. Die Psychiaterin ... ihren Namen lasse ich mal aus dem Spiel, aber ich denke, wahrscheinlich werden Sie ihn in den kommenden Tagen noch oft genug in den Elf-Uhr-Nachrichten hören ... Sie hat das Telefon gegen Mitternacht gehört, hat gehört, wie Hatton mit irgendwas klappert und ›Hallo?‹ sagt ... da ist die Waffe losgegangen.«

»Offensichtlich ist sie zu dem Schluss gekommen, dass von ihrer Seite Diskretion angezeigt war«, sagte Dar.

»Allerdings«, sagte der Detective. »Sie hatte sich schon aus dem Staub gemacht, da hat das Blut noch gespritzt. Unglücklicherweise – für die Psychiaterin – hat der neugierige Hausmeister gesehen, wie sie um fünf nach zwölf mit ihrem Porsche wegfuhr.«

»Weiß Mr. Hattons Schwester schon davon?«, fragte Lawrence.

»Noch nicht«, sagte der Detective.

Dar tauschte Blicke mit Lawrence. »Das dürfte den Prozess nur umso interessanter machen.«

Der Detective ging in den Flur voraus. Lawrence und Dar folgten ihm bereitwillig. Sie standen auf dem Balkon, damit der Wind etwas von dem Gestank aus ihren Sachen wehte.

»Es ist wie diese alte Geschichte davon, wie Helen Keller sich das Ohr verbrannt hat«, sagte Lieutenant Rich.

»Wie geht die?«, sagte Lawrence, während er Notizen und kurze Skizzen in seinem kleinen Buch vornahm.

»Sie ist ans Bügeleisen gegangen«, sagte Lieutenant Rich und fing fast hysterisch an zu lachen.

Lawrence und Dar sagten eine Weile kein Wort, nachdem sie San Jose hinter sich hatten. Schließlich knurrte Lawrence: »Dein Freund und Helfer. Von wegen.«

Am Ende ihrer Fahrt nach San Diego sagte Dar urplötzlich: »Larry, weißt du noch, wie Prinzessin Diana vor ein paar Jahren ums Leben gekommen ist?«

»Lawrence«, sagte Lawrence. »Sicher weiß ich das.«

»Worüber haben wir da gesprochen… mehr oder weniger?«

Der kräftige Schadensachverständige seufzte. »Mal sehen… die ersten Meldungen besagten, dass der Mercedes, in dem sich Prinzessin Di mit ihrem Freund befand, hundertneunzig Stundenkilometer gefahren wäre. Wir wussten von vornherein, dass es nicht stimmen konnte. Per Fernsehstandbild haben wir die Nachrichtenfotos bekommen, weißt du noch? Dann haben wir später die Unfallberichte auf Video aufgenommen und uns die Bilder genau angesehen.«

»Und wir haben davon gesprochen, dass die Auswirkungen des Aufpralls nicht konsistent waren«, sagte Dar.

»Stimmt. Der Mercedes hat diesen Pfeiler mehr oder weniger frontal getroffen, und die Schnauze war nicht so stark eingedrückt, dass der Wagen auch nur annähernd hundertneunzig gefahren sein konnte. Außerdem hat das Fernsehen gemeldet, der Wagen habe sich offenbar überschlagen, aber als wir dann das Video sahen, wussten wir, dass dem nicht so war.«

»Trudy und du, ihr habt gemerkt, dass das abgerissene Dach auf die Bemühungen der Rettungsmannschaft zurückzuführen war, die Opfer herauszuschweißen, stimmt's?«, sagte Dar.

»Sicher. Aber du auch. Und die Beulen, die im Dach zu sehen waren, stammten nicht von einem Überschlag. Die kamen davon, dass die Insassen beim Aufprall von innen mit den Köpfen gegen das Dach geschlagen sind.«

»Und wie hoch haben wir die reale Aufprallgeschwindigkeit eingeschätzt, dem Video, den Verletzungen der Insassen und anderen Unfallberichten nach zu urteilen?«

»Ich habe gesagt … mal sehen … ich habe gesagt: einhundert Kilometer in der Stunde. Trudy hat gesagt, hundertsieben. Ich glaube, von dir kam die niedrigste Zahl, neunundneunzig.«

»Und als dann der abschließende Bericht kam, hattest du Recht«, sinnierte Dar.

Lawrence fuhr fort. »Kein Reporter schien es erwähnen zu wollen, aber wir alle wussten, dass Prinzessin Diana den Unfall mit fast absoluter Sicherheit überlebt hätte, wenn sie angeschnallt gewesen wäre. Und sie wären alle noch am Leben, wenn der Unfall in den USA passiert wäre …«

»Weil?«, sagte Dar.

»Weil sowohl nach Staats- als auch nach Bundesvorschriften Pfeiler einer Unterführung durch Leitschienen gesichert sein müssen«, sagte Lawrence. »Das weißt du. Du hast es in der Unfallnacht erwähnt. Du hast sogar die Berechnungen zur Verringerung der kinetischen Aufprallgeschwindigkeit auf unserem Computer erstellt und gezeigt, dass der Mercedes – wäre er an eine Leitschiene und nicht an einen Pfeiler geprallt – im Tunnel hin und her geflogen wäre, von der Wand an die Leitschiene und wieder zurück, und dabei hätte sich die Energie abgebaut. Wären alle Insassen – nicht nur der Leibwächter – angeschnallt gewesen …«

»Aber sie waren es nicht«, sagte Dar leise.

»Mh-hm. Trudy nennt es das Taxi-Limousinen-Syndrom«, sagte Lawrence. »Leute, die in ihren eigenen Autos niemals unangeschnallt fahren oder mitfahren würden, verschwenden keinen Gedanken daran, in einer Limo oder einem Taxi den Gurt anzulegen. Irgendwie fühlt man sich unverwundbar, wenn ein Chauffeur am Steuer sitzt.«

»Trudy konnte sich sogar noch an ein Video erinnern, in dem sich Prinzessin Diana angeschnallt hat, als sie ihren eigenen Wagen fuhr«, sagte Dar. »Worüber haben wir sonst noch gesprochen?«

Lawrence kratzte sich am Kinn. »Ich vermute, du wirst wohl früher oder später auf den Punkt kommen. Mal sehen. Wir waren uns alle einig, dass die Paparazzi mit dem Unfall nichts zu tun hatten. Erstens hätte der Mercedes deren kleinen Motorrollern leicht entkommen können. Zweitens hätte er sie glatt über den Haufen fahren können, ohne es überhaupt groß zu merken. Aber wir sind alle davon ausgegangen, dass ein zweites Fahrzeug beteiligt war … ein zweites Auto, meine ich. Dass der Fahrer in den Tunnel eingebogen ist und die Kontrolle verloren hat, weil er einem anderen Wagen ausweichen wollte.«

»Was dann auch der Fall war«, sagte Dar.

»Ja. Und wir waren sicher, man würde feststellen, dass der Fahrer angetrunken war.«

Dar nickte. »Weshalb haben wir das angenommen?«

»Er war Franzose«, sagte Lawrence. Lawrence reiste nicht in Gegenden dieser Welt, in denen die Menschen kein Englisch sprachen. Außerdem mochte er die Franzosen von Haus aus schon mal nicht.

»Weshalb noch?«

»Oh, ich glaube, Trudy hat darauf hingewiesen, dass der Linksschwenk, nachdem sie in den Tunnel kamen – der Schwenk, der sie direkt an den Pfeiler geschickt hat –, mit an Sicherheit grenzender Wahrscheinlichkeit ein Ausweichmanöver gewesen sein musste und jeder geübte – oder nüchterne Fahrer – es bei bis zu hundertfünf Stundenkilometern hätte schaffen können, ohne die Kontrolle über so einen Mercedes zu verlieren. Schließlich hilft der Wagen dem Fahrer, nicht die Kontrolle zu verlieren.«

»Also hatten wir alle drei Recht, was die Einzelheiten des Unfalls anging, bis dahin, dass hypothetisch ein weiteres Fahrzeug beteiligt war«, sagte Dar. »Aber erinnerst du dich an irgendeine andere Reaktion von unserer Seite?«

»Oh, ich weiß noch, dass ich eine Weile das Internet und alle einschlägigen Zeitschriften im Auge hatte«, sagte Lawrence. »Die Fakten kamen kleckerweise… durch Kommentare anderer Versicherungsdetektive, lange bevor die Nachrichtenagenturen und Fernsehsender darauf gekommen waren.«

»Weißt du noch, ob wir geweint haben?«, sagte Dar.

Lawrence wandte sich vom Verkehr ab und sah Dar lange an. Dann widmete er sich wieder der Straße. »Willst du mich auf den Arm nehmen?«

»Nein. Ich versuche, mich an unsere emotionalen Reaktionen zu erinnern.«

»Alle anderen auf der Welt haben verrückt gespielt«, sagte Lawrence offensichtlich angewidert. »Erinnerst du dich noch an die Fernsehbilder von den langen Schlangen schluchzender Menschen – Erwachsener – vor dem britischen Konsulat in L.A.? Es gab Gottesdienste bis zum Abwinken und mehr Gelaber und Interviews mit irgendwelchen Schwachköpfen auf der Straße, als ich seit dem Mord an Kennedy gesehen habe. Mehr als bei Kennedy! Es war, als wäre jedermanns Lieblingstante, Ehefrau, Mutter, Schwester oder Freundin gestorben. Es war verrückt. Absolut gaga.«

»Ja«, sagte Dar, »aber wie haben wir drei reagiert?«

Wieder zuckte Lawrence mit den Achseln. »Ich denke, Trudy und mir hat es Leid getan, dass die Frau tot war. Es ist immer traurig, wenn ein junger Mensch stirbt. Aber, mein Gott, es hat uns nicht *persönlich* betroffen. Ich meine, wir kannten die Frau ja nicht. Außerdem war da ein gewisser Ärger darüber, wie leichtsinnig sie und ihr Freund Dodi waren, einen Betrunkenen fahren zu lassen, bei solcher Geschwindigkeit Spielchen zu spielen, nur um ein paar Scheißfotografen abzuhängen und zu glauben, sie stünden so weit über den Gesetzen der Physik, dass sie sich nicht mehr anzuschnallen brauchten.«

»Ja«, sagte Dar und blieb einen Moment lang still. »Erinnerst du dich daran, wie die Verschwörungstheorien um ihren Tod aufkamen?«

Lawrence lachte. »Ja… kaum zehn Minuten, nachdem die Nachricht veröffentlicht wurde. Ich weiß noch, nachdem du die kinetischen Berechnungen erstellt hattest, sind wir ins Internet, um mehr Fakten zu finden und schon zerrissen sich die Leute die Mäuler darüber, dass die CIA sie ermordet hat… oder der Secret Service oder die Israelis. Schwachköpfe.«

»Ja«, sagte Dar. »Aber unsere Reaktion war… wie?«

Wieder sah Lawrence Dar stirnrunzelnd an. »Berufliches Interesse«, sagte er. »Ist damit irgendwas nicht in Ordnung? Es war ein interessanter Unfall und die Medien haben die Details völlig falsch verstanden, wie üblich. Es hat Spaß gemacht herauszufinden, was wirklich passiert ist. Wir hatten Recht, bis hin zu dem Phantomauto, dem Alkohol und der Aufprallgeschwindigkeit. Wir haben uns auf diese Trauerorgie, die überall lief, nicht eingelassen, weil das Medien-Hype-Prominentenkult-Schwachsinn war. Wenn ich um Tote trauern will, besuche ich meine Eltern auf dem Friedhof in Illinois. Gibt es ein Problem, Dar? Haben wir falsch reagiert? Willst du darauf hinaus?«

Dar schüttelte den Kopf. »Nein«, sagte er. Einen Moment später sagte er es noch mal. »Nein, wir haben absolut nicht falsch reagiert.«

Abends, in seinem Loft, konnte sich Dar nicht konzentrieren. Keiner dieser Unfälle, die er tagsüber mit Lawrence untersucht hatte, bedurfte großer Rekonstruktion. Die Unfälle mit Schusswaffen waren etwas ungewöhnlich, aber nicht sehr. Drei Wochen früher waren Dar und Lawrence einem Versicherungsanspruch nachgegangen, bei dem sich ein Teenager einen geladenen Revolver in den Hosenbund geschoben und den Großteil seiner Genitalien weggeschossen hatte. Seine Familie verklagte die Schulbehörde, obwohl der Neuntklässler an diesem Tag geschwänzt hatte. Die Mutter und ihr Lebensgefährte argumentierten in ihrer Forderung über zwei Millionen Dollar, die Schule sei dafür verantwortlich, dass der Sechzehnjährige seiner Schulpflicht nachkomme.

Dar hatte noch zwanzig andere Projekte, an denen er hätte arbeiten können, aber er wanderte im Loft herum, zog Bücher aus den Regalen und stellte sie zurück, checkte seine E-Mail und brachte seine Schachspiele auf den letzten Stand. Von den dreiundzwanzig Spielen, die er laufen hatte, musste er sich nur auf zwei konzentrieren. Ein Mathematikstudent in Chapel Hill, South Carolina, und ein Mathematiker/Finanzplaner in Moskau – Finanzplaner in Moskau! – bereiteten ihm echte Probleme. Sein Moskauer Freund Dimitrij hatte ihn zweimal geschlagen und einmal ein Patt erzielt. Dar sah sich die E-Mail an, trat an das Schachbrett, das er für dieses Spiel aufgebaut hatte, setzte Dimitrijs weißen Springer und betrachtete stirnrunzelnd das Ergebnis. Darüber würde er etwas nachdenken müssen.

Dar war überrascht, als Sydney anrief.

»Hey, ich hatte gehofft, dass Sie zu Hause sind. Hätten Sie was gegen einen Besuch einzuwenden?«

Dar zögerte nur für den Bruchteil einer Sekunde. »Klar… ich meine, nein. Wo sind Sie?«

»Auf dem Flur draußen vor Ihrer Wohnung«, sagte Syd. »Ihr Polizeischutz hat uns nicht mal bemerkt, als wir durch die Hintertür rein sind… mit einem verdächtigen Paket.«

»Wir?«, sagte Dar.

»Ich habe einen Freund dabei«, sagte Syd. »Soll ich klopfen?«

»Vielleicht sollte ich einfach die Tür aufmachen«, sagte Dar.

Tatsächlich trug Syd ein verdächtiges Paket herein. Dar vermutete ein Gewehr oder eine Flinte in dem Tuch. Ihr Freund war ein auffallend gut aussehender Latino, etwas jünger als Syd oder Dar. Der Mann war nur mittelgroß, hatte aber Muskeln wie ein Baseballspieler. Sein gewelltes, schwarzes Haar trug er zurückgekämmt. Schlank und lässig sah er in seinen Khakihosen aus, dem Khaki-Anorak mit grauem Polohemd, und seine Cowboystiefel wirkten bei ihm nur natürlich, als gehörten sie zu ihm, ganz im Gegensatz zu Dallas Trace und seinen Stiefeln. Er stellte sich als Tom Santana vor und auch sein Händedruck war ganz das Gegenteil von Dallas Trace. Während Trace mit seiner Knochenbrecherei beeindrucken wollte, war Santana offensichtlich ein sehr kräftiger Mann, aber zurückhaltend wie ein Gentleman.

»Ich habe von Ihnen gehört, Dr. Minor«, sagte Tom. »Ihre Rekonstruktionsarbeit wird allseits bewundert. Es überrascht mich, dass wir uns noch nie begegnet sind.«

»Dar«, sagte Dar. »Ich gehe nicht viel aus. Aber ich kenne den Namen Tom Santana… Sie haben bei der California Highway Patrol fingierte Unfälle bearbeitet und sind zweiundneunzig zum Betrugsdezernat gewechselt… haben undercover gearbeitet. Sie sind der Mann, der fünfundneunzig die kambodschanischen und vietnamesischen Schlepperbanden gesprengt und diese beiden Anwälte hinter Gitter gebracht hat.«

Santana grinste. Er lächelte wie ein Filmstar, wirkte aber nicht so überheblich. »Und davor die Ungarn, die diese betrügerischen Unfälle in Kalifornien mehr oder weniger erfunden haben«, sagte er. »So lange die Ungarn, Vietnamesen und Kambodschaner innerhalb ihrer eigenen ethnischen Gruppe geblieben sind, konnten wir nicht an sie rankommen. Aber sobald sie anfingen, Mexikaner als Opferlämmer zu rekrutieren… da konnte ich als verdeckter Ermittler arbeiten.«

»Aber Sie sind jetzt kein verdeckter Ermittler mehr«, sagte Dar.

Tom schüttelte den Kopf. »Dafür bin ich inzwischen zu bekannt. In den letzten Jahren habe ich FIST geleitet… seit einem Jahr arbeite ich immer wieder mit Syd zusammen.«

Dar wusste, dass FIST ein kleiner akronymischer Scherz des Betrugsdezernats war und »Frauld Intelligence Specialist Team« bedeutete. Und so, wie dieser Mann und Syd miteinander umgingen… wie sie so selbstverständlich beieinander standen… so entspannt auf seinem Sofa saßen, Seite an Seite, nicht zu nah, nicht zu weit auseinander… Dar wusste nicht, was zum Teufel es bedeuten sollte, aber er ärgerte sich über sich selbst, dass es ihm irgendwie was ausmachte. Wie lange kannte er diese Chefermittlerin Olson denn schon? Fünf Tage? Hatte er denn erwartet, dass sie vorher kein eigenes Leben geführt hatte? *Wovor?*

»Drink?«, sagte Dar und trat an die altmodische Küchenkommode, die er als Bar benutzte.

Beide schüttelten den Kopf. »Wir sind noch im Dienst«, sagte Tom.

Dar nickte und schenkte sich selbst einen kleinen Single Malt ein, dann setzte er sich ihnen gegenüber auf den Eames-Stuhl. Die letzte Abendsonne fiel durch die hohen Fenster und zog mit goldenem Licht über sie hinweg. Dar nippte an seinem Scotch, sah sich das in Tuch gewickelte Paket an und sagte: »Ist das für mich?«

»Ja«, sagte Syd. »Und sagen Sie erst nein, wenn Sie uns angehört haben.«

»Nein«, sagte Dar.

»Oh, Mann!«, sagte Syd. »Sie sind ein sturer Mensch, Dar Minor.«

Dar trank Scotch und wartete.

»Wollen Sie uns wenigstens anhören?«, fragte Syd.

»Klar.«

Die Chefermittlerin seufzte und sagte: »Ich werde jetzt

einen Drink nehmen, ob im Dienst oder nicht… Nein, bleiben Sie sitzen, Dar. Ich weiß, wo der Scotch steht. Fang an, Tom.«

Tom Santana nahm die Hände zu Hilfe, um seinen Worten Nachdruck zu verleihen. »Syd erzählt mir, dass Sie sich benutzt fühlen, Dr. Minor…«

»Dar.«

»Dar«, fuhr Tom fort, »und in gewisser Weise entspricht das den Tatsachen. Dafür möchten wir uns beide entschuldigen. Aber als die Russen gegen Sie vorgegangen sind, war das der größte Durchbruch, den wir in diesem Fall bisher hatten.«

Syd kam mit ihrem Glas Scotch wieder zum Sofa zurück und machte es sich zwischen den Kissen bequem. »Wir beobachten etwa ein Dutzend Top-Anwälte im ganzen Land… ich meine *Top*-Anwälte, berühmte Männer… etwa die Hälfte davon hier in Kalifornien, der Rest in Städten wie Phoenix, Miami, Boston, New York.«

»Einschließlich Dallas Trace«, sagte Dar.

»Der Ansicht sind wir«, sagte Tom.

Dar nahm einen Schluck vom Single Malt, bevor er etwas sagte. Das Licht ließ den bernsteinfarbenen Whisky im Glas erglühen. »Warum sollten diese Anwälte – angenommen, sie wären in etwa so erfolgreich wie Trace – ein solches Risiko eingehen, wenn sie schon legal Millionen Dollar eingestrichen haben?«

Tom spreizte die Hände, als wollte er einen Baseball fangen. »Anfangs konnten wir es selbst nicht glauben. Einiges davon könnte aus persönlichen Gründen geschehen… wie etwa Espositos Verwicklung in den Tod von Traces Sohn Richard… aber meistens geht es ums Geschäft. Sie wissen, wie viele Milliarden jährlich durch Scheinkliniken und falsche Versicherungsansprüche zusammenkommen. Dieses… Kartell… erfolgreicher Anwälte scheint die Mittelsmänner auszuschalten.«

»Buchstäblich auszuschalten?«, sagte Dar. »Zu ermorden?«

»Manchmal«, sagte Syd. Sie sah müde aus. Das letzte Licht des Abends zeigte Falten in ihrem Gesicht, die Dar bisher nie

aufgefallen waren. »Gennie Smiley und Donald Borden bei-
spielsweise… wir haben sie weder in San Francisco noch in
Oakland gefunden. Wir haben sie bisher nirgendwo gefunden.«

Dar nickte. »Vielleicht sollten Sie es mal in der Bay versuchen.« Er warf Syd einen bösen Blick zu, ohne es zu wollen.
»Also, als die Russen auf mich geschossen hatten, haben Sie
mich mit reingezogen, weil Sie gehofft hatten, Dallas Trace
würde sich irgendwie verplappern? Wieso? Weil Sie wussten,
dass ich die Rekonstruktion auf Video angefertigt hatte?«

Rasch beugte sich Syd mit besorgtem oder schmerzlichem
Gesichtsausdruck vor. »Nein, Dar, ich schwöre es. Ich wusste,
dass Dallas Trace einen Beweis für den Mord an seinem Sohn
gesehen hatte. Wir haben die Detectives Fairchild und Ventura
befragt, weil es uns seltsam erschien, dass die Mordkommission die ganze Sache von der Abteilung Unfallermittlungen
übernommen hatte. Aber ich schwöre, ich verspreche Ihnen:
Ich wusste erst, dass Sie dieses Video gemacht hatten, als Sie es
mir in der Hütte gezeigt haben.« Tom schwieg, sah von einem
zum anderen, als versuchte er, die Spannung zu verstehen, die
plötzlich im Raum hing.

»Und weshalb haben Sie mich dann zu Dallas Trace mitgenommen?«, fragte Dar nach einer Weile.

Syd stellte ihren Scotch auf das grobe Holz des Kaffeetischs.
»Weil das Video so *gut* war«, sagte sie. »Kein vernünftiger
Mensch könnte es sich ansehen und nicht glauben, dass sein
Sohn ermordet wurde. Bis gestern war ich bereit, seine Un-
schuld für möglich zu halten. Aber als er die Rekonstruktion
gesehen hatte und uns dann rausgeworfen hat, *wusste* ich, dass
er bis zum Hals mit drinsteckt.«

Dar seufzte. »Und was zum Teufel wollen Sie jetzt von
mir?«

»Ihre Hilfe«, sagte Tom Santana. »Dass Sie weiter mit Syd
zusammenarbeiten. Dass Sie Ihr Talent für Rekonstruktionen
einsetzen, um zum Kern dieser Verschwörung vorzudringen.«

Dar antwortete nicht.

Syd wandte sich Tom Santana zu. »Dar glaubt nicht an Verschwörungen.«

»Das habe ich nicht gesagt«, fuhr Dar sie an. »Ich habe gesagt, ich glaube nicht an *erfolgreiche* Verschwörungen. Nach einer Weile kollabieren sie unter ihrer eigenen Last an Ignoranz, oder weil die beteiligten Leute zu blöd sind, das Maul zu halten. Dieser ganze Quatsch mit den Helfern der Hilflosen...«

»Es ist kein Quatsch«, sagte Tom. »Die Lage ist im Umbruch. Langsam wird es gefährlich. Statt kleinen Blechschäden auf Nebenstraßen erleben wir jetzt diese tödlichen Unfälle auf den Freeways...«

»Und auf Baustellen«, sagte Syd.

»Die Leute werden für das Übliche rekrutiert... Bagatellschäden, Schleudertraumata«, sagte Tom. »Aber sie kommen dabei um, und Männer wie Esposito und Dallas Trace machen mit ihnen mehr Geld als je zuvor.«

»Esposito macht kein Geld mehr«, murmelte Dar.

Syd beugte sich vor, faltete die Hände. »Wollen Sie mitmachen, Dar? Wollen Sie uns bei diesem Projekt helfen?«

Dar sah die beiden dort auf seinem Sofa an, wie sie so entspannt zusammensaßen. »Nein«, sagte er.

»Aber –«, begann Tom.

»Wenn er Nein sagt, meint er Nein«, unterbrach Syd. Sie zog eine halbautomatische Waffe aus dem Gürtel unter ihrer weiten Weste. Sie sah aus wie ihre eigene Neun-Millimeter-Pistole, aber für größeres Kaliber umgerüstet. »Sind Sie damit vertraut, Dar?«

»Faustfeuerwaffen?«, sagte Dar. »Heute Nachmittag habe ich eine in der Hand eines Toten gesehen.«

Syd ignorierte seinen Sarkasmus. »So eine SIG Pro, meine ich.«

Dar betrachtete die kleine Halbautomatik mit unübersehbarem Widerwillen.

»Ich weiß, dass Sie schon mal eine SIG-Sauer gesehen haben«, sagte Syd. »Das hier ist die Neue von SIGARMS aus Polymer. Sehr klein, sehr leicht.« Sie legte die Pistole auf den Tisch. »Machen Sie nur … nehmen Sie sie, probieren Sie sie aus.«

»Ich glaube es auch so«, sagte Dar.

»Hören Sie, Dar«, begann Syd und schwieg, als kämpfte sie darum, ihre Stimme zu beherrschen. »Wir haben Sie nicht in diese Sache reingezogen. Als diese Detectives vom LAPD – und wir glauben, dass beide mit drinstecken – Trace das Video gezeigt haben, das Sie der Abteilung Unfallermittlungen ausgehändigt hatten, na ja … da hat man Ihnen die Russen auf den Hals gehetzt.«

»Wir sind überzeugt davon, dass das Kartell ein paar hoch stehende Leute aus der Russenmafia geholt hat, die ihnen bei der Übernahme des Betrugsgeschäfts helfen sollen«, sagte Tom Santana leise, langsam. »Wir haben Beweise dafür, dass Dallas Trace persönlich einen Ex-KGB-Agenten angeheuert hat – ein Mitglied der *Organisatsia*, das Syndikat des organisierten Verbrechens in Russland. Dieser Mann holt weitere Mafialeute her, je nach Bedarf.«

»Und Sie meinen, diese kleine SIG Pro aus Polymer macht einen Unterschied?«

»Sie könnte den entscheidenden Unterschied machen«, sagte Syd wütend. »Sie haben gesehen, wie leicht Tom und ich in dieses Haus hier gelangen konnten. Da draußen auf der anderen Straßenseite steht ein einziges Zivilfahrzeug vom San Diego PD, aber die Jungs schieben Überstunden, und wahrscheinlich sind sie beide schon eingeschlafen.« Sie nahm das Magazin aus der Pistole, legte es beiseite und zog den Schlitten durch, um zu zeigen, dass keine Patrone in der Kammer war. »Es ist meine eigene Waffe, Dar. Diese Art SIG Pro verschießt Smith&Wesson-Munition Kaliber .40 und ist so ziemlich die zielgenaueste Halbautomatik auf dem Markt. Der U.S. Secret Service mag diese Waffen … die SIG Pro schießt die Kugeln genau dahin, worauf man sie richtet.«

»Auf einen anderen Menschen«, sagte Dar.

Syd ignorierte ihn. Sie nahm das Tuch von dem langen Paket. »Die Pistole ist für Ihren persönlichen Schutz gedacht, wenn Sie allein unterwegs sind«, fuhr sie fort. »Ich habe einen Waffenschein für Sie in Auftrag gegeben, aber man wird Sie in keinem Fall verhaften, weil Sie sie bei sich haben. Und für die Wohnung und die Hütte…«

»Eine Flinte«, sagte Dar.

»Ich weiß, dass Sie bei den Marines waren«, sagte Syd. »Ich weiß, dass Sie an Schusswaffen ausgebildet wurden…«

»Vor mehr als einem Vierteljahrhundert«, sagte Dar.

»Es ist wie mit dem Fahrradfahren«, sagte Tom Santana ohne jeden Unterton.

»Irgendwann hatten Sie eine Bockdoppelflinte .410 Savage«, sagte Syd. »Wahrscheinlich erkennen Sie dieses Gewehr. Es ist ein Klassiker.«

»Eine Remington Model 870-Pumpgun, Kaliber 12«, sagte Dar tonlos. »Ja, so eine hab ich schon mal gesehen.«

Syd griff in ihre große Tasche und stellte zwei Schachteln mit Munition auf den Kaffeetisch. Dar konnte sehen, dass eine der Schachteln Smith&Wesson-Patronen vom Kaliber .40 enthielten, die andere Schachtel war gelb mit grobem Schrot. Die Chefermittlerin nickte zu Dars Wohnungstür. »Wenn jemand durch diese Tür kommt, der Ihnen nicht gefällt, Dar, entlässt ein kurzer Druck am Abzug neun Bleikugeln vom Kaliber .33 mit Mündungsgeschwindigkeiten zwischen dreihundertdreißig und vierhundert Metern pro Sekunde. Das bläst so viel Blei in die Luft wie acht Kugeln aus einer Neun-Millimeter-Halbautomatik.«

»Gut im Nahbereich«, sagte Tom Santana, »mit hohem Geschwindigkeitsverlust und geringerem Risiko an übergroßer Durchschlagskraft als die meisten Schusswaffen. Deshalb bevorzugt die Polizei sie im Nahkampf. Und unter… sagen wir, fünfundzwanzig Metern… ist es fast unmöglich, daneben zu schießen.«

Dar sagte nichts. Schweigend saßen die drei ein paar Minuten da. Die Sonne war untergegangen.

»Dar«, sagte Syd schließlich und beugte sich über den Tisch, berührte sein Knie, »wenn Sie nicht mit uns arbeiten und nicht wollen, dass ich in Ihrer Nähe bin, brauchen Sie zusätzlichen Schutz.«

Dar schüttelte den Kopf. »Nicht die Pistole. Das ist endgültig. Die Flinte leg ich mir unters Bett.«

Chefermittlerin Olson und Inspector Santana sahen einander an. Dann nahm Syd die SIG Pro und deren Munition und schob beides in ihre Tasche. »Danke, dass Sie wenigstens das Gewehr behalten, Dar. Ins Magazin passen fünf Patronen, und das Vorderschaftrepetiersystem –«

»Ich hab schon mal mit einer Remington 870 geschossen«, unterbrach Dar. »Es ist wie mit dem Fahrradfahren.« Er stand auf. »Noch was?«

Sowohl Syd als auch Tom gaben ihm an der Tür die Hand, aber keiner von beiden sagte etwas, bis Tom Dar seine Karte reichte. »Unter der letzten Nummer bin ich jederzeit erreichbar, Tag und Nacht«, sagte der Mann vom FIST.

Dar schob die Karte in seine Jeans, sagte aber: »Ich hab schon Syds Nummer irgendwo.«

Nachdem sie gegangen waren, lief Dar eine Stunde in der Wohnung auf und ab, ohne das Licht anzumachen. Er schob das Gewehr samt Munition unter sein Bett und stand dann wieder ratlos im Wohnbereich herum. Er schenkte sich noch einen Scotch ein und starrte auf die Lichter der Stadt dort unter sich, das langsame Ziehen der Schiffe draußen auf der Bay. Flugzeuge landeten und starteten am Lindbergh Field mit einer Zielstrebigkeit und Energie, an der es Dar mangelte.

Als er ausgetrunken hatte, ging er wieder in sein abgeteiltes Schlafzimmer. Im Badezimmer stellte er die Dusche an und stand einige Minuten unter dem heißen Wasser, wusch die Benommenheit vom Whisky aus seinem Kopf.

Mit einem Handtuch kam er ins dunkle Schlafzimmer und trocknete sein kurzes Haar. Er machte Licht. Das Schlafzimmer war nur ein kleiner Bereich, von Bücherregalen abgetrennt, aber sein Schrank war ein abgeschlossener Raum, und dessen Tür war mit einem großen Spiegel geliefert worden, den er hatte abnehmen wollen. Jetzt blinzelte er sein Spiegelbild an.

Gibt es einen traurigeren Anblick als einen nackten Mann in mittleren Jahren?, dachte Dar. Er trat vor die Schranktür, sowohl um den Spiegel loszuwerden, indem er die Tür öffnete, als auch um sich einen Pyjama zu nehmen, als der erste Schuss fiel. Der Spiegel splitterte. Scherben zerschnitten Dars Gesicht und Brust. Er taumelte rückwärts und stieß die Lampe von der flachen Kommode.

Der zweite Schuss ging in die Dunkelheit.

13

Es waren so viele Cops in Darwins Wohnung, dass es dort wie in einem Donut-Shop während der Nachtschicht aussah.

Das Team der Ballistiker arbeitete daran, den exakten Winkel zu bestimmen, aus dem die beiden Kugeln die hohen Scheiben an der Nordwand zertrümmert hatten und dann drinnen eingeschlagen waren. Eilig hatte man Laken und Leinwand vor die anderen Fenster genagelt. Ein halbes Dutzend Uniformierte waren gekommen, und noch mehr Zivile. Special Agent Jim Warren vertrat das FBI mit seiner Assistentin, einer kleinen, ernsthaften Frau. Captain Hernandez vom San Diego Police Department war mit sechs bis acht Leuten aus seinem Tross dabei, ebenso Captain Tom Sutton von der California Highway Patrol. Auch Syd Olson und Tom Santana waren da, saßen auf dem Ledersofa und starrten das Gewehr auf dem Kaffeetisch an.

»So ein Gewehr habe ich noch nie gesehen«, sagte einer der Beamten von der CHP. Der Mann schlürfte Kaffee aus einem von Dars weißen Bechern.

»Es ist die Zivilversion einer dieser Waffen, wie die Scharfschützen bei Ihrem SWAT-Team sie benutzen«, sagte Syd.

»Haben wir die Marke schon festgestellt?«, fragte Captain Hernandez.

»Ich kenne diese Waffe«, sagte Tom Santana. »Sie ist vor ein paar Jahren bei der NRA-Show in Seattle vorgestellt worden. Eine Tikka 595 Sporter mit einem Weaver T32-Zielfernrohr.«

»Wie weit entfernt war das Dach?«, fragte Captain Sutton.

»Fast sechshundertfünfzig Meter nördlich von hier«, sagte Syd. »Ich habe das erste Mündungsfeuer noch gesehen und war schon auf dem Weg, als der zweite Schuss fiel.« Sie nickte zu zwei uniformierten Beamten hinüber, die im Küchenbereich etwas Kaltes tranken. »Ich hab draußen auf dem Hügel auf der Lauer gelegen, hab das Zivilfahrzeug vor der Tür angefunkt, dass sie nach Dr. Minor sehen, damit ich mich auf die Jagd nach dem Attentäter machen konnte.«

»Aber Sie wussten nichts von der Feuertreppe«, sagte Special Agent Warren.

»Nein«, sagte Syd. »Ich bin die Haupttreppe rauf und, so schnell ich konnte, aufs Dach. Ich habe den Verdächtigen im ersten Stock der Feuertreppe gesehen, auf dem Weg nach unten. Zweimal habe ich geschossen, aber nicht getroffen.«

»Einer war vermutlich ein Warnschuss«, sagte Captain Hernandez trocken.

»Auf die Schüsse hin hat der Attentäter das schwere Gewehr in den Müllcontainer unter der Feuertreppe geworfen«, sagte Tom Santana. »Aber dann war er an seinem Wagen und konnte entkommen, bevor Miss Olson das Ende der Feuertreppe erreicht hatte.«

»Keine Automarke, Syd?«, fragte Captain Hernandez.

»Kennzeichen konnte ich keine erkennen. Es war eine amerikanische Marke. Kompaktwagen. Und er war schon lange weg, bis ich unten an der Feuertreppe stand.«

»Sie waren drei Stockwerke über dem Attentäter und haben ihn verfehlt«, sagte Captain Sutton von der CHP, »aber der Heckenschütze hat mit zwei Kugeln aus sechshundertfünfzig Metern Entfernung auf den Punkt getroffen... im Nieselregen? Unglaublich.«

»Nicht so bemerkenswert«, sagte Syd. »Der Schütze war schon einige Zeit da oben und hat darauf gewartet, dass Dr. Minor das Licht anmacht. Er hatte sogar zwei Sandsäcke da raufgeschleppt, um eine optimale Schussposition zu bekommen. Ihnen wird aufgefallen sein, dass das Wangenstück am Holzschaft dieser Militärgewehre verstellbar ist... unser Mann hatte genügend Zeit, die Schrauben festzuziehen, damit das Wangenstück für diesen Schuss die perfekte Höhe hatte.«

»Keine Fingerabdrücke«, sagte einer der Leute von der Spurensicherung.

Syd und die anderen warfen dem Mann müde Blicke zu. »Natürlich nicht«, sagte Captain Hernandez. »Wir haben es hier mit einem Profi zu tun.«

Einer der Ballistiker kam zu der Waffe herüber. »Bemerkenswerter Schütze auf sechshundertzwanzig Meter. Wir haben errechnet, dass der erste Schuss perfekt aufs Herz gezielt hat. Wir haben die Kugel aus der Rückwand vom Schrank geholt. Der Schütze hat Winchester-Munition benutzt, 748er, fünfundvierzig Gramm, handlaboriert...«

»Wissen wir«, sagte Syd. »Es waren noch drei Patronen in dem fünfschüssigen Magazin, als wir die Waffe gefunden haben. Keine leeren Hülsen an seinem Versteck.«

»Repetiergewehr mit Zylinderschloss«, fuhr der Ballistiker unbeirrt fort. »Er hat die Hülsen der ersten beiden Schüsse eingesteckt und den zweiten Schuss dennoch kaum zwei Sekunden später abgegeben. Dieser wäre geradewegs durch Dr. Minors Schädel gegangen, wenn Dr. Minor so gestürzt wäre, wie der Schütze es erwartet hatte. Außerdem –.«

»Würden Sie bitte alle damit aufhören, über Dr. Minor in der dritten Person zu sprechen?«, sagte Dar ärgerlich. »Ich bin hier.« Er saß auf seinem Eames-Stuhl, trug einen grünen Bademantel, der allerdings nicht sämtliche Verbände abdecken konnte, die man ihm wegen der Schnitte an Brust und Hals verpasst hatte.

»Sie wären nicht hier«, sagte Syd, »wenn der Schütze nicht Ihr Spiegelbild, sondern Sie selbst im Visier gehabt hätte.«

»Ich Glücklicher«, sagte Dar.

»Allerdings, Sie Glücklicher«, sagte Syd und klang böse. »Wäre da nicht dieser Nieselregen gewesen, der leichte Nebel, der heute Abend vom Meer gekommen ist, dieser Dunst, hätte der Schütze durch sein Zielfernrohr gesehen, dass er Ihr Spiegelbild vor Augen hatte, kein Zielobjekt aus Fleisch und Blut. Selbst aus dieser Entfernung hat der Mann Ihnen eine Kugel mitten durchs Herz geschossen.«

»Im Spiegel«, sagte Dar. »Sieben Jahre Unglück.« Er trank heißen Tee und betrachtete seine Hand, als er die Tasse hochhielt. Sie zitterte ganz leicht. Interessant. »Und weshalb haben Sie überhaupt dort auf der Lauer gelegen, Ms. Olson?«

Syds Augen wurden schmal. »Der Umstand, dass Sie uns nicht helfen wollen, diese Schweine zu erwischen, heißt nicht, dass ich Sie schutzlos sitzen lasse.«

»War nicht viel Schutz im Spiel, was?«, sagte Dar. »Der Bursche hat zwei Schüsse abgegeben… übrigens, sind Sie sicher, dass es ein Mann war?«

»Ist gerannt wie ein Mann«, sagte Syd. »Trug Anorak und Baseballkappe. Mittelgroß. Kräftig bis schlank. Hab sein Gesicht nicht sehen können, und es war zu dunkel, um seine Rasse oder Nationalität zu erkennen.«

Captain Hernandez setzte sich breitbeinig auf einen Küchenstuhl zu den anderen an den Kaffeetisch. »Ist es für Beamte der Strafverfolgungsbehörden bei der Staatsanwaltschaft normal, dass sie Heckenschützen auf eigene Faust verfolgen, Ms. Olson… ohne auf Rückendeckung zu warten?«

Syd lächelte ihn an. »Nein, Captain, das ist es sicher nicht. Aber Tom war meine Rückendeckung und wir wollten uns in den kommenden Nächten mit der Wache abwechseln. Ich bin mir sicher, dass meine Vorgesetzten in Sacramento mich an die vorschriftsmäßige Prozedur erinnern werden.«

»Gut«, sagte Hernandez. »Und wo stehen wir jetzt mit den Ermittlungen?«

Jim Warren vom FBI ging neben dem Kaffeetisch in die Hocke. »Nun, wir haben keine Abdrücke, wir haben weder eine Beschreibung des Schützen noch das Kennzeichen an seinem Wagen, aber wir haben seine Waffe. Das Weaver-Zielfernrohr ist nicht so ungewöhnlich, aber von dieser Tikka 595 können nicht viele verkauft worden sein. Und obwohl eine erste Sichtung keine Abdrücke an den drei Patronen zu Tage gebracht hat, die noch im Magazin sind, findet das FBI-Labor vielleicht irgendwo welche. Meist ist es so. Und wir werden die handlaborierten Winchester .748 MatchKing 8THBs zurückverfolgen … das ist nicht gerade die übliche Jagdmunition.«

Es wurde noch mehr geredet. Dar trank seinen Tee und merkte, dass er schon halb döste, fühlte den Schmerz von den Schnitten und der Tetanus-Spritze, war vor allem aber müde. Lawrence und Trudy riefen gegen 2:00 Uhr an – den beiden entging nichts – und Dar konnte sie gerade noch davon abhalten, auch noch zu kommen.

Der Morgen graute, als der letzte Uniformierte und die Leute von der Highway Patrol gingen. Zwei Zivilfahrzeuge vom San Diego PD schoben Wache, dazu ein Streifenwagen von der CHP, und Dar konnte den uniformierten Beamten mit dem Gewehr dort oben auf dem Dach erkennen, von dem aus geschossen worden war, ein altes Lagerhaus zwei Blocks nördlich. Dar glaubte kaum, dass der Attentäter heute wiederkommen würde.

Schließlich waren nur noch Tom Santana und Syd Olson übrig. Beide sahen sehr müde aus.

»Dar«, sagte Syd und legte eine Hand auf sein Knie.

Dar schreckte hoch. Plötzlich nahm er den Druck von Sydney Olsons Hand sehr deutlich war, die Gegenwart eines anderen Mannes und den Umstand, dass er nur Zeit gehabt hatte, einen Bademantel anzuziehen, als die Meute kam.

»Was?«

»Ändert es etwas?«

»Wenn man beschossen wird, ändert es immer etwas«, sagte Dar. »Wenn es so weitergeht, werde ich vielleicht noch religiös.«

»Gott im Himmel, hören Sie doch auf, Spielchen zu spielen. Werden Sie darüber nachdenken, ob Sie uns jetzt helfen? Nur so können wir für Ihre Sicherheit sorgen und diese arroganten Dreckschweine schnappen.«

»Alle?«, sagte Dar. »Glauben Sie, Sie können sie alle schnappen? Tom, wie viele Schlepper und Opferlämmer und Krankenhausbedienstete und Anwälte waren an dieser vietnamesischen Operation beteiligt, die Sie vor einigen Jahren gesprengt haben?«

»Etwa achtundvierzig Leute«, sagte Tom Santana.

»Und gegen wie viele konnten Sie Anklage erheben?«

»Sieben.«

»Und wie viele haben Sie hinter Gitter gebracht?«

»Fünf... aber darunter waren beide Anwälte, der einzige echte Arzt der Bande und der Kopf der Schlepper.«

»Und wie schnell waren die wieder draußen? Nach zwei Jahren? Drei?«

»Ja«, sagte Tom. »Aber die Anwälte praktizieren nicht mehr, der Arzt ist nach Mexiko ausgewandert und der Schlepper noch auf Bewährung. Die inszenieren keine Unfälle mehr.«

»Nein«, sagte Dar. »Das machen jetzt das Kartell und die *Organisatsia*. Das Spiel ändert sich nie... nur die Gesichter.«

Santana zuckte mit den Schultern und ging zur Tür.

»Vergessen Sie nicht, den Riegel vorzuschieben«, sagte Syd, wandte sich um und folgte Tom Santana zum Fahrstuhl.

Dar nahm sie beim Handgelenk. »Syd... danke.«

»Wofür?«, sagte sie, sah ihm tief in die Augen. »Wofür?« Sie ging, ohne eine Antwort abzuwarten.

Seltsam dunkel war es in der Wohnung, selbst noch nach Sonnenaufgang, wegen der Tücher vor den hohen Fenstern. Dar nahm sich vor, so bald wie möglich ein paar Jalousien anbringen zu lassen. Er ging ins Schlafzimmer zurück, ließ den Bademantel von den Schultern gleiten und kroch unter die Decke. Er dachte, er würde Sekunden später einschlafen, aber er lag noch eine Zeit lang da, sah sich an, wie das gedämpfte Sonnenlicht über die hohe Zimmerdecke wanderte.

Schließlich schlief Dar ein. Er träumte nicht.

14

Mittwoch war ein verlorener Tag. Dar schlief nur zwei Stunden. Bei Tageslicht zu schlafen war ihm unheimlich. Als er aufstand, suchte er sich jemanden im Branchenbuch, der schnell Jalousien an die Fenster bauen konnte, und wartete, dass sie kamen, werkelte solange in der Wohnung herum. Er hatte keine Angst, vor die Tür zu gehen, zumindest glaubte er nicht, dass er sich fürchtete, aber er wollte es nicht – solange es keinen konkreten Anlass dafür gab.

Lawrence kam gegen Mittag herüber, brachte warmes Mittagessen und ließ sich von Dar die Einschusslöcher zeigen. Lawrence sagte, er habe »in der Stadt« zu tun, was eigentlich San Diego bedeutete und normalerweise hieß, dass er im Gerichtsgebäude eine Aussage machen musste. Er sagte, er sei bis spät noch in der Stadt und fragte, ob er sich auf Dars Sofa lang machen dürfte. Dar war misstrauisch. Er vermutete, dass sich sein Schadensgutachterfreund um ihn kümmern wollte, aber Dar konnte es ihm schlecht abschlagen.

Als Lawrence ging und die Jalousienleute fertig waren, nahm sich Dar seine alten Akten vor, schickte sämtlichen

Schachpartnern außer Dimitrij in Moskau e-Mails und fand sich im Schlafzimmer wieder, wo er kniend die Remington 870 mit der Munitionsschachtel unter dem Bett hervorzog. Er schob fünf der klobigen Schrotpatronen unten hinein, dann balancierte er die Waffe auf seinen Knien. Der geprägte Schriftzug auf der linken Seite der Kammer über und vor dem Abzugshahn lautete *Remington 870 EXPRESS MAGNUM* und kennzeichnete ein Schrotgewehr, das Remington nach 1955 produziert hatte, als das 870 modifiziert worden war, damit man sowohl moderne Drei-Zoll-Magnum-Schrotpatronen als auch die älteren, Zwei-Dreiviertelzoll-Patronen vom Kaliber 12 verwenden konnte. Dar hielt einen Finger an den Arretierungsknopf des Vorderschaft-Pumpsystems (ein winziger Riegel vorn links am Abzugsbügel, betätigte ihn einmal, brachte so eine Patrone in die Kammer, dann drückte er den Sicherungsbolzen hinten am Abzugsbügel. Der blaue Stahl der Waffe und der Geruch von Waffenöl erinnerten Dar an seine Kindheit, an die Jagd auf Enten und Fasane, mit seinem Vater und den Onkeln im Süden von Illinois, an frische Herbstmorgen, trockenes Getreide und wohlerzogene Hunde, die hinter ihnen trotteten.

Dar legte die Waffe wieder unters Bett und schloss die Augen. Blitzende Bilder verfolgten ihn, nicht jüngere Bilder, nicht der berstende Spiegel, sondern der Anblick verstreuter Schuhe im Gras, verschiedenartiger Schuhe, polierter Herrenschuhe, Kinderschuhe, Damensandalen. Das fiel den Ermittlern nach jedem Flugzeugabsturz zuallererst auf, noch vor dem Treibstoffgestank, dem zerrissenen, geschmolzenen Metall oder den Leichenteilen… Hunderte von Schuhen, die scheinbar wahllos über die Unfallstelle verstreut lagen. Jedes Mal führte es Dar die fürchterlichen kinetischen Energien vor Augen, die bei einem Absturz freigesetzt wurden, dass Schuhe – selbst fest verschnürte – fast nie am Körper blieben. Es war wie eine letzte Demütigung. Dar erinnerte sich an die Schuhe in den Ermittlungen um den Fall Richard Kodiak alias

Richard Trace. Den jungen Mann hatte es aus seinem rechten Schuh gehauen, aber dieser Schuh lag an der falschen Stelle. Gennie Smiley hatte den Möbelwagen zu weit zurückgesetzt, als sie ihn zum zweiten Mal überfuhr. *Dem Jungen waren seine Schuhe schon immer eine Nummer zu groß.* Dar hörte förmlich, wie Dallas Trace es zu einem seiner Freunde im Country Club sagte.

Als der Abend kam, trat Dar an die Bücherregale und zog eine zerlesene Ausgabe der Stoiker hervor. Er begann mit Epiktet, blätterte aber weiter zu Mark Aurels Buch XII der *Selbstbetrachtungen.* Dar hatte die Passagen in den letzten zehn Jahren so oft gelesen, dass ihm einige der Zeilen wie der vertraute Singsang eines Mantras schienen.

Drei Teile sind es, woraus du bestehst: Körper, Lebensgeist, Denkvermögen. Von diesen sind die beiden ersten nur insoweit dein, als du für sie zu sorgen hast; der dritte ist aber in besonderem Sinne dein Eigentum. Hältst du also von deinem Ich, das heißt von deiner Denkkraft, den Gedanken an alles fern, was andere tun oder reden oder was du selbst getan hast, alles, was dich schon im Voraus beunruhigt, alles, was den dich umgebenden Leib oder den ihm eingepflanzten Lebensgeist angeht und mithin deiner freien Wahl entzogen ist und durch den ewigen Wirbel der dich umgebenden Außenwelt umgewälzt wird, sodass die Denkkraft in dir dem Einflusse der Verkettungen des Schicksals entzogen, rein und ungebunden sich selbst lebt, tut, was recht ist, will, was geschieht, und redet, was der Wahrheit entspricht – trennst du, wie gesagt, von dieser herrschenden Vernunft alles, was durch leidenschaftliche Neigungen angehängt ward und der Zukunft oder der Vergangenheit angehört, bildest du so gleichsam aus dir das, was Empedokles von der Welt sagt:

*Eine gerundete Kugel
der wirbelnden Kreisbahn sich freuend,
bist du darauf bedacht, nur die Zeit, die du lebst, das
heißt die Gegenwart, ganz zu durchleben, so wird
es dir möglich sein, den Rest deiner Tage bis zum
Tode ruhig, edel und dem Genius in dir hold hinzu-
bringen.*

Dar klappte das Buch zu. Diese Zeilen – so viele Zeilen wie
diese – hatten ihn getröstet, nachdem Barbara und der kleine
David bei dem Absturz in Colorado umgekommen waren,
nach seinem kurzen Abstieg in den Wahnsinn und dem Versuch sich umzubringen. Er erinnerte sich an das Klicken des
Schlagbolzens, als dieser hohl an jene .410er Patrone schlug,
die nicht zünden wollte. Nur dieses eine Mal hatte die .410
seines Vaters versagt. Oft genug weckte ihn das hohle Klicken, wurde jedoch ausgeglichen von der Vernunft der Stoiker.

Nicht so heute Nacht.

Dar schloss die Jalousien und schob den Riegel vor, aber so
müde er auch sein mochte, konnte er doch nicht schlafen. Er
glaubte nicht an Schlaftabletten. Zu viele Unfälle hatte er
schon gesehen, ähnlich dem des armen Mr. Hutton, der sich
seine .38er ans Ohr gehalten hatte, als das Telefon ging, aber
Dar wusste um das einschläfernde Potenzial der Lektüre Im-
manuel Kants, und so las er, bis er fast eingenickt war.

Es klopfte an der Tür. Dar dachte daran, das Gewehr unter
dem Bett hervorzuziehen, doch diese Art zu klopfen kannte
er. Es war Lawrence, verknittert, zerknautscht und durchgeschwitzt nach einem langen Tag vor Gericht. Dar kehrte zu
seinem Kant zurück, während Larry duschte und in dem übergroßen Ersatzbademantel wieder herauskam, den Dar für genau solche Besuche aufbewahrte.

Während Lawrence seine Sachen zusammenlegte und das
Kissen auf dem Sofa schüttelte, betrachtete Dar das Schulter-

holster mit dem .32er Colt Revolver, das sein Freund über einen Stuhl gehängt hatte.

»Fährst du morgen Abend mit Trudy zum Essen nach L.A.?«, fragte Dar.

»Wie meinst du das?«, sagte Lawrence vom Sofa her. Er hatte es sich in dem Bademantel bequem gemacht, in eine Indianerdecke gewickelt und las in einer Autozeitschrift.

»Normalerweise packst du deinen Revolver nur ein, wenn ihr in die Stadt wollt.« Dar wusste, dass sein Freund eine unbefristete Erlaubnis zum verdeckten Tragen einer Waffe besaß, auf Grund der zahlreichen Drohungen von Autodieben und Versicherungsbetrügern, die dank Lawrences Aussage hinter Gittern saßen.

Lawrence knurrte. »Ein Besuch bei dir ist Grund genug«, sagte er. »Es ist, als würde man sich in *Der Schakal* in der Nähe von Charles de Gaulle rumtreiben.«

»Nur im Original«, sagte Dar. »Im Remake hat es einer auf den FBI-Direktor abgesehen. Und zwar nicht Edward Fox, sondern Bruce Willis.«

»Die Remakes gehen immer daneben«, sagte Lawrence, legte seine Zeitschrift beiseite und knipste das Licht am Kopfende des Sofas aus.

»Keine Frage«, gab Dar ihm Recht. Er ging zur Tür, um sicherzugehen, dass sie abgeschlossen und der Riegel vorgeschoben war. Er sah sich die hässlichen, aber geschlossenen Jalousien an allen hohen Fenstern an.

»Gute Nacht, Larry.«

Dar wartete auf die Namenskorrektur, aber Lawrence schnarchte leise. Dar ging in sein Schlafzimmer und war Minuten später eingeschlafen.

Am Donnerstagmorgen wurde Dar vom Telefon geweckt. Er griff nach dem Hörer. Nichts. Aus seinem Telefon am Bett kam nur das Freizeichen. Er sprang auf und nahm das Handy von der Kommode. Es war nicht einmal angestellt.

Also warf er seinen Bademantel über und lief zum Faxgerät. Auch nichts.

Wieder klingelte das Telefon.

Es war Lawrences Handy. Dar hatte ganz vergessen, dass sein Freund auf dem Sofa schlief. Müde setzte er sich auf einen Hocker am Küchentresen, während Lawrence sein Flip Phone nahm und benommen ein paar knappe Worte wechselte – offenbar mit Trudy, es sei denn, der treue Lawrence hätte plötzlich jemand anderen gefunden, den er »Schmusebacke« nannte.

Dar stellte die Kaffeemaschine an, während Lawrence sich aufsetzte, stöhnte und grunzte, um den Frosch aus seinem Hals zu vertreiben. Er rieb erst seine Augen, dann Wangen und Hängebacken und unterzog sich einer Reihe von Räusperübungen, die klangen, als würde eine Hundert-Kilo-Katze stranguliert.

Wie hält Trudy das nur jeden Morgen aus?, dachte Dar nicht zum ersten Mal. Er sagte: »Kaffee ist gleich fertig. Möchtest du Toast oder Schinken? Oder nur Müsli?«

Lawrence setzte seine Brille auf und grinste Dar breit an. »Stell das Ding ab. Wir holen uns auf dem Weg irgendwo Kaffee und einen Toad McMuffin. Wir haben schon einen Fall und du wirst begeistert sein.«

Dar warf einen Blick auf seine Uhr. Es war schon halb neun, aber bei geschlossenen Jalousien noch seltsam dunkel in der Wohnung. »Ich hab noch eine Menge Arbeit nachzuholen –«, begann er.

Lawrence schüttelte den Kopf. »Nein. Es ist nicht weit von hier… auf halbem Weg zu mir… und du würdest dich ewig selber hassen, wenn du es versäumst.«

»Mmmh«, machte Dar.

»Versuchter Nonnenmord unter Verwendung einer Hühnerkanone«, sagte Lawrence.

»Bitte?« Dar stellte die Kaffeemaschine ab.

»Versuchter Nonnenmord unter Verwendung einer Hühnerkanone«, wiederholte Lawrence, während er in Dars Badezimmer latschte, um die Örtlichkeiten zu benutzen und zu duschen, bevor Dar es tat.

Dar seufzte. Er suchte die Stange, mit der sich die Jalousien öffnen ließen, dann das Band, mit dem man sie hochzog. Es war ein schöner, sonniger Sommertag in San Diego. Jede Einzelheit des Flugzeugträgers, der dort in der Bay lag, war im klaren Licht gut auszumachen. Der summende Verkehr beruhigte ihn. Ein Flugzeug befand sich im Landeanflug auf das Lindbergh Field, und einige der Passagiere starrten entsetzt an den aufragenden Gebäuden hoch, während die alten Hasen ihre Morgenzeitung studierten. Fast konnte Dar die Schlagzeilen durch die Steuerbordfenster lesen, als die DC-9 vorüberflog.

»Nonnenmord unter Verwendung einer Hühnerkanone«, murmelte er. »Meine Fresse.« In der Parkgarage des ehemaligen Lagerhauses stritten sie darum, wer fahren durfte. Lawrence konnte es nicht leiden, Beifahrer zu sein, und Dar hatte genug davon. Lawrence erklärte, er sei wegen weiterer Aussagen in die Stadt gekommen. Dar wies darauf hin, es sei klüger, seinen Trooper auf dem Parkplatz stehen zu lassen und den Cruiser zu nehmen. Lawrence schmollte, sagte schließlich, sie sollten beide fahren. Dar machte sich auf den Weg zum Fahrstuhl.

»Wo willst du hin?«, rief Lawrence.

»Zurück ins Bett«, sagte Dar. »Ich kann diesen Quatsch vor dem Frühstück nicht brauchen.«

Dar fuhr. Das Zivilfahrzeug der Polizei von San Diego, das auf der anderen Straßenseite geparkt hatte, folgte ihnen bis zur Stadtgrenze und kehrte dann um.

Es war nur ein kurzes Stück, halbwegs nach Escondido. Lawrence nannte die Adresse eines Saturn-Händlers direkt am Freeway. Dar kannte den Laden.

Lawrence und Dar waren sich in ihrer Verachtung für Saturns von jeher einig. Beide wussten, dass es sich um preiswerte Autos handelte, aber das Image, das Saturn durch die Werbung vom typischen Saturn-Fahrer schuf, erregte bei Autoliebhabern wie Lawrence und Dar nur Übelkeit. »Es ist Jennifers erstes Auto«, sagt der Chefverkäufer. Alle anderen Verkäufer applaudieren, während Jennifer dasteht und rot wird, mit den Autoschlüsseln in der Hand.

Saturns waren für Leute gemacht, die sich vor dem Autokauf fürchten. Lawrence und Trudy kauften etwa alle fünf Monate ein neues Auto oder tauschten es gegen ein altes. Sie waren von dem Vorgang ganz begeistert. »Genau wie Volvos für Leute sind, die Autos hassen und es der ganzen Welt zeigen müssen«, hatte Lawrence hinzugefügt. »Lehrer am College, professionelle Baumumarmer, liberale Demokraten… sie müssen fahren, aber sie teilen uns mit, dass sie im Grunde ihres Herzens lieber laufen oder Rad fahren.«

»Vielleicht kaufen sie Volvos wegen der Sicherheit«, hatte Dar gesagt und gewusst, dass es die beiden provozieren würde.

»Hah!«, hatte Trudy gerufen. »Ein Auto muss erst mal *schnell* fahren können, wenn Sicherheit zum Thema werden soll. Volvofahrer würden einen Panzer kaufen, wenn die Regierung die Dinger auf den Highway ließe.«

»Und erinnert ihr euch noch an diese herzerwärmende Saturn-Werbung vor ein paar Jahren, in der alle Arbeiter bei Saturn in Tennessee um drei Uhr morgens aufstanden, um dabei zu sein, als die ersten Saturns in Japan ausgeladen wurden?«, sagte Lawrence hämisch. »Die vielen, überglücklichen Gesichter von Weißen, Schwarzen und Latinos, die sich die Live-Übertragung ansahen… stolzes Amerika. Nicht gezeigt haben sie, dass neunundneunzig Prozent dieser Autos ein Jahr später wieder auf Fahrzeugcontainer verladen wurden, weil die Japaner die Saturns nicht wollten.«

»Japaner mögen Jeeps«, sagte Trudy.

Dar nickte. Das stimmte wohl. »Und riesige, alte Cadillacs«, sagte er.

»Nur die *Yakuza*«, hatte Lawrence hinzugefügt.

Auf halbem Weg zum Saturn-Händler sagte Lawrence: »Du weißt also, was eine Hühnerkanone ist?«

»Natürlich«, sagte Dar, fuhr mit einer Hand und trank mit der anderen seinen McDonald's-Kaffee. Eine aufgedruckte Warnung am Pappbecher erinnerte daran, dass das Getränk heiß sei und Verletzungen verursachen könne, wenn man es sich auf die Genitalien schüttete. Von jeher war Dar der Ansicht gewesen, dass jemand, der zu dumm war, das von selbst zu merken, ohnehin weder lesen noch wissen konnte, wie man aus Pappbechern trank. »Natürlich weiß ich, was eine Hühnerkanone ist.«

Lawrence sah geknickt aus. »Du weißt es? Wirklich?«

»Klar«, sagte Dar. »Hab ich nicht früher bei der Verkehrssicherheit gearbeitet? Hühnerkanone ist der Spitzname für eine Vorrichtung, die sich die Bundesluftfahrtbehörde FAA ausgedacht hat, um zu testen, wie Windschutzscheiben an Flugzeugen auf Zusammenstöße mit Vögeln reagieren. Im Grunde ist die Kanone nur ein mitteldickes Rohr mit einem ordentlichen Kompressor. Damit schießen sie Vögel mit Geschwindigkeiten von bis zu tausend Stundenkilometern gegen Verbundglas … normalerweise aber langsamer. Sie nehmen dafür tote Hühner, weil das Huhn von seiner Masse her für große bis mittelgroße Vögel stehen kann, etwas schwerer als eine Möwe, aber kleiner als ein Flamingo.«

»Oh«, sagte Lawrence. »Stimmt. Verdammt.«

»Und was haben Saturns nun mit Hühnerkanonen zu tun?«, sagte Dar, als sie die Auffahrt zum Autohändler nahmen.

Lawrence seufzte, war offenbar enttäuscht, dass Dar die Pointe kannte. »Na ja, Saturn bewirbt diese so genannte bruchfeste Windschutzscheibe. Eigentlich hat sie nur knapp dreißig Prozent mehr Plastikanteile als das übliche Sicherheitsglas, und der Besitzer dieses Ladens hatte sich entschlossen, vom Hauptquartier der FAA in Los Angeles zu Demonstrationszwecken eine Hühnerkanone auszuleihen.«

»Ich wusste gar nicht, dass die FAA ihre Hühnerkanone überhaupt verleiht«, sagte Dar.

»Tut sie nicht, normalerweise«, sagte Lawrence. »Aber der FAA-Mann in L.A. ist der Schwager vom Saturn-Händler.«

»Oh«, sagte Dar. »Ich hoffe, sie haben kein totes Huhn mit tausend Stundenkilometern in die Scheibe vom neuen Saturn geschossen.«

Lawrence schüttelte den Kopf und schlürfte an seinem Kaffee. »Nein, nur mit etwas über dreihundert. Heute Morgen haben sie bei ›Up Front Sam – the Saturn Man‹ einen Werbefilm gedreht, komplett mit Hühnerkanone und Schwester Martha.«

»Ach, du Schande«, sagte Dar. Schwester Martha war Nonne gewesen, bis sie das Kloster verlassen hatte, um fortan nur noch mit Saturn zu handeln. Sie trat in den meisten Saturn-Werbefilmen für Up Front Saturn auf. Schwester Martha war etwa einsfünfzig groß, einundsechzig Jahre alt und sah aus wie ein Apfelmännchen mit rosigen Wangen und bläulichem Haar. Ihre liebste Verkaufsstrategie bestand darin, auf der ausgebauten Plastiktür einer Saturn-Limousine herumzutrampeln, um zu zeigen, dass diese weder verbeulte noch zerkratzte. Das war, bevor Saturn auf Grund der Unfälle wieder zu Blechtüren überging, weil das Plastik dazu neigte, wie das stinkende Petroleumprodukt zu brennen, das es im Grunde war. Inzwischen trat Schwester Martha nur noch gegen Reifen und sah adrett aus, wenn sie leidenschaftlichen Feilschern Limousinen und Coupés zu Festpreisen anbot. Trudy hatte einmal eine Werbung mit Schwester Martha kommentiert: »Nicht mal Butter würde im Mund von dieser alten Schachtel schmelzen.« Das Verkaufspersonal lief aufgeregt im Kreis umher. Die Leute von der Werbefilmcrew waren gleichermaßen durcheinander, stritten über Funk, obwohl sie kaum acht Meter auseinander standen. Der Regisseur schien etwa neunzehn Jahre alt zu sein, trug eine Baseballmütze, einen Pferdeschwanz und den kläglichen Versuch eines Ziegenbartes in seinem blassen, erschrockenen Gesicht.

Die Hühnerkanone war einigermaßen beeindruckend: ein Zehn-Meter-Rohr auf einem Anhänger, der sich mit Hilfe einer Hydraulik anheben ließ, wobei Dar augenblicklich an den armen Anwalt Esposito denken musste. Die Maschine besaß einen Lademechanismus, der wie die Luftschleuse an einem Space-Shuttle für Hühner aussah. Der Kompressor summte noch immer vor sich hin, die Kanone war nach wie vor auf ein nagelneues Saturn Coupé gerichtet, das etwa fünfzehn Meter vor der Mündung stand.

Dar schob sich durch die umherlaufende, plappernde Menge und warf einen Blick auf das Coupé. Wie eine Pistolenkugel hatte das Huhn die Windschutzscheibe durchschlagen, die Kopfstütze am Fahrersitz abgerissen, ein hühnergroßes Loch in die Heckscheibe des Coupés geschlagen und sich gut zwanzig Meter dahinter in eine Mauer aus Zement gegraben.

Der Autohändler, Up Front Saturn, ein hagerer ehemaliger Geisteswissenschaftler, der auf die schiefe Bahn geraten war, aber nach wie vor Tweedsakkos trug (selbst an so einem brütend heißen Sommertag), hatte keinen Schimmer, wer Lawrence und Dar waren, aber er redete auf sie ein, als beichtete er dem Priester seiner Gemeinde. »Wir hatten ja keine Ahnung… Ich hatte keine Ahnung… Die FAA-Experten von meinem Schwager – *Experten*… haben gesagt, die Windschutzscheibe würde einem Aufprall von bis zu vierhundert Stundenkilometern standhalten… Der Schalter stand auf dreihundertzwanzig… Da bin ich mir sicher… Schwester Martha saß hinterm Lenkrad… Wir wollten schon drehen… Da hat der Regisseur vorgeschlagen, erst einen Testlauf zu machen… Ich wollte nicht die Zeit und das Geld vergeuden, weil die hier sekundenweise kassieren… Aber Schwester Martha hat darauf bestanden und ist ausgestiegen… Wir dachten, es würde nur ein paar Minuten dauern, die Schweinerei auf der Windschutzscheibe abzuwischen, dann könnten wir drehen…«

»Wo ist Schwester Martha?«, unterbrach Lawrence.

»In ihrer Bude«, sagte der Händler, den Tränen nah. »Die Sanitäter geben ihr Sauerstoff.«

Lawrence ging in den Verkaufsraum voraus, schnüffelte anerkennend den Tempelduft fabrikneuer Autos. Dar dachte, dass sie Glück hätten, wenn sie wieder auf dem Weg wären, bevor Larry sich aus reinem Spaß an der Freude ein neues Auto kaufte.

Schwester Martha hatte – in voller Nonnentracht – ihren Sauerstoff bekommen, schluchzte jedoch nach wie vor unkontrolliert. Zwei Sanitäterinnen, Marthas Familie und eine Meute Neugieriger standen herum, um sie zu trösten.

»Es w-w-w-w-war das Ha-ha-ha-ha-bit«, brachte sie hervor. »Ich ha-ha-ha-hab es bei dieser We-we-we-werbung noch n-n-n-n-nie getragen, noch n-n-n-nie. Der Herr will mir s-s-s-s-sagen, dass ich diesmal zu w-w-w-weit gegangen bin.«

»Die wird schon wieder«, sagte Lawrence. Er ging mit Dar hinaus, um sich das Huhn anzusehen, das im Krater in der Wand nach wie vor zu sehen war. Dann steuerten sie Dars Land Cruiser an.

»Wessen Versicherung hat dich gerufen?«, fragte Dar, als sie an dem Videoteam vorüberkamen.

»Keine. Es gibt keine Verbindung«, sagte Lawrence. »Trudy hat es nur im Polizeifunk gehört, und ich dachte, es würde dich vielleicht amüsieren.«

Plötzlich stand Up Front Sam wieder neben ihnen. Offenbar hatte ihm jemand erzählt, dass sie Schadensgutachter waren. »Ich habe mit meinem Schwager gesprochen«, sagte er. »Die Ingenieure bleiben dabei: Wenn die Spezifikationen für die Windschutzscheibe korrekt waren, hätte das Huhn einfach abprallen sollen.« Er sah sich nach dem Loch in der Scheibe um. »Gütige Mutter Gottes, was haben wir falsch gemacht? Hat Saturn uns belogen?«

»Nein«, sagte Lawrence. »Diese Windschutzscheibe könnte wahrscheinlich einen Vogel Strauß bei dreihundert Stundenkilometern aushalten.«

»Aber was … wie haben wir … wieso … wie um Gottes willen …«, sagte der Autohändler.

Dar beschloss, es kurz zu machen.

»Beim nächsten Mal«, sagte er, »sollten Sie das Huhn vorher auftauen.«

Sie hatten zwei Drittel des Rückwegs nach San Diego hinter sich, als Dar den gewaltigen Verkehrsstau vor ihnen sah. Warnblinkanlagen blitzten. Bis auf eine Spur waren alle gesperrt, die stadteinwärts führten. Autos setzten zur letzten Ausfahrt zurück oder überquerten den Mittelstreifen, um wieder nach Norden zu fahren und dem Stau zu entgehen. Dar fuhr den Land Cruiser auf die Standspur und dann weit auf das Gras am Seitenstreifen, um so nah wie möglich heranzukommen.

Ein Beamter der Highway Patrol winkte sie wütend fünfzig Meter vor der Unfallstelle ab. Dar sah mindestens drei Krankenwagen, einen Feuerwehrwagen und ein halbes Dutzend Fahrzeuge der CHP um den eingeknickten Sattelschlepper und den Haufen von Autos auf der rechten Spur. Er und Lawrence zeigten ihre Ausweise vor. Lawrence besaß sowohl einen legalen Presseausweis als auch den Ausweis als Versicherungsdetektiv und eine Ehrenmitgliedschaft bei der CHP.

Trotz all der Fahrzeuge, die den Blick versperrten, konnte Dar sehen, was passiert war. Der Sattelschlepper war ein Autotransporter voll fabrikneuer Mercedes-Limousinen, E-500, nach denen zu urteilen, die noch auf dem Unterdeck des Hängers standen und denen, die sich auf dem Highway stapelten. Überall auf der Straße gab es Brems- und Schleuderspuren. Haube und Windschutzscheibe eines alten Pontiac Firebird waren zu erkennen, zerquetscht unter einem Haufen silberner Limousinen. Als der Sattelschlepper eingeknickt war und den Pontiac gerammt hatte, waren die Fahrzeuge auf dem Oberdeck ins Wanken geraten. Nicht alle waren auf den alten Pontiac gestürzt. Dar sah einen neuen Mercedes mit den Rädern

nach oben auf der Standspur liegen und einen anderen verbeult, aber auf den Rädern, vierzig Meter weiter vorn am
Highway stehen. Aber mindestens vier der schweren Limousinen waren auf den Firebird gestürzt. Abschleppwagen und
ein kleiner Kran hoben die silbernen Autos vorsichtig vom
Pontiac.

Feuerwehrmänner und Rettungsmannschaften durchschnit-
ten mit hydraulischen Blechscheren die A-Säulen am zerquetschten Firebird, und ein Sanitäter kniete auf allen vieren
und rief jemandem dort im Wrack ermutigende Worte zu.
Offenbar hatte man die Insassen des Firebirds noch nicht befreit.

Dar und Lawrence liefen zum Führerhaus der Zugma-
schine, wo der Fahrer – ein großer Mann mit Bart und Bier-
bauch, der schlimmer heulte und zitterte als Schwester Martha
– versuchte, mit der Highway Patrol zu sprechen. Die Uniformierten wollten Dar und Lawrence abdrängen, aber Sergeant
Cameron von der CHP sah sie und winkte sie heran. Sein Gesicht war von ernsten Falten durchzogen, als er sich vorbeugte,
dem Fahrer tröstend auf die Schulter klopfte und wartete. Dar
blickte über die Unfallstelle hinaus und sah den jungen Patrolman Elroy, der dort zwischen all den Lichtern und Scherben
auf den Knien lag und sich erbrach.

»…und ich schwöre bei Gott, ich habe alles getan, um dem
Pontiac auszuweichen«, sagte der Trucker eben, schien sein eigenes Zittern und die Tränen gar nicht zu bemerken, die ihm
über die sonnenverbrannten Wangen liefen. »Ich habe nur versucht, den armen Kerl nicht zu treffen, aber da waren auf beiden Seiten Autos. Die haben mich eingekeilt. Sie haben nicht
aufgehört. Jedes Mal, wenn ich die Spur gewechselt habe, hat
auch der Firebird die Spur gewechselt… Wenn ich gebremst
habe, hat er noch härter gebremst… So haben wir bestimmt
fünf Spuren gekreuzt. Dann habe ich ihn getroffen und bin
eingeknickt. Konnte ihn nicht mehr halten… die ganze Ladung… mein Gott.«

»Wie sind Sie rausgekommen?«, fragte Sergeant Cameron, packte die bebende Schulter des Truckers fest mit seiner Riesenhand.

»Der Aufprall hat die Windschutzscheibe rausgeschlagen«, sagte der Fahrer und unterstrich seine Worte mit einer Handbewegung. »Ich bin raufgeklettert und konnte runterspringen… Da habe ich dann die Schreie gehört… die Schreie…«

Cameron packte fester zu. »Sind Sie ganz sicher, dass ein erwachsener Mann am Steuer saß?«

»Ja«, sagte der Trucker und senkte seinen Blick, während sein riesiger Leib noch zitterte.

Dar und Lawrence kehrten zu den Wracks zurück, gaben sich Mühe, den Rettungsleuten nicht im Weg zu stehen. Bis auf eine hatten sie alle Mercedes-Limousinen von dem zermalmten Pontiac gehoben und waren nun damit beschäftigt, die A-Säulen zu durchtrennen und das Dach aufzubiegen, um die Insassen auf den Vordersitzen zu befreien.

Der Fahrer lebte noch, war aber blutüberströmt, als die Sanitäter ihn vorsichtig heraushoben, auf eine Trage legten und seinen Kopf stützten. Es war ein übergewichtiger Latino, der stöhnte und immer wieder sagte: »*Los niños… los niños.*«

Seine Frau lag tot auf dem Beifahrersitz. Offenbar war sie nicht angeschnallt gewesen, denn sie hatte sich auf ihrem Sitz wie ein Embryo zusammengerollt, Dar war sicher, dass sie beim Aufprall ums Leben gekommen war, nicht durch das eingedrückte Dach, da dies vorn nur bis auf Höhe der Kopfstützen herunterreichte.

Die Arbeiter verdoppelten ihre Anstrengungen, den letzten Mercedes anzuheben, während sie weiter versuchten, das Dach aufzubiegen und die B-Säulen zu durchtrennen. Eigentlich waren keine echten B-Säulen mehr vorhanden. Als man den letzten Mercedes mit einer Kette angehoben und kurzerhand ins Gras gekippt hatte, wurde deutlich, dass der hintere Teil des Firebirds vom fürchterlichen Gewicht der umgekippten Limousinen bis auf die Sitzpolster eingedrückt war. Die

Reifen am Pontiac waren geplatzt. Ein Sanitäter lag noch auf den Knien, redete ermutigend auf die Insassen im Fond ein, während die Feuerwehrleute schon mit Handschuhen an dem eingedrückten Dach rissen und versuchten, das Blech wie den Deckel einer Sardinenbüchse aufzubiegen.

»In den ersten zwanzig Minuten etwa waren da Schreie zu hören, und jemand hat geweint«, sagte Cameron leise zu Dar gewandt. »In den letzten paar Minuten nichts mehr.«

»Die Frau vielleicht?«, sagte Lawrence.

Cameron schüttelte den Kopf. Er nahm seinen Hut ab und wischte am Schweißband entlang. »Tot beim Aufprall. Der Fahrer ... der Vater ... er konnte nur stöhnen. Die Schreie kamen alle von ...« Seine Stimme erstarb, als die hydraulischen Zangen den Rest vom Dach am Pontiac aufbogen und dabei die Kofferraumklappe gleich mit abrissen.

Die beiden Kinder lagen im Fußraum des Firebirds, unterhalb des eingedrückten Dachs. Sie waren beide tot. Sowohl das Mädchen als auch der Junge hatten Schnittwunden und Prellungen, aber die waren nicht ernst. Als die Sanitäter sanft das Blut abwischten, sah Dar, wie aufgedunsen ihre Gesichter waren. Die Augen des kleinen Mädchens standen noch offen, sehr weit. Dar wusste sofort, dass sie den Unfall überlebt hatten, nur um dann unter dem Gewicht der tonnenschweren Fahrzeuge zu ersticken. Noch immer hielt der tote kleine Junge seine ältere Schwester verzweifelt bei der rechten Hand. Ihre Linke und der Arm waren frisch eingegipst. Die Gesichter beider Kinder waren blau und geschwollen.

»Verdammte Scheiße«, sagte Sergeant Cameron leise. Es war eine Art Gebet.

Der Krankenwagen heulte vorbei, mit dem Vater hinten drin. Die Männer von der Rettungsmannschaft machten sich langsam daran, die Leichen herauszuholen.

»Da ist ein Baby«, sagte Dar trübe.

Lawrence und ein paar Männer von der CHP wandten ihm ihre Aufmerksamkeit zu.

»Ich habe diese Familie erst vor ein paar Tagen im Medical Center von Los Angeles gesehen«, sagte Dar. »Sie hatten ein Baby bei sich. Irgendwo ist da ein Baby.«

Cameron nickte einem seiner Leute zu, der daraufhin in sein Funkgerät sprach.

Lawrence, Dar und Paul Cameron traten ans Heck des plattgewalzten Pontiacs.

»Oh, verdammt«, sagte der Sergeant. »Verdammt noch mal. Verdammt, verdammt.«

Im zerdrückten Kofferraum des Firebirds sah Dar drei Sandsäcke und zwei aufgepumpte Reservereifen, die noch auf ihren Felgen saßen. Ein Puffer gegen die Wucht eines Auffahrunfalls. Der übliche Schutz. Die Garantie, die ein Schlepper seinen rekrutierten Unfallfahrern gibt, dass es auf ihrer Abkürzung zum großen Geld in *Los Estados Unidos* keine echten Verletzungen geben würde.

Abrupt wandte sich Dar ab und lief ein Stück weit auf dem Gras am Straßenrand.

»Dar?«, rief Lawrence.

Dar wandte der Unfallstelle seinen Rücken zu. Er zog eine Karte aus seiner Brieftasche und sein Flip Phone aus dem Hemd.

Sie antwortete beim zweiten Klingeln. »Olson hier.«

»Ich bin dabei«, sagte Dar. Er unterbrach die Verbindung und klappte das Telefon zu.

15

Sydney Olson schien das gesamte Kellergeschoss in Dickweeds Gerichtsgebäude übernommen zu haben. Mindestens fünf weitere Assistenten arbeiteten an einer entsprechenden Zahl neuer Computer und sechs weiteren Telefonleitungen. Ihr Unternehmen hatte sich von der alten Verhörzelle auf den

Observationsraum hinter dem falschen Spiegel ausgebreitet, über zwei weitere Verhörzellen und sogar auf den Flur, wo nun ein Sekretär saß und die Besucher kontrollierte. Dar fragte sich, ob die Insassen der Verwahrzellen am anderen Ende des langen Korridors und deren missmutige Wärter wohl als Einzige nicht in dieses expandierende Unternehmen eingebunden waren.

Das Meeting begann pünktlich um 8:00 Uhr am Freitagmorgen. Man hatte einen langen Klapptisch in Sydneys Hauptbüro gestellt. Nach wie vor nahm die Karte vom Süden Kaliforniens den größten Teil der leeren Wand ein, aber Dar fiel auf, dass dort nun noch eine rote Heftzwecke mehr steckte und einen tödlichen Unfall auf der I-15 knapp außerhalb der Stadtgrenze von San Diego anzeigte, eine grüne, wo Esposito auf der Baustelle ums Leben gekommen war, und dazu eine zweite gelbe – der Mordversuch an Dar – mitten auf dem Berg in San Diego. Am Rand der Karte wartete ein halbes Dutzend gelber Stecker.

Es war ein reines Arbeitstreffen. Weder Dickweed noch der Staatsanwalt waren dazu eingeladen. Es überraschte Dar, Lawrence und Trudy dort zu sehen.

»Was?«, sagte Lawrence, als er Dars verdutzte Miene sah. »Hast du uns hier nicht erwartet?«

»Außerdem«, sagte Trudy, als sie Lawrence einen Styroporbecher mit Kaffee von der großen Kanne bei der Tür mitbrachte, »werden wir vom Staatlichen Büro für Versicherungsdelikte bezahlt.«

Jeanette Poulsen, die Anwältin, die das Büro vertrat, sah auf und nickte.

Während Syd ihr Notebook mit einem Projektor verkabelte, sah sich Dar die anderen Leute an, die um den Tisch Platz nahmen. Neben Larry, Trudy und Poulsen waren auch Tom Santana, rechts von Syd, und Bob Gauss, sein Chef bei der Landesbehörde für Versicherungsbetrug, anwesend. Neben Gauss saß Special Agent Jim Warren, und dem FBI-Mann gegenüber saß Captain Sutton von der CHP. Ansonsten nahmen von den Strafverfolgungsbehörden nur Detective Frank Hernandez aus San Diego und ein Mann teil, den Dar noch nie gesehen hatte, ein stiller Buchhaltertyp in mittleren Jahren, den Syd als Lieutenant Byron Barr von der Abteilung für Innere Angelegenheiten beim LAPD vorstellte. Captain Hernandez und Captain Sutton musterten Barr mit diesem misstrauischen, bösartigen Blick, den Polizisten üblicherweise allen Beamten dieser Abteilung widmeten. Syd hielt es kurz und bündig, sagte nur, Lieutenant Barr sei dort, weil es überwältigende Beweise dafür gebe, dass einige Detectives beim LAPD an dieser Verschwörung beteiligt seien.

Dar sah, wie Hernandez und Sutton kurze Blicke wechselten und nickten. Er verstand es als *Ach, ja, das LAPD, war klar. Ein Scheißladen.*

»Also«, sagte Syd und machte alles Licht aus, bis auf ihren Computer und den Projektor. Die Fernbedienung hielt sie in der Rechten. »Fangen wir an.«

Plötzlich flammte auf der weißen Leinwand am Ende des Tisches ein Farbfoto der Mercedes-Limousinen auf, die sich über dem zermalmten Firebird stapelten.

»Die meisten unter Ihnen werden wissen, dass es gestern Morgen auf der I-15 gleich hinter der Stadtgrenze zu diesem Unfall gekommen ist«, sagte Syd leise.

Weitere Fotos. Die Autos wurden angehoben. Der Fahrer wurde befreit. Die Leichen. Dar merkte, dass es Lawrences Fotos waren, die er mit seiner ganz normalen Nikon an der Unfallstelle aufgenommen, dann gescannt und Syd per E-Mail geschickt hatte. Sie waren scharf und die Details sehr deutlich zu erkennen.

»Einziger Überlebender des Unfalls war der Fahrer, Ruben Angel Gomez, ein einunddreißigjähriger mexikanischer Staatsangehöriger mit einer befristeten U.S.-amerikanischen Fahrerlaubnis. Seine Frau Rubidia und die Kinder – Milagro und Marita – starben bei der Kollision mit einem Autotransporter, der im Auftrag der Firma Kyle Baker Mercedes in San Diego unterwegs war.«

Die Nahaufnahmen der toten Kinder klickten vorüber. Syd trat ins Licht des Projektors. »Da war ein Baby, die sieben Monate alte Maria Gomez. Wir haben sie gestern am späten Abend in der Obhut einer Nachbarin im gleichen Wohnblock gefunden, in dem die Familie Gomez lebte. Die Sozialbehörde hat sich ihrer angenommen.«

Syd trat zurück. Die Fotos zeigten Bilder vom Kofferraum des Firebirds. Sie musste ihren Zuhörern nicht erklären, was die Sandsäcke und Reserveräder zu bedeuten hatten.

»Mr. Gomez ist in kritischem, aber stabilem Zustand«, sagte Syd. »Er hat gestern zwei Operationen hinter sich gebracht und war bisher noch nicht lange genug wieder bei sich, als dass er mit den Ermittlern hätte sprechen können. Das zumindest war meine letzte Information heute Morgen…«

»Er ist noch immer nicht zu sich gekommen«, sagte Captain Frank Hernandez. »Ich habe vor zehn Minuten drüben nachgefragt. Er ruft immer noch nach seinen Kindern. Sie mussten ihn neu betäuben. Wir haben einen Spanisch sprechenden Beamten bei ihm, der darauf wartet, dass er zu Bewusstsein kommt, aber bisher war nichts.«

»Ist er in Schutzhaft?«, fragte Captain Sutton von der CHP.

Hernandez zuckte mit den Schultern. »Im Grunde schon«, sagte er.

Syd fuhr mit ihrem Briefing fort. Das projizierte Computerbild zeigte nun eine Grafik in Pyramidenform. Im unteren Dutzend der Felder fanden sich Fotos der vier Gomez', die in den Unfall verwickelt waren, von Richard Kodiak, Mr. Phong (dem Mann, der von Stahlstreben aufgespießt worden war), von Mr. Hernandez (einem früheren Opfer) und vier weitere Gesichter und Namen, die meisten davon spanisch. Die zweite Reihe von Feldern in der Pyramide zeigte Fotos von Jorgé Murphy Esposito, Abraham Willis (einem Anwalt, der kürzlich bei einem mysteriösen Autounfall ums Leben gekommen war) und dazu weitere in Südkalifornien wohl bekannte Schlepper: Bobby James Tucker aus L.A., Roget Velliers aus San Diego, Nicholas van Dervan aus dem Orange County.

Oberhalb der Schlepper befanden sich mehrere leere Felder über dem Wort Helfer. Darüber wiederum eine weitere lange Reihe mit der Aufschrift Ärzte. Über der Reihe mit den Ärzten gab es mehrere leere Rahmen mit dem Wort Vollstrecker. An der Spitze fanden sich drei Felder – zwei davon leer, eines mit einem Foto von Dallas Trace.

Dar sah, dass der Captain der Polizei von San Diego und der Mann von der CHP erkennbar überrascht reagierten. Die anderen im Raum, darunter auch Inspector Tom Santana, Special Agent Warren, Bob Gauss von der Behörde für Versicherungsbetrug und Jeanette Poulsen vom Büro für Versicherungsdelikte schienen eingeweiht zu sein. Falls Lawrence und Trudy überrascht gewesen sein sollten, so war es ihnen nicht anzusehen.

»Meine Güte«, sagte Captain Sutton von der CHP, »das ist doch nicht Ihr Ernst, Ms. Olson. Er gehört zu den berühmtesten Anwälten im ganzen Land. Und zu den reichsten dazu.«

»Daher stammt einiges vom Grundstock für diese ausgedehnte Betrugsoperation«, sagte Syd. Die Fernbedienung ihres Computers besaß einen Laserpointer und jetzt richtete sie einen roten Punkt auf Dallas Traces Stirn. Sie drückte einen Knopf. Ein schmales ausdrucksloses Gesicht erschien in der Reihe der Vollstrecker. Das Bild war unscharf.

»Das ist Pavel Zuker«, sagte Syd. »Früherer Scharfschütze der Sowjetarmee. Ex-KGB. Ex-Russenmafia … obwohl dieser Titel wahrscheinlich noch zutrifft. Wir haben seine Fingerabdrücke auf der Tikka 595 Sporter gefunden, die bei dem Attentat auf Dr. Minor eingesetzt wurde.«

Captain Hernandez' dunkler Teint wurde noch dunkler.

»Meine Leute von der Spurensicherung haben sich die ganze Waffe angesehen … Wir haben nichts gefunden.«

Special Agent Warren faltete die Hände auf der Tischplatte.

»Das FBI-Labor in Quantico hat einen einzigen Abdruck in der Nut der Rückstoßhalterung gefunden, als die Waffe auseinander gebaut wurde«, sagte er leise. »Er war ganz schwach, aber die Vergrößerung im Computer hat es gebracht. In den Datenbanken bei der CIA haben wir eine Übereinstimmung mit Zuker gefunden.«

Syd drückte einen Knopf und eine Zeichnung erschien im leeren Feld neben Pavel Zuker. Es war eine Polizeiskizze von einem Mann mit Bart, unter der der Name Gregor Japontschik stand.

»Das FBI hat Grund zu der Annahme, dass Japontschik in diesem Frühjahr ins Land gelangt ist«, sagte Syd. »Zur gleichen Zeit wie Zuker.«

»Woher haben wir solche Informationen?«, fragte Captain Sutton. »Zoll und Einwanderung?«

Syd zögerte.

»Sie sind durch Kanäle verschiedener russischer Quellen zu uns gelangt«, sagte Special Agent Warren.

Sutton nickte, aber dann lehnte sich der massige CHP-Mann zurück und verschränkte die Arme vor der Brust, als wollte er seinem Zweifel Ausdruck verleihen.

»Japontschik und Zuker waren in Afghanistan ein Scharfschützenteam«, sagte Syd. »Wahrscheinlich haben sie schon damals für den KGB gearbeitet, sind unseren verschiedenen Behörden jedoch erst in den späten Achtzigern aufgefallen… kurz vor dem Ende der Sowjetunion. Als sich der Staub gelegt hatte, arbeiteten beide für die tschetschenischen Elemente in der russischen Mafia.«

»Auftragskiller?«, sagte Lawrence.

»Eher allgemeine Vollstrecker«, sagte Syd. »Aber im Endeffekt… ja, Killer. Sowohl FBI als auch CIA glauben, dass Japontschik und Zuker direkt an der Miles-Graham-Affäre beteiligt waren.«

Jeder im Raum hatte von dem millionenschweren Unternehmer Miles Graham gehört, der vor einigen Jahren in

Moskau erschossen worden war, weil er nicht ausreichend Schmiergeld an die richtigen Leute gezahlt hatte.

Dar räusperte sich. Er wollte nicht gern unterbrechen, fühlte sich jedoch dazu bemüßigt. »Sie haben erwähnt, dass Japontschik und Zuker in Afghanistan waren«, sagte er leise. »Als Scharfschützenteam? Amerikaner und Briten setzen Sniper in Zwei-Mann-Teams ein, aber ich meine, mich zu erinnern, dass die Russen in Afghanistan nur zurückhaltend Scharfschützen einsetzten, und als sie es dann doch taten, bestand jedes Team aus drei Mann.«

Syd warf Special Agent Warren einen Blick zu. Der FBI-Mann nickte. Er hielt ein PDA mit schwach beleuchtetem Bildschirm in Händen. Aus jedem anderen Blickwinkel als seinem wäre es unlesbar. Er tippte auf seinen Knöpfen herum. »Sie haben Recht«, sagte Warren. »Scharfschützeneinheiten aus drei Mann waren die Regel, aber diese Information besagt, Japontschik und Zuker hätten als Team gearbeitet, eher im amerikanischen Stil.«

»Wer war der Schütze und wer war der Späher?«

Special Agent Warren tippte auf das PDA ein und betrachtete den Bildschirm einen Augenblick. »Nach den CIA-Berichten zu urteilen, wurden beide Männer zu Scharfschützen ausgebildet, aber Japontschik war Offizier – Leutnant der Armee und dann im KGB befördert. Zuker war Unteroffizier.«

»Dann war Japontschik der eigentliche Schütze«, sagte Dar, während er dachte: *Aber Zuker, den zweiten Mann, haben sie auf mich angesetzt.* »Gibt es zufällig Erkenntnisse darüber, welche Waffen das Team in Afghanistan benutzt hat?«

»Die Hinweise, die ich bekommen habe, deuten darauf hin, dass – Zitat – vermutlich Dragunow SWD-Gewehre in Afghanistan und zur Ausbildung serbischer Scharfschützen bei Sarajewo zum Einsatz kamen.«

Dar nickte. »Alt, aber verlässlich. *Snaiperskaja Wintowka Dragunowa.*«

Hastig drehte Syd ihren Kopf herum. »Ich wusste gar nicht, dass Sie Russisch sprechen, Dar.«

»Tu ich auch nicht«, sagte Dar. »Entschuldigen Sie die Unterbrechung. Machen Sie nur weiter.«

Syd schüttelte den Kopf. »Nein, *Sie* machen weiter. Offensichtlich haben Sie etwas Wichtiges beizutragen.«

Dar schüttelte den Kopf. »Als der amerikanische Geschäftsmann in Moskau ermordet wurde… Graham… Ich weiß, dass ich gelesen habe, er sei zweimal am Kopf getroffen worden, aus einer Entfernung von sechshundert Metern. Ein Zeitungsbericht besagte, es habe sich bei den gefundenen Geschossen um 7,62x54R-Munition gehandelt. Ein SWD verschießt genau solche Munition und ist auf diese Entfernung zielgenau. Gerade noch.«

Syd starrte ihn an. »Ich dachte, Sie mögen keine Schusswaffen.«

»Mag ich auch nicht«, sagte Dar. »Ich mag auch keine Haie. Aber den Unterschied zwischen einem Weißen Hai und einem Hammerhai kann ich trotzdem erkennen.«

Mit präziser, klarer Stimme nahm Syd das Briefing wieder auf. »Meine Herren, Jeanette, Trudy, wir sind offiziell autorisiert, unsere Ermittlungen auszuweiten und zu intensivieren. Wir haben Grund zu der Annahme, dass Mr. Dallas Trace direkt mit dem jüngsten Anstieg provozierter Unfälle auf den Highways im Süden Kaliforniens zu tun hat und dass Mr. Trace und andere prominente, bisher nicht identifizierte Rechtsanwälte ein ganzes Betrugsnetz aufgebaut haben.«

Sie klickte auf ein weiteres Bild, dieses nun von einem ältlichen Priester, der über seinem Römerkragen lächelte. »Das ist Pater Roberto Martin. Pater Martin ist inzwischen pensioniert, war aber jahrelang Priester der St.-Agnes-Kirche in Chavez Ravine, dem spanischen Viertel beim Dodger Stadium. Pater Martin ist ein leidenschaftlicher Mann und kümmerte sich um seine größtenteils lateinamerikanischen Schäfchen. Schon in den Siebzigerjahren träumte Pater Martin davon, eine Wohltätigkeitsorganisation zu gründen, die den armen Einwanderern aus Mexiko und Mittelamerika helfen sollte. Er sammelte Geld durch die Diözese und verschiedene Unternehmen in L.A., die bereit waren, für ein derart hypothetisches Unterfangen zu spenden. Den Namen hatte Pater Martin schon lange vorher gefunden, ›Helfer der Hilflosen‹, aber um die Gründung zu organisieren, wandte er sich an diesen Mann…«

Das Foto von einem rundlichen, vage hispanisch wirkenden Mann mit makelloser Frisur erschien, der nicht minder breit grinste als Pater Martin und einen unübersehbar teuren Anzug mit ebensolcher Krawatte trug. »Das ist der Anwalt, dem Pater Martin seinen Traum übertrug«, sagte Syd. »Mr. William Rogers… Wahrscheinlich haben Sie seinen Namen schon gehört, ein wichtiger Anwalt mit mehreren Kanzleien in East L.A. und reichlich politischen Verbindungen. Rogers ist ein bekannter Spendensammler und war der zweite Mann in der Wahlkampagne von L.A.s momentan regierendem Bürgermeister. Pater Martin hatte gehofft, dass Mr. Rogers die Leitung der Helfer der Hilflosen übernehmen würde, wenn er, Pater Martin, sich zur Ruhe setzte.«

»Ist Mr. Rogers darauf eingegangen?«, fragte Lawrence.

»Nicht ganz«, sagte Syd. »Rogers richtete einen Vorstand aus mehreren Personen ein, wobei sich seine Frau Maria die Leitung mit einem Aktivisten der Gemeinde und Juan Barriga, einem von Rogers' eigenen Ermittlern, teilt.«

Barrigas Foto gesellte sich zu dem von Rogers in der Helfer-Reihe der Pyramide. Die Männer und Frauen um den Tisch nickten. Sie alle wussten, dass Ermittler, die im Auftrag von Anwälten arbeiteten, deren Spezialgebiet Betrugsfälle waren, dem Versicherungsbetrug an sich kaum widerstehen konnten, da sie ihr ganzes Leben damit verbrachten, Ausrutschkünstler, Bruchpiloten, Schlepper, Krankenkassenschwindler, Unfallbanden, ehrlose Ärzte, professionelle Schleudertraumaopfer und Versicherungsbetrüger aller Arten zu befragen. Entscheidender noch war, dass die Ermittler ständig sehen mussten, wie schnell sich die Versicherungsgesellschaften mit den Anspruchstellern einigten, um kostspielige Prozesse zu vermeiden.

»Juan Barriga hat die letzten drei Jahre damit verbracht, ein Netz von Anwälten und Ärzten aufzubauen, um mit denen zu arbeiten, die von den Helfern der Hilflosen an sie verwiesen wurden. Bill und Maria Rogers wählen die freiwilligen Helfer persönlich aus. Hinzu kommt, dass sowohl die Konsulate von Mexiko, Kolumbien, El Salvador, Costa Rica, Panama als auch die katholischen Gemeinden und verschiedene protestantische Kirchen im ganzen Land den Helfern Hilflose schicken.«

Fotos einiger dieser Anwälte und Ärzte erschienen in der Pyramide. Einige Anwälte waren bekannt, darunter Esposito und der verblichene Abraham Willis, doch einige der anderen Gesichter – Robert Armann, ein ehemaliger Stellvertretender Bezirksstaatsanwalt, der später als einflussreichstes und beliebtestes Mitglied im Beverly Hills City Council Berühmtheit erlangt hatte; Hanop Semerdjian, ein angesehener Bürgerrechtsanwalt und Sprecher der Armenischen Gemeinde Südkaliforniens; Harry Elmor, ein ehemaliger Football-Held, der später Medizin studierte und dann kostenlose Kliniken in den übelsten Vierteln von San Diego und L.A. eröffnete – wurden von allen Anwesenden mit schockiertem Schweigen betrachtet.

»Macht Ihre Task Force hier nicht etwas sehr viel Wind, Ms. Olson?«, fragte Captain Tom Sutton barsch. »Für mich sieht das alles eher wie der Versuch aus, die Aufmerksamkeit der Medien auf sich zu lenken, nicht wie ernsthafte Ermittlungen.«

Syd wandte sich von der Leinwand ab und sah dem Captain von der CHP offen in die Augen. »Sie haben Recht, so kommt es einem vor, Tom. Aber es ist die raue Wirklichkeit. Seit drei Monaten sitzt eine Grand Jury bereit und wir kriegen die Anklagen zusammen… bis ganz rauf zu Dallas Trace.«

»Warum erzählen Sie uns das jetzt alles?«, fragte Frank Hernandez.

Syd stellte den Projektor aus und machte das Deckenlicht an. Sie blieb stehen. »Weil unsere Ermittlungen eine gewisse Eigendynamik entwickeln und weil sie in Ihrem Revier stattfinden werden, meine Herren. Das alles sind vertrauliche Informationen –«

»Es gibt mehrere laufende Ermittlungen, und zwar nicht nur innerhalb des LAPD«, sagte Lieutenant Barr von der Abteilung für Innere Angelegenheiten. »Sollten irgendwelche Informationen nach außen dringen, so wäre das ... höchst unvorteilhaft.«

Während die Gesetzeshüter Lieutenant Barr mit bösen Blicken bedachten, sagte Syd: »Dieses ... Kartell ... gestützt von Japontschik, Zuker und anderen Schlägern, die von der russischen *Organisatsia* importiert wurden ... macht mit dem Versicherungsbetrug, was die Kolumbianer vor mehr als zwanzig Jahren mit dem Drogenhandel in diesem Land gemacht haben ... ernsthafte Organisation, Riesenprofite und ein kaum fassbares Maß an Gewalt.«

»Was wollen Sie also von uns?«, fragte Hernandez. »Sie haben den Staat hinter sich ... außerdem NICB und FBI. Was haben wir kleinen Lichter schon zu bieten?«

»Zusammenarbeit«, sagte Syd. »Kommunikation, wenn nötig. Zugriff auf gerichtsmedizinische Labors und Personal, wenn wir auf lokaler Ebene schnell reagieren müssen.

Kooperation, damit wir am Ende nicht gegeneinander arbeiten ... oder aufeinander schießen.«

Hernandez zog eine Zigarette aus der Packung in seinem Sakko, warf einen finsteren Blick auf eines der allgegenwärtigen »Rauchen Verboten«-Schilder bei der Tür und ließ die kalte Zigarette von seinen Lippen baumeln. »Okay. Was ist Ihr Plan?«

»Ich werde wieder verdeckt arbeiten«, sagte Tom Santana. »Ich werde vorgeben, ein illegaler Einwanderer zu sein, über eines der Medical Center ins System eindringen und mir die Helfer der Hilflosen mal von innen ansehen.«

Unwillkürlich sagte Dar: »Ist das klug, Tom? Nach der Publicity, die Sie hatten, als Sie die asiatischen Gangs vor ein paar Jahren hochgenommen haben...?«

Santana lächelte. Bob Gauss, sein Chef, sagte: »Das habe ich ihm auch gesagt, Dr. Minor. Aber Tom meint, Ganoven hätten ein schlechtes Gedächtnis. Und da er technisch gesehen die Task Force FIST leitet, kann ich ihm nicht befehlen, es nicht zu tun.«

Dar wollte noch etwas sagen, hielt aber lieber den Mund. Er sah zu Sydney hinüber. Sie musterte Santana und wirkte besorgt, nahm ihr Briefing jedoch wieder auf. »Tom wird die Helfer infiltrieren. Während wir versuchen, der russischen Spur durch die Anschläge auf Dr. Minors Leben zu folgen, werden er sowie Mr. und Mrs. Stewart uns ihr Fachwissen zur Verfügung stellen, um zu beweisen, dass mehrere dieser tödlichen Unfälle entweder inszeniert oder tatsächlich Morde waren. Ihre Informationen, Analysen, Überwachungsdaten und Unfallrekonstruktionen werden durch uns an das NICB und dann an die Grand Jury weitergeleitet.«

Auf einem Medienwagen in der Ecke standen ein Monitor und ein Videorecorder. Syd nahm eine zweite Fernbedienung und machte den Monitor an, startete ein Video. Der Ton blieb ausgeschaltet. Es war eine Aufnahme der letzten Ausgabe von Dallas Traces wöchentlicher Sendung auf CNN, *Einspruch stattgegeben*.

»Manchmal zeichnet Trace in New York auf«, sagte Sydney Olson, »aber normalerweise ist es für ihn bequemer, von seinem Büro in L.A. aus zu senden. Noch vor Ende dieses Jahres will ich, dass unsere Leute vor diese Kameras treten... während sie live auf Sendung sind... und diesen hochnäsigen Scheißkerl verhaften. Ich will, dass diese Fernsehreihe damit endet, dass er in Handschellen abgeführt wird.« Sie drückte auf die andere Fernbedienung, und der Projektor warf die Gesichter der toten Gomez-Kinder auf die Leinwand, während Dallas Traces stummes Gesicht lachte.

Nach dem Meeting wollte Dar mit Syd reden, aber sie war zu einer Besprechung mit Poulsen und Warren verabredet, also ging er mit Lawrence und Trudy ins alte Gerichtsgebäude hinüber. Lawrence musste noch seine Aussage in einem Prozess um Entschädigungszahlungen machen, der in wenigen Minuten beginnen sollte, und Trudy musste wieder zurück in ihr Büro in Escondido.

Bevor sich ihre Wege trennten, sagte Dar: »Seid ihr sicher, dass ihr Teil der Task Force sein wollt?«

»Sind wir doch eh schon«, sagte Lawrence. »Wir hatten sowohl mit den Ermittlungen um Esposito als auch um Richard Kodiak zu tun. Dann können wir ebenso gut weitermachen.«

»Außerdem hat uns das NICB einen Vorschuss gezahlt«, sagte Trudy.

»Mich überrascht nur, dass du deine Meinung geändert hast, Dar«, sagte Lawrence. »Du hast doch auch früher schon Kinder in Unfallwracks gesehen.«

»Mehr als mir lieb ist«, sagte Dar. »Aber das war kein Unfall, und ich kann mich nicht einfach von einem mehrfachen Mord abwenden, wenn ich gesehen habe, wie die Opfer in die Falle gelockt wurden.«

»Ich habe mit Tom Sutton gesprochen«, sagte Trudy. »Der Fahrer des Autotransporters wird heute unter Eid aussagen, aber sie haben ihn schon ziemlich ausführlich befragt. Drei weitere Fahrzeuge waren beteiligt, nur konnte er weder Fahrer noch Kennzeichen erkennen. Er war zu sehr damit beschäftigt, dem Gomez-Wagen vor ihm auszuweichen.«

»Drei Fahrzeuge?«, sagte Dar. Selten waren mehr als einer oder zwei beteiligt.

Trudy nickte. »Zwei Wagen, um den Laster einzuklemmen. Einer, der direkt vor der Familie Gomez bremst. Der Lastwagenfahrer konnte sich nur erinnern, dass die Wagen, die ihn blockiert haben, amerikanische Fabrikate waren, rechts von ihm möglicherweise ein Chevy, von dem er meint, dass er von weißen Männern gefahren wurde. Die Wagen waren mindestens zehn Jahre alt.«

»Die haben sie inzwischen sicher irgendwo zurückgelassen oder zerlegt«, sagte Dar. »Aber wenn Weiße gefahren sind, könnten es unsere Russen sein, nicht nur die Schlepper oder deren Wasserträger.«

»Wir rufen dich später an«, sagte Lawrence, und dann ging jeder von ihnen seiner Wege.

Dar hatte eigentlich genug zu tun, aber dann wanderte er doch eine Weile durch die Gänge des alten Gerichtsgebäudes und überlegte, ob er nach seinen »Seifenopern« sehen wollte. Syd wäre gegen zehn Uhr fertig. In diesem Augenblick sah er, dass W. D. D. Du Bois, der Anwalt für Stewart Investigations, ihm auf dem Korridor eilig entgegenkam. Der Mann ging am Stock, dennoch aber forschen Schrittes.

»Guten Morgen, Sir.«

»Guten Morgen, Dr. Minor«, sagte Du Bois. »Genau Sie wollte ich sprechen. Wir müssen ein Gespräch unter vier Augen führen.« Du Bois führte Dar in einen leeren Zeugenwarteraum und schloss die Tür ab.

Der Anwalt nahm am Ende des Tisches Platz und machte eine kleine Zeremonie daraus, seinen Stock, den abgewetzten Aktenkoffer und seinen Hut abzulegen. Dar setzte sich zu seiner Linken. »Bin ich irgendwie in rechtlichen Schwierigkeiten?«, fragte Dar.

»Abgesehen davon, dass Dickweed Sie wegen fahrlässiger Tötung vor Gericht bringen will, wüsste ich nicht«, sagte W. D. D. Du Bois. »Aber Sie sind in Gefahr, mein Freund.«

Dar wartete.

»Bevor Sie sich der Task Force von Ms. Olson anschließen«, fuhr Du Bois fort, »muss ich Ihnen den Rat geben, Darwin, und zwar nicht nur als Anwalt, sondern auch als Freund, dass es sich dabei um eine äußerst gefährliche Angelegenheit handelt. Äußerst gefährlich.«

Dar gab sich Mühe, seine Überraschung nicht zu zeigen. Syds Meeting war vor kaum zwanzig Minuten zu Ende gegangen… hatte sich die Nachricht derart schnell verbreitet? So viel zu den Warnungen, die Lieutenant Barr an alle ausgegeben hatte. Laut sagte Dar: »Die Dreckskerle haben zweimal versucht, mich umzubringen. Was können sie noch tun?«

»Erfolg haben«, sagte Du Bois. Für gewöhnlich strahlte das faltige Gesicht des Anwalts Frohsinn aus, zumindest sarkastisches Vergnügen, heute aber waren die Falten grimmig.

»Wissen Sie etwas über diese Verschwörung, was der Task Force helfen würde?«, frage Dar.

Langsam schüttelte Du Bois den Kopf. »Vergessen Sie nicht, Darwin: Ich bin außerdem ein Organ der Rechtspflege. Wenn ich Genaueres wüsste, wäre ich schon an das FBI oder Ms. Olson herangetreten. Ich höre nur Gerüchte. Aber es sind sehr beharrliche und hässliche Gerüchte.«

»Und was sagen die?«, fragte Dar.

Du Bois sah Dar mit seinen braunen Augen voller Sorge an. »Sie sagen, dass es sehr, sehr ernst ist und diese neuen Schlepper eine Mörderbande sind. Sie sagen, sich denen in den Weg zu stellen, wäre, als würde man sich mit den kolumbianischen Drogenbossen anlegen. Sie sagen, es gäbe eine neue Ära des Betrugs in diesem Land. Da wird der kleine Geschäftsmann ausgeschaltet, so sicher wie ein neuer Wal-Mart die alten Tante-Emma-Läden in der Gegend ausschaltet.«

»Wie der Anwalt Esposito ausgeschaltet wurde?«, fragte Dar.

Du Bois öffnete seine knorrigen, faltigen Hände zu einer ausdrucksvollen Geste. »Die alten Regeln gelten nicht mehr«, sagte er. »Das zumindest höre ich auf der Straße.«

»Ein Grund mehr, die Schweine hochzunehmen«, sagte Dar.

Du Bois seufzte, nahm Stock und Aktenkoffer, setzte seinen

Fedora auf und krallte seine Hand fest in Dars Schulter, als die beiden aufstanden. »Seien Sie sehr vorsichtig, Darwin. Sehr vorsichtig.«

Dar kam in Syds Büro, als ihr Meeting mit Poulsen und Warren eben zu Ende ging.

»Genau der Mann, den wir sprechen wollten«, sagte der FBI-Agent.

Langsam wurde Dar skeptisch, was diese Begrüßung anging.

»Wir haben vorhin mit Captain Hernandez gesprochen«, sagte Syd. »Er hat sich darüber beklagt, dass die Polizei von San Diego Sie vierundzwanzig Stunden am Tag beschützen soll, und wir haben uns darüber beklagt, wie schlecht dieser Schutz bisher war.«

Dar wartete auf die Pointe.

»Daher wird das FBI also diese Aufgabe übernehmen«, sagte Special Agent Warren leise, aber bestimmt. »Wir werden Ihnen mindestens ein Dutzend Leute zuteilen, damit der Schutz sowohl intensiver als auch weniger auffällig werden kann.«

»Nein«, sagte Dar. Syd, Jeanette Poulsen und Jim Warren starrten ihn an.

»Die einzige Bedingung für meine weitere Mitarbeit an diesem Projekt«, sagte Dar und sprach Sydney direkt an, »lautet, dass wir diese Rund-um-die-Uhr-Beschattung fallen lassen. Ich möchte, dass Sie sämtliche Bodyguards zurückpfeifen. Sind wir uns einig?«

»Sie haben nicht gesagt, dass Bedingungen daran geknüpft wären, wenn Sie sich unserer Task Force anschließen«, sagte Syd.

»Jetzt schon. Nur diese eine«, sagte Dar. »Und die steht nicht zur Debatte.«

Warren schüttelte den Kopf. »Sie werden uns in dieser Sache vertrauen müssen, Dr. Minor. Wir sind Experten, was den Zeugenschutz angeht und –«

»Nein«, sagte Dar. »Es ist mein Ernst. Wenn wir zusammenarbeiten, brauche ich genauso viel Freiheit wie alle anderen. Außerdem wissen wir alle, dass noch so viele Bodyguards nichts gegen einen Scharfschützen ausrichten können, und schon gar nicht gegen jemanden, der bereit ist, sein Leben für einen solchen Mord einzusetzen.«

Schweigen machte sich breit. Schließlich sagte Syd: »Wir werden diese… Forderung wohl respektieren müssen, Dar. Aber nur, weil wir uns darüber im Klaren sind, dass Sie im Grunde Recht haben. Wer hat es noch gesagt… ich glaube, es war Präsident Kennedy: ›Wenn uns das zwanzigste Jahrhundert irgendwas gelehrt hat, dann dass jeder ermordet werden kann.‹«

»Nicht Kennedy…«, sagte Jim Warren.

»Michael Corleone…«, fuhr Dar fort.

»In *Der Pate II*«, beendete der FBI-Mann den Satz.

»Oh, Gott, ihr Männer und diese *Paten*-Filme«, sagte Jeanette Poulsen. »Dieser Film vor ein paar Jahren… wie hieß er gleich… mit Meg Ryan und Tom Hanks – der hatte Recht. Ihr Männer glaubt, alles im Universum ließe sich auf einen Satz aus den drei *Paten*-Filmen reduzieren.«

»Nur die ersten beiden«, sagte Dar.

»Der dritte war fürchterlich«, sagte Warren.

»Zählt nicht«, sagte Dar.

»Wir tun so, als wäre er nie gedreht worden«, sagte Warren.

»Sind Sie beide fertig?«, fragte Syd. »Oder hätten Sie noch einen sachdienlichen Dialog aus den ersten beiden *Paten*-Filmen für diese Situation zu bieten?«

Dar fuhr mit einer Hand durch sein kurzes Haar, sodass es sich etwas aufstellte, dann gab er Al Pacino, mit heiserer Stimme und großen Gesten. »Eben denk ich, ich bin *draußen*, da holen sie mich wieder *rein*.«

»Hey«, sagte die Frau vom NICB, »unfair. Das ist *Der Pate III*.«

»Die Ausnahme von der Regel«, sagte Special Agent Warren.

»Auf Wiedersehen, Jungs«, sagte Syd.

»Fällt Ihnen auf, dass sie uns Jungs nennen dürfen, es aber buchstäblich ein Verstoß gegen ein Bundesgesetz ist, wenn wir sie Mädchen nennen?«, fragte Dar den FBI-Mann.

Warren seufzte: »Ich habe mir angewöhnt, grundsätzlich kein weibliches Wesen mit einer SIG Neun-Millimeter-Halbautomatik an der Hüfte als ›Mädchen‹ zu bezeichnen.« Er warf einen Blick auf seine Uhr. »Wollen Sie mit mir zu Mittag essen, Dr. Minor? Ich habe gehört, hier gibt es einen tollen Grill-Laden in der Nähe. Kansas City Style.«

»Gibt es und will ich«, sagte Dar. Er winkte den beiden Frauen zum Abschied, die wie Grundschullehrerinnen missbilligend mit verschränkten Armen dastanden.

»Hey«, sagte der makellos frisierte Special Agent Warren mit sanfter Stimme, mit der er eine passable Imitation Fat Clemenzas hinlegte. »Lass die Kanone … bring die Cannoli.«

16

Downtown San Diego leerte sich, und wie Lemminge drängten die Menschen zum Stadtrand, als Dars Mittagessen mit dem FBI-Mann zu Ende ging.

Irgendwann sagte Warren: »Das FBI wird alles im Bereich seiner Möglichkeiten Liegende tun, um Ihnen zu helfen.«

»Ich hätte gern Kopien sämtlicher Dossiers, die über Pavel Zuker und Gregor Japontschik verfügbar sind«, sagte Dar. »Nicht nur die FBI-Akten, sondern CIA, NSA, Interpol, Mossad, NDA … alles, was zu kriegen ist.«

Misstrauisch sah Warren ihn an. »Ich möchte bezweifeln, dass ich auch nur grünes Licht bekomme, Ihnen die begrenzten Akten beim FBI zu zeigen. Wie kommen Sie darauf, dass wir israelische Dokumente auftreiben könnten?«

Dar antwortete ihm schweigend, zeigte sein Pokerface.

»Was könnte ein Zivilist mit dem Zeug anfangen?«, fragte Warren.

»Der einzige Zivilist, der es brauchen könnte, ist der Zivilist, der zweimal von diesen beiden russischen Gentlemen beschossen wurde«, sagte Dar leise. »Diese Informationen könnten den erwähnten Zivilisten am Leben erhalten, ihm den Tod ersparen.«

Der Special Agent sah aus, als hätte er einen Olivenkern verschluckt, aber schließlich nickte er. »Also gut«, sagte er. »Ich will versuchen, Ihnen Kopien von allem zu besorgen, was verfügbar ist.«

»Gut«, sagte Dar.

»Wollen Sie vielleicht noch irgendwas?«, fragte Warren leichthin. »Einen Hubschrauber vielleicht … oder Zugang zu den Spionagesatelliten der verschiedenen Geheimdienste?«

»Klar«, sagte Dar, »aber eigentlich möchte ich eine McMillan M1987R als Leihgabe.«

Special Agent Warren lachte gut gelaunt, bis er merkte, dass es Dar ernst war. »Unmöglich.«

»Es ist wichtig«, sagte Dar.

»Es ist einem Zivilisten verboten, so eine Waffe auch nur zu besitzen«, sagte Warren.

»Ich will sie nicht *besitzen*«, sagte Dar geduldig. »Nur ausleihen.«

Das Essen ging zu Ende und noch immer schüttelte Warren den Kopf. »Ich werde mich um die Akten bemühen, aber die McMillan …«

»Oder etwas Gleichwertiges«, sagte Dar.

»Keine Chance, absolut nicht«, sagte Warren.

Dar zuckte mit den Schultern. Er gab dem Special Agent seine Karte mit allen Telefon-, Fax- und E-Mail-Nummern. Er kritzelte sogar die Nummer der Hütte darauf, die außer Larry und Syd niemand kannte. »Geben Sie mir wegen der Akten so bald wie möglich Bescheid.« Er bot nicht an, die Rechnung zu übernehmen.

Als er eben den Stadtbereich in seinem Land Cruiser hinter sich ließ, rief Dar bei Trudy an. »Was gibt es Neues im Fall Esposito?«

»Dank dir und dem Leichenbeschauer wird er als möglicher Mordfall geführt«, sagte sie. »Ich habe den Architekten befragt… du weißt schon, der sich mit Vargas, dem Vorarbeiter unterhalten hatte. Er ist bereit auszusagen, dass er und Vargas einige Minuten mit den Bauzeichnungen beschäftigt waren, als der Unfall… der Mord passierte.«

»Also muss jemand Esposito unter den Lift gedrängt haben, vermutlich mit vorgehaltener Waffe, und dann hat er den Stöpsel der Hydraulik rausgezogen, ohne dass ihn jemand dabei gesehen hätte«, sagte Dar. »Interessant.«

»Sowohl das LAPD als auch die Polizei von San Diego suchen Paulie Satchel… den Kläger, den Esposito dort hätte treffen sollen.«

»Gut«, sagte Dar. »Ich hoffe, sie finden ihn, bevor sich diese Kette von Unfällen in seine Richtung bewegt.«

»Du glaubst nicht, dass Paulie Satchel diesen Esposito ermordet hat?«

»Niemals«, sagte Dar und entspannte sich, als der Verkehr zum Stehen kam. Er warf einen Blick in den Spiegel. Seit dem Justice Center folgte ihm derselbe Wagen. Er wäre beunruhigt gewesen, wenn er nicht Syds Taurus und ihren dunkelblonden Wuschelkopf erkannt hätte. Für eine Chefermittlerin war diese Beschattung lausig ausgeführt. »Ich kenne Paulie«, sagte Dar. »Er ist ein kleiner Fisch, was Versicherungsbetrügereien angeht… Er hat öfter Arbeitsunfähigkeitsklagen eingereicht, als die meisten Menschen Schnupfen kriegen. Er ist kein Killer.«

»Wenn du es sagst«, erwiderte Trudy. »Ich halte dich auf dem Laufenden. Ist dein Telefon an?«

»Später«, sagte Dar. »Ich geh jetzt erst mal einkaufen.«

Dars Einkaufstrip war effektiver als Syds heimliche Verfolgung. Er hielt an einem Sears & Roebuck in der Innenstadt und kaufte eine preiswerte, aber stabile Nähmaschine. Er fuhr zu einem Army Shop, der Jagdbedarf führte, und kaufte drei alte zweiteilige Tarnanzüge und einen Dschungelhut mit breiter Krempe. Außerdem fand er ein Moskitonetz für Kopf und Schultern, »fest genug, um sogar Alaskamücken abzuhalten«, wie der Verkäufer, ein einäugiger Vietnamveteran, sagte, »aber so feinmaschig, dass die verdammten schwarzen Büffelbeißer nicht durchkommen.« Er versuchte es noch in zwei weiteren Outdoor-Läden, bis er ein Netz mit größeren Maschen in der Länge fand, die er brauchte.

Dar musste in mehrere Stoffläden und noch einen weiteren Outdoor-Store, bis er endlich dickes Tuch und Sackleinen in den Farben fand, die er haben wollte. Im letzten Stoffladen, den er aufsuchte, ließ er die Leinwand in flickengroße Stücke und die Rollen von bräunlich gelbem Stoff buchstäblich in Hunderte unregelmäßiger Streifen und Fetzen schneiden. Irgendwann schnitten und rissen und säbelten vier Angestellte und die Geschäftsführerin gleichzeitig. Sie sah ihn an, als hätte er den Verstand verloren, nahm sein Geld aber doch.

Als er die riesigen Säcke voller Stofffetzen zu seinem Land Cruiser schleppte, blieb Dar mitten auf dem Parkplatz stehen, denn Syd stieg aus ihrem Wagen und kam zu ihm herüber. »Ich geb's auf«, sagte sie. »Ich habe nicht den leisesten Hauch von einem trüben Schimmer, was Sie vorhaben.«

»Gut«, sagte Dar.

»Wollen Sie es mir verraten?«

»Klar«, sagte Dar, schloss seinen Wagen auf und warf die Säcke hinein. »Ich mach mir einen Ghillie Suit.«

Syd schüttelte den Kopf. »Was ist das?«

»Das werden Sie wohl nachschlagen müssen, Ermittlerin. Wollen Sie weiter hinter mir herfahren?«

Syd biss auf ihre Unterlippe. »Dar, ich weiß, dass es Ihnen nicht gefällt, aber ich fühle mich verantwortlich für –«

»Scheiß auf die Verantwortung«, sagte Dar sanft. »Sie haben Ihren Job und ich meinen. Keiner von uns kann ihn machen, wenn Sie mir andauernd nachlaufen.«

Syd zögerte. Dar berührte ihren nackten Unterarm. »Lassen Sie uns nicht gegeneinander arbeiten«, sagte er. »Meine Chancen, am Leben zu bleiben, stehen am besten, wenn Sie Dallas Trace und seine Scharfschützen bald festnehmen. Daran sollten wir arbeiten.«

Syd nickte, sagte aber: »Würden Sie mir eine Frage beantworten?«

»Sicher«, sagte Dar, »wenn Sie mir im Gegenzug eine ehrliche Antwort auf meine Frage geben.«

»Also gut«, sagte Syd. »Wo werden Sie den heutigen Abend verbringen... dieses Wochenende?«

»Ich will von hier aus rauf zur Hütte«, sagte Dar, »bleibe aber nicht über Nacht. Ich fahre später wieder in meine Wohnung. Was das Wochenende angeht... es könnte sein, dass ich am Sonntag zum Camping fahre und mir ein paar Tage freinehme.«

»Camping«, sagte Syd zweifelnd.

»Mehr oder weniger«, sagte Dar.

»Wird Ihr Telefon an sein, während Sie... campen?«

»Nein«, sagte Dar. »Aber eins kann ich Ihnen versprechen. Ich werde an einem Ort sein, wo weder Dallas Trace, noch irgendeiner seiner Lakaien mich vermuten.«

»Lakaien«, sagte Syd leise. »Also schön. Ich lasse Sie ziehen. Vorerst.«

»Jetzt bin ich an der Reihe«, sagte Dar. Er sah sich um. Sie waren ganz allein auf dem Parkplatz. Die abendlichen Schatten wurden immer länger. »Was war das heute Morgen für ein Affentheater von einem Meeting?«, sagte er.

»Was meinen Sie?«

»Sie wissen ganz genau, was ich meine«, sagte Dar ohne Ärger in der Stimme. Er lehnte sich an seinen Land Cruiser und wartete.

»Es hat ein paar undichte Stellen gegeben«, sagte Syd, »in den letzten Monaten. Wir sind sicher, dass Dallas Trace und andere in der Verschwörung von unseren Plänen erfahren, noch bevor wir sie umsetzen können.«

»Die Grand Jury?«

Syd schüttelte den Kopf. »Es geht um Organisatorisches. Es wird von jemandem in der Task Force weitergeleitet oder von jemandem, der Zugang zu einem Großteil unserer Informationen hat. Deshalb habe ich das heutige Meeting einberufen und wir werden ein paar Telefone anzapfen.«

»Bei Hernandez oder Sutton?«, sagte Dar überrascht. »Es sei denn, Sie verdächtigen Lawrence, Trudy und mich und wollen auch unsere Telefone abhören.«

»Nein«, sagte Syd. »Das alles war schon lange durchgesickert, bevor Sie und die Stewarts damit zu tun bekommen haben.«

»Hören Sie auch Special Agent Warren ab?«

Syd schnitt eine Grimasse. »Das FBI führt die Abhöraktion durch, Sie Tropf.«

»Typisch«, sagte Dar. Dann, mit ernsterer Stimme: »Ich kann nicht glauben, dass Ihr Freund Santana wieder verdeckt arbeiten will und Sie beide diese Information rauslassen, wenn Sie doch *wissen*, dass es eine undichte Stelle gibt.«

Syd runzelte die Stirn. »Mein ›Freund‹ Santana weiß, was er tut, Dar. Wir haben es absichtlich erwähnt. Er weiß, wie groß die Gefahr ist, dass er erkannt wird, selbst wenn es keine undichte Stelle gäbe. Die offizielle Version wird lauten, dass er allein arbeitet, aber tatsächlich wird es drei hispanische Agenten geben, die zur gleichen Zeit als illegale Einwanderer auftreten.«

»Betrugsdezernat?«, fragte Dar.

»FBI«, sagte Syd. »Wir spielen jetzt in der ersten Liga. Tom weiß genau, was er tut, und er wird schon dafür sorgen, dass man ihm den Rücken deckt. Warum klingt Ihre Stimme jedes Mal so komisch, wenn Sie von Santana sprechen?«

Dar schwieg.

Auf der Interstate 8 in Richtung Osten herrschte viel Verkehr, denn San Diego hauchte seine Wochenladung müder Arbeitnehmer aus. Dar ließ seine Fenster zu, hatte die Klimaanlage an, legte Leonard Bernsteins Berliner Aufnahme von Beethovens Neunter – mit der Ode an die Freiheit – in den CD-Player und entspannte sich dabei. Der Verkehr war längst nicht so dicht wie auf dem Highway 79 in Richtung Norden, und hinter ihm hatte noch niemand eine Ausfahrt genommen. Syds Taurus war während der ganzen Fahrt noch nicht zu sehen gewesen, und soweit er es erkennen konnte, folgte ihm sonst niemand.

Die Schatten wurden länger und gingen ineinander über, als er hinauf zu seiner Hütte fuhr. Er sah nach seinen üblichen kleinen Zeichen, die ihm verrieten, ob jemand im Haus gewesen war, seitdem er es verlassen hatte, dann ging er hinein und schloss die Tür hinter sich.

Von außen war nicht zu erkennen, dass die Hütte unterkellert war, keine Kellerfenster, keine Außentür. Aber sie war es. Dar rollte den roten Perserteppich neben dem Bett zurück, fand die schmale Fuge im Boden, schloss auf und entriegelte die Falltür dann mit einem weiteren Schlüssel. Das Kellerlicht ging automatisch an, als er die Tür anhob und einrastete.

Dar stieg die steile Leiter hinunter und in der feuchtkühlen Luft des Ganges lief ihm ein Schauer über den Rücken. In diesem Gang aus Zementblöcken gab es nur eine Stahltür – am anderen Ende. Um diese zu öffnen, waren zwei Schlüssel nötig, und Dar suchte nach dem zweiten.

Der Raum dahinter war nur etwa ein Drittel so groß wie das riesige Wohnzimmer oben, für Dars Zwecke aber groß genug. Er machte Licht. Die ordentlich gestapelten Kisten, Kästen, Schachteln und Schubladen warfen keinen Schatten. Die Temperatur in diesem Raum wurde reguliert, die Luft entfeuchtet. Die Wände aus Schlackenstein waren innen mit feuerfestem Material und dünnem Aluminium beschichtet. Im Grunde war der ganze Raum wie ein großer Banksafe, bot Schutz vor

Feuer, Tornados oder einer nuklearen Explosion. Dar lächelte bei dem Gedanken, was ihn dieser selten benutzte Raum gekostet hatte.

An der gegenüberliegenden Wand gab es ein verriegeltes Gitter, das zu einem überdimensionalen Luftschacht führte. Dieser war einundvierzig Meter lang und endete in einer über hundert Jahre alten, stillgelegten Goldmine. Diese Mine reichte noch mal siebzig Meter weit bis zu einem kleinen Loch in einer steilen Schlucht. Der Schacht endete mehr als hundert Meter östlich vom Schäferkarren. Diesen Luftschacht zu graben und einzurichten – an beiden Eingängen mit Vorhängeschlössern gesichert – hatte Dar fast so viel gekostet wie der Bau des ganzen Hauses.

Er schritt den schmalen Gang zwischen den Kisten ab. Wie immer warf er einen Blick auf seine »Fluchttasche«, den schwarzen Koffer, der immer gepackt war und bereitstand, als er für das NTSB gearbeitet hatte. Wie immer, ohne dass er darüber nachgedacht hätte, strich seine Hand über die große grüne Kiste, in der er Barbaras Sachen aufbewahrte, alle Fotos aus dieser Zeit und auch Davids Babykleidung. Wie immer rührte Dar diese Kiste nicht an.

Am Ende des Raumes gab es einen unverhüllten Wandsafe, und mit schnellen Fingern drehte Dar am Rad. Er wusste, dass es dumm war, Davids Geburtsdatum als Kombination zu nehmen, aber wer bis hierher gekommen war, würde sich ohnehin nicht von einem Kombinationsschloss aufhalten lassen.

Es war ein großer Safe, tief, mit mehreren Stahlregalen voller Dokumente, Disketten und Fotografien. Dar ignorierte das alles und zog einen Kasten aus Walnussholz mit Tragegriff hervor.

Er schloss den Safe, stellte den leichten Holzkasten auf eine Kiste und klickte ihn auf. Darin befand sich – auf grünem Filz, in eine verstärkte Plastikhülle gewickelt – eine auseinander genommene M 40 Sniper Rifle, die Militärversion des klassischen Remington 700 Repetiergewehrs.

Dar fuhr mit den Fingern über den hölzernen Schaft, dann löste er das 3–9-fach variabel verstellbare Redfield Accu-Range-Zielfernrohr aus der Halterung und warf einen Blick hindurch, dann setzte er es wieder drauf. Gerade klickte er die Schlösser am Tragekasten zu, als er lautes Klopfen hörte.

Dar nahm den Gewehrkasten mit, als er ging, verriegelte den Lagerraum und kletterte die Leiter hinauf. Irgendjemand klopfte laut an die Haustür. Dar sicherte die Bodenklappe, schob den Teppich darauf und überlegte, ob er das Gewehr zusammenbauen sollte, als aus dem Klopfen ein Hämmern wurde. Er ließ den Kasten lieber zu und spähte aus dem Vorderfenster.

Dar seufzte, legte das Gewehr auf eines der unteren Bücherregale und ging zur Tür.

»Alles in Ordnung?«, fragte Syd. Sie hielt ihre Neun-Millimeter-SIG-Pro in der rechten Hand. Geklopft hatte sie nur mit der Linken. Die Knöchel waren rot.

»Klar«, sagte Dar und trat beiseite, damit sie herein konnte.

»Wieso sind Sie dann nicht an die Tür gekommen?«

»Ich war im Badezimmer«, sagte Dar.

»Nein, waren Sie nicht«, sagte Syd. »Ich bin ums Haus gelaufen und hab am Fenster gestanden. Ich konnte Sie nirgends finden.«

Dar wusste, dass die Falltür, selbst wenn sie offen stand, von keinem der Fenster aus zu sehen war. »Vor zwei Stunden haben Sie noch gesagt, Sie würden mir nicht folgen«, sagte Dar. »Und jetzt gaffen Sie in mein Badezimmerfenster.«

Syds Gesicht war leicht gerötet. Es wurde immer röter, während sie die Halbautomatik ins Holster schob und ihre Leinenjacke zuzog. »Ich bin Ihnen nicht gefolgt. Ich habe Sie auf Ihrem Handy angerufen, aber es war nicht an. Ich habe versucht, in der Hütte anzurufen, aber Sie sind nicht ans Telefon gegangen.«

»Ich bin erst vor ein paar Minuten gekommen«, sagte Dar. »Was ist passiert? Ist irgendwas los?«

Syd sah sich in der Hütte um. »Könnte ich ein Glas Scotch bekommen?«

»Wir müssen beide noch fahren«, sagte Dar. »Ich will heute Abend wieder zurück. Hatte ich das nicht gesagt? In ein paar Minuten will ich wieder los.«

»Ich weiß jetzt, was ein Ghillie Suit ist«, sagte Syd etwas atemlos, als wäre sie von ihrem Wagen zur Hütte gerannt. »Und ich weiß über Dalat Bescheid.«

17

Barbara habe ich nie von Dalat erzählt, dachte Dar, als er die Drinks einschenkte und die Küchenutensilien zusammensuchte, mit denen er Spaghetti machen wollte. *So nah wir uns standen, habe ich doch nie darüber gesprochen. Nicht mit ihr. Nicht mit Larry. Nie mit irgendwem.*

Jetzt ist alles anders, sagte er sich. *Ein russischer Scharfschütze hat gerade erst versucht, dich zu erschießen.*

Na gut. Dar stieß mit Syd an, und sie tranken guten Scotch, während er sich daranmachte, das Essen vorzubereiten, in beiderseitigem Schweigen, das vom Wirrwarr zu vieler Gedanken angefüllt war.

Dalat war und ist eine Stadt im vietnamesischen Hochland am Fuße des Berges Lang Biang, etwa achtzig Kilometer landeinwärts. 1962 bewiesen Präsident Kennedy und die Regierung der Vereinigten Staaten dem damaligen südvietnamesischen Regime – Dar konnte sich an den Namen des starken Mannes nicht mehr erinnern – ihre Solidarität, indem sie den Südvietnamesen Plutonium und andere radioaktive Materialien aushändigten und halfen, einen funktionstüchtigen Atomreaktor bei Dalat zu errichten. Der Reaktor wurde dafür verwendet, Radioisotope für Forschung und medizinische Zwecke herzustellen. Entscheidender aber war, dass er ein Statussymbol für Südvietnam und eine Geste der amerikanischen Kooperation und Freundschaft darstellte.

Schnitt zum März 1975. Nixon und Kissinger hatten den Krieg erfolgreich »vietnamisiert«. Die Soldaten, die man dafür ausgerüstet hatte, an Stelle der sechshunderttausend amerikanischen Infanteristen und Marines, des Air-Force-Personals und all der anderen zu treten, die man inzwischen abgezogen hatte, befanden sich auf dem Rückzug. Der Vietkong und die regulären nordvietnamesischen Truppen waren dabei, eine ehemalige amerikanische Basis nach der anderen, sämtliche Festungen und vietnamesischen Städte zu überrennen. In etwa zehn Tagen würde auch Saigon fallen, und die Stimmung in der amerikanischen Botschaft, in der nur noch pro forma ein paar Männer der U.S. Marines die Stellung hielten, war nicht die reine Freude. Eine riesige Armada von Schiffen wartete vor der Küste, bereit, die letzten flüchtenden Diplomaten, Angehörige und Marines in Sicherheit zu bringen.

Inmitten des ganzen Durcheinanders – brennende Akten, Familien auf der Flucht, zurückgelassenes Gerät, Tausende vietnamesischer »Helfer«, die darum bettelten, ausgeflogen zu werden – tauchten zwei südvietnamesische Techniker in der U.S.-Botschaft auf und erinnerten die Amerikaner schüchtern daran, dass der Reaktor von Dalat nach wie vor liefe und dort waffenfähiges Plutonium gelagert sei. Das nun teilte man dem Botschafter und dem ranghöchsten Offizier mitten im Chaos mit, und sie befahlen den vietnamesischen Technikern, umgehend nach Dalat zurückzukehren und den Reaktor abzuschalten. Man befahl ihnen, alles radioaktive Material, *speziell* das Plutonium, nach Saigon zu schaffen, von wo aus man es zur wartenden Armada hinüberfliegen würde.

Die vietnamesischen Techniker räumten ein, sie würden nichts lieber tun als das, erinnerten den General und den Botschafter jedoch daran, dass Dalat kurz davor stünde, sowohl von den Vietkong als auch den Einheiten der NVA – der

287

Nordvietnamesischen Armee – überrannt zu werden, dass sämtliche Straßen und Eisenbahnlinien nach Saigon und zur Küste vom Feind unterbrochen seien und man alle planmäßigen Flüge zum und vom winzigen Flugplatz in Dalat wegen der unmittelbaren Nähe der NVA-Soldaten abgesagt habe. Das gesamte Reaktorpersonal sei geflohen, und der Reaktor selbst summe momentan unbemannt vor sich hin. Die beiden Techniker beschrieben, wie sie entkommen waren, unter schwerem Beschuss in einem kleinen Flugzeug, das dem Bruder des jüngeren Technikers gehörte, der rein zufällig Captain in der Südvietnamesischen Air Force war und sie in Saigon absetzen konnte. Sie waren auf einem groben Acker neben den Flüchtlingstrecks auf der National Road gelandet, und er war umgehend wieder gestartet, um auf eigene Faust nach Thailand zu fliegen. Zwar wären die beiden Techniker liebend gern wieder nach Dalat geflogen, um ihren verehrten, amerikanischen Freunden zu helfen, aber tatsächlich seien sie eher Techniker auf unterer Ebene, die keine Ahnung hatten, wie man einen Reaktor abschaltete, und nachdem sie nun ihr Leben riskiert hatten, um die Nachricht vom Dilemma in Dalat zu überbringen, hätten sie sich doch vielleicht ihre Reise in die Vereinigten Staaten und ein neues Leben schon verdient.

»Haben wir hier irgendwelche atomaren Eierköpfe?«, fragte der Botschafter. »Irgendeinen Seemann oder sonst wen, der zufällig weiß, wie man einen Reaktor abschaltet und mit Plutonium umgeht?«

Es stellte sich heraus, dass das der Fall war. An Bord eines atomgetriebenen Flugzeugträgers vor der Küste befanden sich zwei Mitglieder sowohl der U.S.-Atomenergie-Kommission als auch der Internationalen Atomenergie-Behörde: ein gewisser Wally Henderson und ein gewisser John Halloran. Keiner von beiden gehörte dem Militär an. Sie waren umgängliche, freundliche Akademiker, und keiner der beiden hatte je von Dalat oder auch nur von der Existenz eines südvietnamesischen Reaktors gehört. Sie befanden sich rein zufällig vor der

Küste von Vietnam, weil einige Kriegsschiffe der Evakuierungsflotte nukleare Waffen an Bord führten, andere sich per Atomantrieb fortbewegten und das Verteidigungsministerium es für angezeigt erachtete, in dem ganzen Wirrwarr jemanden zu haben (nicht nur Techniker oder Nuklearingenieure der Marine), der tatsächlich wusste, wie die Waffen und Schiffsreaktoren funktionierten. Für alle Fälle.

Wally Henderson und John Halloran wurden umgehend per Hubschrauber in den Ameisenhaufen namens Saigon geflogen, eingewiesen und mit zwölf Marines gleich weiter nach Dalat gebracht. Das Briefing für Wissenschaftler und Marines war kurz und knapp: Reaktor abstellen, ihn nicht explodieren lassen oder was Reaktoren sonst so tun mögen, wenn sie vom Feind beschossen werden, so viel radioaktives Isotopenmaterial wie möglich retten, die gut achtzig Gramm Plutonium aus dem Reaktor an sich nehmen und wieder nach Saigon fliegen. Falls die Landebahn vom Feind besetzt war, sollten sie versuchen, die achtzig Kilometer durch den Dschungel bis zur Küste zu laufen, wo sie dann per Funk jemanden rufen konnten, der sie holte. Unter allen Umständen aber sollten sie das Plutonium mitbringen.

Vier der zwölf Marines waren Scharfschützen. Dar Minor, neunzehn Jahre alt und frühreifer Collegeabsolvent mit seinem Abschluss in Physik – was zum Zeitpunkt der Mission weder beim Militär noch bei der Botschaft jemand wusste oder wissen wollte – war einer dieser Scharfschützen. Als sie in einer uralten DC-3 in Dalat landeten, deren Flugverhalten sich durch einen bleiernen Behälter erheblich verschlechterte, den man in aller Eile notdürftig für die radioaktiven Materialien eingerichtet hatte, blieben acht Marines, darunter auch der befehlshabende Offizier – ein Lieutenant – zurück, um die Landebahn vor den Nordvietnamesen zu schützen, während Dar und drei andere Wally und John zum Reaktor begleiteten. Es war kurz nach 0700 Uhr, und der morgendliche Dunst verflog. Der Reaktor war unbewacht, die Elitetruppen der Südvietnamesen waren geflohen, und die Tore standen buchstäblich weit offen. Aber der Feind war noch nicht da. Den jungen Dar Minor erinnerte die Anlage an den Nachbau von Fort Knox, den er in dem Film *Goldfinger* gesehen hatte, als er acht Jahre alt war: Ein riesiger, dick ummauerter Kuppelbau aus Beton auf einem flachen Hügel. Der Reaktor von Dalat war fast anderthalb Kilometer in alle Richtungen von grasbewachsenen Hügeln umgeben. Es gab drei Reihen Stacheldrahtzaun in Hundert-Meter-Abständen, und die vier Marines waren geistesgegenwärtig genug, die einzelnen Tore hinter sich zu schließen, als sie ihren Jeep und die beiden aufgeregten Wissenschaftler zum Hauptgebäude des Reaktors fuhren. In drei Richtungen war er von dichtem Dschungel umgeben, in der vierten lag die Straße nach Dalat. Auf anderthalb Kilometern überragte der Reaktor alles. Für einen Scharfschützen – selbst einen so ungeübten wie den neunzehnjährigen Dar – offenbar das ideale Schussfeld.

So unerfahren er sein mochte, war Dar doch der Anführer seines Zwei-Mann-Teams. Formell betrachtet gehörten Scharfschützen erst seit 1968 dem Marine Corps an, als in Divisionsbefehlen auf ihre Bedeutung im Krieg eingegangen wurde und man die Organisation und Zusammenstellung eigener Einheiten sowohl innerhalb der Stabkompanien der einzelnen Regimenter als auch der Aufklärungsbataillone bewilligte. Formell betrachtet bestand der Scharfschützenzug aus drei Trupps von fünf Zwei-Mann-Teams und einem Truppführer für jedes Team, dazu kamen ein Unteroffizier, ein Waffenmeister und ein Offizier, was den Zug auf eine Gesamtstärke von fünfunddreißig Soldaten und einem Offizier brachte. Formell gesehen besaß das Aufklärungsbataillon eine etwas andere Aufteilung mit einer Gesamtstärke von dreißig Soldaten und einem Offizier. Tatsächlich operierten die Scharfschützen der Marines – wie sie es in diesem Krieg, in Korea und in zwei Weltkriegen getan hatten – in Zweierteams, wobei beide Männer ausgebildete Schützen waren, der Teamführer aber das Sagen hatte und seine Nummer zwei als Späher fungierte.

Während der Dalat-Mission führte Dar das Team zwei, und als Teamführer hatte er ein Remington 700 Sportgewehr Kaliber 7,62 mm, das die Marines überarbeitet und in M40 umgetauft hatten, während sein Späher mit einer verbesserten M-14 bewaffnet war. Die früheren Späher der Marines in Scharfschützenteams der Vietnam-Ära hatten das normale M-16 für Schnellfeuer gehabt, nur hatten die Marines die bittere Erfahrung gemacht, dass es der M-16 auf weite Entfernungen an der nötigen Treffgenauigkeit mangelte, und so war man auf die verbesserte M-14 umgestiegen.

Für diesen Einsatz hatten die beiden Scharfschützenteams buchstäblich mehr Waffen und Munition mitgebracht, als sie tragen konnten. Dar schätzte, dass die USA wohl etwa Ausrüstung im Wert von mehreren zehn Milliarden Dollar in Vietnam zurückließen. Was also machten schon ein paar Waffen mehr oder weniger auf diesem Einsatz aus? Der zweite Jeep war mit vier zusätzlichen M40 Sniper Rifles, zwei zusätzlichen M-14, einem weiteren M40-Lauf für jedes Team und Munitionskisten beladen. Jeder der vier Marines hatte sein eigenes Fernglas und sein eigenes Kurzwellen-Funkgerät dabei, während sich die beiden Teams ein großes PRC-Funkgerät teilten, mit dem Artillerie oder Luftunterstützung angefordert werden konnte. Zusätzlich zu den Ferngläsern hatte jeder Späher ein Fernrohr mit zwanzigfacher Vergrößerung dabei. Darüber hinaus befanden sich im zweiten Jeep zwei schwere Nachtsichtgeräte und vier kleinere AN/PVS2 Starlight-Zielfernrohre auf den beiden modifizierten M-14-Gewehren. Eines der großen Nachtsichtgeräte war auf einem Stativ befestigt, das andere dagegen auf der Krönung ihres Arsenals, einem M2-Browning-Maschinengewehr vom Kaliber .50, das speziell so modifiziert war, dass es als Einzelschuss-Scharfschützenwaffe funktionierte. Das M2 hatte außerdem ein massives Unertl-Zielfernrohr zur Verwendung bei Tageslicht.

Dars Späher war ein zweiundzwanzigjähriger schwarzer Corporal aus Alabama namens Ned. Ned hatte Dar hinsichtlich seiner Schießkünste eigentlich übertroffen, wenn auch nur ganz knapp, aber nach 205 Stunden formeller Scharfschützenausbildung, 62 Stunden Schießübungen, 53 Stunden Feldausbildung und 85 Stunden taktischer Feldübungen hatte Dar die insgesamt höhere Trefferzahl. Der wahre Topschütze der beiden Teams war Sergeant Carlos, ein alter Mann, zweiunddreißig Jahre alt, der einzige der vier Marines mit Kampferfahrung. Carlos' Späher war ein weiterer Neunzehnjähriger namens Chuck aus Palo Alto.

Dar und die anderen parkten die Jeeps in einem der zahlreichen leeren Gebäude und sahen sich den gespenstisch leeren Kontrollraum des Reaktors an, während die beiden Wissenschaftler an die Arbeit gingen. Dann stiegen sie auf die Brüstung hinauf, um dort während der kommenden achtundvierzig Stunden Wache zu schieben. Carlos war vom Grundriss des Reaktors geradezu begeistert, da er ihm wie ein Schießstand vorkam. Es gab zwei Rundum-Balkone mit Betonmauern um das Hauptreaktorgebäude, einer auf Höhe des dritten Stockwerks, der andere in zwanzig Metern Höhe direkt unter der Kuppel. Die Mauern beider Balkone ragten etwa alle sieben Meter um einen Meter höher auf. Dadurch bekam die Brüstung – nach Sergeant Carlos' Worten – Zinnen. Zur weiteren Sicherung schleppten die vier Marines eilig mehr als achtzig Sandsäcke von den verlassenen Wachposten hinauf, um geschützte Schießstände zu bekommen.

Die verstärkten Mauern des sechsstöckigen Gebäudes waren vier Meter dick, die Brüstungsmauer anderthalb Meter. Zwar standen ein paar flache Vorbauten am Fuße des Reaktors, aber die Zinnen waren hoch genug, sodass ihr Schussfeld in alle Richtungen offen war. Der Zugang zu den beiden Ebenen und dem Hauptkontrollraum war über innere Korridore und Treppen möglich. Fenster gab es keine.

»Mannomann«, sagte Sergeant Carlos, als sie die anstrengende Sandsackschlepperei hinter sich hatten. »Hätten Davy Crockett, Jim Bowie, Colonel Travis und ihre Truppe diesen Bau und diese Waffen gehabt und nicht nur den beschissenen alten Alamo, hätten meine Vorfahren sie nie am Arsch gekriegt und den Laden eingenommen.«

Wally und John brauchten zweiundvierzig Stunden, um den Reaktor abzuschalten, die diversen Isotope zu lokalisieren und einzuladen, den markierten Kanister zu finden, der angeblich achtzig Gramm waffenfähiges Plutonium enthielt. Der Feind traf drei Stunden nach den Marines am Reaktor ein.

Eine Stunde nach Dars Ankunft meldete sich Lieutenant Hale vom Flugplatz. Die acht schwer bewaffneten Marines dort befanden sich im Feuergefecht mit einem Bataillon der Vietcong. Eine halbe Stunde später meldete Lieutenant Hales Funker, die Hälfte der Marines sei gefallen, darunter auch der Lieutenant, und die überlebenden Marines versuchten nun, die Angreifer aufzuhalten, nur schien es sich dabei um eine voll motorisierte Kompanie der Nordvietnamesen zu handeln. Die DC-3 war abgeflogen, hatte sie zurückgelassen. Hales Männer hatten um Evakuierung der Toten und Verwundeten ersucht, aber wegen der massiven Luftabwehr von den umliegenden Waldrändern konnten sich die Hubschrauber dem Flugplatzterminal nicht nähern.

Eine Stunde lauschten Dar und die drei anderen Marines auf den Zinnen des Reaktors dem fernen Rattern der Schüsse. Deutliche Feuerstöße von M-16 und M60, die noch deutlichere Kalaschnikow AK-47, das Krachen von Mörsern und das Dröhnen von Panzergeschützen. Sergeant Carlos sagte, es sei das erste Mal in seinen drei Dienstzeiten in Vietnam, dass er je das Feuer feindlicher Panzer gehört habe.

Dann brach das Schießen ab. Die Stille war so drückend, dass Dar ernstlich erleichtert war, als die ersten Vietcong mit beschlagnahmten Jeeps der Südvietnamesen, ein paar Fahrzeugen mit leichten Geschützen und einer Lastwagenkolonne die Hauptstraße von Dalat herunterkamen.

»Passt auf«, sagte Sergeant Carlos.

Die M2 Kaliber .50, mit dem speziellen Unertl-Zielfernrohr war auf der breiten Mauer zwischen Sandsäcken postiert. Während Chuck und Ned durch ihre Zielfernrohre mit zwanzigfacher Vergrößerung spähten, eröffnete Sergeant Carlos aus einer Entfernung von zweitausend Metern das Feuer auf die Kolonne der Vietcong. Der erste Schuss verwandelte den Kopf des Jeepfahrers in einen Ballon aus rotem Dunst. Das zweite Geschoss – ein Sprengsatz, traf den Benzintank des Jeeps, was den Wagen fünfzehn Meter in die Luft warf. Carlos' dritter Schuss durchdrang die leichte Panzerung des Fahrzeugs hinter dem führenden Jeep und hatte den Fahrer wohl getroffen, denn der Wagen scherte nach rechts aus und stürzte in einen tiefen Bewässerungsgraben. Mit dem vierten Schuss durchschlug der Sergeant den Motorblock des dritten Fahrzeugs der Kolonne, eines Zweieinhalb-Tonners, dass der Motor krepierte und der gesamte Konvoi Halt machen musste. Soldaten sprangen von den Lastern und rannten in den Dschungel links und rechts.

Sergeant Carlos schoss ganz ruhig weiter, während die anderen drei Männer durch ihre Gläser spähten. Jedes Mal wenn Carlos feuerte, starb ein Mensch. Dann waren die Laster leer, da sich die Vietcong durch den Dschungel auf sie zubewegten und die nordvietnamesische Armee um Verstärkung baten. Sicherheitshalber sprengte Sergeant Carlos drei weitere Lastwagen mit Explosivgeschossen in die Luft. Flammen und Rauch ragten weit in den Morgenhimmel auf.

»Wie ihr seht, leidet die Moral, wenn die eigenen Kameraden aus zwei Kilometern Entfernung abgeschossen werden«, sagte Sergeant Carlos. Er ließ die schwere Waffe abkühlen und teilte Dars Team für die untere Brüstung ein, dann machte er sich daran, seine eigene M40 Sniper Rifle für die »Naharbeit« auf achthundert Meter und weniger vorzubereiten.

Von jeher hatte Dar gehört, Kriegsgeschichten würden in der Erinnerung und durch das ständige Erzählen immer größer, aber er hatte die Geschichte dieser achtundvierzig Stunden in Dalat noch nie erzählt. Die Erinnerung an sie war fest und unverändert wie ein Stein in seiner Seele eingegraben.

Etwa zwanzig Minuten, nachdem Sergeant Carlos ihren ersten Konvoi aufgehalten hatte, begannen die Kundschafter der Vietcong damit, das Feuer zu erwidern und vom Waldrand aus die Lage zu sondieren. Carlos und Dar töteten die Vietcong mit ihren 7,62er-Gewehren, sobald sie aus dem Dunkel des Dschungels traten oder an ihrem Mündungsfeuer auszumachen waren.

Von den AK-47-Geschossen abgesehen, die in Vorbauten oder am Kiesweg einschlugen, und den wenigen, die den Reaktorbau selbst erreichten und dabei kaum ankratzen konnten, war es völlig still. Dar hörte kaum etwas, nur das träge Bellen der M40 und das leise »Treffer… Treffer… am Boden, bewegt sich noch… Treffer… Treffer« von Ned, seinem Späher.

Am frühen Nachmittag brachen etwa hundert Vietcong aus ihrer Deckung und griffen den Reaktorkomplex an. Dar und Carlos töteten erst die Scharfschützen der Vietcong, die der Infanterie mit ihren nicht sonderlich treffsicheren K-44-Gewehren so gut wie möglich Deckung gaben. Im Grunde waren es die alten sowjetischen M1891/30 Mosin-Nagant Scharfschützengewehre Kaliber 7,62, die im Zweiten Weltkrieg bei der Roten Armee Verwendung fanden. Als sie mit den Scharfschützen fertig waren (ein anderer Sniper hat immer Priorität), erschossen sie die Pioniere, die ihre Bangalore-Torpedos heranschleppten, um die Zäune zu sprengen. Als alle Pioniere gefallen waren, wandten Dar und Sergeant Carlos ihre Aufmerksamkeit den NVA-Offizieren zu, soweit sie diese erkennen konnten. Sobald irgendein Mann in grüner Uniform und Tropenhelm einen Befehl brüllte, die anderen Soldaten antrieb oder eine Pistole schwenkte, nicht die übliche AK-47, wurde er erschossen. Als die ausgedünnte Front bis auf achthundert

Meter herankam, noch immer zweihundert Meter vor dem äußeren Zaun, eröffneten Ned und Chuck das Feuer aus ihren modifizierten M-14-Gewehren.

Die Front zerbrach. Die Vietcong flohen in den Dschungel. Ein paar schafften es.

Kurze Zeit später tauchten die regulären, nordvietnamesischen Truppen auf. Dar staunte beim Blick durch das Fernrohr seines Spähers. Er hatte noch nie einen russischen T-55-Panzer gesehen, ganz zu schweigen davon, dass ihm jemand gezeigt hätte, wie man so ein Ding zerstörte. Die beiden Führungspanzer wollten offenbar geradewegs die Straße hinauf und das Tor durchbrechen, um auf das Reaktorgelände zu gelangen. Sie schossen nicht mit ihren Zweiundsiebzig-Millimeter-Kanonen. Den vier Marines wurde klar, dass es keinen Artilleriebeschuss von Seiten der Kommunisten geben würde. Offenbar hatte irgendein Kommandeur den Entschluss gefasst, dass der Reaktor von Dalat in unbeschädigtem Zustand besetzt werden sollte. Dar wusste, dass es eine dumme Entscheidung war, da gut gezielte Panzergeschosse die vier Marines getötet und die massiven Betonwände kaum beschädigt hätten. Wally und John, die tief im Inneren im Kontrollraum arbeiteten, meldeten später, sie hätten von den Schüssen nichts gehört. Glücklicherweise schienen die Kommandeure der NVA noch weniger als der U.S.-Botschafter von Atomreaktoren zu verstehen.

Als der erste Panzer auf tausend Meter herangekommen war, begann Sergeant Carlos, mit Sprenggeschossen vom Kaliber .50 auf die Sichtschlitze zu zielen.

»Du willst mich wohl verarschen!«, schrie Ned gegen den Lärm an. »Du kannst doch mit einem Scharfschützengewehr keinen Panzer sprengen.«

»Diese Sichtschlitze sind kugelsicher«, sagte Sergeant Carlos zwischen zwei Schüssen, »aber nicht splitterfest. Es fährt sich schlecht, wenn man nichts sehen kann.«

Er brauchte acht Schüsse, bis der Panzer endlich anhielt.

Eine Minute später kletterte die Mannschaft heraus und rannte zu den Bäumen. Dar und Sergeant Carlos töteten alle. Für den zweiten Panzer benötigten sie zwölf Geschosse, bis er schließlich nach rechts ausscherte und stehen blieb. Bis lange nach Einbruch der Dunkelheit blieb die Mannschaft drinnen sitzen. Als sie dann schließlich irgendwann nach Mitternacht zu den Bäumen rannten, tötete Dar drei von ihnen mit seinem Starlight-Zielfernrohr. Der dritte Panzer drehte um und rasselte in den Dschungel zurück, wenn auch nicht, ohne anscheinend aus reiner Frustration seine Kanone abzufeuern. Das Geschoss riss ein metergroßes Loch in den äußeren Zaun und explodierte im Gras am Hang. Der Fahrer des T-55 machte den Fehler, um der Höchstgeschwindigkeit willen zu wenden, statt zurückzusetzen. Einer von Sergeant Carlos' Zwölfhundert-Meter-Schüssen traf den Reservekanister auf der rechten Seite, und als der Panzer in den Dschungel fuhr, schlugen Flammen von seinem Heck auf.

Es gab noch zwei ernst gemeinte flankierende Angriffe der Infanterie, bevor die Sonne unterging. Inzwischen liefen die Scharfschützenteams der Marines von einem Stockwerk zum anderen, von einer Schutzmauer zur nächsten, feuerten in alle Richtungen. Sie mussten aufpassen, dass sie bei all den leeren Patronenhülsen auf den Betonböden der Brüstung nicht ausrutschten und stürzten. Beim letzten Sturm vor der Abenddämmerung erreichten die Vietcong den äußeren Zaun und sprengten ihn. Dreißig Mann gelangten in die Zone zwischen äußerem und zweitem Zaun.

»Haben die Südvietnamesen Minen gelegt?«, fragte Chuck hoffnungsfroh.

»Leider nicht«, sagte Sergeant Carlos. »Hier ist die einzige Gegend im ganzen Scheißsüdvietnam, wo keine Minen liegen.«

Die dreißig Infanteristen stießen ihr Siegesgeheul aus, hissten die nordvietnamesische Flagge und rannten dem zweiten Zaun entgegen. Die vier Marines töteten sie.

Es war nach Mitternacht, als Vietkong und NVA langsam aus dem Dschungel zum äußeren Zaun hinüberkrochen. In der Ausbildung hatte man Dar gelehrt, dass die neue Generation passiver, restlichtverstärkender Zielfernrohre – die Nachtzielgeräte – für die Vietnamzeit das darstellten, was die Norden-Fliegerbombenzielgeräte im Zweiten Weltkrieg gewesen waren: streng geheime Technologie. In den ersten Jahren des Vietnamkonflikts sagte man: »Die Nacht gehört Charlie.« Jetzt gehörte die Nacht den Marines.

Wenn Dar nun fünfundzwanzig Jahre nach Dalat eine Anzeige von L.L. Bean oder irgendeinem anderen Outdoor-Katalog für eine Nachtsichtbrille zum Preis von sechshundert Dollar sah, musste er grinsen. Das unbezahlbare Nachtsichtwunder, für das man notfalls gestorben wäre, war zum Katalogartikel Nr. NP 14328 mutiert, am nächsten Tag schon lieferbar durch FedEx. In den letzten Jahren hatte er sich tatsächlich so eine Nachtsichtbrille bestellt und fand sie nicht nur leichter und wirkungsvoller als sein altes Starlight-Zielfernrohr, auch der Preis war erheblich akzeptabler.

Ned suchte den Feind im Nachtsichtgerät auf Entfernungen von bis zu dreizehnhundert Metern und machte Dar und Chuck für ihre Schüsse mit dem Starlight-Zielfernrohr an den M-14 auf siebenhundert Meter oder darunter bereit. Sergeant Carlos benutzte das andere Nachtsichtgerät auf dem M2 Kaliber .50, um die feindlichen Soldaten auf dreizehnhundertfünfzig Meter niederzustrecken, sobald sie sich im mitternächtlichen Dunkel bewegten.

Ungewöhnlich war für Vietnam zu dieser Jahreszeit, dass der Himmel die ganze lange Nacht hindurch klar blieb. Der Mond schien nicht, aber die Sterne waren wunderschön.

Kurz nach Sonnenaufgang am zweiten Tag rasselten sechs nagelneue T-72-Panzer und sechs vom Typ T-55 zielstrebig dem Reaktor entgegen. Gleich dahinter kam die Infanterie. Scharfschützen der NVA hielten das Deckungsfeuer vom Waldrand her aufrecht.

»Ich wusste gar nicht, dass die verdammten Nordvietnamesen überhaupt so viele Panzer in ihrer ganzen Scheißarmee haben«, kommentierte Sergeant Carlos, wobei er seine leisen Worte unterbrach, um Kautabak auszuspucken.

Tief im Inneren des Gebäudes hatten Wally und John je eine Stunde geschlafen. Während der eine schlief, hatte der andere radioaktives Material mit einem Gabelstapler umhergefahren. Die vier Marines hatten überhaupt noch nicht geschlafen.

Sergeant Carlos beobachtete, wie die Panzer sich dem äußeren Zaun näherten. Schon vor dem Morgengrauen war er schwer beschäftigt gewesen, hatte mit dem PRC-45, dem so genannten »Prick 45«, gefunkt. Kurz bevor der Kreis aus Panzern am äußeren Zaun war, donnerte ein Schwarm von fünf F-4 Phantom-Jägern in siebzig Metern Höhe über sie hinweg und warf seine Bomben ab. Ungläubig sah Dar, wie der Turm des führenden T-72 glatt hundert Meter in die Luft flog, höher als die Flugzeuge, und die verkohlten Beine des Richtschützen deutlich sichtbar baumelnd und strampelnd unten aus dem Turm ragten.

Mehrere Panzer überlebten den Luftangriff und machten aus Verwirrung kehrt, überfuhren zum Teil in Rauch und Feuer ihre eigene Infanterie. Dreißig Sekunden später warfen drei A-4D Skyhawks von der U.S.S. *Kitty Hawk* auf drei Seiten des Reaktors Napalm ab. Rauch und Feuer machten es Dar und den anderen sehr schwer, die Überlebenden auf der Flucht zu erschießen, aber es gab kaum Überlebende.

Die zweiten vierundzwanzig Stunden waren in Dars Erinnerung weit weniger klar, wenn auch umso unauslöschlicher.

Irgendetwas war mit der Zeit geschehen. Anders konnte es nicht sein. Die Zeit war verzerrt, bis zur Unkenntlichkeit gestreckt – fast unendlich, wie ihm schien – und faltete sich doch zusammen, sodass sich Augenblicke und Stunden und Ereignisse überlappten und nebeneinander standen. Es war, als wäre Dar unter den Ereignishorizont eines der Schwarzen Löcher gefallen, mit denen er sich in den kommenden Jahren in seiner Doktorarbeit beschäftigen würde.

Es gab am Morgen dieses zweiten Tages mehrere groß angelegte Infanterie-Angriffe. Während eines dieser Angriffe verspätete sich die Luftunterstützung der Navy um eine halbe Stunde, und mehrere Hundert NVA-Soldaten (keine Vietcong in schwarzen Pyjamas, sondern wohlgenährte, uniformierte, sehr gut bewaffnete Truppen, der ganze Stolz General Giaps aus dem Norden) rückten zum inneren Zaun vor. Normalerweise hätten Dar und die anderen Artillerieunterstützung angefordert, aber die amerikanische Artillerie hatte längst eingepackt und das Land verlassen, und was von den Südvietnamesen in der Gegend geblieben war, hatte dem Ansturm nicht standhalten können. Was ihren kleinen Alamo rettete, war der Umstand, dass Giap den Reaktor offensichtlich unversehrt übernehmen wollte.

Dar erinnerte sich, dass während eines dieser Angriffe am Morgen des zweiten Tages der Lauf seiner M40 geschmolzen war und er sein Ersatzgewehr hatte nehmen müssen. Ned fiel kurz vor diesem letzten Morgenangriff einem Scharfschützen der NVA zum Opfer ... oder vielleicht auch kurz danach. Dar konnte sich nicht mehr ganz genau erinnern. Aber er wusste noch, in welcher Reihenfolge sie gefallen waren. Ned wurde ins Auge getroffen, als er gegen Mittag das Zielfernrohr mit zwanzigfacher Vergrößerung benutzte. Sergeant Carlos wurde irgendwann im Lauf des Feuergefechts am Abend in Brust und Hals getroffen und starb, als die Sonne prall und rot hinter dem Berg Lang Biang unterging. Chuck kam in einem Kugelhagel um, als sie eben an Bord des Sea Stallions gehen wollten.

Während der letzten Nacht, als Wally und John noch tief im Inneren des Gebäudes mit Gabelstaplern und Greifarmen beschäftigt waren, sprachen Chuck und Dar über Plan B. Plan B sah vor, die achtzig Kilometer bis zur Küste zu laufen. Beide Marines wussten, dass es unmöglich war. Es lag nicht nur daran, dass inzwischen mindestens zwei Infanterie-Bataillone der NVA und mindestens drei Kompanien Vietcong überall im Dschungel lauerten. Dem waren Marines gewachsen. Da aber Ned und Sergeant Carlos tot waren, würden sie es mit den beiden Leichen niemals bis zur Küste schaffen, da sie auch noch den Wissenschaftlern mit ihren mehreren hundert Kilo radioaktiven Isotopen und Plutonium und sonst was helfen mussten. Und Marines ließen ihre Toten nicht zurück.

Schon immer hatte es Dar als Krönung der Obszönität empfunden, weitere Menschenleben für die Toten zu opfern, aber er wusste auch, dass er nicht derjenige sein wollte, der mit dieser Tradition brach und Carlos und Ned den Feinden überließ.

Als der letzte Angriff dieses Tages kam und ein letztes Mal Luftunterstützung angefordert wurde, kam wieder Napalm, diesmal von vier F-4-Jets. Einer davon setzte die Vorbauten, die Jeeps und den Reaktorbau in Brand. Nie würde Dar den Gestank von brennendem Menschenfleisch vergessen, und auch nicht, dass ihm dabei vor Hunger das Wasser im Mund zusammengelaufen war. Er hatte seit zwanzig Stunden nichts gegessen. Die Schreie schienen ihm nur wenige Meter entfernt, aber sie kamen von weit her. Deutlich erinnerte sich Dar, wie er am Boden der Brüstung gekauert und sein Gewehr umklammert hatte, als würde er ein Kind beschützen, während die Flammen überall um den Reaktor siebzig Meter hoch schlugen und die Luft zu heiß zum Atmen wurde.

Die zweite Nacht verbrachten Chuck und Dar damit, von einer Stellung zur nächsten zu hetzen. Sie spähten durch Starlight-Zielfernrohre auf den M-14 und das Nachtsichtgerät auf dem M2, spürten Dutzende von Pionieren und Infanteristen auf, die von überallher gekrochen kamen, und schossen sie ab.

»Hast du mal *Beau Geste* gesehen?«, hatte Dar während einer Feuerpause Chuck zugerufen.

»Was?«, rief der Marine von der höheren Brüstung her.

»Vergiss es«, rief Dar.

Inzwischen setzte die NVA Rauch ein, was klug war, da selbst die Zielfernrohre mit Restlichtverstärker Rauch nicht durchdringen konnten, aber es hing schon so viel davon in der Luft, dass auch die Schützen der NVA, die ihren Leuten Deckung geben sollten, Probleme bekamen. Näherte sich ein Soldat auf hundert Meter, sah normalerweise entweder Chuck oder Dar, dass sich zwischen den höllischen Vorhängen aus Rauch und den grellweißen Tupfern des offenen Feuers etwas Grünliches bewegte, und dann tötete einer von beiden dieses Etwas mit einem einzigen Schuss. Wenn sie auf derselben Seite des Gebäudes schossen, arbeiteten die beiden Marines einander zu, riefen: »Meiner! Ich hab ihn!«, wie kleine Jungen beim Baseballspiel.

Um zwei Uhr in dieser zweiten Nacht kamen Wally und John auf die Brüstung gestolpert und verkündeten, alles sei auf Pritschenwagen verladen und sie könnten nun mit den Jeeps abfahren. Während Dar ihnen erklärte, dass sich die Pläne geändert hatten, schoss der Feind ohne Unterbrechung.

Tausende von Geschossen schlugen in der Brüstung ein. Die Sandsäcke wurden in Fetzen geschossen, und das Prasseln der Kugeln war wie schwerer Regen auf einem Zeltdach. Gefährlich waren die Querschläger. Beide Marines bluteten aus Wunden durch herumfliegendes Mauerwerk und Abpraller.

Dar erinnerte sich, wie Wally seine Brille geputzt hatte. Die Augen des Wissenschaftlers waren rot vor Müdigkeit gewesen, aber auch groß vor Schreck, als er sah, wie blutig und angeschlagen Dar war. »Hat jemand geschossen, während wir bei der Arbeit waren?«, hatte er gefragt.

Das PRC-45-Funkgerät ging kaputt, kurz nachdem Wally und John mit ihrer Arbeit fertig waren, aber Dar hatte schon zwei Luftangriffe für 0400 Uhr angefordert. Der ursprüngliche Plan sah vor, dass Helikopter die beiden Marines, die beiden Leichen, die beiden Wissenschaftler und ihre halbe Tonne radioaktiven Materials einsammeln sollten. Massiver Einsatz von Napalm und Bombenteppichen sollte ihnen Deckung geben, gefolgt von Kampfhubschraubern, die den umliegenden Waldrand mit Raketen unter Beschuss nehmen sollten. Allerdings hatte die Navy Zweifel daran, dass ein Army-Hubschrauber eine solche Ladung heben konnte, und zwei Helikopter so nah zusammen in Rauch und Feuer landen zu lassen, hieße sicher, eine Katastrophe heraufzubeschwören. Schließlich sagte die Navy, man wolle sehen, ob man nicht einen weit größeren Rettungshubschrauber – einen Sea Stallion – von seiner Aufgabe befreien könne, wichtige vietnamesische Politiker und deren Familien samt Gepäck aus Saigon zur Flotte vor der Küste auszufliegen.

0400 Uhr kam und ging, und es gab keinen Luftangriff, keinen Kampfhubschrauber, keinen Sea Stallion. Dar fürchtete, dass es bei Tageslicht keine Hoffnung auf eine Evakuierung mehr gäbe, da die NVA inzwischen sicher schwere Flugabwehrgeschütze und Panzerfäuste rund um Dalat versammelt hätte. Gegen 0540 Uhr hatte Dar benommen seine letzte M-14 mit dem Starlight-Teleskop gegen die M40 Sniper Rifle mit dem normalen Redfield-Zielfernrohr getauscht. Er erinnerte sich daran, dass er Blut von der Linse gewischt hatte, konnte aber nicht mehr sagen, wessen Blut es gewesen war. Als dieser zweite Morgen in Dalat seine Rosenfinger ausstreckte (der homerische Ausdruck hallte noch in seinem Kopf), fühlte Dar zum ersten Mal, wie sich die *katalepsis* näherte. Er spürte, wie er sich sowohl der Angst als auch der Mordlust hingab. Er spürte den Verlust der Kontrolle, um die er sich sein ganzes, kurzes Leben lang bemüht hatte.

Die Jets donnerten um 0645 Uhr an, sechs Phantom F-4-Jäger, die so viel Napalm warfen, dass Dar die Augenbrauen und die meisten seiner Haare verlor. Die Kampfhubschrauber kamen, bevor der ohrenbetäubende Lärm der Jets verklungen war, und beschossen den Waldrand aus allen Rohren mit Raketen und Maschinengewehren. Raketen der NVA flogen zu Dutzenden aus dem Dschungel und hinterließen einander kreuzende Rauchspuren wie ein ausgeklügeltes Feuerwerk am Unabhängigkeitstag. Aber die Kampfhubschrauber flogen tief, schwebten bis auf einen Meter über dem Gras und den umgerissenen Zäunen, flogen durch die Flammenwände, bevor sie das Feuer mit ihren Maschinengewehren eröffneten, riskierten eher die Unmenge kleiner Geschosse, als ihre Höhe zu halten und von einer Rakete abgeschossen zu werden.

Und dann kam der Sea Stallion herein, verwehte den Rauch zu verworrenen Spiralen, die den vor Erschöpfung wie betäubten Darwin Minor geradezu hypnotisierten. Fast vergaß er, sich zu bewegen, so fasziniert war er von den feinen Verwirbelungen im Rauch, die durch die riesigen Rotorblätter entstanden. Jahre später nutzte Dar die Chaosmathematik, um dieses Phänomen zu studieren.

Von den Ereignissen um 0645 Uhr jenes zweiten Tages erinnerte er nur schwach, wie Chuck ihn von der Brüstung gezogen hatte, wie er Sergeant Carlos' Leiche zum wartenden Helikopter geschleppt hatte, während Chuck Ned auf den Schultern trug, wie sie dann wieder zurückgelaufen waren, um den Wissenschaftlern beim Transport der Isotope und der anderen Trophäen zu helfen.

Der bleierne Behälter mit achtzig Gramm unbezahlbarem, waffenfähigem Plutonium hatte absolute Priorität, wie das Mondgestein, das die Apollo-Astronauten aufgesammelt hatten, als sie aus der Mondfähre geklettert waren. Chuck hob den Behälter an und rannte zum Sea Stallion, während Dar die letzte Kiste mit Reaktormüll aus der Tür zerrte.

Nach wie vor hatte Dar ein klares Bild davon, wie Chuck von einem Dutzend Kugeln getroffen wurde, als sich der Rauch so weit gelichtet hatte, dass die anrückenden Scharfschützen vom inneren Zaun aus schießen konnten. Dar hatte sich nicht von der Stelle gerührt. Wally und John saßen im Sea Stallion, aber Dar war draußen, kaum hundert Meter von den etwa zwanzig Heckenschützen der NVA entfernt, die eben Chuck in Fetzen geschossen hatten. So verzerrt die Zeit in diesem Augenblick erschien, wusste Dar doch, dass er keine Zeit hatte, sein Gewehr zu nehmen oder in Deckung zu gehen. Er sah, wie sich die Mündungen in seine Richtung drehten, als wäre alles in Zeitlupe choreografiert. Dann schien ein Kampfhubschrauber über ihnen zu schweben, auch der in Zeitlupe, wobei das schwere Maschinengewehr sich drehte und in einer Stille schoss, die nur Dar hören konnte, wobei leere Patronenhülsen zu Hunderten, zu Tausenden flogen und auf ihn niederregneten, zu Boden prasselten, dass sich das Licht der aufgehenden Sonne darin fing. Es war ein wunderschöner Anblick, rein ästhetisch gesehen, überall das Sonnenlicht, das auf dem leeren Messing glitzerte. Plötzlich waren die Heckenschützen der NVA von Qualm umgeben, taumelten und wichen zurück, als hätte sie die unsichtbare Rückhand Gottes einfach beiseite gefegt.

Dar warf Chucks Leichnam über seine Schulter, nahm den kostbaren Plutoniumzylinder und lief zum Sea Stallion.

Bis heute erinnerte sich Dar nicht an den Flug zum wartenden Flugzeugträger, nur an seinen letzten Blick auf den Reaktor von Dalat im wirbelnden Rauch. Das gesamte, fünfstöckige Gebäude war von Einschüssen übersät. Dar hätte seine Hand nirgendwo auf die Außenmauer legen können, ohne mindestens ein Einschussloch zu berühren. Die Sandsäcke waren nicht mehr vorhanden … in Stücke geschossen … und dann die Stücke weggeschossen.

Auch an die Landung auf dem Flugzeugträger konnte sich Dar nicht mehr erinnern. Nur vage erinnerte er sich an das Durcheinander an Bord, als man ihn in die überfüllte Krankenstation brachte. Der Navy-Arzt sagte: »Wo sind Sie getroffen?«

»Nicht getroffen«, hatte Dar gesagt. »Nur Schürfungen von Querschlägern und Betonbrocken.«

Sie hatten seine Stiefel aufgeschnitten, dann sein dreckiges, blutiges Hemd und seine Hose, und schließlich seine blutverschmierte Haut gewaschen. »Tut mir Leid, mein Sohn«, hatte der Arzt gesagt. »Du irrst dich. Du hast mindestens drei AK-47-Kugeln in dir.«

Selbst als sie ihn betäubten, machte sich Dar noch keine Sorgen. Er hatte Sergeant Carlos zum Hubschrauber getragen. Er konnte nicht schwer verletzt sein. Wahrscheinlich hatten die Kugeln den größten Teil ihrer kinetischen Energie beim Aufprall auf die Reaktorwand oder beim Durchschlagen eines halb leeren Sandsacks verbraucht, bevor sie ihn trafen. Er konnte sich nicht daran erinnern, dass er getroffen worden war.

Als er schließlich nach der Operation und vier Tagen Bewusstlosigkeit aufwachte, sagte man ihm, der riesige Flugzeugträger sei inzwischen derart mit Flüchtlingen überladen, dass die Maschinen an Deck – darunter auch der Sea Stallion und die Kampfhubschrauber, die sie gerettet hatten – über Bord ins Meer geschoben wurden, um Platz für immer mehr Hubschrauber zu schaffen, die VIPs aus Saigon herüberflogen.

Dar schlief ein. Als er wieder wach wurde, war die Stadt gefallen, und Saigon hieß nun Ho-Chi-Minh-Stadt. Die letzten Diplomaten und CIA-Leute hatten sich auf dem Dach der U.S.-Botschaft versammelt und waren ausgeflogen worden, während die allerletzten Marines Tausende Vietnamesen abwehrten. Dann hoben auch die Marines unter schwerem Beschuss ab.

Die Flugzeugträgerflotte machte sich auf den Heimweg. Wichtige südvietnamesische Politiker schliefen unten in den Offiziersquartieren, während Hunderte obdachloser Marines und Matrosen buchstäblich an Deck schliefen, sich unter den letzten Hubschraubern und A-6 Intruder-Jets drängten, erschöpfte Männer, die dem Regen entkommen wollten, der inzwischen unablässig fiel.

Dar hatte eingewilligt, Syd von Dalat zu erzählen, hatte aber vorgeschlagen, sie sollten erst etwas essen.

»Das war gute Pasta«, sagte Syd, als sie fertig waren.

Dar nickte.

Syd nahm ihre Kaffeetasse mit beiden Händen. »Erzählen Sie mir jetzt von Dalat? Ich kenne nur die groben Fakten.«

»Da gibt es nicht viel zu erzählen«, sagte Dar. »Ich war nur achtundvierzig Stunden da. 1975. Aber vor ein paar Jahren bin ich noch mal hingefahren, 1997. Es gibt eine Sechs-Tages-Rundreise von Ho-Chi-Minh-Stadt aus, die in Dalat endet. Amerikanern wird davon abgeraten, in Vietnam herumzureisen, aber es ist nicht verboten. Man kann für nur zweihundertsiebzig Dollar mit Vietnam Airline fliegen oder für dreihundertzwanzig mit der komfortablen Thai Airway. In Dalat kann man in einem verwanzten Bau namens Dalat Hotel absteigen, oder in einem Flohzirkus namens Minh Tam, oder in einer vietnamesischen Version einer Luxus-Ferienanlage namens Anh Doa. Ich habe im Anh Doa gewohnt. Es hat sogar einen Pool.«

»Ich dachte, Sie werden nicht gern geflogen«, sagte Syd.

»Es war eine seltene Ausnahme«, sagte Dar. »Jedenfalls ist es eine hübsche Tour. Der Bus fährt die Nationalstraße 22 von Ho-Chi-Minh-Stadt an Bao Loc, Di Linh und Duc Trong vorbei – meist riesige Tee- und Kaffeeplantagen in der Gegend, sehr grün – und klettert dann den Pren-Pass zum südlichen Ende des Lang-Biang-Plateaus hinauf, um zur Stadt Dalat zu gelangen.«

Syd hörte aufmerksam zu.

»Dalat ist berühmt für seine Seen«, fuhr Dar fort. »Sie haben Namen wie Xuan Huong, Than Tho, Da Thien, Van Kiep, Me Linh … hübsche Namen und hübsche Seen, abgesehen von der Umweltverschmutzung durch die Industrie.«

Syd wartete.

»Es gibt da Dschungel«, sagte Dar, »aber oberhalb der Stadt fast nur Kiefernwälder. Selbst die Wälder und Täler haben magische Namen … Ai An, was Wald der Leidenschaft heißt, und Tinh Yeu, was übersetzt Liebestal bedeutet.«

Syd stellte ihre Kaffeetasse ab. »Danke für die Rundreise, Dar, aber es interessiert mich einen Dreck, wie Dalat 1997 ausgesehen hat. Würden Sie mir erzählen, was 1975 passiert ist? Es ist in allen Dossiers alles nach wie vor geheim, aber ich weiß, dass Sie mit einem Silver Star und einem Purple Heart daraus hervorgegangen sind.«

»Die haben allen, die am Ende noch da waren, Orden gegeben«, sagte Dar, nahm einen Schluck Kaffee. »Das machen alle Länder und Armeen, wenn sie besiegt sind … sie verteilen Orden.«

Syd wartete.

»Okay«, sagte Dar. »Wenn ich die Wahrheit sagen soll, ist der Einsatz in Dalat technisch gesehen nach wie vor Geheimsache, aber es ist kein Geheimnis mehr. Im Januar 1997 hat eine kleine Zeitung namens *Tri-City-Herald* die Geschichte gebracht und sie wurde in mehreren Zeitungen nachgedruckt. Ich habe sie nicht gesehen, aber der Mann in meinem Reisebüro hat mir davon erzählt, als ich meine Tour gebucht habe.«

Syd nippte an ihrem Kaffee.

»Ist keine große Geschichte«, wiederholte Dar. Selbst in seinen eigenen Ohren klang seine Stimme rau. Vielleicht hatte er sich eine Erkältung eingefangen. »In den letzten Tagen vor dem großen Abflug aus Saigon erinnerten uns die Südvietnamesen daran, dass wir ihnen in Dalat einen Reaktor gebaut hatten. Es gab dort einiges an radioaktivem Material, unter anderem achtzig Gramm Plutonium, das nicht den Kommunisten in die Hände fallen sollte. Also trieb man zwei heroische Wissenschaftler namens Wally und John auf und flog sie nach Dalat, um das Zeug zu holen, bevor Vietkong und NVA den Laden überrannt hätten. Was den Wissenschaftlern auch gelang.«

»Und Sie waren als Scharfschütze mit dabei«, sagte Syd. »Und dann?«

»Das war es dann eigentlich schon«, sagte Dar. »Wally und John haben ganze Arbeit geleistet, das Zeug, das sie finden sollten, gefunden und rausgeschafft.« Er brachte ein Lächeln zu Stande. »Sie wussten, wie man einen Atomreaktor abstellt und diese ferngesteuerten Greifhände bedient, aber sie mussten lernen, wie man einen Gabelstapler fährt. Jedenfalls haben wir die Isotope und den Kanister mit der Aufschrift Plutonium genommen und uns so schnell wie möglich damit aus dem Staub gemacht.«

»Aber es kam zum Kampf?«, sagte Syd.

Dar ging hinüber, um mehr Kaffee einzuschenken, merkte, dass die Kanne leer war und setzte sich. Nach einer Minute etwa sagte er: »Sicher. Dazu kommt es im Krieg immer. Selbst bei einem lahmen Krieg wie dem von 1975.«

»Und Sie haben Ihr Gewehr im Zorn abgefeuert«, sagte Syd. Es war eine Frage.

»Nein, eigentlich nicht«, sagte Dar. »Ich habe mit meiner Waffe geschossen, aber ich war nicht böse auf irgendjemanden, außer vielleicht auf die Arschgeigen, die den Reaktor vergessen hatten. Das stimmt.«

Syd seufzte leise. »Dr. Dar Minor als Scharfschütze der U.S. Marines… neunzehn Jahre alt… es passt einfach nicht zu dem Menschen, den ich kenne… gewissermaßen kenne.«

Dar wartete.

»Würden Sie mir wenigstens erzählen, wieso Sie zu den Marines gegangen sind?«, fragte Syd. »Und dann ausgerechnet als Scharfschütze?«

»Ja«, sagte Dar und spürte plötzlich, wie sein Herz an seinen Brustkorb schlug, als er merkte, dass er die Wahrheit sagte. Er *würde* es ihr erzählen. Und in mancher Hinsicht war das viel persönlicher als die Einzelheiten von Dalat.

Er sah auf seine Uhr. »Aber jetzt wird es spät. Können wir den Teil noch mal verschieben? Ich hab heute noch einiges zu tun.«

Syd biss auf ihre Unterlippe und sah sich um. Sie hatten die Vorhänge und Jalousien geschlossen, bevor das erste Licht anging, aber jetzt waren die Schatten so satt wie der orangene Lampenschein. Eine wilde Sekunde lang dachte Dar, gleich würde sie vorschlagen, sie sollten die Nacht – gemeinsam – hier in der Hütte verbringen. Sein Puls raste.

»Also schön«, sagte Syd. »Ich helfe Ihnen mit den Tellern

und wir machen uns auf den Weg. Aber Sie versprechen, dass Sie mir bald erzählen, wieso Sie zu den Marines gegangen sind?«

»Versprochen«, hörte Dar sich sagen.

Sie waren draußen in der Dunkelheit, auf dem Weg zu ihren Autos, als Dar sagte: »In gewisser Weise hat diese Dalat-Geschichte eine Pointe. Die ist der eigentliche Grund dafür, wieso das alles geheim gehalten wird. Wollen Sie es hören?«

»Natürlich«, sagte Syd.

»Wissen Sie noch, dass ich sagte, in diesem Einsatz wäre es vor allem darum gegangen, diese unbezahlbaren achtzig Gramm von waffenfähigem Plutonium wiederzubeschaffen?«

»Ja.«

Dar klimperte mit seinen Autoschlüsseln in der rechten Hand. Den Gewehrkasten trug er mit der Linken. »Also, Wally und John haben den bleiernen Kanister mit der Aufschrift Plutonium gefunden«, sagte er. »Wir haben ihn rausgeschafft. Das FBI hat ihn klug und weise unter schwerer Bewachung zu der großen Nuklearanlage in Hanford, Idaho, gebracht, wo er sorgsam neben Tausenden weiterer Kanister von dem Zeug gelagert wurde.«

»Ja?«

»Vier Jahre nach meinem ersten Besuch in Dalat, 1979, kam endlich jemand dazu, ihn sich genauer anzusehen.«

Syd wartete im Dunkeln. Es duftete nach Kiefern.

»Es war gar kein Plutonium«, sagte Dar. »Wir haben das alles auf uns genommen, um achtzig Gramm Polonium zu retten.«

»Wo ist der Unterschied?«, sagte Syd.

»Plutonium wird zur Herstellung von Atom- und Wasserstoffbomben benötigt«, sagte Dar. »Polonium braucht man eigentlich für nichts so richtig.«

»Wie konnte denen – Wally und George oder wie er hieß – so ein Fehler unterlaufen?«

»Wally und John konnten nichts dafür«, sagte Dar. »Einer der vietnamesischen Reaktortechniker muss das falsche Symbol auf den Kanister geklebt haben.«

»Und was ist also mit dem Plutonium passiert?«

»Nach einem weiteren Bericht des zuverlässigen *Tri-City-Herald* vom 19. Januar 1997 zu urteilen«, sagte Dar, »hat der Regierungssprecher der Republik Vietnam gesagt, ich zitiere: ›Das Institut für Nuklearforschung in Dalat verwahrt die von den Amerikanern zurückgelassene Menge Plutonium entsprechend den technischen Erfordernissen.‹«

Dar sagte es leichthin, aber Syds Schweigen wog schwer. Schließlich sagte sie: »Sie meinen, der Reaktor läuft wieder?«

»Die russischen Wissenschaftler haben den Nordvietnamesen geholfen, ihn zum Laufen zu bringen, einen Monat, nachdem sie den Krieg gewonnen haben«, sagte er.

18

Dar, der gnadenlose Ex-Marine und Scharfschütze, verbrachte den Rest des Freitagabends und den ganzen Samstag damit, zu nähen und seine alten Ausgaben des *Architectural Digest* durchzublättern.

Vor einigen Jahren, als Lawrence auf Dars Regalen herumgestöbert hatte, war der Schadensgutachter auf mehrere Jahrgänge dieser Einrichtungszeitschrift mit dem weißen Rücken gestoßen und hatte gesagt: »Wem um alles in der Welt gehören *die* denn?« Dar hatte den sinnlosen Versuch unternommen, ihm zu erklären, wieso er solche Zeitschriften gern las, dass die dort dargestellten, menschenleeren Welten so statisch, so makellos, so… *besonnen* wirkten… dass diese erstarrte Perfektion die Lebensart eines Paares spiegelte, ob schwul oder hetero, das Leben in einem zeitlosen, unordnungsfreien, entscheidungsfreien Universum, da alles an seinem Platz war, jedes Kissen ausgeschüttelt und perfekt drapiert. In der Realität war die entsprechende Ausgabe des *Architectural Digest* meist noch keine drei Monate aus dem Zeitschriftenständer verschwunden, da verkündeten Regisseur und Filmstar, die diesen Palast errichtet hatten, ihre Scheidung. Die große Kluft zwischen den perfekt designten, perfekt fotografierten Häusern und dem Chaos des wirklichen Lebens amüsierte Dar. Außerdem war es nette Lektüre für Bett und Badezimmer.

»Du bist bescheuert«, hatte Lawrence gesagt.

Jetzt blätterte Dar fast zwei Jahrgänge durch, bis er auf den Artikel stieß, an den er sich erinnerte.

Dallas Traces Sechs-Millionen-Dollar-Haus war in einer dicht bebauten Gegend gleich unterhalb der höchsten Stelle am Mulholland-Drive auf der Seite zum Valley hin errichtet worden. In dieser Gegend – Coy Drive, wie Dar herausfand, wenn auch natürlich nicht durch diesen Artikel – standen relativ bescheidene (von einer Million Dollar aufwärts) Sechziger-Jahre-Häuser im Ranch-Stil, aber Trace hatte drei solcher Häuser erworben, sie dem Erdboden gleichgemacht und einen von Amerikas eigenwilligeren Architekten engagiert, damit er ihm ein Luxor-ähnliches postmodernes... Ding... aus Beton, rostigem Eisen und Glas baute, das sich an den Hang klammerte und alle anderen Häuser entlang des Kammes klein erscheinen ließ.

Dar las den Artikel mehrmals, konzentrierte sich auf die drei Seiten mit den Fotos und merkte sich, welches der riesigen Fenster zu welchem Raum gehörte. Es gab auch ein kleines Foto vom schmallippig lächelnden Anwalt Trace, dem »weltbesten Juristen«, wie es dort hieß. Er saß auf einem Barcelona-Stuhl, der nicht sonderlich bequem aussah. Seine Braut Imogene, die prallbrüstige, damals dreiundzwanzigjährige Miss Brasilien (Dritte im Wettbewerb um den Titel der Miss Universum in jenem Jahr), die Dallas Trace legal in »Destiny« umgetauft hatte (weil es ihr Schicksal war, den berühmten Anwalt zu heiraten), kauerte auf der noch unbequemer wirkenden Eisenlehne des Stuhls.

Dar fand das Haus abscheulich: postmoderne Wände, die ins Nichts führten, aufschneiderische, messerscharfe Simse, prätentiöse fünfzehn Meter hohe Zimmerdecken, Industriematerialien mit Bolzen und Scharnieren und Laufstegen überall, rostige »Flügel« aus Eisen, die weder Nutzen noch Bedeutung hatten, ein Swimming-Pool-Streifen, der so schmal war, dass man ihn überschreiten konnte. Aber hocherfreut las Dar von dem Entschluss des Architekten, »... sich nicht mit derart bourgeoisen Annehmlichkeiten wie Vorhängen oder Jalousien abzugeben, da die hohen, prächtigen Fenster – viele davon Glas-auf-Glas in spitzen Winkeln weit über die Schlucht hinaus – dazu dienten, jeglichen Unterschied zwischen ›draußen‹ und ›drinnen‹ zu zerstören und die grandiose Wildnis in unterschiedliche, helle Wohnbereiche zu ziehen.«

Diese »grandiose Wildnis« war, wie Dar durch die Lektüre seines Stadtplans und topografischer Karten dieser Gegend wusste, tatsächlich der einzige, ungenutzte Bergkamm dieser Gegend. Zahlreiche Funde indianischer Kunstgegenstände und der unnachgiebige Einsatz mehrerer starrsinniger Anwohner des Coy Drive – darunter Leonard Nimoy und ein Autor namens Harlan Ellison – hatten den Berg vor Bulldozern gerettet.

Den Ghillie Suit zu nähen war eine Scheißarbeit. Dar musste den übergroßen, zweiteiligen Tarnanzug nehmen, überall an dem verdammten Ding das Netz befestigen, den Anzug vorn mit dickem Stoff – ebenfalls Tarnmuster – verstärken und dann noch festeres Leinen an Ellbogen und Knie nähen.

Dann nahm Dar die zahllosen ungleichmäßigen Streifen Sackleinen und »verzierte« den Anzug. Sieben Stunden verbrachte er damit, die verdammten Stofffetzen überall ans Netz zu nähen, welches wiederum außen an den Anzug genäht werden musste. Vorn war der Ghillie Suit nur leicht verziert, aber

Dar musste reichlich Streifen hinten am Anzug befestigen, damit sie bis zum Boden reichten, wenn er aufrecht stand. Der Hut mit der breiten Krempe wurde ebenso verziert, aber hier erwies sich das Alaska-Mückennetz als praktisch.

Dar hatte während seiner Ausbildung für Vietnam weder jemals einen Ghillie Suit getragen noch einen selbst angefertigt. Die Marines waren in den Dschungel gestürmt und hatten in ihren grünen oder gemusterten Tarnanzügen gekämpft und oft genug Zweige und Laub zur Tarnung benutzt, wenn sie auf den Feind warteten, oder sich gelegentlich eine mit Laub bedeckte, flache Mulde gegraben. Ghillie Suits waren einfach viel zu warm und hinderlich im Dschungelkampf. Mitte der Siebziger aber hatte man Dar im Camp Pendleton unweit von San Diego die Geschichte des Ghillie Suit erzählt.

Ghillies waren im 19. Jahrhundert schottische Wildhüter gewesen, die solche künstlichen Tarnanzüge für die Pirsch auf Wild – oder Wilderer – in den Heighlands entwickelten. Deutsche Scharfschützen hatten den Trend zum modernen Ghillie Suit im Ersten Weltkrieg übernommen, als sie ihre üblichen, übergroßen, steifen, unbeweglichen Kapuzenmäntel nicht mehr wollten und ihre eigenen Tarnkleider entwickelten, um im Niemandsland herumzurobben. Bald kamen sie darauf, wie nützlich eine getarnte Kapuze war, die man sich über den Kopf ziehen konnte, wobei nur ein kleiner Schlitz mit dünnem Stoff für die Augen blieb. Scharfschützen hatten außerdem gelernt, dass das menschliche Auge – gerade in der Schlacht – besonders empfindlich sowohl auf ungewöhnliche Bewegungen, wie etwa einen Busch, der aus eigener Kraft vorwärts kriecht, als auch die leiseste Andeutung eines menschlichen Gesichts reagiert. Auch der Anblick eines Gewehrlaufs weckte die Aufmerksamkeit eines Soldaten oder Scharfschützen sehr, sehr schnell.

Und so war der Ghillie Suit durch einen harschen, aber äußerst effizienten Prozess natürlicher Selektion in dieses Jahrhundert gelangt. Heute ist es in Scharfschützenschulen, wie dem Ausbildungszentrum der Royal Marines bei Lympstone in Devon oder denen der U.S. Marines in Quantico, Virginia, oder Camp Lejeune und Camp Pendleton die übliche Praxis, dass Unteroffiziere der Marines den Offizieren anderer Teilstreitkräfte am Beispiel die theoretischen Vorteile der Tarnung im Rahmen der Tätigkeit eines Scharfschützen erklären. Am Ende des kurzen Vortrags stehen fünf bis fünfunddreißig Männer in Ghillie Suits auf... normalerweise keiner weiter als zwanzig Schritte von den erschrockenen Army-Offizieren entfernt, mancher buchstäblich in Berührungsdistanz. Eine Regel für die Herstellung eines Ghillie Suit lautet: Wenn irgendwer ihn sehen kann, bevor er darauf tritt, heißt es, zurück an die Nähmaschine oder vorwärts ins Grab.

In gewisser Weise freute sich Dar, dass noch heute von den jungen Soldaten an der Scharfschützenschule der Marines erwartet wurde, dass sie sich ihre Ghillie Suit in ihrer Freizeit anfertigten. Einige Exemplare – das wusste Dar von seinen Besuchen in Camp Pendleton in den vergangenen Jahren – waren ziemlich ungewöhnlich.

Da fiel ihm etwas ein. Er hörte ein paar Minuten auf zu nähen und zu fluchen und rief im Camp Pendleton an, traf eine Verabredung mit Captain Butler für den späten Dienstagnachmittag. Als er wieder an seinem Tisch saß, war Dar froh, dass er seinen Ghillie Suit nicht zur Inspektion mitbringen musste. Marines können manchmal sehr gefühllos sein.

Zum Abendessen hatte Dar seinen Ghillie Suit fertig. Er probierte alles an, stieg in den Tarnanzug, knöpfte alles zu, setzte den Dschungelhut mit den angenähten, meterlangen Netzen auf. Dann stellte er sich vor den großen Schrankspiegel, um zu sehen, wie er aussah.

Da war kein Schrankspiegel mehr... nur noch der Rahmen mit zwei Einschusslöchern.

Dar ging ins Badezimmer und stellte sich auf den Rand der Wanne, um seinen neuen Anzug zu begutachten. Der Badezimmerschrank erlaubte ihm nur einen partiellen Blick, aber es war auch so lächerlich genug, dass er sich am liebsten in die Wanne gelegt und ein Nickerchen gemacht hätte, bis alles – einschließlich Dallas Trace, seines Kartells und der russischen Killer – einfach verschwunden war.

Dar fand, dass er wie ein Low-Budget-Monster aus einem Roger-Corman-Film Anfang der Sechziger aussah, eine formlose Masse Zottelhund, von der Hunderte unregelmäßiger brauner, hellgrüner und ockerfarbener Fetzen hingen. Er konnte durch den Schleier des Moskitonetzes und die Stoffstreifen seine Augen nicht mehr sehen. Die Hände blieben unter überlangen Ärmeln, Netzstoff und Streifen von Sackleinen verborgen. Er war keine menschliche Gestalt mehr, nur noch ein zerlumpter Klecks, der wie ein Haufen abgeschnittener Jagdhundohren aussah.

»Buh!«, sagte er zu seinem Spiegelbild. Der Klecks im Spiegel reagierte nicht.

Lawrence willigte ein, ihn in der Dämmerung an einem Wanderweg abzusetzen, damit Dar zum Zelten gehen konnte. Den Ghillie Suit und alles andere, was Dar theoretisch brauchte, hatte er in seinen übergroßen Rucksack gestopft.

Als Dar mit seinem Wunsch gegen 19:00 Uhr an diesem Samstagabend anrief, hatte Lawrence gesagt: »Na klar fahr ich dich, wenn du willst, zum Zelten… aber was ist mit diesem Neuntonner-Land-Crusher passiert, der früher in deiner Garage stand? Mir scheint, der müsste es doch bringen.«

»Ich will ihn nicht an der Straße stehen lassen, wenn ich da bin«, sagte Dar wahrheitsgemäß. »Ich würde mir nur Sorgen machen.«

Das verstand Lawrence natürlich. Trudy und Dar amüsierten sich jedes Mal, dass Lawrence seinen Wagen immer am abgelegensten Ende eines Parkplatzes abstellte, und zwar mit Bordstein, Büschen und Kakteen auf einer Seite, wenn möglich… alles, um Dellen zu vermeiden. Wenn Larrys Auto Dellen hatte, wurde Larrys Auto verkauft.

»Klar setze ich dich ab«, hatte Lawrence gesagt. »Ich wollte mir heute Abend sowieso nur einen Film auf Video ansehen.«

»Welchen?«

»*Ernest Goes to Camp*«, sagte Lawrence. »Aber das ist okay. Ich hab ihn schon gesehen.«

Zweihundertsechsunddreißig Mal, dachte Dar. Laut sagte er: »Ich wäre dir wirklich dankbar, Larry.«

»Lawrence«, sagte Lawrence. »Willst du deinen Crusher hier lassen, oder soll ich dich in der Stadt abholen?«

»Ich komm zu euch raus«, sagte Dar.

Jetzt, auf dem Weg von Escondido in Lawrences Trooper, mit dem Rucksack auf dem Rücksitz, sagte Lawrence: »Wo willst du hin? Borrego Desert State Park? Cleveland National Forest? Oder fahren wir bis Joshua Tree oder so?«

»Mulholland Drive«, sagte Dar.

Lawrence kam beinahe von der Straße ab. »Mul... hol... land... Drive? In L. A.?«

»Genau«, sagte Dar.

Lawrence blinzelte ihn an. »Zum Zelten.«

»Genau«, sagte Dar. »Wahrscheinlich zwei Tage. Ich hab mein Handy dabei. Ich ruf dich an, wenn mich jemand abholen muss.«

»Samstagabend, halb neun. Es wird nach Mitternacht sein, bis wir da sind, und du willst irgendwo am Mulholland Drive zelten.«

»Stimmt«, sagte Dar. »Etwas abseits vom Beverly Glen Boulevard, um genau zu sein. Du musst nicht auf den Mulholland Drive fahren, nur durch Beverly Hills und den Beverly Glen rauf bis kurz unter den Bergkamm... auf der Seite vom Valley.«

Lawrence blinzelte ihn an, dann stieg er auf die Bremse, dass am Straßenrand Staub aufwehte, wendete den Trooper und fuhr wieder nach Hause.

»Bringst du mich nicht hin?«, sagte Dar.

»Klar bring ich dich«, knurrte sein Freund. »Aber wenn ich

317

Samstag nach Los Angeles fahren soll, durchs gottverdammte Beverly Hills, um dann irgendwann nach Mitternacht am Mulholland Drive anzuhalten, will ich vorher nach Hause und meine .38er holen.« Misstrauisch sah er zu Dar hinüber. Bist du bewaffnet?«

»Nein«, sagte Dar wahrheitsgemäß.

»Du bist verrückt«, sagte Lawrence.

Auf dem Ventura Boulevard bat Dar Lawrence, kurz anzuhalten. Drei Minuten hatte Dar im Internet gebraucht, um Dallas Traces nicht gelistete Telefonnummer aufzutreiben und diese Nummer rief er nun von einer Zelle aus an. Die Stimme einer Frau antwortete mit Latina-Akzent, kein heißblütiges Brasilianisch, sondern nüchterner, mittelamerikanischer Haushälterinnendialekt.

»Mr. John Cochran möchte Mr. Trace sprechen«, sagte er mit seiner sanftesten Sekretärstimme.

»Einen Moment«, sagte die Frau. Eine Minute später dröhnte Dallas Traces nachgemachte Texas-Leier aus dem Hörer. »Johnny! Was geht ab, Amigo?«

Dann war Dar an der Reihe, einen Dialekt nachzuahmen. Durch sein rotes Tuch knurrte er mit seiner besten East-L. A.-Gangster-Stimme: »Ich sage dir, was abgeht, du abgewichster, kleiner Pisser. Wenn du meinst, du kannst Esposito kaltmachen und uns so einfach rausdrängen… Hey, scheiß auf deine Scheißrussenmafia, Mann… wir wissen über Japontschik und Zuker Bescheid, und die sind uns scheißegal. Die schwulen Kommunistenpenner machen uns keine Angst, Mann. Wir kommen dich holen, du Wichser.«

Dar hängte ein und ging zurück zum Trooper. Lawrence war nah genug gewesen, dass er das meiste von Dars Monolog gehört hatte.

»Deine Freundin?«, sagte der Schadensgutachter.

»Ja«, sagte Dar.

Dar ließ sich von Lawrence etwa hundert Meter östlich der Kreuzung von Beverly Glen Boulevard und Mulholland Drive absetzen. Sie warteten, bis ein, zwei Autos vorbeigefahren waren, bis die Straße dunkel war, und schon war Dar mit seinem Rucksack ausgestiegen und lief eilig abwärts in die hohen Büsche. Er wollte nicht in den ersten fünf Minuten seines Unternehmens von der Polizei in Sherman Oaks verhaftet werden. Lawrence fuhr ab.

Dar griff in seinen schweren Rucksack und nahm die sorgsam eingewickelte L. L.-Bean-Nachtsichtbrille und die kleine Schachtel mit den Tarnstiften. Der Ghillie Suit war schwer, aber das meiste Gewicht kam von den Sichtgeräten, die er dabeihatte.

Dar trug schwarze Jeans, dunkle Mephisto-Stiefel und einen schwarzen Eddie-Bauer-Sweater. Als er die batteriebetriebene Nachtsichtbrille aufsetzte, merkte er, dass er kurz vor einem Stacheldrahtzaun stehen geblieben war. Die Lichter im San Fernando Valley waren so hell, dass es jedes Mal in der Brille aufflammte, sobald Dar seinen Blick über den unbewohnten Bergrücken gleiten ließ.

»Der Anwalt und seine Frau haben das Haus entworfen, um den Blick auf die Lichter der Stadt optimal nutzen zu können«, hatte in dem Artikel im *Architectural Digest* gestanden, »eben jener Blick, der ihren ehemaligen Nachbarn Steven dazu inspiriert hat, das unvergessliche Mutterschiff der Außerirdischen zu erschaffen.« Zwanzig Minuten hatte Dar gebraucht, bis er darauf kam, dass der Autor Steven Spielberg meinte, der vor langer Zeit in dieser Gegend gewohnt hatte, als er an *Unheimliche Begegnung der Dritten Art* arbeitete. Im Augenblick ging ihm dieses V aus hellem Licht, das zwischen den dunkleren Hügeln zu sehen war, nicht nur auf die Nerven, sondern vor allem auf die Augen.

Dar nahm die Nachtsichtbrille ab und bemalte Gesicht und Hände mit den Tarnstiften. Entscheidend war, an den Stellen im Gesicht, wo sich Schatten bildeten, helle Farben zu benutzen – unter Wangen, Kinn und Nase, in den Augenhöhlen – und dunklere Farben an herausragenden Stellen wie Nase und Wangenknochen, Kinn und Stirn. Wichtig war, im Gesicht und an den Händen ein unregelmäßiges Muster zu schaffen, welches verhinderte, dass das menschliche Hirn Umrisse von Gesicht und Händen aus der Entfernung zusammensetzte.

Jetzt gab es keinen Weg mehr zurück. Sollte ihn ein Such-scheinwerfer der Polizei von Sherman Oaks erfassen, würde es ihm ausgesprochen schwerfallen, diese Gesichtsbemalung zu erklären. Natürlich wären auch die Nachtsichtbrille und der Rucksack mit dem Ghillie Suit schwer zu erklären. Anderer-seits aber hatte er das Grundstück bisher noch gar nicht unbe-fugt betreten.

Diesen Umstand änderte Dar, indem er über den Stachel-drahtzaun kletterte und auf den langen Kamm hinaustrat, zwi-schen den wenigen Bäumen hindurch, die am Mulholland Drive standen, dann zwischen Gras und Büsche. Die Berg-kämme links und rechts – jeweils etwa zweihundert Meter ent-fernt – waren dicht mit Häusern bebaut, meist hell erleuchtet. Dar merkte, dass er bei diesem Licht und dem hellen Mond-schein leichter vorankam, wenn er sich die Nachtsichtbrille in die Stirn schob.

Er brauchte etwa zehn Minuten, bis er zu einem Punkt auf dem Kamm gelangte, der direkt gegenüber von Dallas Traces Anwesen lag. Aus dem *Architectural Digest* wusste Dar, dass das riesige Haus der Straße eine blanke Festungsmauer zu-wandte: hohe Wände, fensterloser Beton, eine Tiefgarage mit automatischen Toren, die Haustür nicht einzusehen. Dar wusste, dass FBI, NICB, das Staatsanwaltsbüro oder wer auch immer dieses Haus legal beschatten wollte, damit einige Prob-leme haben würde.

Die Rückseite von Dallas Traces Anwesen dagegen er-strahlte im Lichterglanz. In sämtlichen Zimmern schien Licht zu brennen. Dar ging auf ein Knie, setzte den Rucksack vor-sichtig ab und nahm sein altes Redfield-Accu-Range-Zielfernrohr. Es hatte nur eine 3–9fache Vergrößerung, war aber leichter zu bedienen als ein Fernglas, und es hatte den Vorteil, dass er bei Tageslicht nicht zwei Objektive in die Sonne hielt.

Nun, es konnte kein Zweifel daran bestehen, dass es das richtige Haus war. Der einen Meter zwanzig breite Pool im korallenblauen Beton hinter dem Haus war hell erleuchtet, wie auch das fast senkrechte Rasenstück darunter. Dar sah einen Sicherheitszaun etwa zwanzig Meter bergab: Natodraht auf einem nach außen geneigten Zaun. Die Lichter waren so hell, dass sie den ganzen Hügel beleuchteten, aber er sah noch zusätzliche Scheinwerfer an Zaun und Mauer, die von einem Bewegungsmelder aktiviert wurden. Dar zweifelte nicht daran, dass der Zaun und die Scheinwerfer, wie auch Türen und Fenster allesamt mit topmodernen High-Tech-Sicherheitssystemen ausgestattet waren und sowohl private Sicherheitsdienste in Sherman Oaks als auch die Polizei würden alarmiert, sobald auch nur ein verirrtes Eichhörnchen auf dieses Grundstück sprang. Mr. Dallas Traces Haus war kein leichtes Ziel für einen unbesonnenen, unachtsamen Einbrecher.

In keinem der Räume sah Dar Bewegung, und auch nicht auf Sofas oder Sesseln, obwohl in einem der Räume im unteren Stockwerk ein 64-Zoll-High-Definition-Projektions-Fernseher lief. Der Zeitschriftenartikel hatte nicht übertrieben, als er von den fünfzehn Meter hohen Glaswänden im Hauptgeschoss schwärmte. Wie ein Schiffsbug ragte das Glas über die Schlucht westlich von Dar hinaus. Wie immer, wenn er vor solchen architektonischen Abscheulichkeiten stand, dachte Dar nur: *Wer um alles in der Welt wechselt die Glühbirnen an der Decke und putzt diese Fenster?* Er hatte sich damit abgefunden, dass er im Grunde seines Herzens ein pragmatischer Spießer war.

Im Augenblick erforderte die pragmatische Weltsicht eine gute Stelle, an der er die kommenden vierundzwanzig Stunden verbringen konnte. Hatte er erst seinen Ghillie Suit übergezogen, rührte sich ein Scharfschütze bei Tageslicht nur, wenn es nicht mehr anders ging. Entscheidend war, sich während des Tages nicht zu bewegen, sondern zu beobachten. Aus Erfahrung wusste Dar, wie schwierig dieses Unterfangen wurde, wenn man auf einem Ameisenhaufen oder einem Kaktus oder auf zu vielen Steinen oder am Eingang zum Bau einer Klapperschlange saß.

Mit Hilfe der Nachtsichtbrille suchte er eine Stelle nordöstlich von Traces Haus, von wo aus die Fenster und Zimmer auf dieser Seite sämtlich noch zu sehen waren, und fand ein relativ flaches Stück unterhalb vom Kamm, eingeklemmt zwischen Yucca-Palmen und einem Felsbrocken von der Größe einer Ottomane. Ein weiterer Felsen hinter ihm würde ihn bei Tageslicht schützen, falls jemand auf dem Kamm entlangspazierte. Höheres Gras nach vorn sollte ihm einen ordentlichen Sichtschutz bieten. Sein Ghillie Suit würde sich gut mit dem hohen, trockenen Gras mischen, das an diesem Stück des Hanges wuchs. Um aber sicherzugehen, klappte Dar seine Nachtsichtbrille hoch, ging mit dem Rücken zum Haus in die Hocke und sah sich mit Hilfe einer kleinen Hochleistungstaschenlampe jeden Zentimeter seines Verstecks an. Er entfernte alle Steine, die größer als sein Fingernagel waren, und wusste doch, dass er bei Sonnenaufgang jeden Einzelnen dieser winzigen Kiesel, die nun noch blieben, persönlich kennen würde. Er ging seine Checkliste durch: Feuerameisen, nein; Kakteen, nein; Schlangen, nein; Erdlöcher, nein; Hundescheiße, nein; Fuchsbau, nein; Tierspuren, nein (es war nie klug, auf einem Wildwechsel auf der Lauer zu liegen); und schließlich Spuren von Menschen – Zigarettenkippen, Patronenhülsen, Pappbecher, gebrauchte Kondome – nein.

Dar seufzte, zog seinen Ghillie Suit hervor und stieg so leise wie möglich hinein, legte seinen Rucksack unter das zusätzlich getarnte Netz, das er für eben diesen Zweck mitgebracht hatte, und lag regungslos da, fühlte die Polsterung vom dicken Leinentuch an Ellbogen, Knien und Bauch, stellte seine Kamera mit der riesigen Vierhundert-Millimeter-Linse unter dem

Ghillie Suit neben sich und nahm das Redfield als Fernglas. So begann die lange Nacht.

Während seiner Ausbildung beim 7. Regiment der Marines vor mehr als zweieinhalb Jahrzehnten war Dar Minor beigebracht worden, wie man ein Scharfschützenlogbuch führte. Zwar hatte er jetzt weder Stift noch Papier bei sich, hätte er es aber gehabt, hätte es ungefähr folgendermaßen geklungen:

Datum: 24. 6. (Samstag)
Zeit: 2300
Ort: **Hügel 1, Finger 1 (Koord. 767502)**

2310   Erste Bewegung im Haus. Dienstmädchen geht.
2345   Mrs. Dallas Trace (Destiny) betritt Hauptraum in Begleitung eines Mannes. Der Mann ist blond, sonnengebräunt, muskulöser Bodybuilder-Typ. Nicht Mr. Trace. Vermutlich nicht Japontschik oder Zuker. Sieht eher aus wie einer, der den Pool reinigt.
2350   Mrs. Trace und der Bodybuilder betreten Schlafzimmer im ersten Stock. Ein Licht geht an. Heftiger Geschlechtsverkehr beginnt.

25.6. – Sonntagmorgen

0005   Bodybuilder scheint Nickerchen machen zu wollen. Mrs. Trace nicht. Zuvor beobachtete Tätigkeit beginnt erneut.
0030   Mrs. Trace weckt Bodybuilder und wirft ihn aus dem Zimmer.
0038   Dallas Trace betritt Hauptraum im Erdgeschoss etwa eine Minute, nachdem der Muskelmann durch die Küchentür verschwunden ist. Trace kommt in Begleitung von 4 Bodyguards. Habe alle mit der Nikon fotografiert, 400-mm-Linse, Ultra-Highspeed-

Film, Bodyguards sehen zu jung und zu dumm aus, um Japontschik oder Zuker sein zu können.

0045 Bodyguards checken Poolbereich hinter dem Haus, suchen Garten mit Nachtsichtgerät ab. Hatte Sorge wegen Wärmesucher, hoffte, die Restwärme der Felsen würde das Sucherbild verwaschen. Bodyguards verwenden nur Restlichtverstärker. Sind mit Mac-10 bewaffnet.

0050 DT geht in ersten Stock, um nach Mrs. Trace zu sehen. Sie schläft. Trace geht wieder nach unten, um sich mit den Wachen zu besprechen.

0115 DT macht mehrere Telefonanrufe.

0205 Bodyguards kommen wieder ins Haus. DT geht nach oben ins Schlafzimmer.

0210 Licht aus im Schlafzimmer. Wachen bleiben in Haupt- und Billardraum. Arbeiten in Zwei-Mann-Schichten.

0300 Krampf im linken Bein nach nur 4 Stunden Wache. Zu alt für diesen Scheiß.

0450 Dämmerung. Überprüfe, ob Ghillie Suit und extra Tarnnetz alles bedecken.

0521 Sonnenaufgang. Hab die ganze Nacht gefroren. Schon jetzt ist mir zu heiß.

0640 Hab in kleinen Spalt neben dem Stein gepinkelt, ohne mich zu bewegen. Widerspricht Ausbildung, will aber neuen Tarnanzug nicht jetzt schon einsauen. Bin froh, den ganzen Samstag gefastet und mein System gereinigt zu haben.

0715 Keine Bewegung im Haus, von den Wachen abgesehen. Benutze Filter, um durch Reflexion der aufgehenden Sonne sehen zu können. Teilweise erfolgreich.

0735 Joggerin läuft auf dem Weg zwanzig Meter über mir. Höre ihren Walkman. Hat Dobermann bei sich. Hund kam zum Schnüffeln, hat mich angepinkelt. Wurde von Joggerin zurückgepfiffen.

0930 Mit Redfield-Zielfernrohr durchs Küchenfenster gesehen, wie DT großes Frühstück isst, welches das Dienstmädchen ihm zubereitet hat. Mrs. DT schläft noch.

1039 Mrs. DT setzt sich zu ihrem Mann in die Küche. DT am Telefon.

1115 DT zieht sich an – Jeans, Cowboystiefel, blaues Seidenhemd im Westernstil, Bisonweste.

1138 DT verlässt Haus. 3 von 4 Bodyguards gehen mit.

1222 Dienstmädchen geht. 4. Bodyguard wird von Mrs. DT nach oben geführt. Heftiger Geschlechtsverkehr.

1250 Bodyguard kehrt in Hauptraum zurück.

1300 Dienstmädchen kommt wieder.

1430 Drückende Hitze. Verbrauche Wasser umsichtig, aber zweite Flasche ist schon leer. Eine übrig.

1440 Klapperschlange kriecht über mein rechtes Bein und sonnt sich auf dem Stein etwa einen Meter links von mir.

1630 Schlange verlässt unmittelbares Umfeld.

1645 Dichter Regen. Sicht noch annehmbar.

1655 Bodybuilder von gestern Abend kommt zurück. Ist tatsächlich der Poolman. Bleibt unter Markise auf der Terrasse, um nicht nass zu werden.

1710 Mrs. DT geht mit 4. Bodyguard. Poolman wird von Dienstmädchen reingerufen. Sie beginnen heftigen Geschlechtsverkehr im Videoraum.

1820 Regen hört auf, aber Wasser läuft in Bächen von den Felsen und unter mir durch. Dienstmädchen und Poolman haben das Haus verlassen. Keine Bewegung zu erkennen.

2120 Kaum Dämmerung, wegen der Wolken. Augen sehr müde vom Zielfernrohr. Augentropfen fast leer.

2210 DT kommt zurück mit seinen 4 Bodyguards und 5 nicht identifizierten Männern. Neue Männer sehen ausländisch aus. 3 bleiben im Hauptraum bei

DTs Bodyguards, 2 gehen mit DT nach oben ins Büro.

2245   Langes Gespräch. DT sitzt wie in seiner Kanzlei mit dem Rücken zum Fenster. Die 2 Männer bleiben während der Unterhaltung stehen. Habe 3 Rollen Highspeed-Schwarzweiß-Film geschossen, mit Stativ, um die 400-mm-Linse ruhig zu halten. Es ist das Scharfschützenteam: Gregor Japontschik und Pavel Zuker. Zuker geht beim Gespräch sogar 3 Schritte links hinter Japontschik, wie es ein Späher für seinen Schützen tut. Kann die Lippen der Russen nicht ganz lesen, erkenne aber, dass sie Englisch sprechen. Meine, mehrmals die Worte »Latino« und »Mexikaner« erkannt zu haben. Ich vermute, sie sprechen darüber, ob mein Anruf gestern Abend ein Schwindel war.

2255   DT zeigt den 2 Männern Fotos von Esposito und mir. Die Fotos von mir wurden offensichtlich mit Tele aufgenommen – 2 vor meiner Wohnung in San Diego und 1 beim Gomez-Unfall. Die letzten beiden wurden an der Hütte gemacht. Verdammt.

2300   Gespräch beendet. Klare Bilder von Zuker und Japontschik. Der Späher sieht kein bisschen wie auf dem FBI-Foto von dem Mann mit Bart aus. Er ist groß, dünn und glatt rasiert, mit kurzem, schwarzem Haar und tief liegenden Augen. Er raucht eine Zigarette während des Gesprächs. Ich kann den Ärger in DTs Gesicht erkennen, als der Anwalt aufsteht, um einen Aschenbecher zu besorgen.

Japontschik ist ein älterer Mann, 2 bis 3 Jahre älter als ich vielleicht. Er erinnert mich an irgendeinen schwedischen Schauspieler… kann mich an den Namen nicht erinnern… Bergman-Filme. Kurzes, blondes Haar, langes, faltiges Gesicht, schmale Lippen, immer zu einem ironischen Lächeln bereit, blaue Augen, ausgeprägte Wangenknochen und

Kinn. Sehr große Hände mit langen Fingern. Trägt sehr teuren italienischen Anzug. Sieht nicht russisch aus. Eher skandinavisch.

2320 Die 3 gehen wieder nach unten und reden mit den 7 versammelten Bodyguards. Bin mir sicher, dass die 3, die mit J und Z gekommen sind, Ausländer sein müssen, Osteuropa oder Russland. Ihr Geschmack, was Anzüge angeht, muss sich erst noch entwickeln. Die ursprünglichen 4 scheinen amerikanische Schläger-typen zu sein, Profis, aber nicht die gleiche Liga wie die Russen.

2330 Es fängt wieder an zu regnen. Habe alle 10 Männer fotografiert. Habe dem Drang widerstanden, Dallas Trace mit meinem Handy anzurufen und Japon-tschik zu verlangen.

2340 Mrs. DT kommt nach Hause und geht sofort ins Bett.

2345 Japontschik, Zuker und 3 andere Russen gehen.

26. 6. – Montag

0015 DT telefoniert dreimal von seinem Büro aus.

0042 DT geht ins Bett. Mrs. DT schläft. Er versucht, sie zu wecken. Ohne Erfolg. DT sieht im Schlafzimmer fern.

0150 Fernseher aus. Schlafzimmer dunkel. Wachen in zwei Schichten.

0200 Jetzt weiß ich seinen Namen – Max von Sydow. Ja-pontschik sieht Max von Sydow ziemlich ähnlich.

0210 Zwei Wachen, die in einem Gästeraum im Erdge-schoss »schlafen«, sind mit homosexuellen Aktivi-täten beschäftigt. Einzelheiten nach Vorspiel nicht weiter verfolgt.

0235 Telefonische Abholung erbeten. Lawrence nicht be-geistert.

0530   Kurz nach Dämmerung abgeholt.

0540   Lawrence will wissen, ob ich eigentlich noch ganz
        dicht bin.

Dar schlief am Dienstagmorgen zwei Stunden, dann entwickelte er seine Filme in der kleinen Dunkelkammer neben dem Badezimmer seines Lofts. Einige Nahaufnahmen der Männer waren körnig, aber alle waren scharf genug.

Danach nahm Dar sein numerisch geordnetes Telefonbuch von L.A., um die Namen und Adressen der Leute nachzuschlagen, die Dallas Trace angerufen hatte. Dar hatte erkennen können, welche Nummern Trace eintippte, nur eine nicht, als der Anwalt ihm die Sicht durchs Zielfernrohr versperrte. Mehrere waren nicht gelistet, aber die fand er bald durchs Internet heraus. Dar kreiste verschiedene Orte in seinem Stadtplan vom L.A. County ein.

Special Agent Warren hatte zwei Nachrichten auf Dars Maschine hinterlassen, und als Dar ihn zurückrief, sagte der FBI-Mann, die Akten, um die Dar gebeten hatte, stünden zur Verfügung. Dar bat darum, sie ihm am frühen Nachmittag zu schicken. Auch Syd Olson hatte mehrere Nachrichten hinterlassen. Dar rief sie im Gerichtsgebäude an, versicherte ihr, er habe einen tollen Campingausflug gehabt, und verabredete sich mit ihr in ihrem Büro zu grausam früher Stunde am nächsten Morgen.

Ein junger FBI-Agent überbrachte die Dossiers persönlich, ließ Dar fünf Formulare unterschreiben und machte dennoch einen unglücklichen Eindruck, als er ging. Dar fragte sich fast, ob er dem jungen Mann Trinkgeld hätte geben sollen.

Dar duschte zum dritten Mal, zog Chinos und ein blaues Hemd an und versuchte, wach zu werden, während er die Dossiers durchlas, bevor er nach Camp Pendleton fuhr. Japontschiks Akte war dicker als Zukers, aber es handelte sich größtenteils um offizielle Informationen, die beim Abhören sowjetischer Armeequellen zusammengetragen worden waren. Das KGB-Material hatte man größtenteils geschwärzt (Dar war immer ganz begeistert, was den Aspekt der Informationsfreiheit in solchen Dossiers anging), aber für beide Männer galt: Scharfschützen der Sowjetischen Armee in Afghanistan, in den letzten Jahren des Regimes paramilitärisch beim KGB, während der gesamten Neunziger Verbindungen zur russischen Mafia, keine neueren Informationen. Es gab ein unscharfes Bild von Zuker, bei dem Dar sicher war, dass man den falschen Mann fotografiert hatte, und eines mit der Aufschrift »Japontschik und Zuker mit Schützenzug«, das in Afghanistan mit einer Instamatic-Kamera aus etwa einem Kilometer Abstand aufgenommen zu sein schien. Trotz aller Bearbeitung bot dieses Foto nichts als Körnung, blieben die Gesichter bloße Kleckse.

Dar lächelte bei diesem Bild. Die vorherige Seite würde seinen Zwecken dienen. Er merkte, dass er im Augenblick vor allem in die Gänge kommen sollte, damit er zu seiner Verabredung in Camp Pendleton nicht zu spät kam.

Die Chancen standen gut, dass die U.S. Marines einem Vorüberfahrenden auf der I-5 hinter Oceanside einiges an Unterhaltung boten, und das war auch heute nicht anders. Leichte Panzer und Bradley-Kampffahrzeuge – gelegentlich gefolgt von Buggys mit Maschinengewehren vom Kaliber .60 – donnerten auf der Lagerseite des Zaunes entlang zur Ostseite der Interstate, wirbelten Staub auf, bis sie den Fahrspuren in die kahlen Berge folgten. Auf der Meeresseite standen Landungsfahrzeuge etwa ein, zwei Meilen draußen vor der Küste, während Hovercrafts voller Marines dem Strand entgegendröhnten, dann den Strand hinauf und in den Dünen und in den Büschen jenseits der Dünen verschwanden.

Zwischen Oceanside und San Clemente gab es hinter dem nördlichen Ende der riesigen Basis keine Möglichkeit, den Highway zu verlassen, aber Dar hatte die Ausfahrt Hill Street/Camp Pendleton genommen und einen der Südeingänge benutzt. Bis er zum Verwaltungskomplex kam, war er dreimal angehalten worden: zweimal an Toren mit aufklappbaren Barrikaden aus Stahl und Beton, wo man sich bestätigen ließ, dass er für 15.00 Uhr einen Termin bei Captain Butler hatte, und einmal von einem Verkehrspolizisten der Marines, der ihn eine Minute aufhielt, als drei Panzer die Zufahrtsstraße mit gut sechzig Stundenkilometern kreuzten, um dann wieder die Dünen anzusteuern.

Im Verwaltungsgebäude gab es weitere Sicherheitschecks, aber als Dar zur letzten Reihe immer gleicher Bürobaracken aus Beton schlenderte, trug er eine Besuchermarke und lief etwas leichtfüßiger als vorher.

Der Captain der U.S. Marines ließ Dar nicht warten. Die Sekretärin führte ihn hinein, und Captain Butler, ein großer, schlanker Schwarzer im scharf gebügelten Wüstentarnanzug sprang von seinem Schreibtischstuhl auf und schloss Dar ohne Hemmungen in die Arme, was bei Marines nicht eben üblich war.

»Tut gut, dich zu sehen, Darwin«, sagte der Captain und grinste breit. »Wir mussten ein paarmal auf unsere monatlichen Züge durch die Gemeinde verzichten.«

»Ein paarmal zu oft«, gab Dar ihm Recht. »Schön, dich zu sehen, Ned.«

Der Captain hatte immer einen gekühlten Krug mit Eistee und eine Schale frisch gepflückter Zitronen in seinem Büro, seine einzige Schwäche, wie Dar wusste. Also durchliefen sie das Ritual, mit Eis zu klirren, Tee einzuschenken, Zitronen zu schneiden und einander zuzutrinken.

»Auf unsere Freunde«, sagte Ned.

Beide tranken und setzten sich dann, Dar auf die abgewetzte Ledercouch, Captain Butler auf den noch abgewetzteren Ledersessel daneben. Neds Grinsen blieb unverändert.

Nach Dalat, als Dar in die Heimat zurückversetzt wurde, nutzte er seinen ersten Urlaub für einen Besuch bei der Witwe seines Spähers und ihres zweijährigen Sohnes in Greenville,

Alabama. Er hatte Edna schon früher kennen gelernt, während der langen Ausbildung, als Ned sen. und Dar um jeden Treffer gerungen hatten. Diesmal war Dar einfach aufgetaucht und hatte gesagt, er wolle versuchen, ihnen zu beschaffen, was immer sie brauchten.

Anfangs hatte Edwina geglaubt, es sei nur eine Geste, aber als sie Dar anrief und ihm erzählte, sie wolle mit dem Baby nach Kalifornien ziehen, um näher bei ihrer Familie zu sein, zahlte Dar die Flugtickets und den Möbelwagen, statt sie mit dem Bus reisen zu lassen. Als Ned in jungen Jahren eine Begabung für Mathematik zeigte, war es Dar, der heimlich die Anmeldung an einer Privatschule in Bakersfield arrangierte, wo sie wohnten. Als Dar nach dem Tod von Barbara und seinem Kind nach Kalifornien zog, hatte er mehrere Wochen bei Edwina und dem mittlerweile halbwüchsigen Ned gewohnt, bis er mit seinem Leben fortfahren konnte. Dar war willens, bereit und in der Lage gewesen, Ned, dessen Zensuren phänomenal waren, den Zugang zu einem College oder einer Universität seiner Wahl zu verhelfen. Dar hatte an Princeton gedacht, Ned an die Marines.

Ned jr. waren im Golfkrieg drei Auszeichnungen verliehen worden, da er seine Aufklärungseinheit an Land geführt hatte, während die Irakis auf die massive Invasion von See her warteten, die niemals kam. General Schwarzkopf hatte die Marines, die dort für den Angriff bereit standen, als Bluff benutzt, als Ablenkung für die irakischen Besatzer. Währenddessen schafften hunderttausende Soldaten der Verbündeten samt Panzern ihren erstaunlichen Zweihundert-Meilen-Links-Schwenk, ohne vom Feind entdeckt zu werden, bevor sie dann ihre Offensive begannen, die der irakischen Armee das Rückgrat brach.

Ned jr. war während des Golfkrieges 1991 neunzehn Jahre alt geworden, genauso alt wie sein Vater in Dalat gewesen war.

Seitdem man den aufstrebenden jungen Offizier vor fünf Jahren nach Camp Pendleton versetzt hatte, versuchten Dar und Ned, mindestens einmal im Monat einen Abend gemein-sam zu verbringen. In den letzten Monaten waren ihnen Neds regelmäßige Einsätze an geheimen Orten dazwischen gekom-men, keineswegs Dars Arbeit.

Sie unterhielten sich ein paar Minuten über Familie und ge-meinsame Freunde. Schließlich stellte Ned seinen Eistee ab und sagte: »Welchem Umstand verdanke ich die Ehre deines Besuches?«

Dar setzte den Captain kurz und knapp über das Kartell, Dallas Trace und die russischen Scharfschützen in Kenntnis, und merkte dann, dass er – untypischerweise – gar nicht auf-hören konnte. Zwar hatte Ned nicht das Spezialgebiet seines Vaters bei den Marines übernommen, aber er wartete mit der Geduld eines Scharfschützen.

»Solltest du mir den Gefallen tun, um den ich dich gleich bitten werde, könntest du damit deine gesamte Karriere ge-fährden, Ned«, sagte Dar. »Ich würde es nicht nur verstehen, wenn du ablehnst, ich hoffe fast, dass du Nein sagst. Meine Bitte ist nicht nur ungewöhnlich, sondern illegal.«

Ned lächelte fast unmerklich. »Zur Kenntnis genommen Corporal«, sagte der Captain. »Drei gute Freunde – du kennst sie alle – haben noch etwas Urlaub ausstehen. Wen sollen wir für dich töten, und wie sehr sollen wir ihm vorher weh-tun?«

Dar lachte höflich, dann merkte er, dass Ned nicht scherzte. »Nein, nein«, sagte er eilig. »Ich hatte nur gehofft, ich könnte vielleicht inoffiziell etwas Hardware borgen. Ich kann alles wiederbringen, bevor es auf irgendeiner Liste fehlt.«

Der Captain nickte langsam. »Wir haben keine überschüs-sigen Abrams, M1A1-Panzer mehr«, sagte er, »aber würde auch ein Bradley-Schützenpanzer genügen?« Ned lächelte, als er das sagte, aber er lächelte wie ein Raubtier, nicht wie ein Spaßvogel.

Dar seufzte. »Ich dachte an ein Gewehr.«

Wieder nickte Ned. »Wenn ich mich recht erinnere, bist du

damals entgegen aller Vorschrift mit einem Gewehr als Geschenk des 7. Regiments aus Vietnam gekommen.«

»Die Remington 700«, sagte Dar. »Ja, die hab ich noch.«

»Und schießt sie noch?«, sagte Ned.

»Ist schon ein paar Monate her, dass ich damit auf dem Schießstand war, aber sie schaffte noch immer fünf Treffer auf ein Fünfeinhalb-Zoll-Ziel bei sechshundert Metern Entfernung.«

Der Captain runzelte die Stirn. »Sechshundert Meter? Was ist mit neunhundert Meter?«

»Ich bin alt«, sagte Dar. »Meine Augen sind alt. Ich brauche inzwischen eine Brille, wenn ich lange lese.«

»Scheiß drauf«, sagte Ned und fügte »Sir« hinzu. Der Captain fuhr mit seinen Fingern an der messerscharfen Bügelfalte seiner Tarnhosen entlang. »Also gut. Dieser Attentatsversuch gegen dich bei dir zu Hause… was hat die Gegenseite benutzt?«

Dar beschrieb die Tikka 595 Sporter.

Ned zuckte leicht mit den Schultern. »Ist nicht teuer, aber eine ziemlich gute Waffe. Amerikanische Präzisionsgewehre in der Art fangen bei etwa zweitausend Dollar an. Europäische Scharfschützenwaffen liegen bei ungefähr achttausend Dollar. Ich glaube, die Tikka kostet im Handel gut tausend Dollar. Ich glaube nicht, dass sie für den Schützen die erste Wahl wäre.«

Dar nickte. »Sie haben den Späher auf mich angesetzt. Ich vermute, dass man sich der Waffe im Falle eines Problems entledigen wollte.«

Ned grinste. »Der Späher, ja? Die halten wohl nicht viel von dir, was?«

»Es gibt ein paar brillante Späher«, sagte Dar leise. »Ich kannte mal einen, der war ein besserer Schütze und mutigerer Mann als alle Topschützen, denen ich je begegnet bin.«

Einen Moment sah Ned ihn an. Dann winkte er Dar, dass er ihm folgen sollte.

Das Lagerhaus war riesig. Irgendwo in dunkler Ferne summte ein Gabelstapler, ansonsten aber waren sie allein.

Ned klappte eine Kiste auf. »Wenn deine alte M40 nicht mehr ausreicht, Darwin, ist das hier ein hübsches Spielzeug.«

Dar griff hinein und berührte die Waffe in ihrem Futter.

»H-S Precision HSP 762/300«, sagte Ned. »Mitgeliefert werden Läufe und Verschlüsse für beide Kaliber – normale 762er NATO-Patronen oder .300er Winchester Magnums. Der Schaft ist selbstverständlich aus Kevlar und Fiberglas gearbeitet... keine Splitter mehr in den Wangen eines Marine. Und dazu gibt es ein Zweibein und eine verstellbare Schaftkappe wie bei unserer verbesserten M24. Hier, siehst du, wie der gezogene Lauf durch das unterbrochene Schraubgewinde und die Distanzplatte im Verschlussgehäuse verriegelt wird? Du kannst das alles in einer leichten 23x17-Zoll-Tragetasche verstauen und hast im Grunde zwei verschiedene Waffen.«

»Sehr hübsch«, sagte Dar, »aber ich dachte daran, ganz normal mit der alten Remington 700 und dem Redfield-Zielfernrohr zu arbeiten.«

Ned runzelte leicht die Stirn. »Wieso kaufst du dir nicht gleich Pfeil und Bogen, Darwin?«

Jetzt musste Dar grinsen. »Keine schlechte Idee. Es heißt, sie wären leiser und erheblich billiger als ein Schalldämpfer. Keine Waffe kommt jemals wirklich aus der Mode.«

Der Captain nickte. »Nicht, solange sie noch tötet«, sagte er. »Hast du Besteck?«

»K-Bar« sagte Dar.

Ned klappte die Kiste zu und legte das Schloss wieder vor. »Okay. Arbeite du ruhig mit deiner antiken M40, so weit du mit deinen alten Adleraugen noch sehen kannst... Was sagtest du noch, wie weit das war?«

»Ich hab nichts gesagt«, erwiderte Dar, »aber zehn Meter sind wohl drin.«

»Kauf dir eine Schrotflinte«, sagte Ned. »Oder besser noch einen großen, bissigen Hund.«

»Eine Freundin hat mir eine hübsche Remington-Flinte gegeben«, sagte Dar. »Na ja, sie hat sie mir geliehen…«

Neds Augenbrauen zuckten aufwärts, nicht wegen der Er-
wähnung der Flinte, sondern wegen des Ausdrucks *Freundin*.
Dar sprach nie von Freundinnen. Leise sagte der Captain:
»Also gut, wofür interessierst du dich? Dachtest du vielleicht
an was Stärkeres?«

»Ich habe viel Gutes über die McMillan MI987R gehört«,
sagte Dar.

»Ich hab damit geschossen«, sagte Ned mit ernster Stimme.
»Sehr exakt. Mit zwölf Kilo ist es eines der leichtesten Gewehre vom Kaliber .50 überhaupt. Vom Rückstoß würde
selbst ein Elefant Hämorrhoiden kriegen, aber das meiste wird
von einer Mündungsbremse und Rückstoßminderern aufge-
fangen. Wir haben sogar eine Auswahl an ›Combo 50‹ von der
U.S. Navy mit Klappschaft. Aber das ist ein Repetierer mit
normalem Fünf-Schuss-Magazin. Meinst du, du brauchst auch
Schnellfeuer?«

Dar zögerte. Sniper waren dazu ausgebildet, an einen
Schuss, einen Treffer zu denken. Deshalb waren die meisten
modernen Scharfschützengewehre auf Kevlar/Fiberglas zu
Repetiergewehren zurückgekehrt, die Scharfschützen aus den
Gräben des Ersten Weltkriegs wohl bekannt waren. Aber er
hatte die Remington für weite Entfernungen, leichtes Kaliber… Was wäre die beste Wahl für Schnellfeuer? Neds Vater
hatte Dar in den achtundvierzig Stunden in Dalat mehrmals
das Leben gerettet, indem er mit seiner modifizierten M-14
Feuerstöße abgegeben hatte.

Ned legte seinen Arm um Dars Schulter und ging immer
weiter durch den Korridor aus Kisten. »Willst du sehen, was
meine Einheit im Golfkrieg benutzt hat? Hat sich als sehr
nützlich erwiesen.«

»Klar.«

Ned klappte einen langen Kasten auf. »Wir haben drüben in
der Wüste ›Light Fifty‹ dazu gesagt. Offiziell heißt es Barrett

335

Model 82A1 Sniper Rifle… 12,7x99 mm Browning, genau wie das alte Kaliber .50. Es hat nur einen kurzen Rückstoß. Der Lauf setzt bei jedem Schuss fünf Zentimeter zurück und das Ding hat eine riesige Mündungsbremse. Es wiegt dreizehn Komma vier Kilo ohne Zieleinrichtung. Dazu gehört ein zehnfaches Leupold & Stevens M3a Ultra-Zielfernrohr, und jetzt kommt das Entscheidende, Dar. Es hat ein abnehmbares Kastenmagazin für elf Schuss. Es ist das einzige halbautomatische Scharfschützengewehr vom Kaliber .50 auf dem Markt.«

»Was würde es mich kosten?«, sagte Dar. »Wenn ich es gleich mitnehme, inklusive Steuern, Garantie, Unterbodenschutz und auf Wunsch mit Ledersitzen?«

Neds Augen sahen denen seines Vaters sehr ähnlich, als er Dar einen langen, forschenden Blick zuwarf. »Bring das Ding – und dich selbst – heil wieder, und es gehört dir. Ich leg sogar noch eine moderne kugelsichere Weste oben drauf, dreitausend Schuss Munition und fünfhundert SLAPS.«

»Meine Güte«, sagte Dar. »Dreitausend Schuss… und panzerbrechende Geschosse. Himmelarsch, Ned, ich zieh doch nicht in den Krieg.«

»Wirklich nicht?«, sagte Ned und klappte den langen Kasten zu, verschloss ihn, hob ihn vom Stapel und reichte Dar den Schlüssel.

Dar fuhr im dichten Verkehr auf der I-5 in die Stadt zurück und überlegte, ob er anhalten und sich einen Burger holen oder gleich nach Hause und schnurstracks ins Bett gehen sollte, als Lawrence anrief.

»Sie haben Paulie Satchel gefunden, Dar.«

»Gut«, sagte Dar. »Wer ist ›sie‹?«

»Schließlich die Cops«, sagte Lawrence, »aber erst die Leute von Hampton Quality Preprocessing.«

»Wer zum Teufel sind die Leute von Hampton Quality Preprocessing?«, sagte Dar. »Und kann das nicht warten?« Er fühlte sich wie ein Dieb mit der ›Light Fifty‹ und den Schachteln voller Munition unter der Plane hinten im Land Cruiser. Er hatte sein blaues Hemd bei seiner Fahrt durch Pendleton glatt durchgeschwitzt und wartete noch immer darauf, dass die Marines jeden Augenblick hinter ihm auftauchten.

»Nein, es kann absolut nicht warten«, sagte Lawrence. »Könnten wir uns an folgender Adresse treffen?« Er gab ihm eine Anschrift in einem Gewerbegebiet südlich der Innenstadt.

»Ich kann bei dem Verkehr in einer halben Stunde da sein«, sagte Dar. »Wenn ich unbedingt muss.« Es war ein heruntergekommenes Viertel, und er stellte sich vor, wie sein Toyota Land Cruiser gestohlen wurde und den Bloods oder Crips plötzlich eine halbautomatische Schusswaffe vom Kaliber .50 in die Hände fiele.

»Du musst« sagte Lawrence. »Solltest du noch nicht gegessen haben, lass es sein.«

19

Drei Stunden waren seit dem »Unfall« vergangen, und noch hatte man Paulie Satchels Leichnam nicht geborgen. Nach einem kurzen Blick darauf wusste Dar, wieso.

Dar hatte sich eigentlich noch nie darum Gedanken gemacht, wie und wo Hamburger ausgestanzt wurden. Er wusste, dass sie den Franchise-Burger-Läden gefroren und vorgeformt geliefert wurden, aber jetzt sah er, dass es bei Hampton Quality Preprocessing passierte. Es war eine große, saubere, neue Fabrik in einem dicht bebauten, dreckigen, alten Industrieviertel.

Dar zeigte den Leuten, die danach fragten, seinen Ausweis. Lawrence war vorher schon am Unfallort gewesen und machte mit ihm eine kleine Führung durch die Fabrik. »Laderampen für das ankommende Rindfleisch, dort drüben wird es zerschnitten und geteilt, dort zerkleinert, in dem Bereich hier wird der ausgewalzte Hamburger auf ein einsfünfzig breites Förderband aus rostfreiem Stahl gelegt, das durch die Wand in den Stanzraum führt.«

Der Stanzraum war die Halle, in der Paulie Satchel – der einzige mögliche Augenzeuge der letzten Momente im Leben von Jorgé Murphy Esposito – in die Maschine geraten war.

Neben einem Leichenbeschauer, der in einer Ecke seinen Papierkram zu Ende brachte, waren noch zwei zivile Detectives anwesend. Dar erkannte Detective Eric Van Orden. Fünf weitere Männer trugen weiße Kittel über ihren Anzügen und Chirurgenmasken vor den Gesichtern. Lawrence stellte sie als drei Vertreter von Hampton Preprocessing International mit dem Hauptquartier in Chicago und zwei der eigenen Versicherungsdetektive vor.

»Etwas Vergleichbares ist in keiner unserer Fabriken jemals vorgefallen, nirgendwo, niemals«, sagte einer der Männer hinter seiner Maske. »Nie.«

Dar nickte, und er, Lawrence und Detective Van Orden traten näher heran. Besonders grausig wurde der Anblick – abgesehen davon, dass Paulie Satchel kopfüber durch den Acht-Zentimeter-Schlund einer Hamburger-Presse gedrückt worden war – durch den breiten Fluss aus rohem Hamburger-Fleisch, das nun nicht mehr so frisch war und in dem man ziemlich deutlich die Überreste von Satchels Körper erkennen konnte.

»Seit drei Monaten hat er hier unter dem Namen Paul Drake gearbeitet«, sagte Detective Van Orden.

»Perry Masons Chefermittler in der alten Serie«, sagte Dar.

»Ja«, stimmte der Cop zu. »Satchel war eine kleine Ratte und hatte zwischen seinen Schadensersatzanträgen viel Zeit zum Fernsehen. Irgendeinen Scheißjob hatte er eigentlich immer, wenn er auf den Scheck von der Versicherung warten musste. Wir kennen seine Pseudonyme: Joe Cartwright, Richard Kimble, Matt Dillon, Rob Petry und Wire Palladin.«

»Wire Palladin?«, sagte Lawrence.

In Van Ordens Mundwinkeln zuckte ein Lächeln. »Ja, erinnern Sie sich noch an Richard Boone in der alten *Palladin*-Serie? Der Revolverheld ganz in Schwarz?«

»Klar«, sagte Lawrence. »Palladin, Palladin, where do your roam…?«, sang er.

»Na ja«, sagte Van Orden, »auf der Visitenkarte, die der Revolverheld in der Serie verteilte, stand: ›Wire Palladin, San Francisco‹, was bedeuten sollte, dass man ihm ein Telegramm dorthin schicken konnte. Paulie war nicht gerade ein Genie. Wahrscheinlich hat er gedacht, Wire wäre Palladins Vorname.«

Lawrence warf der konturlosen Fleischmasse einen tadelnden Blick zu. »Jeder weiß, dass Palladin keinen Vornamen hatte«, sagte er.

Einer der Versicherungsleute der Firma kam herüber und fing an, eindringlich durch seine Maske zu sprechen. »Wir kennen Sie, Dr. Minor… kennen Ihre Arbeit… und wir wissen nicht, wer Sie gerufen hat, aber Sie sollten wissen, dass diese Fabrik in höchstem Maße automatisiert ist. Mr. Drake hätte zum Zeitpunkt des Unfalls allein in diesem Raum sein sollen, und es gibt mindestens acht mechanische Schutzvorrichtungen, die einen solchen Unfall verhindern, wenn der Mitarbeiter die Eingangsöffnung der Stanzanlage reinigt.«

»Er hat die Stanzanlage gereinigt?«, sagte Dar.

»Er war heute für den frühen Nachmittag eingeteilt, als es zu dem Unfall kam«, sagte Van Orden.

»Acht Schutzvorrichtungen«, wiederholte der Versicherungsmann. »Die ganze Anlage ist darauf programmiert, dass sie automatisch abschaltet, sobald das Gitter angehoben wird.«

Dar sagte: »Was ist mit den anderen sieben… Schutzvorrichtungen?«

»Unmöglich konnte er das Band anhalten, das Gitter öffnen und die Kompressionszangen lösen, um die Stanzanlage zu putzen, ohne dass die Sicherungen alles abgeschaltet hätten«, sagte ein Firmenmanager, der sich zu dem Versicherungsmann gesellt hatte. »Sie können sich unseren Schock vorstellen, als wir feststellen mussten, dass sämtliche eingebauten Sicherungen entweder umgangen oder an der Maschine ausgeschaltet worden waren.«

Der Detective seufzte und deutete auf eine riesige Anlage und das Labyrinth von Kabeln in der offenen Stanzpresse. »Das ist nicht neu«, sagte er. »Paulie war zu blöd, diese Schaltungen zu umgehen, und der Mörder hat ganz sicher nicht stundenlang an der Maschine herumgewerkelt und dann Paulie mit der Presse zerdrückt.«

Der Firmenmanager und der Mann von der Versicherung traten entsetzt einen Schritt zurück, als sie das Wort *Mörder* hörten. Vielleicht hatte der Detective es bisher noch nicht verwendet.

Lawrence deutete auf die komplizierte Verdrahtung. »Das wird schon seit Jahren so gemacht«, sagte er. »Die Sicherungen haben den Arbeitsprozess offenbar zu sehr verlangsamt, also haben sie den ganzen Quatsch umgangen und ließen den Operator – in diesem Fall Paulie – den Strom da hinten abschalten.« Lawrence deutete auf einen riesigen roten Knopf am anderen Ende des Förderbandes. »So konnte er den Eingang zur Stanzpresse fünf Mal so schnell putzen und sie konnten bald weiterproduzieren.«

»Lassen sich Band und Presse irgendwo von *außen* einschalten?«, fragte Dar.

Die fünf Firmenleute schüttelten ihre maskierten Köpfe so heftig, dass der Schweiß tatsächlich durch die Luft flog.

»Und Paulie sollte heute allein arbeiten?«, sagte Dar.

»Er hat heute allein gearbeitet«, sagte Van Orden. »Hat sich wie immer um dreizehn Uhr eingetragen. Seine Schicht wäre um neun zu Ende gewesen.«

»Die anderen Arbeiter wurden verhört?«, sagte Dar.

Van Orden nickte. »Das Band wurde zur üblichen Zeit angehalten, als Paulie die Presse gereinigt hat. Es sind nur fünf weitere Arbeiter im Gebäude … hier geht alles automatisch …

und vier davon waren zusammen draußen, haben eine Zigarettenpause gemacht, als dieser... Vorfall... passiert ist.«

»Was ist mit dem fünften Mann?«, fragte Dar.

»Er hat irgendwo weiter hinten gearbeitet und ein perfektes Alibi«, sagte Lawrence.

»Keiner hat gesehen, wie jemand ins Gebäude gekommen ist«, sagte Dar.

»Natürlich nicht«, sagte Van Orden. »Das würde uns den Job zu einfach machen, oder? Aber es gibt noch drei Türen, durch die jemand von der anderen Straßenseite oder durch den Hintereingang hätte reinkommen können, ohne dass man ihn gesehen hätte. Keine davon war abgeschlossen.«

Dar drehte sich um und betrachtete den Strom von rohen Hamburgern und den großen, roten Knopf dort, wo das Band begann. »Also musste der Mörder nur den roten Knopf da drüben drücken.«

Lawrence verschränkte seine Arme. »Aber du siehst, wo der Knopf da bei der Tür ist. Selbst wenn Paulies Kopf unten, nah an der Presse, gewesen wäre, hätte er gehört und gesehen, wenn jemand kam. Und doch ist er bei der Presse geblieben.«

»Entweder hat man ihn dazu gezwungen«, sagte Van Orden, »oder...«

»Oder er kannte diesen Jemand und hat ihm vertraut«, sagte Dar.

Lawrence deutete auf den Spalt, in dem Paulies Leichnam lag. Nur etwa drei Daumenbreit waren zwischen dem stählernen Band und dem gezackten Schlund der Presse. Paulies Schultern waren deutlich sichtbar komprimiert. Auf beiden Seiten waren die Hamburger daran vorbei gezogen. Es sah wie ein blutrünstiger Cartoon aus.

»Es muss ein langsamer Tod gewesen sein, Dar«, sagte Lawrence. »Das Band wurde angestellt, als Paulies Finger eben in der Öffnung der Presse steckten. Aber du siehst diese Flossen da an den Seiten... Die schieben die rohen Hamburger in den Schlund.«

»Also wurde Paulie nicht mit einem Mal zerstampft?«, sagte Dar, der erst jetzt begriff, wie grausam Paulies Tod gewesen war.

»Die Leute, die diese Maschine gebaut haben, schätzen, dass es etwa zehn Minuten gedauert haben muss, bis er reingezogen wurde… bis diese beiden großen, hydraulischen Krallen ihn so weit hineingezogen hatten, dass seine Leiche die Anlage verstopfen konnte«, sagte Detective Van Orden. »Erst seine Finger, dann die Hände, dann beide Arme…«

»Von Hamburgern umgeben, die ununterbrochen in Scheiben gestanzt wurden«, sagte Lawrence.

Nicht zum ersten Mal wünschte Dar, er hätte keine derart ausgeprägte Fantasie. »Er muss sich heiser geschrien haben«, sagte er.

Van Orden nickte. »Aber in anderen Teilen der Fabrik liefen die Maschinen noch. Es ist verdammt laut in der Sortierhalle, und vier der fünf anderen Männer haben vor der Tür geraucht. Der fünfte war auf der Laderampe, und wir haben den Lastwagenfahrer verhört, der bei ihm war. Keiner von beiden hat bei dem Lärm vom Dieselmotor und dem anderen Krach irgendwas gehört.«

»Und dann irgendwann wurde Paulies Kopf da reingezogen«, sagte Lawrence. »Die letzten Minuten dürfte alles still gewesen sein.«

Inzwischen waren die fünf Firmenleute so weit wie möglich zurückgewichen. Fast hatte Dar Mitleid mit ihnen und wollte ihnen schon erzählen, dass Paulie Satchel keine Familie hatte, niemanden, der sie verklagen konnte. Er war eine einsame kleine Ratte gewesen, ein kleiner Fisch von einem Betrüger. Jetzt war er… Hamburger.

Schon begannen die Fliegen in Scharen zu summen.

»Gehen wir rüber zum Hinterausgang«, schlug Detective Van Orden vor. »Frische Luft schnappen.«

»Bezweifelt irgendjemand, dass bei diesem Tod etwas nicht mit rechten Dingen zugegangen ist?«, fragte Dar, als die drei in der relativ frischen Luft am Hinterausgang standen.

Eric Van Orden musste lachen. »Nein... Ich habe von Ihren Ermittlungen in diesem Unfall mit dem Hebelift gehört, aber es kann kein Zweifel daran bestehen, dass dieses hier als Mord behandelt wird.«

»Wieso dürfen sich diese Firmenleute an einem Tatort herumtreiben?«, fragte Dar den Detective. »Ich meine, ich verstehe, wenn die Versicherungsleute Zutritt bekommen, aber...«

Van Orden sah Lawrence an. »Sie haben ihm nichts von dem Prozessproblem erzählt?«

Lawrence schüttelte den Kopf.

»Paulie hat weder Freunde noch Familie«, sagte Dar. »Ich möchte bezweifeln, dass es zu einer Klage kommt.«

Van Orden schüttelte den Kopf und grinste dieses sarkastische Polizistengrinsen. »Nein, nein, hier geht es um eine Sammelklage, Dar.«

Dar begriff nicht.

»Das Hamburger-Fließband führt da hinten in den Packraum. Der letzte Mann sortiert die Burger auf Tabletts mit Wachspapier, dann schiebt er die Tabletts in einen Rollwagen...«

»Oh, verdammt«, sagte Dar, denn er wusste, was jetzt kam.

»... und schließlich schieben sie die Rollwagen in einen Kühllaster... alle zwei Stunden kommt ein neuer... für frische, rationelle Lieferung.«

»Sie haben den Fahrer verhört«, sagte Dar, »was bedeutet, dass ein Truck da war. Die Burger wurden verladen, nachdem ... mein Gott, ist er etwa damit losgefahren?«

»Zwanzig Rollwagen mit je vierhundert Burgern«, sagte Van Orden. »Achttausend insgesamt.«

»Sie wurden an Burger Biggies im gesamten Stadtgebiet geliefert«, sagte Lawrence bedrückt. Burger Biggy war Klient von Stewart Investigations. Normalerweise ging es bei deren Klagen um nichts Ernsteres als die üblichen kleinen Unfälle, obwohl es da einen hässlichen Fall gab, bei dem eine Frau auf eine halbe Million Dollar klagte, weil sie in ihrem Auto verge-waltigt wurde, während sie in einem Drive-Through auf ihre Bestellung wartete.

»Wie viele von den Burgern hatten Teile… enthielten Stü-cke von…«, begann Dar.

Lawrence und der Detective zuckten beide mit den Schul-tern.

»Das wollen die Versicherungsleute eben feststellen«, sagte Van Orden.

»Ich vermute, es wird eine Rückrufaktion«, sagte Dar.

»Genau das passiert im Augenblick«, sagte Lawrence.

Dar sparte sich das Essen an diesem Dienstagabend und ging früh zu Bett. Am nächsten Morgen war er um 7:30 Uhr im Gerichtsgebäude und stellte fest, dass Syd in ihrem Keller-büro bereits mitten in der Arbeit war. Das überraschte ihn nicht.

Syd fragte: »Wie war Ihr Ausflug? Ich wünschte, ich hätte mitkommen können.«

Dar fühlte ein angenehmes erotisches Prickeln, das er in der Nähe der Chefermittlerin schon früher erlebt hatte. Dann rief er sich die Entspanntheit, die fast sichtbare Intimität zwischen Syd und Tom Santana in Erinnerung und bremste seine dumme, pubertäre Fantasie.

»Es hätte Ihnen nicht gefallen«, sagte er. »Es hat geregnet.« Er warf ihr die drei FBI-Dossiers auf den Tisch und sagte: »Ich hab alles durchgelesen und gedacht, Sie könnten sie vielleicht Special Agent Warren wiedergeben, wenn Sie ihn sehen.«

Syd zuckte mit den Schultern. »Sicher. Tut mir Leid, dass in diesen Berichten nicht mehr über Japontschik und Zuker steht.«

»Die Fotos von ihnen waren eine Hilfe«, sagte Dar.

Syd runzelte die Stirn. »Fotos? Sie meinen das nutzlose Polaroid von diesem Scharfschützenzug in Afghanistan? Ich konnte nichts erkennen.«

»Nein«, sagte Dar und nahm das CIA-Dossier auf, »Ich meine *diese* Fotos.« Er klappte die Mappe mit seinen Bildern auf, die er dort hineingelegt hatte.

Syd sah sich die Nahaufnahmen an. »Allmächtiger. Ich kann mich gar nicht erinnern…« Sie hielt inne und blinzelte Dar an. »Moment mal.«

Seit seiner Zeit bei den Marines hatte Dar nicht mehr gepokert, also zeigte er Syd sein bestes Schachgesicht.

»Sie sind sich darüber im Klaren, Dr. Minor, dass illegale Überwachungsfotos unter den Beweismitteln der Verteidigung alle Möglichkeiten in die Hand geben, eine Klage zu vereiteln. Von einer Verurteilung mal ganz abgesehen.« Sie hatte es nicht als Frage formuliert.

Dar sah sie verdutzt an. »Was meinen Sie damit? Meinen Sie, die CIA-Fotos wären illegal entstanden?«

Blinzelnd sah sie sich die körnigen Nahaufnahmen von Japontschik und Zuker noch mal an. Dar hatte dieselben Lettern benutzt, mit denen die CIA ihre Fotos beschriftete, bevor er sie mehrmals kopierte, um das verschwommene Aussehen zu bekommen, das er haben wollte.

Syd sah ihn einen Moment lang an, biss sich auf die Unterlippe, sah sich die Fotos wieder an und sagte: »Na ja, ich denke, es ist immerhin möglich, dass sie mir entgangen sind. Wir bringen sie gleich in Umlauf. Bei aller Körnung sind es doch gute Fotos. Diese CIA-Jungs kennen sich aus.«

Dar wartete. »Japontschik, der ältere KGB-Typ, sieht wie jemand aus…«, überlegte Syd.

»Max von Sydow?«, sagte Dar.

Syd schüttelte den Kopf. »Nein, nein. Maximilian Schell. Ich fand schon immer, dass Maximilian Schell sexy aussieht, auf eine gefährliche, finstere Art und Weise.«

Dar schnaubte. »Na toll. Er hat versucht, mich umzubringen, und Sie finden, er sieht sexy aus, auf eine gefährliche, finstere Art und Weise.«

Syd sah Dar an. »Na, ich finde, *Sie* sehen sexy aus … auf gefährliche, finstere Art und Weise.«

Dar wusste nicht, was er dazu sagen sollte. Nach einer Weile sagte er: »Und wie laufen die Ermittlungen so?«

»Wunderbar«, sagte Syd. »Wahrscheinlich haben Sie von Paulie Satchel gehört?«

»Ich habe Paulie Satchel gesehen«, sagte Dar. »Was ist an ihm … daran … wunderbar?«

»Jetzt haben wir vier offensichtliche Morde«, sagte Syd bester Laune. »Polizei und FBI sind jetzt mit an Bord.«

»Vier?«, sagte Dar. »Esposito, Satchel …«

»Und Donald Borden und Gennie Smiley«, sagte Syd. »Die Polizei von Oakland hat gestern Abend Bescheid bekommen, dass sich irgendein Aasfresser auf einer Müllkippe bei der Bay an zwei großen Müllsäcken zu schaffen gemacht hat, die ein Bulldozer freigelegt hatte. Es leckte heraus …«

»Beide? Donald und Gennie?«, sagte Dar.

»Wir haben nur die Gebissabdrücke von Borden bestätigt, aber die andere Leiche war weiblich.«

»Todesursache?«, sagte Dar.

»Je zwei Kopfschüsse«, sagte Syd. Ihr Telefon klingelte. Bevor sie sich meldete, sagte sie: »22R … wahrscheinlich von einer Ruger Mark II Target. Kurze Entfernung. Sehr professionell.« Dann: »Guten Morgen, Olson hier.«

Dar sah sich die Fotos von Japontschik und Zuker an, betrachtete sie, als hätte er sie sich nicht schon seit vierundzwanzig Stunden eingeprägt. Syd sagte: »Hmmm, tatsächlich? Wo wurde er abgeschickt? Mh-hm? Haben Sie Ihr Labor nach Abdrücken suchen lassen? Mh-hm? Sie haben schon ein paar Treffer? Mh-hm. Na, ich denke, manchmal haben wir eben einfach Glück. Dar und ich hatten Glück mit diesen alten CIA-Akten. Ja, in ein, zwei Stunden bring ich sie rüber und zeig sie Ihnen. Ja. Bis später.«

Sie legte auf und sah Dar mit einem durchdringenden Blick an, den im Laufe der Jahrzehnte sicher schon viele Verdächtige in diesem Raum gesehen hatten. »Sie werden nicht glauben, was Special Agent Warren per Post bekommen hat.«

Dar schloss das CIA-Dossier und wartete, zeigte mildes Interesse.

»Einen Umschlag ohne Absender, ohne Fingerabdrücke. Gestern in Oceanside aufgegeben…«

»Ja?«, sagte Dar.

»Fotos«, sagte Syd. »Hochglanz, dreißig mal zwanzig. Ziemlich hohe Auflösung. Sieben Männer. Mindestens vier davon unterhalten sich auf den Fotos mit Dallas Trace. Fünf der Männer sind schon identifiziert.«

Dar gab sich interessiert.

»Zwei Leute aus der russischen Mafia, von denen wir gar nicht wussten, dass sie im Land sind. Einer davon ist als Ex-KGB-Schläger bekannt, der in den guten alten Zeiten der Sowjetunion mit Japontschik gearbeitet hat…«

»Die anderen?«, sagte Dar.

»Drei der anderen vier sind als Söldner, Leibwächter, Killer bekannt«, sagte Syd. »Sie alle haben Vorstrafen. Einer war bei der Mafia, bis er einen Freund von seinem Boss ermordet hat.«

Dar stieß einen Pfiff aus. »Damit kommen die Task Force ›Organisiertes Verbrechen‹ und RICO mit ins Spiel, oder?«

Syd ignorierte seine Frage. »Ein echter Durchbruch. Erst finden wir diese verlorenen CIA-Fotos. Dann das…«

Dar nickte zustimmend.

Syd lehnte sich auf ihrem Stuhl zurück und sagte: »Okay, wo waren wir?«

»Wie die Ermittlungen laufen«, sagte Dar.

Syd nickte zu einem hohen Stapel von Berichten, Videocassetten, Audiobändern und Akten hinüber. »Tom und die drei FBI-Leute haben durch Mittelsmänner und verschiedene Notaufnahmen Kontakt zu den Helfern der Hilflosen aufgenommen. Sie sind auf unterschiedliche Weise ins Netz eingedrungen, befinden sich jetzt aber in derselben Rekrutengruppe. Die Helfer geben Crashkurse für provozierte Unfälle. Wir kennen bereits ein Dutzend Namen, und das schon nach ein paar Tagen.«

»Prima«, sagte Dar.

»Und Sie wissen von unserer Spezialeinheit?«

»Spezialeinheit?«, sagte Dar misstrauisch.

»Die Unfallermittlungs-Einheit unserer Task Force«, sagte Syd mit ihrer sehr sachlichen Stimme. »Sie sind dabei. Im Grunde sind Sie der Leiter.«

»Oh«, sagte Dar.

»Das Hauptquartier befindet sich im Haus von Lawrence und Trudy«, sagte Syd. »Wir treffen uns heute Nachmittag da draußen, sobald ich mit diesen Fotos durch bin.«

»Ich sollte vielleicht wissen, was diese Einheit ermittelt«, sagte Dar.

Syd seufzte. »Nur ein paar kleine Unfälle, die Morde zu sein scheinen«, sagte sie. »Esposito. Paulie Satchel. Abraham Willis.«

»Willis?«, sagte Dar. »Oh, dieser Schlepperanwalt, der oben bei Carmel verunglückt ist.«

»Die Familie Gomez«, fuhr Syd fort. »Mr. Phong. Dickie Kodiak alias Dickie Trace.«

»Vielleicht sollte ich lieber rauf nach Escondido fahren. Klingt, als wäre ich ganz schön beschäftigt.«

»Wir sehen uns heute Nachmittag«, sagte Syd.

Lawrence und Trudy widmeten die Nachmittage den Task-Force-Angelegenheiten. Ihr Esszimmer war in einen Ableger von Syds Büro verwandelt worden, mit Korktafeln um den langen Tisch, einer weißen Tafel, Projektoren, einem Videorecorder mit kleinem Bildschirm und einem Gateway-Notebook mit stehender Modem-Leitung für die ständigen Updates und Grafiken im Zusammenhang mit den zu untersuchenden Unfällen.

Dar, Lawrence und Trudy teilten die Ermittlungen schnell danach auf, wer ursprünglich die meiste Arbeit an dem Fall geleistet hatte. Lawrence nahm die Fälle Phong, Satchel und Gomez, weil bei zweien davon ein Zusammenhang mit seinen Klienten bestand. Dar plante, den Fall Richard Kodiak wieder aufzunehmen und Espositos Tod unter dem Hebelift weiter zu untersuchen. Er erzählte Lawrence und Trudy von den verschiedenen Fotos, die aufgetaucht waren.

»Interessant«, sagte Lawrence. »Hast du rein zufällig Kopien von diesen Fotos?«

»Wie der Zufall es will«, sagte Dar.

»Wohnt Dallas Trace nicht oben am Coy Drive in der Nähe von Mulholland und Beverly Glen?«, sagte Lawrence.

»Das kann ich dir echt nicht sagen«, erwiderte Dar.

»Aber ich. Ich habe es neulich nachgeschlagen, als ich dich zum Zelten abgesetzt habe«, sagte Lawrence. »Na gut, sehen wir uns die bösen Buben an.«

Alle betrachteten die Bilder eine Weile. Dar wusste, dass weder Lawrence noch Trudy jemals ein Gesicht vergaßen, wenn sie es sich für einen Fall näher angesehen hatten.

Schließlich beschlossen sie, mit dem Fall Abraham Willis anzufangen, weil sich keiner von ihnen damit beschäftigt hatte. Highway Patrol und Polizei von Carmel hatten Syd ihre vollständigen Akten per E-Mail oder Fax geschickt, und Syd hatte der zehn Zentimeter dicken Akte ihr Task-Force-Material hinzugefügt, bevor sie alles an Lawrence und Trudy weiterreichte.

Eine Zeit lang lasen die drei schweigend, sahen sich Fotos und Unfallskizzen an, reichten das Material herum. Der Unfall machte einen simplen Eindruck.

Abraham Willis, ein Anwalt aus San Diego, dessen Name im Zusammenhang mit Scheinkliniken und Schleppern auftauchte, hatte sein Büro an einem frühen Freitagnachmittag verlassen, um übers Wochenende nach Carmel zu fahren. Zeugen in Santa Barbara sagten, er habe dort zu Abend gegessen und mehrere Drinks zu sich genommen, und der Besitzer einer Kneipe in der Nähe von Big Sur konnte Willis identifizieren, sagte, er sei am späteren Abend dort gewesen und habe noch etwas getrunken, bevor er weiter nach Carmel gefahren war. Sowohl im Restaurant in Santa Barbara, als auch in der Kneipe von Big Sur war er allein gewesen.

Kurz vor zehn an diesem Freitagabend hatte Willis mit seinem 1998er Camry offenbar zwischen Point Lobo und Carmel auf einem Parkplatz an einer Klippe mit Blick übers Meer Halt gemacht. Zu diesem Zeitpunkt war niemand sonst auf diesem Parkplatz.

»Wir kennen den Parkplatz«, sagte Lawrence. »Die Aussicht nach Carmel im Norden ist grandios.«

»Kann um zehn Uhr abends nicht sehr grandios gewesen sein«, sagte Trudy.

»Vielleicht musste er mal pinkeln«, sagte Lawrence.

»Oder er wollte nur ein bisschen frische Meeresluft schnappen… um die Wirkung der Drinks abzuschütteln«, sagte Dar.

»Hat nicht geklappt«, sagte Lawrence.

Den Ermittlungen der CHP zufolge war Willis dann wieder in seinen Camry gestiegen, hatte den Vorwärts-, nicht den Rückwärtsgang eingelegt, in der Kurve einen kleinen Holzzaun durchbrochen… und war samt Auto zwanzig Meter tief auf die Felsen gestürzt.

»Wieso keine Leitplanke?«, fragte Dar.

Trudy skizzierte den Parkplatz auf einer Serviette. »Hier, es gibt Leitplanken auf beiden Seiten vom Parkplatz, dann die Parkbuchten zwischen niedrigen Betonkeilen, dahinter etwa zehn Meter Gras mit einem Kiesweg, dann diesen flachen Holzzaun mit ein paar Reflektoren… Er soll nur Fußgänger warnen, nicht weiter an den Rand der Klippen zu gehen.«

»Wie weit ist der Zaun vom Klippenrand entfernt?«, fragte Dar.

»Etwa noch mal zehn Meter bis zum eigentlichen Überhang, dann geht's steil nach unten. Aber da gibt es noch zwei große

Steine. Einen davon hat Willis' Camry gerammt. Die Fahrertür wurde da oben gefunden, nicht unten auf den Felsen.«

»Das ist mir aufgefallen«, sagte Dar. »Es macht keinen Sinn.«

»Der Ermittler vom NICB war mit der Highway Police einer Meinung, dass Willis den Wagen nicht anhalten konnte und herausspringen wollte, als der Wagen den Stein gerammt hatte«, sagte Lawrence. »Der Aufprall hat ihn auf den Beifahrersitz geschleudert, und dann ging der Wagen übers Kliff.«

»Wieso konnte Willis den Wagen nicht anhalten?«, sagte Dar. »Selbst wenn er erst versehentlich aufs Gas und nicht auf die Bremse getreten ist, blieben ihm fast zwanzig Meter, um anzuhalten.«

»Betrunken«, sagte Trudy.

»Spontane Beschleunigung, dann Bremsversagen«, sagte Lawrence.

Trudy und Dar warfen ihm sarkastische Blicke zu. Spontane Beschleunigung kam nur im Fernsehen vor, und völliges Bremsversagen war fast so selten wie ein tödlicher Meteoritentreffer.

Die CHP-Fotos von der Leiche waren erwartungsgemäß grauenvoll. Willis war beim Aufprall an den Meeresfelsen aus dem Wagen geschleudert worden, und das Auto hatte ihn überrollt, bevor es schließlich liegen blieb. Auch der Camry war in ziemlich schlimmem Zustand. Gegen Mitternacht hatte jemand den eingedrückten Zaun gemeldet, und die California Highway Patrol fand Wrack und Leiche kurz nach ein Uhr nachts. Die Krebse hatten sich an Willis zu schaffen gemacht, wenn auch nicht so sehr, dass seine Sekretärin ihn nicht hätte identifizieren können. Willis war verheiratet gewesen, im Bundesstaat New York, aber seit Jahren schon geschieden, und hatte keine Familie, die Anspruch auf den Leichnam erhoben hätte.

»Okay«, sagte Trudy, »sehen wir uns das Gurtsystem auf Belastungsspuren hin an.«

Sie gingen den CHP-Bericht durch. Sie gingen den Bericht des Polizeibeamten von Carmel und den des Sheriffs durch. Sie sahen sich den Bericht des Ermittlers vom NICB an. Sie sahen die Fotos durch.

Da tauchte Syd auf. Erschöpft, aber glücklich sah sie aus. Sie merkte, wie konzentriert die anderen waren und sagte nach kurzer Begrüßung nichts weiter.

Schließlich hielt Trudy ein Schwarzweißfoto vom Inneren des '98er Camry hoch. Der Wagen war mit der Haube voran auf die Felsen geschlagen, was die Fahrgastzelle weitgehend eingedrückt hatte. Das verbogene Lenkrad und das Armaturenbrett reichten bis an die Sitze, die Windschutzscheibe fehlte völlig, und auf der Fahrerseite war das Dach bis fast auf Sitzhöhe eingedrückt.

»Was stimmt auf diesem Foto nicht?«, sagte Trudy.

»Nur ein Airbag ist losgegangen«, sagte Lawrence.

»Auf der Beifahrerseite«, sagte Dar und grinste. *Na also.*

Syd runzelte die Stirn. »Verstehe ich nicht.«

Lawrence stürzte sofort ans Telefon, rief den Sheriff von Carmel an. Willis' Camry galt als Beweismittel und stand auf dem Hof einer Karosseriewerkstatt im Ort. »Etwas Mondänes wie einen Schrottplatz gibt es in Carmel nicht«, sagte Trudy, während Lawrence mit dem Sheriff sprach.

»Also, können Sie einen Deputy oder irgendwen rüberschicken, damit er es sich ansieht?«, sagte Lawrence eben. »Wir brauchen diese Information jetzt gleich.«

Lawrence lauschte und nickte. »Lassen Sie ihn ein Handy mitnehmen, damit wir direkt mit ihm sprechen können. Was? Na, gut, dann … ich warte.« Lawrence hielt die Sprechmuschel mit der Hand zu und sagte: »Der Deputy hat kein Handy, aber sie stellen seinen Funkspruch durch. Wahrscheinlich liegt die Werkstatt nur zweihundert Meter vom Büro des Sheriffs.«

»Ich verstehe es nicht«, sagte Syd noch einmal. »Wonach suchen wir?«

»Belastungsspuren am Gurtsystem«, sagte Trudy.

Syd schüttelte den Kopf. »War da nicht«, sagte sie. »Ich habe alle Berichte gelesen. Sie sind sicher, dass Willis nicht angeschnallt war, als er über die Klippen ging. Er wurde dort hinaus katapultiert, wo die Windschutzscheibe hätte sein sollen, wenn sie nicht im selben Moment rausgeflogen wäre.«

»Aber sehen Sie sich das Foto an«, sagte Dar und rutschte zur Chefermittlerin hinüber. »Ein Airbag ist losgegangen.«

Syd sah es sich an. »Auf der Beifahrerseite«, sagte sie. »Aber ich bin mir nicht sicher, was es beweist … wahrscheinlich eine Fehlfunktion des Airbag-Sensors, oder was meinen Sie?«

Trudy schüttelte den Kopf. »Ein Sensorversagen kommt statistisch so selten vor, dass wir es fast ausschließen können«, sagte sie. Sie machte eine Pause, während Lawrence mit dem Deputy per Funkanbindung sprach.

»Okay … ja, hi, Deputy Soames … Lawrence Stewart hier, Stewart Investigations. Stehen Sie bei Willis' Camry? Okay, gut. Ja, darauf möchte ich wetten. Mh-hm. Guter Witz, Deputy.« Lawrence rollte mit den Augen. »Deputy, würden Sie für mich einen Blick auf den Fahrersitz werfen und –?«

Lawrence hörte einen Moment zu. »Ja, Deputy, ich weiß, dass auf der Seite alles zerquetscht, zermatscht und blutig ist. Ich bitte Sie ja auch nicht, sich auf den Fahrersitz zu *setzen*. Die Fahrertür müsste fehlen … tut sie? Gut, dann sprechen wir vom selben Wagen.«

Dar schob noch mehr Fotos vor Syds Nase. Sie sah sich das eine von der linken Vordertür des Camry an, die dort bei den Steinen oben auf dem Kliff lag. Syd biss sich auf die Unterlippe.

»Würden Sie sich bitte den Sitz ganz unten ansehen, Deputy. Ja, genau, wo der Gurt am Rahmen befestigt ist. Da gibt es eine kleine Vertiefung … sehen Sie? Ist da ein rotes Schild zu sehen?«

Lawrence lauschte einige Sekunden. »Ein rotes Schild«, wiederholte er. »Es müsste gut zu sehen sein. Da müsste stehen: ›Sicherheitsgurt ersetzen.‹« Er lauschte. »Sind Sie sicher? Danke, Deputy.«

Lawrence kam wieder an den Tisch. »Kein Schild.«

»Wäre Mr. Willis angeschnallt gewesen, wäre das Gurtsystem einem Druck von 1,7 g ausgesetzt gewesen«, sagte Trudy. »Natürlich könnten wir die Auswirkungen auf Gurt und Halteautomatik sehen, aber Toyota hat dieses kleine Schildchen, das hochklappt, um die Reparaturleute daran zu erinnern, dass das Gurtsystem nach einem Unfall erneuert werden muss.«

Noch immer sah Syd ratlos aus. »Aber sowohl der Ermittler von der CHP als auch unsere Leute wussten, dass Willis nicht angeschnallt war«, sagte sie.

Dar hob eine Abschrift hoch. »Seine Sekretärin hat in einer Befragung ausgesagt, Willis sei immer angeschnallt gefahren. Mehr als einmal habe er ihr gesagt, er hätte schon zu viele Krüppel und Verkehrstote gesehen.«

»Er war an diesem Abend betrunken«, sagte Syd.

»Legal gesehen, aber sicher nicht so betrunken, dass er nicht mehr gehen konnte«, sagte Trudy. »Nicht so betrunken, dass er Rückwärts- mit Vorwärtsgang verwechselt hätte, oder Gas- mit Bremspedal. Außerdem … selbst wenn man betrunken ist, tut man manches aus Gewohnheit. Er hätte sich angeschnallt, selbst wenn er zwei-, dreimal hätte fummeln müssen.«

Syd rieb ihr Kinn. »Aber ich sehe immer noch nicht, was es bedeuten soll, dass der Airbag auf der Beifahrerseite losgegangen ist.«

»Auf dem Beifahrersitz muss Gewicht gewesen sein, damit der Airbag losgehen konnte«, sagte Lawrence, während er das Foto von der zerdrückten Fahrgastzelle und dem luftlosen Airbag betrachtete.

»Während des Sturzes muss er gegen den Sitz geflogen sein«, sagte Syd, erkannte den Fehler in ihrer Bemerkung und fügte gleich hinzu: »Nein…«

»Genau«, sagte Dar. »Während des Sturzes befand sich Mr. Willis im freien Fall, wie der ganze Camry. Er war nicht angeschnallt, sodass er im Grunde schwebte… flog über dem Sitz wie ein Shuttle-Astronaut im Orbit…«

»Kein Gewicht auf dem Sitz, sodass der Sensor den Airbag nicht auslösen konnte«, sagte Lawrence. »Nicht mal bei dem fürchterlichen Aufprall an den Felsen.«

»Aber der Airbag *ist* doch losgegangen«, überlegte Syd.

»Auf der Beifahrerseite«, sagte Trudy grimmig lächelnd. »Aber nicht beim Aufprall an den Felsen im Meer...«

»Der Holzzaun«, sagte Syd, begriff nun langsam. »Aber wenn Mr. Willis auf dem Beifahrersitz war, als der Camry diesen klapprigen Zaun – nach den Berechnungen der CHP – mit nur sechsundfünfzig Stundenkilometern umgefahren hat...«

»Wieso ist dann der Airbag auf der Fahrerseite nicht losgegangen?«, beendete Dar ihren Satz. »Jemand muss gefahren sein. Es sei denn...«

»Es sei denn, der Fahrer wäre rausgesprungen, bevor er den Zaun gerammt hat«, sagte Syd wie zu sich selbst. »Jemand hat Willis eins über den Kopf gegeben, weil er wusste, dass diese Verletzungen nach so einem Sturz nicht mehr zu erkennen wären, hat ihn auf den Beifahrersitz geschoben, den Camry an die kleine Holzbarriere gefahren und ist dann raus ins Gras gesprungen, bevor der Wagen den Zaun gerammt hat, weil er wusste, dass der Camry über den Steilhang hinaus rollen würde.«

»Also ist der Fahrerairbag beim Zusammenstoß mit dem Zaun nicht losgegangen, weil die Sensoren wussten, dass auf dem Fahrersitz niemand saß«, sagte Lawrence. »Aus dem gleichen Grund ist der Fahrerairbag unten auf den Felsen nicht losgegangen. Nicht weil sich Willis im freien Fall befand, wie die anderen Ermittler argumentiert haben. Er flog auf der Beifahrerseite herum.«

»Aber er ist auf der Fahrerseite der fehlenden Windschutzscheibe rausgeflogen«, sagte Syd.

Dar nickte. »Ich werde es im Computer grafisch rekonstruieren müssen, aber die ballistischen Berechnungen scheinen mit dem Aufprall am Stein links vorn übereinzustimmen. Auf Grund der Hauptkrafteinwirkungsrichtung müsste der

Insasse – unangeschnallt, Airbag nicht ausgelöst – diagonal hindurch- und hinausgeflogen sein, auf der Fahrerseite über die Motorhaube. Wohingegen wenn der Beifahrerairbag beim Aufprall an den Meeresfelsen losgegangen wäre…«

»Hätte er wahrscheinlich im Wrack festgesteckt«, sagte Syd, da sie nun den Zusammenhang verstand.

»Was erklärt, wieso die Fahrertür des Camry oben an den Stein geschlagen ist, bevor der Wagen über die Klippen flog«, sagte Trudy. »Es war nicht Willis, der versucht hat, auszusteigen. Die Tür schwang noch immer, nachdem der Mörder ins Gras gesprungen war, noch vor dem Zusammenstoß mit dem Holzzaun.«

Syd sah sich die schrecklichen Fotos an. »Diese arroganten Schweine. Die sind so arrogant, dass sie einfach nur dumm sind.«

Syds Handy klingelte. Sie stand vom Tisch auf, als sie antwortete, hörte zu, dann kam sie wieder an den Tisch. Sie war weiß wie eine Wand. Selbst ihre Lippen waren blutleer. Sie hielt sich an der Tischkante fest und fiel buchstäblich auf ihren Stuhl. Ihre Hände zitterten. Dar und Lawrence beugten sich näher heran. Trudy beeilte sich, der Ermittlerin ein Glas Wasser zu besorgen.

»Was ist los?«, sagte Dar.

»Tom Santana und die drei FBI-Agenten, die mit ihm verdeckt ermittelten«, sagte Syd und zwang die Worte einzeln hervor. »Das war Special Agent Warren. Die Highway Patrol hat… alle vier Leichen gefunden… im Kofferraum von einem verlassenen Pontiac, vor einer halben Stunde.« Sie nahm das Glas Wasser von Trudy und trank es mit zitternden Händen.

»Wie…«, begann Dar.

»Alle vier mit zwei Gewehrschüssen getötet«, sagte Syd mit ruhiger Stimme, aber immer noch blassem Gesicht. »Je ein Herzschuss, ein Kopfschuss, vermutlich aus mittlerer Entfernung.«

»Meine Güte«, sagte Lawrence. »Welcher normale Mensch

erschießt drei FBI-Agenten und einen Ermittler vom Betrugs-dezernat?«

»Kein normaler Mensch«, sagte Dar.

»Diese miesen, arroganten Wichser«, sagte Syd, und wieder zitterte ihre Hand, dass sie Wasser verschüttete. Jetzt wusste Dar, dass sich dieses Zittern reiner Wut verdankte. »Aber jetzt wissen wir, wer Trace und seinen Killern den Tipp gegeben hat«, sagte sie.

»Wer?«, sagte Trudy.

Sydney Olson hatte Tränen in den Augen, aber sie versuchte ernstlich zu lächeln. »Kommen Sie morgen früh um acht zu meinem Task-Force-Meeting«, flüsterte sie. »Dann werden Sie es erfahren.«

20

Syds Task-Force-Meeting am Donnerstagmorgen gehörte zu den effizientesten Besprechungen, an denen Dar je teilgenommen hatte.

Nach dem Anruf am Nachmittag hatte sie sofort gehen wollen. Dar hatte eingewilligt, noch zum Essen zu bleiben, aber bevor er etwas aß, lief er einmal ums Grundstück, weil er sicher sein wollte, dass dort keine Scharfschützen lauerten. Er war sicher. Das weit verzweigte Haus der Stewarts lag an einem steilen Hang oberhalb der Straße, mit weiten Wiesen und dann einem dichten Wald südlich und unterhalb davon. Es waren über achthundert Meter bis zum Waldrand, und selbst von dort aus war der Winkel für einen Schützen sehr ungüns-tig. Leute im Haus wären von Süden her nur zu sehen, wenn sie weit auf die überhängende Terrasse hinaustraten, und die drei hatten bereits darüber gesprochen, wie wenig ratsam das wäre. Das Haus lag tiefer als die Straße im Norden, aber dort standen die Häuser eng zusammen, mit gepflegten Gärten, und vor der Tür herrschte viel Verkehr. Außerdem hatten Larry und Trudy ihre Türen und Fenster nach Norden hin angemessen gesichert, und so bot sich für einen Scharfschützen kaum Gelegenheit.

Dennoch war Dar in der Dämmerung durchs Viertel gefahren, um sicherzugehen, dass alles richtig aussah und sich auch so anfühlte, bevor er dann nach Hause fuhr.

Beim Task-Force-Meeting um acht Uhr morgens sah nichts richtig aus und fühlte sich auch nicht so an. Syd selbst sah erschöpft aus, und die anderen schienen traurig oder beunruhigt oder ärgerlich, weil sie sich so früh treffen mussten.

Es war mehr oder weniger dieselbe Gruppe wie beim Meeting am Freitag zuvor: Syd, Poulsen, Special Agent Warren mit noch einem FBI-Mann, und Bob Gauss, der Santanas Chef gewesen war. Neben Warren saß Lieutenant Barr von der Abteilung für Innere Angelegenheiten beim LAPD. Larry und Trudy saßen rechts von Dar, dieser Gruppe gegenüber, Lieutenant Frank Hernandez und Captain Sutton von der CHP saßen links von Dar, und am anderen Ende des Tisches fand sich ein neues Gesicht: Bezirksstaatsanwalt William Restanzo. Alles an Restanzo sah nach dem geföhnten, weißhaarigen Politiker mit ausgeprägtem Kinn aus, der er gewesen war und bleiben würde.

Syd begann das Meeting ohne Vorrede.

»Sie alle wissen, dass vier Mitarbeiter dieser Task Force gestern ermordet wurden«, sagte sie. »Unser Ermittler Tom Santana, Special Agent Don Garcia, Special Agent Bill Sanchez und Special Agent Rita Foxworth. Alle vier wurden an einen abgelegenen Ort auf dem Land gelockt, unter dem Vorwand, Unfälle trainieren zu sollen. Dort wurden sie aus dem Hinterhalt mit einem Präzisionsgewehr erschossen.«

Syd machte eine Pause und holte Luft. »Die Einzelheiten dieser Morde sind hier nicht weiter von Bedeutung und die Ermittlungen laufen unter Aufsicht von Special Agent Warren.«

Detective Hernandez sah sich in der Gruppe um. »Wenn die Einzelheiten nicht von Bedeutung sind, warum hat man uns dann hierher bestellt, Miss Olson?«

Syd hielt seinem Blick stand. »Um die Person zu verhaften, die diese Morde zu verantworten hat«, sagte sie.

Niemand sagte ein Wort. Dar sah, dass Lawrence auf seinem Stuhl herumrutschte, und wusste, dass er sein Holster zurechtrückte, wenn auch wahrscheinlich unbewusst.

»Wir wussten schon vor Monaten, dass es weit oben eine undichte Stelle gab«, fuhr Syd fort, »aber es war Toms Idee, im Rahmen dieser Gruppe mitzuteilen, dass er undercover gehen würde. Wir haben die Telefone der meisten von Ihnen abgehört…«

Syd wartete auf einen Protest, aber es wurden nur allgemein Fäuste geballt, Augen und Lippen zusammengekniffen. Keiner sagte was.

»Und was hat das Abhören ergeben?«, fragte Captain Sutton, dessen Raucherstimme heute Morgen ein Röcheln war.

»Nichts Konkretes«, sagte Syd. »Die Person, die sich hat bestechen lassen, muss geahnt haben, dass sie überwacht wurde. Während der genehmigten Abhöraktion wurden keinerlei illegale Aktivitäten abgehört oder aufgenommen.«

»Und wie…« begann Hernandez.

»Die beschattete Person hat selbst Telefonzellen gemieden«, fuhr Syd fort, »was klug war, weil auch die Münzfernsprecher im Umfeld der Wohnung dieser verdächtigen Person abgehört wurden. Allerdings hat die Person ein spezielles Handy benutzt, das von Leuten des Kartells erworben und unter fiktivem Namen registriert worden war. Wir glauben, dass der verdächtigen Person mehrere solcher Telefone ausgehändigt wurden, um im Notfall Kontakt aufnehmen zu können.«

Syd knöpfte ihren Blazer auf und Dar konnte die 9-mm-SIG-Sauer im Holster an ihrem Gürtel sehen. Dann wandte sie sich der Anwältin Poulsen zu. »Nicht bedacht haben Sie, Jeanette, dass wir diese Person so dringend fassen wollten, dass wir allen Hauptverdächtigen mit Handy-Scannern gefolgt sind.«

Syd drückte den Startknopf an einem Kassettenrekorder.

Poulsens Stimme war zu hören, vom Rauschen verzerrt und blechern, aber ganz gut erkennbar: »Santana vom Betrugsdezernat und drei FBI-Agenten wollen unter falscher Identität Kontakt zu Ihren Helfern der Hilflosen aufnehmen.«

Eine tiefe Männerstimme sagte etwas Unverständliches.

»Nein, die Namen der Agenten weiß ich nicht«, gab Poulsens Stimme zurück, »aber es sind zwei Männer und eine Frau, und sie müssen über denselben Mittelsmann ins Land kommen und zur gleichen Zeit wie Santana Kontakt zu den Helfern suchen. Mehr kann ich Ihnen im Augenblick nicht sagen.«

Wieder rasselte die Stimme des Mannes, aber diesmal waren die Worte »Geld« und »Überweisung« und »üblicher Betrag« zu hören.

Jeanette Poulsen sprang von ihrem Stuhl auf, wie von einer riesigen Sprungfeder getrieben. Ihr Gesicht war dunkelrot und die Sehnen an ihrem hübschen Hals waren deutlich angespannt. »Ich muss mir diesen Scheiß nicht anhören. Das ist doch kompletter Unsinn. Sie haben nach sechs Monaten noch immer keine echten Informationen für die Grand Jury und deshalb wollen Sie mir das jetzt anhängen…« Sie versuchte, an Syd vorbei zur Tür zu gehen. »Sie können mich über meinen Anwalt erreichen.«

Syd packte die größere Frau beim Arm, riss sie herum, warf sie mit dem Oberkörper auf den Konferenztisch und drehte ihr beide Arme auf den Rücken. Syd nahm ein Paar Handschellen von ihrem Gürtel und hatte Poulsen gefesselt, bevor sie den Kopf vom Tisch heben konnte.

»Sie haben das Recht zu schweigen –«, begann Syd.

»Leck mich –«, begann Poulsen, aber Syd packte sie bei den Haaren und schlug ihren Kopf wieder auf die Tischplatte.

»Alles, was Sie sagen, kann und wird vor Gericht gegen Sie verwendet werden«, fuhr Syd mit ruhiger Stimme fort. »Sie haben das Recht auf einen Anwalt …« Sie riss Poulsens Hände hinter ihrem Rücken weit hoch, dass die Frau aufstöhnte und dann schwieg.

»Von hier an übernehmen wir«, sagte Warren. Er und der FBI-Mann neben ihm nahmen je einen Arm der inzwischen weinenden Frau und führten sie hinaus, wobei sie ihr weiterhin ihre Rechte vorlasen.

Als die Tür hinter ihnen ins Schloss gefallen war, wischte Syd ihre Hände an den Leinenhosen ab, als wären sie schmutzig. »Wir haben nachweisen können, dass einhundertfünfzehntausend Dollar auf ein geheimes Konto überwiesen wurden, das Miss Poulsen vor acht Monaten eingerichtet hat«, sagte sie.

Syds Stimme war bei allem ruhig geblieben, aber jetzt legte sie eine kurze Pause ein, um Luft zu holen. »Unser regelmäßiges Task-Force-Meeting findet morgen in einer Woche statt. Bezirksstaatsanwalt Restanzo hat eingewilligt, sich der Task Force anzuschließen und wird bei unserem nächsten Treffen anwesend sein. Ich hoffe, bis dahin einige echte Entwicklungen verkünden zu können.«

Syd sah sich am Tisch um. »Einige von Ihnen kannten Tom Santana. Ich kannte ihn und war mit ihm, seiner Frau Mary und ihren beiden vierjährigen Kindern eng befreundet. Toms Beerdigung wird morgen früh um zehn Uhr in Los Angeles in der Trinity Catholic Church in Northridge stattfinden, beim Reseda Boulevard am Campus der State University. Über die Arrangements, die für die Special Agents Garcia, Sanchez und Foxworth getroffen wurden, werden wir Sie noch in Kenntnis setzen.«

Während Santanas Beisetzung fiel Dar auf, dass er seit der Trauerfeier für David und Barbara in keiner katholischen Kirche mehr gewesen war.

Danach standen die Leute eine Weile draußen vor der Kirche im Sonnenschein herum. Es sollte eine private Zeremonie an der Grabstelle geben, und Syd fragte, ob sie Dar später sprechen könne. Dar nickte, sah, wie sich sein schwarzer Anzug und die schimmernde Sonnenbrille in ihren dunklen Gläsern spiegelten. Sie hatte während der Feier nicht geweint, und auch nicht, als sie Mary Santana und die beiden Kinder umarmt und mit ihnen gesprochen hatte.

»Sagen Sie wann und wo«, sagte Dar.

»Lawrence und Trudy wollen uns um vier Uhr an der Esposito-Unfallstelle etwas vorführen«, sagte Syd. »Danach? In Ihrer Wohnung?«

»Ich warte.«

Lawrences Handy klingelte, als Dar mit ihm im frisch reparierten NSX wieder nach San Diego fuhr. »Bingo«, sagte Lawrence.

»Eins von den Fotos?«, sagte Dar.

»Ja. Ich habe sie ein paar Leuten gezeigt, die an dem Sonntag auf der Baustelle gearbeitet haben, nicht Vargas, dem Vorarbeiter, der wollte nicht kooperieren, aber den anderen. Zwei haben jemanden erkannt. Beide haben gesehen, wie dieser Mann mit einem Helm herumgelaufen ist. Sie kannten ihn nicht, dachten sich aber, es wäre sicher irgendein Leiharbeiter fürs Wochenende.«

»Einer von den Russen?«, fragte Dar.

»Nein. Der Ex-Mafiamann aus New Jersey. Tony Constanza.«

»Werden sie vor Gericht aussagen?«

»Wer weiß?«, sagte Lawrence. »Ich habe ihnen nicht gesagt, dass es um einen Mordfall geht, an dem Ex-Mafiakiller beteiligt sind. Ich habe ihnen nur die Bilder gezeigt. Wenn *ich* wüsste, worum es ginge… *ich* würde nicht aussagen.«

Bezirksstaatsanwalt Restanzo stand mit drei seiner Gehilfen auf der Baustelle, und keiner von ihnen schien besonders glücklich darüber zu sein, sich seine schicken Schuhe schmutzig zu machen. Zwei uniformierte Polizeibeamte hatten den

Bereich um den Hebelift abgesperrt und passten auf, dass die neugierigen Bauarbeiter zurückblieben, während Lieutenant Hernandez mit verschränkten Armen daneben stand. Trudy hatte die Videokamera auf ein stabiles Stativ geschraubt. Lawrence stand unter der angehobenen Plattform, genau da, wo Jorgé Murphy Esposito gestanden hatte, als er zu Tode kam. Wie beim echten Unfall lag eine Vierteltonne Bauholz auf der massiven Bühne in zwölf Metern Höhe.

Hernandez erklärte die Lage. »Es gab eine Kontroverse darüber, ob es sich hier um einen Unfall handelte oder ob wir Espositos Tod den Mordakten hinzufügen sollten, die bereits mit diesen Versicherungsfällen in Zusammenhang stehen. Mr. Stewart weiß die Antwort.« Er deutete auf Lawrence, der Trudy zunickte. Das rote Licht an der Kamera leuchtete auf.

Lawrence räusperte sich. »Gut. Wir alle wissen, dass die Beweislage durch Autopsie und Indizien zum Tod des Anwalts Esposito darauf hindeutet, dass er die Hydraulikschraube da drüben an der Strebe nicht lösen und gleichzeitig so zu Tode kommen konnte, wie es der Fall war, innerhalb von zwei Sekunden, ohne dass seine Brust voller Hydraulikflüssigkeit gewesen wäre. Die Fotos des Leichenbeschauers zeigen deutlich, dass nur Mr. Espositos Hosenaufschläge und die Sohlen seiner Schuhe mit der Flüssigkeit bespritzt waren. Mehrere Arbeiter auf der Baustelle haben auf Fotos einen Mann identifiziert, von dem sie sagen, er sei an dem Sonntag hier gewesen, als Esposito starb. Dieser Mann ist mit an Sicherheit grenzender Wahrscheinlichkeit Tony Constanza, ein ehemaliger Mafia-Informant, der inzwischen in den Diensten des Anwalts Dallas Trace steht.«

»Mir gefällt der Ausdruck ›Mafia‹ nicht«, sagte Bezirksstaatsanwalt Restanzo. »Mafia steht für Italiener und Sizilianer und ist eine Beleidigung einer bestimmten ethnischen Gruppe. Wir bevorzugen den Begriff ›Organisiertes Verbrechen‹.«

»Gut«, sagte Lawrence. »Fürs Protokoll: Mr. Tony Constanza war früher Mitglied jenes Flügels des multiethnischen, multirassischen Chancengleichheit propagierenden Syndikats im Organisierten Verbrechen, der sich auch heute noch hauptsächlich aus Sizilianern und Italo-Amerikanern zusammensetzt und allgemein als Mafia bekannt ist. Also«, fuhr Lawrence fort und sah den Bezirksstaatsanwalt an, »wenn Sie diese Sache verfolgen wollen, brauchen Sie den Beweis, dass es Mord war, kein Unfall. Ich werde Ihnen den Beweis liefern. Ich stehe augenblicklich dort, wo Mr. Esposito stand, zwei Sekunden bevor der Hebellift seinen Hydraulikdruck verlor und auf ihn fiel, sodass er in der Scherenmechanik zerquetscht wurde. Würde sich vielleicht jemand zu mir gesellen, während wir diesen Unfall nachstellen?«

Eine Minute lang rührte sich niemand. Dann stellte sich Dar neben Lawrence unter die Plattform. Er hatte keine Ahnung, was sein Freund im Schilde führte, aber er vertraute auf dessen Professionalität. Dars schwarze Bally-Schuhe und die Umschläge an den Hosen seines Armani-Anzugs wurden mit Matsch bespritzt, aber das machte ihm nichts aus. Er wusste, wie man Schuhe mit Spucke zum Glänzen brachte.

»Mr. District Attorney, wären Sie wohl so freundlich, die Stellschraube am Hydrauliksystem zu lösen?«, sagte Lawrence. Die riesige Plattform hing zehn Meter über seinem Kopf… und über Dars.

»Da drüben ist es matschig«, sagte Restanzo, der offenbar immer noch sauer wegen der Mafiasache war.

»Ich mach es«, sagte Lieutenant Hernandez. Er stapfte durch den Matsch zu einer Stelle, wo der Schatten der Plattform eben endete, gleich neben dem Hauptpfosten der Hydraulik.

Lawrence wartete, als Syd Olson in Eile über den Baugrund lief. »Tut mir Leid, dass ich zu spät bin«, sagte sie etwas atemlos.

»Wir wollten gerade zeigen, wie es funktioniert«, sagte Lawrence. »Lieutenant, würden Sie bitte die Hydraulikstellschraube lösen und entfernen?«

Dar warf Lawrence einen kurzen Blick zu. Die beiden Männer standen lässig da, mit verschränkten Armen, und das Gewicht der Plattform war über ihnen zu spüren, aber Dar überlegte im Stillen, ob er Zeit genug hätte, Larry zu packen und beide rechtzeitig unter dem abstürzenden Lift herauszubringen. Es war eine simple Gleichung mit einer simplen Antwort. Nein.

Hernandez zuckte mit den Schultern und begann, die massige Schraube gegen den Uhrzeigersinn zu drehen. Sie bewegte sich, man hörte das Gurgeln von Hydraulikflüssigkeit, und die Plattform ruckte fünfzehn Zentimeter abwärts.

»Oh, Scheiße«, sagte Hernandez und wich zurück.

»Ganz raus, bitte«, sagte Lawrence.

Der Lieutenant vom Morddezernat trat an den Pfosten, als wäre dieser eine lebendige Klapperschlange. Ganz vorsichtig schob er seinen Arm herum und fasste die Schraube an. Er drehte sie noch ein kleines Stück. Es schien, als zitterte die Plattform aus Vorfreude auf ihren drohenden Absturz.

»Ganz raus, bitte«, wiederholte Lawrence.

Die Schraube drehte sich nicht weiter. Hernandez stemmte sich gegen die massive Schraubenmutter, nahm die andere Hand, versuchte es mit mehr Kraft. Dann versuchte er es mit beiden Händen.

»Das Scheißding… entschuldigen Sie, Mr. Restanzo… das Ding will nicht.«

Lawrence trat an den Pfosten, und Dar folgte ihm, war froh, aus der Todeszone zu entkommen. Lawrence legte seine Hand an den Bolzen und wartete, bis Trudy herangezoomt hatte.

»Staatsanwalt, Miss Olson, Lieutenant Hernandez, meine Herren… diese Schraube befindet sich in ihrer ganz normalen Stellung, genau wie an dem Tag, an dem Jorgé Murphy Esposito umgekommen ist. Es ist absolut unmöglich, dass Mr. Esposito die Hydraulikschraube versehentlich hätte lösen können. Wie Sie gesehen haben, wurde die Schraube so konstruiert, dass sie sich leicht per Hand einstellen lässt, aber über zwei Drehungen hinaus benötigt man mindestens einen mittelgroßen Schraubenschlüssel, um sie weiterzudrehen. Simple Technik.«

Lawrence drehte sich um und sah Syd und den Bezirksstaatsanwalt an. »Wer Mr. Esposito ermordet hat – und wir haben Zeugen, die den ehemaligen Mafiakiller Tony Constanza zum Zeitpunkt des Mordes an Esposito gesehen haben – muss eine Waffe auf Mr. Esposito gerichtet haben, während er die Schraube mit einem Schraubenschlüsel gelöst hat.«

»Wir haben an der Unfallstelle keinen Schraubenschlüssel gefunden«, sagte Hernandez.

»Genau«, sagte Lawrence. Er winkte Trudy, sie solle die Kamera abstellen, und trat aus dem Schatten des Hebelifts mit Dar im Schlepptau.

Trudy und Lawrence kamen auf einen Drink mit in Dars Wohnung, bevor sie wieder zurück nach Escondido fuhren. Syd schien es mit dem Gespräch, um das sie ihn nach Tom Santanas Beerdigung gebeten hatte, nicht eilig zu haben.

»Okay, was die Sache mit Esposito angeht, haben wir Constanza als Täter«, sagte Trudy. »Der Fall Willis oben in Carmel wird wieder aufgerollt und das FBI hat den Camry abgeholt... Die wollen alle gerichtsmedizinischen Tricks anwenden, die sie kennen, um einen Abdruck oder eine Faser oder irgendwas zu finden.«

»Warren stürzt sich mit allem, was er hat, auf diese Sache«, sagte Syd.

»Drei tote FBI-Agenten«, sagte Lawrence. »Wundert mich nicht.«

»Hat Dallas Trace den Verstand verloren?«, fragte Trudy. »Seit dreißig Jahren ist er Strafverteidiger... Eins muss er doch wissen: Wenn es etwas gibt, womit er in diesem Land niemals durchkommt, dann der Mord an Polizisten.«

Dar räusperte sich. »Ich glaube nicht, dass Dallas Trace das Ganze noch steuert... falls er es je getan hat«, sagte er.

Die anderen drei sahen ihn an.

»Dieses Verhalten ist russisch«, fuhr Dar fort. »Deren Bandenbosse lenken das Land. Wer von Regierung oder Polizei im Weg ist, wird umgebracht. Ganz einfach.«

»Das stimmt«, sagte Syd. »Da drüben gibt es keine Handhabe gegen das Organisierte Verbrechen oder irgendetwas Ähnliches, das es Bundespolizei oder lokalen Behörden ermöglichen würde, die Schweine zu fassen. Die russischen Banden haben den Vertrieb von Kohle, Erdgas, Alkohol, Strom und der Hälfte aller verfügbaren Lebensmittel in der Hand.«

Trudy sagte: »Sie meinen also, das Kartell hätte die Russen ins Land geholt, um die Sache zu organisieren, aber jetzt bestimmt die *Organisatsia*, wie der Hase läuft?«

»Darauf würde ich wetten«, sagte Dar. »Ich glaube, Dallas Trace und die anderen, die mit in das Unfallgeschäft einsteigen wollten, sind auf einen Tiger geklettert – oder vielleicht sollte ich sagen: auf einen Bären – und können sich nur festhalten und hoffen, dass sie nicht gefressen werden.«

»Dafür ist es zu spät«, sagte Syd mit in die Ferne gerichtetem Blick. »Diese Leute sind zu weit gegangen. Sie werden alle noch gefressen, auch der russische Bär... und zwar langsam, wie ich hoffe.«

»Worüber wollen Sie mit mir reden?«, fragte Dar, als die Stewarts gegangen waren. Syd saß auf dem Sofa gegenüber von Dars Stuhl, in Gedanken versunken.

Ihr Kopf kam hoch, und sie sah Dar mit diesen klugen, blauen, aufmerksamen Augen an, die Dar als Erstes aufgefallen waren. »Eigentlich wollte ich nicht nur reden«, sagte sie. »Ich wollte einen Vorschlag machen.«

»Ja?«, sagte Dar.

»Ich möchte dieses Wochenende mit Ihnen zur Hütte fahren«, sagte Syd. »Nicht um Bodyguard zu spielen oder wegen der nächsten Strategiesitzung. Nur wir zwei... weg von allem.«

Dar spürte, wie ihre Worte ihm einen Ruck versetzten. Er zögerte. »Es könnte sein, dass es nicht gerade sicher ist in meiner…« Er hatte sagen wollen »Nähe«, aber er sagte: »…Hütte.«

Syd lächelte. »Wo ist es schon sicher, wenn die uns kriegen wollen, Dar? Wenn… Sie nicht mit mir wegfahren wollen, ist das okay, aber wir sollten uns jetzt keine Sorgen darum machen, ob wir auf der sicheren Seite sind.«

Dar begriff, dass der Satz für sie mehr als nur eine Bedeutung hatte. »Müssen wir noch ins Hotel, um irgendwelche Sachen zu holen?«

Syd trat nach der kleinen Tasche, die sie mitgebracht hatte. »Ich bin bereit«, sagte sie.

Als sie zusammen im Land Cruiser aus der Stadt fuhren, mit seinem alten Gewehr und der geliehenen Waffe samt Munition hinten unter der Plane, mit ein paar Lebensmitteln – Steaks, frischem Salat, einer Flasche Wein – auf dem Rücksitz, fiel Dar plötzlich etwas ein. Vielleicht war er vermessen, aber falls sie so empfand wie er, würde sie die Nacht vielleicht nicht im Schäferkarren verbringen wollen. *Verdammt*, dachte Dar, *ich hätte an einer Drogerie anhalten sollen, bevor wir losgefahren sind*. Plötzlich lief er rot an. Jahrelang war er Barbara absolut treu gewesen, und danach hatte es keine andere mehr gegeben.

Syd berührte ihn leicht am Arm. Er sah zu ihr hinüber.

»Glaubst du an Telepathie?«, sagte sie. Wieder lächelte sie.

»Nein«, sagte Dar.

»Ich auch nicht«, sagte die Chefermittlerin. »Aber darf ich einen Moment so tun, als würde so etwas existieren?«

»Sicher«, sagte Dar, wandte seinen Blick wieder der Straße zu und hoffte, sein Hals und seine Wangen wären nicht so rot, wie sie sich anfühlten.

»Es könnte sein, dass wir uns hier in einem Dilemma befinden, Dar«, sagte sie, »weil wir nicht jung und modern genug sind, die ganze Tragweite unseres Tuns zu bedenken. Aber es hat auch einen gewissen Vorteil.«

Dar hielt seinen Blick starr auf die Straße gewandt.

»Mein Leben während der Ausbildung beim FBI war ziemlich ereignislos, bis ich Kevin geheiratet habe«, sagte sie, »und Kevin und ich waren einander treu. Es hat nur einfach nicht geklappt. Und aus einem ganzen Haufen Gründen hat es seitdem niemanden gegeben.«

»Barbara und ich… waren genauso«, sagte Dar. »Ich habe… ich meine, ich habe es vorgezogen, nicht…«

Wieder legte sie ihre Hand auf seinen Arm. »Du musst nichts sagen, Dar. Ich sage nur, es ist deine Entscheidung. Wir sind keine Kinder. Vielleicht gibt uns diese schwachsinnige Abstinenz auf beiden Seiten die Möglichkeit, hier und heute etwas ganz Besonderes miteinander zu erleben.«

Dar warf ihr einen Blick zu. »Mach weiter so«, sagte er, »und ich glaube bald an Telepathie.«

In der Abenddämmerung kamen sie zur Hütte. Das Licht war matt und golden, selbst bei fast geschlossenen Fensterläden.

»Möchtest du jetzt einen Drink und was zu essen?«, fragte Dar.

»Nein«, sagte Syd. Sie nahm ihr Holster vom Gürtel, dann drei Magazine samt Lederschlaufen und legte alles auf die Kommode.

Es war lange her, seit Dar zuletzt einer Frau beim Ausziehen geholfen hatte. Er konnte sich kaum noch erinnern, dass die Knöpfe auf der anderen Seite waren. Ohne Kleider sah Syd in ihrer schlichten Unterwäsche ganz golden und weiß aus. Sie küssten sich. Dar wusste noch, wie Haken und Ösen funktionierten und löste sie, ohne viel herumzufummeln. Syds Brüste waren voll und schwer, die Hüften breit: eine erwachsene Frau.

»Du bist dran«, sagte sie, half ihm sein T-Shirt über den Kopf zu ziehen. Sie löste seine Gürtelschnalle. »Seit wir uns zum ersten Mal gesehen haben, wollte ich etwas wissen«, flüsterte sie nach dem nächsten Kuss, und ihre Brüste drückten sich an seine nackte Brust. »Bist du der Typ für Boxershorts oder eher für Slips?«

Sie zog den Reißverschluss an seiner Hose auf und half ihm, aus den Chinos zu steigen.

»Oho«, sagte sie.

»Hab ich mir damals in Vietnam angewöhnt«, sagte Dar. »Im Dschungel trägt niemand Unterhosen.«

»Wie romantisch«, sagte Syd lächelnd, aber als sie sich dieses Mal umarmten, wanderte ihre Hand abwärts, bis sie ihn fand.

Die Laken waren kühl. Syd schob die Kissen beiseite. Dar küsste ihren Mund, küsste den Puls an ihrer Kehle, küsste ihre Brüste und die langen Brustwarzen. Die Hände griffen ineinander, dann liebten sie sich.

Syd küsste ihn lang und innig. Die Finger krallten sich noch fester ineinander, als sie die Arme über ihrem Kopf ausstreckte, seine Hände ihre Arme auf das Laken drückten, und es ihm schien, als spürte er sie mit jedem Quadratzentimeter seiner Haut.

Sie aßen gegen elf Uhr abends. Dar grillte die Steaks draußen, trug nur seinen Bademantel, während Syd den Salat zubereitete, ein paar Kartoffelspalten briet – sie hatten nicht die Geduld, auf gebackene Kartoffeln zu warten – und den Cabernet Sauvignon atmen ließ. Dar hatte Hunger, als sie sich zum Essen setzten. Syd war wie ausgehungert.

Er hatte vergessen – das war alles. Natürlich erinnerte er sich daran, dass Sex schön war (das konnte man unmöglich vergessen), aber er hatte die vielen tausend kleinen Freuden der Intimität mit einer Frau vergessen. Nackt bei ihr im Dämmerlicht zu liegen und mit ihr zu reden, bis der schiere physische Imperativ erneut seine Autorität geltend machte; gemeinsam zu duschen und den schlichten Vorgang des gegenseitigen Haarewaschens zu einer reinen Form des Liebesakts zu machen; zu lachen, während man barfuß im Bademantel herumläuft, hungrig und hastig das Essen zubereitet. Glücklich im Augenblick zu sein.

Beide tranken ein Glas Macallan Single Malt zum Nachtisch und nippten vor dem Kamin daran. Die Nacht war warm, und die Türen standen offen, ließen das Rascheln, den Duft der Kiefern und die gelegentlichen Laute der Nachtvögel oder das ferne Jaulen der Kojoten herein, aber sie hatten trotzdem ein Feuer angemacht. Dann stand der Scotch halb ausgetrunken auf dem Tischchen, und wieder waren sie im Bett, leidenschaftlicher noch als vorher. Syd schrie im selben Augenblick wie Dar, als beide die Grenzen ihres Ichs gleichzeitig fallen ließen.

Dann lagen sie auf den verschwitzten Laken, und in der Luft hing dieser süßliche Geruch von Sex.

»Also, jetzt ist es an der Zeit, mir davon zu erzählen«, sagte Syd sanft.

Dar stützte sich auf einen Ellenbogen. »Also«, sagte er. »Was erzählen?«

»Wieso du zu den Marines gegangen und Scharfschütze geworden bist.« Syds Augen strahlten im verglühenden Lichtschein vom Kamin.

Dar musste lachen. Er hatte etwas... Romantischeres erwartet.

Syds Stimme war sanft, aber ernst. »Ich möchte wissen, warum ein so intelligenter und gefühlvoller Junge wie Darwin Minor zu den Marines wollte und Scharfschütze wurde.«

Dar legte sich auf den Rücken und sah zur Decke. Er merkte, dass er seltsam unvorbereitet war, es ihr zu erklären, weil er es noch nie vorher erklärt hatte. Nicht einmal Barbara.

»Ich hab dir schon erzählt, dass ich an den Spartanern interessiert war. Aber ich habe dir eigentlich nicht erzählt, wieso.« Er machte eine Pause. »Ich hatte Angst«, sagte er schließlich. »Ich war ein ängstliches Kind. Als ich sieben war... Ich erinnere mich noch an den Tag, den Nachmittag, daran, wo ich war, an den Bordstein, auf dem ich saß, als es mir bewusst wurde… Im Alter von sieben Jahren wurde mir klar, *wusste* ich, dass ich eines Tages sterben würde. Ich war damals schon Atheist. Ich wusste, dass es kein Leben nach dem Tod gibt. Bei dem Gedanken habe ich mir vor Angst fast in die Hosen gemacht.«

»Die meisten erleben das früher oder später«, flüsterte Syd. »Normalerweise nicht so jung.«

Dar schüttelte den Kopf. »Die Angst wollte nicht aufhören. Nachts habe ich mich schrecklich gefürchtet. Ich habe angefangen, ins Bett zu machen. Ich hatte Angst, ohne meine Eltern zu sein, sogar Angst vor der Schule. Mir wurde klar, dass nicht nur *ich* sterben musste, sondern *sie* auch. Was wäre, wenn sie starben, während ich bei Miss Howe in der dritten Klasse saß?«

Syd lachte nicht. Nach einer Minute sagte sie: »Also bist du zu den Marines gegangen, um den Mut aufzubringen… die Angst zu überwinden?«

»Nein«, sagte Dar. »Eigentlich nicht. Ich hab meinen Highschool-Abschluss früh gemacht, habe das College nach drei Jahren mit dem Physikdiplom abgeschlossen, aber die ganze Zeit hab ich mich eigentlich nur für Tod und Angst und Beherrschung interessiert. Da fing ich an, die Spartaner und ihre Vorstellungen zur Beherrschung von Ängsten zu studieren.« Er rollte herum, um sie anzusehen. »Der Vietnamkrieg hatte angefangen…«

Syd legte ihre Hand flach auf Dars Brust. Er fühlte ihre kühlen Finger. »Und deshalb«, sagte sie ganz leise, »die U.S. Marines.«

Dar zuckte leicht mit den Schultern.

»Weil du dachtest, die Marines kannten vielleicht die Geheimwissenschaft der Angstbeherrschung.«

»So ungefähr«, sagte Dar und merkte, wie dumm das alles klang.

»Und kannten sie die?«

Nachdenklich kaute Dar einen Moment auf seiner Lippe.

»Nein«, sagte er schließlich. »Sie hatten sich einige Disziplinen bewahrt, die von den Spartanern stammten, und sie haben versucht, nach deren Idealen zu leben, aber der Großteil von Wissenschaft und Philosophie, der hinter der spartanischen Geistehaltung stand, war längst verloren.«

»Aber… ein Scharfschütze«, sagte Syd. »Die einzigen Scharfschützen, denen ich je begegnet bin, gehörten zu den taktischen Teams von SWAT und FBI, aber die kommen mir meistens wie Ausgestoßene vor…«

»Waren sie schon immer«, sagte Dar. »Das ist wohl auch der Grund, wieso ich in diese Richtung wollte. Während man den Marines beibringt, sich in einen größeren Organismus einzufügen, arbeiten Scharfschützen allein oder in Zweierteams. Alles muss bedacht sein: Terrain, Windgeschwindigkeit, Entfernung, Licht… alles. Nichts darf übersehen werden.«

»Ich kann verstehen, wieso es dich gereizt hat«, flüsterte Syd. »Das dauernde Denken.«

»Der Typ, der meine Scharfschützenschule gegründet und geleitet hat, hieß Jim Land und war Captain bei den Marines«, sagte Dar. »Nach dem Krieg habe ich etwas gelesen, was Land für ein kleines Handbuch mit dem Titel *One Shoot – One Kill* geschrieben hat. Willst du es hören?«

»Ja«, flüsterte Syd. »Wie romantisch.«

Dar lächelte. »Captain Land hat geschrieben: ›Es bedarf einer bestimmten Art des Muts, mit sich allein zu sein – allein mit seinen Ängsten, allein mit seinen Zweifeln. Es gibt niemanden, der einem Kraft geben könnte, außer einem selbst. Dieser Mut ist nicht von der oberflächlichen Art, die man oft erlebt und die das Adrenalin ausschüttet. Und auch nicht der Mut, der daraus wächst, das andere einen für feige halten könnten!‹«

»*Katalepsis*«, flüsterte Syd. »Davon hast du mir schon erzählt.«

»Ja«, sagte Dar, »›für den Scharfschützen gibt es keinen Hass auf einen Feind, nur Respekt vor ihm, oder er sieht ihn als Beute. Psychologisch betrachtet kann den Scharfschützen allein seine Gewissheit stützen, eine notwendige Aufgabe zu erfüllen und der beste Mann dafür zu sein. Im Kampf würde Hass jeden vernichten, besonders aber einen Scharfschützen. Aus Rache zu töten würde ihn am Ende den Verstand kosten.

Blickt man durch ein Zielfernrohr, sieht man zuerst die Augen. Es ist ein großer Unterschied, ob man auf einen Schatten schießt, auf eine Silhouette oder auf ein Augenpaar. Es ist erstaunlich, dass einem – wenn man dieses Zielfernrohr auf jemanden richtet – zuerst die Augen auffallen. Viele können es nicht…‹«

»Aber du«, sagte Syd. »In Dalat. Du hast Menschen in die Augen gesehen und trotzdem abgedrückt. Und das war in all den Jahren das Geheimnis deines Überlebens.«

»Was bitte?«, sagte Dar.

»Kontrolle«, sagte Syd. »Das stete Bemühen um *aphobia*, die Vermeidung von Besitz um jeden Preis.«

»Vielleicht«, sagte Dar und fühlte sich nicht wohl bei dieser Psychoanalyse und seinem Geplapper, das dazu geführt hatte. »Es ist mir nicht immer gelungen.«

»Die .410er-Patrone mit dem Bolzenabdruck«, sagte Syd.

»Ein Versager«, gab Dar zu. »Das war elf Monate, nachdem Barbara und das Baby umgekommen sind. Es schien mir… damals… logisch.«

»Und jetzt?«

»Nicht so logisch«, sagte er. Er drehte sich um und nahm sie in die Arme. Sie küssten sich. Dann wich Syd mit dem Gesicht so weit zurück, dass sie ihm in die Augen sehen konnte.

»Würdest du morgen etwas für mich tun, Dar? Etwas Besonderes… nur für mich?«

»Ja«, sagte er.

»Gehst du mit mir fliegen?«

Wieder kaute Dar auf seiner Unterlippe. »Du bist doch schon geflogen. Du warst in Steves Segler… Du weißt, dass meiner nur einen Sitz hat und –«

»Gehst du morgen mit mir fliegen, Dar?«
»Ja«, sagte Dar.

21

Erstens war da die Stille.

Lautlos und entschlossen wie ein Falke segelte der Hoch-leistungs-Doppelsitzer Twin Astir durch die Luft, stieg mit unsichtbarer Thermik in die Höhe. Allein das weiche Rau-schen der Luft an seinem Rumpf drang von außen herein, und bei seiner niedrigen Eigengeschwindigkeit war davon nicht viel zu hören. Als sie zweitausendvierhundert Meter an Höhe überschritten hatten, gab Dar Anweisung, die Sauerstoffmas-ken aufzusetzen. Er hatte sich vorgebeugt, um nachzusehen, ob Syds auch funktionierte, denn mit den Masken konnten sie nicht sprechen. Nur das leise Zischen von Sauerstoff unter-malte das Rauschen in der Luft.

Zweitens das Sonnenlicht.

Es war ein strahlend schöner Tag, blauer Himmel, nur ein paar Lenticularis türmten sich über den windgeschützten Hän-gen der höchsten Gipfel. Ansonsten war die Sicht unendlich. Sonnenlicht brach sich auf der polierten Haube, die ihnen in viertausend Meter Höhe einen Rundum-Blick ermöglichte. Nach Westen hin, jenseits der Kämme und Berge und tiefen Spalten in der Erde, glitzerte der Pazifik. Nach Süden und Osten hin brannte das grelle Licht der Wüste und vom Salton Sea. Gut sichtbar war im Norden eine Smogwand an den Ber-gen östlich von Los Angeles, und die große, rote Weite der Baja breitete sich unter dem Smog über Tijuana und Ensenada im Süden aus.

Drittens die Nähe.

Wäre da nicht sein Fünf-Punkt-Gurt gewesen, hätte sich Dar nach vorn über die flachen Instrumente lehnen und beide

Arme um Syd legen können. Er konnte das Shampoo riechen, mit dem er am Morgen Syds Haar gewaschen hatte. Er dachte daran, wie Wasser und Shampoo über ihre Schultern und Brüste gelaufen waren, als er das Haar gespült und ausgewrungen hatte, als die Seifenblasen im morgendlichen Sonnenschein auf ihren Brustwarzen geglitzert hatten…

Dar schüttelte den Kopf und konzentrierte sich darauf, das Flugzeug zu fliegen.

Als sie am Morgen auf den Segelflugplatz von Warner Springs gekommen waren, hatte Steve ihm zwar staunend, aber doch gern seinen Twin Astir geliehen (er wollte keine offizielle Mietgebühr annehmen), und Ken hatte überrascht zur Kenntnis genommen, dass Dar in Begleitung einer Frau war.

Vor dem Flug hatte Dar den Doppelsitzer ausgiebig inspiziert, und dann war er mit Syd die Fallschirmprozedur noch ein drittes Mal durchgegangen.

»Bei Steve musste ich keinen Fallschirm tragen«, sagte Syd.

»Ich weiß«, sagte Dar. »Aber wenn du mit mir fliegst, trägst du einen.«

Sein älterer Fallschirm war frisch gepackt, und nun zog und zupfte er ihn zurecht, bis er Syd gut passte. Es wurde später und heißer an diesem Morgen, während Dar immer und immer wieder die Anweisungen durchging, sich vom Flugzeug abzustoßen, die Reißleine zu ziehen, die Steuerleinen zu greifen, Luft aus dem Schirm zu lassen, um die Richtung zu ändern, die Beine beim Landen anzuziehen und andere Angst einflößende Details.

Schließlich hatte Syd gesagt: »Musstest du je abspringen?«

»Nie«, sagte Dar.

»Hast du überhaupt schon mal einen Fallschirm benutzt?«

»Nur einmal, vor zehn Jahren etwa«, sagte Dar. »Ein ganz normaler Sprung, um sicherzugehen, dass ich es kann, wenn ich muss.«

»Und?«

»Ich hab mir vor Angst fast in die Hosen gemacht«, sagte

Dar wahrheitsgemäß, und dann fing er die Anweisungen wieder von vorn an.

Sie hatten kurz darum gestritten, ob Syd ihre halbautomatische SIG und die Magazine am Gürtel mitnehmen sollte. Dar wies darauf hin, dass Handfeuerwaffen bei einem Segelflug nicht nötig seien und Holster, Waffe und drei Ersatzmagazine in Ledertaschen nur im Weg wären, wenn man mit Fallschirm und Gurten erst verzurrt war. Syd hatte erklärt, sie sei Polizistin und es sei ihre Pflicht, zu jeder Zeit eine Waffe bei sich zu tragen. Dar gab den Streit auf, sagte ihr aber voraus, dass sie sich nach einer halben Stunde Flugzeit buchstäblich grün und blau ärgern würde, dass sie die Waffe dabeihatte.

Er hatte den Sauerstoff mitgenommen, weil Ken und Steve so begeistert gewesen waren über die Aussicht aufs Wellenfliegen, die der Tag bot – das dramatischste Mittel eines Segelfliegers, echte Höhe zu gewinnen. Es dauerte einige Minuten, Syd anzuweisen, wie die kleine Sauerstoffflasche verstaut werden sollte und wie man mit Handzeichen kommunizieren konnte, wenn die Masken ein Gespräch unmöglich machten.

»Etwas ist ganz wichtig«, sagte Dar, während Kens Schleppflugzeug sie westwärts in den Wind zog. »Wenn wir Sauerstoff zu uns nehmen, übergib dich nicht in der Maske.«

»Was soll ich tun, wenn mir schlecht wird?«

»Da steckt eine kleine Tüte rechts in deinem Sitz. Nimm die Maske ab, spuck in die Tüte und setz die Maske wieder auf.«

»Na prima«, sagte Syd, als der Twin Astir abhob. »Da freut man sich so richtig auf den Flug.«

Syd hatte dann in der Luft keinerlei Anzeichen von Übelkeit gezeigt. Tatsächlich war ihr ausschließlich Begeisterung anzumerken gewesen, als man den Twin Astir westwärts zu den Bergen in den wirbelnden Rotor aufwärts drehender Luft zwischen den aufgeschichteten Lenticularis und den Bergen schleppte und dann auf der Aufwindseite ausklinkte. Dar war hin und her geflogen, nutzte den Rotor wie einen Skilift, überflog den unsichtbaren Fahrstuhl mit mehreren Schwüngen.

Er hatte darauf hingewiesen, dass es selbst an einem so schönen, klaren Tag wie diesem einige Turbulenzen geben mochte, wenn man in den Rotor flog. »*Sollen* die Flügel das so machen?«, hatte sie über ihre Schulter hinweg mit zweifelnder Miene gefragt, als der Twin Astir eine Schneegans beim Startversuch zu imitieren schien.

»Unbedingt«, sagte Dar. »Wenn sie sich nicht so biegen, brechen sie. Lieber sollen sie sich biegen.«

Nachdem er die Wellenfront abgeschätzt hatte, durchflog Dar erneut die Turbulenzen der äußeren Wellen und fand die wahre Mitte des Auftriebs. Danach war der Flug seidig und lautlos und atemberaubend.

»Meine Güte«, hatte Syd geschrien. »Als wären wir im Fahrstuhl.«

»Sind wir auch«, sagte Dar.

»Es hat nicht den Anschein, als würden wir uns in Relation zum Boden oder zu den Bergen bewegen.«

»Das tun wir im Augenblick auch nicht«, gab Dar ihr Recht. »Der Wind ist so stark, dass er uns anhebt, aber unsere Bodengeschwindigkeit liegt bei null. Ich muss gleich noch eine Schleife fliegen, sonst werden wir wieder zu diesen Lenticularis gedrückt und verlieren den Rotor... aber für den Augenblick sind wir absolut im Gleichgewicht.«

Syd hatte damit geantwortet, dass sie ihre Hand hinter sich über den Sitz und Dars flache Konsole hielt. Er zögerte nur eine Sekunde, dann griff er danach, drückte sie.

Bei zweitausendvierhundert Metern hatte er ihnen Sauerstoff gegeben, nur zur Sicherheit.

Sie setzten ihren sanften Aufstieg fort, kreiselten rechts herum, hängten sich in den Aufwind wie ein Falke, der auf einer unsichtbaren Thermiksäule balanciert, sahen, wie der Himmel blauer und der Horizont größer wurde.

Vor seinem geistigen Auge sah Dar eine dreidimensionale Karte des überwachten und unüberwachten Luftraums für diesen Teil Kaliforniens, die von Luftraum A bis G reichte, und er wusste, dass sie sich mitten in einem Luftraum E befanden. Es bedeutete, dass sie in einem überwachten Gebiet flogen, aber in der Nähe nirgendwo ein Kontrollturm stand, sodass er nach Sichtflugregeln flog. Bis in eine Höhe von fünftausendfünfhundert Metern über dem Meeresspiegel konnten sie aufsteigen, wo die Luftverkehrsstraßen begannen. Er fing das Segelflugzeug ab, indem er bei viertausendfünfhundert Metern aus dem Rotor flog und immer größere Kreise beschrieb, wobei er die Fluggeschwindigkeit erhöhte, um seine Höhe zu halten.

Dar ließ Syd den vorderen Knüppel nehmen und das Flugzeug eine Weile steuern, zeigte ihr, wie man langsame Kurven flog, ohne zu überziehen oder allzu viel an Höhe zu verlieren.

Syd löste ihre Maske und fragte: »Können wir etwas Akrobatik machen?«

Dar runzelte die Stirn, nahm aber seine Maske wieder herunter, spürte die beißende Kälte in der Luft. »Meinst du *Aerobatik*?«

»Wie auch immer«, sagte Syd. »Steve hat mir gesagt, man könnte mit so einem speziellen Segelflugzeug Loopings, Rollen und so was fliegen.«

»Ich glaube nicht, dass es dir gefallen würde«, sagte Dar.

»Doch, würde es!«, sagte Syd.

»Setz deine Maske wieder auf«, sagte Dar. »Ich glaube, du kriegst zu wenig Sauerstoff.« Aber er fügte hinzu: »Und halt dich fest... aber nicht am Knüppel. Lass deine Füße von den Pedalen.«

Sie waren noch immer in der Aufwindzone, mit dramatischer seitlicher Drift, als Dar die Nase des Twin Astir in den Wind lenkte, und dann drückte er die Nase herunter, um Geschwindigkeit zu gewinnen. Ohne noch eine Warnung durch die Maske zu rufen, brachte er das Segelflugzeug mit Hilfe der Querruder in eine Rolle, während er die Nase des Twin Astir gleichzeitig mit Seitenruder und Höhenruder auf einen Punkt kurz über dem Horizont lenkte. Das Flugzeug fing sich und zielte direkt dorthin, wohin man es lenkte.

»Wow!«, rief Syd. »Noch mal!«

Dar schüttelte den Kopf. Aber dann, sich durchaus bewusst, dass es Angeberei war (*vor einem Mädchen*, dachte er), schwenkte er nach rechts aus, ließ die Nase unter den Horizont fallen, um an Fluggeschwindigkeit zu gewinnen, zog kontinuierlich am Knüppel und steuerte den Twin Astir mit feinen Quer- und Seitenruderausschlägen durch eine 360-Grad-Fassrolle, während er eine abfallende Spirale um die unsichtbare Achse ihres Horizontes flog. Himmel und Erde tauschten die Plätze, einmal, zweimal, dreimal, viermal.

Dar fing das Flugzeug ab, checkte seine echte Höhe, warf einen Blick auf die Kontrollanzeigen und fummelte am Mac-Cready-Ring um das Variometer herum, um seine beste Geschwindigkeit zum nächsten Aufwind einzuschätzen.

»Noch mal!«, rief Syd.

Dar hob die Nase an, bis das Flugzeug seinen Auftrieb verlor und überzog. Der Effekt war in etwa, als würde man in einen leeren Fahrstuhlschacht treten. Die Nase sackte ab, und der Twin Astir stürzte direkt auf die Erde zu, die nun etwa dreitausend Meter unter ihnen lag. Es war, als hätte jemand die Fäden zerschnitten, die sie oben hielten, und das elegante Segelflugzeug war nur noch totes Metall und nutzlose Bespannung, fiel wie ein Aluminiumsarg aus einem Frachtflugzeug.

Syd schrie auf, und Dar hatte kurz ein schlechtes Gewissen, bis er merkte, dass es ein Aufschrei reinster Freude war. Er löste seine Maske und sagte: »Du wirst uns retten müssen.«

»Wie?«

»Drück den Knüppel nach vorn.«

»Nach vorn?«, rief Syd unter ihrer Maske. »Nicht zurück?«

»Ganz sicher nicht zurück«, sagte Dar. »Nach vorn. Und vorsichtig.«

Syd drückte den Knüppel nach vorn, die Strömung begann, sich wieder anzulegen, und langsam, unter Dars Anleitung, drückte sie das Flugzeug wieder in die Normalfluglage, bis das Variometer anzeigte, dass sie nicht weiter an Höhe verloren.

»Diesen kleinen Stunt nennt man ›Wing-over‹«, sagte Dar. Er nahm das Ruder in die Hand, riet Syd, sich festzuhalten, dann zog er die Nase senkrecht in den Himmel. Ihre Geschwindigkeit sank dramatisch. Kurz vor der Überziehgeschwindigkeit trat er voll ins Seitenruder, drehte den Twin Astir um 180 Grad, richtete die Nase senkrecht nach unten, damit sie schneller wurden und brachte das Flugzeug schließlich wieder ins ruhige Gleiten.

»Noch mal!«, sagte Syd.

»Nein, lieber nicht«, sagte Dar. Er nahm seine Maske vom Gesicht und stellte den Regler ab. »Der Spaß hat uns auf zweitausendvierhundert Meter fallen lassen. Du kannst deine Maske abnehmen und den Sauerstoff abdrehen.«

Syd tat es, sagte aber: »Lass uns einen Looping fliegen.«

»Ein Looping würde dir nicht gefallen«, sagte Dar, wobei er genau wusste, dass sie begeistert wäre.

»Bitte…«

Bevor Dar reagieren konnte, röhrte ein Bell-Ranger-Helikopter auf ihrer Steuerbordseite bis auf fünfzehn Meter heran und blieb auf gleicher Höhe stehen.

»Idiot!«, rief Dar, dann klappte sein Mund zu, als er sah, dass die Hintertüren fehlten und ein Mann im dunklen Anzug in der Öffnung kauerte. Eine Mündung blitzte auf und kurz hinter dem Cockpit des Segelflugzeugs schlugen Kugeln ein. Zahllose Cockpit-Voice-Recorder hatte sich Dar schon angehört (diese Fünfzehn-Minuten-Bandschleife in der orangefarbenen, so genannten »Black Box«), und bei der großen Mehrheit aller Flugzeugabstürze war das letzte Wort des Piloten oder Copiloten »Scheiße!« oder ein anderes Schimpfwort seiner Wahl. Am Tonfall hörte Dar, dass die Verwünschungen kein verzweifelter Aufschrei gegen den bevorstehenden Tod waren, sondern der letzte, wütende, frustrierte Fluch eines Profis über seine oder ihre eigene Dummheit, sich in diese Lage gebracht zu haben und ihr nicht entkommen zu können. Darüber, alle an Bord umzubringen.

»Scheiße!«, sagte Dar, als er die Nase senkte und den Segler hart nach links schwenkte, wobei er an Höhe verlor. Mehrere hundert Meter unter dem Helikopter fing er die Maschine ab, aber der Hubschrauber flog voraus und brummte eine 180-Grad-Wende, röhrte bis auf fünfzehn Meter vor den Twin Astir, wobei der Mann hinten im Vorbeiflug aus der Maschine feuerte. Dar zog die Bremsklappen, und der Twin Astir überzog, sackte einfach ab, und die Kugeln flogen übers Cockpit.

Syd hatte es geschafft, ihre 9-mm-SIG-Sauer aus Gurt und Riemen zu befreien, und versuchte, sie durch das winzige Schiebefenster zu bringen, das zur Belüftung diente. »Verdammt!«, sagte sie, als der Helikopter an ihnen vorübersurrte und kehrtmachte, um von hinten anzugreifen. »Der Typ da drüben hat eine AK-47!«, rief sie.

Syd drückte das rechte Schiebefenster auf. »Ich kann durch diesen blöden, kleinen Schlitz nicht zielen, ohne mich abzuschnallen!«

»Nicht abschnallen!«, sagte Dar. Verzweifelt versuchte er nachzudenken, einen Vorteil zu finden. *Welchen Vorteil hat ein Hochleistungs-Segelflugzeug gegenüber einem dreihundert Kilometer schnellen Hubschrauber?* Das Segelflugzeug konnte einen Looping fliegen, was kein Hubschrauber schaffte… *Na toll*, dachte Dar. Der Twin Astir konnte einen hübschen, langsamen Looping fliegen, während die Bell Ranger ihn umkreiste und in Stücke schoss.

Noch was?

Na ja, dachte Dar, *wir können erheblich langsamer fliegen als die.*

Die können in der Luft stehen, Schwachkopf.

Der Bell Ranger kam links an ihnen vorbei. Dar konnte erkennen, dass sich nur zwei Mann an Bord befanden: der Pilot vorn rechts und der Mann im Anzug mit, ja, einem AK-47-Sturmgewehr, hinten, wo die Türen ausgebaut waren. Der Mann schien von so etwas wie einem Sicherheitsriemen gehalten zu werden, und er rutschte auf der Rückbank von einer offenen Tür zur anderen.

Dar wartete bis zur letzten Sekunde, tauchte ab, um auf Geschwindigkeit zu kommen, brachte den Twin Astir in einen Looping, als sie in die Turbulenzen der aufsteigenden Luft im Rotor kamen.

Zu spät, dachte Dar, als er mindestens zwei Treffer irgendwo hinter sich hörte.

Als sie im Looping aufstiegen und wieder herunterkamen, wobei Syd ihre Halbautomatik mit beiden Händen hielt, fragte sich Dar, wie schwer sie wohl getroffen waren. Noch war keine Kugel ins Cockpit eingedrungen. Der Segler hatte keinen Motor, der kaputtgehen konnte, keinen Treibstofftank, der explodieren konnte, keine hydraulischen Leitungen, die Leck schlagen konnten, aber die schlichte Bauweise bedeutete auch, dass jeder Treffer eines Steuerseils sie manövrierunfähig machte. Eine Kugel in den Querrudern konnte mit sich bringen, dass Dar komplett die Kontrolle verlor. Selbst Kugeln, die den Rumpf hinter ihm durchschlagen hatten, ohne größeren Schaden anzurichten, behinderten den Luftstrom auf der glatten Oberfläche des Rumpfes, was die Lenkbarkeit einschränkte.

Dar flog während des Loopings eine Rolle, sah den Bell Ranger hundert Meter westlich schweben, wo er darauf wartete, dass sie wieder in die Waagerechte kamen. Statt aus dem Looping zu kommen, hielt Dar die Nase unten und stieß zur Erde hinab.

Fehler, dachte er, als er sah, wie der Höhenmesser mit erschreckender Geschwindigkeit abwärts rotierte. Sein Instinkt hatte ihm geraten, das Segelflugzeug in einen dieser Canyons zu bringen, an den Kämmen der Berge aufzusteigen und zu versuchen, irgendetwas – einen Hügel, einen Berg, Bäume – zwischen sich und den Heckenschützen zu bringen. Sobald er aber sah, wie seine Höhe unter dreihundert Meter fiel, wusste er, dass er einen Fehler begangen hatte, der tödlich enden konnte.

Es war kein gewöhnliches Fluggerät, das sie da verfolgte. Das verdammte Ding konnte sich um seine eigene Achse drehen, während es noch geradeaus flog. Es konnte sich genauso steil in die Kurve legen wie der Twin Astir und dann einfach stehen bleiben, während das Segelflugzeug fast schon überzog.

Aber Dar hatte sich darauf eingelassen. Er warf einen Blick über seine Schulter.

Der Bell Ranger schwebte über und hinter ihnen, ein Raubvogel, der wartete, dass sein Opfer die Verrenkungen beendete, bevor er zustieß.

Aber Dar war erst am Anfang seiner Verrenkungen. Tief kam er durch ein weites Tal, suchte eine Stelle, wo er den Twin Astir herunterbringen konnte, denn er war sicher, dass sie zu Fuß eine bessere Chance hätten als in der Luft. Keine Wiesen. Keine kahlen Berghänge. Nur Bäume und Felsen und Kämme.

In kreischendem Sturzflug, mit glitzernden Rotoren stieß der Hubschrauber hinter ihnen herab.

»Können wir diese Kanzel öffnen?«, rief Syd. »Ich brauch nur einen Schuss.«

»Nein«, sagte Dar. Er lenkte das Segelflugzeug direkt auf eine Felswand zu, fand die aufgeheizte Luft am Kamm kaum fünfzehn Meter vor dem Fels und schwenkte scharf links aus, stieg mit der Thermik auf.

Der Helikopter schaffte die Kurve ohne weiteres, passte sich der Steiggeschwindigkeit an und flog mit nur wenig mehr als Rotorlänge neben ihnen. Dar sah, wie der Mann hinten grinste, als er seine AK-47 hob.

»Tony Constanza!«, sagte Syd. Sie hatte ihren Gurt so weit gelöst, dass sie sich vorbeugen und die Mündung ihrer SIG-Sauer durch das offene Belüftungsfenster halten konnte.

Constanza gab Feuerstöße ab, als Dar die Nase schon herunterdrückte, auf den Bergkamm zuhielt.

Eine Kugel traf die Nase des Twin Astir. Eine weitere durchschlug die Haube, ging zwischen Dars und Syds Köpfen hindurch und trat auf der rechten Seite durch das Plexiglas wieder aus.

»Bist du okay?«, rief Dar.

Bevor Syd antworten konnte, trieb Dar die Nase des Seglers nur Zentimeter über Fichten hinweg, fegte Nadeln von den Wipfeln, dann schwenkte er hart rechts ins schmale Tal hinab.

Der Bell Ranger gewann an Höhe, überflog den Kamm mit Metern Abstand, statt mit Zentimetern, und dann röhrte er in südlicher Richtung über sie hinweg, wobei Constanzas Sturmgewehr mit Dauerfeuer schoss.

Dar flog unterhalb der Bäume, folgte einem kleinen Fluss, der unten in der Mitte der engen Schlucht verlief. Vor ihnen schwenkte, schlingerte und schwebte der Hubschrauber, wandte ihnen seine offene Tür zu, in der bereits die Mündung der AK-47 blitzte.

Dar kippte scharf nach links ab und spürte zwei Einschläge im rechten Flügel. Dann hatte er die Lücke im östlichen Kamm durchflogen, die ihm von oben aufgefallen war. Da gab es Auftrieb, aber er konnte es sich nicht leisten, seine Fluggeschwindigkeit zu reduzieren, um den Auftrieb maximal zu nutzen. Er hielt die Nase unten, als er durch diese immer schmalere Schlucht flog, sodass die Flügelspitzen des Twin Astir keine zwei Meter Abstand von den Felswänden zu beiden Seiten hatten.

Der Bell Ranger röhrte hinter ihnen heran.

»Ich brauch nur einen Schuss!«, rief Syd erneut, drehte sich wild auf ihrem Sitz herum. Ihr Gurt war so locker gewesen, dass sie bei den scharfen Kurven und Turbulenzen hin und her geworfen worden war.

»Nein«, sagte Dar. »Wir haben jetzt schon schlechtes Handling. Wenn wir die Haube aufmachen, ist unsere Aerodynamik einen Dreck wert.«

Der Helikopter brüllte viermal so schnell wie der Segler über sie hinweg. Constanza beugte sich heraus, ratterte Kugeln in ihre Richtung, aber sein Winkel war ungünstig.

Das Segelflugzeug kam in ein breiteres Tal am Rand des Hauptauftriebs, fast hinten bei den aufgeschichteten Lenticularis, und Dar scherte nach links aus, stieg auf. Das Flugzeug kam mit einem Ruck aus der Thermik, die am Fels aufstieg, und sie waren über den Kamm hinweg, segelten tausend Fuß hoch über einem breiteren, abfallenden Tal.

»Das wird hier unten nicht gehen«, sagte Dar zu Syd. »Wir brauchen Höhe.«

»Wir *hatten* Höhe«, sagte Syd, hielt die 9-mm-Pistole nach wie vor mit beiden Händen. »Dann bist du hier runter geflogen.«

»Ich weiß«, sagte Dar. »Ich hab Scheiße gebaut.«

Dar brachte das Flugzeug in die starken, vertikalen Luftströmungen näher am Kamm, als der Bell Ranger wieder ausschwenkte. Constanza lehnte sich hinaus, gegen seinen Gurt, feuerte, schoss Hülsen aus Metall, die im Sonnenlicht aufblitzten. Geschosse trafen den Schwanz des Twin Astir, und Dar merkte, wie die Steuerung schwammig wurde. Die nächste Kugel zerschlug die Haube hinter Dars Kopf. Er riss die Nase steil in die Höhe, tauschte Geschwindigkeit gegen Höhe, als er in den turbulenten Grenzbereich der Auftriebssäule kam, da durchschlug eine Kugel sein Sitzkissen.

Oder war das mein Fallschirm?, überlegte Dar und wusste dann, was zu tun war.

»Bist du okay?«, rief er Syd noch einmal zu, als sie in Spiralen aufstiegen, Höhenmesser und Variometer sich im Uhrzeigersinn drehten, da sie im Rotor schnell an Höhe gewannen. Die Bodengeschwindigkeit des Segelflugzeugs fiel fast auf Null, als sie wieder nach Westen in den Wind flogen und wie ein Spatz in Panik aufstiegen, während sie der Helikopter in sorgsam choreografierter Spirale umflog.

Dar behielt die Instrumente im Blick. Er musste für seinen Plan mindestens tausendfünfhundert Meter über der Erde sein, damit es klappte, wenn denn von einem Plan die Rede sein konnte. Sicher war, dass ihnen der Hubschrauber so viel

Zeit nicht lassen würde. Der Bell Ranger kam näher, der Schütze beugte sich diesmal links heraus, während beide Flugmaschinen in langsamer Spirale links herum aufstiegen.

Syd lockerte ihren Gurt noch ein Stück weiter, beugte sich vor, damit sie durch das schmale Lüftungsfenster zielen konnte, und feuerte fünfmal auf den Helikopter.

Dar sah am vorderen Rumpf Funken fliegen und beobachtete, wie sich Tony Constanza ins Dunkel der Rückbank duckte. Dar konnte erkennen, dass der stämmige Schütze den Piloten anschrie.

Der Bell Ranger schwenkte nach rechts und röhrte über ihnen, flog eine Spirale gegen den Uhrzeigersinn. Sie wussten, dass Dar früher oder später das Flugzeug würde abfangen müssen. Dann konnten sie von hinten oder von oben kommen, in einem Winkel, aus dem Syd nicht treffen konnte, ohne durch die Haube des Twin Astir zu schießen.

»Spann deinen Gurt!«, rief Dar, dann erklärte er ihr, was er vorhatte.

Syds Kopf fuhr herum. Ihr Mund ging auf. »Das ist doch nicht dein Ernst.«

Dar schüttelte den Kopf. »Festhalten.«

Das Segelflugzeug flog nach rechts an den äußeren Rand des Rotors. Die Winde waren nun stärker, und die Mittagshitze trug noch zum kräftigen Aufwind bei, aber Dar konnte nicht sicher sein, ob die zunehmenden Turbulenzen vom Aufwind oder vom Schaden am Rumpf und den Steuerflächen seines Flugzeugs herrührten. Es machte keinen Unterschied. Steves wunderschöner Hochleistungs-Doppelsitzer musste nur noch ein paar Minuten zusammenhalten.

Der Bell Ranger kam in Schussweite, schob sich seitwärts wie auf Schienen.

Dar tauchte ab, um Geschwindigkeit aufzunehmen, dann ging er in einen Looping. Als sie den Hubschrauber passierten, prasselten Kugeln wie Hagelkörner auf den hinteren Teil des Rumpfes. Dar spürte, wie das rechte Ruder nachgab.

Der Helikopter blieb, wo er war. Der Pilot wusste, dass Dar den Looping würde zu Ende bringen müssen.

Das tat er, stieg zu einem nächsten, weiteren Looping auf. Syd schoss zweimal vom Vordersitz aus. Kugeln aus der AK-47 schlugen in Dars Konsole ein, zersplitterten die Instrumente, schlugen vier Löcher in die Haube knapp über ihren Köpfen und trafen die Nase so hart, dass das Flugzeug nach links gedrückt wurde, als er versuchte, den zweiten Looping anzugehen.

Der Bell Ranger blieb, wo er war, wartete darauf, dass Dar wieder vorüberkam.

Kurz vor der Spitze ihres Loopings, gut hundertfünfzig Meter über dem Helikopter, drehte Dar den schwerfälligen Twin Astir, bis sie einen Außenlooping flogen. Er spürte die negativen g-Kräfte, die ihn aus dem Sitz und aus dem Flugzeug zerren wollten – der Gurt an seinen Schultern schmerzte – und er hörte Syd aufstöhnen. Dar wurde trübe vor Augen, dann war einen Moment lang alles rot, bis er das bockende Segelflugzeug abfing und dann die Nase wieder hochriss.

Sie hatten keinen Auftrieb mehr. Der Twin Astir überzog und fiel vom Himmel.

Dar hielt die Nase weit genug unten, um noch etwas Kontrolle zu behalten. Der Hubschrauberpilot hatte ihre wahnwitzige Akrobatik wohl beobachtet, denn er drückte die Nase des Bell Rangers herunter und jagte durch das Tal.

Zu spät. Dar näherte sich der Endgeschwindigkeit des Segelflugzeugs. Ein paar kostbare Sekunden war er der Fluggeschwindigkeit des Helikopters gewachsen. Das nutzte er, griff die rechte, hintere Flanke des weiß-blau-roten Hubschraubers an, als wäre der zitternde, bockende Twin Astir eine P-51 im Angriffsflug. Natürlich konnte Syd wegen der Haube nicht nach vorn hinaus schießen, und wenn sie wartete, bis sie nah genug am Helikopter und daneben wären, würde Constanzas Sturmgewehr sie in Stücke schießen. Keines der beiden Fluggefährte bot eine stabile Plattform für einen Schützen, aber wenigstens hatte Dallas Traces Ex-Mafiakiller den Vorteil, Kugeln am ganzen Himmel versprühen zu können.

Diese Gelegenheit wollte ihm Dar nicht noch einmal bieten.

Was haben wir, was sie nicht haben?, dachte er zum zwanzigsten Mal. Und zum zwanzigsten Mal fand er dieselbe Antwort. *Fallschirme.* Natürlich war es möglich, dass sein Fallschirm von der Kugel, die unter ihm durchgegangen war, durchlöchert war. Er würde es herausfinden.

Mehr als alles andere fürchteten Segelflieger einen Zusammenstoß in der Luft. Jetzt musste er eine solche Kollision herbeiführen.

Dar und Syd stießen in ihrem zerbrechlichen, verwundeten Twin Astir vom Himmel herab … der Spatz, der den Falken attackierte. Falls er seine Flugbahn fortsetzte, würde er den Hubschrauber kurz überholen, bevor sie in die Fünfzehn-Meter-Kreissäge der Rotorblätter gerieten. Das wäre dann für alle tödlich. In letzter Sekunde senkte Dar die Nase des Twin Astir, fuhr die Bremsklappen aus, kam, so gut es ging, auf gleiche Geschwindigkeit und scherte nach links aus.

Der linke Flügel des Seglers schlug gegen die geschützte Rotoreinheit. Ein Stück vom Flügel brach und bog sich.

Dar ging hart nach rechts, rang mit Knüppeln und Rudern. Drei Sekunden mochte er die Maschine vielleicht noch beherrschen.

Wieder schwenkte der Segler nach links aus. Diesmal stieß der verbogene Flügel wie eine Holzplanke ins hungrige Maul einer Kreissäge. Die Rotorblätter trafen den Flügel, durchschlugen ihn, fraßen große Stücke davon und fingen dann an, sich selbst und die verkeilte Rotoreinheit zu zertrümmern.

Im Sinne des Newtonschen Imperativs wurde der Segler brutal entgegen dem Uhrzeigersinn geschleudert und kam ins flache Trudeln. Dar wusste, dass kein Pilot der Welt ein solches Trudeln abfangen konnte. Das Segelflugzeug, eben noch ein Meisterwerk aerodynamischer Perfektion, war nur noch verbeulter Schrott, der nun vom Himmel fiel. Dar verlor den Helikopter aus den Augen und versuchte, sich auf die Instrumente zu konzentrieren, aber weil Kugeln seine Konsole durchschlagen hatten und sie sich so schnell drehten, konnte er nichts erkennen. Horizont, Berge, Kämme, Wüste kreiselten in unglaublicher Geschwindigkeit. Da Dar und Syd jedoch noch in der Mitte der wirbelnden Masse saßen, spürten sie die Zentrifugalkraft kaum. Dar hatte keine Ahnung, ob sie tausend oder einen Meter vom Aufprall entfernt waren. Zu hören war nur ein Knacken wie von Eis, da der linke Flügel nun immer weiter brach.

Syd kämpfte mit dem Haubenschloss, aber es schien verklemmt zu sein. Mit einem Schlag löste Dar seinen Fünf-Punkt-Gurt, schüttelte ihn ab und stand im wild kreiselnden Flugzeug auf. Er wusste, dass ihnen zum Handeln nur Sekunden blieben, da aus dem Trudeln langsam ein Sturz wurde. Er beugte sich über Syds linke Schulter und warf sich mit seinem ganzen Gewicht gegen den zweiten Riegel der Haube. Das zerbrochene Plexiglas flog auf, und plötzlich wehte der Wind Dar kühl ins Gesicht und an den Oberkörper, wollte ihn aus dem kleinen Cockpit heben. Er hielt sich am flachen Instrumentenbrett fest, beugte sich vor, um Syd dabei zu helfen, sich aus dem Gurt zu befreien.

»Nein, nicht die Bänder!«, rief er gegen den Wind, da sie wie wild immer weiter an Riemen und Gurten riss. »Das ist dein Fallschirm!«

Sie ließ es sein und stand auf. Er sah, dass sie sich die Zeit genommen hatte, die Pistole wieder ins Holster an ihrem Gürtel zu schieben und sie mit dem Riemen zu sichern.

Er packte ihre rechte Hand, mit der sie sich am Rand des Cockpits festhielt. »Spring, wenn ich bis zwei zähle!«, rief er. »Stoß dich vom Rumpf ab ... Wir brauchen Abstand! Eins ... zwei!«

Sie taumelten ins Leere. Eine Sekunde lang sah Dar, dass Syds Arme sich wie Flügel ausbreiteten, und das Blut wollte ihm gefrieren, als er sich fragte, ob sie vergessen würde, die

Reißleine zu ziehen. Aber sie tauchte nur vom Wrack ab, denn der Twin Astir rotierte nun um seine eigene Achse und hatte sich zehn Meter unter ihnen in einen gigantischen Schneebesen verwandelt. Sekunden später sah er, wie ihr Sportfallschirm erblühte. Eine Sekunde darauf riss er an seiner Leine.

Erst nachdem die Hülle sich mit einem plötzlichen Ruck entfaltet hatte, blickte Dar auf. Er sah keine Löcher im Stoff, keine zerrissenen Leinen. Seine Hände gingen zu den Steuerleinen, und er drehte den Fallschirm um, als er hörte, wie der Bell Ranger auf sie herunterkam. Sollte der Pilot den Hubschrauber unter Kontrolle haben, wären Dar und Syd tot.

Nur ließ sich der Helikopter kaum noch manövrieren. Der vertikale Heckrotor war so gut wie nicht mehr vorhanden, und was davon übrig war, verschlang mit großen Bissen die Rotoreinheit. Der Pilot hatte den Motor abgestellt, der unübersehbar qualmte, vielleicht von einem der Schüsse, die Syd abgegeben hatte, wahrscheinlicher aber von den Metallbrocken, die der wild gewordene Heckrotor nach vorn schleuderte. Er versuchte, sich per Autorotation in Sicherheit zu bringen, ließ die Hauptrotoren frei drehen, um ausreichend Auftrieb zu bekommen, damit sie einen Absturz überleben konnten.

Der Hubschrauber hielt direkt auf Syd und ihn zu.

Dar brauchte nur einen Augenblick, bis er merkte, dass es sich keineswegs um den nächsten Mordversuch handelte. Er war sicher, dass der Pilot keine zweite Kollision suchte, besonders nicht, wenn Menschen und Fallschirmstoff in seinen Rotor geraten konnten. Nur blieb dem Piloten kaum etwas anderes übrig, als den in Autorotation befindlichen Helikopter in seiner wahnsinnigen Todesspirale zur Erde zu bringen.

Über und hinter ihm war Lärm, und Dar verdrehte sich in seinem Gurt, um nachzusehen. Ihm wurde klar, dass er – ob er noch dreißig Sekunden oder fünfzig Jahre zu leben hatte – niemals dieses Bild vergessen würde, das er dort sah.

Syd hatte ihre Hände von den Steuerleinen genommen und

hielt die 9-mm-Halbautomatik fest mit beiden Händen. Ihre Beine waren in der korrekten Haltung gespreizt (nur dreihundert Meter zu hoch), und sie schoss das gesamte zweite Magazin der SIG in die Plexiglaskuppel des Bell Rangers.

Der Hubschrauber verfehlte Dar, wenn auch so knapp, dass er die Beine anzog, um den Rotoren zu entgehen. Dann kreiselte die schwere Maschine immer schneller abwärts.

Syds Pistole stand offen. Dar sah, wie sie das leere Magazin fallen ließ, das letzte aus ihrem Gürtel zog und einschob, obwohl ihr orange-weißer Fallschirm sie in Spiralen über ihm rotieren ließ. Sie war etwas zu weit entfernt, als dass er hätte rufen können, also blieb Dar nur, auf die Leinen zu zeigen und an der entsprechenden zu ziehen, damit diese genügend Luft durchließ, dass Dar in die richtige Richtung flog. Dann deutete er auf eine offene Wiese.

Syd nickte, schob die Waffe ins Holster und begann an ihren Steuerleinen zu ziehen, versuchte, Dar zu der Lichtung zu folgen. Dann hörten beide kurz auf zu zappeln und sahen sich die letzten Sekunden des Bell Rangers hundertfünfzig Meter unter ihnen an.

Der Pilot war gut, aber doch nicht gut genug. Ein Hubschrauber in Autorotation ist im Grunde nur tote Masse, die von einem fast funktionsuntüchtigen Knüppel gesteuert wird, aber der Pilot schaffte es, die Todesspirale so abzustimmen, dass er die Bäume verfehlte, auf eine Lichtung zuhielt und mehr oder weniger auf Höhe eines dreißig Grad steilen Hanges entlangflog. Mit einem Segelflugzeug hätte Dar die Außenlanderegeln für Segelflieger befolgt und versucht, bergan zu landen, sowohl um das Abrollen zu verringern als auch um das letzte bisschen Auftrieb zu nutzen, das der Hang bot. Dem massiven Bell Ranger hatte der Hang jedoch nichts zu bieten, und dem Piloten blieb nur, bergabwärts zu landen, in einem Affenzahn, und sich wie bei einem Bob auf den Kufen den Hang hinuntergleiten zu lassen.

Selbst aus mehreren hundert Metern Entfernung sah die

Wiese weich genug aus. Dar ließ sich von diesem Anschein nicht täuschen. Sicher waren dort große Steine und kleine Felsen, Schluchten und dichte Sträucher und vermutlich größere Hindernisse. Worauf der Bell Ranger auch prallte, er prallte so hart darauf, dass sich die Kufen vorn eingruben und der Helikopter im selben Augenblick kopfüber ging. Eine Sekunde später gruben sich die Rotorblätter in die Erde und schleuderten eine Staubwolke dreißig Meter hoch in die Luft.

Durch diesen Staub konnte Dar erkennen, wie sich der Bell Ranger überschlug, wobei sich der Heckausleger losriss und die Cockpitkanzel komplett nach innen gedrückt wurde. Das Geräusch war grauenvoll, selbst in siebzig Metern Höhe. Dann kam die verbeulte Masse des Rumpfes hundert Meter bergabwärts an zwei größeren Felsen zum Stehen. Von Süden her war leiseres Krachen zu hören, und Dar wandte sich in eben jenem Augenblick um, als der verbogene Twin Astir zwischen den hohen Kiefern in einigen hundert Metern Entfernung verschwand.

Dar konzentrierte sich auf eine sanfte Landung, zeigte Syd am Beispiel, wie es ging. Er gab kein sonderlich gutes Beispiel ab. Am Ende schlug er sich eine dicke Weide in die Magengrube und katapultierte sich kopfüber ins Unkraut, bis er auf dem Rücken landete und ihn der Schirm über den Hang zog. Syd landete sanft zwanzig Meter bergan … auf den Beinen. Sie hüpfte zweimal und stand da, offenbar benommen, aber auf jeden Fall in einem Stück.

Dar kämpfte sich aus seinen Gurten und sprang auf, um sie von ihrem Fallschirm zu befreien, bevor Wind aufkam und sie wieder den Hang hinaufzerrte. Plötzlich fing alles wieder an, sich um ihn zu drehen. Er wollte sich einen Moment hinsetzen, bis das Kreiseln aufhörte, und kaum saß er auf dem Hintern, war Syd schon da, hatte sich vom Fallschirm befreit und half ihm, seine Füße aus der flatternden Fallschirmseide zu befreien.

»Komm«, sagte sie, und die beiden stiegen den Hang hinunter zu den Trümmern des Bell Ranger.

Syd blieb stehen, um sich den Heckausleger und den übel zugerichteten Rotor anzusehen, in dem nach wie vor Teile vom Flügel des Segelflugzeugs steckten, aber Dar rannte die letzten dreißig Meter nur. Er roch den üblen Gestank von Flugbenzin im Wind und wusste, dass der kleinste Funke einen möglichen Überlebenden eben dieses Leben kosten würde.

Das Cockpit war vollkommen eingedrückt. Der Pilot war tot, saß noch angeschnallt auf seinem Sitz, wie ausgeweidet und von Plexiglas und Blechboden beinah geköpft. Hinten konnte Dar nichts erkennen. Treibstoff lief ungehindert aus dem Wrack. Er zog sich an den Kufen der umgestürzten Maschine hoch und stand auf der Kabine, sah auf den Rücksitz. Constanza war nicht da.

»Dar!«, rief Syd aus zwanzig Meter Entfernung und erstarrte dann.

Eben war Tony Constanza hinter dem größeren der beiden Felsen hervorgetaumelt. Er war übel zugerichtet und blutete. Sakko und Hemd hingen in Fetzen, aber er richtete sein AK-47-Sturmgewehr auf Dar.

»Keine Bewegung!«, rief Syd, ging in die Hocke und zielte mit der kleinen SIG-Sauer.

Constanza warf ihr einen flüchtigen Blick zu. Er war keine drei Meter von Dar entfernt, und die automatische Kalaschnikow war direkt auf Dars Brust gerichtet.

Ich kann mich auf ihn stürzen, dachte Dar benommen. *Nein, das kannst du nicht, Arschloch*, hörte er sich dann klar und deutlich denken.

»Willst du mich etwa von da hinten mit dem kleinen Ding erschießen?«, rief Constanza. »Vorher spreng ich den Schweinepriester hier in die Luft. Wirf die Waffe weg, du Fotze.«

Bei diesem Wort wollte sich Dar schon auf ihn stürzen, doch die AK-47 hinderte ihn daran.

Syd ließ ihre Waffe sinken.

»Nein!«, schrie Dar.

»Ich sage: *Wirf sie weg, du Schlampe!*«, schrie Constanza, hielt die Gewehrmündung in Dars Gesicht.

Syd hob die SIG-Sauer an und schoss dreimal, wobei die Schüsse so kurz aufeinander folgten, dass sie in Dars Ohren wie ein Schlag klangen. Die erste Kugel zerschoss Tony Constanzas linkes Knie zu rotem Fleisch und weißem Knorpel, die zweite traf ihn hoch im linken Bein, die dritte traf ihn links im Hintern, sodass er herumgerissen wurde.

Die AK-47 schoss ihr halbes Magazin in den Dreck.

Dar sprang vor und trat die Waffe beiseite. Syd lief mit großen Schritten den Hügel hinunter, hielt ihre Pistole auf den schreienden, rollenden Mann gerichtet.

»Heilige Scheiße, hilf mir!«, stöhnte Constanza, als sie rutschend neben ihm zum Stehen kam. »Du hast mir die Eier abgeschossen, du Schlampe.«

»Wohl kaum«, sagte Syd. Mit einem Tritt drehte sie ihn auf den Bauch, hielt die Pistole an seinen Hinterkopf, während sie ihn fachmännisch abklopfte, ihm dann die Arme auf den Rücken drehte und die Handschellen anlegte.

»Syd«, sagte Dar sanft, »haben sie euch in Quantico nicht beigebracht, auf diese Distanz mit einer Pistole auf die Körpermitte zu zielen?«

»Natürlich haben sie das«, sagte die Chefermittlerin. »Aber wir brauchen den Kerl lebend.« Sie schob ihre Waffe ins Holster. »Gehst du mit Verbrechern immer so um?«, sagte sie. »Indem du sie rammst?«

Dar zuckte mit den Schultern. »Das kann ich am besten.« Er kniete neben dem wimmernden Mann. »Er wird an dieser Oberschenkelwunde noch verbluten«, sagte er, »wenn wir nicht irgendwas unternehmen.«

»Ja«, gab Syd zurück, ohne dass er in ihrem Gesicht irgendein Gefühl gesehen hätte.

Dar hielt Constanza still, während Syd dem Mann den Gürtel abnahm und ihm diesen fest um den Oberschenkel schnürte, um ihn als Aderpresse zu benutzen. Er schrie, als

Syd mit aller Kraft am Gürtel zog, dann verlor er das Bewusstsein.

Schwer sank Dar ins Gras. »Er wird trotzdem verbluten, bis uns jemand gefunden hat. Es wird Stunden dauern, bis Steve und Ken sich Sorgen machen.«

Syd schüttelte den Kopf. »Manchmal, Darwin, mein Guter, bist zu ein echter Hinterwäldler.« Sie nahm ihr Handy aus der Westentasche und drückte eine Kurzwahltaste. »Warren«, sagte sie. »Jim... Syd Olson hier. Ja. Wir haben Tony Constanza bei uns, aber er ist ziemlich schwer verletzt. Wenn er unser entscheidender Zeuge werden soll, schicken Sie uns besser einen Rettungshubschrauber...« Sie ließ das Telefon sinken. »Wo zum Teufel sind wir, Dar?«

»Am Osthang vom Mount Palomar«, sagte Dar. »Etwa auf dreizehnhundert Meter Höhe. Hinten im Hubschrauber ist eine Kiste mit Signalfackeln... Sag Warren, wir lassen Rauch aufsteigen, sobald wir den Helikopter hören.«

»Hast du das alles mitbekommen, Jim?«, sagte Syd. »Okay. Ja, wir rühren uns nicht von der Stelle.« Sie sah Dar an. »Sie schicken die Marines von Twenty-nine Palms.«

»Sag ihm, hier ist alles voller Klapperschlangen«, sagte Dar.

»Wir rühren uns nicht von der Stelle«, wiederholte Syd, »aber Dar sagt, hier gibt es reichlich Klapperschlangen, also sagen Sie den Marines bitte, sie sollen einen Zahn zulegen, wenn Sie Ihren Zeugen und seine Retter lebend wiedersehen wollen.« Sie legte auf.

Sie sahen einander an, dann den bewusstlosen Killer, dann wieder einander. Beide waren schweißnass, blau vor Prellungen, rot vom Blut, das aus kleinen Schnitten und Wunden rann, und klebrig vom Staub. Plötzlich grinsten sie sich an.

»Gott, bist du schön«, sagte Syd.

»Genau das wollte ich gerade zu dir sagen«, sagte Dar.

Dann hielten sie einander und küssten sich so leidenschaftlich, dass sie fast den bewusstlosen Mörder weckten.

Fast, aber nicht ganz.

22

Man lud Dar ein, an den Verhaftungen teilzunehmen, aber er lehnte ab. Er hatte zu tun. Die Einzelheiten erzählte man ihm später.

Syd erklärte, in England warte die Polizei lieber, bis ein Verdächtiger nach Hause kam, und verhaftete ihn erst dann. Auf diese Weise verringere man das Gewaltrisiko und die Gefahr, Unschuldige dabei zu verletzen. In Amerika war natürlich genau das Gegenteil der Fall. Dort war ein Zuhause nur allzu oft Waffenarsenal und Festung. Amerikanische Cops zogen es vor, Verhaftungen an öffentlichen, aber kontrollierbaren Orten vorzunehmen, an denen man den Verdächtigen zumindest mit Waffengewalt bezwingen konnte. Die Ausnahme in diesem Fall war das große Haus, von dem man wusste, dass sich dort die fünf Russen – darunter auch Zuker und Japontschik – versteckten. Dieses Haus wollte das FBI mit einer Übermacht und einem Überraschungsschlag einnehmen.

An diesem Donnerstagmorgen beanspruchte das FBI Vorrang und Zuständigkeit für sich, und da drei Special Agents zu Tode gekommen waren, hatte niemand etwas dagegen einzuwenden. Howard Faber, der Leitende Special Agent in Los Angeles, führte persönlich das taktische Team aus achtzehn behelmten, Maschinenpistolen schwenkenden und mit Kevlar-Westen bewehrten Special Agents um 6:48 Uhr Pazifischer Zeit in den Century-City-Tower. Special Agent James Warren wäre gern dabei gewesen, aber man hatte ihm die Verantwortung für den Zugriff auf die Männer der russischen Mafia in dem einsamen Haus beim Santa Anita Racetrack gegeben. Chefermittlerin Sydney Olson, ebenfalls in einer Kevlar-Weste mit der grellgelben Aufschrift »FBI«, hatte das stellvertretende Kommando für Traces Verhaftung übernommen. Wie alle anderen war auch sie mit einer Heckler-&-Koch-MP-10-Maschinenpistole bewaffnet.

Dallas Trace war live auf Sendung, denn sein CNN-Programm *Einspruch stattgegeben* lief zur üblichen Stunde um 10:00 Ostküstenzeit. Special Agent Faber und die Führer seines taktischen Teams hatten je einen winzigen Fernsehmonitor bei sich, und sie warteten, während der Vorspann zur Sendung lief, die Eingangsmusik endete, und die New Yorker Moderatorin, eine Ex-Anwältin, das Thema des Tages ankündigte und ihren Freund und Kollegen aus Kalifornien, den berühmten Strafverteidiger Dallas Trace, willkommen hieß. Der silberhaarige Anwalt saß an seinem üblichen Platz am Schreibtisch, in seinen Ledersessel zurückgelehnt, trug die übliche Büffelleder-Weste, und die Fenster hinter ihm zeigten einen sonnenverhangenen, frühen Morgen in L.A.

Zehn Leute aus dem taktischen FBI-Team stürmten durch die Büros, scheuchten die Frühaufsteher unter den Anwaltsgehilfinnen, jungen Anwälten, Sekretärinnen und Rezeptionistinnen aus ihren Zimmern, von ihren Plätzen, trieben sie in der äußeren Empfangshalle zusammen, wo zwei Agenten in schwarzem Kevlar Wache hielten. Nachdem die Gänge und Büros gesichert waren, traten zwei der Agenten die Tür zum Konferenzraum auf, der während der Fernsehübertragung als »Garderobe« diente. Dort saßen drei von Traces vier amerikanischen Bodyguards vor dem Monitor, tranken Kaffee und mampften Donuts. Mit offenen Mündern starrten sie das taktische Team an, und schon lagen sie am Boden, mit den Händen hinter den Köpfen, und wurden vom FBI-Team abgeklopft. Jeder Bodyguard trug mindestens eine Schusswaffe bei sich, und der Größte und Böseste aus dem Haufen hatte noch eine zweite Pistole hinten im Gürtel und einen winzigen Revolver im Knöchelholster. Zwei der drei hatten außerdem illegale Klappmesser mit langen Klingen bei sich.

Mit Blick auf ihre tragbaren Monitore und somit sicher, dass man in Traces Büro vom Aufruhr nichts mitbekommen hatte, warteten Faber, drei seiner Agenten mit H&K MP-10 gemeinsam mit Syd direkt vor der Tür des Anwalts.

Eben leierte Dallas Trace: »… und wäre ich der Strafverteidiger dieser armen, angeklagten, verfolgten und schikanierten Eltern gewesen, die offensichtlich keine Schuld am tragischen Tod ihrer Tochter trifft, hätte ich ganz sicher Klage erhoben, und zwar gegen…«, als das FBI die Tür eintrat und vier Agenten und Syd mit gezückten Waffen hereinkamen.

Die beiden Kameramänner und der Tonmann sahen Hilfe suchend ihren Aufnahmeleiter an. Dieser zögerte zwei Mikrosekunden lang, dann zeigte er mit einer Drehbewegung des Zeigefingers an, dass die Kameras weiterlaufen sollten. Dallas Trace sah die Eindringlinge nur mit weit offenem Mund an.

»Mr. Dallas Trace, Sie sind verhaftet wegen Verschwörung zum Mord und der Verschwörung zum Betrug«, sagte Special Agent Faber. »Stehen Sie auf.«

Trace blieb sitzen. Er wollte etwas sagen, hatte offenbar Probleme, von diesem angeblichen Prozess gegen die armen, angeklagten, verfolgten Eltern des ermordeten Kindes umzuschalten, den er eben darlegen wollte, aber bevor er noch einen Laut von sich geben konnte, packten zwei FBI-Männer in Schwarz den Anwalt bei den Armen und zerrten ihn auf die Beine. Sie hielten seine Arme hinter den Rücken und Syd legte ihm Handschellen an.

Nach der wohl längsten Sprachlosigkeit in seinem ganzem Leben fand Dallas Trace seine Stimme wieder… tatsächlich brüllte er: »Was zum Teufel machen Sie hier? Haben Sie eigentlich eine *Ahnung*, wer ich bin?«

»Dallas Trace, Strafverteidiger«, sagte Special Agent Faber. »Und Sie sind verhaftet. Sie haben das Recht zu schweigen –«

»Schweigen! Von wegen!«, schrie Dallas Trace, und seine Cowboyleier wich auf magische Weise einem nasalen New-Jersey-Akzent. »Sagen Sie dieser fetten Trockenpflaume, sie soll mir die Handschellen abnehmen.«

Spätere Umfragen zeigten, dass es eben diese Bemerkung in der beliebten CNN-Sendung war, die potenzielle weibliche Geschworene am meisten befremdete.

»Alles, was Sie sagen, kann und wird vor Gericht gegen Sie verwendet werden«, fuhr Faber fort, als die beiden Männer in schwarzem Kevlar dem Anwalt sein Lavalier-Mikrofon samt Sender und Verkabelung abnahmen und Trace dann hinter seinem Schreibtisch hervorholten. »Sie haben das Recht auf einen Anwalt.«

»Ich *bin* Anwalt, du Penner!«, brüllte Dallas Trace, dass die Spucke flog. »Ich bin der *berühmteste* Anwalt der Vereinigten Staaten von –«

»Wenn Sie sich keinen Anwalt leisten können, wird Ihnen einer gestellt«, fuhr Faber fort, ganz ruhig, während sich die fünf – drei Agenten, Trace und Syd – an dem glotzenden Aufnahmeleiter vorbeischoben. Beide Kameramänner grinsten breit, als sie ihre Objektive auf die Tür richteten, wo die anderen Agenten aus dem taktischen Team mit ihren Waffen standen.

Dallas Trace sah über seine Schulter in die Kameras. »Greta!«, schrie er, rief seine New Yorker CNN-Moderatorin. »Du hast es *gesehen*. Du hast *gesehen*, was die mit mir machen …«

Und dann war Trace verschwunden.

Der Aufnahmeleiter stürzte sich auf das Mikrofon und hielt es Syd ins Gesicht.

»Wozu diese ungeheuerliche Verhaftung mitten in –«, begann der Mann, bis Syd ihn mit »Kein Kommentar« abwürgte. Sie und die beiden Agenten gingen zur Tür hinaus.

Am selben Donnerstagmorgen drangen sechs FBI-Männer und fünf Zivilbeamte aus Sherman Oaks in Dallas Traces Haus ein. Niemand leistete Widerstand. Der Bodyguard, den man zum Schutz für Mrs. Trace zurückgelassen hatte, lag rein zufällig mit ihr im Bett, als das schwarz gekleidete FBI-Team die Schlafzimmertür eintrat.

Der Bodyguard befreite sich von Destiny Traces klammernden Beinen, rollte herum, warf einen kurzen Blick auf sein

Schulterholster mit der Pistole auf dem sechs Meter entfernten Stuhl, sah in die vier schallgedämpften H&K-Mündungen mit Laser-Zieleinrichtungen, die kleine rote Punkte über seine Stirn tanzen ließen, und hob die Hände.

Mrs. Trace setzte sich im Bett auf, widerstand offenbar jedem Impuls, ihre nackten Brüste zu bedecken. Die Aufmerksamkeit eines der FBI-Männer musste wohl einen Augenblick gelitten haben, denn der Laserpunkt zuckte über Mrs. Traces wippende Brüste und kehrte dann zur Stirn des Bodyguards zurück.

Destiny Trace runzelte die Stirn, schürzte die Lippen und sah den kräftigen Mann in ihrem Bett an, dann die FBI-Agenten mit ihren geschlossenen Helmen, Schutzbrillen und schusssicheren Westen, die sich in ihrem Schlafzimmer drängten, sah die Sherman-Oaks-Detectives in ihren Kevlar-Westen an, runzelte wiederum die Stirn und schrie plötzlich: »Hilfe! Vergewaltigung! Gott sei Dank sind Sie da, Officer… Dieser Mann hat sich an mir vergangen!«

Den Montag vor diesen Verhaftungen am Donnerstag verbrachte Lawrence größtenteils damit, Dar beim Einrichten der neuen Überwachungskameras zu helfen.

»Das kostet dich einen schönen Batzen… mit der Lieferung von einem Tag zum anderen und so«, bemerkte Lawrence ungefragt, als sie die erste Videoeinheit samt Batterie, Kabeln und wasserfester Tarnplane vom Trooper zu den Bäumen an der Straße bei der Hütte schleppten. »Hättest du mir zwei Wochen Zeit gelassen, hätte ich dir einen glatten Tausender für dieses Zeug sparen können.«

»In zwei Wochen brauche ich es nicht mehr«, sagte Dar.

Sie brachten die erste Kamera in einem Baum entlang des Kieswegs an, etwa einen halben Kilometer von der Hütte entfernt. Es war eine empfindliche Kamera, kaum größer als ein Taschenbuch, mit Zoom und einer Fernbedienung, über die man drehen und schwenken konnte. Dünne Kabel führten zur eigenen Lithium-Batterie und dem winzigen Sender, die sich leicht am Fuß der vermoderten Birke verstecken ließen. Die Kamera hatte zwei Objektive: eins für Tageslicht und das andere für die elektronische Restlichtverstärkung nach Einbruch der Dunkelheit. Dieses und das ganze andere Zeug hatte Dar tatsächlich einen ganzen Batzen Geld gekostet.

Als die Kamera richtig eingerichtet war, fuhr Dar zur Hütte hinauf und saß in seinem Land Cruiser, wo er mit der Fernbedienung schwenkte, drehte, zoomte und Objektive wechselte. Er übte, die Anlage an- und abzustellen. Er checkte den Empfang seiner tragbaren Kontrolleinheit auf ihrem Drei-Zoll-Schwarzweiß-Monitor.

Dann rief er Lawrence über Handy an.

»Geht gut, Larry.«

»Lawrence.«

»Komm rauf zur Hütte, und ich mach uns einen Kaffee, bevor wir die anderen Kameras aufstellen. Außerdem will ich dir zeigen, was ich im Wald gefunden habe.«

Nach dem Kaffee ließ Dar die Kiste mit der Videoanlage in der Hütte und nahm Lawrence mit auf einen Spaziergang. Sie liefen ostwärts zum Schäferkarren, bogen dann bergauf vom Weg ab, zwischen Felsen hindurch, zum Bergkamm oberhalb der Hütte. Von dort aus schlugen sie sich bergabwärts, bis sie zu einer Fichte etwa dreißig Meter oberhalb der Hütte kamen. Schweigend deutete Dar auf eine klobige Videokamera, die gut getarnt in einer Gabelung des Baumes klemmte. Das Objektiv der Kamera war auf die Hütte gerichtet.

Lawrence sagte nichts, inspizierte das Ding aber so sorgsam, wie ein Munitionsexperte eine Landmine inspizieren würde. Schließlich sagte Lawrence: »Kein Mikrofon. Kein Schwenken. Drehen. Zoomen, keine Nachtsicht. Es ist nur ein festes Objektiv mit Weitwinkel, aber man hat einen guten Blick auf deinen Parkplatz und den Eingang zur Hütte. Außerdem hat sie eine höllisch starke Batterie, einen Recorder mit extra langer Laufzeit, fast sicher eine automatische Zeitangabe, und die Peitschenantenne ist ganz da oben. Wer dich beobachtet, kann auf mehrere Tage Video zurückgreifen und durchspulen, um nachzusehen, wer sich in der Hütte befindet und wann er gekommen ist.«

»Ja«, sagte Dar.

»Mit einem derart kräftigen Sender und Antenne so weit oben, könnten sie meilenweit senden«, sagte Lawrence.

»Ja«, gab Dar ihm Recht.

Lawrence kletterte wieder an dem harzigen Stamm hinauf und sah sich das Gerät noch einmal an. »Das ist keine FBI-Technik, Dar. Ausländisch… tschechisch, glaube ich… schlicht, aber stabil. Ich vermute, sie senden im PAL-Format.«

»Das dachte ich mir«, sagte Dar.

»Die Russen?«

»Fast sicher«, sagte Dar.

»Soll ich es abklemmen?«

»Ich möchte, dass sie wissen, wo ich bin«, sagte Dar. »Ich wollte es dir nur zeigen, damit wir nichts über unsere Arbeit verraten, solange wir vor dieser Kamera stehen.«

»Sind da noch andere?«, fragte Lawrence und blinzelte misstrauisch ins getupfte Tageslicht des Waldes.

»Hab keine gefunden.«

»Ich sehe mich noch mal für dich um», sagte Lawrence.

»Das wäre nett, Larry.« Dar hatte großen Respekt vor seinem Sachverstand in Fragen elektronischer Überwachung.

»Lawrence«, sagte Lawrence und rutschte wie ein lauter Bär am Stamm herunter.

Tony Constanza hatte wie ein Vögelchen gesungen, nachdem er am vergangenen Samstagnachmittag wieder zu sich gekommen war. Obwohl sein Krankenhauszimmer von einem halben Dutzend FBI-Agenten bewacht wurde, hatte er doch offensichtlich furchtbare Angst, dass ihn die Killer der *Organisatsia* holen würden, wenn sie erfuhren, dass er noch lebte.

Constanza schien sich ausgerechnet zu haben, dass seine Chancen am besten standen, wenn er schnell sang, bevor Japontschik, Zuker und die anderen herausbekamen, wo man ihn bewachte. Offenbar hatte er einen gesunden Respekt vor ihren mörderischen Fähigkeiten. Außerdem zeigte er einige Begeisterung dafür, am Zeugenschutzprogramm teilzunehmen und – in der Beziehung war er ziemlich präzise – in Bozeman, Montana, zu leben.

Constanza sagte, er wüsste nicht genau, wo sich die Russen verstecken, aber es sei »wie eine Ranch, wissen Sie, ganz allein, irgendwo bei der Pferderennbahn von Santa Anita hinter dem Sierra Madre Boulevard … da oben in den braunen Bergen, wo diese Scheißbüsche fliegen und so.« Das FBI hatte eine solche Adresse bereits anonym zugespielt bekommen … Es war die Adresse zu einer der Telefonnummern, die Dallas Trace gewählt hatte, als Dar vor dessen Haus auf der Lauer lag. Jetzt ermittelte das FBI selbst und bestätigte die Anwesenheit von fünf Russen.

Special Agent James Warren teilte dreiundzwanzig FBI-Agenten dazu ein, dieses Gebäude – ein Bauernhaus im mediterranen Stil, etwa eine halbe Meile vom nächsten Nachbarn entfernt von Samstagabend an rund um die Uhr zu beobachten. Er sagte Syd Olson, er hätte es vorgezogen, sofort hineinzugehen, aber es seien mehrere Tage nötig. Durchsuchungs- und Haftbefehle gegen diejenigen zu beschaffen, die Constanza belastet hatte, und jede voreilige Verhaftung der Russen würde alle anderen nur vorwarnen. In der Zwischenzeit verfolgten FBI-Agenten jede Bewegung der Russen, verkleidet als Leute von der Telefongesellschaft oder Straßenbauarbeiter, aber auch per Videoüberwachung und Hubschrauber. Die Telefonleitung ins Haus wurde nicht nur abgehört, es gab auch eine Fangschaltung. Warren hatte jederzeit Zugriff auf zwanzig weitere, kampfgeschulte Agenten. Pasadena, Glendale, Burbank und SWAT-Teams vom LAPD boten freiwillig ihre Hilfe an, obwohl sie keine Einzelheiten dieser Operation kannten.

Die ersten Verhaftungen fanden Sonntagmorgen statt, als die LAPD-Detectives Fairchild und Ventura von der Abteilung für Innere Angelegenheiten in separate Büros bestellt wurden, wo man ihnen sagte, sie sollten ihre Marken, Waffen, Magazine und Dienstausweise abgeben, und ihnen dann erklärte, es würde gegen sie offiziell Anklage wegen Begünstigung zum Betrug und Verschwörung zum Mord an den vier FBI-Agenten erhoben. Ventura wurde mitgeteilt, dass die Abteilung für Innere Angelegenheiten und das FBI vom heimlichen Geldtransfer auf seine kürzlich eingerichteten Auslandskonten wussten… Einzahlungen von $ 85 000, $15 000 und $ 23 000. Überweisungen auf Fairchilds Namen wurden nicht gefunden, aber man setzte ihn darüber in Kenntnis, dass die Ermittlungen noch liefen. Beide Detectives wurden verhört.

Detective Ventura hielt stand, aber Detective Fairchild brach zusammen. Er gab nicht nur zu, dass Ventura ihn in die Vertuschung des Mordes an Richard Kodiak mit hineingezogen hatte, sondern sagte auch, Ventura sei es gewesen, der Donald Bordens und Gennie Smileys Aufenthaltsort in der Bay Area ermittelt und die beiden an Traces Russen ausgeliefert hatte, damit diese ihnen ein paar professionelle Kopfschüsse verpassten. Detective Fairchild zufolge hatte Ventura sogar geprahlt, er hätte »für noch mal zwanzigtausend die Scheißleichen selbst verschwinden lassen und es besser gemacht als diese Arschgeigen.« Fairchild gab in einer unterschriebenen Aussage zu, dass Ventura von Dallas Trace als »Gans, die ihnen beiden einen Haufen goldene Eier legen würde« gesprochen hatte und weitere Vereinbarungen mit dem betrügerischen Kartell geplant seien. Fairchild sagte aus, Ventura habe gedroht, *ihn* zu ermorden, falls er irgendetwas über die Verschwörung verraten sollte.

Die beiden Polizeibeamten wurden in Gewahrsam genommen. Fairchild handelte mit dem Bezirksstaatsanwalt einen Deal aus, dass man Milde walten ließ, wenn er als Kronzeuge auftrat. Weder FBI noch LAPD machten die Verhaftungen publik. Die Männer wurden zu ausgiebigem Verhör in einem sicheren Haus in Malibu untergebracht, und jeder, der im Revier anrief und nach einem der beiden Detectives fragte, bekam zu hören, sie »arbeiteten als verdeckte Ermittler und seien momentan nicht verfügbar«, wobei die Anrufe zurückverfolgt wurden. Zwei dieser Anrufe kamen von Traces amerikanischen Bodyguards, und einer wurde bis zu dem Haus der Russen in Santa Anita zurückverfolgt.

Syd äußerte sich während der fünf Tage vor den geplanten Verhaftungen Dar gegenüber besorgt, was seine Sicherheit anging, aber er hatte nur leichthin gesagt: »Was gibt es da zu fürchten? Das FBI sitzt den Russen im Nacken, Traces amerikanischen Schlägern sind sie auf den Fersen ... ich bin sicherer als je zuvor.« Syd war zu beschäftigt mit den Vorbereitungen der Razzien und konnte deshalb nicht bei Dar in seiner Hütte sein, aber sie wirkte keineswegs beruhigt.

An dem Montag vor den Razzien hatten Dar und Lawrence Kameras in der Hütte installiert. Dar suchte sich zwei Stellen aus, innen an der Südwand, sodass die beiden Objektive alles im großen Raum der Hütte überblicken konnten, bis auf die Schränke und das Badezimmer.

Mit seinem Schlüssel öffnete Dar die versteckte Falltür, führte Lawrence die steilen Stufen hinab, dann schloss er die Tür zum Lagerraum auf.

»Himmelarsch«, sagte Lawrence, »Falltüren, Geheimkammern ... bist du Spion, Dar? Ein Maulwurf?«

»Nein«, sagte Dar verlegen, weil er diesen Raum geheim gehalten hatte. »Ich brauchte nur was, wo ich ein paar Sachen sicher lagern konnte. Du verstehst schon.«

»Nicht wirklich«, sagte Lawrence. Noch einmal sah er sich dort unten um. »Mein Gott, es sieht aus wie die letzte Szene aus dem ersten Indiana-Jones-Film ... dieses große Lagerhaus voller Kisten. Hast du hier unten irgendwo einen Schlitten, auf dem ›Rosebud‹ steht?«

»Nein«, sagte Dar leise. »Den musste ich im letzten Winter verbrennen, als mir das Feuerholz ausging.« Er führte seinen Freund durch die Gänge zwischen den Kisten und zeigte ihm das verriegelte Gitter. »Falls du mal schnell hier rausmusst, Larry: entriegeln und kriechen. Es sind so etwa siebzig Meter bis zu der alten Goldmine, von der ich dir mal erzählt habe. Irgendwann kommt man in der steilen Schlucht östlich von hier raus.«

Lawrence schüttelte den Kopf. »Ich glaube nicht, dass es mir was nützen würde.«

»Ersatzschlüssel sind oben«, sagte Dar. »Schlüssel für die Falltür, die Tür zu diesem Raum und die Vorhängeschlösser… Sie liegen in einem Lederetui unter der Eiswürfelschale im Kühlschrank.«

Wieder schüttelte Lawrence den Kopf. »Okay, aber das habe ich nicht gemeint. Ich glaube einfach nicht, dass ich durch diesen Luftschacht passe.«

Dar sah die Lüftung an, dann Lawrence, und nickte. »Also, solltest du je hier unten festsitzen, wenn es oben… unangenehm… wird, leg einfach den Riegel vor die Stahltür und bleib hier drinnen. Der Raum ist gepanzert und feuerfest, und die Luft wird von der Höhle abgesogen, sodass man hier sogar sicher wäre, wenn oben die Hütte brennt.«

»Mh-hm«, sagte Lawrence keineswegs überzeugt. »Trudy und ich wollen für den Rest der Woche nach Palm Springs, in unsere Ferienwohnung«, sagte er. »Ich meine, es sei denn, du bräuchtest mich hier.«

Dar schüttelte den Kopf. »Nein. Und sei vorsichtig in Palm Springs, bis wir sicher sein können, dass Trace und die Russen hinter Gittern sitzen.«

Lawrence grunzte nur und klopfte an die Pistole in seinem Schulterholster.

Sie verbanden die beiden Fiberglaskabel und den Sender mit der Stromversorgung der Hütte und zur Sicherheit noch mit dem Hilfsgenerator. Dann verlegten sie Antennenkabel nach oben durch die Wand und auf das Dach der Hütte. Danach wanderten sie bergabwärts, hielten die Hütte immer zwischen sich und der tschechischen Videokamera oben am Hang und stellten die zweite Außenkamera in den ausgebrannten Stamm einer riesigen, alten Fichte, wo die offene Wiese begann. Dann kehrte Lawrence zur Hütte zurück, während Dar den Empfänger/Monitor nahm – versteckt in seinem hellbraunen Rucksack – und die mehreren hundert Meter bergan stapfte.

»Hast du ein Bild?«, hörte er Lawrences Stimme aus dem Handy.

»Ja«, sagte Dar. Er schaltete zwischen den Kameras zwei und drei hin und her. Die Weitwinkelobjektive zeigten jeweils einen glupschäugigen Blick in den Raum, vom Badezimmer und dem Inneren der Schränke abgesehen, war jeder Winkel der Hütte auf dem winzigen Monitor deutlich zu erkennen. Diese Objektive besaßen keine Schwenk- oder Zoomfunktion, aber sie arbeiteten auch bei sehr schlechten Lichtverhältnissen.

»Jetzt weiß ich, was du vorhast«, sagte Lawrence am Telefon.

»Du weißt es?«

»Ja«, sagte der Privatdetektiv/Schadensgutachter. »Du planst hier oben eine Riesenorgie und willst alles aufnehmen.«

Dar probierte Kamera vier aus. Sie schwenkte den Hang rauf und runter, zeigte den gesamten Zugang zur Südseite der Hütte. Mit dem Weitwinkelobjektiv konnte er meilenweit durchs Tal nach Süden sehen und sich an Objekte heranzoomen, die bis zu hundert Meter entfernt waren.

An demselben Donnerstagmorgen, an dem Dallas Trace verhaftet wurde, hielt man den Anwalt William Rogers aus East L.A., der Pater Martin geholfen hatte, die Helfer der Hilflosen ins Leben zu rufen, auf seinem Weg zur Arbeit am Straßenrand an. Als der Anwalt aus seinem Fahrzeug stieg und mit den Beamten der State Patrol in deren Streifenwagen scherzte, er habe das Stoppschild gar nicht gesehen, versammelten sich dort FBI-Agenten, Hilfssheriffs und Beamte vom LAPD.

Man legte Rogers Handschellen an, las ihm seine Rechte vor und setzte ihn in einen Streifenwagen. Der Leitende Special Agent hatte Syd erzählt, Rogers habe zu weinen angefangen und verlangt, seine Frau Maria anrufen zu dürfen. Die Agenten erzählten dem Anwalt nicht, dass seine Frau nur Augenblicke vorher in ihrem Büro bei den Helfern der Hilflosen verhaftet worden war.

In Krankenhäusern überall im Süden Kaliforniens nahmen Polizeibeamte und FBI-Agenten in Begleitung von Beamten der Einwanderungsbehörden ihre Aktion auf, verhörten und verhafteten schließlich mehr als sechzig Helfer aus einer Menge von über eintausend Verdächtigen. Sämtliche Krankenhäuser und Medical Center in Kalifornien verweigerten den Helfern der Hilflosen noch am selben Tag den Zutritt. Aus den Akten im Hauptquartier der Helfer in East Los Angeles erfuhr man die Namen von über hundert Schleppern, Ärzten, Anwälten und Helfershelfern.

Die fünfte Videokamera stellte Dar am Dienstag auf. Mehrere Stunden wanderte er auf seinem Grundstück herum, das er wie seine Westentasche kannte. Schließlich fand er den besten Standort für einen Scharfschützen oberhalb der Hütte: einen kleinen, ebenen Grasflecken, der auf zwei Seiten von großen Steinen und hinten von mächtigen Felsen geschützt war. Als er dort mit seiner alten M40 Sniper Rifle samt Redfield-Zielfernrohr lag, fand Dar die Entfernung – etwas weniger als hundertachtzig Meter – fast so perfekt wie den Ausblick. Er hatte freie Bahn zwischen den vereinzelten Bäumen an der Hütte hindurch, zwischen der Haustür und dem Parkplatz westlich der Hütte. Das Nest war hinten von überhängenden Felsen und zu beiden Seiten durch steile Hänge geschützt. Es war perfekt, zu perfekt.

Dar suchte eine nicht ganz so offensichtliche Stelle. Er fand sie keine siebzig Meter nordwestlich der ersten. Diese zweite Stellung drückte sich ebenfalls an große Felsen, bot aber nur einen schmalen Spalt zwischen Felsplatten und war von stachligen Büschen überwachsen, zwischen denen ein Sniper mit seinem Späher liegen konnte. Diese Stelle lag höher als die andere und bot einen etwas besseren Blick, war aber von allen Seiten her schwerer ungesehen zu erreichen. Die zusätzlichen rund siebzig Meter Reichweite wären für ein modernisiertes *Dragunow*-SWD-Scharfschützengewehr, mit dem man Tom Santana und die drei FBI-Agenten erschossen hatte, kein Problem.

Fast drei Stunden brauchte Dar, um sich von dort zurückzuziehen, ohne Fußabdrücke zu hinterlassen, den ganzen Weg um den Kamm herum zum rückwärtigen Zugang des Felsgrates zu gelangen und die fast senkrechte Felswand mehr als dreißig Meter hoch zu klettern, bis zu einer bestimmten Stelle auf dem großen Felsen oberhalb des zweiten Verstecks. Dort knotete er ein Kletterseil aus Perlon an einem Felsen fest, um sich an der steilen Wand bis auf einen von Büschen bewachsenen Sims abzuseilen, wo er die Videokamera aufstellen und sie samt Batterie und Sender unter der wasserdichten Tarnplane verstecken konnte. Schließlich brachte er die lange Antenne an, schob sie in einen langen Spalt, der dort zum Gipfel führte.

Dann kehrte Dar zur Hütte zurück und testete den Monitor. Das Bild war nicht so scharf wie von den anderen vier Kameras, aber er konnte das zweite Versteck deutlich von oben erkennen und mit dem Zoom an die erste Stelle weiter unten heranfahren.

Den Rest des Morgens verbrachte Dar damit, die felsigen Kämme und steilen Schluchten nordöstlich der beiden Nester zu erkunden. Erst mittags gab er sich zufrieden.

Syd erklärte, die Sorge des FBI gelte vor allem den Russen. Sie hatten sowohl ihre Unbarmherzigkeit als auch die Fähigkeit bewiesen, auf weite Entfernung zu töten. Man flog mehrere

Weltklasseschützen und Attentatsexperten aus dem FBI-Team von Quantico ein. Bei Nacht wurden ohne viel Aufhebens acht der umstehenden Häuser in den Bergen von Santa Anita oberhalb des Sierra Madre Boulevards evakuiert und zu Beobachtungs- oder Kommando- und Kontrollzentren für Special Agent Warrens Task Force umfunktioniert.

Man verfolgte jede Bewegung der Russen (Fahrzeuge wechselten sich ab, Hubschrauber in fast 3000 Meter Höhe beobachteten mit starken Objektiven), und als die fünf Russen am Mittwochabend mit ihren beiden Mercedes-Limousinen wieder zu der Ranch fuhren, war das taktische Team auf zweiundsechzig Mann angewachsen. Inzwischen waren FBI-Scharfschützen in Ghillie Suits mühsam bis auf hundertfünfzig Meter von allen Seiten an das Haus herangekrochen.

Die FBI-Schützen waren mit den modernsten verfügbaren Waffen ausgerüstet: modifizierte De-Lisle-Mark-5-Präzisionsgewehre, die je nach Verwendungszweck Standard- oder Unterschallmunition vom Kaliber 7,62 verschossen. Diese Gewehre stammten von Dars altehrwürdigem Remington 700 ab, allerdings etwa so weit fortentwickelt wie Space-Shuttle-Piloten von den ersten afrikanischen Australopithecinen. Die Waffen hatten schwere Match-Läufe mit eingebautem Schalldämpfer, die bei Verwendung von Unterschallmunition auf Entfernungen über zweihundert Meter eine große Treffergenauigkeit ermöglichten. Die Gewehre gaben keinen Laut von sich, nicht einmal den Geschossknall beim Durchbrechen der Schallmauer.

Auf jedem De Lisle Mark 5 war ein einzelnes, leichtes integriertes Zielfernrohr befestigt, das ein starkes Teleskop mit restlichtverstärkendem Nachtsichtgerät, Infrarot-Entfernungs-Sucher und Wärmesucher in sich verband. Die FBI-Schützen konnten in einer sternenlosen Nacht bei Regen, im leichten Nebel oder Rauch auf zweihundert Meter Entfernung töten.

Der Rest der FBI-Teams war mit Kevlar-Helmen, vollem

Körperpanzer, Gasmasken, Infrarotbrillen, lautstärkeunterdrückten Maschinenpistolen mit Laser-Ziel, vollautomatischen Pistolen vom Kaliber .45 und Blendgranaten ausgerüstet, die in der Branche als »Flash Bang« bekannt waren. Für den Übergriff am Donnerstagmorgen um 5:00 Uhr sollte das erste Team nach einem Sperrfeuer von Tränengasgeschossen durch alle Fenster eindringen und mit einem hydraulischen Rammbock die Vordertür aufbrechen. Dann sollten die ersten drei taktischen Teams durch alle verfügbaren Fenster und Türen im Erdgeschoss eindringen. In der Garage des nächstgelegenen Hauses stand ein voll gepanzertes Fahrzeug mit eingebautem Rammbock. Fünf Hubschrauber waren dem Übergriff zugeteilt, und in jedem davon befanden sich ausgebildete Scharfschützen. Zwei der Helikopter waren dafür vorgesehen, Männer für einen Blitzangriff aus der Luft abzusetzen.

»Sieht nicht gerade nach einem fairen Kampf aus«, bemerkte Syd Olson am Mittwochnachmittag zu Special Agent Warren.

Warren hatte sie mit denkbar spärlichem Lächeln angesehen. »Wenn es auch nur im Entferntesten ein fairer Kampf wäre«, sagte er, »müsste man mich feuern.«

Syd hatte genickt und Dar in seiner Wohnung angerufen, um zu sehen, wie es ihm ging.

Mittwochnachmittag hatte Dar alles im Griff. Er hatte den Morgen genutzt, um Arbeit in seinem Loft nachzuholen, hatte den tödlichen Gomez-Unfall dokumentiert und eine computeranimierte Rekonstruktion von Espositos Tod unter dem Hebelift angefertigt. Er hatte ein paar Minuten mit Syd geplaudert, ihr gesagt, er wolle rauf zu seiner Hütte, um sich ordentlich auszuschlafen, während sie und ihre Kollegen die Arbeit für den kommenden Tag erledigten. Er hatte sie gebeten, vorsichtig zu sein, versprochen, sich am Donnerstag mit ihr zu treffen, und wünschte ihr Glück.

Am Tag zuvor hatte Dar den ganzen Nachmittag und Abend dafür genutzt, sich mit seinen beiden Waffen einzuschießen. Die Felsschlucht östlich der Hütte war zwanzig Meter breit, wo es zur Goldmine ging, dann bis zu sieben Meter schmal, je weiter sie den Berg hinaufführte, parallel zu der Stelle, wo Dar die potenziellen Scharfschützenstellungen gefunden hatte. Dort verschoss er mehrere hundert Schuss sowohl mit seiner alten M40 als auch mit der geliehenen Light Fifty.

Dar verwendete eine Neuerwerbung (eine Leica Geovid BDII für $ 3295), um die Entfernungen mit dem in der Leica eingebauten Laser-Entfernungsmesser zu überprüfen, als er sich an Ziele in Entfernungen von 100, 300, 600 und 900 Metern machte. Zufrieden stellte er fest, dass seine Schätzungen in allen Fällen nie mehr als einen Meter fünfzig von der Angabe des Lasers abwichen. Der Entfernungsmesser der Leica garantierte selbst auf 1100 Meter eine Genauigkeit von bis zu einem Meter Abweichung.

Obwohl Dar die M40 – das alte, verbesserte Remington 700 Jagdgewehr – in den vergangenen Jahren gelegentlich auf dem Schießstand benutzt hatte, musste er sich doch erst wieder an die Waffe gewöhnen. In seiner Ausbildung als junger Soldat bei den Marines hatte man festgestellt, dass Dar eine Sehschärfe von 20/10 hatte, was schlicht bedeutete, dass er alles, was für einen Menschen mit einer Sehschärfe von 20/20 auf hundert Meter deutlich zu erkennen war, noch auf zweihundert Meter erkennen konnte. Noch bevor Dar beschlossen hatte, sich durch die hoch qualifizierte Scharfschützenausbildung zum Außenseiter zu machen, hatte er sich im Ausbildungscamp von Parris Island als »expert rifleman« qualifiziert. In der althergebrachten Tradition des Marine Corps konnten sich Schützen in drei Kategorien qualifizieren – marksman, sharpshooter und sehr, sehr selten expert rifleman. Dar hatte 317 von möglichen 330 Punkten erreicht, ein so seltenes Ergebnis, dass sein Ausbilder ihm erklärte, seit dem Zweiten Weltkrieg sei das nur einem Dutzend Marines gelungen. Das erste 317er-Ergebnis hatte ein Soldat geschafft, aus dem später ein berühmter Schriftsteller und Biograf geworden war.

Zu den Qualitäten eines hervorragenden Scharfschützen zählten die alles entscheidende Atemkontrolle, außergewöhnliche Sehschärfe, Geduld, die Fähigkeit, eine Waffe aus mehreren Stellungen zu schießen, und das Talent, Entfernung, Erdanziehung, Wind und die jeweiligen Eigenheiten der Waffe bei jedem Schuss zu berücksichtigen. Ein weiteres, oft unterschätztes Erfordernis war das Geschick, den Riemen des Gewehres einzurichten, was schwierig zu erlernen war, dem jungen Dar jedoch nie schwer fiel. Nun, fast dreißig Jahre später, wusste Dar, dass sein Sehvermögen bei weiten Schüssen auf 20/20 zurückgegangen war, aber die Vertrautheit mit der Waffe, die Fähigkeit, den Schießriemen richtig einzustellen, ohne lange darüber nachzudenken, das Gefühl für die richtige Entfernung und das Talent zu zielen, die Gabe, entspannt und genau zu schießen, liegend, kniend, sitzend und stehend – das alles war geblieben.

Dar gab sich an diesem Dienstagnachmittag große Mühe mit dem Einstellen des Nullwerts der M40. Sein modifiziertes Redfield-Zielfernrohr war sowohl mit einem MIL-DOT-Punktabsehen als auch mit Schrauben für die Höhen- und Seitenverstellung der Waffe ausgerüstet. Er stellte die Höhe entsprechend der unterschiedlichen Entfernungen ein, auf die er schoss, und klickte die Seitenverstellung von links nach rechts, um die Windeinwirkung auf die Kugel auszugleichen. Der »Nullwert« einer Waffe war schlicht die Justierung, bei der ein Schuss auf jede Entfernung bei Windstille mitten ins Ziel traf. In dieser Hinsicht war die Schlucht ganz praktisch, da man vor den meist westlichen Winden geschützt war und Dar die Waffe auf jede Entfernung einstellen konnte, sofern sich kein Lüftchen regte.

Während des fortgeschrittenen Trainings in Quantico und später dann in Vietnam hatte Dar seine eigenen Ansprüche auf Genauigkeit entwickelt. Da er jetzt Wettkampf-Munition verschoss, gab sich Dar erst zufrieden, wenn er seine Schüsse bei einer Entfernung von hundert Metern in einem Durchmesser von zwanzig Millimetern platzieren konnte, auf sechshundert Meter innerhalb von 125 Millimetern und auf neunhundert Meter – normalerweise – innerhalb von 300 Millimetern. Das letzte Ziel war nicht so großzügig, wie es sich anhörte, da eine Kugel aus seiner M40 schätzungsweise eine Sekunde benötigte, um sechshundert Meter weit zu fliegen, aber volle zwei Sekunden für neunhundert Meter. Zwei Sekunden sind in der Ballistik eine Ewigkeit. Bei einer solchen Zeitspanne kommen Windänderungen ins Spiel, und sollte sich das Zielobjekt bewegen… vergiss es.

Dar verbrachte am Dienstag fünf Stunden damit, die M40 aus allen Positionen zu schießen – liegend, sitzend, kniend und stehend. Er ging in Stellung, fühlte, ob der Riemen stramm und richtig saß, den Schaft fest an seiner Wange, Punktkontakt zwischen Wange und Daumen am Griffbereich des Holzschafts, den Finger am Abzug, ohne jeden Kontakt zur Schaftseite, sein Atem so ruhig, dass er kaum wahrzunehmen war. Und dann schloss er die Augen mehrere Sekunden. Falls, wenn er sie wieder aufschlug, das Fadenkreuz im Zielfernrohr nach wie vor auf genau denselben Zielpunkt gerichtet war, wusste er, dass er einen so genannten natürlichen Haltepunkt erreicht hatte.

Am schwersten fiel es Dar, die Kontrolle über den Abzug wiederzuerlangen. Diese war ihm bei den Marines in den Schoß gefallen, aber aus seiner Erfahrung auf dem Schießstand wusste er, dass er jetzt daran arbeiten musste, sie wiederzufinden. Diese Abzugskontrolle bedeutete eigentlich nur, die Entspannung in genau dem richtigen Augenblick im Atmungsrhythmus, wenn er sein Ziel feinjustierte, herzustellen, dann den Abzug diesen erforderlichen Millimeter weit zu drücken, ohne das Gewehr in irgendeiner Form zu bewegen. Es war nicht kompliziert, aber mentale Ausrichtung, Muskelbeherrschung und Atmungskontrolle waren dafür nötig.

Nachdem der Nullwert der M40 eingestellt war, suchte Dar Ziele auf dem freien Feld unterhalb der Hütte und schoss bei realen Windbedingungen. Dienstag war ein windiger Tag, und bei einer gleich bleibenden Windgeschwindigkeit von 25 km/h trieb die 7,62-mm-Kugel auf zweihundert Meter Entfernung elf Zentimeter von ihrem Ziel ab, beunruhigende einundfünfzig Zentimeter auf ein sechshundert Meter entferntes Ziel, und absurde hundertzweiundzwanzig Zentimeter auf neunhundert Meter Entfernung. Natürlich war der Wind fast nie gleich bleibend.

Dar wusste, dass die neue Generation von Scharfschützen mit Taschenrechnern oder – bei ambitionierteren Systemen – Minicomputern und elektronischen Windsensoren zu Werke gingen.

Für Dar war es eine Verschwendung menschlicher Intelligenz und Sinneskraft. Man hatte ihn gut darin ausgebildet, den Wind zu schätzen. Unter 5 km/h spürt man kaum, ob Wind weht, aber Rauch verzieht sich. Windstöße von 8 bis 13 km/h halten Laub in stetiger Bewegung, und lange schon hatte Dar gelernt, das Geräusch unterschiedlicher Windstärken in den Kiefern und Fichten rund um die Hütte einzuschätzen. Wind zwischen 13 und 20 km/h bläst Staub und Sand auf, weht lose Blätter von den Bäumen und bildet kleine Wirbel. Zwischen 20 und 25 km/h schwankten die kleinen Birken auf dem Feld.

Instinktiv hatte Dar schon als junger Scharfschütze bei den Marines gewusst, dass die Windgeschwindigkeit nur einen kleinen Teil der Gleichung ausmacht. Die Windrichtung muss richtig eingeschätzt und mitgerechnet werden. Wind, der im rechten Winkel zu seiner Schussrichtung wehte (aus Acht-, Neun-, Zehn- und Zwei-, Drei-, Vier-Uhr-Richtungen), war »voller Wind«. Alle schrägen Windrichtungen (eins, fünf, sieben, elf Uhr) berechnete man nur mit halbem Wert, sodass ein 11 km/h-Wind aus einer Ein-Uhr-Richtung nur als 5,5 km/h-Wind galt, wenn er sein Zielfernrohr seitlich justierte. Wenn der Wind schließlich direkt von vorn oder von hinten wehte (sechs oder zwölf Uhr), berechnete Dar nur einen minimalen Effekt auf die Kugel: einen leichten Abfall der Geschwindigkeit, wenn man in den Wind schoss, einen entsprechenden Anstieg bei Rückenwind. Die Segelfliegerei hatte seine Fähigkeit geschärft, Windgeschwindigkeit und Windrichtung zu spüren.

Hatte man diese Faktoren von Entfernung und Wind in Rechnung gestellt, vorzugsweise in Mikrosekunden, dann benutzte Dar die alte Scharfschützenformel von Entfernung in hundert Metern, multipliziert mit der Windgeschwindigkeit in Stundenkilometern, dividiert durch fünfzehn. Selbst nach so vielen Jahren konnte Dar diese Berechnung noch instinktiv und prompt anstellen.

Während er den ganzen Dienstagnachmittag dort auf dieser Wiese lag und kniete, hatte Dar den kleinen Videomonitor, der mit einer Kamera verbunden war, neben sich, um sicherzugehen, dass niemand zur Hütte heraufgefahren kam, während er übte. Manchmal trug Dar seinen Ghillie Suit, manchmal ein grünes Hemd und grüne Hosen, als er auf normal entfernte Ziele und Pappscheiben schoss und sich darauf konzentrierte, Gruppen und Untergruppen von Winkelminuten zu schaffen. Selbst als er diese Gruppen regelmäßig geschafft hatte (unter leicht windigen Bedingungen und auf alle vorgegebenen Entfernungen), rief sich Dar eines immer wieder in Erinnerung:

Diese Zielscheiben sind nur aus Pappe.

Am Mittwoch, kurz bevor der Abend dämmerte, wurden alle FBI-Leute im Umkreis der Russen-Ranch in Alarmbereitschaft versetzt. Mittlerweile hatten sich acht Scharfschützen des taktischen Teams in Ghillie Suits bis auf 150 Meter an das Haus und alle drei Seiten des an die Straße grenzenden Geländes herangeschlichen. Drei der Scharfschützen befanden sich im hohen Gras, keine fünf Meter vom gemähten Rasen.

Um 16:30 Uhr ging der einzige Anruf des Tages ein. Er wurde abgefangen und von den FBI-Rekordern abgespielt.

Eine Stimme: *Hier ist die Reinigung. Ihre Wäsche ist fertig, Mr. Yale.*

Eine Stimme, die man für Gregor Japontschik hielt: *Gut.*

Das FBI hatte den Anruf Sekunden später zurückverfolgt. Er war aus einer Reinigung in Pasadena gekommen. Warren ließ einen Agenten dort anrufen und fragen, ob Mr. Yales Wäsche schon fertig sei. Der Manager sagte, das sei sie, und bestätigte, er habe eben angerufen und Mr. Yale darüber in Kenntnis gesetzt. Der Manager entschuldigte sich, dass er nicht in der Lage sei, die Wäsche auszuliefern, erklärte aber, die Gegend nördlich von Pasadena liege außerhalb ihres normalen Lieferbereiches. Der Agent versicherte dem Manager am Telefon, das sei schon in Ordnung.

Um 20:10 Uhr fuhr ein weißer Lieferwagen vor und drei Latinos in grauen Hemden und Arbeitshosen stiegen aus. Am Lieferwagen stand Werbung für einen Gartenpflege-Dienst, und Special Agent Warren hatte seine Leute innerhalb von zehn Sekunden am Telefon, checkte bei der Firma, ob es sich wirklich um einen legitimen Besuch handelte. Es kam ihm um diese Uhrzeit nicht koscher vor.

War es aber. Die Leute vom Gartenpflege-Dienst versicherten den Special Agents, es handele sich um den wöchentlichen Service, und man sei von Autoproblemen und »Komplikationen« beim vorherigen Kunden aufgehalten worden. Syd erzählte später, Warren sei versucht gewesen, den Gartenleuten zu sagen, sie sollten ihre Arbeiter anrufen und sie *auf der Stelle* von dort wegschaffen, aber die drei Männer hatten schon angefangen, mähten den Rasen, stutzten die Büsche und zersägten einen kleinen, toten Baum, sodass der FBI-Mann beschloss, es wäre weniger auffällig, wenn sie ihre Arbeiten zu Ende brächten. Fast war es schon dunkel.

Einer der Arbeiter ging zur Haustür, und die Agenten im anderen Haus – knapp vierhundert Meter von den Russen entfernt – bekamen ein scharfes Bild von Pavel Zuker, der barsch mit einem eifrig nickenden Gartenarbeiter sprach. Zuker schloss die Tür, und eine Sekunde später ging das Garagentor auf. Im trüben Licht konnten die FBI-Leute haufenweise Laubsäcke neben den beiden Mercedes-Limousinen erkennen.

Die Arbeiter waren schnell – sie wollten vor Einbruch der Dunkelheit fertig werden – mähten hastig den Rasen, kamen bis auf Armeslänge an die bäuchlings am Boden liegenden FBI-Scharfschützen im höheren Gras heran. Einmal hielt einer der Gärtner seinen Mäher an, sammelte etwas auf, das wie ein Hufeisen aussah, und warf es ins hohe Gras jenseits des Rasens, schlug damit beinah einem FBI-Schützen den Schädel ein.

Es war fast ganz dunkel, als das Mähen und Stutzen ein Ende nahm, und aufmerksam beobachtete das FBI, wie die drei Arbeiter in der Garage verschwanden, dann einen Augenblick später wieder auftauchten und den dicken Laubsack schleppten.

»Zählt sie«, befahl Special Agent Warren über Funk.

»Die Laubsäcke?«, sagte irgendein bedauernswerter Agent.

»Nein, Sie Idiot, die Arbeiter. Sorgen Sie dafür, dass nur die drei, die in die Garage gegangen sind, auch in den Lieferwagen steigen.«

»Roger«, kam die Bestätigung von Spähern und Schützen.

Die drei gingen hinein und kamen heraus, warfen die Säcke hinten in den Lieferwagen und verstauten anderen Müll. Das Verandalicht und kleine Lampen an der Auffahrt gingen automatisch an. Im Haus wurde Licht gemacht, als der Wagen abfuhr.

»Sollen wir sie abfangen?«, fragte der Special Agent am äußeren Kreis.

»Negativ«, sagte Warren. »Ihr Chef hat gesagt, sie machen Überstunden und fahren von hier nach Hause. Lasst sie gehen.«

Die Scharfschützen im Gras, die Beobachter in den Häusern und die hoch fliegenden Hubschrauber schalteten auf Nachtsicht um. Jeder dort hätte es vorgezogen, den Angriff für 3:30

Uhr zu planen, wenn die Russen am benommensten wären, oder besser noch allesamt schliefen, aber wegen des Zeitplans der anderen Verhaftungen war beschlossen worden, dass der Übergriff nicht vor fünf Uhr stattfinden sollte. Warren und Syd und alle Beteiligten hatten beschlossen, es sei das zusätzliche Risiko wert, wenn man sicherstellte, dass Dallas Trace und die anderen, die an diesem Morgen verhaftet werden sollten, nichts in den Frühnachrichten hörten.

Dar hatte außerdem bis in die frühen Dienstagabend hinein stundenlang mit der Barrett »Light Fifty« geschossen. Es war eine faszinierende Erfahrung. Das Gewehr hatte ein Zweibein, war aber dennoch verdammt schwer zu handhaben – bei einem Gewicht von fast vierzehn Kilo ohne Zielfernrohr und einer Länge von einsfünfundfünfzig. Ein Monstrum. Mit dem M3a-Ultra-Zielfernrohr und ein paar Munitionskartons erinnerte es Dar daran, dass sein Rücken nicht in Ordnung war.

Am Mittwoch machte Dar seine Arbeit in der Wohnung, sprach am späten Nachmittag kurz mit Syd, holte die Remington Model 870 unter seinem Bett hervor, lud sie, stopfte sich ein paar Ersatzpatronen in die Taschen und nahm seine Reisetasche mit zum Land Cruiser. Sorgsam sah er sich in der Tiefgarage um, bevor er zu seinem Wagen ging. Es wäre ihm peinlich gewesen, wenn er die ganzen Vorbereitungen getroffen hätte, um sich dann von einem genervten Russen mit einer .22er Pistole in seiner eigenen Parkgarage niederschießen zu lassen.

Nichts passierte.

Dar fuhr durch den Mittwochsverkehr. Er wollte bei der Hütte sein, bevor es dunkel wurde, und das schaffte er. An der langen Kiesauffahrt zur Hütte hielt er an und aktivierte eine Videokamera nach der anderen. Auf dem Weg war nichts zu sehen. Niemand in den Schützennestern oberhalb der Hütte. Auf der Wiese unterhalb der Hütte war keiner zu sehen. Auch nicht in der Hütte.

Dar fuhr den Rest des Weges, schleppte seine Taschen und ein paar Lebensmittel hinein und machte Essen. Er dachte daran, Syd anzurufen, wusste aber, dass sie den ganzen Abend im Kommandozentrum zu tun haben würde.

Ach, was soll's, dachte er. *Ich höre es ja morgen im Radio und lese es in der Abendzeitung.*

Er nahm einen Schluck Kaffee. *Hoffentlich.*

Irgendwann gegen Mitternacht checkte er noch einmal, ob die Türen der Hütte auch alle verriegelt waren, und machte das Licht aus. Im Kamin brannte noch ein kleines Feuer, was den warmen Raum mit flackerndem Licht erfüllte, und er ließ ein schwaches Licht in der Küche und ein weiteres am Bett an.

Statt ins Bett zu gehen, nahm Dar Schrotflinte und Empfänger/Monitor, schob den Teppich ein Stück beiseite, entriegelte die Falltür und stieg in seinen Keller hinab. Das Licht ging automatisch an. Er stellte die Flinte an die Außenwand, schloss die Stahltür auf und durchquerte den Raum zum Ventilatorgitter. Als auch dort das schwere Schloss entriegelt war, inspizierte er den staubigen Luftabzug mit seiner Taschenlampe und kroch dann auf Knien und Ellbogen die siebzig Meter bis zum zweiten Gitter, wobei er erheblich schwerer keuchte, als ihm lieb war. Er schloss es auf, schob sich in die alte Goldmine und fand seine in Plastik gewickelte M40 und den schweren Rucksack genau da, wo er beides am Tag zuvor zurückgelassen hatte.

Er zog die schusssichere Weste von den Marines an, die dort im Packen verstaut war, nahm den schweren Rucksack und hängte das Gewehr über seine rechte Schulter. Wasser tropfte in den alten Minenschacht. Überall waren Pfützen, oft fünfzehn Zentimeter tief. Dar spritzte hindurch, leuchtete noch immer mit der Taschenlampe. Er trug wasserdichte Wanderstiefel, seine grüne Hose und das weite Tarnhemd lose über der schweren Weste. An seinem Gürtel steckte das K-Bar-Messer aus schwarzem Stahl in der Scheide. Sein Handy hatte er in der Hemdtasche, aber es war abgestellt.

Als er zum Eingang der Mine kam, machte er die Taschenlampe aus und verstaute sie, zog die L.L.-Bean-Nachtsichtbrille hervor. Der Mond schien nicht, und die Schlucht war voller Schatten, aber Dar ließ seine Augen sich ganz natürlich an die Dunkelheit gewöhnen, ließ die Nachtsichtbrille in die Stirn geschoben, als er sich einen Weg die Schlucht hinauf suchte, den schmalen Pfad am östlichen Ende hinauf, und kletterte dann immer weiter zu seiner ausgesuchten Stelle.

Es war eine wundervolle Nacht… ein paar Wolken nur, kühler als die meisten Sommernächte, aber für eine Wanderung perfekt.

Das FBI-Team schlug die Tür der Ranch in Santa Anita um genau 5:00 Uhr morgens ein. Agenten feuerten Tränengasgeschosse durch sämtliche Fenster. Andere warfen Blendgranaten ins Wohnzimmer und stürzten hinterher. Laserstrahlen bohrten sich auf der Suche nach Zielen durch den Rauch.

Wohnzimmer leer. Agenten hielten Leitern, während andere Agenten durch die Schlafzimmerfenster hechteten, während die FBI-Scharfschützen ihnen Deckung gaben. Niemand im Schlafzimmer.

Special Agent Warren führte das erste Team im Erdgeschoss von einem Raum zum nächsten und dann die Treppe in den ersten Stock hinauf. Zwei Hubschrauber landeten auf dem Rasen, zwei weitere schwebten oben, bohrten grelles Licht von Suchscheinwerfern durch den wehenden Rauch und das trübe Licht der Dämmerung. FBI-Männer in Helikoptern feuerten noch mehr Tränengas durch die Fenster im ersten Stock.

Niemand im ersten Stock. Niemand in der Küche. Niemand im Keller.

Eines der letzten Teams, die das Haus erreichten, gab die Meldung durch. Leichen in der Garage.

Warren und ein Dutzend anderer, allesamt mit Schutzpanzer und Helmen, baumelnden Schutzbrillen und Gasmasken, waren nach zwanzig Sekunden dort versammelt.

Drei tote Latinos waren bis auf die Unterwäsche ausgezogen. Man hatte jedem einmal in den Kopf geschossen.

»Aber es sind gestern Abend nur drei in den Lieferwagen gestiegen…«, begann ein junger Special Agent.

»Die verdammten Laubsäcke«, sagte Special Agent Warren.

»Sollen wir den Sicherheitsbereich erweitern?«, fragte eine behelmte Gestalt.

Warren ließ sich an den Türrahmen sinken, klickte den Sicherungshebel an seiner H&K MP-10. »Die könnten inzwischen schon in Mexiko sein«, sagte er matt.

Dennoch war Warren eine Sekunde später am Funkgerät, alarmierte das Hauptquartier, genehmigte die Suche nach dem Lieferwagen zu Lande und per Hubschrauber, bestätigte, dass CHP, LAPD und andere Behörden umgehend informiert werden müssten und löste eine bundesweite Menschenjagd aus.

Eine Nachricht kam aus dem Haus in Malibu, wo die Detectives Ventura und Fairchild festgehalten wurden. Anscheinend hatte man Fairchild, der mit den Ermittlern kooperierte, am Nachmittag einen kurzen, bewachten Spaziergang zum Strand erlaubt. Die FBI-Agenten hatten nicht gewusst, dass dort am Strand eine Telefonzelle stand, aber man hatte zugelassen, dass Fairchild einige Sekunden zum Urinieren in die Büsche trat. Heute Morgen dann war einer der Agenten am Strand spazieren gegangen und hatte das Telefon entdeckt. Augenblicklich checkte er, ob von dort aus telefoniert worden war.

Das war der Fall. Um 16:30 Uhr war ein Gespräch von fünfzehn Sekunden Dauer geführt worden. Der Anruf galt dem Schwager von Detective Fairchild, der eine chemische Reinigung in Pasadena betrieb.

»Verdammt«, sagte einer der Agenten.

»Verdammt, verdammt, verdammt«, sagte ein anderer.

»Ich glaub's nicht«, sagte Special Agent Warren. »Ich wette, Fairchild hat mehr Geld bekommen als Ventura – er hat es nur besser versteckt.«

»Sollen wir Special Agent Faber und Chefermittlerin Olson von den Russen erzählen?«, fragte einer.

Warren sah auf seine Uhr. Es war 5:22 Uhr. Der Übergriff auf Dallas Trace sollte erst in neunzig Minuten stattfinden. »Faber und seine Leute liegen in Stellung und haben Funkstille«, sagte er. »Ich ruf Cassio an, den für den Sicherheitsbereich von Century City zuständigen Special Agent, der unseren Teams den Rücken freihält, und sag ihm, dass wir ihm noch ein Dutzend Agenten zur Verstärkung schicken.«

»Glauben Sie, die Russen versuchen, Dallas Trace zu retten?«, fragte ein Agent mit Schutzbrille neben Warren.

Der Special Agent musste lachen. »Keine Chance. Diese Typen wissen, dass die Bombe geplatzt ist. Die werden nicht von einem Hinterhalt in den nächsten tappen. Wir sagen Faber und seinem Sturmteam Bescheid, wenn sie fertig sind.« Warrens Stimme hatte ihren Humor gänzlich eingebüßt, und er sagte etwas, das fürs FBI ausgesprochen untypisch war: »Und ich will, dass man diesem LAPD-Cop – Fairchild – die Eier abschneidet.«

Syd bekam den Ruf acht Minuten, nachdem das FBI Dallas Trace und seine drei Bodyguards in separaten Fahrzeugen weggebracht hatte. Sie stand auf der Straße vor dem Büroturm von Century City, schüttelte den Schweiß aus ihrem Haar und riss die Klettverschlüsse an ihrer kugelsicheren Weste auf, erstarrte aber, als sie die Nummer auf dem Pieper sah.

Warren erklärte die Lage in zwei Sätzen.

»Dar!«, sagte Syd mit einem Blick auf ihre Uhr.

»Miss Olson«, sagte Special Agent Warren, »diese Russen sind keine Amateure. Sie sind uns zehn Stunden voraus. Die werden ihre Zeit nicht mit irgendeinem unsinnigen Racheakt vergeuden. Wahrscheinlich sind sie schon in Mexiko.«

Was er darauf sagte, ging verloren, da Syd schrie: »Schicken Sie zwei FBI-Hubschrauber mit taktischen Teams raus zu Dars Hütte – *sofort!*«, und dann das Telefon zuklappte, ihre

Maschinenpistole nahm und so schnell sie konnte zu ihrem Taurus rannte. Sie hatte keine Ahnung, dass ihre Verbindung schlecht gewesen war und Special Agent Warren kein Wort verstanden hatte.

23

Die Nacht kam Dar unendlich lang vor. Er sagte sich, vielleicht läge es daran, dass er nicht daran gewöhnt war, die ganze Nacht auf einem kalten Felssims zu liegen und auf ein paar Fremde zu warten, die ihn ermorden wollten. *Nein*, sagte er sich, *das kann nicht der Grund sein.*

Er hatte sich einen Felsen auf der Ostseite der bewaldeten Schlucht gesucht. Der Fels, auf dem er lag, befand sich gut 230 Meter oberhalb der Hütte, mit Blick auf Parkplatz und Eingang, zwischen den Bäumen hindurch. Entscheidender aber war, dass er sich auf etwa gleicher Höhe mit den beiden Stellungen westlich davon befand. Die Felsplatte, für die er sich entschieden hatte (das bloße Wort »Platte« beunruhigte ihn ein wenig, weil es ihn an »Grabplatte« erinnerte), lag in einem Felsspalt mit zwei Schussfeldern, das eine mit Blick auf Hütte und Parkplatz hinunter, das andere perfekt auf die Schützennester ausgerichtet. Die schlechte Nachricht war, dass die Felsen nach Norden und Osten hin sein Versteck überragten und überhingen, was ein böses Querschlägerproblem mit sich bringen würde, falls tatsächlich jemand aus einer der beiden Stellungen im Westen auf ihn schießen sollte. Er hoffte, dass es so weit nicht kommen würde.

Dar hatte die Barrett Kaliber .50 in der Felsnische unter einer wasserdichten Plane verstaut, und nun lag er auf dieser Plane und wünschte sich, er hätte ein Schaumstoffkissen mitgebracht. Die zwölf Kilo schwere kugelsichere Weste, die er über seinem Hemd trug, war dicker als die offizielle Polizei-

Weste aus Kevlar. Solche Westen trugen heutzutage die Marines, mit einem dicken Brustschutz aus Keramik, der eine Gewehrkugel vom Kaliber 7,62 aus mittlerer Entfernung aufhalten konnte, aber dadurch war sie auch besonders steif und unbequem. *Ich werde alt,* dachte er.

Die Barrett »Light Fifty« stand mit ihrem Zweibein auf der leicht abschüssigen Felsplatte, sodass neben ihm Platz für Nachschubmunition, den Leica-Entfernungsmesser und den Empfänger/Monitor blieb. Seine alte M40 Sniper Rifle lag unter tarnfarbenem, wasserfestem Plastik in der anderen Nische rechts von ihm, damit er sie im Notfall sofort nehmen und auf die anderen Sniperstellungen schießen konnte.

Dar dachte sich, wenn die Russen heute Nacht nicht kämen, dann kämen sie gar nicht mehr.

Sein Plan war relativ schlicht und enthielt keine Heldentaten. Für den Fall, dass die Russen an seiner Hütte auftauchten, bevor das FBI sie erwischte, hatte Dar sein Handy aufgeladen und Special Agent Warrens und Syds Nummer gespeichert. Eigentlich war Dar der Ansicht, seine Hütte läge am Ende der Welt, aber der Empfang war ausgezeichnet. Schließlich befand er sich noch immer im Süden Kaliforniens. Niemand, der hier draußen teure Hütten gebaut hatte, um mal alles hinter sich zu lassen, konnte es sich leisten, auch nur eine Stunde nicht erreichbar zu sein.

Dar hoffte, dass es gar nicht erst zu einer Schießerei kam, dass er sich nur hinter seinen Entenschirm drücken musste, während die Russen darauf warteten, dass er aus seiner Hütte trat, bis die FBI-Hubschrauber mit den echten Profis kämen. Aber falls man ihn entdeckte, wäre er bereit, das Feuer zu erwidern und die Russen zumindest zu beschäftigen, bis die Kavallerie eintraf. Von der Verteidigungsposition her war seine Stellung fast so sicher, wie es damals der Reaktor von Dalat gewesen war. Sie lag mitten in der Schlucht, von Westen oder Süden, von der Straße und der Hütte her unmöglich zu erreichen, ohne gesehen zu werden, und von Osten her schwierig zu erklettern. Dar hatte seinen Ghillie Suit dabei, denn wenn das feindliche Feuer der Russen zu bedrohlich wurde (und Dar fand *jede* Art von feindlichem Feuer bedrohlich), wollte er in seinen Tarnanzug steigen und sich auf den Weg hinunter zu den Feldern unterhalb der Baumgrenze im Osten machen. Bis die Russen auf dieser Seite der Schlucht waren, wäre Dar weiter unten sicher nicht mehr zu sehen, und das FBI müsste inzwischen eingetroffen sein.

Ich bin doch paranoid, dachte Dar, kurz nachdem er seine Nachtwache aufgenommen hatte. *Warum um alles in der Welt sollten es die Russen noch einmal auf mich abgesehen haben?*

Aber im Grunde seines Herzens wusste er, warum. Sowohl Gregor Japontschik als auch Pavel Zuker waren als Scharfschützen ausgebildet und eingesetzt worden. Dar wusste, dass unter allen Soldaten dieser Erde allein Sniper darauf trainiert waren, Gegner zu belauern. Marines und Army-Infanteristen mochten in kleinen Einheiten andere kleine Einheiten oder sogar einen einzelnen Feind belauern, aber allein der Sniper war dafür ausgebildet, mit List und Tücke aus dem Hinterhalt auf weite Entfernung einen bestimmten Menschen zu töten. Und ganz oben auf der Liste eines Scharfschützen stand stets sein gefährlichster Gegner: der feindliche Scharfschütze.

Dar wusste nicht, ob die Russen oder ihre amerikanischen Arbeitgeber Zugang zu den Akten der Marines hatten, aber er konnte nicht davon ausgehen, dass die *nicht* wussten, wie lange er Scharfschütze gewesen war. Darüber hinaus hatten Japontschik und Zuker dreimal den Auftrag gehabt, ihn zu töten, und waren dreimal gescheitert. Wenn Dar irgendetwas von der Geisteshaltung eines Scharfschützen verstand, dann, dass jemand wie Japontschik ausgesprochen frustriert wäre, wenn dieser spezielle Auftrag unerledigt bliebe.

Dar erinnerte sich an einen Cartoon von einem König, der auf seinem Thron saß. *Ich bin paranoid*, hatte der König gedacht. *Aber bin ich paranoid genug?*

Die Nacht verging nur langsam. Dar stellte sicher, dass ihn kein Lichtschein verriet, und schaltete den Monitor von einer Kamera zur anderen, wählte die Nachtobjektive für die Außenkameras. Nichts rührte sich auf der Straße. Nichts – zumindest nichts Erkennbares – rührte sich auf den breiten Feldern unterhalb der Hütte. Niemand in den Stellungen dreihundert Meter gegenüber. Keine ungebetenen Gäste in der Hütte.

Dar merkte, wie eine Ecke seines Hirns die Lage überdachte. Er ließ es zu, solange es ihn nicht ablenkte.

Er dachte an die Jahre, in denen er die stoischen Philosophen gelesen hatte. Er wusste, dass der Durchschnittsmensch die Stoiker als Vertreter philosophischer Maximen wie »Beiß die Zähne zusammen« und »Jammere nicht« betrachtete, wenn er sie denn überhaupt betrachtete. Aber Dar wusste auch, dass der Durchschnittsmensch nur einen halben Daumenbreit von der Debilität entfernt war.

Er hatte sich mit Syd darüber unterhalten. Sie begriff die Komplexität der Schriften dieser Stoiker – Epiktet und Mark Aurel. Sie verstand, dass man unterscheiden muss zwischen den Dingen, auf die man keinen Einfluss hat, und jenen Elementen, die man kontrollieren kann und sollte. Das gehörte schon so lange zu Dars Leben und Denken, dass es ihn überraschte, wieso er es ausgerechnet in dieser Nacht anzweifelte.

Es kommt nicht darauf an, über die notwendigen Eigenschaften eines guten Mannes dich zu besprechen – vielmehr ein solcher zu sein, schrieb Mark Aurel. Dar hatte versucht, nach dieser Maxime zu leben.

Was sonst hatte Mark Aurel gelehrt? Dars fast fotografisches Gedächtnis rief eine andere Passage wach. *Immer halte dir vor Augen, dass dieses Stück Erde auch ein Stück Erde sei, und dass du hier eben dasselbe findest, was jene, die auf dem Gipfel eines Berges oder am Seegestade, oder wo du sonst willst, leben. Du wirst Platos Worte bestätigt finden, magst du nun vom Stalle eines Schäfers, der auf dem Berg seine Herde melkt, oder von einer Stadtmauer umschlossen sein.*

Nun wohnte er tatsächlich im Karren eines Schäfers auf einem Berg. Aber er dachte an die Haltung hinter diesen Worten sowohl Platos als auch Mark Aurels, und im Grunde seines Herzens wusste er, dass er damit nicht einer Meinung war. Nachdem Barbara und das Baby nicht mehr lebten, hatte er nicht länger in Colorado bleiben können. Es hatte eine Weile gedauert, bis er diesen Umstand akzeptierte, aber bald war es dann ganz einfach gewesen. Dieser Ort – dieser Berg, dieser Ort am Seegestade – war für Dar ein Neuanfang geworden.

Und dieser Ort wurde nun geschändet. Die Russen hatten ganz in der Nähe versucht, Syd und ihn zu töten, und genau hier hatten sie Fotos von ihm gemacht.

Dar empfand keinen Zorn, keine nahende *katalepsis*. So viele Jahre hatte er seine Gefühle nun schon erstickt und sich dem rettenden Sarkasmus zugewandt, dass er nicht mehr von Zorn beherrscht war. Als er aber dort am Berghang lag und wartete, musste er doch zugeben, dass er *hoffte*, die Russen würden kommen. Trotz aller Logik, die zum Gegenteil hin neigte, brannte die Hoffnung wie kaltes Feuer in ihm.

Jedes Mal, wenn Dar an einen Unfallort kam, dachte er an Epiktet. *Sag mir, wie ich dem Tod entfliehen kann: Such dieses Land für mich, zeig mir, zu wem ich gehen muss, zu wem der Tod nicht kommt. Such mir ein Mittel gegen diesen Tod. Was aber soll ich tun, wenn ich keines kenne? Ich kann den Tod nicht fliehen, doch soll ich klagend und zitternd sterben?… Wenn ich also Äußeres nach meinem Wunsch verändern kann, so will ich es denn ändern, wenn es ich es aber nicht kann, bin ich bereit, jedem die Augen auszureißen, der mich daran hindert.*

Epiktet mochte den Impuls verachten, aber Dar musste zugeben, dass er sehr wohl bereit war, den Russen die Augen auszureißen, wenn sie es noch einmal auf ihn abgesehen hatten. Als er daran dachte, fühlte er das lange K-Bar-Messer in der Scheide an seinem Gürtel. Eine ganze Stunde hatte er am Abend vorher damit zugebracht, dieses Messer zu schleifen, dann noch eine Stunde, es zu beschichten, obwohl er sich bei dem bloßen Gedanken daran, kalten Stahl in den Körper eines anderen Menschen zu rammen, beinahe übergeben musste.

Irgendjemand fragte: »Wie soll denn jeder unter uns erkennen, was seinem Charakter angemessen ist?« Wie, antwortete er, entdeckt der Bulle, wenn der Löwe angegriffen hat, seine Kraft von ganz allein und tritt hervor, um die ganze Herde zu beschützen?

Scheiß auf Epiktet. Dar sah sich nicht als tapferen Mann... und auch nicht als Bullen. Er hatte keine Herde, die er vor dem Löwen schützten musste.

Syd kam ihm ungebeten in den Sinn. Aber darüber musste er lächeln. Während er dort lag, sich mitten in der Nacht in seine Nische drückte, siebzig Kilometer von der Stadt und der Gefahr entfernt, machte sich Syd bereit, das Böse anzugreifen. Sie schützte die Herde vor dem Löwen.

Stundenlang rutschte Dar hin und her, um es bequem zu haben, wachte mit Schutzbrille und Monitor, lauschte dem Wind, der durch die Kiefern wehte (wobei er instinktiv die Windgeschwindigkeit einschätzte), und nahm ganz allgemein die Philosophie auseinander, auf die sein ganzes Leben baute.

Du bist eine kleine Seele, die einen Leichnam herumträgt, hatte Epiktet gelehrt. Nachdem er in seinem Leben so viele frische Leichen gesehen hatte, konnte Dar dem kaum widersprechen. Aber in den letzten Wochen – während seiner Augenblicke mit Syd – hatte er sich nicht so sehr wie der Leichnam gefühlt, den nur ein kleiner Funken Seele zum Leben erweckte. Er musste sich eingestehen... er hatte sich lebendig gefühlt.

Bis um 5:00 Uhr hatte Dar – müde und wund, aber hellwach – sein gesamtes ontologisches und epistemologisches Fundament überdacht und festgestellt, dass er ein Idiot war. *Sei wie der Fels, an den die Wellen unablässig schlagen,* hatte Epiktet gelehrt, *denn er steht ungerührt und zähmt den Zorn der Fluten, welche ihn umgeben.*

Von wegen, dachte Dar. War Epiktet denn nie an der Küste

gewesen? Wusste er denn nicht, dass jeder Fels früher oder später bricht und fortgespült wird? Wahrscheinlich gab es in der Ägäis keine Wellen wie Dar sie jede Woche am Pazifik beobachtete. Immer siegt das Meer. Immer siegt die Erdanziehung.

Nachdem er zehn Jahre versuchte hatte, ein Fels zu sein, war Dar es leid.

Das erste Licht der Morgendämmerung kroch über die Anhöhe. Dar steckte seine Nachtsichtbrille weg, schaltete zwischen den Kameras hin und her. Die Zufahrtstraße war leer. Die Hütte war leer. Das Feld unter ihm war leer. Die Stellungen waren leer.

Gegen 7:00 Uhr spürte Dar eine Woge der Erleichterung, unter die sich seltsame Enttäuschung mischte. Die Razzien sollten dem Plan nach inzwischen schon begonnen haben. Syd hatte es ihm erzählt, und soweit er wusste, würden erst die Russen, dann die amerikanischen Zivilisten verhaftet werden.

Gegen 7:30 Uhr wollte Dar schon aufgeben und einfach am Berg hinuntersteigen, sich ein Riesenfrühstück machen, Syd anrufen und ein paar Stunden schlafen. Er beschloss, etwas länger zu warten. Sicher hatte Syd noch zu tun.

Um 7:35 Uhr zeigte Kamera eins Bewegung in der Auffahrt. Ein mächtiger, schwarzer Suburban mit getönten Scheiben rollte langsam an der Kamera vorbei und setzte dann in eine schmale Ausweiche gegenüber zurück.

Fünf Russen stiegen aus. Sie alle trugen schwarze Hosen und Sweater, aber Dar erkannte Japontschik und Zuker sofort. Der ältere Russe – nach wie vor erinnerte er Dar an Max von Sydow – wirkte beinahe traurig, als er die Waffen verteilte. Die drei jüngeren Männer liefen den Weg entlang, trugen ihre AK-47-Sturmgewehre aus dem Blickfeld der Kamera. Selbst auf dem kleinen Videobildschirm konnte Dar erkennen, dass sie außerdem Messer und halbautomatische Pistolen an den Gürteln trugen.

Auch Japontschik und Zuker trugen Seitenwaffen, aber sie

nahmen ihre Waffen als Letzte hinten aus dem Wagen, zwei *Snaiperskaja Wintowka Dragunowa*, Scharfschützengewehre, mit denen Tom Santana und die drei FBI-Agenten ermordet worden waren.

Dar musste grinsen. Bei allem Geld, das sie bekamen, blieben die Russen doch bei den Waffen, die sie am besten kannten. *Sentimental*, dachte er und fühlte den hölzernen Schaft seines vorsintflutlichen Gewehres. Dar sah, dass beide Waffen abnehmbare Zehn-Schuss-Magazine und eine Art Mündungsfeuerdämpfer und Rückstoßbremse besaßen. Ihm war aufgefallen, dass die AK-47 der drei anderen Russen ebenfalls mit Dämpfern ausgerüstet waren. Offensichtlich wollte dieser Trupp nur kurz Halt machen, Dar Minor in aller Stille töten und schnell wieder verschwinden.

Dar wusste, dass die SWD als Scharfschützenwaffe in mancher Hinsicht ihre Grenzen hatte. Sie war treffsicher bis zu einer maximalen Entfernung von sechshundert Metern, aber auf achthundert Meter lag die Wahrscheinlichkeit, ein festes, mannshohes Ziel zu treffen, nur noch bei fünfzig Prozent. Theoretisch hatte Dars M40 mit der größeren Reichweite damit einen enormen Vorteil. Leider waren es jedoch nur dreihundert Meter bis zur Hütte und noch weniger zwischen den beiden Stellungen – seiner und der anderen, die Japontschik und Zuker anzusteuern schienen.

Mit Hilfe der Kameras beobachtete Dar, wie die Russen in Stellung gingen. Einer der Männer mit Maschinenpistole tauchte am Südhang unterhalb der Hütte auf, kroch durchs hohe Gras. Zwei verschwanden im Wald oberhalb der Hütte. Japontschik und Zuker kamen hoch oben auf dem Hügel ins Bild … legten eine Pause ein … und wählten dann die weniger offensichtliche der beiden Stellungen. Dars Kamera bot einen perfekten Blick auf die beiden älteren Russen, die sich in der winzigen Redoute einrichteten und ihre Waffen und Zielgerätschaften aufbauten.

Dars Herz hämmerte wie wild. *Zeit, die Kavallerie zu ru-*

fen, dachte er. Er nahm sein Handy, sah nach, ob der Akku auch voll war – er hatte extra Ersatz mitgebracht – und hob seinen Daumen, um Special Agent Warrens vorgespeicherte Nummer anzuwählen. Da fiel ihm auf, das sich auf seinem Monitor noch mehr bewegte.

Dar hatte den Monitor so eingestellt, dass er sich automatisch durch die fünf Kameras schaltete. Jetzt konnte er sehen, wie Syd Olsons Taurus an dem abgestellten Suburban vorüberkam, kurz hielt, dann weiter zur Hütte fuhr. Direkt in die Arme der wartenden Russen.

24

Dar drückte Syds eingespeicherte Handy-Nummer. Sie antwortete nicht. Er ließ es klingeln, während er ein Stück nach vorn kroch und die Gegend um die Hütte mit der Leica-DBII-Brille absuchte.

Da war sie.

Syd war mit erhobener und schussbereiter Heckler&Koch-MP aus dem Taurus gestiegen, hatte ihre Schultertasche umgehängt. Sie schlich sich an die Hütte heran, und Dar vermutete, dass sie ihr Telefon leise gestellt oder das verdammte Ding ganz ausgemacht hatte. Noch immer trug sie ihre Kevlar-Weste von der Razzia, aber der schwarze Körperschutz hing lose herab, war nicht mit den seitlichen Klettverschlüssen stramm gezogen. Auf diese Entfernung ein perfekter Herzschuss durch die Rippen.

Dar merkte, wie sein Herz raste und sein Kopf ganz leer wurde. Er hatte die beiden Russen mit ihren Sturmgewehren aus den Augen verloren. Sie waren irgendwo im Wald, nicht weit von Syd, und ihm fiel nichts ein, wie er sie hätte warnen können.

Konzentrier dich, verdammt. Dar gab sich alle Mühe, Atem

und Puls unter Kontrolle zu bringen. Syd war jetzt zwanzig Schritte vom Hütteneingang entfernt, ganz kurz zwischen den Bäumen zu erkennen, dann verdeckt, und noch immer konnte er die russischen Schützen nicht finden.

Dar richtete den Kopf gerade so lange auf, dass er mit dem Fernglas zu Japontschiks und Zukers Stellung dreihundert Meter westlich hinübersehen konnte. Er sah nur den Scheitel an Zukers Kopf und den Lauf von Japontschiks SWD. Zuker spähte mit einem Fernglas. Dar hatte sich das Schussfeld der beiden Stellungen eingeprägt und wusste, dass Syd nur noch wenige Schritte brauchen würde, bis sie zu sehen und zu treffen wäre. Kurz bevor Dar wieder den Kopf einzog, sah er noch, wie Zuker in ein Funkgerät flüsterte.

Scheiße. Die Russen konnten kommunizieren, Dar nicht.

Syd trat ins Freie, war auf die Hütte konzentriert. Sie sah etwas verunsichert aus, als hätte sie eine andere Situation erwartet. Vorsichtig tat sie einen Schritt, hielt die H&K-MP mit der Diopter-Zielvorrichtung schussbereit, fuhr herum, betrachtete den bewaldeten Hang zu ihrer Linken, die Hüttentür voraus und dann nach rechts.

Es ist abgeschlossen, dachte Dar, versuchte, die Information durch bloße Willenskraft zu übertragen. *Draußen liegt kein Ersatzschlüssel. Es ist abgeschlossen, Syd.*

Dar zog die M40 an sich, sah durchs Zielfernrohr, machte sich schon bereit, einen Warnschuss in ihre Richtung abzugeben, und dann hatte er eine bessere Idee. Stattdessen hob er das Fernglas an.

Syd ging zur Tür. Wäre die Hütte offen gewesen, hätten die Russen sie vielleicht eintreten lassen und wären ihr dann gefolgt, hätten versucht, sie beide zu kriegen. Aber wenn Syd an der Tür rüttelte und merkte, dass sie abgeschlossen war, wenn die Russen merkten, dass er nicht drinnen war, würden sie Syd auf der Stelle in Stücke schießen.

Dar legte die M40 neben sich, betrachtete den Monitor, auf dem Kamera drei den dritten Russen nun näher am Südhang zeigte, keine dreißig Meter von der Veranda entfernt. Dann sah er wieder durch sein Fernglas.

Die Leica war mit einem Klasse-Eins-Laser ausgerüstet, aber das Gerät war für Messblitze gedacht, nicht dafür, einen konstanten Lichtstrahl auszustrahlen. Wenn er allerdings – so schnell er konnte – den roten Knopf oben auf dem Fernglas drückte, ließ Dar einen roten Laserpunkt fast vor Syds Füßen zucken und tanzen.

Eine lange Sekunde starrte sie verdutzt zu Boden. Dar hoffte, dass keiner der Russen den blinkenden, roten Punkt auf den Kiefernnadeln ausmachen konnte. Als Syd eben merkte, was sie dort sah, richtete er das Fernglas auf ihre Brust und tippte immer weiter auf den roten Knopf. Die Entfernung blitzte in der Digitalanzeige auf der einen Seite des Suchers – 264 Meter, 263 Meter, 262 Meter. Dar ignorierte die Angaben und ließ den roten Punkt auf dem schwarzen Schutzpanzer direkt über Syds linker Brust aufblinken.

Sie ließ sich fallen und rollte ab, als wäre eine Falltür aufgegangen, um sie zu verschlingen. Man hörte leises Husten aus dem Wald, ein mattes Geräusch vom Bergkamm weiter oben, und Kugeln rissen den Boden auf, wo Syd eben noch gestanden hatte. Er hatte sie gerade lange genug im Fernglas, dass er sehen konnte, wie sie hinter den Stamm einer Fichte rollte, und dann flogen überall Splitter und Brocken von morschem Holz herum, als die unsichtbaren Killer im Wald mit ihren schallgedämpften Sturmgewehren schossen.

Die fehlenden Geräusche machten diese Schüsse irreal. Eine Sekunde später kehrte die Wirklichkeit zurück, als Syd ihre H&K MP-10 über den umgestürzten Baumstamm hob und wahllos in den Wald schoss. Dieses Geräusch war nicht zu überhören. Die Wirkung war unerheblich.

Lauf! Lauf! Bleib nicht da. Japontschik kann den morschen Baum durchschießen!

Diesmal schien die Telepathie zu funktionieren. Dar sah, wie Syd abrollte, als die SWD-Kugeln – die russische Waffe konnte halbautomatisch schießen – den achtzig Zentimeter dicken Stamm durchschlugen, als wäre er aus Pappe.

Dar kam zu dem Schluss, dass es Zeit wurde, in den Kampf einzugreifen. Er rollte zur Barrett »Light Fifty«, nahm den Hain aus Kiefern, Fichten und Birken etwas oberhalb von Syd ins Visier und eröffnete das Feuer. Der Lärm war fürchterlich. Fast hatte Dar vergessen, dass die ersten fünf Magazine, die er sich bereitgelegt hatte, mit SLAP-Geschossen bestückt waren, die neunzehn Millimeter dicke Stahlplatten noch auf zwölfhundert Meter Entfernung durchschlagen konnten. Bei einigen der Bäume zeigten sie dramatische Wirkung. Eine komplette junge Gelbkiefer wurde etwa vier Meter über dem Boden abgehackt und fiel krachend zu Boden. Eine riesenhafte Douglas-Fichte fing eine schwere Kugel auf, aber der ganze, fast siebzig Meter hohe Baum schwankte wie im Sturm hin und her, dass überall Harz und Holzsplitter flogen.

Der Feuerstoß brachte Dar nicht von seinem Ziel ab, obwohl es herzlich wenig zu zielen gab. *Ich erschieße einen Haufen Bäume*, dachte Dar. Die automatisch ausgeworfenen Patronenhülsen, die neben Dar klappernd über den Felsen rollten, taten ihm in der Seele weh, denn er hatte gelernt, sämtliche Hülsen aufzuheben. Er ignorierte die ästhetischen Gesichtspunkte der Situation, drückte ein zweites Magazin hinein (diesmal normale 12,7x99-mm-Patronen mit der üblichen Pulverladung von 46 Gramm und feuerte in den Wald, versuchte, Bewegungen und Mündungsblitze wahrzunehmen.

Der schwere Beschuss hatte die Russen wohl verunsichert. Sie stellten ihr Feuer ein. Syd schien die Munition ausgegangen zu sein. Eine Sekunde war alles still, abgesehen vom Klingeln in Dars Ohren.

Ich habe es versaut, dachte er verzweifelt. *Total versaut.*

Dar schwenkte die Barrett Kaliber .50 herum, bis der Eingang zur Hütte das Objektiv ausfüllte. Er schob das nächste SLAP-Magazin hinein. Der erste Schuss riss ein zwölf Zentimeter großes Loch ins Holz über dem Türgriff. Der zweite

Schuss sprengte das Schloss in Stücke. Der dritte Schuss sprengte die Tür auf, riss sie halbwegs aus den Angeln.

Lauf, lauf, lauf, dachte er zu Syd hinüber und tat dann etwas, das tödlich enden konnte. Er kam auf die Knie und schwang die schwere Barrett 82A1 »Light Fifty« zu Japontschik und Zuker herum, stützte die lange Waffe auf den Felsen. Falls sie ihn schon ins Visier genommen hatten, wäre er auf der Stelle tot.

Kurz sah er Zukers Kopf, der sein Fernglas auf eine Stelle etwa zwanzig Meter rechts von Dar gerichtet hatte, noch auf der Suche, dann feuerte er die sieben Schuss aus seinem Magazin.

Die panzerbrechenden Geschosse schienen um die Stellung der Russen zu explodieren, warfen Funken und Brocken von Granit fast zwanzig Meter in die Luft. Ein Schuss traf den Felsen zu hoch, weit über der Nische, und löste eine kleine Lawine von Steinen und Geröll aus. Aber Dar war ziemlich sicher, dass er keinen der beiden Russen getroffen hatte.

Er sank wieder in sein Versteck zurück, konnte Syd in seinem Fernglas nicht mehr sehen, und schaltete den Monitor auf die Innenkameras.

Syd hatte sich erfolgreich in die Hütte verkrochen und kauerte am Boden beim Schlafzimmerfenster. Die Russen in der Nähe der Hütte überzogen das Gebäude mit Feuerstößen, dass es Glasscherben aufs Bett regnete, dass Holz splitterte, Sofakissen platzten und Syd sich immer weiter in die Ecke zurückzog. Die Tür stand hinter ihr noch immer offen. Sofort sah Dar, dass ihr die Munition ihrer H&K-MP-10 ausgegangen war und sie die Ersatzmagazine draußen in der Schultertasche hatte. *Und das Handy,* dachte er grimmig. Syd hockte mit ihrer 9-mm-SIG-Pro in beiden Händen am Boden, der Tür zugewandt, und wartete offenbar darauf, dass der erste Russe durch diese Tür trat.

Dar riss sein Handy aus dem Gürtel und wählte die Nummer der Hütte. Der winzige Fernsehmonitor hatte keinen Ton, aber er sah, dass Syd zusammenzuckte und zum Telefon hinübersah.

Geh ran, dachte Dar. *Bitte, geh ran.*

Die Schüsse der Russen ließen kurz nach, und Syd stürzte zum Apparat, riss ihn vom Tisch und warf sich wieder in die Ecke. Dar wechselte mehrmals vom kleinen Monitor zum Zielfernrohr der »Light Fifty«, bereit, die Russen niederzustrecken, falls sie einen Angriff auf die offene Tür wagen sollten.

»Syd!«

»Dar. Wo bist du?«

»Oben auf dem Berg… Bist du verletzt?«

»Negativ.«

»Gut, dann hör zu. Es gibt eine Falltür zum Keller… Der Eingang liegt am Ende von dem langen Teppich auf der rechten Bettseite, ungefähr vier Meter von dir entfernt. Die Schlüssel sind unter der Eisschale im Kühlschrank…«

»Dar, wie viele –«

»Zwei von den Russen sind irgendwo über dir im Wald, mit je einer schallgedämpften AK-47«, sagte Dar. »Japontschik und Zuker haben weiter oben am Berg Präzisionsgewehre. Einer ist südlich der Hütte…« Dar aktivierte Kamera vier am Südhang. Der Russe war unter der Veranda und kroch zur Seite der Hütte, offensichtlich bereit, die Hintertür zu stürmen. »Unter der Veranda… gleich kommt er rein«, beendete er seinen Satz. »Hol die Schlüssel! Schnell!«

Er legte sich hin, schoss zum Feuerschutz in die Bäume, während er auf dem winzigen Bildschirm sah, wie Syd durchs Zimmer hetzte, die Eisschale aus dem Kühlschrank riss, sich das kleine Lederetui schnappte, wieder zur anderen Seite des Bettes lief.

Japontschik und Zuker fingen beide an zu schießen. Dar hörte das Bellen ihrer unzureichenden Schalldämpfer, aber eindrucksvoller war das Splittern der Hüttenwand, als die 7,62er Geschosse das dünne Holz durchschlugen, wo Syd eben noch gekauert hatte. Die Kugeln zertrümmerten Dars Lieblingslampe und bohrten sich in den Holzboden.

Dar wollte Feuerschutz geben, wobei er wusste, dass die beiden Scharfschützen in Deckung liegen würden, aber er musste sehen, ob Syd es bis in den Keller schaffte.

Sie fummelte mit den Schlüsseln herum, schleifte das Telefon dabei mit sich über den Boden.

»Ich krieg das Scheißding nicht –«

»Der schmale Schlüssel«, sagte Dar. »Der ist es.«

Die Falltür kam hoch, und das Kellerlicht ging an. Syd sah sich um. Der dritte Russe kam durch die Verandatür und eröffnete das Feuer. Syd duckte sich hinter der aufgeklappten Falltür, aber die Kugeln trafen das lackierte Holz und stießen sie hinunter. Sie verschwand im Keller, und Dar sah, wie ihre 9-mm-Pistole über den Boden glitt, da die Falltür sie ihr offensichtlich aus der Hand geschlagen hatte. Er konnte nur beten, dass das beschlagene Holz die Kugeln aufgehalten hatte.

Die Hüttenkameras zeigten, wie die beiden anderen Russen nun zur Tür hereinkamen, sich gegenseitig Deckung gaben, wobei der eine kniete und der andere über ihm aufragte und beide ihre Waffen schwenkten. Der dritte Russe stand an der Tür, machte ein »Alles klar«-Zeichen und deutete auf den Boden.

Der Russe an der Falltür nahm etwas aus seinem Gürtel.

O nein, dachte Dar. *Er hat eine Granate.*

Bevor Dar noch schießen konnte, hatte der erste Russe, der hereingekommen war, die Falltür angehoben, die Granate geworfen und sich selbst in Sicherheit gebracht. Die Explosion warf die Falltür auf. Dar sah, dass das Kellerlicht nun nicht mehr ging. Der Eingang war nur noch ein schwarzes Quadrat im polierten Boden, und dann sah er, wie sich die drei Russen um die Falltür versammelten und mit ihren Waffen ins Dunkel zielten.

Mit dem Videomonitor als Anhaltspunkt zielte Dar mit der »Light Fifty« und feuerte zwei SLAP-Geschosse ab. Das

Erste durchschlug die Wand gleich links neben dem Fensterrahmen und traf den Russen, der die Granate geworfen hatte.
Das panzerbrechende Geschoss drang ins Kreuz des Mannes
und sprengte ihm Rückgrat, innere Organe und Brustkorb vorn
heraus, dann schlug es ein großes Loch in die Fenster nach Süden. Das zweite SLAP-Geschoss traf den Kopf des Toten und
ließ ihn explodieren.

Er sah, wie die beiden anderen Russen zusammenzuckten
und sich fallen ließen, wobei der eine offensichtlich an den un-
geschützten Armen und im Gesicht von Schädelfragmenten
getroffen wurde.

Dar schwenkte dorthin, wo der unversehrte Killer in der
Ecke lag, wo eben noch Syd gewesen war. Dorthin schoss er
die letzten drei SLAP-Patronen aus seinem Magazin durch die
Wand. Zwei Kugeln gingen daneben, zu hoch, weil der Russe
sich ganz tief zu Boden kauerte, aber die dritte traf ihn kurz
über dem Knöchel, riss ihm den Fuß ab und schleuderte diesen mitsamt einem Stück von weißem Unterschenkelknochen
durch die Hütte, traf fast den letzten Russen.

Dar schob das nächste Magazin hinein und merkte da erst,
dass er selbst unter schwerem Beschuss stand.

Japontschik und Zuker schienen beide zu schießen. Die
schweren 7,62er-Kugeln schlugen östlich, westlich und nördlich von ihm an die Felsen. Einige der besser gezielten Schüsse
schickten Geschosse in seine Deckung, und die Kugeln pfiffen
nur Zentimeter an seinen Stiefeln vorbei, dann flogen sie als
Querschläger hin und her und wieder hinaus. Die anderen
Querschläger von den schrägen Felsplatten über und hinter
ihm waren genauso bedrohlich wie befürchtet.

Kugeln schlugen in seinem Rucksack ein. Eine traf sein Lei-
ca-Fernglas und schleuderte es in die Schlucht hinab. Dann
traf ihn eine hinten in seiner Weste, direkt zwischen den Schul-
terblättern. Der Aufprall war nicht so schlimm, dachte er.
Nicht schlimmer, als schlüge dir jemand einen kleinen Vor-
schlaghammer in den Rücken. Eine ganze Minute blieb ihm

die Luft weg und sein Blick war trübe und rot wie bei einem 3-g-Looping im Segelflugzeug.

Vielleicht ist die Kugel eingedrungen und hat meine Wirbelsäule verletzt, dachte er nur und tastete an seinem Rücken herum. Sein Tarnhemd hatte ein sauberes Loch, aber die schwere Weste, die er darunter trug, war unversehrt. Er konnte die verformte Kugel dort in den Fasern aus Keramik und Metall sogar fühlen. *Meine Güte,* dachte er beeindruckt, *und das ist nur ein Querschläger aus 280 Metern, der seine Geschwindigkeit zum größten Teil schon beim ersten Aufprall eingebüßt hat.*

Sowohl physische als auch philosophische Implikationen waren zu bedenken, aber bevor Dar geistig und körperlich wieder voll anwesend war, pfiffen ihm schon die nächsten Kugeln um die Ohren. Er sah zum Monitor.

Der letzte überlebende oder zumindest bewegungsfähige Russe in der Hütte war bäuchlings zur offenen Falltür gekrochen und bestrich mit seiner AK-47 den Keller.

Dar wusste nicht, wie Syd überlebt haben sollte, wenn sie im Kellergang und nicht schon im verriegelten Lagerraum gewesen war, aber er hielt es für das Beste, den Russen zu töten.

Das Problem bei diesem Plan bestand darin, dass die SLAP-Geschosse ebenso den Boden wie den letzten Russen durchdringen und Syd töten mochten, falls sie verletzt am Boden des Kellergangs lag. Dars »Bunkerraum« war mit Stahl ausgeschlagen, aber über dem Kellergang war nur ganz normaler Holzfußboden. Er nahm das SLAP-Magazin heraus, klopfte ein normales Kaliber-.50-Magazin zweimal an die Steine neben sich, dann schob er es in die »Light Fifty«.

Querschläger prallten von den Felsen ab, rechts und über ihm, schlugen in seiner Nische ein, während Dar den Monitor zu Hilfe nahm, um den Russen ins Visier zu bekommen. Er brachte seinen Atem unter Kontrolle, richtete das Fadenkreuz auf das Stück Hüttenwand, hinter dem der Russe lag, und drückte sanft ab.

Nicht gut. Die ersten drei Kugeln durchschlugen die Wand

problemlos, aber sie wurden leicht abgelenkt, trafen den Russen nicht. Außerdem sah es für Dar aus, als durchschlugen die Geschosse Kaliber .50 den Boden. Er würde die M40 nehmen und hoffen müssen, dass ihm ein Schuss durchs Fenster gelang.

Der Russe war von den schwerkalibrigen Geschossen abgelenkt, die um ihn einschlugen, und er warf einen Blick über seine Schulter zur durchsiebten Wand. Auf dem Monitor sah Dar, dass der Russe seinen Kameraden in der Ecke rief, aber der Mann, der eben seinen Fuß verloren hatte, lag eingerollt am Boden und war offenbar kaum noch bei Bewusstsein. Unter seinem Bein war eine dunkle Lache.

Als Dar die Remington 700 aus ihrem Versteck unter dem Felssims nahm, brannte ihm ein doppelter Querschläger kurz unter dem Hintern quer über die Oberschenkel. Dar biss die Zähne zusammen, um nicht laut aufzuschreien, und sah über seine Schulter. Wegen der massiven Weste und dem weiten Tarnhemd konnte er nichts erkennen, aber als er seine rechte Hand nach hinten streckte, konnte er das Blut fühlen. Er beschloss, davon auszugehen, dass nur Fett und Muskeln getroffen und keine Arterien ernstlich verletzt waren. Sollte er sich irren, würde er es bald wissen.

Dar spähte durch das Redfield-Zielfernrohr, und mit dem offenen, linken Auge behielt er den Monitor im Blick, der wie durch ein Wunder bisher von allen Querschlägern verschont geblieben war. Wie alle Wissenschaftler, die ein Mikroskop oder Teleskop benutzten, hatte Dar gelernt, sein Auge am Okular zu konzentrieren, während er das andere offen hielt, was beim Einschätzen von Entfernungen und peripherem Blickfeld half.

Den Russen in der Hütte schien das Kaliber .50 abgelenkt zu haben. Jetzt kam er auf ein Knie und spähte in die Kelleröffnung, hoffte offenbar, eine Leiche zu sehen, die er Zuker und Japontschik melden konnte.

Der Russe beugte sich vor, spähte die Leiter hinunter. Plötzlich war ein Blitz zu sehen, und das weiße Gesicht des Killers auf dem Monitor wurde ein Flickwerk aus Grau und Schwarz. Der Mann flog rückwärts und landete mit ausgebreiteten Armen, sodass die AK-47 über den Boden glitt.

Dar gab keinen Schuss ab und schaute zu. Über ihm heulten die Kugeln, und ein Querschläger flog nicht mehr als einen Millimeter an seinem rechten Ohr vorbei. Ein ruhiger Teil in Dars Verstand meldete, dass die Schüsse nun nicht mehr so zahlreich waren. Offenbar schoss nur noch eine SWD auf seine Stellung, was bedeutete, dass sich entweder Japontschik oder Zuker – wahrscheinlich Zuker – auf den Weg zu ihm herüber gemacht hatte, aber Dars Hauptaugenmerk galt im Moment diesem schwarzen Viereck auf dem Monitor.

Syds Kopf und Schultern kamen hoch, die Schrotflinte sogar noch schneller. Sie fuhr herum, zielte, sah die drei toten Russen, checkte aber alle einzusehenden Ecken der Hütte.

Dar musste grinsen. Sie hatte die Remington 870 gefunden, die im Gang liegen geblieben war, vermutlich den Tresorraum geöffnet oder sich in letzter Sekunde hinter der Stahltür versteckt, als die Granate kam, und war dann, als die Schüsse nachließen, herausgekommen, um sich ihrem Angreifer zu stellen.

Dar griff nach dem Handy an seinem Gürtel, um sie anzurufen. Das Handy war weggeschossen.

Scheiße.

Er sah, wie sie zum Hörer lief, der noch am Boden lag, aber dann merkte sie, dass eines seiner schweren Geschosse das Telefon zersplittert hatte. Er sah, wie sie den Hörer von sich warf und zu dem Russen mit dem fehlenden Fuß kroch. Sie zog ein Funkgerät aus seinem Gürtel, nahm dann das Mikrofon, das oben an seiner linken Schulter befestigt war. Dar konnte sehen, wie sie lauschte, und er wusste, dass sie Russisch sprach.

Braves Mädchen, dachte er und war froh, dass Syd seine Bemerkung nicht hören konnte. Er hatte im Augenblick keinen Kontakt zu ihr, aber wenigstens konnte sie einige Informationen darüber sammeln, was die beiden Russen oben auf dem Berg vorhatten.

Was Dar daran erinnerte, sein Versteck aufzugeben, bevor Zuker hinter ihm auftauchte und das Feuer auf den steinernen Graben eröffnete.

Nach wie vor schlugen die SWD-Geschosse nur Zentimeter über Dars Kopf an den Stein, und sie waren so gut gezielt, dass wohl Japontschik, der Topschütze, zurückgeblieben war und seinem Späher befohlen hatte, sich von der Seite an Dar heranzuschleichen.

Natürlich hatte Dar darauf geachtet, eine Stellung zu suchen, an die man sich nicht so leicht anschleichen konnte. Sein Blick- und Schussfeld deckte den gesamten Bereich um seine Hütte und nördlich davon ab, sodass Zuker sicher nicht bergab in diese Richtung ging, um die Schlucht dort zu durchqueren, wo sie flacher wurde. Niemals würde Zuker in die Schlucht hinunterklettern und einfach hoffen, dass es eine Möglichkeit gäbe, an der senkrechten Ostwand hinaufzuklettern, wo Dar nicht hören konnte, wenn er kam. Also hatte Zuker seine Stellung verlassen und arbeitete sich nordöstlich vor, näher am Bergkamm, schlich sicher ganz langsam durch den dichten Wald, hoffte oder wusste, dass es irgendwo dort oben eine schmale, tiefe Stelle gab, an der man die Schlucht leicht überqueren konnte. Dar wusste, dass die Russen schon hier gewesen waren, und deshalb ging er davon aus, dass sie sich umgesehen hatten. Jeder anständige Scharfschütze hätte das getan. Es bedeutete, dass die beiden von dem umgestürzten Baumstamm wussten, der beim Wasserfall über der Schlucht lag, bei den Reichenbach-Fällen, wie sie Dar getauft hatte. Die breite Fichte war vor etlichen Jahren umgestürzt, rutschig von der Gischt des Wasserfalls und moosbewachsen. Enge, überwucherte Felsspalten führten in die steile Schlucht. Dar schätzte, dass sie dort etwa zwanzig Meter tief war, mit überhängenden Simsen und zerklüfteten Felsen am Grund.

Dar schob die »Light Fifty« unter den Sims, um sie vor Ja-

444

pontschiks Querschlägern zu schützen, und warf einen letzten Blick auf den Monitor. Syd hockte am Fenster, hielt die Remington vor dem Körper, harrte offenbar der Dinge, die da kommen sollten. Er nahm seine M40 und kroch langsam rückwärts aus seiner Stellung, ließ sich unter den Bergkamm und die Felsen gleiten, zum ersten Mal außerhalb von Japontschiks Schussfeld.

Zehn Sekunden verbrachte er damit, nachzusehen, wie schwer verwundet er war. Seine Beine brannten, als hätte ihm jemand ein glühendes Eisen verpasst, aber das Blut gerann bereits, machte seine zerfetzte Hose steif. Es konnte also keine ernste Wunde sein. Tastend fühlte er, dass es tatsächlich nur ein Streifschuss war, nicht tief, aber im rechten Bein tiefer als im linken. Überrascht stellte er fest, dass der Querschläger, der sein Handy zerschossen hatte, außerdem durch den Gürtel gegangen war und in seiner rechten Seite steckte, direkt unter der Haut am Hüftknochen. Es tat nicht schlimmer weh als eine Prellung, aber Dar wusste, dass ein Stück schmutziger Stoff in seine Haut gedrungen war, sodass die Wunde ausgewaschen und verbunden werden musste, sobald die Kugel draußen war.

Darum kümmere ich mich später, dachte Dar und rannte nordwärts durch den lichten Wald, hielt sein Gewehr bereit, machte so wenig Geräusch wie möglich. Er achtete darauf, dass sein Kopf stets unterhalb der Felsen blieb, wo Japontschik ihn nicht sehen konnte. Seine Beine brannten, und er spürte, dass die Wunde nicht nur über die Rückseite seiner Oberschenkel, sondern auch über seinen Hintern ging. *Wie würdelos,* dachte er. Er lauschte seinem eigenen Keuchen und dem Klappern der Ersatzmagazine und der M40-Munition in seinen Tarnhosen und dem Hemd.

Dar wusste, dass er um sein Leben lief. Falls Zuker zur Baumbrücke gelaufen war, wäre er als Erster dort, hätte sich eine gute Stellung gesucht und konnte Dar leicht töten, während er bergauf durch den Wald stürmte. Unterschwellig erinnerte er sich jedoch daran, dass Japontschik noch nicht lange allein geschossen hatte, als es Dar aufgefallen war. Entscheidender noch war, dass Scharfschützen auf List und Vorsicht trainiert wurden, und man wohl ein Dummkopf wie Dar sein musste, blindlings durch den Wald zu rennen. Er wusste, dass Zuker keineswegs so verzweifelt wie Dar in diesem Augenblick war, und die Chancen standen gut, dass er es nicht besonders eilig hatte.

Dar gelangte zu der flachen Rinne, kaum mehr als anderthalb Meter tief und voller Farn und Brombeerbüsche. Vier Meter weiter etwa lag der umgestürzte Baum über der Schlucht. Dar lebte noch. So weit, so gut. Aber er keuchte so schwer, dass er nicht hören konnte, ob dort jemand in den Büschen saß. Dar löste den Riemen an seinem K-Bar-Messer – froh, dass man es ihm nicht zusammen mit dem Handy vom Gürtel geschossen hatte – und kroch zum Baum hinüber, mit dem Gewehr im Anschlag.

Auf dieser Seite war niemand. Der Stamm sah länger und schmaler aus, als Dar ihn in Erinnerung hatte – und die Schlucht viel tiefer. Gischt stieg von den Felsen unten auf. Dar wusste, dass dieser Spalt mehrere hundert Meter nach Norden verlief, fast bis zum Kamm. Wenn man dort hinüberwollte, musste man zwischen den Bäumen hervorkommen und wäre auf dem Kamm zu sehen.

Dar schnappte nach Luft und spähte durch den Farn zum sieben Meter langen, umgestürzten Baum hinüber. Die moosige Oberfläche war feucht. Ein einziger, alter Ast konnte auf dem Weg hinüber als Halt dienen, und Dar war sicher, dass der morsch war und sein Gewicht nicht halten würde, falls er abrutschte. Oft genug war ihm dieser Baumstamm bei seinen Wanderungen am Berg aufgefallen, aber er hatte nie auf ihm die Schlucht überquert. Warum sollte er? Es wäre reichlich dumm.

Dar kam auf die Knie und zeigte Kopf und Schultern, provozierte einen Schuss, falls Zuker irgendwo auf der anderen Seite der Schlucht warten sollte. So hätte Dars Strategie ausgesehen, wenn er hier oben allein gewesen wäre – verstecken und warten, dass Zuker über den Baumstamm kroch. Aber er war nicht allein. Syd saß unten in der Hütte fest, und Japontschik konnte sie jederzeit aufs Korn nehmen.

Zehn Sekunden verstrichen, und es fiel kein Schuss. Dar schlang die M40 um seinen Rücken (schwer zu erreichen, aber so würde sie garantiert nicht in die Schlucht fallen, sofern er nicht selbst abstürzte), dann sprang er auf den Stamm und machte sich auf den Weg hinüber.

Im selben Augenblick sprang Pavel Zuker, ein schlanker Mann mit finsterer Miene, auf den Stamm. Dar hätte nicht sagen können, wer von beiden überraschter aussah. Zuker hatte Dar von seinem Standort auf der anderen Seite der Schlucht nicht sehen können, und Dar hatte den Russen ganz sicher vorher nicht bemerkt.

Beide Männer hatten ihre Gewehre auf die gleiche Weise umgehängt und weder die Zeit noch die Balance, danach zu greifen, und deshalb langten beide nach ihren Waffen an den Gürteln. Dar zückte sein K-Bar-Messer. Zuker zückte eine hässliche kleine halbautomatische Pistole und zielte auf Dars Gesicht. Sie waren beide zu weit draußen, als dass sie noch umkehren konnten, und jetzt lagen kaum noch drei Meter zwischen ihnen. Dar erstarrte.

»Wenn das kein Blödmann von Amerikaner ist«, sagte Zuker mit schwerem Akzent. »Bringt Messer mit zu Schießerei.«

Ein uralter Scherz, dachte Dar und ging neben dem Ast am Baumstamm in die Knie. Er hielt sein K-Bar-Messer immer noch in der rechten Hand und versetzte dem Ast einen heftigen Tritt.

Der Ast brach ab, was Dar erwartet hatte, aber erst, nachdem sich der ganze Stamm um zwanzig Grad nach rechts und wieder zurück gedreht hatte.

Zuker schoss zweimal, wobei die zweite Kugel knapp drei Zentimeter über Dars Kopf hinwegging. Dann saß der Russe rittlings auf dem Stamm, hielt sich mit der linken Hand fest,

447

bis das Schwanken nachließ, versuchte, die Pistole mit seinem rechten Arm ruhig zu halten. Wieder schoss er.

Dar war auf die plötzliche Bewegung vorbereitet gewesen und hielt die Balance, während er vorwärts hechtete, das Messer herumriss und mit der Linken nach Zukers Handgelenk griff. Die 9-mm-Kugel traf ihn links, glitt an der schweren Schutzweste ab, warf ihn aber aus dem Gleichgewicht. Fast wäre er abgestürzt, hätte er sich nicht fallen lassen und ebenfalls rittlings auf den Stamm gesetzt.

Nun saßen die beiden Männer nur noch Zentimeter auseinander. Zuker packte und hielt Dars Messerhand, Dar hielt verzweifelt Zukers Pistolenhand, drückte die Mündung nur Zentimeter neben seine Stirn. Wieder schoss Zuker. Die Kugel riss ein kleines Stück aus Dars linkem Ohr. Der ganze Baum kam ins Wanken. Dar konnte hören, wie das Wasser zwanzig Meter unter ihm an die scharfen Felsen schlug, und fühlte, wie seine Hand am Handgelenk des Russen von Gischt und Schweiß ganz rutschig wurde. Nun waren sie Auge in Auge. Dar roch den Atem des kleineren Mannes und sah den handgeschnitzten Griff mit den Fingerkerben an der Kahr 9mm, das leuchtend gelbe Korn und das hässliche Orange an der Kimme.

Schwitzend und schweigend rangen die beiden. Der kühle, analytische Teil von Dars Verstand sandte die Botschaft *(die CAC Customs Arms KAHR hat einen 6,5-pounds-Abzugswiderstand)*, während der adrenalingesteuerte Großteil seines Hirns dem nutzlosen, analytischen Teil sagte, er solle verdammt noch mal die Klappe halten. Dar merkte, dass er zwar etwas kräftiger als der drahtige Russe sein mochte, Zuker dieses Spiel jedoch gewinnen würde. Der Russe musste nur sein Handgelenk so weit umbiegen, dass er die Mündung auf Dars Kopf richten konnte, wohingegen Dar das Messer umdrehen musste, um vollen Kontakt zu bekommen. Zwar duckte er den Kopf so weit nach vorn und außer Reichweite wie möglich, aber es war an der Zeit für eine neue Strategie.

Als die schwarze Mündung immer weiter auf Dars Schläfe zeigte, warf der Kopf und Schultern zurück, statt vorwärts, befreite seinen rechten Arm, indem er ihn mit Gewalt nach hinten riss. Fast ließ er das Messer fallen, schaffte es aber, es festzuhalten, während er sich weit zurücklehnte, als Zuker schoss und diesmal Dars Kopfhaut streifte. Dann hob Dar das Messer seitlich herum, tief und schnell unter den abblockenden linken Arm des Russen, brauchte für diese Bewegung mehr Energie, als er noch zu haben glaubte, stach mit senkrechter Klinge nach dem Bauch, dann riss er sie – so fest er konnte – nach oben, genau wie er es vor mehr als zweieinhalb Jahren auf Parris Island gelernt hatte.

Der Russe sagte: »Uuuf«, als ihm die Luft ausging, aber dann grinste er breit, zeigte seine schlechten Zähne – überwiegend Stahl.

»Kevlar-Weste, Arschloch, amerikanisches«, sagte Pavel Zuker, und dann – da er die bessere Hebelwirkung hatte – drehte er seine Waffe noch ein bisschen mehr. Dars Hand glitt immer weiter ab, bis das gelbe Korn direkt auf sein rechtes Auge zielte.

Plötzlich erstarb Zukers Lächeln, und er sah nachdenklich aus, vielleicht etwas enttäuscht. Dar kannte diesen Blick von früher, von den Gesichtern seiner Spielkameraden, wenn ihre Mütter sie riefen, obwohl sie doch gerade so schön spielten.

Zuker sah auf seinen Bauch und das Blut, das daraus hervorquoll und über den Griff des K-Bar-Messers und Dars geballte Faust lief. Ernstlich verblüfft runzelte er die Stirn.

Dar schlug die Pistole aus Zukers kraftloser Hand und packte die Weste des Russen, aber Zuker taumelte schon, rutschte, stürzte ab… Dar fing einen letzten Blick des Russen auf, die Augen wach. Sie stellten eine lautlose Frage, selbst wenn sein Hirn nicht mehr durchblutet wurde; dann war der Mann in der Gischt nicht mehr zu sehen. Plötzlich hatte Dar selbst damit zu tun, die Balance zu halten, da der Baumstamm schwankte, seit Dar sein Messer aus Zukers Bauch gerissen hatte. Dar rammte die Klinge ins Holz und hielt sich mit beiden Händen fest, bis das Schwanken nachließ.

Schwer keuchend und unsicher, ob er sich gleich oder später übergeben sollte, spähte Dar durch den Dunst zu der unnatürlich verdrehten Gestalt dort unten, zwanzig Meter unter ihm. Dick und rot strömte das Wasser von der Leiche flussabwärts. Zukers blasse Miene blickte auf, der Mund stand offen, als versuchte er noch immer, eine Frage zu stellen.

»Kevlar schützt *nicht* vor Messerstichen«, keuchte Dar als Antwort auf Zukers unausgesprochene Frage. »Besonders wenn die Klinge mit Teflon beschichtet ist.«

Vielleicht wäre es eine gute Idee, vom Baum zu steigen, schlug der verbannte analytische Teil seines Verstandes zaghaft vor.

Die letzten drei Meter kroch Dar auf allen vieren. Drüben, auf der anderen Seite, zog er sich die flache Rinne hinauf, sah die Stiefelspuren, wo sich Zuker hinter einem Fels versteckt hatte. Sehr deutlich spürte Dar, dass sein nicht mehr ganz jugendlicher Körper für heute Feierabend machen wollte.

Er erhob Einspruch gegen diese Idee, kroch langsam die Rinne hinauf und daraus hervor, steckte sein K-Bar-Messer weg, nachdem er die Klinge an den Farnen abgewischt hatte. Dann nahm er seine M40 von der Schulter.

Es gab vier Möglichkeiten. Er wusste, dass Japontschik nicht mehr in seiner Stellung saß. Entweder war er unten, um Syd den Rest zu geben, oder er rannte zu seinem Chevy Suburban oder suchte ein besseres Versteck, von dem aus er auf Dar schießen konnte. Oder von allem etwas.

Langsam kam er auf die Beine, verbannte den Dämon der *katalepsis,* der von ihm Besitz zu ergreifen drohte. Dar hielt das Gewehr mit beiden Armen vor seinem Körper und begann westwärts durch den Wald zu schleichen.

25

Langsam und leise, ganz wie er es gelernt hatte, kroch Dar voran. Er hielt sich geduckt, hatte eine kleine Karte von der Gegend im Kopf, achtete darauf, dass er die Stellung der Sonne im Auge behielt, nutzte jede verfügbare Deckung und natürliche Tarnung, hielt sein Gewehr in den Armen, während er langsam auf Ellenbogen, Bauch und Knien vorwärts rutschte. Diese Geschwindigkeit von hundert Metern in der Stunde hätte ihm in Quantico große Anerkennung eingebracht, aber bald schon wurde Dar klar, dass er auf diese Weise erst bei der Hütte wäre, wenn Japontschik Syd längst erschossen und sich aus dem Staub gemacht hätte.

Er hielt kurz an und dachte darüber nach, suchte mit seinem Redfield-Zielfernrohr die Anhöhe rechts und die Lichtung links von sich ab, als schließlich ein Feuerstoß der SWD und leises Husten automatischer Waffen ihm bei der Entscheidung halfen.

Eine Sekunde dachte Dar, das unverkennbare doppelte Krachen der schlecht gedämpften AK-47 bedeutete, dort sei ein sechster Russe gewesen, doch dann wurde ihm klar, dass er Syd unterschätzt hatte. Sie mochte ihre H&K-Munition verschossen haben, aber es lagen mindestens drei Sturmgewehre in der Hütte, und die Russen hatten reichlich Ersatzmagazine mitgebracht. Syd war schwer bewaffnet und hatte offenbar Japontschik aus seiner Deckung gelockt.

Wieder schoss Japontschiks SWD, stotterte leise jeweils drei Kugeln auf einmal, und Dar merkte, wo der Russe saß. Bergabwärts und etwa achtzig Meter weiter links. Die AK-47 krachte laut von der Hütte her.

Dar schloss einen Moment die Augen, stellte sich die letzten paar Minuten vor. Entgegen Dars Vermutungen war Japontschik *bergab* gestiegen, was Sinn machte, wie Dar jetzt merkte. Der Russe hatte ihm die höher gelegene Position überlassen, befand sich jetzt jedoch näher an seinem Fahrzeug. Sicher hatte er sich eine Stellung gesucht, von der aus er den kriechenden Dar abschießen konnte, weil dieser sich auf den Berg über ihm konzentrierte.

Dar wusste, dass Japontschik von den Fenstern und Türen der Hütte aus nicht zu sehen war, was bedeutete, dass Syd die Hütte verlassen haben musste. Dar vermutete, dass sie die Tür nach Süden hin genommen hatte, dann den Berg hinunter und wieder zum Parkplatz hinaufgestiegen war, sich dort wahrscheinlich hinter den Felsen versteckte. Offenbar hatte sie Japontschik durch das Zielfernrohr der AK-47 gesehen. Dar merkte, dass es ihm nichts ausmachte, wenn sie den Russen erledigt hätte, aber dem Schusswechsel nach zu urteilen, war Japontschik nach wie vor sehr wohl am Leben.

Dar stand auf und rannte los, brach durchs Unterholz, stolperte und rollte einmal, ohne Gewehr oder Messer zu verlieren, sprang bergab. Er sah den Felsen, den er anpeilte, und schätzte, dass dieser oberhalb und etwa fünfzig Meter östlich von Japontschiks Stellung lag. Von dort aus konnten Syd und er den Russen ins Kreuzfeuer nehmen, ohne einander in Gefahr zu bringen.

Dar rutschte bäuchlings hinter den Felsen, als drei SWD-Geschosse oben gegen den Stein knallten. Falls Japontschik ihn nicht gesehen hatte, so hatte er ihn doch kommen hören. *Gut.* Dar kroch hinter den Felsen, machte sich bereit, an dessen westlichem Ende vorbeizuschießen, falls und wenn Japontschik Syds Schüsse erwiderte. Obwohl jedoch die AK-47 noch zweimal feuerte, kam keine Antwort aus der russischen Waffe.

Scheiße, dachte Dar. *Er rückt ab.*

Vom Parkplatz her kam ein Feuerstoß der SWD, und Dar hörte, wie Syd von weither rief: »Dar, er schießt auf unsere Wagen!« Dann hustete die SWD noch ein paar Mal, und es war still.

Dar kam wieder in Bewegung, rutschte bergab, hielt die dickeren Bäume zwischen sich und dem Parkplatz, versuchte, sich von hinten an Japontschik anzuschleichen.

Er kam an den Rand der Lichtung, auf der die Hütte stand und schätzte die Lage kurz ein. Sämtliche Reifen an Land Cruiser und Taurus waren zerschossen. Er sah Syd westlich der Hütte, hinter einem Felsen kauernd, aber Japontschik war nirgends zu sehen. Er stieß einen kurzen Pfiff aus.

Syd sah ihn und rief: »Er ist zu Fuß die Straße runter. Ich hatte Angst, rauszukommen, weil ich nicht weiß, wie weit seine Waffe reicht!«

»Bleib, wo du bist!«, rief Dar. »Halt dich östlich vom Felsen!«

Er lief zu ihr, suchte Deckung hinter Felsen und Bäumen, sprintete, schlug Haken, duckte sich, hoffte, Syd hätte freie Schussbahn, falls Japontschik ihn jetzt erwischte.

Er schaffte es unversehrt und warf sich neben Syd hinter den Stein. Er sah, dass sie im Gesicht und an den Händen blutete.

»Du bist verletzt!«, sagten sie gleichzeitig.

»Ich bin okay«, antworteten beide.

Dar schüttelte den Kopf und nahm Syds rechten Arm, betrachtete die Schnitte an Händen und Handgelenken. Er merkte, dass die Wunden in ihrem Gesicht blutig, aber nicht ernst waren. »Splitter?«, sagte er.

»Ja, ich war hinter der Tür, aber da ist reichlich Stahl im Gang herumgeflogen, als der Typ die Granate geworfen hat«, sagte Syd sanft, während sie sich duckte. »Du bist voller Blut, Dar.«

Dar sah an seiner Schutzweste herab. »Ist alles von Zuker«, sagte er.

»Tot?«

Dar nickte.

»Aber an der Seite und am Rücken«, sagte Syd. »Dreh dich mal um.«

Dar tat es, fühlte den stechenden Schmerz an seiner rechten Seite und hinten an beiden Beinen.

»Das ist nicht Zukers Blut«, sagte Syd. »Es sieht aus, als hätten sie dir den Arsch abgeschossen.«

»Na toll«, sagte Dar, dem plötzlich etwas übel wurde.

Syd schälte etwas von den Fetzen seiner Tarnhose ab, um sich die Wunde anzusehen. »Entschuldige. Das ist ein tiefer Streifschuss. Er blutet fast nicht mehr. Aber dein Ohr sieht schlimm aus. Und was ist mit dem Blut unter deiner Weste?«

»Querschläger«, sagte Dar. »Knapp unter der Haut. Nicht so wichtig. Konzentrieren wir uns auf Japontschik.«

Sie spähten um den Stein herum, rissen die Köpfe sofort wieder zurück. Keine Schüsse. Land Cruiser und Taurus sahen auf ihren acht platten Reifen traurig aus.

»Ich glaube, er zieht sich zurück«, sagte Dar. »Er will zum Suburban.«

»Ich weiß.« Dar rieb seinen Nacken, roch Blut und sah seine Hände an. Er rieb die rechte Hand am Hosenbein. Es half nichts.

»Schscht. Eine Sekunde mal«, sagte Dar, rief sich die Zufahrtstraße und Entfernung so gut wie möglich in Erinnerung. Er bezweifelte, dass Japontschik die Straße hinunterrennen würde. Schließlich wusste der Russe, dass man Autos auch auf den Felgen fahren konnte. Höchstwahrscheinlich würde er einen umsichtigen taktischen Rückzug inszenieren, von einer Stellung zur nächsten, wo er abwarten würde, ob man ihm folgte.

Dar vermutete, dass ihm noch ein paar Minuten blieben, bis Japontschik zum Suburban kam. Danach würde sich das FBI um den Russen kümmern. Aber…

Ein Stück der Zufahrtstraße war von der Hütte aus einsehbar: eine scharfe Kurve mit steiler Böschung auf der nordwestlichen Seite und baumlos auf der anderen. Sie lag etwa anderthalb Kilometer den Weg hinunter, kurz bevor die Zufahrtstraße auf den Highway traf. Ein Fahrzeug wäre in der Lücke nur wenige Sekunden lang zu sehen, bis es wieder zwischen den Bäumen verschwand und dann bald zum Highway kam. Vielleicht hatte er Zeit.

Dar gab Syd seine M40. »Nimm lieber die hier, nicht die AK-47, falls er wiederkommt.« Als er sich aus seiner schweren Weste kämpfte, fiel ihm auf, dass sie ein Fernglas am Riemen um den Hals trug. »Woher hast du das?«

»Von dem Russen, dem du den Fuß abgeschossen hast«, sagte Syd.

»Ist er tot?« Das Fernglas machte Sinn, wenn man darüber nachdachte… Japontschik würde so viele Späher wie möglich unter seinen Leuten haben wollen.

Syd schüttelte den Kopf. »Er ist bewusstlos und steht unter Schock, aber ich habe ihm den Stumpf mit meinem Gürtel abgebunden. Er hat viel Blut verloren. Er wird sterben, wenn nicht bald Hilfe kommt.«

»Wir können keine –«, setzte Dar an und hielt den Mund, als Syd ihr Handy in die Höhe hielt. Offensichtlich hatte sie sich die Zeit genommen, ihre Tasche vor der Hütte aufzusammeln.

»Warren ist unterwegs«, sagte sie.

Dar nickte. Grund genug, sich hinzuhocken und auszuruhen. Er warf seine schwere Weste auf die Erde und sagte: »Pass gut auf. Nimm mein Gewehr, falls Japontschik wiederkommt. Ich bin in ein paar Minuten wieder da.«

Dar rannte wie der Teufel und musste bald feststellen, dass es ziemlich wehtat, mit einem Streifschuss am Hintern zu laufen, zumal der Adrenalinschub etwas nachgelassen hatte. Besonders schmerzhaft war es, als er den Grashang unterhalb der Hütte hinunterrutschte, dann unter der langen Veranda entlanglief, ein Stück kletterte, um den Pfad zum Schäferkarren zu erreichen, und dann den steilen Hügel über dem Eingang zur Goldmine hinunterschlitterte, um zur Schlucht zu kommen. Er fühlte, wie das frische Blut seine zerrissenen Tarnhosen durchweichte, während er den steilen Pfad an der Ostseite der Schlucht hinaufkeuchte und dann kurz unterhalb vom Felssims zu seiner ursprünglichen Stellung lief.

Dar musste dort oben eine kurze Pause einlegen, nicht allein um Luft zu holen, sondern auch um sich die vielen Querschläger anzusehen, die den Fels wie Narben überzogen, wo er gelegen hatte. Sein Poncho und der Rucksack mit dem selbst gemachten Ghillie Suit waren zerfetzt. Mindestens zwei Magazine der »Light Fifty« waren durchlöchert wie Dosen am Schießstand. Seinen Videomonitor hatte ein Querschläger zertrümmert, was Plan A unmöglich machte. So viel zu der Idee, sich anzusehen, wann und ob Japontschik zum Suburban kam.

Dar sprang in die Nische und zog die Barrett Model 82A1 Kaliber .50 unter dem Felsen hervor. Die »Light Fifty« war unversehrt. Eilig stopfte Dar Magazine mit SLAP-Geschossen und normaler Munition in seine übergroßen Taschen, dann rannte er am Rand entlang zurück zum Grund der Schlucht.

Er hatte vergessen, wie schwer und sperrig diese so genannte »Light Fifty« war. Das zehnfache Zielfernrohr machte sie nicht leichter. Bei den Marines hatten Dar die Funker und die Männer mit den schweren Waffen meist Leid getan, wenn sie ihre Monster schleppen mussten – PRC-77-Scrambler/Descrambler-Funkgeräte oder M60-Maschinengewehre oder M79-40mm-Granatwerfer. Er fragte sich, ob eigentlich alle – alle Überlebenden – im späteren Leben einen kaputten Rücken hatten.

Als er den letzten Hang unter der Veranda hinaufgekrabbelt war und wieder bei Syd hinter dem großen Stein saß, blutete er nicht nur aus beiden Wunden, sondern war auch schweißnass. Wenigstens war er so schlau gewesen, die fast zwölf Kilo schwere Schutzweste auszuziehen.

»Hat sich nichts bewegt«, berichtete Syd. »Ich habe lieber das Fernglas genommen, nicht das Zielfernrohr an deinem Gewehr.«

Dar nickte, gab ihr Recht. »Nichts zu hören?«

»Hab nicht gehört, dass er den Suburban angelassen hätte…

aber der steht auch ein verdammt großes Stück die Straße runter.«

»Aber du bist sicher, dass er noch nicht an dieser freien
Stelle vorbeigekommen ist?«, sagte Dar.

»Ich hab doch gesagt, dass sich nichts bewegt hat, oder?«,
sagte Syd etwas spitz.

Dar nahm die »Light Fifty« und lief nach links hinüber, ein
Stück den Hang hinunter, vermied die Schusslinie vom Wald
und von der Straße her, hielt auf einen flachen Stein kurz oberhalb der letzten Fichten zu, bevor der Hang zur Wiese wurde.
Als er das offene Gelände hinter sich hatte, ohne dass man ihn
beschossen hatte, winkte er Syd, sie solle herüberkommen.

Dar hatte die »Light Fifty« auf dem flachen Stein eingerichtet und lag dahinter, las die MIL-DOT-Anzeige im Zielfernrohr ab und justierte Wind- und Höheneinstellungen. Der
Wind war heute kaum ein Faktor, selbst im offenen Terrain,
nur leichte Böen unter fünf Stundenkilometern. Aber auf diese
Entfernung musste man selbst den geringsten Faktor mit in die
Berechnungen aufnehmen.

»Das ist nicht dein Ernst«, sagte Syd und starrte mit ihrem
ausgeliehenen 70x50-Fernglas zu dem weit entfernten Stra-
ßenstück hinüber. »Das sind ja mindestens sechzehnhundert
Meter.«

»Ich schätze die Distanz auf etwa fünfzehnhundertfünfzig
Meter«, sagte Dar, der noch mit seinen Einstellungen beschäftigt war. »Also etwas weniger.« Er richtete sich an der Waffe
ein, suchte die richtige Haltung für Daumen und Wange am
Schaft und atmete langsamer. In weiter Ferne hörten sie, wie
ein V-8-Motor aufbrüllte.

»Gut«, sagte Dar. »Wenn er nicht wieder zurückkommt,
wissen wir jetzt, wo Japontschik ist. Und er muss fast einen
Kilometer bis zu dieser Kurve fahren.«

»Du denkst doch nicht im Ernst daran –«

»Du musst mir helfen«, unterbrach Dar. »Mir bleibt nur
Zeit für zwei, drei Übungsschüsse.« Er spähte durch das M3a-

Ultra-Zielfernrohr. »Ich werde auf den großen Stein in der Lücke zielen, wo die Straße eine Rechtskurve macht.«

»Welcher Stein? Der dunkle oder der helle?«

»Der helle«, sagte Dar und drückte ab. Der laute Knall und der Rückschlag ließen Syd zusammenzucken.

»Tut mir Leid«, sagte sie. »Ich habe den Treffer nicht gesehen.«

»Schon gut«, sagte Dar. »Ich glaube, ich hab nicht mal den verdammten Hügel getroffen.« Er schoss noch zweimal.

»Ich sehe den zweiten Treffer«, sagte Syd ganz aufgeregt. »Etwa dreißig Meter vor der Straße. Soll ich es dir in Metern sagen?«

»Scheiße«, sagte Dar und nahm noch ein paar Einstellungen vor. »Das ist egal – Meter ist gut«, sagte er und zielte wieder. Zwei Schuss hatte er noch in seinem Magazin, und er wusste, dass der Suburban in wenigen Sekunden auftauchen würde. Er feuerte die letzten beiden Kugeln ab, gab sich keine Mühe, zu erkennen, wo sie einschlugen, nahm das Magazin heraus und schob das nächste mit SLAP-Geschossen hinein.

»Die haben beide in die Lücke getroffen«, sagte Syd und gab sich alle Mühe, ihr Fernglas ruhig zu halten. »Der eine etwa einen Meter rechts, der andere anderthalb Meter zu hoch und rechts vom hellen Stein.«

»Jetzt hab ich's«, sagte Dar, nahm die letzten Korrekturen vor. »Das muss reichen. Ich bleibe jetzt mit meinem Auge am Zielfernrohr, und du sagst mir Bescheid, sobald die Haube vom Suburban auftaucht.«

»Dir bleibt nur eine Sekunde, höchstens zwei, um –«

»Ich weiß«, sagte Dar. »Sprich nicht, bis er kommt. Sag nur ›jetzt‹.«

Syd schwieg, sah durch ihr Fernglas, während Dar einen Fussel aus seinem rechten Auge blinzelte, den perfekten Abstand von etwa sieben Zentimetern zwischen Auge und Okular fand, zwang sein linkes Auge offen zu bleiben, und konzentrierte sich auf das Fadenkreuz. Bei dieser Entfernung würde er vorhalten müssen, und dafür musste er die Geschwindigkeit des Wagens schätzen. Die Straße war schlecht und die Kurve scharf, aber Dar bezweifelte, dass Japontschik langsam fahren würde, um die Aufhängung des Suburban zu schonen. An Japontschiks Stelle würde er versuchen, die Kurve mit etwa fünfzig zu nehmen. Es würde reichlich Staub aufwirbeln, wenn der Suburban bremste, um nicht von der Straße abzukommen.

Ein beinah vertikales Flimmern verzerrte das Bild in Dars Zielfernrohr. Dieses Phänomen war als »Hitzeflimmern« bekannt und entstand durch Hitzewellen bei weiten Entfernungen. Es half, die Windgeschwindigkeit zu berechnen. Hätten sich die parallelen Wellen nur ein wenig weiter nach links geneigt, hätte Dar gewusst, dass der Wind diese Wellen an einem solchen Tag bei siebenundzwanzig Grad Celsius – mit einer Geschwindigkeit von fünf bis acht Stundenkilometern bewegte. Da sie fast senkrecht standen, wehte im Augenblick kein nennenswerter Wind. Außerdem wusste Dar instinktiv, dass die höhere Temperatur die Mündungsgeschwindigkeit der »Light-Fifty«-Geschosse (die den Lauf bereits mit mindestens 854 Metern pro Sekunde verließen) erhöhen würde, sodass die Kugeln ein wenig höher als normal in ihrem Zielobjekt einschlugen. Aber der Tag war schwül geworden, so um die fünfundsechzig Prozent Luftfeuchtigkeit, und diese Feuchtigkeit verdichtete die Luft, was mehr Widerstand mit sich brachte und das Geschoss verlangsamte. Diese Faktoren fügte Dar seiner Gleichung hinzu: 1610 Meter (seine abschließende Schätzung, und er wünschte dabei, er hätte seine Leica mit dem Laser-Entfernungsmesser noch) mal einer Windgeschwindigkeit von 2,4km/h, geteilt durch fünfzehn. Er nahm die entsprechende Korrektur an der Höheneinstellung vor und wartete.

In den ein bis zwei Sekunden vor seinem Einsatz wurde Dar bewusst, wie absurd die Lage war. Allein die Einberechnung der Erdanziehung – auf diese Entfernung, mit dieser Munition – brachte mit sich, dass sein Haltepunkt fast fünf Meter über der Fensterhöhe des Fahrzeugs lag. Das Zielobjekt würde sich in beinahe rechtem Winkel zu Dars Schussfeld bewegen, was gut war, aber wenn Japontschik vor der scharfen Kurve auf etwa fünfzig Stundenkilometer abbremste, musste Dar auf das Fahrzeug gut sieben, acht Meter vorhalten. Dar schätzte, dass ihm nur etwa zwölf Meter blieben… von dem Augenblick, wo der Suburban zu sehen wäre, bis dieser seinen Haltepunkt passierte. Dar konnte seinem Ziel nicht folgen, also würde er darauf warten müssen, was bedeutete, dass der Suburban und die SLAP-Geschosse gleichzeitig am Haltepunkt eintreffen mussten. Glücklicherweise war der Suburban eine Riesenkiste. Also gut, wenn man die Zeit mit einberechnete, die Syd brauchte, um ihn zu warnen.

»Jetzt!«, sagte Syd.

Dar war eben am Ende seines Atmungskreislaufs, und jetzt hielt er die Luft an, drückte sanft den Abzug. Er gab sich alle Mühe, den Rückschlag nicht zu beachten, während er das Fadenkreuz auf exakt dieselbe Stelle am Stein ausrichtete, und er schoss noch einmal, zielte, schoss, zielte, schoss, zielte… jetzt kam etwas Dunkles in sein Blickfeld… und er schoss noch einmal.

»Treffer!«, sagte Syd.

»Einer nur?«, fragte Dar, sprang auf und nahm das Redfield-Zielfernrohr an der leichteren M40, um sich zu vergewissern.

Der Chevy Suburban schleuderte nach rechts und rutschte in den Straßengraben gleich hinter dem Stein, den Dar angepeilt hatte. Durchs Zielfernrohr sah es für Dar aus, als hätte er die Fahrgastzelle verfehlt, aber zwei panzerbrechende Geschosse in den massiven V-8-Motorblock geschossen. Die Haube stand offen, und die Windschutzscheibe war ein Netz aus gesprungenem Glas. Eine dritte Kugel schien das linke Hinterrad zerfetzt zu haben, wahrscheinlich auch die Achse dahinter, wie Dar vermutete, und das Heck des Wagens hatte Feuer gefangen. Es gab keine massive, unmittelbare Explosion, aber Dar wusste, wenn er den gewaltigen Benzintank des Suburban getroffen hätte, würde der Wagen sicher in Flammen aufgehen.

Dann war das Feuer zu sehen. Dar hielt das Zielfernrohr auf die Beifahrertür, da er wusste, dass die Türen auf der anderen Seite des großen Trucks im Graben eingeklemmt waren.

Einen Moment war Dar sicher, dass Gregor Japontschik verbrennen würde, denn schon stieg schwarzer Rauch aus dem brennenden Heck des Fahrzeugs in die Morgenluft, doch dann ging die Tür auf, und langsam stieg Japontschik aus. Er trug eine Waffe, aber die sah irgendwie merkwürdig aus, selbst wenn man das Hitzeflimmern bedachte. Das konnte nicht die schallgedämpfte SWD sein, die er oberhalb der Hütte benutzt hatte.

»Er hat ein Gewehr«, sagte Syd, als Dar auf die Knie fiel, sich hinlegte, um mit dem zehnfachen Ultra-Zielfernrohr an der »Light Fifty« besser sehen zu können.

»Scheiße«, sagte Dar ganz leise. Japontschiks Gesicht war nach wie vor vom Flimmern verschwommen, aber Dar konnte das Fabrikat des Gewehrs mit einem Blick auf dessen ungewöhnliches, fünfschüssiges Trommelmagazin erkennen. »Scharfschützengewehr Neunundsechzig«, murmelte er vor sich hin.

»Bitte?«, sagte Syd und ließ das Fernglas sinken.

»Das österreichische SSG 69«, sagte Dar und beobachtete, wie der Russe die Straße verließ und den steilen Hang zum freien Feld hinunterstieg, das zwischen ihnen lag. »Erheblich besser als das russische Gewehr, das er bei der Hütte benutzt hat. Das Ding da ist auf über achthundert Meter zielgenau.«

Syd sah ihn an, und aus dem Augenwinkel bemerkte Dar die Sorge in ihrem Gesicht. »Aber dein Kaliber .50 hat doch eine größere Reichweite, oder?«

»Ja«, sagte Dar, stand wieder auf und sah sich den Mann durch sein Redfield an. Er war eine winzige Gestalt, die in der Hitze flimmerte.

»Du kannst ihn doch töten, bevor er in Schussweite kommt, oder?«, sagte Syd.

»Kann ich«, sagte Dar. Japontschik trat zwischen die Sonnenblumen und das hohe Gras der Wiese und wanderte ihnen über die braune Weite entgegen. Dar schlang die M40 um seine Schulter, um besseren Halt zu bekommen. Bis auf drei 7,62-mm-Magazine nahm er alles aus seinen Taschen und sprang vom Stein. Er machte sich auf den Weg zum Feld hinüber.

Syd rannte ihm nach.

»Geh zum Stein zurück«, sagte Dar ruhig.

»Du kannst mich mal«, sagte Syd, wenn auch ohne Feuer. »Was soll das hier werden? Irgendwelche Macho-Scheiße?«

Dar schwieg einen Augenblick. Dann sagte er: »Ja, vielleicht. Oder vielleicht kommt Japontschik auch nur hier rüber, um sich zu ergeben. Er hätte auch nach Westen in den Wald laufen können.«

Syd sah Dar an, als wäre er zu einem Außerirdischen mutiert. »Du meinst also, er bringt seine SSG 69 – oder wie das Ding heißt – zu seiner Kapitulation mit? Als Gabe an den Sieger vielleicht?«

»Nein«, sagte Dar, »ich glaube, er will in Reichweite kommen, damit er mich erschießen kann.«

»Uns«, sagte Syd.

Dar schüttelte den Kopf und warf einen Blick über seine Schulter zu dem Russen hinüber, der in ihre Richtung kam. Japontschik war vielleicht noch dreizehnhundert Meter entfernt. »Geh bitte wieder zu dem Felsen zurück, Syd.«

»Ich hab gesagt, du kannst mich mal«, wiederholte Syd. »Soll ich die AK-47 holen?«

»Die nützt uns bei diesen Entfernungen nichts«, sagte Dar.

Syd schüttelte den Kopf. »Wenn ich wüsste, wie man das Kaliber-.50-Ding da oben einstellt, würde ich Japontschik den Schädel wegblasen. Er hat Tom Santana ermordet.«

»Ich weiß«, sagte Dar leise. Er drehte sich um und lief weiter den Hang hinunter, blieb erst stehen, als er merkte, dass Syd ihm noch immer folgte.

»Bitte, Syd.«

»Nein, Dar.«

Dar seufzte. »Na gut. Willst du mein Späher sein?«

»Was soll ich tun?«

»Das Gleiche, was du eben auf dem Fels gemacht hast. Bleib drei Schritte links hinter mir. Behalt ihn im Visier. Sag mir, wo meine Schüsse einschlagen.«

Syd nickte grimmig, und die beiden rutschten den steilen, steinigen Hang zur Wiese hinunter. Dar hob seine alte M40 und maß die Entfernung mit dem Redfield. Er schätzte Japontschiks Größe auf einsachtzig, sodass seine momentane Entfernung bei etwa elfhundert Metern lag.

Syd und Dar stapften durch das hohe Gras. Die braunen Stiele streiften ihre Beine und ließen Pollen am Hosenstoff zurück. Dar kam an eine Stelle etwa fünfzig Meter von ihrem Stein entfernt und blieb stehen.

»Wir lassen ihn zu uns kommen«, sagte er leise.

Syd beobachtete den Russen durch ihr Fernglas. »Diese Waffe sieht böse aus«, sagte sie.

Dar nickte. »Die Firma Steyr hat sie für die österreichische Armee entwickelt«, sagte er. »Mit einem Schaft aus Polymer… Es hat einen durch Wechselkappen verstellbaren Kolben.«

»So eine wollte ich schon immer haben«, sagte Syd.

Dar warf ihr einen Blick zu, voller Anerkennung, wie gut sie sich unter diesem Druck hielt. »Ich glaube, er hat ein Kahles-ZF-69-Zielfernrohr darauf montiert«, sagte er schließlich.

»Ist das wichtig?«, fragte Syd.

»Nur weil das ZF 69 für besonders exaktes Schießen auf bis zu achthundert Meter ausgelegt bist«, sagte Dar. »Daher sollten wir davon ausgehen, dass er dort etwa seine ersten Schüsse abgeben wird.«

»Wie weit ist er jetzt?«, sagte Syd mit Blick durchs Fernglas.

»Tausend Meter etwa.« Dar hob seine M40, schlang sie fest und fing an, die Höheneinstellungen zu justieren.

»Er kommt ziemlich langsam«, sagte Syd. »Er scheint es nicht gerade eilig zu haben.«

»Es ist ein schöner Tag«, sagte Dar und konnte Japontschiks Gesicht zum ersten Mal deutlich erkennen.

In diesem Moment hob Japontschik seine SSG 69 an und blickte durch sein überdimensioniertes Zielfernrohr. Noch immer kam er näher.

»Dreh dich seitwärts«, sagte Dar. Er blickte hinter sich. »Nein, andersrum… Ich muss so stehen, weil ich mit dem rechten Auge und der rechten Hand schieße, aber du drehst dich so, dass du ihm deine rechte Seite zuwendest.«

Syd tat es, sagte aber: »Was zum Teufel soll das hier werden? Ein Duell wie im 18. Jahrhundert? Soll ich die Schwarzpulverkugel mit meinen Rippen auffangen?«

Darauf wusste Dar nichts zu sagen. Japontschik war stehen geblieben und zielte auf sie. Dar checkte sein Fadenkreuz im Zielfernrohr und schätzte die Entfernung auf etwa neunhundert Meter.

Syd meinte: »Sag mir, dass dein amerikanisches Gewehr seinem weit überlegen ist, Dar.«

»Verglichen mit seinem ist mein Gewehr ein Scheißding aus der Vietnamzeit«, räumte Dar ein. »Aber ich bin daran gewöhnt.«

»Okay«, sagte Syd in einem Ton, der sagte, dass das Geplänkel für heute zu Ende war. »Ich bin bereit.«

Dar richtete sein Auge wieder auf das Zielfernrohr ein. Auf diese Entfernung konnte er Japontschiks Gesicht sehen. Es war eigentlich nicht möglich, das wusste er, nicht auf neunhundert Meter, aber er hätte schwören können, dass er die kalten blauen Augen des Russen sah.

Japontschiks Mündung blitzte auf.

Fünf Meter vor Dar wurde ein Geräusch laut, als würde etwas zerreißen. Eine Staubwolke stieg auf. Einen Augenblick später hallte es zweimal laut übers weite Feld, der Überschallknall der Kugel und dann der ungedämpfte Schuss aus dem Gewehr. Dar sah, wie der ältere Mann durchlud. Dar konnte sogar sehen, wie sich die Trommel drehte, als die nächste Patrone in die Kammer ging. *Wie viele Patronen passen in das Trommelmagazin einer Steyr SSG 69? Fünf oder zehn?* Dar wusste, dass er es bald wissen würde. Er sah, wie Japontschik die leere Hülse mit der Hand herausnahm und in seine Hosentasche gleich unter der schwarzen Schutzweste steckte.

Plötzlich merkte Dar, dass er seine Weste ausgezogen hatte. *Scheiß drauf*, dachte er und zielte.

Der Russe machte sich wieder auf den Weg.

Dar wartete. Auf ein bewegliches Ziel zu schießen, das kleiner als ein Chevy Suburban war, schien auf eine solche Entfernung keine gute Idee zu sein. Als Japontschik stehen blieb und sein Gewehr erneut anhob, hielt Dar die Luft an und drückte ab.

»Den habe ich nicht gesehen«, sagte Syd hinter ihm. »Tut mir Leid, ich hab nicht gesehen, wie –«

»War irgendwo eine Staubwolke vor ihm?«, fragte Dar, während er nachlud, die leere Hülse herausnahm und in seine Hemdtasche schob.

»Nein.«

»Dann war ich zu hoch«, sagte Dar. Wieder blitzte Japontschiks Mündung auf.

Dar hörte, wie die Kugel an seinem rechten Ohr vorbeipfiff, bevor er den Doppelknall des Schusses hörte. Er musste zugeben, dass Japontschik ihn ganz gut im Visier hatte. Und der Russe musste ihn nicht in den Kopf treffen, da Dar keine Weste trug.

Dar verdrängte den Gedanken und konzentrierte sich auf Sicht und Berechnungen.

Wieder schoss Japontschik. Die Kugel traf die Erde zwischen Dar und Syd, warf Steine und Staub anderthalb Meter in die Luft. Dar blieb stehen, blinzelte und senkte seinen Zielpunkt leicht ab. Er war beeindruckt von den fließenden Bewegungen, mit denen Japontschik nachlud, die Patronenhülse aus alter Gewohnheit einsteckte und wieder seine makellose Haltung einnahm, ohne das Gesicht auch nur einmal vom FZ-69-Zielfernrohr zu nehmen.

Dar schoss. Beim Rückschlag verlor er Japontschik eine Sekunde aus dem Blick.

»Zu kurz –«, rief Syd.

»Wie weit?«

Aber Syd hatte die Information bereits parat. »Etwa einen Meter. Aber sonst genau richtig.«

Dar nickte und hob sein Fadenkreuz etwas an. Er hörte den Wind eher, als dass er ihn sah, als das Gras raschelte und sein zerfetztes Hemd leicht in der Brise wehte. Zweimal klickte er nach links.

Japontschik hatte schon abgedrückt. *Nur noch ein Schuss im Magazin*, dachte Dar. *Hoffe ich.*

Das Geschoss wirbelte etwa einen Schritt vor Syd eine Staubwolke auf. Sie zuckte mit keiner Wimper.

Glücklicherweise war dort kein Stein gewesen, von dem die Kugel als Querschläger abprallen konnte.

Dar hörte und spürte, wie der Wind etwas stärker wurde, sah, wie sich das Flimmern etwas nach links neigte, dann noch etwas weiter, nicht ganz waagerecht, aber fast. Er schätzte den Wind auf etwas über zehn Stundenkilometer, drehte die Höhenverstellschraube einen halben Klick, kam zu dem Punkt in seinem Atmungsrhythmus, an dem er ausatmete, hielt die Luft an und schoss.

»Treffer!«, rief Syd. »Glaube ich...«

Dar musste nicht glauben. Er wusste, dass es kein sauberer Kopfschuss gewesen war, denn nach wie vor sah er Japontschiks Gesicht mit den kalten, blauen Augen, aber da war roter Sprühnebel gewesen.

Minutenlang schien sich dieser Augenblick hinzuziehen, obwohl nur eine oder zwei Sekunden verstrichen. Dar hatte

Zeit, die Hülse herauszunehmen, die nächste Patrone in die Kammer zu schieben, ohne sein Auge vom Zielfernrohr zu nehmen. Da erst fiel Japontschik.

Trotz aller Filme, in denen Menschen sogar von einem Pistolenschuss wild meterweit zurückgeworfen werden, hatte Dar noch nie gesehen, dass jemand, der von einer Kugel getroffen war, etwas Dramatischeres getan hätte, als in sich zusammenzusinken. Das tat nun auch Japontschik, wobei er seine Waffe nach wie vor mit beiden Händen hielt.

»Am Hals, glaube ich«, sagte Syd mit belegter Stimme.

»Ich habe es gesehen«, sagte Dar. »Ganz unten an der Kehle. Knapp über der Weste.«

Sie liefen zu dem niedergestreckten Mann hinüber, wobei Syd ihre 9-mm-Halbautomatik aus dem Holster nahm. Plötzlich blieb Dar stehen.

»Was ist?«, sagte Syd und klang etwas besorgt.

»Nichts«, sagte Dar. Er hatte die M40 über die Schulter gehängt. Aus Neugier streckte er seine rechte Hand aus. Dann die linke. Nicht das leiseste Zittern war zu sehen. »Nichts«, sagte er noch einmal und spürte, wie eine große Leere in ihm aufstieg und drohte, ihn mit sich zu reißen. »Nichts.«

Sie liefen weiter. Japontschik rührte sich nicht.

Syd und Dar waren gut dreißig Meter von ihm entfernt, als sie das verspritzte Blut im Gras und den unnatürlich abgeknickten Kopf des Russen sahen. Da wurde es am Himmel über ihnen laut.

Beide blieben stehen und sahen auf.

Zwei der Hubschrauber trugen Markierungen der Marines, und am dritten standen die Buchstaben »FBI«. Der FBI-Hubschrauber landete zwischen ihnen und Japontschiks Leiche.

Dar drehte sich um, riss den Klettverschluss an Syds Weste auf, schob das Kevlar über ihren Kopf und schloss sie in die Arme. Überall um sie schwankte das Gras wild vom Wind der Rotorblätter.

»Ich liebe dich, Dar«, sagte Syd. Ihre Worte gingen im Motorenlärm unter, waren aber dennoch sehr gut zu verstehen.

»Ja«, sagte Dar und küsste sie sanft.

26

Es war zehn Tage später, ein Sonntagmorgen, als das Telefon in Dars Wohnung morgens früh um 5:30 Uhr klingelte.

»Mist«, murmelte Dar verschlafen.

»Allerdings«, sagte Syd und stützte sich auf einen Ellenbogen.

»Entschuldige«, sagte Dar, stöhnte leise auf vor Schmerz, als sich die genähten Wunden spannten. Er langte über Syds nackte Brüste, um zum Telefon zu kommen und fühlte sich unbeholfen, als er auf dem Bauch lag, um den Hörer abzunehmen. Nie würde er sich daran gewöhnen können, auf dem Bauch zu schlafen, aber die langsam heilende Wunde unter seinem Hintern ließ ihm keine Wahl. Syd behauptete, es mache ihr nichts aus, wenn Dar in der Nacht nicht daran dachte, sich auf den Rücken oder die Seite rollte und dann schreiend und fluchend aufwachte.

Die Kugel in seiner Seite war kein Problem gewesen. Der Arzt in der Notaufnahme hatte Dar eine örtliche Betäubung verabreicht und die Kugel in fünfzehn Sekunden ausgegraben. »Lohnt sich kaum, wegen so was extra reinzukommen«, hatte der Arzt gesagt. »Sie hätten den Drive-Thru nehmen sollen.«

Seltsamerweise machte ihm sein Ohr die meisten Schwierigkeiten. Da hatte er noch einiges an plastischer Chirurgie vor sich.

Er lag auf dem Bauch und hielt den Hörer an das falsche Ohr. »Dar Minor hier.«

»Lawrence Stewart hier«, hörte er Larrys gut gelaunte Stimme. »Dar, das musst du dir ansehen.«

»Nein, muss ich nicht«, sagte Dar.

Trudy kam an den Apparat. Es klang wie ihr Handy. »Doch, das musst du, Dar. Glaub mir. Das wird ein vertrackter Rekonstruktionsfall. Bring deine normale Kamera mit … und die digitale auch.«

Dar seufzte. Syd zog die Decke über ihren Kopf und seufzte noch schwerer. »Wo seid ihr?«, sagte Dar. Wenn es mehr als fünfzehn Kilometer weg war, konnten sie es gleich vergessen.

»Im Zoo von San Diego«, sagte Lawrence, der das Handy offenbar wieder an sich genommen hatte.

»Im Zoo?«

Syd schob ihr Gesicht über den Rand der Decke und mimte lautlos ein Wort. *Zoo?*

»Im Zoo«, sagte Lawrence. »Glaub mir, du wirst es dir nie verzeihen, wenn du das hier verpasst.«

Dar seufzte noch einmal.

»Beeil dich«, sagte Lawrence. »Und grüß Syd von uns und sag ihr, sie soll mitkommen.« Der Versicherungsfachmann legte auf.

Dar sah Syd an. Sie zuckte mit den Schultern, die Dar so niedlich fand, und sagte: »Wieso nicht? Wenn wir schon wach sind.«

»Es ist Sonntag«, sagte Dar. »Pflegen wir denn nicht die Tradition, den Sonntagmorgen etwas … anders zu verbringen?«

Syd lachte. »Tradition«, sagte sie. »Ein einziger Präzedenzfall. Tolle Tradition.«

Er strich über ihre Wange. »*Ich* finde, es hat Tradition«, sagte er sanft. »Wollen wir zusammen duschen?«

»Ich dachte, Lawrence hätte gesagt, wir sollen uns beeilen«, sagte Syd.

»Okay«, sagte Dar. »Ich dusche zuerst.«

Sie hielten an einem Dunkin' Donuts, um Kaffee und etwas Essbares zu holen. Die Becher waren so heiß, dass auch die

Servietten nicht viel halfen, und für Dar war es ein ziemlicher Balanceakt, den Becher von einer Hand in die andere zu nehmen, wenn er schaltete. Syd gab sich alle Mühe, ihren Kaffee nicht zu verschütten. Sie wusste, wie empfindlich Dar war, wenn es um die Lederpolster in seinem NSX ging.

»Hast du dich schon entschieden?«, fragte sie, als sie die Ausfahrt zum Zoo nahmen.

»Was entschieden?«

»Du weißt was. Du hast gesagt, du wolltest mir bis Sonntag eine Antwort geben. Heute ist Sonntag.« Sie versuchte, den Kaffee zu schlürfen, ohne etwas davon zu verschütten, als der schwarze Sportwagen die kurvige Rampe hinauffegte.

Wieder seufzte Dar. »Ich weiß nicht…«, sagte er.

»Komm schon«, drängte Syd. »Du hast die Aussagen von Dallas Trace und Constanza und von dem überlebenden Russen gelesen…«

»Den du mit der Aderpresse gerettet hast«, sagte Dar sinnierend.

»Genau«, sagte Syd. »Jedenfalls kennst du die Aussagen. Dieser Betrugsring – dieses Kartell – ist noch größer, als wir dachten. Als Nächstes nehmen wir uns die Jungs und Mädels in New York vor… und dann die Gegend um Miami.«

»Ihr braucht mich nicht«, sagte Dar. Am Tor zum Zoo standen Streifenwagen der Polizei. Der Cop sah herein, salutierte und winkte sie durch.

»Nein, wir brauchen dich nicht«, sagte Syd, »aber da es jetzt eine gemeinsame Operation von NICB und FBI ist, bundesweit, wäre es sicher nett, dich dabeizuhaben. Probier es für ein Jahr.«

»Ich hasse Faustfeuerwaffen«, sagte Dar und bog auf den Parkplatz ein. Er sah den Isuzu Trooper der Stewarts neben der Ambulanz des Gerichtsmediziners und fünf Polizeifahrzeugen.

»Du müsstest keine Waffe tragen, nur weil du zur Task Force gehörst«, sagte Syd. »Du bleibst zu Hause, wo immer das auch sein mag, und arbeitest an deinen Analysen und Computerrekonstruktionen, während ich draußen unterwegs bin. Und dann abends häng ich mein Schulterholster an den Bettpfosten und wir machen Liebe vor dem Abendessen...«

»Du trägst kein Schulterholster«, erklärte Dar.

»Mann, Dar. Manchmal nervst du wirklich.«

Dar parkte, und sie stiegen aus, traten in die warme Juliluft und gingen dem fernen Schimmer einer gelben Tatortabsperrung entgegen.

»Syd«, sagte er leise, »wieso hast du mir nicht gesagt, dass ich euch die Aktion beinah vermasselt hätte?«

Syd trank ihren Kaffee aus, warf den Becher in einen Eimer und sah ihn an. »Du meinst die Fotos? Und dass du die Telefonnummer von den Russen zurückverfolgt hast? Das macht nichts, Dar. Das Foto von Constanza, mit dessen Hilfe Lawrence Espositos Mörder identifiziert hat, wurde von FBI-Leuten an deren Beobachtungsposten gegenüber von Dallas Traces Haus aufgenommen.«

»Wieso hast du mir nichts davon gesagt und –«

Syd legte ihre Hand auf seinen Arm. »Es macht nichts, Dar«, sagte sie sanft. »Die Verteidigung hätte es nutzen können, wenn es bei der Verhaftung ein echter Faktor gewesen wäre, aber sie werden nie von den illegal aufgenommenen Fotos oder der Telefonnummer erfahren. Das FBI hat das Gleiche ohnehin inzwischen auf legale Weise beschafft –«

»Aber fast hätte ich es versaut...«

Syd blieb stehen. Überrascht sah Dar, dass sie ihn anlächelte. »Sehen Sie es mal so, Dr. Minor. Jetzt müssen Sie in keinem der Prozesse aussagen... nur ein paar Rekonstruktionsvideos an Lawrence schicken. Und das bedeutet, dass es Ihnen freisteht, mit mir und der Task Force im August wieder an die Ostküste zu ziehen.«

»New York im August«, sagte Dar und merkte, noch während er es sagte, dass sein Entschluss feststand.

Syd drückte seine Hand, und sie gingen an dem gelben Band

vorbei durch die Tür zu einem großen Tiergehege, an dem sich die Polizei versammelt hatte.

Die stellvertretende Zoodirektorin versuchte zu erklären. »Fünfzehn Jahre hat Carl für Emma gesorgt … über fünfzehn Jahre«, sagte sie zwischen ihren Schluchzern. Ihr Gesicht war rot, und sie wischte den Rotz von ihrer Nase. »Carl hat Emma wirklich geliebt. Er hat sich in den letzten zwei Wochen solche Sorgen gemacht. Sie müssen wissen, dass Verstopfungen bei einem Elefanten tödlich enden können …«

»Emma ist der Elefant«, bestätigte Lieutenant Hernandez.

»Natürlich ist Emma der Elefant!«, sagte die Direktorin zwischen zwei Schluchzern. Sie trug lange, gelbe Gummi-handschuhe. Im angrenzenden Gehege trompetete der fragliche Elefant, was so traurig klang, als riefe Dumbos Mutter nach ihrem Kind. »Und jetzt … jetzt … wird man sie wahrscheinlich einschläfern müssen«, sagte die Frau, und ihre Schultern bebten vor Trauer.

Hernandez klopfte der verzweifelten Frau auf den Rücken.

Lawrence, Trudy, Dar, Syd und ein halbes Dutzend uniformierter Polizeibeamter hatten sich um den einen Meter hohen und über zwei Meter langen Haufen von Elefantendung versammelt. Am einen Ende ragten zwei Menschenbeine daraus hervor. Die Hosen waren ordentlich gebügelt und vom gleichen Khakigrün wie die Uniformen der anderen Zoowärter.

»Es erinnert mich ein bisschen an diese Szene in dem Film *Jurassic Park*«, sagte einer der Cops leise, aber vergnügt.

»Es erinnert mich an diese Episode um ›Chuckles, den Clown‹ in der alten *Mary-Tyler-Moore*-Serie«, sagte ein anderer Cop und zog seine Hose am Gürtel hoch. »Was hat Murray Slaughter in der Folge noch gesagt? Irgendwas von … ›Wir haben Glück, dass nicht noch jemand zu Schaden gekommen ist. Du weißt, wie schwer es ist aufzuhören, wenn man erst mal …‹«

»Weil Chuckles bei einer Parade als Erdnuss verkleidet war, als der Elefant ihn unter Beschuss genommen hat«, sagte der erste Cop. »Dieser Wärter hier hatte kein Erdnusskostüm.«

»Nein, aber...«, sagte der zweite Cop in dem lahmen Versuch, seinen Witz zu retten.

»Halt's Maul, Mann«, sagte Dar. Zum knienden Gerichtsmediziner gewandt, der bisher nur die Füße und Beine des Verblichenen untersucht hatte, sagte er: »Wann ist das passiert?«

»Wir glauben: kurz nach Mitternacht«, sagte der Mediziner.

»Und *wie* konnte es passieren?«, fragte Syd.

Ächzend kam der Mann auf die Beine. »Miss Haywood hier sagt, dass sich Carl, Emmas Wärter, schon seit Tagen Sorgen um Emmas Verstopfung gemacht hatte. Schließlich hat er Emma gestern Abend, etwa drei Stunden nach Schließung des Parks, ein ordentliches Abführmittel unter Hafer und anderes Getreide gemischt. Mit dem Abführmittel hat er es wohl etwas übertrieben.«

»Junge, Junge, allerdings«, sagte ein dritter Cop.

»Meine Güte«, sagte der jüngste Cop. »Ich hab ja schon von schwallartigem Kotzen gehört, aber noch nie von einem Fall von...«

»Halt's Maul, sag ich«, knurrte Dar noch einmal.

Sämtliche Cops sahen ihn finster an. Sie amüsierten sich.

Trudy machte Fotos. Lawrence maß die lange Spur des Dungs. »Zwei Meter und zweiunddreißig Zentimeter«, sagte er, als betrachtete er eine Bremsspur. »Einen Meter fünfundsechzig breit. In der Mitte etwas über einen Meter tief.«

Dar sank neben den beiden aus dem Haufen ragenden Beinen auf ein Knie. Neugierig sah Syd ihn an. Dar stieß an den polierten Schuh des toten Tierpflegers. »Er muss so hart rückwärts gestoßen worden sein, dass er das Bewusstsein verloren hat, als er mit dem Kopf auf den Beton geschlagen ist«, sagte Dar trübe. »Dann erstickt. Vermutlich ist er gar nicht wieder zu sich gekommen.«

»War wahrscheinlich besser für ihn«, sagte der junge Cop grinsend. »Stell dir vor, in deiner Akte stünde…«

Dar sprang so schnell auf, dass der junge Cop zwei Schritte rückwärts machte und allen Ernstes ängstlich nach seiner Pistole griff.

»Ich hab gesagt, du sollst das Maul halten, und ich meine: *Halt endlich das Maul*!«, bellte Dar und stach dem jungen Cop beinah mit dem Finger ins Auge.

Der Beamte bemühte sich um ein verächtliches Grinsen, aber die Wirkung verpuffte, da seine Lippen zitterten.

»Keine Fotos, Trudy«, sagte Dar. »Jetzt noch nicht.«

Syd sah, wie Dar zu der schluchzenden Zoodirektorin ging, sich ihre langen, gelben Handschuhe borgte, wieder zum Dunghaufen kam und vorsichtig – fast ehrfürchtig – am hinteren Ende zu graben begann.

Dar weinte lautlos. Tränen liefen über seine Wangen, und seine Schultern bebten.

Die Cops sahen einander an, dann traten sie peinlich berührt einige Schritte zurück. Lawrence sah Trudy an.

»Larry, würdest du mir bitte diesen Schlauch geben?«, sagte Dar, wobei seine Schultern noch leicht zuckten. Seine Finger zitterten sichtlich in den gelben Handschuhen.

»Lawrence«, sagte Lawrence, aber er brachte den tropfenden Schlauch.

Mit dem Wasser und seinen Händen wusch Dar, so gut es ging, den Dung aus dem Gesicht des toten Mannes. Syd trat näher heran. Der tote Tierpfleger war ein sehr gut aussehender Mann von Ende fünfzig gewesen. Sein grau meliertes Haar war kurz und lockig. Er sah aus, als schliefe er, natürlicher und ruhender als die meisten Leichen, die in Beerdigungsinstituten für die Öffentlichkeit aufgebahrt wurden. Dar ließ noch mehr Wasser über das Gesicht laufen und wischte sanft den letzten Dung ab.

»Miss, Haywood«, sagte er zur stellvertretenden Direktorin gewandt, »wie hieß er?«

Emma, die Elefantendame, trompete traurig im Nachbargehege. Es klang, als weinte eine trauernde Frau.

»Carl«, sage Miss Haywood.

Dar schüttelte den Kopf. »Sein ganzer Name.«

»Carl Richardson«, sagte sie. »Er hat keine Familie … Seine erwachsene Tochter ist im letzten Jahr bei einem Unfall an einem Vulkan auf Hawaii ums Leben gekommen. Emma war seine einzige … Er hat immer versucht, zu …« Wieder brach Miss Haywood zusammen. »Er hatte nur noch einen Monat bis zu seiner Pensionierung«, brachte sie hervor. »Er war sehr besorgt, wie Emma ohne ihn zurechtkommen würde.«

Dar nickte und sah Lawrence und Trudy an. »Du kannst jetzt deine Fotos machen«, sagte er. »Aber dass wir den Namen von dem Mann auch richtig verstanden haben. Mr. Carl Richardson.«

Lawrence nickte und fing wieder an zu fotografieren.

Dar stand auf und zog die Handschuhe aus, warf sie auf den Beton. »Namen sind wichtig«, sagte er wie zu sich selbst. »Ein Name ist –«

»Ein Instrument der Lehre«, sagte Syd, »und zur Unterscheidung von Persönlichkeiten.«

»Sokrates«, sagte Dar, als spräche er den letzten Segen. Er wandte sich von den Umstehenden ab und ging zu einer Toilette in der Nähe, um sich dort zu waschen.

Syd wartete draußen auf ihn. Als Dar schließlich wieder herauskam, waren seine Ärmel aufgerollt und Hände, Arme, Gesicht und Hals rochen nach flüssiger Seife.

»Entschuldige«, sagte er, als er an Syd herantrat.

»Schscht«, machte Syd. »Es ist ein wunderschöner Sonntagmorgen, und der Zoo hat noch nicht geöffnet. Können wir ein bisschen spazieren gehen, bevor wir nach Hause fahren? Das Einzige, was mir am Zoo nicht gefällt, sind die vielen Menschen.«

Dar nickte. Syd nahm seine Hand, und sie schlenderten den

breiten, kurvigen Asphaltweg entlang. Die Sommersonne ließ das tropische Laub in unvorstellbarem Grün erstrahlen. Irgendwo brüllte ein Löwe oder Tiger.

»*Hesma phobou*«, sagte Syd nach einer Weile. Im Schatten eines weit verzweigten Baumes mit winzigen Blättern blieben sie stehen. Auf einer nahen Insel sprangen kleine Affen in lautlosem Ballett von Ast zu Ast.

»Was?«, sagte Dar und sah sie seltsam an.

»*Hesma phobou*«, wiederholte Syd. »Ich habe bei deinen Spartanern nachgelesen. Das Weinen nach einer Schlacht… auf die Knie zu fallen… zitternd, bebend. *Hesma phobou*… ›Angst abschütteln‹.«

»Ja«, sagte Dar.

»Man sah es nicht als Schwäche«, fuhr Syd fort. »Man sah es als Notwendigkeit. Eine weitere Möglichkeit, nach einer Schlacht den schlimmsten Dämon abzuschütteln. Den Dämon der Gleichgültigkeit.«

Dar nickte.

»Es ist zu lange her«, sagte sie und drückte Dars Hand.

»Und sie haben die Namen ihrer Gefallenen nie vergessen«, sagte Dar. Er zögerte nur wenige Sekunden, bis er wieder etwas sagte. »Meine Frau hieß Barbara, und mein Sohn hieß David.«

Syd küsste ihn.

»Es ist ein schöner Tag«, sagte Dar. »Genießen wir den Zoo noch etwas und gehen dann zurück, um Lawrence und Trudy abzuholen. Wir könnten irgendwo draußen mit ihnen frühstücken.«

»Lawrence«, sagte Syd.

Dar zog die Augenbrauen hoch.

»Du hast ihn Lawrence genannt«, sagte Syd. »Nicht Larry.«

»Namen sind wichtig«, sagte er.

Syd lächelte. »Dann lass uns ein Stück gehen, ja?«

Sie waren nicht weiter als zehn Schritte gekommen, als es hinter ihnen plötzlich so laut wurde, dass sie sich umwandten.

Einer der kleineren Affen hatte sich leicht verrechnet, war auf einen zu dünnen Ast gesprungen, der Ast war gebrochen und der kleine Primat mindestens fünfzehn Meter tief gestürzt, hatte überall auf seinem Weg nach viel zu kleinen Zweigen und Blättern gegriffen. Die Zweige waren allesamt abgerissen, hatten seinen Sturz jedoch so weit gebremst, dass er nur erschrocken und verlegen wirkte, als er auf dem Betonsockel der Affeninsel kauerte und zitterte. Er nuckelte zum Trost an seinem Daumen. Das Sonnenlicht schien rot durch seine Ohren und seine Haut zuckte.

Um ihn herum regnete es noch immer Blätter und Zweige. Über ihm plapperten, kreischten, schnatterten alle anderen Affen… Es klang wie wildes, hirnloses Gelächter. Andere Tiere stiegen auf den Lärm mit ein und brüllten, knurrten, bellten und heulten im Chor, sodass es durch den ganzen Zoo hallte. Allein Emmas unendlich trauriges Trompeten hob sich als einsamer Gegenpol vom Chaos und dem Chor der Hysterie ab.

Dar sah Syd an. Sie nahm ihn bei der Hand, lächelte, zuckte mit den Schultern und schüttelte den Kopf.

Mochte manches auch noch ungelöst sein, so war doch einiges geklärt. Die beiden gingen auf dem Weg vom Schatten in die Sonne und wieder zurück in den Schatten.

FREDERICK FORSYTH

Ein packender Roman über den Golfkrieg
im Jahr 1991.

Frederick Forsyth ist berühmt für seine
meisterhafte Recherche und eine brillante
Erzähltechnik, die Fakten und Fiktion auf
packende Weise verbindet.

43394

GOLDMANN

ANN BENSON

Die Archäologin Janie Crowe findet bei ihren
Nachforschungen über Alejandro Chances
ein ungewöhnliches Tuch aus dem
Mittelalter. Sie ahnt dabei nicht, daß ihre
Entdeckung eine tödliche Bedrohung
für die Menschheit birgt ...

44077

GOLDMANN

GOLDMANN

*Das Gesamtverzeichnis aller lieferbaren Titel erhalten Sie
im Buchhandel oder direkt beim Verlag.
Nähere Informationen über unser Programm erhalten Sie auch im Internet unter:*
www.goldmann-verlag.de

★

Taschenbuch-Bestseller zu Taschenbuchpreisen
– Monat für Monat interessante und fesselnde Titel –

★

Literatur deutschsprachiger und internationaler Autoren

★

Unterhaltung, Kriminalromane, Thriller
und Historische Romane

★

Aktuelle Sachbücher, Ratgeber, Handbücher und
Nachschlagewerke

★

Bücher zu Politik, Gesellschaft, Naturwissenschaft und Umwelt

★

Das Neueste aus den Bereichen
Esoterik, Persönliches Wachstum und Ganzheitliches Heilen

★

Klassiker mit Anmerkungen, Anthologien und Lesebücher

★

Kalender und Popbiographien

★

Die ganze Welt des Taschenbuchs

★

Goldmann Verlag • Neumarkter Str. 18 • 81673 München

Bitte senden Sie mir das neue kostenlose Gesamtverzeichnis

Name: _____

Straße: _____

PLZ / Ort: _____